陈思和文集

营造精神之塔

SPM
南方出版传媒
广东人民出版社
·广州·

图书在版编目（CIP）数据

营造精神之塔／陈思和著．— 广州：广东人民出版社，2018.1

ISBN 978-7-218-12076-8

Ⅰ．①营… Ⅱ．①陈… Ⅲ．①散文集—中国—当代 Ⅳ．①I267

中国版本图书馆 CIP 数据核字（2017）第 233080 号

YINGZAO JINGSHEN ZHI TA
营 造 精 神 之 塔
陈思和 著

版权所有 翻印必究

出 版 人：肖风华

策　　　划：肖风华　向继东
责任编辑：向路安　季　东
封面设计：张力平　陈小丹
责任技编：周　杰　吴彦斌

出版发行：广东人民出版社
地　　址：广州市大沙头四马路 10 号（邮政编码：510102）
电　　话：(020) 83798714（总编室）
传　　真：(020) 83780199
网　　址：http://www.gdpph.com
印　　刷：珠海市鹏腾宇印务有限公司
开　　本：787 mm×1092 mm　1/16
印　　张：33　字　　数：475 千
版　　次：2018 年 1 月第 1 版
印　　次：2018 年 1 月第 1 次印刷
定　　价：98.00 元

如发现印装质量问题，影响阅读，请与出版社（020-83795749）联系调换。
售书热线：(020) 83795240

陈思和 1954年出生于上海。祖籍广东番禺。复旦大学中文系教授,博士生导师。教育部长江学者特聘教授、国家教学名师。历任复旦大学人文学院副院长、中文系系主任,现任复旦大学图书馆馆长,校务委员,校学术委员会、校学位委员会委员。兼任中国当代文学研究学会副会长、中国现代文学学会副会长,中国文艺学学会副会长,上海市作家协会副主席等。著有《中国新文学整体观》《人格的发展——巴金传》《新文学传统与当代立场》《中国当代文学史教程》(主编)等,主编"火凤凰文库""火凤凰新批评文丛""逼近世纪末小说选"等,另有编年体文集十多种。

自 序

《文集》第二卷收录1990年代的文艺批评,在时间上与第一卷的文章有部分重复交错。我之所以把一部分文章(主要是关于人文精神寻思和关于新写实小说的批评)编在第一卷,是为了让内容有相对的完整性。第二卷的内容更加偏重我的文学实践。1990年代市场经济大潮席卷中国大地,知识分子的人文状态暴露出许多原先被遮蔽在计划经济下的弊病。作为一个人文知识分子,经过了"重写文学史"和"人文精神寻思"两次讨论以后,我渐渐清楚了自己所处的时代环境和新文化传统承传的责任,那段时间里我一直在探索知识分子民间岗位在社会转型中的可能与范围。《文集》没有编入我在教育、出版等领域的活动记录,只是集中在文学研究领域的探索。我把二十世纪中国文学史的研究与当下文学批评结合起来,在文学史研究领域提出了战争文化心理、民间文化形态、无名文化状态、潜在写作、世界性因素等文学史理论概念,可以说是"重写文学史"的继续和实践。这些主要理论成果我编入了《文集》第六卷,但是每一个理论概念被提出来讨论之前或之后,我在当下文学创作的批评实践和文本解读里已经尝试性地运用了这些新的理论概念。我把这一类评论文章收录于本卷的第一辑和第二辑。

第一辑主要内容是我为《逼近世纪末小说选》写的一系列序文。1990年代,"逼近世纪末"成为文化上的一个热门话题。上海文艺出版社约我和几位青年朋友一起主编一个系列选本:每年编一本小说选,一直编到世纪末,以此为线索来寻找文学(主要是小说)变化的脉络。

为此，我在每一卷《逼近世纪末小说选》前面都写一篇长序来分析文学创作态势，这样坚持了好几年，有些理论概念（如"民间"、"无名"等）都是在这些序文论述里逐渐形成的。第二辑是具体作家作品的讨论，也涉及我的理论探索，如对赵本夫作品的分析里，我起先用"准文化"的概念来解读，后来在对刘玉堂和张炜作品的分析中，就形成了"民间"的概念。我常常说，作为一个评论家，我是在与同时代作家的创作对话中，慢慢地成熟起来的。

第三辑我收录了部分台湾文学的评论。之前，颜敏编过一部《行思集——台港澳暨海外华文文学论稿》，由花城出版社 2014 年出版，收录了我关于台港澳及海外华文文学的研究文章，不仅内容齐全而且有资料价值。所以我编文集，没有编录这部分内容，只选了若干篇论文（不计发表时间），表示我对这个领域的关注。

第四辑收录我对影视戏剧等艺术领域的评论。主要是影评和剧评，大多是比较短小的文章，配合作品上演及时发表在报刊上。我与影评的因缘起于上海《青年报》，1982 年我的同班同学汪乐春分配在《青年报》当编辑，分管文艺类版面，在他的催促下我随机写作了一些电影评论，当然是我以为比较好的作品。文章虽短，我还是努力寻找作品中的艺术美感。后来，我参加梅朵先生主持的上海电影评论家协会，那时候看电影不像现在这么容易，上海电影资料馆每年冬天有一个被称为"冬令进补"的活动，集中上海的电影界人士观摩一批国外的优秀电影，还要组织讨论。电影评论家协会也参加了这个活动，那是我与电影的关系最为密切的时期。进而我又参与了上海举办的各种戏剧观摩活动，有些评论文章是观摩后在研讨会上的发言，整理成文发表，也有的是我自己写的观后感。这些影评剧评，我比较忽视，很多都没有收入编年体文集，以致这次编辑中费了不少功夫去寻找和抄录，因此我对这一辑文章有点偏爱。电影和戏剧不像文学作品，文学作品因为有文字保留可以经常被人阅读，影视和戏剧往往在演出时轰动一时，过后就无人问津，唯有一些辉煌的形象闪烁在人们的印象中。所以艺术评论尤其显得重要，它通过文字能够保留住影视戏剧演出过程中给人的片刻印象，以及曾经产生的艺术效应。这对于后人来说，也许是赖以参考的重要文献资料。

最后我想说明一下第一、二卷文章的版本。我从1988年龙年起，计划编辑一套编年体文集，逐年按照生肖来取名编辑，先后出版《笔走龙蛇》《马蹄声声碎》《羊骚与猴骚》《鸡鸣风雨》《犬耕集》《豕突集》《写在子夜》《牛后文录》和《谈虎谈兔》九本。现在编第一、二卷《文集》，基本上是依据了以上的各册版本，这些文章从初刊到收入编年体文集，都是经过修改的，这次又经过编辑者的认真校对和修订。凡是没有收录于以上九本文集的文章，均按照初刊于刊物的版本，但也经过编辑者的修订，并在文章后都注明发表的刊物和时间。

2017年3月31日于鱼焦了斋

目 录

第一辑·逼近世纪末

002　跨越世纪之门
　　　——《逼近世纪末小说选（卷一，1990—1993）》序
010　变化中的叙事与不变的立场
　　　——《逼近世纪末小说选（卷二，1994）》序
024　碎片中的世界与碎片中的历史
　　　——《逼近世纪末小说选（卷三，1995）》序
044　个人经验下的文学与所谓"冲击波"
　　　——《逼近世纪末小说选（卷四，1996）》序
060　多元格局下的小说文体实验
　　　——《逼近世纪末小说选（卷五，1997）》序一
071　"何谓好小说"的几个标准
　　　——《逼近世纪末小说选（卷五，1997）》序二
084　现代都市社会的"欲望"文本
096　面对逼近世纪末的中国文学
　　　——答《读书人报》记者问
099　研究1990年代文学的几个概念的说明
109　试论1990年代文学的无名特征及其当代性

第二辑·批评与阐释

120　关于乌托邦语言的一点随想
　　　　——致郜元宝谈王蒙小说的特色

137　又见陈奂生
　　　　——致高晓声

144　民间的温馨
　　　　——刘玉堂的"沂蒙山系列"

151　还原民间：谈张炜《九月寓言》

159　良知催逼下的声音
　　　　——关于张炜的两部长篇小说

173　致尤凤伟：历史的另一种写法

181　营造精神之塔
　　　　——论王安忆1990年代初的小说创作

199　试论《长恨歌》中王琦瑶的意义

207　《马桥词典》：中国当代文学的世界性因素之一例

221　人性透视下的东方伦理
　　　　——读严歌苓的两部长篇小说

233　从"会哭的树"谈起
　　　　——关于《少女小渔》

235　林白论

246　**附录**：从一位女作家的遭遇谈起

第三辑·隔海评论

252　但开风气不为师
　　　　——试论台湾新世代小说

272　创意与可读性
　　　　——试论台湾当代科幻小说

290　海底事，说不尽
　　　　——论台湾1990年代文学中的海洋题材创作
313　凤凰·鳄鱼·吸血鬼
　　　　——台湾文学创作中的几个同性恋意象
337　现代性焦虑下的台湾短篇小说
347　多重叠影下的深度象征
　　　　——试析苏伟贞小说创作中的三个文本
369　试论陈映真的创作与五四新文学传统
400　论林燿德的创作
412　洪凌文字的魔力
417　庙堂·江湖·知识分子
　　　　——读张大春《城邦暴力团》
424　现代社会与读物
　　　　——致程乃珊，兼谈梁凤仪的作品

第四辑·文艺短评

434　节奏与美感
436　"剃头买裫"和"拾烟头"
　　　　——谈《骆驼祥子》编导艺术
438　"叮咚叮咚"的美
440　影评人奖和《红西服》
444　为维纳斯添加双臂
　　　　——《红楼梦》电视剧结尾得失谈
447　从小说到屏幕
　　　　——致黄蜀芹谈电视剧《围城》
450　《围城》的寓象
　　　　——评析电视剧《围城》的两个细节

454　说说鲍小姐
457　《渴望》的文化原型
461　《霸王别姬》与民间社会
464　奥斯维辛之后的诗
469　用人体组合成的民族精魂
　　　——云门舞剧团在上海的演出
473　舞台下的外行话
477　艺术生命在民间
480　天道与人道
　　　——《商鞅》带给我们的启示
482　观剧短语
487　老戏重看意味浓
　　　——观话剧《大马戏团》
489　新版沪剧《家》观后
492　《贞观盛事》的魅力
495　要有一颗敢于抗衡的心
　　　——与唐明生谈入世后中国电影的发展

507　**附录：**杂忆《逼近世纪末小说选》
　　　——陈思和老师的几封信，我还记得的一点事（张新颖）

第一辑·逼近世纪末

跨越世纪之门

——《逼近世纪末小说选（卷一，1990—1993）》[①] 序

中国当代小说的各种选本，已经多得数不胜数，但真正在我的印象里留下根的，不是那些"全编式"或"大系式"的多卷本选本，也不是那些打了什么什么主义旗号的流派选，倒是几个朋友凭个人兴趣爱好而编的作品选，如程德培、吴亮编的《探索小说选》，李陀、冯骥才编的《当代短篇小说43篇》，（还记得有一本由许多名作家组成编委的《1985小说在中国》，自然也是值得留存的选本，但终因参加编委的人太杂，入选作品又受到作家本人的偏好所局限，内容上打了些折扣）。至于那些多卷的十全大补类选本，我也翻阅过几种，但又都忘了，加上现在书价昂贵，看到这类书只能是敬而远之。这种图书消费趣味的变化是新近才生的。过去跑书店，一般有两类书是非要买不可的，一类是为了研究工作，一类纯粹是出于阅读兴趣；前面一种书要求品种齐全，尽量多地占有研究资料，所以一些作家的文集全集和作品大全等类书，都是照买不误；后面一种书就比较挑剔些，因为是无功利的，也就要细细盘算，不是非常喜欢的不会掏腰包。但直到书房四壁真正砌起一道书的墙时，才发现有许多为研究而买的书不但占了大片面积，而且利用率非

[①] 《逼近世纪末小说选》是一套编年体系列小说选，1990—1993年为第一卷，以后每年编一卷，原计划编到2000年，共8卷（实际上只出版了5卷），由张新颖、李振声、郜元宝和笔者共同编选，上海文艺出版社出版。每卷都有笔者写的长篇序言，均收入本辑。

常之低，除了教书写作用过一两次外，一般不会再去翻看；倒是那些自己爱好的书，才会一再翻阅，时时抚摩，成了真正的精神伴侣。这些体会虽是关涉图书消费，也影响我对文学作品选本的认识。过去总认为世界是可以通过书写来表现的，一部中国历史也就藏在二十四史中间，阅读了史书也就阅读了历史，即是"万物皆备于我"了，所以对百科全书式的图书特别迷信。那些十全大补类选本的编辑大约也正是出于这样的动机，以为通过一部丛书能够"完整""客观""全面"地反映出一个时代，以为由此便可以使有些东西变得不朽。但现在的读书风气变了，至于书写能否真的把历史或时代的伟大真实地保留下来，还是另外一个问题，现在首先要怀疑的是，作为个人我为什么需要去完整地、客观地、全面地保留一个时代或者历史？这些工作本该由国家图书馆资料库来做（至于现在经费日绌的图书馆能不能做这些事又当别论），我只关心这个时代或者这段历史曾经使我激动使我怀念、并于今天的我仍然有意义的事情，我希望回味它们、保留它们，是因为这其中有我的生命投入，我曾经在这儿留下过不可索回的自己，我才会格外地珍惜它们。因此，对编选历史性或者时下性的某些文本来说，根本的意义似乎在于使自己获得再造一次生命的机会，从而也是对自己曾经消失了的生命的再一次挽留。

这种挽留通常是既不明智也不成功，因为我明明知道编者所寄予选本的最初动机是徒劳的。譬如说，当我们选入一篇作品的时候，总是以肯定的形式保留了对它的最初阅读经验，但是当这部作品在不同的时间里以选本的面目再现时，它所能给人们带来的意义显然已经不再是我当初选它的原义了，我本来的生命投入已经徒有虚名，我曾经为之久久激动过的作品在许多后来的理论家的阐释里会变得面目全非，但我同样也无法证明，究竟是谁更加远离了文本。持着这种悲观态度来编选这个时代的作品，我想其意义只能是极其个人性质的，也就是说，越是个人化的选本也就越可能保留下一些值得自己回味的内容，我不能指望读者赞扬通过一个选本即可了解时代或历史的真实，也不指望读者在一个选本中能够体会编选者的春秋大义，但如果能有人在一个选本中获得某些阅读快感,承认这些作品在一个时期里达到了尽可能的完美,这已经是对编选者莫大的安慰,因为在这些快感和欣赏里肯定寄存了编选者对这一时期文学艺术的某些价值判断。当选本的个人性越强烈的时候,这种读者与编者的亲近也会相应地越真实。——绕了这么个圈子再来说我对选本的看法,读者也许会明白我为什么一开始就提倡个人化的文学作品选本,如前面所举的几种当代小说选本,它们几乎无例外地显示了这样的特色。

当文学创作特别是小说创作进入1990年代以后,这样的特色就越来越变得需要了。长期以来由于文学工作者习惯于扮演历史教员的角色,文学的选本也常常被所谓的"为时代保留真实面貌"的理想所鼓舞,无论是着眼于时代的真实性还是流派的多样性,都没有摆脱一个潜在的意图:即寻求时代对文学发出的某种统一性的召唤。中国二十世纪文学的选本可以追溯到1930年代良友图书公司的《中国新文学大系》,与后来的文学选本相比,这是一部意识形态比较淡薄,而选取标准又比较客观的选本,编选者都是新文学运动的当事者,他们结合自身的文学经验而写的编选导论,含有现代文学史雏形的意义。但正是这一特点被后来者保留下来,使后来的文学选本多少都含有教科书的性质,作为文学史的补充教材。在政治一元化的体制下,教科书本身就是政治权力的产物,它以权力的形式来规定文学功能和教育要求。文学史研究一旦被纳入了教科书体系,它不能不以所谓的时代精神来修正学科研究所必备的科学精神和自由精神。文学作品选本既属教科书体系中的一环,它不可避免地承担了这一功能。文学研究者总是用各种政治术语加于文学史的本来形态之上,重重叠叠的概念布满在读者与文本之间,读者透过这些政治概念去窥探文学堂奥,疑虑重重又不得不接受。而各种各样的文学选本,某种意义上说正是起到帮助这些政治概念遮蔽文学真相的作用。这里仅举一例:五四新文学运动本来并无所谓主流支流之分,但到了后来的文学选本里,就剩了革命的左翼的文学为主流,而其他什么阶级什么派的作家作品能够选入倒成了一种宽大,至于未蒙宽大的也就被流放到遗忘的黑洞里去了。这样一种以教科书的霸权形式出现的文学选本在近年虽然少见了,但其变相的形态依然存在,我们曾经有过不知沈从文、徐志摩为何人的愚昧时代,在今天是否还有因为某种原因而存在故意遗忘的教科书选本呢?我想这是不言而喻的。现在更为流行的是民间的选本,既属民间,就不能不与它在社会上的生存发生关系,在这里不难看到权力的另一种存在形式,一些商业广告式的编选方式也应运而生。且不说这些学术以外的东西,我这里只说一个与学术有关的流行编选标准:思潮流派的分类法。从表面上看,文学思潮和文学流派是客观存在的,而且多元多样,"文革"后的文学研究工作者为了冲破政治标准上的种种禁锢,用心良苦地拼凑了许多流派,在流派与流派之间似乎实行了平等原则,这对于挽回许多失落的记忆自然是功不可没,但人们却疏忽了所谓的"流派"本身仍然是一种对文学史的粗暴分割,它最终对文学史形成的威胁依然是遮蔽了文学真相。譬如有人在划分 1930 年代文学时照顾了京派海派之说(其实京派海派并非是流派,这且不说),这对原先只知有"左联"不知有京派的选本来说固然是一大进步,但如果只照顾到京派海派两派,那么还有许多不在两派之列的作家作品都变得不伦不类。这种现象到"文革"后的文学史研究中变得更加极端,五四新文学史虽以流派相分割显得粗暴了一些,但终究还是一个时代并存着多元的思潮流派,到了"文革"后,文学研究者却把文学的思潮流派简化到时代精神传声筒的地步,所谓伤痕文学、反思文学、改革文学、寻根文学等等,都成了时间上相交替的符号,成为当代文学教科书编写的捷径。如 1978—1979 年间的伤痕文学和反思文学,本来是同时产生的文学现象,它们之间当然有所区别,最大的区别是年龄层次不同的两代作家对历史、特别是对"文革"灾难的不同思考点。但不久随了"反思文学"作家们顺利进入政治文化的中心,获得了解释文学史的话语权力,反思文学就成了纠正伤痕文学偏颇的一种主流,并且取得了文学史上的正宗地位。如果以这样的观点来编选那一段文学史的选本,其遮蔽程度并不亚于 1930 年代的左翼文艺正宗说。当然,我这么说并非指责以上的选本,只是想借这些影响较大也较流行的文学选本的编选标准,证明通过作品选本来反映时代精神和文学真实的观念之靠不住，正如文学的写作无法绝对真实一样，对文学选本的真实性的强调也只能导致某种意志更虚伪的制约。

既然我在主编这套小说年度选之先已经放弃了对时代性、真实性的追求，那就不如明确声明，在这部选本里我只想和我的朋友探索一个使我们感兴趣的问题：二十世纪末中国小说的多种可能性是否存在？这项工作，我和我的朋友们已经有了近一年时间的努力，其动机，也就是我在以往的一次沙龙讨论中所说的开场白："继二十世纪初现代小说打破了传统程式以后，世纪末小说所具有的'各式各样'特点同样也打破了现代小说自身的程式化，使小说的生命力在文学与社会之间的无数次魔方式的演变中经受住了考验。即使在今天文学前景变得十分暧昧的时候，关于它的诸种可能性依然能够使人产生议论的兴趣……在当今小说成了文学与人生关系的一种象征的时候，作这样的讨论其意义可能已经超过了对小说本身的作用。"我们最初把讨论的兴趣放在那些在近年创作中出现新的价值取向的作家身上，观察他们面对越来越临近的世纪末所表现的特殊情绪及其艺术追求。在讨论中我们发现，虽然像这样执着的艺术追求在当今文学领域纯属凤毛麟角，但又确实传达出某种普遍的知识分子情绪，我冒昧地称之为世纪末情结。进入了1990年代的中国读者，不难体会这世纪末并非仅仅是一个时间上的概念，它包含了一种人们思考问题和理解问题的维度。这种文化征象的出现与世纪末的倒计时状态或许是个巧合，就如十九世纪末给欧洲人带来乐极生悲的精神危机和爱因斯坦、弗洛伊德、罗曼·罗兰等一代新世纪伟人的诞生一样，二十世纪的尾声在中国知识分子精神上的迫近感远比物理性时间的到来强烈得多：世纪回眸的悲怆和当下况景的沮丧所构成的尖锐冲突把人的精神无情地逼向一座绝壁，随之而起的是轰然爆发如焰火绽开，呈现出千姿百态的精神现象；绝望颓伤中的百无聊赖与脱胎换骨后的生存智慧，不过是这座精神万象世界的流行物，而在传统意识形态所构成的理性精神失落之后，真正的知识分子依然一往无前地探寻新的安身立命原则。当下文化界由此而起的种种话题，正应和了这种多元追求的知识分子文化现象，小说的多种可能性不过是这万象世界中的一部分，探索它们存在的可能仅仅是我们努力在当下精神世界里有所发现的一种企图。我不认为进入 1990 年代以后中国的文化成了完全无序的新状态，繁复的精神现象背后仍然有着某种真实的有序性，不过与前几十年所不同的是它已经融化在生活行为的万象之中，不再以抽象的形态呈现出来让大家拱手接受。二十世纪末的真正意象只能是极端个人化的多元并存，不但时代本质之类的神话已经被打破，连以往文学研究者津津乐道的思潮、流派、风格之类的概念术语也似落花流水不攻自破——这，就是我们编选这部小说年度选的大文化前提。

我喜欢用"世纪末"来称呼 1990 年代小说的某种普遍性，"世纪末"虽然是以倒计时的方式出现，但它自身永无明确界定，所谓"世纪末"的形态永远存在于过程中，没有终极的理论界定，世纪末就仿佛是一道门，是一个时代的精神现象无限夸张地逼近它时的过程。近年理论界在概括 1990 年代小说的某种普遍特征时，总是夸大了知识分子人文精神被现实力量摧毁后生成的妥协情绪，而我喜欢"世纪末"这个词，不仅是它在十九世纪已经积累了欧洲的人文传统，同时也包含了当下知识分子宁入地狱也不与世俗同沉沦的心态。"世纪末"是一种与媚俗格格不入的精神状态，它可以作积极向上的理解，也可作消极向下的理解，但即使是消极的一端而言，也不包括媚俗的妥协的情绪，所以，当我和我的朋友们在作当代小说发展前景的预测时，我毫不犹豫地选择了"世纪末"这个概念，尤其是在张承志、张炜、王安忆、刘震云、朱苏进、方方等人的作品里，他们所张扬的人文精神正是二十世纪在文学领域里最雄壮的尾声。

所以我打算编一个连续性的小说选，它用倒计时的方法，描绘一种向世纪末的精神极限不断逼近的文学现象，这项工作从现在起大约需要六年的时间，以《逼近世纪末》为总题，一年编一本，直到 2000 年编成。这是一个在临界面上挖掘生命意义的工作，看看我们这个时代的知识分子是怎样迈过这一道世纪之门的。我曾经在一篇文章里说过这样的意思——

或许，我们今天正向着一个大时代在迈进。

而这个"大"，不一定是指其怎样的伟大和了不起，这时代之大的特征在于它处于方生未死之间，该生的、已生的、该死的、将死的，树立起各种各样的价值观念和价值标准；希望与决绝，同时向人们施展着实在和虚妄的两面谜底。诚如鲁迅所说：许多为爱的献身者，已经由此得死。他们以意中而意外的血的游戏，或给人以愉快和满意，好看和热闹，但同时也给若干人以重压。进而他又说："这重压除去的时候，不是死，就是生。这才是大时代。"

或许，我们正在努力地摆脱着以往历史加给我们的重压。这当然不包括那些仅仅以"愉快和满意"或"好看和热闹"的心情来看待历史的旁观者，只有感受到了这重压的人，才会生出摆脱这重压的欲望和呐喊，那么，由生与死交织起来的大时代，将是我们心中特有的意象。①

我想，世纪末小说所展示的多种可能性，也应该是这样的风景吧。

所以，我和我的朋友们不打算按一些名作家的人头分摊篇幅，更不选时下被炒得火热的流行作品，我们只把自己的精神理想和审美理想投诸当下的文学现象中，用选本的方式来参与当代文化建设，我们愿把本书的篇幅留给在我们看来真正体现了知识分子创意精神的作家和属于生长性的作品。《逼近世纪末》是一套1990年代小说年度选，我们打算每年编一本当年发表的小说作品，形成一个连续性的精神现象过程。今年第一次工作编成两本：1990—1993年度为第一卷，1994年度为第二卷。读者从这两册选本的分工中大致可以看出我们的编选意图：第一卷主要

---

① 陈思和《大时代对话》，初刊《新民晚报》1994年9月17日，后作为《理解九十年代》后记，收录《理解九十年代》（对话集），陈思和等著，人民文学出版社1996年版，第188页。引文中鲁迅所说的，是大概的意思，不是原话。只有引号里的话才是原话。见鲁迅《而已集·〈尘影〉题辞》，《鲁迅全集》第3卷，人民文学出版社1982年版，第547页。

收录在我们看来能够体现创意性的作品，第二卷主要收入一些更年轻作家创作的富有发展性力量的作品，它们共同构成了这四年来的中国小说景观。

1990 年代小说是个正在展开的过程，于今为止还没有完成，因此现在要描述它的总体特征还为时过早，我只想在以后每年一本的选本和描述中，和读者一起继续探讨 1990 年代小说的发展趋向及其艺术上探索的可能性。愿读者有缘分有耐心与我们一起分享这六年时间，携手与共来完成这场文学观察的马拉松赛跑。

1995 年 1 月 28 日写毕，2 月 6 日修改于黑水斋
（初刊《小说界》1995 年第 2 期）

变化中的叙事与不变的立场

——《逼近世纪末小说选（卷二，1994）》序

知识分子批评精神的再凝聚

1990年代中国小说创作出现了相当明显的变化，这已经引起了评论界的关注和讨论，许多刊物都对这些现象作了庄严命名仪式，并纷纷冠之以"新"的称号。综观各家说法都有精彩独到的地方，尚能自圆其说，但从不满足的大处说，不外乎两个方面：一是评论工作者过于迷醉西方的后现代理论，夸大了中国文化在商品经济大潮冲击下的后现代因素，从后现代——后殖民——第三世界等一个个理论环节的演绎轨迹中，我们几乎不假思索就会联想到1980年代中国小说创作思潮中对西方现代主义作家的摹拟现象，当有些朋友把中国当代作家摆脱了对西方文学样板的依赖作为一条划分1980年代和1990年代小说创作的标准时，他们在理论上却不知不觉重蹈了1980年代作家们的覆辙；二是在太沉闷的文学低谷时期评论界滋长了浮躁情绪，急于在小说创作中找出新异的因素来与刚刚过去的1980年代小说划清界限，为了夸大这些在生长中的新因素，评论界不惜把它们推到了与整个"文革"后文学相对立的位置，当这种急于求成的心态一旦与市场经济的某些宣传手段结合起来，批评的严肃性和科学性都不能不受到影响。我在这两方面的不满足并非是针对理论本身的，而是觉得这些理论无法包容当下文学创作

的社会历史的内容，因此在使用时并不能抓住当代文学创作中最重要的现象，反而被大量泡沫式的零星的文学碎片所纠缠。当然这仅仅是我以个人阅读和理解的局限来谈自己的不满足，并不因此而低估这些理论本身的新锐价值。

　　从表面上看，理论家们都注意到了商品经济大潮对纯文学所构成的威胁，并希图用解构的理论武器帮助身陷文化困境的知识分子拆除自身与市场经济体制的心理鸿沟。他们意识到1990年代的小说文本正在发生变化，二元对立的原则正在逐步消解，知识分子正在慢慢放弃以前被视为精神向导的人文立场，等等，但是这些理论都有意无意疏忽了一个历史事实：1990年代的文化思潮产生于两个来源——1980年代末知识分子精英文化在不断膨胀中暴露出自身不可克服的缺陷，以及政治风波导致精英文化的大溃败。这以后是稳定压倒一切的政治气氛和市场经济迅速发展带来的社会经济体制转轨，知识分子在计划经济体制下所居社会中心的传统地位随之失落，向边缘化滑行。这种背景下才产生了1990年代小说的诸种特征，它本身就是历史过程中的一个被畸形扭曲过的文化现象：作家们在小说创作里放弃了全知式的启蒙立场和意识形态的执著态度，进入相对主义的复调结构，并通过相对主义来纠正1980年代创作中精英文化的偏执，检讨以往作家所扮演的万能导师的社会角色，但这并不像有些妥协性的阐释所认为的，是意味着知识分子对自身责任的自觉放弃。这里举一个新写实小说的例子：所谓新写实的经典作品，在1980年代中期就产生了，可以看作是对当时浮躁的知识分子精英文化的反拨，但在当时并没有引起人们的充分注意，而到了1989年以后，这一创作思潮的影响力才被弥散开来，但这时的新写实小说中最出色的代表刘震云在他的"官人"系列和两部历史长篇里，恰恰强烈地表现出对新写实的灰色特征的反拨。可惜当时的评论界依然被萎缩的精神状态所笼罩，以自身灰色的理论把刘震云的作品解释得更加灰色。所以我在当时一篇谈刘震云的文章里宁可把他与当时流行的新写实思潮区分开来，我觉得在1980年代向1990年代过渡期间，存在过一个非知识分子精英立场的现实批判文学：从王朔的颓废到刘震云的讽刺,正是其中的重要现象。这是一种知识分子价值取向悄悄发生变化的信息,到 1990 年代就产生了引人注目的民间化趋向。

真正揭开 1990 年代小说序幕的,是王安忆的《叔叔的故事》,这篇小说发表于 1990 年底的《收获》杂志上,在荒芜的文坛上突然树立起一个新的航标。作者曾经说过:

>《叔叔的故事》重新包含了我的经验,它容纳了我许久以来最最饱满的情感与思想,它使我发现,我重新又回到了我的个人的经验世界里,这个经验世界是比以前更深层的,所以,其中有一些疼痛。疼痛源于何处? 它和我们最要害的地方相关联。我剖到了身心深处的一点不忍卒睹的东西,我所以将它奉献出来,是为了让人们与我共同承担,从而减轻我的孤独与寂寞。①

我曾经在那几年中一直有所期待,期待作家能够用真正的艺术形式来表现那个充满灼热伤痛的时代,当王安忆的这部作品问世,我发现它所表达的深刻性远远超出了我的期待。王安忆从身心深处发掘出来的疼痛,我们每个人都能强烈地感受得到,只有当作家把这种疼痛用艺术审美的方式普遍化,由每个读者一起来承担,才能使这社会的警世钟敲响。这部小说用复调的形式写了两代人,用后一代人的眼光来审视前一代人即"叔叔"——这个叔叔并非是一个实在的人,不是传统的典型化原则塑造出来的充满个性的人物,他近似一个时代的类型,可以由多种途径、多种解释来完成。叔叔一生的命运都是与他所生活的时代紧密关联,他的全部辉煌和全部丑陋,都可以看做是一个时代(尤其是"文革"后近十年的时间)中民族文化的缩影。作家用两句话表达了她对"叔叔"所隐含的内容的认识及其自我伤悼:

---

① 王安忆《〈神圣祭坛〉序》,收《乘火车旅行》,中国华侨出版社 1995 年版,第 43 页。

（"叔叔"的警句）原先我以为自己是幸运者，如今却发现不是。

（"我"的警句）我一直以为自己是快乐的孩子，却忽然明白其实不是。

而"我"为什么会认识到自己并不快乐？作家没有说明，而且是她故意不说，她推说这是一件与个人情感有关的私事，她不愿说，所以就虚构了"不存在"的叔叔的故事来表达。因此叔叔所遭遇的不幸之因，也就是叙事者的不快乐之果。这篇作品不能用所谓"拆除深度模式"来解，它恰恰是高度寓言化地表达了作家对民族命运的严肃思考，而且这种高度寓言化的艺术效果正需要用后设小说的表现方法来获取，叙事上的不确定性使叔叔的故事含有更大的涵盖面。所以，无论是思想上的开拓还是艺术形式的探索，这篇作品都做到了完美的结合。

我觉得这类作品是当前小说中最精彩的部分，选本所收录的杨争光、余华、刘震云、熊正良等作家的作品中，还有因篇幅关系未能入选的李锐、张承志、张炜、朱苏进等人的作品中，都可以强烈地感受到当代知识分子精神的真正凝聚。

民间叙事立场的产生

说到这儿我们不能不正视一个问题，正是由于这些作品所洋溢的知识分子理性的批判精神和1990年代小说生成于畸形扭曲的文化环境，正是由于平庸和肤浅成为各方面都能接受的时代风格而得到文化界的大力推崇和表扬，这些最优秀最严肃的作品非但得不到批评界的重视和阐发，而且在阐释中被有意地平庸化和肤浅化（这在关于刘震云作品的评论中体现得最为典型）。批评界宁可把一些并不足道的技术问题喋喋不休反复渲染，而在这些作品的真正精神面前却吞吞吐吐欲言又止。但这种人为的冷落对作家也是一个考验，其结果是许多作家改变了作品的叙事风格和叙事立场。

这种叙事风格及其立场的改变是 1990 年代小说的主要特征，但由于上述的原因，我们不能孤立地看待所发生的这一切变化。《叔叔的故事》中对"叔叔"的批判，重要的并不是叔叔作为"作家"的职业，而是作家"叔叔"所涵盖的民族的批判意义。但我们在叔叔的作家身份中所看到的，也包括了前几十年中作为文化的主要发言人作家与时代所处的真实关系，一种作为民族代言人的虚假形象被戳破，而另一种新的叙事人身份便应运而生。我认为这首先是一种叙事立场的转变，作家放弃了指点迷津式的启蒙导师的立场，只是表明知识分子改变了传统的叙事立场——依赖政治激情来争夺庙堂发言权以及在知识分子议政的广场上应和民众情绪的个人英雄的立场，而转向新的叙事空间——民间的立场，知识分子把自身隐蔽到民众中间，用"叙述一个老百姓的故事"的认知世界态度，来表现原先难以表述的对时代真相的认识。这种民间立场的出现并没有减弱知识分子批判立场的深刻性，只是表达得更加含蓄更加宽阔。

我们不妨看一下两位青年作家——余华和杨争光的作品。余华的《活着》是最典型的例子。如果以故事层面上看，小说中福贵一家八口死了七口，除了主人公的父母死于败家子的不肖外，其余五人的死都与五六十年代农村的苦难现实有关，如果在这个层面上反复地渲染死亡，对现实生活的介入肯定会突出，但在艺术上却会让人产生重复和厌倦之感。余华现在故意绕过现实的层面，突出了故事的叙事因素：从一个作家下乡采风写起，写到一老农与一老牛的对话，慢慢地引出了人类生生死死的无穷悲剧……读者仿佛从老人叙事里听着一首漫长的民歌，唱着人生的艰难和命运的无常，一个个年轻力壮的身体，善良美好的心灵，本该健康幸福活着的生命都被命运之神无情地扼杀了，而本来最不该活的福贵和那头老牛，却像化石一样活着，做着这个不义世界的见证。当作家把福贵的故事抽象到人的生存意义上去渲染无常的主题，那一遍遍死亡的重复象征了人对终极命运一步步靠拢的艰难历程，展示出悲怆的魅力。这个故事的叙事含有强烈的民间色彩，它超越了具体时空而把一个时代的反省上升到人类抽象命运的普遍意义上，民间性就是具有这样的魅力，即使在以后若干个世纪中，人们读着这个作品仍然会感受到它的现实意义。再看杨争光，对这位西北地区的作家在前两年创作中表现出来的才华，我一向是如闻高山流水欢悦不已。这次编小说选时，我反复吟读他的《赌徒》和《老旦是一棵树》，无法决定该入选哪一篇，因为它们在表现人性的残缺和坚韧方面都让人感到震撼。这两个作品都写出了畸形的人生状态：《赌徒》所表现的似乎更积极一些，它写人活着为了一个自己的"想头"而超越生死、道德的戒律，不惜牺牲一切、甚至九死不悔的生命状态，写出了人的最珍贵的东西；《老旦是一棵树》则通过西北地区贫困农民软弱而无赖的报复行为，把愚昧民族自暴自弃的民族劣根性暴露无遗。但老旦的所为并不是个人性格上的缺陷，而是与中国几千年来农民遭遇的极度贫困落后及其仇恨心理相关，老旦在一败再败的情况下只能以极其无赖的方式来实行报复，展示了这个民族在愚昧外表底下所蕴藏的最生动最痛苦的灵魂。我之所以最后决定选入《老旦是一棵树》，是因为它的叙事立场更为隐蔽，这部作品很让人联想到鲁迅的《阿Q正传》，但其最大的特异之处就是抽去了作家作为知识分子叙事人的角色。读这个故事就仿佛在听一个来自西北农村的农民在讲他家乡发生的奇异故事，它亦庄亦谐，但其庄重只是这些司空见惯的可怜人的故事自身内涵的沉重，并非作者哀其不幸；其谐谑也只是民间的幽默和狡狯，更无怒其不争的姿态，整篇小说只是从老百姓的立场叙述了一个老百姓的故事。

民间立场并不说明作家对知识分子批判立场的放弃，只是换了知识者凌驾于世界之上的叙事风格，知识者面对着无限宽广、无所不包的民间的丰富天地，深感自身软弱和渺小，他们一向习惯于把自己暴露在广场上让人敬慕瞻仰，现在突然感到将自身隐蔽在民间的安全可靠：以民间的伟大来反观自己的渺小，以民间的丰富来装饰自己的匮乏，他们不知不觉中适应了更为谦卑的叙事风格。这一点，我们从张承志的《心灵史》中对民间宗教的皈依和对形而上界的颂扬中，从张炜的《九月寓言》中对大地之母——自然界的衷心赞美和徜徉在民间生活之流的纯静态度中，都可以得到最强烈的感受。1990年代的长篇小说是世纪末小说中最壮丽的成果，但它不是出现在"每日一部"的1994年，而是在1990年代初的头几年中，民间性成为这一成果最强烈的体现。由于选本篇幅局限，我们无法将这个时代中最优秀的长篇成果收入本书（只能用存目的方式），而这些作品所表现的民间精神却是我们编选这个选本的精神内核。

但是，从这些优秀作品的经验里我们也可以看到另外一个问题：民间世界自身并不生长知识分子的品质，只有当知识者将主体精神投诸民间时，民间才可能产生出与权力意志以及在其控制下的生活之流相抗衡的现实力量。作家以民间的立场来感受和表现世界，是为了打破权力意志对世界解释权的垄断，给这个世界提供"另一种"的解释方法，但这"另一种"的解释既然还是由知识分子来进行的，它仍然不能离开知识分子的某种思考特点。也唯有如此区别，才能使1990年代民间文化的意义与传统的民间文化区别开来。比如说"新历史小说"，其功不可没的成就在于打破以往现代历史题材的创作离不开党史教材的樊篱。莫言在1980年代中期率先发难，他在《红高粱》里写中国人抗日而把国共两党的政治力量推到幕后，突出了土匪余占鳌和民间女英雄戴凤莲，以民间的文化形态来淡化政治的意识形态。这个由新历史小说发展而来的创作现象，经1990年代张艺谋的电影包装而大红大紫，转而演变成两大民间题材：土匪的故事和家族史的故事。从解构当代文学中的权力意识形态来说，这两类创作都产生过重要的意义，如苏童的长篇小说《米》和叶兆言的系列小说《夜泊秦淮》。但是在市场经济大潮中民间因素并不能保证文学艺术的自身魅力，相反当影视的商业手段利用这两大民间题材来迎合海内外市场需要时，文学只落到了影视皇帝的"后妃"的可怜地步。民间自身具有藏污纳垢的包容性，它在解构他者时，往往会销蚀了知识分子应有的高昂的人文精神。所以我们在考虑这些题材作品入选时，特地注意到作家站在民间立场上如何保持知识分子不随俗流的独立思考和批判精神。第一卷所收李晓的土匪故事《民谣》和本卷所收柳岩的家族故事《梦回娘家》，希望读者从中能看到民间文化形态的魅力和民间文化所不逮的另外一些东西。

民间的意义不在具体的创作领域和创作方法，而是一种新的视界和新的立场，所谓中国当代文化的民间世界并不是一个狭隘的概念，它既不同于西方的公众空间的概念，也不同于中国传统的以农村自然经济为基础的宗法社会，民间具有广阔的涵盖量，具体地说，它泛指非权力文化形态亦非知识分子精英文化的新空间。但这一新空间显然不是纯而又纯的，它只是从新的文化视角重新包容了前两者，而且这种新的文化视角也是多元多样的，只要是对权力意识形态和知识分子启蒙立场的偏离，多少都能反映出民间立场的新视角。上述特征，在更年轻的一代作家近年创作中尤为明显。如对童年生活的回忆，成为这代作家相当普遍的艺术场景。如余华的长篇小说《呼喊与细雨》（后改名为《在细雨中呼喊》），苏童的中篇小说《刺青时代》，王朔的中篇小说《动物凶猛》，都反映了这一叙事特征。这些作家的少年时代是在"文革"后期度过的，他们的回忆不能不带有"文革"时代的生活场景，但在表现这些内容时作家不约而同地采取了儿童心理与时代的错位。由于这些作家不像知青一代那样直接承担了时代的愚弄和迫害，因此自然而然地放弃了前一代作家所扮演的控诉者立场，叙事立场更加个人经验化，进而转化成一种典型的民间叙事。王朔很早就承当了城市民间的叙事人，在1980年代，他利用北京下层市民的浮躁情绪来曲折表达知识分子的思考，用粗鄙化的形式来解构庙堂文化的意识形态和知识分子的精英文化，本来是一剑两刃的作用，只是到了1990年代初的特殊环境下，王朔的作品才暴露出市民文化的软弱和庸俗，使两刃剑变成了单单打向知识分子的九节鞭。但就在王朔告别王朔的当口，他发表了在我看来是最富有王朔风格的《动物凶猛》，在这里我看到了王朔所珍爱所在乎的东西，他写出了澎湃着的青春觉醒如同一头野兽，其粗暴疯狂与失落的痛苦，都曲折地反映了那个时代的侧影。在这个作品里王朔真诚地向他久久掩盖着的自我珍爱的纯朴青春告别，也跟他早期的那些深受市民欢迎的"痞子文学"的战斗性告别，我不知道王朔发表这个作品时的心情，但我把它收在这里是对王朔曾经给过我的欢悦的一个纪念。

值得注意的是两位青年作家的作品：韩东和王小波。韩东近年来风头正健，他自己一直在有意识地提倡着一种新的叙事风格，但只要不是故意夸大，看得出韩东的童年视觉里充满了对世俗既定规范的解构，他只是没有采取通常的怪诞或非理性非逻辑的思维方法，而是通过对现实逻辑的故意偏离，采用了假定性的逻辑推理来表达对时代的反讽。这种非现实逻辑的假定性，往往是通过儿童的知觉世界来体现。这次没能选入他的另一篇作品《田园》，但读者不妨拿来与 1980 年代中期的代表作之一《白色鸟》相比，同样是从孩子眼中来写家长在"文革"中的悲剧性遭遇，但后者充满了成人的愤怒，孩子不过是成人叙事的道具；而在韩东这部作品里，孩子对成人在这个时代的遭遇完全不关心，他只是用自己的眼光和理解来感受那个时代，随着他的独特眼光，"文革"的残酷展示了另一种意义。童年的视觉世界是民间文化形态的一部分，天真烂漫的儿童的视觉世界与成人世界里的意识形态是格格不入、根本对立的，更多是反映了民间的自然文化形态。王小波在《革命时期的爱情》里也采取了新的叙事形态：作家在作品里不再借叙事人之口对叙事内容作出独立于作品的思考和评说，故事情节的展开如现代城市市民的口头创作那样，松弛、诙谐、任意发挥和在现实的生活细节缝隙里编造荒诞不经的故事。作品故意回避了时代的残酷性，但在夸大了的戏谑成分里又分明让人感受到时代的沉重。虽然这些作品都是以"文革"时代为其背景，由于预设了非正常的现实逻辑推理，使作品的叙事逃逸出既定的社会内容，产生出创作上的新意。但这些作品决无故意标新立异或故作怪诞虚玄之论，读者仍然可以在其叙事内容中看到现实主义的魅力所在。我想就是因为这个世界永远存在着对事物的多种理解和多种解释，不管社会多么残酷和严厉，民间永远是一块自由自在的天地，它无所不在：时间和空间、城市和农村、精神领域和世俗社会……这个有待开拓的新空间里所展示的世界风貌，远比权力话语和理性逻辑所解释的世界要丰富得多也有趣得多。

无名状态的形成

我们这两卷选本并不局限于有民间意义的作品,在 1990 年代头四年的重要创作现象以外,小说创作的个人性也显示出相当的深度。1990 年代在其已经过去的前期中,总的精神特点是人性的力量受到了考验:人文精神的失落问题引起了知识分子的痛切关注,艺术的个人性与独特性在市场经济中的大众文化面前被重新高高标起,也有不少作家对人生对艺术始终坚持自己独到的认识,在创作中不媚俗、不轻浮、不虚夸,坚持着个人的真诚探求。这些现象之所以值得我们重视,就因为它产生于 1990 年代的特殊背景:商品经济大潮猛烈地冲击了传统意识形态中的许多理性规范,人的欲望获得了四十年来前所未有的大释放,但这场本来旨在帮助中国人尽快摆脱愚昧贫困的经济运动由于文化精神上的准备不足,使长期在计划经济体制下的文化事业和文化人陷入经济与社会的双重困境,这是不容回避也不必回避的事实。问题是这种文化上的困境对知识分子来说是一个严峻的考验:使原来意义的知识者既失掉了精神依据又失掉了物质保障。为了逃避这种困境,有些知识分子不惜制造出一个又一个有关这个时代的神话来欺骗自己,把肉麻当潇洒,视怯懦为幽默,但真正严肃的文化工作者并没有放弃内心紧张的思考和探索,也许时至今日,思考和探索才成为知识分子的真正岗位——在时代含有重大而统一的主题时,思考和探索的材料均来自时代话语,个人的独立性是掩盖在时代的大主题之下得以实现的,我们不妨把这样的时代主题称作一种"共名",所有的文化工作和文学创作都是这时代的"共名"所派生。共名对知识者来说既是思想控制也是思想出发点,从某种意义上说,也可以把这种状态下工作的知识者称作是时代精神的"打工者"。而当时代真正进入"无名"状态时,那种重大而统一的主题再也拢不住民族的精神走向时,原先靠"共名"来思考和探索的知识者陷入了南郭先生的尴尬境地。本来,时代的无名状并不是放弃思想,时代之轻狂也未必是个体生命所不能承受的"轻",中国人、特别是中国的知识分子,远没有进入那些后现代神话制造出来的自由状态,不过是原先来自思想钳制的单方面压力转化成社会经济等多方面的压力,分散和减轻了压力凝聚点所产生的沉重。知识分子只有切实感受到这种压力而不是从时代共名赋予的假象中来理解事物,他才可能真正有勇气面对我们这个时代及其在文化上的无名状,才有可能产生出属于自己的独立思考和精神探索。知识分子的真正岗位是形而上的,属于独立的精神劳动,这犹如毛姆所说的"剃刀边缘"状态,非庸凡之辈或轻浮之徒所能从事,但作为思想更活跃、情感更敏锐的艺术家的创作活动,则多少如"春江水暖鸭先知"般的对此有所感悟,有所体会,这已经是难能可贵了。1990年代前期的小说创作并不缺乏这类个人性和独创性,这里不仅有残雪、史铁生、蒋子丹等知青一代作家,还有如北村、陈染、鲁羊、叶曙明、孙甘露等更年轻的作家的创作,尽管在无名的时代里越是个人性的东西越使批评家难以作出理论概括,但这些作品所展露的内心世界都是相当真诚而严肃的,在这些深深的忧虑、绝望、痛苦及其呓语似的独白中,我想读者不难感受到当下在假象遮蔽下的某些生活真实。

  我不敢说当下的时代是否已经进入了真正的"无名"状态,但当下的知识分子以紧张的内心世界跟轻松的状态世界确实划分出截然不同的分野。这无疑都是传统的时代共名被消解的结果,人仿佛被突然抛入了无边无际的旷野,没有任何可以依赖的屏障,精神上只能是赤身裸体地摸索而前。人到这时候或许会为一瞬间的轻松感到庆幸,意识到以前思想所不堪的重负;但随即又不能不意识到这也是一种代价:释下重负的轻松不过是包裹在无名状态外面的表象,只要一思想,就会显示其万分紧张,因为你会看到一个真实的自己并不是全可依恃。记得韩东一篇小说里写到一个赤身裸体的丑男人嘴里被塞满大粪,惊恐万状地在熙熙攘攘的大街上狂奔。作者写这个细节或许只是一处闲笔,并不经意,但我读时却若有所动:也许在无名时代里人们并不会过于计较一些制约人类的统一标准,但问题是当事者并不会因为无人关注而不惊惶失措,这意味着一种内心的道德律在制约你。我觉得这个丑男人的惊恐万状比起

那些佯装不在乎而出丑露乖招摇过市要诚实得多，也真实得多。唯有认识到人是有私羞处的，你才会尽可能地变得完善。这或许是我的偏见，循了这种偏见，在本卷中我们没有选那些在文化市场上很被看好很是畅销的作品，而特意地选了几篇不怎么讨人喜欢的小说，但我想读者可以从中窥见，即使文化市场上每日每夜地在制作轻松幽默和肤浅媚俗，依然存在着知识分子紧张的内心活动，并不是人人都进入潇洒的状态。现代文明即使如西方社会那样高速发展，中国人也不会因为摆脱了传统的文化心理制约而从更加深刻的生存困境中解放出来，中国的知识分子也不会因为失落了启蒙者的地位或者认识到广场意识的不可靠而放弃思想的权利和批判的使命，这是由知识者的工作性质多少承担了社会在现代化进程中某种不可缺少的功能而决定的。

我们在1994年度的选集里有意偏重这一类作品，除个别的（如蒋子丹、叶曙明、王小波等）以外，大多数作家都比较年轻，被称作"晚生代"或"1960年代出生"的作家群。他们的创作大多是从1990年代开始的，不仅没有领教过以往政治意识形态的制约，也没有感受到知识分子广场的荣耀与辉煌，他们一开始就是以赤裸裸的个体生命来直面人生艺术的双重困境，但他们恰恰没有比那些以过来人身份出现在文化市场充当弄潮儿的作家更虚心更潇洒。或者说，鲁羊提出的"后半夜"的象征和北村对形下文化的痛心批判，都得益于作家们所恃的精神信仰，依据了西方文化中的某种思想武器，他们对当下文化状态和精神状态所作的批判未必很成熟，对当下文化精神弊病的要害也没能看得很准，但我们不能不承认作家观世态度的真诚和严肃，他们以各自的精神之流汇入到湍急壮观的时代大潮，自有其独到的精神特征，又是当下时代精神不可缺少的一部分。

这些年轻的作家们与知青一代同样严肃的作家们并不相同，后者是在信仰、探索、幻灭中意识到知识分子思想力量的有限性和个人主义的局限性，所以他们毅然跳出自制的光圈而走向民间，企图在一个属于他者的更大的空间里融化一己的能量。而年轻一些的作家们更加倾向思想的个人化和文化的反叛性，他们即使没有如北村那样坚定的信仰和鲁羊那样执著的追求，也能以直接的艺术感受来表达他们对世界的批判态度。如收入本卷的叶曙明的《尘与土》，无论是对历史的理想主义与现实的疯狂虚空的对比，还是对现代人的欲望、孤寂、无援处境的写照，都不含有丝毫大智若愚式的虚伪嘲讽，而是充满了对这个世界的真诚感受。叶曙明的作品多次暗示了"疯狂"的意象：有老年痴呆的疯、有欲望煽起的疯、有生命无门的疯，如果没有痛切感到这种身处绝地的生存困境，是很难在艺术创造中达到如此强烈效果的。同样，这种生存困境在敏感的女性作家笔下表现得更加强烈。本卷所选的女性作家的作品各有特点：残雪保持了她一贯的极端形式和对现实世界的拒绝，蒋子丹的小说虽然偏重的是叙事技术，但纸上人物萧芒并不仅仅为叙事而设计，正如小说里萧芒对塑造她的作家说：这涉及你对女性的理想设计。萧芒因"白鸟降落"的幻象而与宁羽结合，可以看做是对纯精神的追求，因而她对男人开放的永远是精神世界，但灵肉分家的结局与塑造她的作家初衷相违背，于是作家最后只能为她设计了神秘主义的命运。还有陈染的《无处告别》，逼仄地传达出1990年代文学的某些精神特征：如果拿它与1980年代的名篇《方舟》相比较，不难看出后者的精神充满了战斗性。当三个被男性权力社会所抛弃的女人聚集于一室精诚团结，你不能不被作家崇高的理想主义所鼓舞，《无处告别》中同样有三个曾经想拒绝男性权力的女人，但她们之间作为集体的凝聚力则是涣散的。《无处告别》中的女人们所被拒绝的领域要比《方舟》里宽得多，血缘和情爱的幻象、中西文化的幻象、神秘主义的幻象，在主人公黛二小姐的生活经历和心理经历中都被一一刺破，无处告别的状态也是作家对身处绝地的困境的感受。萧芒和黛二，以及那个饲养毒蛇的小孩，所展示的作家对现实世界的心理反映几乎是相当接近的，这里，我们的读者依然可以看到中国知识分子二十世纪以来一脉相承的精神传统。时代的无名状态使知识分子在反映社会变化时采取了个人化的方式而不是像五四时期那样的时代精神布道者的方式，但他依然有权利通过个人化的方式来选择和表达知识分子在这个时代里应有的生存态度。

　　无论从民间世界的文化意义还是知识分子个人化的思想探索，我们从1990年代的小说创作来窥探知识分子的精神劳动,这个时代的某种风气的变异,并没有使知识分子质变成如某些理论家所断言的"后知识分子",不过是知识分子的人文精神时有高扬时有涣散,知识分子的岗位意识也时有调整,这本身是很正常的。自二十世纪之初西学东渐以来,时代风气数度大变,对知识分子的精神活动都带来过干扰,而且每一代知识分子也都有其不同的展示自己的方式,但这并不能说明知识分子已经丧失了自身的社会功能,蜕变成一种技术性的职业。启蒙不是知识分子在二十世纪所扮演的唯一角色,即使在五四时期也并非如此;商品经济大潮也不是第一次对知识分子构成威胁,在二三十年代知识分子也能够及时通过调整自己的岗位来履行自己的使命。如果在这些带有根本性的问题上缺乏应有的定力,模糊了自己的岗位和责任,那也不成其为中国的知识分子了。我们通过呈献在读者面前的这套1990年代小说选,希望读者能相信中国文学的实绩所在和中国知识分子精神劳动的实绩所在,为二十一世纪的文化工作者留下一份无愧的精神遗产。

1995年3月28日改定于黑水斋
(初刊《海南师院学报》1995年第2期)

碎片中的世界与碎片中的历史

——《逼近世纪末小说选（卷三，1995）》序

先说一段比喻：

有一面大镜子，从古以来就耸立在天地间，在阳光下照映出宇宙万物的完美与和谐。时间长了，人们不知不觉地把镜子里的世界当做了真实的世界，仿佛天底下本来就该是这么个样子，有一天，也许是天外飞来不明物，也许它内部蓄了许多的热量，总之是镜子突然碎了。碎得很彻底，玻璃几成粉末，略有成形的碎片都乱撒一地。但它作为镜子的功能还在：成了粉末的，在阳光下依然闪闪发亮，那碎片，按了自己的奇形怪状，照映出各个破碎的世界。人们感到了陌生，疑惑地问：怎么，世界一下子变得那么零碎？又过了许多时间，人们渐渐地习惯了。有时从各个不同的碎片来窥探世界，也觉得挺有意思，好像天底下的"世界"本来就该是零零碎碎的。后来，人们又发现，那些镜片中的世界虽然破碎，却变得亲切而实在，原来人们自己眼睛里看见的，并不是过去镜子里出现的完美和谐的世界，恰恰也是零零碎碎的。于是，人们开始收集起那些不规则的碎镜片，用它排列出各种各样关于世界的因素。

碎片中的世界

我读着这部"逼近世纪末"小说选的初选稿时，脑子里就出现了这个比喻。在连续编了两卷以后，1995年的小说创作却显得很平淡，

应验了我在上一卷小说选的序言里所预测的,文学的无名状态正在形成。那面大镜子的比喻,是指时代的"共名"状,而无数的碎片和粉末,正是1990年代的文学本相。

正如碎片和粉末也是物质,也有发亮和照映的功能一样,时代的"无名"状态并不是一个虚无的世界,每个知识分子必须以个体的生命来直面人生,靠自己独特的体验和独特的心声,来加入这个"无名"之"名"状。理论界有关重新整合主流文化的企图都可能是徒劳的。从1990年代成长起来的一代的作家们,既不像1950年代作家那样,亲自经历了政治的迫害和历史的玩弄,也不似1970年代成长起来的知青作家,在上山下乡的时代里接受过生活的严峻考验,灾难的岁月不过是他们童年时代看过的一场印象模糊的电影。他们接受教育和获取信仰的时代,正是社会发生大变革时期,一切固若金汤的传统信念统统连根拔起,仿佛整个世界翻了一个身;他们走上社会的时候,社会已经像神话里的巫婆一样,霎时间变出无数欲望塞满了各个角落,足以让他们惊讶得目瞪口呆,他们本能地将主流文化视为陌路,既不认同也不关心,他们自觉地把自己定位在远离政治生活中心的"文化边缘"地带,表现着他们自私自恋的生活方式和心理欲望。

但是,在今天这样一个日新月异的社会大转型时期,再自恋的人,只要他是认真地生活,认真地感受,在他的自恋性的文字里同样会折射出灵魂深处爆发的强烈欲望和痛苦冲突。这种游离了时代的主流文化制约,发自个人心灵深处的感受,往往是小说创作中最动人的因素。

譬如,我在邱华栋的作品里,看到一股有别于其他年轻作家的心理因素:对物质世界的强烈仇恨。他们一代知识分子,因为没有靠拢权力和财富的中心,大多数人还处于相对贫困的环境,这在许多年轻作家的笔下往往以自嘲的方式来一笑了之,这是司空见惯的。但邱华栋不一样,在他笔下流露出来的,是一股外省人进巴黎的拉斯蒂涅遗风。[①] 他

[①] 拉斯蒂涅是法国作家巴尔扎克笔底下的一个典型人物,代表了单纯而满怀理想的青年人从外省进入巴黎后被现代都市腐蚀而堕落的形象。

所描写的城市流浪人，来自外省甚至农村，聚集在到处弥散着暴发户疯狂气息的大都市里，一无所有，却拼命想挤入这个充满欲望的世界，但命运总是无情地把他们挡在财富的大门外，于是欲望转化为仇恨和绝望。他们站在高高的立交桥上，不但不为象征繁华的高楼林立感到骄傲，反而渴望用手指像推倒多米诺骨牌一样把眼前的楼厦全部推倒。我们可以说这种心理是反常的，不健全的，但又是很真实的，饱蘸了生命的血腥气，它把一切流浪在大城市底层为追逐财富而付出惨重代价的穷人们的焦虑和仇恨，集中为一个用"手指轻轻一弹"的心理动作艺术地表达出来。这一次入选的《环境戏剧人》，从艺术上说并不完美，至少在结构上相当俗套，女主人公龙天米在寻访者一次次寻访过程中逐渐展示出来的命运和面貌，并不能揭示一个城市流浪女性悲剧性的挣扎心理和丰富的个性性格，反让人感到有不少媚俗的地方。但我喜欢这部作品是出于两个理由：一是关于"环境戏剧"的大意象，包括情节中所穿插的几场环境戏剧的表演，以及小说本身所展示的"环境戏剧"式构思，都让人感到意境开阔，这就有别于新生代作家一般"格局不大"的毛病；二是描写物质财富时所表现的复杂心态，邱华栋描写现代化都市里疯狂涌现出来的各种繁华景象和刺激性的官能享受，但文字里并不流露出小家子气的炫耀，他的文字是冰冷的，总是有意无意地点出财富背后的冷酷、丑陋和孤独，这在小说女主人公的被寻访过程中一一展示出来，小说将多多少少都有点变态的男人形象构筑成一个现代大都市的文化意象，确实比女主人公本身的浅薄故事更加耐人寻味。而且，邱华栋没有虚伪地借用其他什么名义来发泄他对这个现代都市文化的嫉恨，他直言不讳地表达出个人攫取财富不得的仇恨立场，这种立场使他关于财富的描写充满了主动性。在中国的文学传统里，可能是与史传文学有天然联系的缘故，一般擅长于表现人的权力斗争，凡涉及政治上的权术诡计、争权夺利、互相残杀、斗智斗勇，无论男女朝野，一定是有声有色的，而对于表现人的另外两大欲望，对物质财富的追求和性欲的渴望，却鲜有成功者，一谈物欲与性欲，中国作家总是难免"一下笔就肮脏"的心理障碍，即无法像菲茨杰拉德那样神采飞扬地写出人对财富的追求，也很难像劳伦斯那样把性爱写得那么具有生命力。其实，财富与权力一样，它在人类实际生活中含有腐化灵魂的根本特性，但它又恰恰是人类生生不息进行追逐的目标。这是人类堕落的必然趋势，正因为它之不可避免，人类才需要宗教和人文理想等精神方面的追求，来抗衡内在的堕落趋势。这种追逐、堕落和自我抗争的过程本身，是可歌可泣，极其动人的。在西方文学经典中，这是一个带有永恒性的题材，而在中国，则属于刚刚起步的新景观。假如邱华栋不去沾染现代城市流浪汉中常有的媚俗心态和急功近利的趋炎附势，不为暂时的成功沾沾自喜，而是真正愿意将自己的心沉于现代生活激流的深层中去认真厮杀搏斗，并认真体验这个搏斗给心灵带来的刺激和颤动，我相信，邱华栋的创作会有更大的发展。

邱华栋虽然属于较年轻的一代作家，但还不是很典型地代表了那些沉溺于个人或一个封闭圈子里的琐事的创作，近年来江苏活跃着一批由写诗转入写小说的年轻人，他们的作品似乎更带有这种封闭性的倾向，比如韩东和朱文。与拉斯蒂涅式的外省乡巴佬的强烈态度相反，他们面对生于斯长于斯的城市所发生的神奇变化，完全采取了无动于衷的态度，只觉得这城市与他们的精神距离越来越远。他们从城市生活中游离出来，企图还原为一种非社会性的近于原始的生活状态。关于他们在创作上的实验，已经有不少评论家作出了阐释，我在这里只想探讨一个问题：他们自称是摆脱了"各种社会及文化的污染"，抽空了文化传统的"重负"，退回到"第一次书写"的状态，即用自己的生命来"直接面临"写作，我们假定这种"写作"是可能的，那么，他们的创作与今天的生活究竟是处在一种什么样的关系之中？韩东在一首非常有名的诗里，用简洁明了的语言揭破了前人围绕大雁塔制造的各种神话，把它还原成一个普普通通的现代旅游点，一座让人吃力地爬上去，看看四周的风景，然后再走下来的空塔。这首诗之所以有代表性，因为在它之前，曾有人也写过登大雁塔的诗，而且在诗中极力铺张渲染有关塔的悠久历史文化传统，只有将这两首诗对照起来才有意思，并且更加突出了韩东对强加于当代人精神世界之上的传统的厌倦和嘲弄。人类本来是在历史文化积累中不断走向进步的，但是当文化传统的承受过重，压抑了人们对当下生活的具体体验，那还不如抽空它，让人们直接面对生活的本来状态，直接来表达他们的感情欲望。所以这首诗的成功，多半是出于一种技术性的对比效果，当韩东试图把这种认知生活的态度推到小说创作领域，并成为一种显示"代"的审美原则，它的难度就变得相当大，它的实验结果也不像有些评论家所阐释的那么乐观。有研究者认为以韩东为代表的小说创作是一种"知识分子的写作"，其特点表现为知识分子"从'书写他者'到'书写自我'，从'代言人'式写作到'个人化'的写作，以重新确认知识分子的自我存在"。依我看，这一理论概括的意义，只是预期了这一类小说可能达到的实绩。因为知识分子的概念本身就是历史文化积累的产物，如果离开了对人类精神文化传统的自觉认同和继承，离开了与社会正义、良知等概念的精神联络，又何来"知识分子"的自我确认？如果真以这个标准去衡量并读解这一类小说，那么，这正是它所缺乏的因素。我很赞同韩东他们关于写作的一些意图和追求，比如他在朱文小说集的序中说："把握住自己最真切的痛感，最真实和最勇敢地面对是唯一的出路。……这和那些杜撰悲哀和绝望的作家是截然有别的。他们的写作不伤皮肉，名利双收，一面奢谈崇高之物，既虚无又血腥，一面却过着极端献媚和自得的庸俗生活。他们把写作看成了成功的一种方式，如果能从其他方面获得更多的成功和回报，放弃写作又有何不可呢？"又比如他们揭露以往的诗人往往"在权力社会中以人民的名义抒情"或者"以'人类'的名义抒情"。"两种抒情都相约排斥个人，它要求充当喉舌或者器官。"尽管这样一些精彩的议论都是用于对负面的否定，而对其自身创作所强调的"第一次书写"的基本精髓都没有进一步的展开和阐释，但我觉得，即使从其否定的对立面的内涵来对照，也不难理解韩东所说的"最真切的痛感"和"最勇敢地面对"，正是一种当代知识分子个人的自我确认方法，而且这种自我确定绝对不可能在与社会环境相隔绝的"自我"或者"封闭圈子"里完成，他们对主流社会和世俗社会的自觉拒绝，也应该理解为某种自我精神拯救的企图，以世纪末式的自我放纵来表达知识分子失落了话语中心地位以后的自负和孤傲。但我无法证明的是,他们的创作是否成功地表达了这些企图?正是出于这种疑虑,我们在编选前两卷小说选时,几乎通读了韩东的所有作品,并反复讨论,最后仍然选入他的早期作品《掘地三尺》。这是我的主张,在韩东用童年视角表现一个荒诞年月的故事时,这种个人化的写作视角与环境之间所展开的关系,比较明确一些。在1995年的小说中,我读到了韩东的《障碍》,在我个人的感觉里,这部作品比《三人行》《西安故事》更明确地表现了他所追求的知识分子自我确认的困境。小说描写的生活事件很平淡:主人公与一个朋友的女友发生了性爱关系,两人做爱过程非常自然、和谐和默契,他们热烈而且缠绵,似乎达到了创世纪以前的境界,可是关于对方是"朋友的女友"这一伦理观念始终若有若无地梗在他俩感情交流之中,成为一种难以摆脱的精神障碍,最终他们分手了,几年以后,那位朋友才告诉主人公,当时他已经抛弃了这个女友,才故意把她"输送"到主人公的身边……这个故事相当古典,除了韩东一贯叙事风格的绵实、老到、贴肉,而且引人入胜以外,小说文本也诱人生出许多联想。那位女友王玉,是一个与现代生活相对立的奇观,主人公从她的身体联想到南方、边疆、神奇的岩溶和众多的民族,联想到植物和大自然,与这样一位女性的肌肤之亲中获得怎样的心理感受是不言而喻的,王玉的淫荡就像大地的春光和雨水一样迷人,没有丝毫矫情和羞耻,倒是成为向世俗社会道德的一个挑战;可是作为知识分子的主人公恰恰不能从中领悟生命初元状态的"第一次"的快感,他无法摆脱世俗的顾忌:四周邻居的眼光、朋友间的伦理、社会的舆论……他只能是一个世俗文化环境的俗人,永远也无法"抽空"社会和文化造成的障碍。这部小说不但将韩东一代知识分子所感受到的文化困境淋漓地表达出来,它的意境也比《三人行》等小说阔大得多,在有关方方面面的环境描写中,读者不难领悟他们身处的主流社会对他们构成怎样的威胁。同样我也很喜欢朱文的《食指》,虽然写的只是"他们"封闭圈子的一群诗人的生活场景,但"食指"的意象沟通了更为深远的历史内容。历史上的食指,曾经在"于无声处"开创了一代诗风,成为朦胧诗的先驱者,他为此经受了时代的残酷考验，至今还在精神病院里受难；而当代的"食指"，再一次退出了这个文化艺术都已经被深深污染的世界，自觉地转向广袤沉默的民间大地，企图实践把诗歌交还给人民的主张。诗人所说的"人民"，明确不再是被权力者利用来玩弄手段的政治名词，而是与世俗生活紧密联系在一起的，实实在在生存在大地上的民间，诗人在知识分子的主流文化彻底崩溃的那一年飘然远去，隐没于民间世界，谁又能证明，"食指"已经死了或者发疯了呢？小说最后部分公布的"食指"遗书是很有意思的，那时他已经站在了民间世界的边缘，他站在分界线上，一边是来自民间世界的挡不住的诱惑，一边是对以往知识分子文化和生活方式的恋恋不舍，我们似乎更应该注意那封信的时间，正是在那个时间，中国的文化发生了一次转机。朱文在小说里故意用混淆文本的手法，把"食指"的作品与"他们"一代诗人的作品互相混淆，暗示"食指"的精神正散布在这一代新诗人的作品中，在读上去似很不严肃的叙事风格中，寄予了严肃的思考。对这样一个诗人圈子，因为有了"食指"的精神传统穿插纵横其间，已经很难说是个封闭的圈子了，这里面似乎含混着一种新的信息，在这一批知识分子走向世纪末大门的过程里，可以隐隐地听到脚步重新踏在大地上的坚实有力的声音。

　　也许我是个主观性很强的批评家，我在阅读这些作品时，并没有真正还原和理解新生代作家的特点，反而冒着可能会歪曲原作的危险，来阐述我自己的理论主张。好在这些作品都客观地存在着，读者尽可以根据自己的口味去理解这一代作家的精神。我只是站在批评和选家的立场上，表示我的喜欢和不喜欢，我愿意把这些作品中一些隐约可见的创意性因素发扬出来，愿意看到这一代作家潜藏在自己内心深处的真正激情被进一步表现，而不愿意看到一些似是而非的理论去助长新生代创作中的平庸倾向。本来，作为"文革"后成长起来的年轻作家，想通过对前两代人生命中不能承受之重的使命感的嘲弄和消解，来认定自身的立场，这是可以理解的。但事物并不是必然依照"二元对立"的方向转化的。就说"游戏"吧，席勒将游戏比喻艺术创作，正是取了小孩子游戏时全神贯注的精神，来排除成人功利世界的污染，使艺术成为一种纯粹的审美活动，并不是一提倡游戏，就可以吃喝拉撒地胡来，把德国人的"游戏说"篡改成上海人的"白相相"和"淘糨糊"。就说"消解崇高"吧，说到底也不过是揭穿历史的权力话语强加在这个观念上的虚伪光环，并非要人一躲避崇高，就应该朝卑鄙顶礼膜拜，奉金钱为拜物教。如果这些基本的理论界定都不明白，一味地强调消解一切，强调游戏人生，强调后后后现代，其最终的结果是让平庸的市侩气麻痹这一代作家本该有的敏锐性和原创性，窒息他们真正的创作才华，同时也窒息了世纪末文学中最宝贵的战斗性。

在邱华栋和朱文所代表的两端之间，新生代作家们还奉献出许多不错的创作，展示出他们个人在这个时代大变动中的精神感受，如本卷所选的须兰、虹影两位女作家的作品，都与她们以往的创作风格有别，纵然碎片里反映出来的只能是破碎的世界，但由于镜片自身的光亮度，其照出来的世界内涵超出了碎片体形的局限，多少有种大的气象贯穿其间。同时，出于同样的理由，我也建议从初选名单中删去两位年轻作家的作品，尽管他们目前很被看好，但在我的审美趣味里，总觉得少了一点个性。在我看来，媚俗、平庸、无意义，有时也会成为一种专制时代"主流文化"的另一面，即市侩气的泛滥，这在俄国沙皇时代已经被高尔基强调过的。当有些年轻作家自认为反对了原先宏大叙事里的崇高理想，就能还原人的自由本相时，却没有意识到你所放纵的轻薄、凡俗、卑琐的自由本相里，也同样认同了一种并不完全属于你的世俗"主流文化"，你仍然是一个代言人或传声筒，不过是将原先虚伪的观音娘娘手里的杨柳净瓶，换作了埋在地下的实实在在的大粪管。所以在主编这套小说选本时，我深知我所面临的困难：一方面我明知1990年代中国文学的变化趋向，人们开始拒绝任何抽象于世俗的"绝对观念"，拒绝被权力者所操纵的主流文化，放逐原则，还原个性，也就是将镜子打碎成粉末的征象；但另一方面，既然还原人的个性，就应该更像一个正常人那样认知生活和实践生活，那么，人的理性依据从何而来？人的感情生活在怎样的状况下能够有别于动物性？个人与时代生活的关系又将怎样构成？换个比喻说，碎片与粉末里映出个什么世界？这些问题对一个真正的作家来说，是不必多作考虑的，一个优秀作家的灵魂的真诚表现里，自有大痛大爱，感人深切的力量，即使不借助时代大音，也能个人化地表现出来。这种作家创作过程中自然流露出来的因素，却正是评论家和文学史研究者应该特别关注的。所以，我希望我们这部将延续八年时间才能编完的小说选，能与生活同步地拣拾起各个碎片来，拼凑、排列、组合，构筑起一个无名时代的世纪之门。

碎片中的历史

好像不止一位朋友告诉我，1995年小说创作的一个特点是中短篇小说势头平平，像一池平静的春水，长篇小说却出现了颇为雄壮的景象。我粗读几部，这种对比的印象倒并不强烈，只是觉得这一年的长篇小说成果再次证明了知青一代作家在创作上的爆发力，一些比较优秀的作品，很少是作家以往中短篇创作的重复和综合，也很少有意迎合主流文化或者社会时尚而刻意编造的故事。作家都采取了以个人方式来理解世界的立场，参与到当下社会的精神构建。

一位朋友给我的信中，着重谈了"历史"对小说的影响，这是很重要的提示。长篇小说不可能以时间的横截面或心理片断作为主要表现内容，它的艺术容量决定了作家创作中必须建立起较大规模的时间架构。时间在小说要素里是多重载体，时间的展示，载负了一定叙事顺序，同时，也体现了作家的历史意识。一般来说，历史意识不是体现在故事材料和细节中，它躲在时间的背后赋以故事特定的意义。所以叙事与历史，在时间的同一范畴内构成了密不可分的关系。以李锐的两部小说为例：《旧址》是通过叙事展示历史，它叙述了一个家族从大革命时代到"文化大革命"结束的全部历史过程，读者即使不了解历史，也可以通过叙事来了解它；《无风之树》相反，它通过历史赋以叙事意义。它只写了矮人坪发生的一场风波，时间不过几天，但因为它发生在"文化大革命"中清理阶级队伍时期，这一特定意义的历史时间，赋以小说特殊的意义。历史预设在读者的脑子里，读者通过对历史时间的回想,加深对小说叙事内容的理解。但是作家李锐无论是创作《旧址》还是《无风之树》,历史必须预设在他的头脑里,以他对历史的认知态度决定如何叙事。这是作家的历史意识。又因为历史无法割断,即使作家在表现生活现状时,他的头脑里也必然会生出"现状由何而来"的总体观念,这种观念若写进了小说,也同样是历史意识。

历史是已经消逝了的存在,了解历史真相有两种途径:一种是借助统治者以最终胜利者的立场选择和编纂的历史材料,如历来的钦定官史等,由此获得的历史的总体看法,我称它为"庙堂的历史意识"。它除了站在统治者的利益上解释历史以外,还表现在强调庙堂权力对历史发展的决定作用,等等。还有一种是通过野史传说、民歌民谣、家族谱系、个人回忆录等形式保留下来的历史信息,民间处于统治者的强权控制下,常常将历史信息深藏在隐晦的文化形式里,以反复出现的隐喻、象征、暗示等,不断唤起人们的集体记忆。由此获得的历史看法,我称为"民间的历史意识"。张炜在《柏慧》中反复写到有关徐芾东渡日本的民间歌谣的破译,仅是一例。作家站在庙堂与民间之间,用长篇小说的形式来表达自己的历史意识时,不能不在这两种立场上做出选择:是站在庙堂的立场上,根据主流的历史观念来编写故事情节,还是站在民间的立场上,从大量生存在野地里的文化形态中,寻找历史的叙事点?1990年代的长篇小说创作,多少体现了由前者向后者的转移。1950年代以来,历史学被纳入了阶级斗争的理论范畴,长篇小说所展示的历史,只能是主流意识形态的图解。1980年代以后,作家才开始突破禁锢,慢慢地朝民间立场转移。新的迹象先是出现在中篇小说领域,以莫言的《红高粱》为代表,形成了"新历史小说"的创作。长篇小说要到1990年代以后才出现变化,张承志的《心灵史》、张炜的《九月寓言》,都是重修民间史的长篇典范之作,相比之下,1995年的长篇创作在总体成就上并没有更大的突破,但有两部作品——王安忆的《长恨歌》和余华的《许三观卖血记》,有意识地开拓了都市民间的新空间。这两部小说从不同的视野展示了1940—1980年代中国城市的民间社会场景。"民间"不仅仅是叙事内容,而且还是一种叙事立场。在庙堂的历史意识观照下，以往作家们有意无意地认同一个思维模式，认为重大的历史事件，尤其是政治事件，直接影响了社会的发展进程，所以，重大历史事件成了历史的中心。在创作中，假如民间仅仅是叙事内容，就很容易落入所谓"大时代中小人物"的构思套路，即通过对小人物命运的描写，折射出时代的"大"面貌。而在这两部小说中，作家都有意地偏离和淡化重大历史事件的影响，在琐碎的日常生活中，展示民间生活的自在面貌。城市文化与农村文化不同，因为形成历史短暂，缺乏源远流长的文化传统作为其稳定的价值取向，而且在城市里，市民与政府的关系远比农村要直接得多，城市的主流文化往往是政府与市民共同参与建设的，所以民间的自在性也相对小。但因为市民的家族来自各种地区，是携带了自己家族的原始文化记忆进入城市的，这种原始的文化记忆（包括家乡的风俗、生活爱好以及区域文化造成的性格等等）汇入了城市文化潮流中，形成市民私人生活场景，这就是主流外的都市民间文化。两部小说展示的城市风貌有很大的差异，但都是从破碎的民间文化出发，构筑1940—1980年代的城市民间历史，这就与以前描写城市的文学作品，呈现出不同的面貌。

《长恨歌》以1940年代选"上海小姐"为故事引子，这事件本身就包含了现代城市繁华与糜烂的双重文化特性，尽管它在形成之初也带有主流文化的色彩（如电影导演劝阻王琦瑶参选时所举的理由），但事过境迁，它成为王琦瑶们私人性的文化记忆，作为一种都市民间文化的品种保持了下来。1950年代的上海进入了革命时代，革命的权力像一把铁篦子篦头发似的，掘地三尺地扫荡和改造了旧都市文化。但王安忆的聪慧和敏锐，使她能够在几乎化为粉末的民间文化信息中挖拾起种种记忆的碎片，写成了一部上海都市的"民间史"。虽然她没有拒绝重大历史事件对民间形成的影响，如"解放"，"文化大革命"和"开放"，但她以民间的目光来看待这种强制性的权力入侵，并千方百计地找出两者的反差。她这样描写上海的小市民在1950年代初与政府之间的关系：

　　所有的上海市民一样，共产党在他们眼中，是有着高不可

攀的印象。像他们这样亲受历史转变的人，不免会有前朝遗民的心情，自认是落后时代的人。他们又都是生活在社会的芯子里的人，埋头于各自的柴米生计，对自己都谈不上什么看法，何况是对国家，对政权。也难怪他们眼界小，这城市像一架大机器，按机械的原理结构运转，只在它的细节，是有血有肉的质地，抓住它们人才有倚傍，不至陷入抽象的虚空。所以，上海的市民，都是把人生往小处做的。对于政治，都是边缘人。你再对他们说，共产党是人民的政府，他们也还是敬而远之，是自卑自谦，也是有些妄自尊大，觉得他们才是城市的真正主人。①

可以说整个长篇构思都在敷衍这段议论，时代要求人民成为国家机器的螺丝钉，拧在机器上并完全受制约于机器，而王琦瑶们擅长把"人生往小处做"，即使身处螺丝钉的境地，也能够"螺蛳壳里做道场"，做得有血有肉，有滋有味。因为它是以个人记忆方式出现的私人生活场景，芥末之小的社会空间里，仍然创造一个有声有色的民间世界。

余华的《许三观卖血记》描写的城市场景，并不具有现代都市的色彩，它是传统城镇文化的延续，由农村脱胎而来。许三观虽然是个靠出卖劳动力换取报酬的第二代产业工人，但他的生活文化形态，基本上是由农村家族带来的个人记忆。小说一开篇就写许三观返乡看望爷爷，这是小说中唯一描绘的许三观与农村家族相联系的场面，不但点出了这个城市贫民私人文化场景的特点，而且也揭示出，许三观一生卖血惨剧，正是从农民光靠出卖劳动力还不够，必须出卖生命之血的生存方式中继承而来。当然不是说，城市里没有靠卖血为生的例子，而且许三观也并不靠卖血为生，卖血只是像一个人生的旋律，伴随了许三观平凡而艰难的一生。我曾指出过：《活着》的叙事视角和叙事方式，是借用了

---

① 王安忆《长恨歌》，收《王安忆自选集》第 6 卷，作家出版社 1996 年版，第 145 页。

民间叙事歌谣的传统，有意偏离知识分子为民请命式的"为人生"的传统，独创性地发展起民间视角的现实主义文学。《活着》是从叙事者下乡采风引出的一首人生谱写的民间歌谣，《许三观卖血记》虽然没有出现叙事者角色，但许三观的人生之歌，依然是重复而推进了民间的历史意识。许三观一生多次卖血，有几次与重大的历史事件有关，如三年自然灾害和上山下乡运动，但更多是围绕着民间生计的"艰难"主题生发开去，结婚、养子、治病……一次次卖血，节奏愈来愈快，旋律也愈来愈激越，写到许三观为儿子治病而一路卖血，让人想到民间流传的"孟姜女哭长城"的歌谣，包含了民间世界永恒的辛酸。小说所展开的"人生艰难"的主题与时代的重大历史事件之间，不再是那么直接限制为"决定与反映"的机械关系，就像"孟姜女哭长城"的悲惨故事一样，秦王暴政已经抽象为一般的庙堂权威对民间构成的根本性威胁，苦难和悲惨，都成为民间自叹自怨的命运主题。这部小说所表现的民间私人场景也是饶有趣味的，处处充溢着幽默与欢悦。民间的生命力并不表现在受赐于外界的"幸福"和拯救之中，恰恰是在日常生活中为抵抗、消解苦难和绝望而生的超凡的忍耐力和乐观主义。"许三观过生日"一段，用想象中的美味佳肴来满足饥渴的折磨，这是著名的民间说书艺术中的发噱段子，移用在许三观的私人场景，很确切地表现出民间化解苦难的特点。

因为历史是已经消逝了的存在，庙堂和民间可以同时展开对它的记忆、梳理和描述。就仿佛是同一时间空间中并行着两个完全不同的话语世界，背后所支撑的，正是两种不同的历史意识。双方以各自的立场对历史现象的规律性作出解释，并将各自的解释推向普遍性。但这对峙着的双方于知识分子来说，都是局外的世界，知识分子站在两者之间，只是被动地进行选择，是按庙堂的历史意识修史讲史，或是按民间的历史意识进行创作。就像张承志毫不犹豫投向哲合忍耶的民间宗教来叙述历史一样，王安忆和余华的创作，也许是无意地遵循了城市民间的历史意识。如果从文学史上去找渊源，像1930年代的老舍和1940年代的张爱玲的创作，多少可以看作是他们创作的前导。

那么，接下去的问题是，五四以来，现代知识分子（作家）在创作实践中有没有建立起自己的历史意识，至少是对此做出过努力？他们站在前两种历史意识之间，有没有在被动选择的同时，还利用或借用其立场来表达自己的历史意识？这是很值得我们在学术上认真探讨的问题。郜元宝将长篇小说创作上的薄弱归咎为五四一代知识分子历史意识的薄弱，也正是从一个极端立场挑开了这个问题的现实性，若要全面论述它，本文的简短篇幅是无法胜任的。我只能通过对当代长篇创作的个案研究，来谈一些初步的看法。所谓的历史意识，不是一个孤立的意识存在，它与整个社会意识是相联系的。在古代儒家的史学传统里，就存在着高于庙堂权力的历史意识，被文人所美谈的"在齐太史简，在晋董狐笔"，正是这一史学传统中的典范。但由于在封建社会制度下，文人的价值本身就是通过庙堂来实现的，所以文人的历史意识根本上仍然是庙堂文化的派生。五四以来，知识分子建立了启蒙主义的立场，在史学领域也爆发了一系列的革命，如果从学术的意义上讲，远比文学革命要精彩，但是由于现代知识分子受到急功近利的现实政治思潮的挤压，长期滞留在价值取向相当虚妄的"广场"上吵吵闹闹，对自己的传统梳理、学术定位、民间岗位及其价值体系，均未很好地解决，[①]他们的思想劳动不能不依附在新的庙堂文化形态中得以表现，因此，不可能在局部的历史意识方面获得完整的成果。胡适在引进西方新的史学观念来研究历史上有过首创之功，但胡适的史学研究仍然是相当破碎的；王国维从甲骨文中考证出西周以前的历史真实，这本是改观中华历史的伟大之举，但其学术成果在思想文化上并没有带来新的革命，远不能与欧洲的文艺复兴运动相比；郭沫若用马克思主义观念来研究古代社会，虽然新意迭出，但其成果只能为现代庙堂文化所利用；[②]著名的疑古辨古派大

[①] 请参阅本文集第 1 卷第 5 辑中的《试论知识分子在现代社会转型期的三种价值取向》。

[②] 可参考郭沫若后期著作《李白与杜甫》和"文化大革命"期间有关出土文物的考证文字。

师顾颉刚的历史意识,也长期徘徊在庙堂文化与民间之间。① 现代史学没有建立起一个强大的丰厚的知识分子传统,这是事实,所谓"独立之精神,自由之思想"的个人学术立场,也仅停留在理想境界,心向往之,却不能至。如果把这个背景移到文学创作,就不难理解,为什么1917—1949年间,中国长篇小说创作这么贫乏,且长篇历史小说更为贫乏。

但是,现代知识分子历史意识薄弱,不是说它根本就不存在。知识分子在批判庙堂文化和民间文化的过程中,也曾零零星星地积蓄了有关历史的记忆和见解,更何况在中国现代文学深受影响的欧洲文学传统里,法国大革命以来形成的自由与民主观念以及俄罗斯文学里丰厚的知识分子传统中,都深藏了知识分子对历史的独立立场。这对中国现代作家在创作上的影响,远较历史研究方面深刻。在现代长篇小说创作中,对知识分子的历史意识作过自觉追求的,至少有三个作家:巴金、李劼人和路翎。虽然在1940年代以后,知识分子被戴上"小资产阶级"的帽子,其思想意识无法自由独立地展开,这三位作家在历史意识方面所建构的精神遗产也没有被人们充分地重视和理解;虽然1950年代以后,强大的主流意识形态完全支配了历史学领域,作家在长篇创作中为了摆脱庙堂的历史意识的桎梏,唯一的途径就是借助民间或者隐身民间,而无法独立地支撑起历史,但我仍然愿意看到,知识分子在借鉴和批判庙堂和民间的历史意识过程中,对建构自己的历史意识做出的尝试性努力。

要探讨这个问题,1995年有两部长篇小说都值得我们重视。一部

---

① 顾颉刚的史学意识长期徘徊在"庙堂"和"民间"之间,"庙堂"是指三四十年代的国民党政权,顾颉刚曾用他的史学研究成果参与向蒋介石献鼎的活动。参考顾潮编著《顾颉刚年谱》1943年条,中国社会科学出版社1993年版)"民间"指顾颉刚对中国民间文化的整理和研究,这部分工作是相当有价值的。参阅(美)洪长泰《到民间去:1918—1937年的中国知识分子与民间文学运动》,董晓萍译,上海文艺出版社1993年版。

是张炜的《家族》，一部是李锐的《无风之树》。关于《家族》[①]，就客观的艺术成就而言，没有超过《九月寓言》。《九月寓言》所展示的，是民间自在的历史意识，其关于宇宙、生命、生存、苦难都有完整且完美的内容，张炜慧眼独具地从民间发觉并表现出它的状态，这本身就已经获得了成功。而《家族》中张炜描绘的是知识分子自身的命运，这就不能不面对并无遗产的知识分子的历史意识。这一点上，《家族》又重新面临了李锐前几年创作《旧址》时面临的困境，这两位作家都是通过家族史的写作，击破庙堂历史所构筑的神话，但是在历史的叙事过程中，又不得不借用了庙堂的历史意识的思路，他们无法像《九月寓言》《许三观卖血记》那样，偏离和淡化重大历史事件的影响，展示出民间自在的历史发展方式。他们笔下的知识分子，没有形成自己的精神传统，没有对历史的独特叙事方式，因此，只能被束缚在庙堂文化制造的困境里历尽磨难。作家虽然满腔同情，却没有武器可以制止惨剧发生，所以一股悲愤欲绝的急促之气弥散在两部作品的文字之间。如果对照《日瓦戈医生》，这里的差距就更加明显。《日瓦戈医生》也描写了知识分子革命的历史纠葛和历史最终导致的悲剧性结果，但那些从旧文化传统中脱胎而来的俄罗斯知识分子，始终带着饱满的历史意识去观察和参与历史的变动，他们对历史和现状的思考，拥有强烈的主动性。虽然如此，张炜的《家族》仍然体现出作家捡拾历史碎片，企图拼接传统的可贵精神。特别是它通过这个家族几代人的悲惨命运的重复，提出了人类精神遗产的继承性问题，并揭示了这种继承遗产的规律，就是在不断自我牺牲和接受失败的命运中，慢慢延续下去。我不知道张炜这一观察能否经得起历史的检验，但这是一个很重要的发现，如果知识分子的历史意识还将被人们探索下去，这个思想会愈来愈受到注意。

李锐的《无风之树》则提供了另外一种思路。我之所以重视这部作品，是因为还没有一部长篇小说这样深刻地展示历史意识的对立。像

[①] 关于《家族》，笔者曾有专文评价，请参阅《良知催逼下的声音——关于张炜的两部长篇小说》，已收入本卷第2辑。

《九月寓言》《心灵史》都是浑然一体地表达了民间的历史意识；像《家族》《旧址》都是在一元的庙堂历史意识笼罩下发出抗议之声，并没有构成与之对抗的历史意识。《无风之树》则清楚地对立着两种历史意识：庙堂的与民间的。小说里没有知识分子的角色，唯一有点文化的苦根儿，完全没有思想，不过是专制时代教育模式下的行尸走肉，一个主流意识形态的传声器和执行者。所以，如果一定要找知识分子的声音，那就是李锐自己，可是又被他有意地消去了，小说交替着第一人称（我）和第三人称（他）两种叙事形态，"我"承担了民间诸种角色：矮人坪的各色男人、被卖到矮人坪的"公妻"暖玉、行将崩溃的旧庙堂代表刘长胜以及毛驴和傻子，也就是说，作者暂时消去了知识分子的独立话语和立场，借助不同的声音，隐身人似的隐在民间世界的形形色色之中。"他"的角色只有一个，就是代表着庙堂历史意识的苦根儿。这两种叙事角色的对立，鲜明地突出了作者主观立场的认同与拒斥。

在这部小说里，李锐第一次写出了庙堂以外的民间世界的完整性，以及它与入侵的庙堂势力的对立。小说一开始，矮人坪的拐叔就愤怒地说：

> 你恁大的个，苦根儿也是恁大的个，跟你们说话就得扬着脸，扬得我脖子都酸啦。你们这些人到矮人坪干啥来啦你们？你们不来，我们矮人坪的人不是自己活得好好的？你们不来，谁都知道天底下还有个矮人坪？我们不是照样活得平平安安的，不是照样活了多少辈子了？瘤拐就咋啦？人矮就咋啦？这天底下就是叫你们这些大个的人搅和得没有一块安生的地方了。自己不好好活，也不叫别人活。你们到底算不算人啊你们？你们连圈里的牛都不如！

矮人坪的"瘤拐"与上面派来的"大个"干部在生理上的对比也许暗示了民间与庙堂的关系，矮人坪自在着一个民间世界，瘤拐们有自己的生活方式、道德观念和文化习惯（包括婚丧风俗）。他们的藏污纳垢，在有知识有文化的人眼中是不能容忍的：如队里集体供养妓女暖玉。这件事，在一般的社会道德标准看来是丑陋的，暖玉不但与矮人坪里的光棍保持性的关系，与有妻室的男人也保持性的关系，但这种秘密供养"公妻"的制度却成了矮人坪民间社会的一个精神凝聚点，是矮人坪社会的"乌托邦"。拐叔的自杀除了对运动的恐惧，更主要是出于对这个"乌托邦"的维护。从矮人坪的民间社会关系看暖玉的处境与遭遇，它构成了对人性的严重损害与侮辱，但矮人坪男人在守护暖玉这种耻辱的秘密中恰恰又体现了对人性的尊重和爱护，因为与权力者苦根儿企图通过整暖玉的黑材料达到政治上谋权的卑鄙行径（尽管作家不断用"理想主义"来掩饰苦根儿的卑鄙动机，但客观上仍然揭示了这种在"文化大革命"中极为普通的现象）相比较，矮人坪的民间社会处于极端贫困和软弱的境地，他们几乎没有任何能力抗拒来自外界的天灾人祸，但他们并不因此放弃生存的权力和自在的方式，他们在认命的前提下，维护着特殊的文化形式。尤其当拐叔为了保护暖玉而自杀以后，矮人坪的农民们在葬礼仪式中完整地显示了民间自在的道德力量和文化魅力。他们不顾苦根儿用"阶级斗争"理论来恫吓，一致同意将富农拐叔的遗体葬进他们家族的土地，并且在一系列的葬礼过程中饱满地体现出原始的正义感。我认为这一组场面的描绘，是小说中最精彩的篇章。

然而，更值得注意的是，作家的叙事立场似乎表现出一种矛盾态度：从理性上说，作家鲜明地站在矮人坪民间世界一边。小说通过"树欲静而风不止"的主题，表达了对那些人为制造社会动乱、扰乱民间正常生活的政治运动的厌恶和批判，但是，如果细心注意到小说在叙事风格上的某些特点，会发现作家创作中无意流露出来对苦根儿的同情。小说的故事背景，是"文化大革命"期间清理阶级队伍，某山村公社发生的一场政治权力转移的阴谋，苦根儿为了夺得公社领导权，打着"阶级斗争"的旗号来矮人坪搞逼供信，目的是整原公社主任刘长胜的黑材料，结果酿出了拐叔自杀的惨剧，如果发生在刘震云的小说中，从"草民"的立场看，这又是一场狗咬狗引起的小民遭殃的故事，但在李锐的笔下却是另一番景象，他把苦根儿塑造成观念形态人物，即被理想主义所异化的知识青年，苦根儿在矮人坪所干的蠢事（改造自然环境）和坏事（搞阶级斗争），都是错误理解所致，只是一种幼稚可笑的行为；而对这个人物身上具有的政治流氓特性完全忽略了。作家不断强调这个人物内心真诚的痛苦，是来自矮人坪农民们的不理解，这仿佛又回到了传统文学作品中关于知识分子与民众相隔膜的老话题。其实苦根儿的下乡，并非一般知识分子到民间去，也不是知识青年上山下乡带着善良的启蒙观念去接近民众的，他本身是带了权力下乡，代表着某种政治阴谋和权力意志，权力是用不着民众来理解的，所以，苦根儿身上的矛盾是作家制造出来的。这只能说明，作家无意中对苦根儿的立场流露了同情，甚至部分地认同。相应的，作家对民间世界的态度中，也存在着矛盾。小说运用"拟民间"的语体，由第一人称"我"分担了矮人坪的各色角色，但熟悉李锐的读者不难读出，所有角色的叙事都保持着李锐作品一贯的干练、激越、简洁等相融会的特点，纵然是夹杂着民间的粗野鄙俗，也是经过精致艺术加工的文学语言，换句话说，李锐虽然把自己融入民间世界，借用了矮人坪各色人物的声音，但这些声音所表达出来的，仍然是一个知识分子的立场。作家通过暖玉的眼睛和口吻对矮人坪男人们充满鄙视的描述，通过暖玉最后离开矮人坪的选择，以及通过对曹天柱一家（傻女人和她的大狗二狗）和矮人坪世俗社会的描绘，都保持了知识者作为民间的局外人的立场。这是李锐与张承志、张炜、王安忆等人的最大差别。

　　五四的文学传统中，李锐所持的立场并不是新开拓的，但经过几十年来社会发生的重大变化以后，能够坚持这样立场写作的知识分子，已属凤毛麟角，李锐可能是仅存的少数作家之一。在苦根儿所代表的庙堂的历史意识（英雄创造历史论与阶级斗争推动社会进步论的混合）与矮人坪农民们所代表的民间的历史意识（在认命的前提下寻找自在的生活方式）相对立的图景中，作家愿意像一把双刃利剑，一如既往地展开知识分子的理性批判。但是由于我前面所论述的，现代知识分子没有产生完整的历史意识，我对李锐写作道路的前景依然感到迷茫，因为在李

锐的《旧址》中,我分明感到有一股急切短促的感情激流在文章中左冲右突,困兽犹斗,虽然激动人心,但缺少了长篇小说艺术应有的舒卷长远的浩然大气。《无风之树》要好一些,也许正是踩着民间的"大地",但知识分子在夹缝求生的局促心态,仍是依稀可见。李锐是自觉选择了一条艰难的写作道路,我很尊重作家的这一选择,同时也真诚地希望:当代作家能够从巴金、路翎等前辈开创的道路上走下去,站到丰饶的民间大地上,继续去追求和构建现代知识分子的理想和历史意识。

1996 年 3 月 27 日于东京早稻田大学

(第一部分《碎片中的世界》初刊《花城》1996 年第 6 期,第二部分《碎片中的历史》初刊《当代作家评论》1996 年第 4 期)

个人经验下的文学与所谓"冲击波"
——《逼近世纪末小说选(卷四,1996)》序

《碑》引出的文学世界

随着时间朝"世纪末之门"一步步逼近,我们这部小说选的编选工作似乎也越来越吃力与迟缓。1996年3月我在东京紧赶慢赶地写完小说选第三卷的序,到4月下旬回上海后又在清样上大改了一次,5月份才算定稿,已经耽误了预定的出版时间。可是1997年转眼已是5月,选出的小说稿一直压在我的手里,迟迟地不愿交出去,一篇序也迟迟地写不出来。不是我的伙伴们工作不尽力,而是我心中隐隐地有着某种期待,我对已经选出的作品感到不满足,尽管我们反复读了去年一年中的各大期刊,讨论了一些被视为重大突破的作品,慎重地在选本中表达我们对当下小说艺术的主观倾向,但我总觉得去年的小说创作实际情况应该比我们已经选出的内容有更高一层的境界,总觉得冥冥之中还有吞吐宇宙精气的艺术生命静伏在书林字海中等待我们去感应和呼唤,我迟疑着,一拖再拖,总不忍这么轻易地把选稿送出去……直到前几天,新颖拿来一篇小说,连连说:我们终于找到了!我们终于找到了!这是许辉的一个短篇小说,题目叫作《碑》,一共才七千多字,新颖是那样的兴奋,竟一口气写下三千多字的推荐意见。直到读完了这篇小说,我才松下一口气,仿佛是我的期待得到了应验,这本小说选也似乎可以画上一

个句号了。

我从未有过这样的自信，认为我们选出的作品能够代表 1996 年小说创作的水平，我只是希望选出的小说能够真实地表达我和我的朋友们对这一年小说创作的真实感受，这种感受也许与时下流行的各种小说批评和理论导向并不一致，我追求的就是这种不一致。《碑》是一篇短篇小说，但它突破了短篇小说艺术的一般局限，这一点新颖在推荐意见里也讲到了。近年来短篇小说值得一读的实在不多，据说稍有些成就的作家都在埋头写长篇，当然能不能写出好的长篇来还是一个疑问。不过短篇小说，因为字数少而稿费低，通常又很难注入水分或者成为畅销书，所以严重地被轻视被放弃了，以致我们每年的编选工作面对短篇小说的创作状况总是感到一筹莫展。不过我这里所说的被轻视，还包含着另一样成分。记得在 1985 年，小说的形式探索是从短篇开始的，当年阿城宣布要写一百个短篇叫作《遍地风流》，其他作家也写出了一批有意无意地延续了废名传统的短篇小说，这些作品的特点是淡化故事、注重形式的探索和现代汉语的诗性表现，与当时注重社会批判性的中篇小说分清了不同的审美功能。当然不能说，这样的探索形式就是短篇小说的唯一模式，只是由于淡化了故事的情节性而显现了故事的叙事语言，淡化了社会批判的功利性而显现了形式的审美功能，使短篇小说摆脱社会性功能的重负以后更好体现出"短"的魅力。但随之而来的问题是：脱离了社会内容的小说语言，是否还可能纯粹地体现自身的审美功能？人的感情如果失去了某种社会性的寄寓和依托，是否还可能抽象地通过文学语言来表达自身？小说之"短"的魅力里是否还包容得了人类生命的大气象？这些问题并没有在作家们的创作实践中得到解决，《遍地风流》也没有写出一百篇来，尤其是到了社会性的审美情感普遍粗鄙化的 1990 年代，人们满足于听通俗故事的欲望远远超过阅读小说的审美需要，无论是社会性的故事还是非社会性的故事，都通过中长篇小说的艺术容量和表达形式迅速膨胀起来，于是中长篇成了小说的主要表达形式，而以形式审美探索为主要特点的短篇小说的衰势，证明了如上所持的疑问的深化。1980 年代短篇小说的散文化是作为一种新的审美趋向而被推崇的，但在 1990 年代，大散文和随笔的流行以至泛滥，已经将小说散文化的优势扫荡得干干净净，因此短篇小说的被"轻视"也含有被"轻"视的意思，似乎只有"烟村三五家"式的轻淡之作，或者是技巧性的形式唯美主义，才符合短篇小说的审美本相；似乎人之重大感情不在同样重大的社会性内容的寄寓中就不足以表现；似乎废名式的小说传统只适合于安放顾影自怜的小感悟而容不下人类生命的大气象。短篇小说首先是被"轻"视化了，才会在当今的审美风气里被"轻视"。

  在这个背景上我们谈《碑》这篇小说，也许它的文学史意义才会引起我们的重视。它的叙事内容依然很简单：一个丧偶亡女的中年鳏夫要为死者洗一块"碑"，数次去了一个叫"山王"的地方寻访石匠王麻子。第一次寻访不遇，只是烘云托月；第二次再访，虽然落实了有形之碑，心中却仍是怅然若失；于是有了三访山王，寻无庙之庙寄无言之言，无形之碑有了着落，有形之碑也就无足轻重了；所以第四次运碑树碑反倒是一笔稍带而过。洗碑本来是一种生命的凝固形式，可作家处处着墨在一个流动着的"春"字：写大地、草根、春阳、春夜，涌动着万象苏醒的生命气息。作者对石匠王麻子及山里老人、匠人等形象的描写，多少有些寻根小说的俗套，但他们这种凝固了的火山似的生活和劳动的形式，在春气涌动的造化框架里，像一幅生命元气充沛的自然长卷。正如人们远望大地草原，只觉着是一片静止风景，却看不到地缝草根里隐藏着无限生动的生命现象一样，民间的朴素生活与劳作，当然没有大都市里瞬息万变的奇观，但在草根深处，有限的生命总是与无限的自然运行紧密地联系在一起，所以这些平凡人周而复始的生活劳动的形式，却成了一道生命永恒的审美景观。许辉的小说创作中，总喜欢用日常生活的重复性来揭示作家的某种人生观念，但在这篇小说里，春气的重复出现却展示出生命的生生不息。小说有两处布局无不具有这样的匠心：一处是主人公遥视王麻子凿碑时刻出现的精神幻觉，是过去时间里扫娘亲坟墓的潜意识；另一处是整个故事被安置在将来时间的回忆叙事框架里。我曾经想过在一篇很短的作品里用这样重叠的叙事框架是否必

要，但从作品所表达生命无限性的审美效果里，不经历过去、现在和将来的三维时间则不足以传达生命苍苍莽莽的无限性。可见短篇小说形式之短和脱离社会重大题材而显现之轻，并没有命定这种艺术样式只能表达轻淡纤小的审美效果，艺术感染力是以作家投于艺术创造的主观情感之强弱来显示的，小说所体现的精神气象与境界，也只有在血肉生命的真实感受中才能显现其大小。

"无名"下的个人经验

有了《碑》这样的作品作为压轴，我才开始注意到这部小说选似乎在无意中还体现出某种内在的一致性。本来在我的理论构想里，最能说明"无名"状态下文学创作现象的，就是它所呈现的无序和涣散，每一部好的文学作品应该是一个独特的精神世界，对他者而言，只能是远远地好奇地观望却很难完全进入其内，这就决定了这个时代的文学批评也必然出现痴人说梦似的喧哗和非权威性，其喧哗构成了批评的相对主义格局，其非权威性突出了批评与批评家表达个人声音的意义。近来常听到有人抱怨批评的缺席，我是并不以为然的，近年来文学批评较之1980年代有了很深入的发展，许多评论工作者一直在努力寻求这个时代的文学特点，人们之所以感到批评的缺席，只是表明了关于批评的传统观念没有改变，一种陈旧的批评观念仍在作祟，那就是片面地以为批评必须与话语权力形态结合在一起，希望树立起批评的权威意识，使批评成为主宰舆论导向的力量，对文学创作构成某种威慑作用。在有些人看来，仿佛只有这样的批评才算是出席，它的出席是要以逼迫别人退席为代价。其实，批评家与作家都是面对生活的发言者与阐释者，批评家当然是根据一定的理论立场来解释创作现象，但这些理论立场不过是批评家确立自身批评视角的自我约束，并不是对被批评的作家就有了指导意义，批评者应该以参与者的身份投身当代文化建设，他的声音应该与作家的声音共同构成一个和谐的或者不和谐的多重奏，但并不是去充当乐队指挥。不弄清这个道理，就无法在当下"无名"状态下的文学现象中找到批评的位置，也无法对之作出实事求是的把握。

正是出于这样的思考，本书所选的"逼近世纪末"小说，继续偏重于作家在描写中非常具体地传达出个人经验的作品，在思想能力普遍薄弱、传统价值观念失范的时代里，所谓的时代共名往往只能制造出一些虚伪肤浅的话题。要做一个真诚的作家，在面对生活的同时首先应该真诚地面对自己，能够用个人性的语言表述出自己内心深处挥之不去的对某些生活场景的感受。这虽然是极其个人化也是极其平凡琐碎的感受，但唯其真诚，也就能具有真正的艺术涵盖性。本书所收的作品既无高大华美的艺术形象，也没有惊世骇俗的艺术震撼，但在许多推荐者的评语里——如张新颖评吴晨骏的《照片》、李振声评郭平的《西普里安·波隆贝斯库》、张业松评许辉的《尘世》里，几乎都不约而同地掺入了个人的经验回忆和认同，他们都被作家们朴素而真实的个人经验描述所打动，或者说，是从作家的回忆性叙述中唤起了自己对一个逝去的时代的回忆。谁能说这样的个人性文字里就不包括时代和历史的大主题？仍以许辉的长篇小说《尘世》为例，作家叙述的是1976年的故事，从所谓"反击右倾翻案风"到毛泽东去世后全国恢复高考这一段历史，这是"四人帮"被粉碎以后最先从政治上给予彻底否定的一个历史时期，许多文学作品对之都有过差不多的描述，但从今天的立场来看，这些约定俗成的历史观念多是出于现实政治的需要而被经典化和共名化，而许辉的叙事则建立在一个少年对青春期觉醒的回忆上，常人眼中充满阴谋与危机的政治事件与民间大地上普通人民淳朴而充满活力的感情生活交织在一起，出现了让人耳目一新的书写效果。小说以三个年轻女性和一个男性的名字分别作为章节的标题，有力地划分出女性世界与男性世界所不同的象征意义：男孩陈军的唯一男性导师沈鹏飞是一个被政治斗争生活异化的知识分子，在毛泽东去世后黯然自杀，为主人公盲目的政治热情画出一个句号。而三个女性如同大地一样的朴素而丰润，以青春的美丽慢慢滋养着一个人性的健康觉醒。陈军与云梅的恋爱过程缠绵得令人感动，它为那个价值虚幻、人性暴戾的时代提供了唯一的人类健康生活的精神支柱。用这样的视角来展示1976年，在共名的时代里似

乎是不可理解的，但它对我们身处的 1990 年代文学来说，却树立起一个新的参照。谁说这样的个人经验表述里不包含着重大的历史性意义呢？

林白的《一个人的战争》则表现出个人性叙事的另一种意义。这部小说在前几年就发表过，并且引起了争论，我们之所以能把它选入本书，是 1996 年出版了经过作家修订的新版本。也许我们今天划定的"逼近世纪末"是座人为的心理之门，但在当前社会价值体系日益虚幻，生存环境日益恶劣的精神压力下，我们不能不尊重一些敢于撕破当下社会正在逐渐形成的新的道德主流的叛逆行为。其实中国现代文学史上早有了这类叛逆文学的样板，那就是不朽的《雷雨》，曹禺不但让繁漪用无耻的欲火焚烧了自己的皮肉，也无情地烧毁了一个被中产阶级伦理温情脉脉笼罩着的世界，在这个世界里我们看到了什么？母子乱伦、兄妹乱伦、主仆通奸、疯狂女人以及父亲权威的崩溃……似乎世纪末的话题在这里已经被囊括了。可惜学术研究远远没有开掘这些惊心动魄场面的内涵，反而用一块"反封建"的幕布重重地遮住了这一切。"反封建"当然包含了各种文化价值观念，其主流正是以西方文明和教养支撑起来的中产阶级的伦理标准，也正是当今社会舆论中津津乐道的"白领"文化，它的中坚是那些绅士般的男人和淑女般的女人，它的场景展示在现代都市的各种繁华布景之下，包括在豪华剧场里欣赏被中产阶级观念阐释了的《雷雨》（诸如对周朴园的人性的强调和对繁漪的美化等）。当然，我在这里扯出了《雷雨》，并不是节外生枝地讨论现代文学经典的含义，只是想就近年来围绕着几位女性作家的小说引起的争论引入一个参照。我们在编选这套小说选丛书的过程中一直注视着这一个创作群体，先后推荐了陈染和徐小斌的作品，这次推荐《一个人的战争》也出于同样的关注。我对有些评论将这些创作归结为女性主义或女权话题不感兴趣，也不认为演绎某种西方的理论观念会写出好的小说，真正有生命的艺术，必然是从作家内心深处滋生出来的，无论男性还是女性，只要真正体验了自己的生命感受，都会闪烁出诗性的存在。

《一个人的战争》不过是一部教育小说，或者说成长小说，作家通过对女孩多米的童年深度回忆来展示女性的生命成熟过程,这种深度回忆并不是对每个人都平等的,因为它不仅需要记忆的强大穿透力来刺穿种种意识的障碍,追踪生命的根本;还需要有良知的强大表现力,敢于自身的种种难以启齿的隐秘公众化。人类幸而产生过卢梭和弗洛伊德,为这种人类认识自我生命真实的方法提供了参照:卢梭的《忏悔录》使丑行的自我暴露成为一种美德,而弗洛伊德正是通过童年深度回忆推导出人的性心理的成熟过程。我不知道林白有没有受过这两位大师的暗示,但多米对写作初期抄袭风波的自我暴露的描写,多少有些《忏悔录》式的影响;多米对少女时代的性意识的逐步觉醒过程的揭示,也含有认知生命隐秘的渴望。作家以第一人称和第三人称交杂着叙述,使叙事人与主人公的关系变得有些暧昧,虚构的文本产生出自叙传的阅读效果,似乎暗示人们来自多米肉体的和精神的深度体验不会纯粹是出于作家的天才想象。这就需要真诚的勇气,也需要对生命真诚转化为诗性叙事的自信和把握,林白在这部小说里显示了这两方面的能力,而且以一个南方女子的特有的坦率,使主人公多米在展示当代女性的处境及其相关方面,都含有不可取代的审美个性。多米不是一个天生的女性主义者,她来自亚热带地区,身上带着湿润的原始的野气,但是在以中产阶级理想为暗中模仿对象的"现代化"文明面前,这种野性恰恰不是以驽劣不羁的反叛英雄形象出现,而是以某种蒙受羞辱的形象出现的。如果我们假定在一幅"男性—女性、中心—边缘"的社会文明模式中考察多米的位置,那么多米一直是不自觉地以低调的姿态向"男性—中心"迎合和屈服,这一点我们从多米与男性的几次遭遇(被强暴、诱奸和玩弄)的过程中可以体会到,多米从来不是一个自觉的胜者,也不是一个无辜的被侮辱者,她的每次受损害,都含有某种自身掺入其间的意愿(这在船上艳遇一节最为明显)。只是在"男性—中心"意象终于拒绝她和损害她时,她才做出故意的撒野。我们在前几卷小说选所选的北方女作家的作品里,女性主人公都是以反叛者的亮色出现在读者的面前,对男性社会文化权力充满了攻击性,而在这一篇小说里我们将看到截然不同的另一种女性的个人性叙事。

民间叙事再深化

虽然我们推荐的作品都是非常个人化的小说叙事,所表达的人生经验和审美经验也各不相同,但我在最终读完全部书稿时,仍然被一种洋溢着的诗意所感动。艺术的真正诗意来自朴素的叙事和个人的民间立场,我和我的朋友们在浮躁的话语与泛滥的文字里苦苦寻求的,正是走向世纪末的中国小说中内含的这一种境界。提倡朴素的叙事立场正与十九世纪末中外文学所浮现的华丽、唯美、颓废的精神境界相反,它回避了左右这个时代的许多共名,直接走向深沉与坚实的社会底层,用独特的真诚的心去接受民间大地磅礴的生命元气。我们从本书推荐的作品里可以看到这种艺术境界的力量。我们这次推荐了许辉的两篇小说,一个短篇和一个长篇,都充满了紧贴大地的生命元气,无论这种生命的动力来自春天里万象更新的大地,还是普普通通的劳动着的民间男女,正是在这片毛茸茸的生活世界平静而博大地抵御了时代变革中的混乱与污秽对人类精神的致命影响。但是我在读有些被称作"现实主义冲击波"的种种作品里,反而看不到这种力量,总有一种民间缺席的遗憾。虽然作家们也真诚地写出了社会现实的种种困境,但这些困境总是被夸大地附加在基层干部(庙堂的最低一级形式)身上,而直接受害的底层民众所面临的生存困境,只是被动地被展示出来,在被同情被怜悯的背后,缺乏的是来自民间劳动者的健康的文化心态和原始的生命力量。这些想法当然只是我个人的理论局限,也许我期望出现的这种"民间"在现实世界里并没有纯粹的形式存在,但在知识分子的精神领域里应该有它的地位,现实所需要的东西,应该在艺术里被创造出来。我近年来一直在想,为什么在十九世纪之交,俄罗斯文学会出现那样辉煌的境界,伟大的作家们没有一个是不关心社会现实、不对变动中的俄罗斯怀有巨大忧患的,可是他们的作品里表现出来的深厚博大的人道主义却远远超越了"为人生"的浅薄意义。艺术的生命就在这点超越。今天人们常常轻松地指责托尔斯泰、陀思妥耶夫斯基的民间宗教立场的局限性，可是，如果托尔斯泰没有对俄罗斯民间文化形态的深厚同情和爱，陀思妥耶夫斯基没有对社会底层人的宗教和信念的疯狂迷恋，他们还会像现在的托翁与陀翁那样展示他们的伟大魅力吗？他们的人道主义胸怀还有没有可靠的精神依托？一个作家需要有超越现实羁绊的精神追求，而民间则为知识分子寻求这种超越提供了广袤的大地。正是出于这种愿望，我才对张承志、张炜等人所寄托的民间情怀怀着巨大的兴趣和期望，同样出于这样的理由，我们在本书收入了万方的《与天使一起飞翔》和王安忆的《姊妹们》。这两个作品与许辉的小说不一样的地方，是出现了叙事人知识分子与民间的"隔"，由于"隔"，才使他们有了一份批判的眼光去看现实民间的藏污纳垢状态，同时也从这种批判的视觉下体现了民间真实的伟力。

　　这两位女作家，都具有高级知识分子的家庭背景，不但对现实民间，就是对一般的社会风气也未必有很深的了解，但一个忠于艺术以至把自己的良知充分融化到艺术叙事中去的作家，她们的创作必然是自觉地远离意识形态的制约、远离媚俗而转向对朴素的民间大地的亲和。《与天使一起飞翔》有意淡化了意识形态意味，把故事推到一个洋溢着诗意的"世外之境"，让"文革"中惨遭迫害的下放诗人麦夫直接面对一个小流氓三良。小说开始部分的叙事有点奇特：一个是因政治迫害变得懵里懵懂，另一个是因为无知也懵里懵懂，两人的最初交往恰似一场噩梦，充满了不真实性，但读者透过这种噩梦似的叙事特点，一下子便能抓住它对特定时代的真实感受：一种心理被真实逼真地表现出来。两个人物都带着复杂的性格内涵接近对方，并且懵懂地被对方吸引，直到一个真正的"天使"出现在两人之间，那就是女孩麦子。这是一个富有生命力的名字，她的出现打破了两个男人的梦魇，父亲之爱与男人的觉醒使彼此仇恨着，开始清醒地认识对方，麦子短暂地出现以后又消失，两个男人的灵魂开始随着天使而飞翔。我不明白作家对"天使"的解释。在老诗人饱受苦难的心里，流氓三良是"光明的孩儿"；而在流氓三良的污秽的灵魂里，老头是个纯洁的"那孩子"。可是他们都不自觉地受到心灵深处的"天使"的感动，因此又有了爱和诗。小说从

奇特的梦魇般的叙事开始,渐渐地归于朴素,集体的灵魂——诗人、流氓,包括读者的灵魂,都在吆喝铺的世外之境趋向宁静和升华。我曾经说过这样一个想法,人的民间性是深深根植于个人性之上的,当知识分子和流氓都脱去了意识形态强加在他们身上的社会学符号以后,他们在民间大地面前只是个赤裸裸的"那孩儿"。诗人对流氓三良和整个吆喝铺文化显然是被动而不认同的,可是他最终在民间世界里获得的欢悦与他重返名利世界的恐惧形成了鲜明的对照。这当然是一个黑暗时代的缩影,可是即使在让人窒息得无路可走的时代里,民间依然洋溢着蓬勃的生气。小说结尾写到三良参加一家农民的婚礼:

> 那丑媳妇更是喜不自胜,浑身上下热乎乎的,三良甚至觉得她并不那么丑,挺叫人喜欢。三良看见了一些以前不注意的东西,感到一种真心的满意。

在充满喜庆和欢乐的文字里,我们不难感受到一种与作品描写的那个时代的压抑和恐怖极不相宜的暖意,这暖意不能不归功于民间的生命力量。

再看王安忆的创作。在完成了长篇小说《长恨歌》后,她几乎是马不停蹄地推出了两个中篇《我爱比尔》和《姊妹们》,进一步在民间世界开拓她的艺术探索。《我爱比尔》触及都市民间形态如何在虚拟的价值形态中寻找自我识别的问题,这在第三世界实现现代化的过程中也许是一个具有象征意味的话题。当女孩阿三因卖淫被送去劳改的路上,她悲哀地想:其实一切都是从爱比尔开始的。作家把一个沉重而复杂的社会学命题包容在非常个人化的城市故事里,描写一个女孩在接受洋人比尔的性爱过程中怎样地失落了自己:他们在一个残留着上海旧殖民情调的密室里做爱,当处女血滴在被单上时她悄悄地拭去,不屑一顾地遮盖本来属于自己的标记,直到故事最后她从劳教所里逃出来,因躲雨她在沙地里挖到一个带血的鸡蛋,这是处女蛋,阿三心里感到了一阵温暖:母鸡为什么要将处女蛋藏起来?小说结尾时作家沉重地写着:"她把鸡蛋握在掌心，埋头哭了。"这个结局似乎有点宿命，预言了第三世界走向现代化的尴尬处境。如果仅仅是这样的结局，作家的创作情绪似乎是悲观极了，但幸而作家并没有被自己的预言所笼罩，小说的后半部分写阿三被命运抛弃，被送劳教所改造以后，情况出现了转机：当社会现代化过程中的文明施教于这个人身上的一切都被剥离，人被还原到最原始最粗糙的强迫性劳动时，她的生命里原先被压抑和无视的聪明才华都奇迹般地重新滋生出来，她又获得了再生的能力，于是她出逃了。可贵的是作家没有给这个人物安排一个庸俗的出路，而是让生命在反叛中重新经受磨难和考验。正是阴极而阳生，一股阳刚之气由生命低谷沛然上升，虽然迎向磨难，却没有精神上的委顿与颓废。不过在这次编选小说时，我最后还是考虑选她的另一个作品《姊妹们》，关于这部作品，我无须多说，作家自己有过最好的解释："人们早在我写作'三恋'的时候，已经将我定于'女性主义作家'，其实要说自觉地以女性主义观点写作的，《姊妹们》是唯一的一篇。我对我插队的那个村庄谈不上有什么感情……只有想起我们村庄的姊妹，我的心才会突然地疼痛一下，就像文中所说，'我说不上来她们一点不是'。那是一个在强大严密的男性世界的夹缝中生存的女儿国，她们欢乐的光辉一闪即逝，令人眩目又令人悲伤。倘若如外界那样，一定要将我定位于'女性主义'，那么《姊妹们》堪称是代表作了。"其实我不是对作家的女性主义立场感兴趣，虽然这里也包含了一个与《我爱比尔》相似的潜在内涵，我读作品所受的感动，依然是作家对劳动、农村、妇女所构筑的一个民间世界的诗意描写，如作家所说的，她其实并不认同这个世界，但唯有在不认同中，她才真实地感受到这个世界所含有的内在的美丽。《姊妹们》所描写的那块土地，也就是许辉在《尘世》里称为"生命发展的全部奥秘"的淮北平原，但在许辉"每年都要毫无缘由地数度回到那里去"的同时，王安忆则宣布她"从那里出来后就再也没有回过头"，然而王安忆终于违背了自己的主观感情，从那块土地中汲取最有生命力的诗意，写出了《小鲍庄》、《岗上的世纪》和这篇《姊妹们》，这不归功于民间的自然伟力，又能是什么呢？

"现实主义冲击波"的思考

1996年,文学评论界最热闹的话题,即所谓"现实主义冲击波",这是评论家们赋予一类比较能反映当下生活困境的创作的新名词,如果是在1980年代的共名状态下,文坛上也许会出现一个类似"改革文学大潮"的创作"主流"。这也许正是那些批评家们所愿意看到的(许多年来,一直是批评家与作家共创着文坛的共名)。可是这一年多时间过去了,这些"冲击波"并没有对文坛发生真正重要的影响,也没有成为涵盖面较大的文学主潮,好的小说仍然属于少数几位作家的个人创作现象。如刘醒龙的创作,如果仅仅从"现实主义冲击波"的共名来概括,必然会抹杀这些创作内含的鲜明个性。

1996年所谓的"现实主义冲击波"的第一朵浪花是由《分享艰难》激起来的,但这部作品内在含有的复杂性却难以被表达出来。人们以自身对世俗的妥协态度来欢呼这部小说,在庸俗客观主义的意义上认定它只是写出了现状困境和一份无奈。也许就因为这些庸俗的评论和那个容易被误解的篇名,使我在较长时间里一直相信这是一篇趋时的作品,直到最近为了编《逼近世纪末小说选》第四卷,我才系统地读了这一类"冲击波"的作品。显然,许多被人称道的小说让我所生的感触仍是在重温1980年代的报告文学,而对这篇《分享艰难》,我却感到了阐释的欲望。在我看来,它所呈现的真实性与残酷性并不表现在故事层面上,却是在看似庸俗的叙事背后所揭示的精神受虐现象。《分享艰难》所描写的农村基层(乡镇)所面对的困境,许多小说都如实展示过,可是它却揭示了人们应付当下困境将会付出多么沉重的精神代价。在小说所写的西河镇的这张"权力—金钱—法律"的关系网络下,养殖场场长洪塔山的流氓违法行为在镇委书记孔太平纵容下有恃无恐,直到他昏了头去强奸孔太平疼爱的表妹,才被派出所黄所长抓起来——作家写到这里已经让人生出盲人瞎马临深池般的危机感,但小说的含义还没有全部展示出来。当孔太平获知酿成这个难堪局面的正是他的政治对手赵镇长，目的是欲借此机会除掉洪塔山而控制养殖场，孔太平明白了权力斗争背景后，他忍辱放了洪塔山，让他继续管理养殖场。那么对于受害的表妹呢？他略施小计，终于让"两个木人一般"的舅舅、舅妈（表妹的父母）大哭一场后，用揪心的语调说："我们说定了，不告姓洪的了！让他继续当经理，为镇里多赚些钱，免得大家受苦。"目的达到了，于是孔太平扑通一声跪在地上，说："我一直想说这话，可是我没脸说……"这下好了，自己没脸说的话，终于让受害者体谅地说出来，让人民"分享"这帮权力者的艰难了。可是"木人一般"的老实农民怎么知道他们遭遇的这个惨剧是镇长为了谋夺养殖场安下的一手伏笔？他们又怎么知道他们以自我牺牲的沉重代价保住的只不过是养殖场继续控制在孔太平的亲信手中，使孔太平在与赵镇长之间狗咬狗的权力斗争中多了一个筹码？因为小说终究没有告诉我们，如果养殖场落在赵镇长的手里将会让镇民受什么苦。作家的冷峻态度还表现在他没有给被侮辱和被害者留下一丝一毫的幻想，"分享艰难"一词对孔太平这样的权力者来说不过是果戈理式的讽刺，对舅舅一家的描写就不能不是对社会底层精神受虐现象的痛切批判。

　　对于孔太平这个形象，我注意到评论界有相当多的好评（不是文学性的，只是社会类型），而且把孔太平工于权谋的品质与手段看作当代英雄特征来啧啧称道。《分享艰难》的叙事特点是不动声色的暗示法，暗示是隐藏在立场模糊、口吻冷漠的显文本中，使各种立场都可以在自然展示的艺术场景中获得自己的解释。在传统的思维习惯里，人们总是先要认同权力集团中的某些健康力量，再来寄托自己对社会和人生的思考，我把这种思维习惯称作庙堂意识的一种。按着这样的习惯来解读小说，人们似乎有理由同情孔太平处心积虑的谋术与苦衷。但是如果人们换一个思路来看，任何对人的尊严与权利的践踏都是无法容忍的，更何况善良的人们承担起人性的自我丧失和法律的自我亵渎，仅仅是满足了权力者的卑琐欲望。人们似乎没有注意到，作家正是通过这个人物的各种细节暗暗地写出了一个权欲狂的艺术典型。小说一开始就描写了孔太平坐在汽车的前排位置，宁可忍受发动机的灼热，也不肯放弃这个显权力的座位。这是个意味深长的细节，暗示了这个人物的类型特点。在小说的结尾，又写了他如何不动声色暗示黄所长检举他的政治对手，终于达到了他的升迁的目的，其用心之深产生出让人毛骨悚然的效果。可是在人们的传统思维习惯里，对于艺术表现权力斗争和谋略手段常常怀着畸形的偏好，用不正常的审美趣味来掩盖这类民族阴毒心理的危害性。这样，孔太平这个艺术形象的真正内涵和魅力也就不可能充分显示出来。刘醒龙所采取的暧昧的叙事立场，使其暗示法必须结合小说整体叙事的解读才能穿透显文本而显现出来，所以在一般的文本解读中容易被简单归纳为所谓"分享艰难""共筑家园""社群文化"之类的媚俗文化思潮。

《分享艰难》所含有不可替代的个人独创性，正表明了1990年代小说创作最可贵的地方：优秀作品不是以一种思潮流派的形式来展示，而是以一个个独特不群的独立形象来展示。我这么说当然不是否认1996年一些被称为"现实主义冲击波"的作品在文学创作领域所起到的较好的作用，我对那几位将目光关注社会底层、并为普通工人的困境大声疾呼的作家，也是怀了敬意的。但我对围绕着这一创作现象而生出的许多理论有两点怀疑：其一是有些论者又想把现实主义方法作为当今唯一应该提倡的创作方法，并将它与1990年代创作的多元格局对立起来，似乎现实主义于当下文学创作是一种卷土重来、并且挽狂澜于既倒的救世良药；其二是有些论者对现实主义的解释充满矛盾，他们既把现实主义的创作方法与现代文学传统中的"社会问题小说"等同起来，却又主张要回避社会问题小说以"揭出病苦，引起疗救"为宗旨的灵魂，回避现实主义文学"要论证社会的诸多不合理性"，反之强调小说要表现"社会的不够理想是一种常态"。这两种文学观点是一脉相承的。如以第一点立论来质疑，在中国当下有没有可能出现真正的现实主义的创作？谁都清楚，1980年代的现实主义创作之所以衰落，主要原因不是来自现代主义的威胁，当时一批怀着社会责任感的作家抛弃了曾经是"主流"的伪现实主义创作方法，真正走向直面人生的道路，结果这些创作都受到了客观环境的严重限制，终于无力发展自身，才导致了当代文学从二元对峙逐渐转向多元格局，开始逐渐离开社会性较强的敏感话题。这种局面至今也没有多少改变，凡经历过 1980 年代的文学工作者不至于那么快地健忘。于是就有了对第二点立论的质疑：即如有些论者那样通过修正现实主义的定义，回避作家在创作中投入大爱大憎的现实战斗精神，提倡用客观的、认同的态度来描写现实困境，甚至以"共筑家园"的媚俗态度来掩盖现实生活所面临的严峻危机，那么，他们所提倡的到底是"现实主义冲击波"还是庸俗的"伪现实主义"？

当然，对一位真正敢于直面人生、对社会底层人们怀有博大的人道主义情怀的作家来说，只要容许他如实地写出他生活其间的所见所闻，也必然会包含着他的真正的所思。如刘醒龙的创作，不管他主观上是否达到一个现实主义作家应有的深度，人们从他的现实主义的叙事中，仍然能够感受到"分享艰难"所含的嘲讽意义。再如谈歌的《车间》和陈占敏的《门前的错误》，我读到韩小芳向亡夫单位索要死者生前被扣的两个月的工资，魏淑芳绝望地坐在厂长门前一边服毒一边吃羊肉串等细节时，尽管明知这些作品在艺术上还有许多毛病，感情上却不能不被文字间的一腔因民间疾苦而生起的强烈愤怒和抗议而感动。但是，对于一般创作现象而言，仅仅提倡客观主义的创作态度而回避作家对于社会弊害根源的深刻挖掘及批判精神，其结果会是怎样呢？我在 1990 年著文批评"新写实小说"时即注意到这一流派与十九世纪欧洲自然主义的渊源关系，并暗示其隐藏了胡风当年所批评的庸俗客观主义因素，但当年的新写实小说还仅仅是反映了知识分子广场意识受挫后的精神自嘲与对主流意识形态的消极性解构，没有想到几年以后，这种倾向发展到公然鼓励认同现实的无奈，与那些权力者去"分享艰难"的"现实主义"了。现在人们似乎很讨厌有人谈知识分子的人文精神，以为这是不着边际的空疏之谈，可是偏偏在一些很具体的文化现象面前，人们所缺的正是这一点基本的原则。

由于上述种种现实主义理论，又引出了另一个现象：有关评论都似乎有意回避了这些现实主义作品在艺术上比较粗糙，内容也有些雷同的缺点，也回避了任何社会性话题只有通过作家充满个性的审美转化才能成为艺术作品的艺术规律。我在有关作家和评论家的文章里不断看到"社会良知"这个词,当然是令人敬佩的,但我想,社会良知是作为当代知识分子的一般前提,而不是艺术家的特殊前提,艺术家的社会良知应该融化在自己充满个性的艺术创造中体现出来,这是需要作家极其真诚和艰苦的创造性劳动才能获得的大气象和大境界。我们现在正处于一个价值观念充满矛盾和混乱的环境下,许多社会现象难用一些现成的价值标准来评判,但一部优秀的文学作品,却可以通过既复杂又鲜明的艺术形象传达出知识分子的人文立场,使艺术创造成为我们这个时代中抗衡各种邪恶势力、引导社会走向健康和理性的真正"良知"。但文学创作要承担这样的社会使命,并不是要消解作家的个人性,相反,正是通过作家非常个人化的感受方式和审美方式,才能艺术地表现出这种"良知"。如果作家仅仅是用简单的思想观念演绎出一幅社会图景,那么,本来就用现成理论讲不清楚的思想观念,又怎能演绎出丰富而准确的艺术形象呢?

1997年5月10日于黑水斋

(前三部分以《1996年小说创作一瞥》为题初刊《钟山》1997年第4期,最后部分初刊香港《二十一世纪》1997年第10期)

多元格局下的小说文体实验

——《逼近世纪末小说选（卷五，1997）》序一

无名状态下的小说文体实验

比起前几年来，1997年的小说创作并没有什么特别不一样的地方，只是因循渐进地看，多年语言艺术探索的结果，更加明显地标志了1990年代多元格局下的个人风格正在趋向成熟。我所指的"成熟"包含了两种意思：既指某种风格达到了成熟，即似乎已经初步定型，不再会发生较大的变化，但同时也意味着艺术上的探索达到了比较圆熟的境界。1997年文坛上出现一个引人注目的现象，就是一批在1980年代就相当优秀的作家先后推出了文体变革的小说作品，但他们从1980年代起逐渐形成的个人风格却没有相应地改变，新文体包容了原有的风格。这似乎可以证明，这些作家在长期实践中形成的个人风格正在稳固下来，不再会轻易变动。当然，从逻辑上说仅仅几部作品在文体风格上的成功探索，并不能说明整个时代的文风特征。我之所以要拉扯到这个题目上去谈1997年的小说，私下出于以下两个原因：其一，我在近几年来一直试图描绘"无名"状态下文学创作的某些标志性的特征，即1980年代末的"共名"消解以后，作家们如何在新的文学实践中坚持和完善个人的创作风格，并以个人风格的独创性来标志"无名"状态下的多元格局。其二，出于偶然的原因，我在准备写作这篇文章前夕，

读到作家李陀写的一篇评论汪曾祺小说文体的文章，李陀从现代汉语写作的意义上探讨汪曾祺的文体，提出了一个很有意思的探讨空间，有助于对八九十年代文学演变的理解。因此，我想顺着这个意思说下去，进一步探讨1990年代小说的写作特点。

"无名"是我对1990年代文学状态的一种描述，它是相对于1980年代的"共名"状态而言的。从"文革"后的文学语言的变化来看，总的趋势是作家一次次摆脱共名的束缚，追求更加自由、更加个性化的语言实践。李陀把1980年代朦胧诗视为突破当时主流意识形态话语的一个标志，其实这样的语言反叛事件在1980年代多次出现，如现代主义思潮影响下的小说和文化寻根小说。但这些语言反叛事件并没有完成知识分子由宏大历史叙事向个人话语立场的转移。1980年代的作家们虽然追求语言的个性化，但他们的叙事方式及其表达的情绪立场，依然是集体性的，如"反思""知青""寻根""朦胧诗"等等。直到1980年代末莫言、余华等人的横空出世，文学语言才逐渐摆脱某些集体性立场的叙事，开始真正向个人立场的叙事转化。

如果我们将毛泽东时代的文体视为一个巨大"共名"的体现，那么1980年代正是一个由"共名"向"无名"转化的状态，1980年代末知识精英的溃败与启蒙文化的式微，使1990年代文学加速了向无名状态转换。新生代诗的语言反叛，是针对了朦胧诗走向大众化的语言倾向。小说也是这样。不仅1960年代和1970年代出生的年轻小说家们的语言追求带有极端的个人实验性，连1950年代出生的一批作家的力作，也显示了日臻成熟的个人立场和文体创新。我想真正"无名"状态的体现，不是由多种语言风格来表现同一种立场，而是相反，作家立场的复杂和多元，决定了语言风格的个人化。否则，"个人性""私人性"也可能成为一种被公众认同的时尚，仍然会出现"共名"的倾向。那么，作家立场的复杂和多元又如何表现出来？这自然可以从多个角度来切入。在1980年代末，作家的立场是清晰明了的。譬如，从文学对主流意识形态解构的角度看，可以有王蒙式的反乌托邦的乌托邦语言，也可以有王朔式的痞子语言，两者的语言方式并不一样，精神立场却非常清晰和同一。但在 1990 年代的文学语境里，这样简单对立的政治性话语立场已经被融入到更为复杂和宽泛的反讽话语背景中去。1997 年出版的李锐的长篇小说《万里无云》也含有政治性的反讽，如小说中一个人物张仲银的话里一再引用毛泽东的诗词，但这种立场被隐没在大片意义含混的民间世界的语言海洋里，政治反讽变得无足轻重。所以，考察 1990 年代无名状态下的文学创作，现代汉语写作的角度可能比单纯的精神立场更能说明其特征。

　　从现代汉语写作的角度来考察 1990 年代小说的多元化个人化风格的形成，也将引起我们对文体变化的关注。在 1980 年代，文体的变化、形式的变化，往往是以创新/守旧、先锋/传统等二元对立的方式展开，到 1990 年代，先锋小说走向大众文化市场的趋向消解了原来的二元对立模式，毛泽东时代由巨大共名构成的统一文体已经不再成为作家模仿或者解构的唯一对象。尤其在小说文体探索方面，许多作家都尝试着运用更加能够表达个人性的方式证明自己的存在。李陀早在 1980 年代就提倡过"各式各样的小说"，但这一愿望在 1997 年才出现比较令人兴奋的尝试。这一年的文坛是围绕着《马桥词典》的争论开始的，这部小说虽然发表于 1996 年，但有关它的艺术特点和创新意义，都是在 1997 年的论争中才引起人们的重视。我们撇开传媒中的许多热点，回到小说文体，它的主要成就正是对小说与语言关系的探讨。紧接着，李锐尝试运用一种新的叙事语言续写自己的一部旧小说，取得了意想不到的成效。再接着，陈村和王安忆完成了随意性极大的小说《鲜花和》和《文工团》，在"像不像小说文体"方面提供了进一步讨论的可能性。同时，叶兆言在《大家》杂志上一连发表了三部小说，也完全打破了小说虚构与历史真实的界限，在叙事层面上探索小说究竟拥有多大的包容力。这五位作家在 1980 年代都是曾领风骚的重要作家，他们几乎不约而同地对小说文体进行探索，似乎可以视为 1990 年代现代汉语写作的某种特点。

作家个人叙事风格的实践

很显然，经历了1980—1990年从"共名"状态向"无名"状态的转化，1997年的写作已经不再面对庞大而沉重的意识形态的威慑，这当然不是说，这种威慑力已经变成风车，只是在一个多元格局下，个人性风格有可能在意识形态的缝隙下得以曲折地生长。这也是一种妥协的结果，主流意识形态并没有退出历史的舞台，倒是作家们撤退到了民间世界，由民间文化形态作掩护，另外开拓一个话语空间来寄存知识分子的理想和良知。我上文所指的作家立场的复杂和多元，也是分享了这种代价的结果。这五位作家本来都有极鲜明的立场，在1980年代非此即彼的文化环境下，都是依仗了思想解放的武器和知识分子的精神传统，选择了自己的风格。但在近年来的创作中，他们都从宏大历史的叙事传统中游离开去，在各自的民间世界中寻找个人本色的叙事风格，不同程度地尝试着对原有的叙事立场和文体传统的突破。从一方面说，立场的转移和文体的探索，本来就是不可分割的两个侧面，既然突破和游离主流话语的文体改革本身仍然是以人文立场为出发点，那么，所谓"现代汉语写作"也就不会单单属于语言学范畴。1997年的小说创作看似轻松，作家们把创新的兴趣都集中在文体革命与语言实验上面，其背后仍然是对人文传统的寄存和保留。但从另一方面说，厕身在藏污纳垢的民间世界，作家避免了与生活现象的直接冲突，他们以弱势者的姿态表现出对权力的迂回战术，嘲讽便成了一种普遍的文风，而热衷于文体的创新和探索，也正是对自身战斗力弱化的一种合理取代。

李锐与韩少功都是具有强烈知识分子使命感和人文关怀的作家，为了探索小说文体和语言的突破，他们主动撤离了1980年代知识分子云集的广场，在广袤开阔的民间世界里学习语言，从中开拓了当代小说的新境界。这似乎可以视为1990年代现代汉语写作的一个标志性事件。他们从"知识分子—庙堂"的二元立场转向"知识分子—民间"的复杂关系，不但没有放弃自己的批判使命，反而获得了更大的人文空间。

以《马桥词典》为例,这部小说在许多方面都延续了作家以往的创作风格,但是从艺术创新的角度看,它开创了一种新的小说叙事文体——使用词典的语言来写小说。无论是米兰·昆德拉还是帕维奇,虽也自称有"误解小辞书""辞典小说"的写作,其实不过是用词条形式来展开故事情节,并没有当真把小说写成词典;韩少功却在这一基础上举一反三,以椟为珠,着着实实地写出一本词典形态的小说。我们可以对词典形式能否成功表达小说的美学特征、"词典小说"这一体裁能否成立等问题进行讨论和质疑,但我们不能否认韩少功在小说形式探索上的原创性。……①

《万里无云》是李锐对自己在 1990 年代初创作的《北京有个金太阳》的续写,就像福克纳一遍一遍地写着康普生家族的故事那样,李锐通过矮人坪的各色人物的眼睛和语言,一遍一遍地书写着知青在农村日趋绝望的心理。《万里无云》所提供的新的生活内容,不过是一场令人沮丧的民间祈雨活动,其主持者和操办者,都是当年满怀教育理想的青年教师张仲银的学生,而恃才傲物的张仲银本人则在这场愚昧的民间活动中随波逐流,不但同意提供校址,还提供了祛除旱魃的知识依据。如果说,张仲银在《北京有个金太阳》里绝望于民间的麻木不仁而刻意制造"英雄"事件,这本身也揭示出知识者在一个理想主义时代里的虚伪和愚昧;那么,他在《万里无云》里所扮演的知识分子角色则更加可悲。不过,所有这一切都不是李锐续写这个故事的真正意图,他之所以改写这个故事,就是想尝试语言对小说究竟能够承担多大的作用。他在《万里无云》代后记中说道,他深深地为"叙述就是一切"这个信念所蛊惑,尝试着改变五四以来仍然以书面语言为主要叙事方式的传统,在《万里无云》中,他"试着想把所有的文言文,诗词,书面语,口语,酒后的狂言,孩子的奇想,政治暴力的术语,农夫农妇的口头禅,和那些所有的古典的,现代的,已经流行过而成为绝响的,正在流行着泛滥成灾的,甚至包括我曾经使用过的原来的小说,等等等等,全

---

① 此处删去两段关于《马桥词典》的分析,具体内容可参阅本卷第 2 辑中的《〈马桥词典〉:中国当代文学的世界性因素之一例》。

都纳入这股叙述就是一切的浊流"。叙述并不等于口语,我也没有完全理解李锐对五四以来书面语的责难,因为在我想来,任何写成文字的语言,都只能算作书面语,而且一定是与真正发声于口中的语言有区别。这部小说的叙述语言也并非是纯粹的大众语言,从各色人物的口中倾吐出来的语言,强烈地体现了作家个人风格。李锐的精彩之处是将各种语言杂糅在一起,使其汇聚起一股浩浩荡荡汹涌澎湃的"浊流"。"浊流"意味着含混,在这道语言之流中,书中每个叙述者并不具备强烈个性,他们以急促的语调叙述其心理与动作的过程,并没有"声如其人",而是由集体的声音汇集成作家个人语言风格的完整形象。

李锐的实验值得重视的是,他将自己的语言融入到民间语言的汪洋大海里,他所拒绝的所谓五四以来的书面语言,想起来也就是指知识分子习惯使用的语言,李锐原先的创作也是以语言刻意和讲究著称的,如《旧址》,运用的是纯粹的知识分子的描述性语言。但是当他将社会上各种语言成分一起融入民间这个大熔炉,顿时使藏污纳垢的民间世界生动起来。我们对照《北京有个金太阳》和《万里无云》的叙事内容,后者的世界比前者要广阔得多,也丰满得多,一种原汁原味的民间生活状态无比丰富地呈现在人们的眼前。本来作家描述的是当代乡村生活的迷信活动及知识者的尴尬,但浩瀚而浑浊的民间语言之流却拖着作家历游了民间种种被遮蔽的生动场景,愚昧与真情、粗鄙与淳朴、耻辱与向往……无边无际,莽莽一片,远远超越了作家以往站在启蒙立场上的狭隘的批判情结。

传统小说形式的解体与再生

像韩少功、李锐那样将立场转移和文体实验结合在一起的写作,在1997年并不孤立,至少还有上海的两位作家:王安忆和陈村。尽管对这两位作家来说,游离主流话语和知识分子的启蒙立场是不言而喻的,他们从没有为知识者与大众的关系感到困惑。但他们个人立场的叙事本身却含有别具深意的人文内涵,他们还为此孜孜不倦地寻求着表达这种人文内涵的小说文体。这两位作家面对历史的态度很不一样，创作走向很不同，但关注日常生活中的诗意是他们共同的特点。在王安忆看来，以往通过历史事件来反映历史的做法本身是极不可靠的，真正值得关注的是民间的日常生活如何在历史变动中展示其自身形态。《长恨歌》里展示的并不是有关上海历史的大事记，重要的是王琦瑶们如何地生活。王安忆笔下的民间日常生活总是既具体又抽象，在琐碎的生活细节里暗示了时代的变迁。她的创作愈来愈大气，仿佛有一个巨大的"象"笼罩了那些细细琐琐、唠唠叨叨的叙事。而陈村正相反，1990年代大量机智尖刻的随笔写作使他的小说文体愈来愈往"小"里做，有长篇小说《鲜花和》为证，作家拒绝了将叙述转向任何社会化抽象化的可能，所有的叙述都是个人立场，而叙述者杨色也如卡夫卡笔下的地鼠一样，拒绝任何社会意义的引申。这部小说被人误解之处就是过于琐碎细小，但问题是，我们既然承认作家从宏大历史叙事向个人立场转移是1990年代文学创作的一个趋向，既然承认作家的个人立场和追求的语言风格都应该走向多元，那么，这种对小人物卑琐激情和凡人欲望的展示也是关心人、尊重人的一种表达，为什么我们不能从这种凡人小事的自叙中感受到作家的人文立场？为了找到他们想要表达的历史观和追求的艺术观，这两位作家都摒弃了传统小说的写法，王安忆用回忆性散文的文体写出了中篇小说《文工团》，陈村的《鲜花和》则如同一连串随笔杂感的总集。

这也能算小说？很多读者这样问。

与李锐的《万里无云》一样，《文工团》也是作家对以往几部小说的改写，讲述一个小小的地方文工团在市场经济大潮冲击下风雨飘摇的故事，王安忆已经写过多遍了，但《文工团》在文体上的探索意义显然更加引人争议。这篇小说的发表使许多读者发生疑问：这是否是一篇小说？作家的写作如入无人之境，完全置传统的小说规范于不顾。有关文工团的断断续续的回忆充当了作品的向导，由于这种回忆不是个人性的，因此与一般的回忆性散文作品区分了开来。作家使用了复数"我们"作小说的主语，其实这个"我们"既不是作家本人，也不是某一部分文工团团员,于是,这个"我们"就成了文工团的代名词,作品的第一人称就是文工团。有人批评这个作品没有完整的形象,其实所有关于文工团的零零碎碎的回忆都是枝枝节节的成分,合起来才是一个有机的、完整的并且充满动感的形象,那就是这个风雨飘摇中的"文工团"。这是一个由许多卑微的生命组成的团体,没有一种艺术形象可以在其生命内部容纳如此多的生命,一代代的艺人顺应时代变迁,抱着侥幸的希望和宿命的失望,苦苦地挣扎和追求,也许具体到每个生命体的追求都是微不足道的,但在茫茫天地下一支由生命组成的队伍在蠕蠕而动,执著而可怜,就不能不产生动人心魄的效果。我们过去曾经拥有过契诃夫的《草原》和丁玲的《水》那样的小说传统,为什么就不能承认《文工团》又为我们提供了新的小说形式呢?

《文工团》和《鲜花和》是很有趣的对照。《文工团》在艺术上拥有真正的大气磅礴,但没有丝毫的惊心动魄事件,也没有形式上的铺张繁复,正相反,大气来自作家将小说形式的因素削减到零的程度,由于取消了"我"的个人性回忆视角,复数"我们"使一切个人琐碎、平庸、唠叨的叙述细节变得磅磅礴礴,精神浑然而充沛。《鲜花和》的叙述追求与《文工团》完全相反。本来,杨色作为一个作家,他的同居伴侣级级身为有事业心的白领,两人之间的故事当有巨大的信息,如两人的互相厌倦、冷漠又最终不能分离,如级级因工作的极度疲倦而失去性爱的兴趣,等等,同样的故事在女作家林白的笔下就构成了职业女性遭遇的社会压力与性压力的双重困扰(见长篇小说《说吧,房间》,1997年),而陈村拒绝作类似或相反意义的引申,在他的精致的文笔下,个人就是个人,饮食男女就是饮食男女,卑琐欲望就是卑琐欲望,一切都是人的本色。陈村的做"小"做得相当彻底,譬如他写杨色对母亲和女儿的抒情感人至深,没有丝毫的调侃和嘲讽,他写中年男人的卑琐情欲也是让人忍俊不禁,随之体会到凡人所需的温情。传统现实主义文学所谓的"小人物",往往是作为社会受害者的符号来写的,小人物承担的社会意义并不小,可陈村拒绝了让小人物去承担这类社会大意义,他只给他们作为普通人的权利及其人文内涵,从卑琐与庸常中开掘他们的本来美学意义。这倒反而使人物有了现代的认识，对当代小说人物创造也是一个有益的尝试。我也不认为《鲜花和》中女权主义的嘲讽有多么重要，不过是作家一贯的尖刻文风的随意碰伤。鲜花和牛粪的比喻，自然包含了"鲜花插在牛粪里"的反讽，但从小说的叙述来理解牛粪的含义，似乎也不尽然是负面的，"牛粪"的意象也含有对一切粗糙而平庸的小人物的同情，《鲜花和》与其说是反"鲜花"，不如说是一首真诚的"牛粪之歌"。

1990年代是散文的时代，时尚的趣味被定位在融似是而非的议论、真真假假的抒情和谈古论今的博学为一体的散文风格中，真正的诗意都迅速消失，取而代之的是一些大而无当或者小而发腻的散文读物。这种读物趣味的生长对传统的文学创作来说是致命的。虽说人类精神消费方式中阅读也许不可取代，但阅读的具体种类是可以被取代的，当作家拒绝了主流意识形态话语，同时也意味着他将失去强迫性阅读的特权。1980年代文学创作能使万人竞读的盛况已经过去，随着文化市场结构的发展，现代读物事实上逐渐与流行音乐、影视文化形成三足鼎立的局面。现代读物是个包容性极大的文化概念，严肃的文学创作不得不降贵纡尊，与现代读物去争夺文化市场。除了专业读者，文学作品要扩大读者范围，不能不改变自身的传统模式，以求更加读物化。1990年代各种散文、随笔、小品的兴盛，正是文学朝读物转化的一大标志。其结果并非是文学从读物那儿夺得了阵地，相反，倒是文学由于自身向读物的转化而使读物扩大了品种和地盘。但小说创作的困境，恰恰在于它在读物文化里找不到应有的位置和变通的途径，因为在它之先，它在文学史上的宿怨——通俗文学（包括武侠、言情、鬼怪、黑幕等小说）早已构成了现代读物的主体，小说如要向读物靠拢，只能使自己失去现代知识分子的人文寄托和理想，成为传统通俗文学的附庸。1997年小说出现的文体变革实验，放在这样的文化背景下考察就不难理解，这些在1980年代成就卓越的小说家们几乎不约而同地进行小说文体实验，正是对小说日益通俗化的趋势做出的对应性策略。他们拒绝使自己的作品与传统通俗小说相混淆（这样的混淆在许多小说家看来是不可避免的),就不能不对小说文体作出反传统意味的变革,一部词典、一部随笔、一篇回忆甚至是一篇关于历史的考据和纪实体的实录,都可能让读者读出比传统小说更加丰富和更加有趣的成分,其实这是从另一种途径让小说悄悄向读物靠拢,但又与传统的通俗小说划清了界限,以伪读物的形式与现代读物争夺读者。

老派的读者阅读一部小说之前,心里存在了预设的期待,故事情节、人物形象、思想意义、象征内涵等等,当现代小说以新的文体面貌出现在他们面前时,不是改变他们的阅读期待(如1980年代先锋小说所做的那样),而是使他们在获得如许的期待之外,又获得了期待以外的新的惊喜,这种剩余的阅读价值愈大,也就愈接近现代读物的功能,甚至超过它。如《马桥词典》,故事情节等小说的传统要素并没有缺少,而词典形式下的故事人物会让读者获得意外的兴趣。同样,陈村在1990年代以大量随笔创作赢得读者,一部《鲜花和》如同随笔总集,使陈村随笔的读者已经有了预期的满足。1997年的小说文体改革的一个根本性的胜利是没有使小说变成现代读物,它冲破小说的既定形式,借用了正在文化市场里大出风头的各种散文文体,使小说悄悄地产生了接近读物的阅读效果。当然不能期待这些小说在文化市场上取代或者超越读物,这是不现实的奢侈,但至少,小说家们在游离宏大叙事、消解主流话语的努力方面,在小说形式的变通与叙述文体实验方面,取得了双重的成功。

即使在对主流话语并无突破的情况下,文体改革依然有助于小说自身领域的开拓。我这里想谈谈对叶兆言1997年小说实验的看法。一年里,叶兆言在《大家》杂志上连续发表《走近赛珍珠》、《王金发考》和《关于教授》,声称他在这三个中篇的写作中,"有意识地调整着真假的比例,因为使用了不同的配方,也许会产生不同的效果"。他把这样的小说实验称为"摸着石头过河",以求索多种途径"达到彼岸"(即接近真理)。我不想扯开去讨论小说是否有个"彼岸",是否能够"接近真理"等等,我感兴趣的是叶兆言在这三篇小说中所从事的文体实验,尤其是《王金发考》,可以说比较有代表性地表明了作家的"调整真假比例"的实验。作家称这篇小说为"重温辛亥革命",运用了大量的史料考据,一节一节地讲述着王金发与辛亥革命的历史,我读了以后感到不满足的是,作家对辛亥革命的看法,并没有提供新的视角和新的材料,当年叶兆言写作《夜泊秦淮》,用民间的传说和艺术形象悄悄修正了主流话语对历史的解释,几乎复活了一部民国野史。可是在这部专讲历史的小说里,我却不能读到那种新意迭出的历史见解。不过也罢,王金发的故事作为一种通俗历史的写法本身也藏有读物的趣味性。由各种回忆与文史材料组成的故事,在充满了叶兆言个人语言风格的叙述下趣味盎然,让读者获得一种通过小说语言来读史的快感,真实可信(大量史料的引用证明了这一点)又生动有趣(舒缓有致的感性叙述),它当然不是一部历史实录或历史研究论文,但与通俗演义的传统小说相比,确实增加了真实性的魅力;与叶兆言惯写的新历史小说相比,在阅读上也开拓了新的接受空间。

也许叶兆言想尝试的真是小说在叙事层面上究竟拥有多大的包容力。王金发的故事固然可以用传统创造艺术典型的虚构方法来表达,但现在经过文体的变革,产生了类似读物的阅读功能,即可以把小说当作一部通俗历史小册子,正如小说可以当作一部词典、一部回忆性散文来读,小说的阅读功能被开拓了。

1997年的小说实验使我想起1985年的第一次小说实验浪潮,十二年前在小说形式改革的口号下,现代汉语写作开始向主流意识形态话语发起哗变,导致了先锋话语和民间话语成为写作的主要文体。新写实小说直接解构了有关典型、真实、本质等一整套传统现实主义的经典话语,小说叙事立场开始向个人立场转移,我不认为"个人写作"一词的含义是确切的,但相对主流话语而言,作家的个人立场无疑存在并且值得坚持。十二年过去了,1997年小说文体变革以静悄悄的姿态暗示了第二次实验浪潮的来临,我们将在理论上为它做哪些准备和呼应呢?

1998年5月2日于黑水斋

(初刊《上海文学》1998年第7期)

"何谓好小说"的几个标准

——《逼近世纪末小说选（卷五，1997）》序二

一个说明

前一篇序写完以后，才发现文章里说的并不是我原来想写的那个意思。原因是在我刚开始写的时候，无意中读了作家李陀的一篇关于小说文体的文章，很有些吸引力，我的写作思路不知不觉地受其影响，结果写成了一篇探讨1997年小说文体变革风气的文章。原来准备在序文里想说的话，却没有找到合适的机会来表达。这当然也是无所谓的，其实有关文学方面的感受，本来就是一些随风飘逝的东西，说与不说都无关紧要，真是说也罢，不说也罢。

但就在我准备把第一篇序送出去的时候，又无意中看到新出版的长春《作家》杂志，封面上有今年新添的封环，上面印了我在今年年初的《中华读书报》上发表的一段话，那时候我刚刚编完这一卷《逼近世纪末小说选》，乘兴写了一段话，题目是《对1997年最佳小说的又一种理解》，文中有这样几句话：我们编选的标准，是看作品在表达当下人们向世纪末行走过程中的精神向度上有没有提供新的因素，看作家对小说艺术建构当代人心灵世界有没有新的探索，以及看文学艺术在抗衡日益庸俗肉麻、并缺乏想象力的现实环境的努力中有没有体现出新的批判力度。《作家》杂志引的就是这段话，但《中华读书报》的编辑加上

了新的标题：《陈思和谈如何确立评选最佳小说标准》。这似乎有点说大了，因为我写下这几条标准完全是即兴的，并没有经过深思熟虑，譬如关于小说文体上的探索，我就没有提；再者，我从未想过要为别人确立什么评选标准，事实上各种评选活动都有自己的既定要求，这涉及对"最佳小说"的不同理解。我在《逼近世纪末小说选》里所用的标准，不过是代表了我和我的朋友们阅读小说的一份理解而已。在一个接近于无名的文化状态里，不可能有统一的认识标准和审美标准，眼下名目繁多的文学评奖活动正表明了这种状况。我是赞同多元状态的，所以我从未认为我这里评选出来的小说是唯一的最佳小说，现在我把我的评选标准说出来，就是想为自己主编的小说选划定一个范围，而且这个范围也仅仅限于我编这部小说选适用，因为这部小说选的书名是"逼近世纪末"，一切评选意义都是围绕这个主题。由于看到了《作家》杂志的这段引文，我突然产生了一种想解释自己评选标准的愿望，于是，就写下这篇新的序文。

标准之一：看小说作品在表达当下人们向世纪末行走过程中的精神向度上有没有提供新的因素

所谓"世纪末"，不仅仅是一个时间分期的概念，它包含了特定的中国社会转型期一般大众和敏感的知识分子的两重心理。当下中国社会从计划经济模式中艰难走出来，尝试着用市场经济的规律来改变社会的经济结构，连带着心理、伦理、意识形态等各方面的变化，反映在精神领域里，是被无理性的物质崇拜和感官享受追逐得喘不过气来的社会狂欢心理，以及由此而引起的知识者的迷惑、沉思与警惕，这些心理构成了这一时期的主要话语冲突；同时，当下的社会转型并没有相应引入市场经济发达国家的精神产品，对于市场经济赖以依存的基本观念诸如关于人的根本利益和权利的绝对尊重与保护、法的精神、政治民主权力的普遍使用和自由观念的深入人心等等，相反，封建腐朽的等级观念和权力意志、资本主义腐朽的金钱支配一切观念却变相地绞在一起，集权状

态下的主流意识形态隐形地控制着思想界的自由批判和自由探索，这一切都形成当前精神界的令人窒息的状态。文学创作敏感而尖锐地反映了这种精神状态，而且值得注意的是，年轻的作家们已经不像传统失宠文人那样徜徉在一己之牢骚中倾吐怨毒或佯狂作态；更不像1990年代初出现的某些新式文人，自以为又一次抓住了历史进化的风向，以真理在握的自信来左右逢源，甚至想再一次冒险学做弄潮儿。1990年代年轻作家的变化首先是立场的变化，他们根本上摆脱了对参与庙堂权力的兴趣——包括对主流意识形态的批判和嘲讽，在他们作品所反映的精神世界里，甚至避免了深层次的象征的努力，直接紧贴着生活本身，来展示眼下这个表面上歌舞升平的社会的日常生活真相。上述所说的两重心理构成特定的沉闷而碎片似的精神世界，在这一代作家的小说作品里生动地呈现出来。我指的是像朱文在今年发表的《尖锐之秋》那一类的作品。关于朱文，已经有很好的评论发表在前，如宋明炜的《漂流的房子和虚妄的旅途》一文，以评论者自身年轻的心去贴近、理解朱文的虚无心态和精神追求，他说朱文的写作"不是为了抒情或表达某种思想，而是力图描绘状态，即用极贴近现象本已的笔触，去复活许多个瞬间体验，以此拼接出他心目中的真实，重现他的视界里当代人的生存状态"。因此朱文所描画出的"焦虑，空虚与绝望，既是纯粹个人化的话语，但也含纳着真正是人性的声音，所有这些感受组合在一起，是一种实际存在的精神状态"。评论者还进一步指出了朱文创作上的迷茫："他是在艰难的探索中陷入了难以自拔的贫匮的心灵困境，是在精神追求中遭遇到了命定没有依托的漂泊的虚妄状态。"这篇评论写在《尖锐之秋》发表之前，精彩地描绘了朱文创作的精神状态与生存环境之间的互动关系，也相应地看到了这一代年轻知识分子们的精神困境。《尖锐之秋》更加表明了朱文创作风格的成熟。

这篇小说是从主人公小丁发现自己患了性病开始写起的，写他在治疗过程中与女友的分手以及与另一个女人的交往。朱文从来不抽象地描写人的心理过程，但对一种非常贴近生活地面的心理活动却把握得准确而老到。我把这种心理世界的描写暂时称作"低姿态飞翔"，与1980年代现代派小说强调人的精神活动、甚至脱离生活处境抽象地描写精神世界，是不一样的；但与1990年代新写实小说的完全排斥人的精神活动，将精神消融于日常生活琐屑也有所不同。他写出了人的精神的飞翔，但又是一种低姿态的（也就是与生活本相纠葛在一起的）精神活动。我曾经分析过朱文的《食指》在表达这一代诗人与前辈诗人精神沟通上所作的努力，很多评论者把这种沟通视为作家的消解性立场，这是片面的，至少是没有对这一代诗人的生存意义给以充分理解。同样，在《尖锐之秋》里写性病也不具有消解的意义。性病不是对人性积极意义的消解，恰恰是对人性所含有的严肃性的某种肯定。小丁与小初之间的情爱在同居后并没有产生肯定性的意义，相反，在性病的考验下才显现了某种深刻的心理痛苦。小说开始写了小丁因患了性病而拒绝与小初做爱，暗示出他们的感情中含有某种严肃的成分，随着他俩的分手，彼此的感情越发陷入不可收拾的痛苦之中，小说结尾又突然插入一段往事的补叙，恰恰是突出了这对情人最后分手的场景。这种严肃而痛苦的心理描写与朱文向来表现人物在性爱方面满不在乎的态度形成一个对照。而且，我想补充的是，性病在以往的文学作品里并不缺乏描写，但多半是含有侮辱性的意思（老舍在《骆驼祥子》里用性病来象征人性的堕落，蒋光慈的《冲出云围的月亮》里性病作为复仇的武器，王祯和的《玫瑰玫瑰我爱你》里用玫瑰象征性病，等等），但在朱文的这篇小说里，性病仅仅是一种疾病，作者对性病和性病患者不含一点人格侮辱的意思，这与国外许多描写同性恋、艾滋病的文学作品一样，显示出宽厚的人性的力量。

当然我这么说，并不完全排除性病在小说里还含有别的社会讽刺。当主人公抱怨自己的处境时，也说过这样的话："我怎么觉得自己就像是这个社会的一个疣子呢？活着却不是这个身体上的一部分，呼吸却没有温度，感觉不到这个身体的新陈代谢，我是一个增生出来的疣。我的生活真到了这一步了吗？"接着他又写道："小丁不知不觉地流下了眼泪。"这个比喻含义是多重的，一方面把小丁与社会的关系比之于性病（疣子）与身体的关系，无疑，性病是由于身体的堕落造成的，虽然承担了不洁的恶名，但它却是无辜的；再者，从上文所引的话来做进一步分析的话，还有另一方面有关自我身份确认的暗示，即这个疣子是与身体的生命活动相分离的，作为疣子的小丁，完全是被抛在社会生活的轨道之外，他呼吸不到社会的温度。这两个比喻若联系起来理解的话，即那个与不断制造性病的身体割断联系的疣子，本身则是清白的。其实朱文在小说中所描写的正是这么一种社会存在：他们虽然以不洁的形象蒙受了恶名，但较之这个社会及社会上的所谓中坚（即社会所滋生的种种聪明人士），他们又是清白的。小丁始终是以社会的多余人的身份出现在社会运作之外，这样，他与那个叫李萍的女人的交往就能迎刃而解。李萍具有双重身份，她既是社会上的所谓女强人，又是个有着难言之隐的性病患者，当她以商人的形象出现在小丁面前时，小丁感到与她无话可说，所以他最后建议："我们谈谈病怎么样？这个问题可能会让我们彼此备感亲切。"或者说，他们俩的关系，更像是两个疣子，都被抛离社会运作轨道时，彼此才感到亲切，这样才能领会小说中写他俩在高空索道上的感觉。同样小丁与小初的分手，起真正作用的仍然是社会的诱惑力量，小初从"疣子"返回"身体"，但那是个仍然在制造疣子的身体，她的结局又会怎样呢？

　　有很多人对朱文的小说充满误解，但我读他的小说，总会想到1920年代的郁达夫。在五四时期强大的"共名"覆盖下，郁达夫开拓了个人话语的写作立场。虽然他有时也免不了说一些爱国主义之类的"共名"的话，但真正吸引人的，仍然是他那些个人的卑琐的欲望倾吐，郁达夫当年也蒙受了同时代人的误解与谩骂，但周氏兄弟理解他，尤其是周作人，曾给以他很高的评价。这似乎可以理解的：以启蒙文学、人的文学为特征的新文学传统中，仍然容个人性的叙事立场有一席之地。郁达夫的立场，当然是非庙堂的，但与五四的启蒙主义立场（也即今人所说的知识分子话语）也不一样。如果说，启蒙立场强调了人性中神性的一面，那么，个人性的立场则强调了人性中凡俗性的一面，而欧洲文艺复兴的人文主义传统，正是从伟大的《十日谈》所表现的人的欲望、人的本能的合法权利开始发轫的。人的真正的神性，不应该是宗教所谓的上帝赐予，而是从自身的凡俗性中升华而上。郁达夫正是在这个意义上开拓了一个新的话语空间。谁也不会怀疑郁达夫的叙事立场正是纯粹的知识分子的立场，但他又是用非常私人化的方式来阐释知识分子的立场，如果我们简单地把他归于启蒙主义的话语，是否太冒失？那么，问题还将进一步推进：在现代中国知识分子的话语传统里，启蒙主义、人的文学的叙事立场仅仅是其中一翼，是否还有别的叙事立场的多元存在呢？这话自然是扯远了，但针对批评界对朱文等青年作家的个人性叙事立场的误解，我想回顾文学史也并非多余。说得坦率些，在多元的世纪末的文学语境里，我更企望看到的正是那些从个人性叙事立场中提升的知识分子的现实战斗精神。

  从这一立场出发，我也赞赏林白的长篇小说《说吧，房间》，对于这篇小说，我已有专文讨论，这里不必重复，只是想做一个比较。小说写的是一个"下岗"的女性，但作家完全拒绝了社会对"下岗"这一文本的常规读法，她把一个失业者和一个被遗弃者的故事交织起来，表达出当代职业女性在求职困难与性的困扰两方面的困境。随着小说叙事的推进，林白渐渐地将女性主人公引进了一个令人困惑的怪圈：女人因为离婚而失去了工作，那么又是什么原因导致了女人的离婚呢？恰恰是职业妇女过于沉重的日常工作和生活造成了精神的极度疲乏和性的厌倦冷漠，无法满足男人的欲望。女性并不因为有了职业就有了性的欢乐，也不因为有了性的苟且就能保证职业的安全，实际结果往往是朝着相反的方向在运动：女性在社会上的性别歧视和情色上的社会压迫，水乳难分地混淆为一体。这样解释社会问题当然是个人化的，但个人化带来了叙事上的尖锐和紧张，丰富了小说艺术表达的张力。比起前几年同样写民间困境却让人"共享艰难"的叙事立场，自有高下之分。批评界对林白似乎也多有误解，常常以"私人化"写作相称，以示其与"共名"之公众化的对立，其实在一个多元格局里，创作之大忌就是"分享艰难"式的伪公众话语，即使是一个对社会有责任心的作家，首先也应该从个人的叙事立场出发，然后再考虑如何表达自己的方式。依我的理解，个人性的立场并不回避对社会种种困境的描述，不过是必须游离了时代"共名"所规定的话语去表现。朱文、林白的个人性叙事立场之所以能在1990年代形成一种代表性文风,不在于他们回避现实生活,而是从个人的立场上发出了对某些社会现象的尖锐回应。

标准之二:看作家对小说艺术建构当代人心灵世界有没有新的探索

小说艺术说到底还是一项塑造人的灵魂的艺术,但在精神领域相对沉闷的1990年代,人们的精神状态在多重压力下只能越来越走向自我麻痹和自我萎缩,就像一个人一样,在强烈的痛楚下神经反而处于麻木,不能敏感地反应来自外界的刺激,骤然而至的商品大潮对人们心灵世界的冲击,又仿佛在趋于麻木的心灵上撒了一层麻醉剂,人们对痛苦不再敏感和愤怒,对自我的审视也不再严酷拷问和反省,个人与现实的紧张对立关系被所谓"后现代"消解,在一批玩世不恭的作品里,作家做出一副大彻大悟态度来观世,以为天下滔滔也不就是那么一回事,从表面上看是一种潇洒,其实作家正在虚伪地向现实关闭心灵,灵魂已经沉睡了。自新写实小说以来,这种倾向越走越极端,以致我们现在已经很难读到有震撼力的作品。正是在这样的背景下,我想重新呼吁作家关注小说艺术如何来建构当代人的心灵世界的问题,不是没有意义的。1990年代文学界和知识界的精神自我麻痹是有特定隐喻的,要唤醒沉睡的灵魂,首先就要心灵恢复最初的记忆,即对痛感的记忆。就像我们常常会有这种习惯,在需要辨别自己是否在梦中的时候,会在自己的身体上试试有没有痛感,能感觉疼痛,才是清醒的证明。这是我读到1997年的三部作品后所感到的最初的兴奋点。它们是余华的《黄昏里的男孩》、刘庆邦的《平地风雷》和红柯的《鹰影》,这三部都是短篇小说,这在近年来短篇小说创作之衰落的背景下无疑是一个值得重视的现象。这三位作家创作风格向来各异,但从不同的视角都将短篇小说的叙事艺术发挥到相当饱满的程度,从而使短篇小说创作走出了在相当长的一段时间里占主导地位的汪曾祺的模式。

余华——用一位年轻作家的话来说,他是1980年代先锋小说家中唯一没有被世俗力量招安的优秀作家,但我更注意到的是,余华之所以能在艺术创作中保持前卫的优势,正在于他在坚持自己敏锐感觉的同时,不断地变换着自己的叙事立场。余华是个形式感很强的小说家,他的具体创作中总是隐含了某些先验的成分,如他在1980年代小说里所展示的人性的残酷与无理性,1990年代长篇小说中对民间苦难意识的重复性渲染,都有令人震撼的威力。而《黄昏里的男孩》则是余华很少落笔的一则短篇,精致而有限的篇幅虽然限制了他艺术上惯用的渲染铺张的手法,但并没有使他失落原有的全部创作优势,反而逼迫他用"以一当十"的细节描写开阔了原来的人性境界。小说还是反复渲染了一个小贩对一个偷苹果男孩的残酷折磨,甚至不忍目睹地折断男孩的手指,这典型的余华式的残酷丝毫没有减轻它的力度。但值得注意的是,小说为人性的残酷提供了更大的表现空间,这是余华以往小说里所没有的,他表现人性的残酷往往在一种封闭式的环境里展示出来,但这篇小说里,小贩逼男孩在公众场合里自我侮辱,并且一再制造堂而皇之的施虐理由,诸如"我这辈子最恨的就是小偷""我也是为他好"……于是,他的残酷取得了社会伦理上的合法性,观众与整个社会都不自觉地成为他的同谋者。作家在这里描写的是一则民间寓言,像福贵老人和许三观一样,与以前他充满象征性的寓言体故事不同,孙福到最后仍然被作家宽恕了:他本人也是在一场命运的毁灭性打击下失掉人的正常理性的。但这样的结局却使命运悲剧和人性悲剧纠合成一场万劫不复的人性堕落史,谁能预示那个黄昏里的男孩又将成为怎样一个恶毒的人呢?

刘庆邦向来是以短篇小说见长,在展示被仇恨扭曲的心灵世界的残酷性一面,早有《走窑汉》等作品显示了他的艺术功力。这次我读了刘庆邦在1997年发表的三部短篇小说——《平地风雷》《五月榴花》《鞋》,都是上乘之作。《鞋》以细腻的细节描写来透视农村传统女性心理尤为丰满(如写母亲的淡淡两笔与后记的补叙,都堪称精心之词),我有时觉得,刘庆邦的笔触更适合描写女性,虽然他是以写猛男恶雄见长;《五月榴花》展示男人的残忍歹毒也有惊心动魄之处,但有了《走窑汉》在前,多少有些不新鲜;最终我还是决定选《平地风雷》,是因

为这篇小说所展示的心灵世界与余华的《黄昏里的男孩》有了呼应，即关于暴力行为的社会共谋性。虽然这篇小说在表现一桩人为的暴力事件过程中多少有些夸张和不自然，如将王二爷张三嫂之类都写成蓄意制造暴力的小人，但它的精彩之处也正是在这里，若一般地写"文革"时期老实农民受欺侮而复仇，就不可能有这篇小说所具有的震撼力。它尖锐地写出了日常生活下民众心理的可怕：在一个令人压抑的环境里，人们本能地抗衡平庸，妄想制造一些刺激性的事件来宣泄心中无名的苦闷。我们不妨把这种社会心理视为"文革"时期所谓"群众斗群众"的心理基础，许多民间野蛮事件正是由这样的群众心理推动爆发的。小说最后一笔是神来之笔，货郎当众打死了队长以后，所有在场的人进入了一种类似狂欢的亢奋状态，因为一个人的触犯法律而引起所有人心中法律之堤的决口，于是人们身上的兽性像洪水那样喷涌而出。小说写到人们追打货郎："这村的人好久没有这样群情振奋了，他们莫名其妙地叫着，像是过大年，像是围猎，又像是举行武装起义，有些干旱的麦田里腾起冲天的尘雾。"这种狂欢终于以集体性谋杀事件为结局，同时更暴露出人性的残忍："货郎的女儿穿着破裤子也跑来了，她哭喊着不让人们打她父亲的头。她的哭喊像是对人们有所提醒，其结果是，她父亲的头破碎得几乎找不到了。"

红柯的作品是近年短篇小说创作的一个奇观。《鹰影》《美丽奴羊》《树桩》等等，几乎每一篇都不同凡响。这些篇幅短小的作品让人想起十年前阿城写的《遍地风流》，但阿城的作品似介于小说与散文之间，而红柯的作品，则是完整意义上的小说，再者，阿城的作品有刻意布局故作冲淡的成分，而红柯则坦然地写出了人和自然的境界。我读红柯的作品不多，觉得每一篇里似乎都有一种血腥的暴力的暗示，《美丽奴羊》是正面写冲天的屠宰血腥，《树桩》写人对树的斫伤，而《鹰影》则完美地刻画出一个血的故事在孩子心灵世界激起的奇想。我曾在《美丽奴羊》和《鹰影》中间作过选择，觉得《美丽奴羊》的不足是虽然写了人与自然，但没有展示两者的关联，尤其是羊与人物——屠夫之间的关联，而《鹰影》中的鹰，不但是一个高高飞翔在阿尔泰山脉的英雄象征，而且是孩子心灵世界的投射，它包含了孩子心里潜在的恋父情结，以及对于飞翔、超越、自由等奇异意象的内心渴望。小说是从母亲——代表着一般世俗眼光来理解孩子，可是她最终却看到了由孩子、影子和幻觉三者构成的一幅扑朔迷离的图像。在母亲的眼中，它是神秘的和不可理解的，而在孩子的心灵世界里它却是真实的，代表了这个世界的真正本相。我赞扬这篇小说还因为它有巨大的想象力，作家的一支笔仿佛就在实在生活、心灵幻觉以及空中投影（它似介于现实与幻觉之间）三个世界中穿梭般行走，似真似幻，却又没有丝毫故弄玄虚的成分。读这样的短篇小说，无疑是一次很满足的精神享受。

标准之三：看文学艺术在抗衡日益庸俗肉麻、并缺乏想象力的现实环境的努力中有没有体现出新的批判力度

讨论这个话题包含两层意思。第一，当前优秀的文学艺术是否还应该具有对现实的批判意义？当前的现实，无疑是一个充满了各种各样的欲望与活力的现实，这些活力无疑反映了改革开放的政策给社会发展所带来的根本性的转机，这是谁也不否认的，但是作为当代社会生活中的一名作家或者艺术家，他理解或者同情某一项政策是否就意味着他应该放弃自己对整个现实环境的独立观察、思考和批判的权力，重新来制造一种新的思想迷信？1950 年代就是有这样一种占着主导地位的理论，把具体执行过程中的社会主义政策与整个现实环境完全等同起来，并以"1949 年前"为参照，谁批判了现实环境就成了反对社会主义国策，就是想复辟；这种理论的阴魂现在似乎也没有完全散去，不过是换了几个名词，把当下整个现实环境与正在实验过程中的改革开放政策等同混淆，并以"五十年代"为参照，把对现实有所批判的思想言论和作品，统统归为反对改革开放，更有意思的是，听说为对手扣上的帽子也老谱翻新意，花样特多，在此就不一一举例了。第二，当下文学艺术创作中即使存在了对现实生活现象的思考和批判态度，是否意味着还有一个怎样表现的问题？这后一个问题才是本文想讨论的问题。

当然，作家应该采用何种创作手法来表达自己，这是旁人无法决定的，作家在这方面有绝对的自由，并没有价值判断的充足理由。但审美判断是有的，那只是阅读者个人的主观爱好而已。我想到这个问题，是从阅读广西青年作家鬼子的两篇作品时得到的启发。1997年鬼子有一篇很被人称道的小说《被雨淋湿的河》，我初读的时候，被作家对现实生活中各种矛盾的大胆揭露和批判精神所感动，凭感觉我已经认定了这是近年来青年作家里很少见的具有现实震撼力的作品，但我也不否认，我当时心中有过一丝疑惑，觉得自己的感动来得太快，总有些不对劲似的。这次当我为了小说选而重读它的时候，这些疑惑渐渐就大了起来，我发现了一些似曾相识的东西，譬如那个叛逆成性的晓雷，整个形象就前后不统一，前面写他不爱读书、顶撞父亲、杀了恶人等执拗个性，都十分传神，但到了后半部，作家似渐渐落入了趋时的思路，使晓雷成了一个自觉的工运领袖式的英雄，最后被人谋害。现实生活中当然会存在着晓雷后半部的故事，我丝毫也不怀疑这些血淋淋的故事的真实性，但从小说艺术来说，这些故事可以成为另外一部作品的素材，而在这部作品里，早期晓雷身上那种自发的野性和善恶融于一体的复杂个性都因此而失落，这不能不说对艺术的完整性是一种损害。如果我们再进一步询问为什么作家会如此密集地运用生活素材，似乎这与作家的创作手法有关，在这里作家并不自觉地沿用着一些传统现实主义的创作思路：如塑造一个典型必须层层推进地制造典型事件。又如小说在强调一个人的苦难时，就运用巧合法使所有的灾难于同时集中在一个人的身上：当晓雷父亲背了儿子的尸体独自夜行回村路遇歹徒遭劫，回村后又遇公安局来抓人，等等，枝蔓过多，反而减弱了对现实生活本身的批判力度。所以经比较后，我放弃了选这篇小说的打算，并选出鬼子的另一篇小说《学生作文》。与《被雨淋湿的河》相反，这篇小说里所有的故事及其讲述故事的方法都显得古怪而荒诞，小说从一对青年男女初试云雨写起，淡淡地扯出了一个商人在外地遭欺侮的故事，似乎与主题毫无关系，可是这对青年人本来可以创造新生活的理想却被不合情理地粉碎了：起因竟是因为一个学生的作文。故事本身是荒诞的，却严峻地写出了现实生活本身的无理性可言，小说结尾写到那个商人（学生家长）知道教师为自己儿子的一篇作文而失去工作，气不过去撞死无辜的校长，这也毫无理性可言，甚至也不一定合乎逻辑，但这个荒诞结尾一下子使一篇散散漫漫的小说把仇恨和力量凝聚起来了，也可以说是对现实的巨大穿透，生活的本相由此充分地层示出来。鬼子的小说有一种难得的愤怒，但要把这种愤怒上升为小说美学境界表达出来，我觉得《学生作文》是一个很成功的例子。

最后我想说说对张冀雪的《新麦地》的理解。这部小说以一种坚硬的文风刻画了中国北方农民在改革开放初期所经受的严峻考验。几乎所有以农村为背景的小说都是主题先行地把农民走出家园写成改变他们贫穷命运的出路，甚至以此来衡量农民在观念上的觉悟，在 1980 年代，贾平凹小说中的"换妻"模式风行一时，人们至今大约尚可记忆。但《新麦地》却是对 1990 年初在农村发生的农民背离家园进城打工的潮流作了深刻的反省，写出了这股打工潮的盲目性以及可能给农民带来的灾难。小说里的主人公麦香本来有个还算殷实的农村家庭，小说这样描写她："脸上充满富足，不停地嗑着葵花籽吃。……她们的脸上是那种叫人羡慕的自得与无虑的神情；——明天还远得很，什么事都不用先去操心。"但自从丈夫受到打工潮的影响而外出，再也没有回来，麦香从此的生活就发生了根本的变化，心理的（担惊受怕）、生理的（生病）、伦理的（与小杜的私通）……各种考验都落到了这个女人的肩上，逼迫她冒着巨大的恐惧两次外出寻夫，单独承受生活强加给她的磨难。其实作家让麦香知道丈夫的死讯一节安排是多余的，应该让她怀着一个永远无法实现的企望，去面对新的生活。因为作家没有以一般的同情眼光来写这个被不幸笼罩的女人，麦香形象的闪光之处，正在于作家写出了她性格中有一团闪亮的光点，顽强地指引她抵制毁灭，支持她去战胜不幸。所以小说结尾的一笔相当有力：这个实实在在的北方女人带了丈夫的噩耗回到村里，"头一件事就是一头扑到那块已经平整过的坡上的土地。育种、施肥……默默地，靠着自己柔弱的肩膀，种下了一茬新麦"。麦香是近年来很少被刻画的饱满、朴实并且有力度的女性形象，而且，她的力度在于她是本色地产生于现实环境的土壤之中,其性格的发展显示出对现实的清醒批判,这就尤其显得可贵。

以上三个方面不过是我在编选这本小说选时的一点体会。其实标准远不止三条,譬如关于小说文体的探索,关于短篇小说的形式追求,等等,都是值得讨论的话题。还有些选入本小说选的作品,如阎连科的《年月日》、严歌苓的《拉斯维加斯的谜语》等几篇,都有展开分析的必要,只是与我上面列的三条标准无关,又因为篇幅要紧,暂时就不在这里饶舌了。

1998 年 6 月 30 日于黑水斋

(以《1997 年小说创作一瞥》为题,初刊《钟山》1998 年第 6 期)

现代都市社会的"欲望"文本

在编选第六卷《逼近世纪末小说选》①时,我们收入了两位上海的青年女作家——卫慧与棉棉的作品。关于她们以及新近涌现出来的一批与她们的年龄相近的青年人的创作,已经是近年来批评领域引人注目的话题。从所谓"新生代"作家的"断裂"争论到更年轻的作家的涌现,二十世纪九十年代文学创作群体出现了令人眼花缭乱的格局。但对于那一群被称为"七十年代出生"的作家群体究竟有多大程度的共同背景,我还是持怀疑的态度。在前几卷的《小说选》里,我们虽然也注意到较为年轻的作家的崛起,如入选过丁天、李凡等人的作品,但一直没有将"七十年代出生"有意识地视为一个作家群体。这次我们决定选入这两位作家的作品时,也仅仅是考虑她们生活和写作的背景来自二十世纪九十年代的上海,在一定程度上反映了上海被当作一个国际大都市型的模式在建设与发展过程中所形成的某些文化上的典型现象。在这一点上也许她们有某种相同的地方,但是在表达个体与现实境遇的关系上,同样活跃在上海都市文化领域里的卫慧与棉棉还是有相当大的差异。本文仅以她们俩的部分创作为例,来探讨当代文学创作中存在的一种文化现象:如何表现现代都市社会的"欲望"。

评论界把"七十年代出生"看作一种文化上的界定,大约是包含了这样一个事实:在她们生长的年代,中国社会的主流意识正发生一个

---

① 《逼近世纪末小说选》第6卷后因故未出版,本文是该卷序言的一部分。

由极端压抑人的本能欲望的政治乌托邦理想逐步过渡到人的欲望被释放、被追逐、并在商品经济的发展中被渲染成为全民族追求象征的过程,这种变化起先是隐藏在经济政策开放、建设现代化大都市、与国际接轨等一系列的现代化的话语系统中悄然生长,最终则成为这一切目标的根本动机和最终目的。以卫慧和棉棉的作品为例,她们笔下的男孩女孩大多有一个不愉快的家庭背景:父母离异,或者在"文革"中饱经摧残,甚至有的是在劳改营里出生,等等,而如今在日益膨胀的社会消费面前,他们被煽起了强烈的做"人"欲望,却由于社会地位的渺小与无助,不可能成为社会的既得利益者。他们对社会的疏离正是由此而来。十多年以后,有些饱经感情风霜的主人公又如同狄更斯小说里的人物那样会遭遇一些海外遗产或大款资助的奇遇(如卫慧的《艾夏》《蝴蝶的尖叫》等和棉棉的《啦啦啦》里的男女主人公),但是这些迟到的补偿再也无法唤回她们心中早已失落的对社会"正常规范"的信任与依赖。(所谓"正常规范",包括市民阶层津津乐道的中产阶级的理想、伦理、信念以及生活方式,也是当前传媒主要营造的一种新的意识形态。)这是欲望膨胀带来的悖论,当然我们没有必要把卫慧、棉棉的故事完全视为近十多年来社会发展的索引,艺术总是或深或浅地隐藏了个人的隐痛与独特的体验,但是像那种"被遗弃—获遗产"的人生模式里,却包含了她们没有写出来的上一代人在欲望刺激下如何追逐财富的故事。这本来是一群来历暧昧、面目可疑的家伙,谁也无法说清楚他们是如何一夜暴富、突然成为当代社会中的富人阶级的,而那些正在被编造的"新富人"的故事,却成了1990年代传记作家和传媒记者大肆渲染的成功经验,卫慧笔下那些小PUNK充满恶作剧的撒野(如艾夏与黑人的乱交,朱迪的堕落),棉棉的《糖》里问题男孩和问题女孩一再为其父母制造的麻烦,似乎是为这精心制作的甜点上撒上了令人不快的胡椒,因为这些"问题孩子"所面临的生存环境,正是这十多年来致富阶级形成过程中无法回避的精神空白与欲望泛滥所造成的。

所以我不太同意有的评论者认为这些新涌现于小说领域的文本会导致对知识分子所标举的人文精神话语的颠覆与瓦解。这里涉及知识分子的话语系统的自我调整问题,即在从二十世纪八十年代到九十年代的社会转型过程中，知识分子话语也相应发生了一个价值观念的转化。1980年代知识分子的启蒙话语不断抨击残存于社会主义模式中的封建专制的孑遗，为的是推动市场经济的发展以及与此相联系的社会政治的民主化运动，这就必然要批判所谓"存天理，去人欲"的理学传统，必然要为人的欲望的合理性辩护。应该看到，这样一种旨在经济与道德双重革命的知识分子思想运动在今天只是部分地对实践产生意义，经济领域的市场化运动一方面获得了很大的成功，但另一方面由于缺失了民主机制的批判性制约，又变本加厉地恶化了中国普通人的生存环境。当前思想领域引发的论争多半是知识界对社会矛盾与改革困境的反应。知识分子如果看不到中国封建专制残余以及1950年代开始形成的极"左"思潮的顽固性以致放松了对它的警惕和思想斗争，把中国特殊国情下的市场经济的特殊问题简单地归结为资本主义国家里的一般问题是危险的。在这个意义上说，中国知识分子在二十世纪八十年代的思想批判任务还远未完成。反之，固守1980年代的启蒙话语，在一心一意鼓励和推动市场经济的同时却无视新经济体制所带来的负面效应，看不到致富阶级在财富分配中的权力意识及其新的意识形态的作用，那同样是危险的。二十世纪九十年代以来中国知识界所开展的一系列寻思人文精神的运动，正是企图从这两种话语系统中摆脱出来，寻求一种特立独行的思想途径，从中国自己的问题出发，从分析批判新的致富阶级的成功之路及其相应的意识形态，来揭示权力在其运作过程中的隐蔽性的作用。有了这样的超越性的立场，才有可能从纠缠不清的话语陷阱里摆脱出来。这里不能不涉及人文学科与文学创作的关系。我觉得人文学科与文学创作之间存在的根本区别，是学术界的知识分子习惯于从思想立场出发思考问题和发现对立面，而作家习惯于在生活的变化中寻找自己的位置及其对立面，两者之间的错位非常容易发生。1980年代中期王朔等人在小说中以痞子口吻揭露传统理想的虚伪性时，由于知识分子一度与这种虚伪的意识形态合谋而遭到嘲讽，却无视有更多的知识分子已经从这种合谋关系中摆脱出来，形成了新的批判力量。同样，现在权力与传媒的合谋中逐渐形成的新富阶级的意识形态，虽然与1980年代知识分子启蒙话语存在某种非逻辑的关联，也不能简单地将新一代的道德反叛与挑战视为知识分子人文精神遭遇的障碍。我一直以为，人文精神是一种实践中的运动过程，它旨在不断改善人的生存环境，反对各种形式对人性的压抑与迫害，因此也应该反对任何形式的将道德理想凝固起来的企图，人文精神的终极性的理想价值只能通过人在各种具体历史环境下追求解放的形态体现出来，它可以或包容或吸引各种形态各种程度的反体制的批判思潮，并对任何具体历史环境下的思潮进行超越。所以在卫慧、棉棉等人的小说里，我们在一种比较"另类"的声音下，依然能够感受到年轻一代体制反叛者的恍惚而真实的心境。

就在这些男孩女孩的成长过程中，中国社会的主流意识发生了深刻的变化。乌托邦理想的崩溃使她们在精神方面变得极为匮乏，但是1980年代知识分子对传统体制的批判以及对西方各种现代反叛思潮的引进，还是在她们的头脑里留下了模糊印象，或者说，西方自波德莱尔以来的以反现代工业社会为旨趣的现代主义文化思潮（尤其是玛格丽特·杜拉斯、亨利·米勒、莫拉维亚等人对西方文明社会批判的文学作品，超现实主义艺术与摇滚乐等），成为她们此时此刻反抗社会既成秩序的思想资源。但问题又同时产生：她们究竟想反抗什么样的社会秩序？又是以何种形式来表现这种反抗？1990年代她们开始面对社会时，刚刚崛起的社会"成功人士"已经在"国际接轨"的旗帜下引进了一整套以西方现代享乐主义为核心的新道德诠释，重新规定了财富、荣誉、体面、上流甚至享乐的内涵与定义；当人们兴高采烈地夸张享乐主义和消费至上时，享乐的欲望也已经转换成特定诠释下的某种场景、形式、游戏内容及其规则。尤其是当权力阶层介入了这个新富人阶级，这种种关于现代消费的观念逐渐被解释成全民族共同富裕、走向世界的目标，先是在传媒广告、影视作品里被虚拟宣传，渐渐地，也真实地出现在我们所居住的城市里。小说所描写的那些从小城镇来到大都市或者从大都市来到小城市的女孩子们不可能对生活中被制造出来的物质享受符号没有虚荣的欲望，即使她的头脑里已经接受了反现代的遗传密码，也只能在严酷的现实生活中碰壁以后才会慢慢记忆起来。

卫慧笔下的女孩大都经历了这个现代社会的奇遇，她们面对的男子，似乎处于社会"成功人士"的边缘，虽然还不富裕，但显然已全盘接受了那套新富人的享乐主义的游戏规则,正在踌躇满志地步入这个令人垂涎的阶层:律师(《梦无痕》的明)、文化经纪人(《像卫慧那样疯狂》的马格)、白领(《床上的月亮》的马儿)、即将成功的歌手(《蝴蝶的尖叫》的小鱼)等等,他们大都有一个美丽富有的妻子或者准备有一个类似传统意义上的妻子,但同时又需要一个能够消费现代人性激素的女孩子,这种现代人的幸福格局是被预设的,如《梦无痕》里的大学生琼意识到:"我和明之间似乎已经不需要男女相嬉相诱时那种扑朔迷离,与令人费心的花招样式。我想明已经向我提出了一个游戏建议,同时附带了一些游戏规则。……这种尝试对于我是从未有过的,显得新鲜,我的神经不免为之一振。"让我感兴趣的是最后一句话,因为揭露中产阶级虚伪的家庭道德与感情原则,以前有过许多文学表现,即使在恩格斯的年代里已经是个老而又老的题目了,而卫慧却以新的姿态来挑战这一话题:作为性游戏的一方,女孩不再扮演纯情而虚荣的受害者的传统角色,她一开始就看清了游戏的结果,并自愿遵守这些规则,使自己在这场游戏中游刃有余。我注意到卫慧在小说里编写了各种迷人的床笫游戏节目,男女主人公们矢口不提心灵的感受,没有爱也没有激情,更没有发自生命深处的呼唤与相知,所以读这些片段不可能激动人心,甚至连性的挑逗的力量也没有,充斥于字缝行间的只能是一片肉的快感与欲的宣泄。其实很难说这样一种情人关系是否真实,很难想象离开了激情与爱的性事会是怎样一种尴尬状态,但是我想,卫慧是有意回避了可能随性高潮而来的情绪反应和心理波澜的描写,或者说正是为了有意回避对性爱的深度内涵的体验与探讨,她笔下的每一个男女仿佛都是在西方灵丹妙药伟哥的刺激下从事一场职业的性表演。《像卫慧那样疯狂》最典型地表现了卫慧对现代情人关系的理解,不断出现在床笫间的是"私人表演""艳画""体操游戏"等字眼,使性爱离开了私人隐秘的生命勃发与辉煌,而成为纯粹生理动作的观赏与表演。小说为了强调这种动物性功能,特意设计了一场动物园里斑马交媾的描写,只要有一点欧洲文学修养的人都能回忆起法国作家左拉笔下牛的交媾的疯狂与激情,但在卫慧的笔下正相反,马的性事"一切进行得像吃饭睡觉那么寻常,像民政局里给你盖结婚证章的办事员一样冷漠平淡,公事公办"。这句话出于小说里一个白领女孩阿碧之口,这位姑娘与主人公阿慧的不同之处是她一直处于浪漫爱情的激情漩涡之中,她虽然漂亮而多情,但总是扮演着一场接一场的悲剧角色,显然这位姑娘在"成功人士"的性游戏中犯了规,所以才会在动物的性事中获得某种启示。阿慧之"慧"就在于她早熟地看穿了这种游戏的实质,毫不迟疑地利用了这种游戏规则来获取自己的需要。当她与文化经纪人马格初次做爱时,马格还想发一通莎士比亚式的赞词,她却打断他,"请求他不要再说,让他喜欢干什么现在就可以动手干起来。他需要的也就是这些"。这种赤裸裸的描写有时使多情的读者感到难堪,抱怨卫慧的叙事风格过于冷酷。但我想应该把这看作是另一种形式的挑战,她用她的"酷"挑开了所谓致富阶级(成功人士)温情脉脉的伦理规范,还原出这种关系中不可救药的生命力衰退以及贯穿其中的金钱与权力的实质。

但是,许多评论家虽然都谈到过卫慧创作中的反叛性,似乎没有注意这种反叛意味与以往学术界对"反叛"的理解不太一样。也许可以说,这批女孩子是与大都市所滋生的享乐欲望同时成长起来,她们个人的成长经验里很难排除对欲望的向往和迷醉。现代城市的物质欲望过早摧毁了年轻人的纯真与浪漫,他们从父母、家庭、社会方面受到的第一教育就直接与追逐享乐的欲望有关,一切都变得赤裸而无耻。因此,当这些女孩子用同样无耻的形式来表达她们暧昧而绝望的反叛时,我们在其比较陌生的姿态中,依然可以感受一种来自逐渐主流化的享乐主义话语的巨大压力。商品经济的意识形态与传统意识形态不一样的地方,是它并不刻意制造对立,而是以表面的"金钱面前人人平等"的形态来掩盖事实利益分配的不平等,它不拒绝任何人对物质享乐的欲望,并鼓励你积极参与到社会享乐的机制里来,这就给人造成一种机会不遇的自艾自怨。卫慧小说里的年轻人典型地反映了这种自艾自怨的情绪,她们的撒野与胡闹,甚至个体与社会之间所展示的紧张关系,都渗透了对物质享乐的不可遏制的欲望。我读到一篇很有才气的批评文章,在比较卫慧一群作家与朱文一群作家的创作时,指出了前者的小说里缺乏一种发自内心的焦虑感:"在个体和现实境遇相分离或对立的紧张关系中,焦虑是一道刺眼的裂隙,只要那种个体与现实之间的紧张存在,它是无法在文字中得到消释的,但假使焦虑随时可被轻易、顺畅地消解,或完全不存在,就只能归因于它所内含的个体与现实境遇的分离或对立并非如显示的那样绝对,而是从根子上就伴随着退却的准备。"① 这是我读到的所有评论中最中肯也最有分量的批评,我想沿着这一思路继续往下思考,妨碍这一代人焦虑感的增长不正是1990年代意识形态的主要特征么?

朱文一代的作家的成长经历横跨了二十世纪八十年代与九十年代两个历史阶段,他们的思想历程里有一道谁也迈不过去也回避不了的历史门槛,这导致了1990年代自觉处于边缘状态的个人立场的写作内含着强大的政治情结,他们几乎用反讽的态度描写了欲望在社会中的增长以及个人穷光蛋的恶作剧,人欲的放纵仍然是理性支配下的刻意渲染,表达出一种知识分子的苦闷与反叛,所以,贯穿在他们作品中的焦虑感显然与过于强大的现实压力有直接的关系。而卫慧一代轻易而顺畅的表达正是由于她们心中失去了这道历史门槛,在1990年代新的意识形态话语笼罩下,全民性的追逐财富的假象掩盖了个体与现实的严重对立,欲望似乎是共同的社会追求。不能说卫慧她们没有焦虑,但那是另一种意义上的焦虑。如《像卫慧那样疯狂》里一再提示的她们面临的困境:过去的已过去,现在的还不属于自己,未来的却更不可知。欲望越追求越遥远而生出耻辱与虚无的痛感,以致对自身的无归属感产生无穷无尽的焦虑。我们不能为作家预设如何的焦虑才有意义,作家也只能从自己与生俱来的痛感出发才能找到自己的个性。小说中阿慧的这种无归属感的焦虑,以夸张的语言和句式弥漫在小说文本里。也许在世俗最不习惯甚至难以容忍的艺术表现中,体现了其焦虑的可怕与尖锐。比如对成长或成熟的变态渴望,对生命欲求的拔苗助长式的自戕。谁都不会喜欢小说里女孩为了证明自己成熟竟用自虐的方式来破坏处女膜(卫慧不止在一篇小说里写过类似的细节)——关于这种心理如果要深入探讨会扯得很远,我这里只能说一点感性的想法——读到这个细节时我首先想到的

---

① 宋明炜《终止焦虑与长大成人——关于七十年代出生作家的笔记》,载《上海文学》1999年第9期。

是1950年代革命经典《钢铁是怎样炼成的》里的一个故事：少年保尔被关进监狱，遇到一个第二天就要被大兵蹂躏的姑娘，那位姑娘用乞求的口气求保尔结束她的处女时代，因为她不想把自己最宝贵的东西交给惨无人性的大兵。年轻的保尔拒绝了那位姑娘的请求。我读这篇故事时的年龄与书中的保尔差不多，对于"处女"的知识近于无知，现在回想起来，如果用女性主义的男／女二元对立的思维方式来分析"初夜权"的原始文化心理，这里也许有一个野蛮而无奈的悖论：那位姑娘在监狱里无法逃避和反抗被侮辱的命运时，她挑选保尔来做她的初夜的执行人仍然充满了被动和受辱：她必须依靠一个男人，而这个男人仅仅是同监的犯人才获得这个权利，她别无选择。再回到卫慧的小说细节，女孩的自戕行为是为了证明她已经有了追求欲望的权力，这证明恰恰是通过自己的手和自己的血来获得的：从一开始她就摆脱了女性对男性最原始也是最自然的依赖。如果我们把正在主流化的享乐主义和中产阶级的社会"正常规范"及其伦理标准视为一种男性特有的权益与欲望的话语系统的话，那么，不难看到同样在男性话语诠释的欲望刺激下成长起来的女性反叛者在心理上依然存在着深度的异化与对立。又比如小说中充斥了粗鄙刺激的比喻和遣词造句，同样反映了作家个体与这个日益精致化贵族化的都市文化趣味相对立的焦虑。主人公自称是："我有一张柔和和天真的脸，一颗铁石包里的心，以及所有孜孜以求的梦想，这些构成了我的气质，老于世故与热情浪漫。"我们不能将卫慧笔下的孜孜追求财富欲望的年轻人与传统西方小说里拉斯蒂涅式的都市野心家混为一谈，甚至与邱华栋等1960年代出生的作家笔下体现出来的物质欲望也不能混淆。邱华栋式的欲望是外乡人被排斥在现代都市经济体制以外而生出的流氓无产阶级的仇恨，有一种力度是卫慧所没有的，卫慧还有棉棉等作家笔下的人物对财富没有仇恨，只是活跃在财富的边缘上，用调侃和撒娇来发泄着穷光蛋的虚荣和机智。刺激和亵渎的用语仅仅是这种奇怪的焦虑心态在美学上的放肆表达。

卫慧从小城镇来到上海大都市，并受过现代教育——这是为现代都市的白领阶层提供后备军的场所——的训练，因此很容易被容纳到现代都市的文化体制中去。缺乏理性批判能力，放任身体的生理反应与强调感官对世界的把握，自然都不可能产生强有力的力量，以抗衡现代文明所造成的人性异化。更进一步说，把身体/感性的语言作为价值取向本身有两种可能的形式，一种是将自己放逐到被现代文明所遮蔽的另一种文明中去，以生命的直接经验来感受文明的多元本质，以求人性丰富多姿态的存在；另一种是这身体/感性仍然被置于现代都市文明的主流模式中，它所能感受的依然是单质的现代享乐主义的文化消费方式，这样的感性虽然一定程度上能够对都市文化的主流（即中产阶级的伦理道德与游戏规则）产生某种消解力，但从本质上说，与资本主义市场的刺激消费需求是同步的，不可能再生出新的文化生命。毋庸讳言，卫慧的文学创作中的"欲望"因素，正是依据了后一种的生存形式而被诠释。所以，向现实境遇妥协是其实现欲望的必然归宿。《像卫慧那样疯狂》写了三个同时毕业的大学生的欲海沉浮：在大城市长大的阿碧怀着浪漫情怀进入白领阶层，但在一次次的追求与遗弃的悲喜剧中最终屈服于新富人阶级的游戏规则，悄然嫁为富翁妇；出身农村的媚眼儿渴望感官享乐与西方模式的现代生活，不惜出卖男身争宠于洋婆，最终丧了性命。只剩下阿慧，巧妙地利用自己的青春与智慧来诈骗和捣乱这个繁华与糜烂同在的现实世界，但是她没有、也不可能有新的价值取向来支持自己的特立独行。然而，这已经是对卫慧式反抗的预言了。至少至今为止，我们看到的卫慧还是在这个充满欲望的世界上保持了波希米亚色彩的个人追求。这也是卫慧的可贵之处。我注意到她笔下的人物总是有两种不同性格的对照，趋于中产阶级趣味的白领与坚持向现代西方文明模式挑战的小PUNK：《床上的月亮》中张猫与小米、《像卫慧那样疯狂》中阿碧与阿慧、《蝴蝶的尖叫》中阿慧（同名不同人）与朱迪，在这种对照中有力地突出了后者的生存处境。卫慧最好的作品是《蝴蝶的尖叫》，在讨论入选《逼近世界末小说选》的篇目时，我一直在它与《像卫慧那样疯狂》之间犹豫，我觉得朱迪的形象更加单纯更加尖锐，在她身上混合着浪漫主义的激情与理想主义的不妥协，因此也更加可爱。虽然在表现现代反叛性格的复杂性方面，她不如《像卫慧那样疯狂》的主人公具有更多的可阐释性，但她的无路可走的痛苦以及以血相报的烈性已经彻底打破了享乐主义的温情假象。

棉棉的经历似乎与卫慧相反,她出生在大城市,受过正常的中学教育,在经济起飞的时代里她怀着朦胧的反抗意识来到南方经济特区,但在充满活力又缺乏章法的经济环境中,她没有进入制造"欲望"的主流社会,却一头扎进社会的阴影,在主流文化所排斥的"怪异"环境下品尝了"人欲"酿成的直接苦果——这种生命经验,是正规而平庸的现代教育所无法想象和闻所未闻的。棉棉笔下的女孩与卫慧小说的人物不一样。卫慧的女孩狡黠而老到,棉棉的女孩戆直而单纯,她缺乏卫慧笔下的灵气,却毫无遮掩地表达出对社会人生的异端态度。如果我们研究当代中国"问题青年"的怪异(Queer,在台湾被译作"怪胎")文化现象,棉棉的小说是不可缺少的文本。《糖》是一本当代中国"怪异"青年集大成的小说,摇滚、卖淫、滥交、吸毒、同性恋、双性恋等令人感到不安的文化现象充斥了小说的主要场景,与当年王朔笔下那些只会耍嘴皮只说不练的痞子相比,与当今卫慧笔下那些摹仿西方反叛者的矫情女孩相比,棉棉与主流文化对立的尖锐性和惨烈性被有力展示出来,从而开拓与丰富了人性中被压抑的黑暗世界内涵。小说中的男女青年主人公不约而同地拒绝父亲给自己安排的前途:一个对蒙娜丽莎感到害怕,一个从学提琴转向弹吉他。请注意:他们所拒绝的恰恰是西方文艺复兴以来的现代文化传统,而这也正是1980年代中国知识分子文化的主流。一种反现代化的现代立场突现在小说叙事中。男孩赛宁从英国回来,不是衣锦还乡却带了一颗千疮百孔的心,似乎也证明了西方传统教育的失败。但是棉棉笔下的女孩始终没有放弃对真情的追寻,她因为赛宁的多次背信弃义而自我沉沦,表达了她内心深处对爱的执著和痛苦,而不是像有些评论家故意夸大的什么"无爱之性"。只要将《糖》与《像卫慧那样疯狂》中有关性事描写部分作一比较,就可看出棉棉笔下女孩对性事完全不带展览意味,相反,她总是执著地问何为"高潮"?在污浊的现实环境下,这种风情不解的询问就仿佛是古代文化中的"天问",是对男女间何为性爱的本质的追问。读者只要多诵读几遍棉棉小说中那些颤抖冗长的句子,我想不难体会到作家对失去心灵伊甸园所产生的刻骨铭心的痛苦。她的自杀、吸毒、酗酒甚至滥交,每一次的自戕行为都与赛宁的背叛有关,也就是说,所有以往正统教育施舍给她的温情脉脉的理想面纱，都在现实欲望的烈焰中一片片地化作灰烬，她的生命最后以赤裸的姿态面对着烧不尽的"欲望"。

棉棉的小说叙事里，不自觉地体现出前面所说的把身体/感性的语言作为价值取向的另一种形式：将自己放逐到被现代文明样式所遮蔽的另一种文明中去，以生命的直接经验来感受文明的多元本质，以求人性丰富多姿态的存在。棉棉笔下的酒吧与摇滚，仿佛是欲火烈焰中的地狱——我说的地狱并不是"水深火热"的那种，而是指它直接构成了大都市现代文明的对立面，一种与现代文明直接对抗的个人、感性、异端的另类世界。这个所谓的"另类世界"在全球化阴云笼罩下的上海的现实环境下，其实是非常庸俗无聊的富裕阶层的消遣场所，但在棉棉笔下却体现出难得的反抗立场。在《糖》里，女主人公发现心爱的赛宁在一个小镇上当了庸俗的"歌星"时，她勃然大怒，立刻把他拉了回来，指责他背叛了摇滚精神，这是她无所顾忌的性格中真正值得敬畏的一面。如果从所谓"正常"的社会道德立场来看，棉棉笔下活跃的只能是一批需要拯救的不良少年、社会渣滓，种种犯罪的欲望都如怨鬼紧紧缠身，很难从他们身上得到正面意义的解说，他们或者被鄙视地描绘成渣滓，或者作为社会分析的一个注释，而没有自己独立的生命价值。但在棉棉的叙事立场上，这里却呈现了生气勃勃的世界：在这个充满污秽的世界里仍然闪亮着人性的温馨，藏污纳垢，破碎的生命仍然是生命并且应该得到尊重。小说里有一段写到男女主人公一个吸毒另一个酗酒的沉沦过程，使我们不仅窥探到道德边缘上的生命体验，也看到了生命边缘上的道德再生。当欲望与生命本体的意义紧紧拥抱在一起的时候，即产生了美学上的魅力。棉棉在她的书前题词说，要把这本书送给所有失踪的朋友。我理解"失踪"这个词的意义，不仅仅指逃离现实秩序的人，似乎还应该包含了在现实的道德范畴里被我们视而不见的人，他们心灵里装满了困惑与伤害，正在用巨大的代价探索自己的未来，寻找自己灵魂的寄放处。这也许是棉棉自己所说的：必须把所有的恐惧和垃圾都吃下去，并把它们都变成糖的写作宗旨。

我无法预测像卫慧、棉棉那样的作家，在这条自己选定的、与她们的人生道路相吻合的写作道路上能走多远。棉棉说，她把写作当作医生的使命存在。那么,一旦写作带给作家巨大的成功以致疾病消除,写作是否对她还有意义?我之所以这样提出问题,是因为我阅读她们的小说后有一种强烈的感觉,即这很可能是二十世纪末中国文坛上昙花一现的事情,不仅仅社会主流道德的强大无法容忍这种异端文化的泛滥,同时这些作家仅仅凭个体的感性的经验也无法将另类精神升华为较普遍的审美经验。我想起不久前我所阅读的台湾女作家洪凌的吸血鬼系列小说。洪凌也是个另类作家,她在英国读过硕士学位,对西方另类文化有过全面的研究。她回到台湾后一再用小说表达人类的异端化情绪,从同性恋到吸血鬼,写的都是人类文化边缘上的孤魂野鬼。但有意思的是,她最后把吸血鬼的根底联系到欧洲的无政府主义,因为永远的边缘,与主流对立,正是现时安那其的理想旗帜。法国作家让·热内(Saint Genet)做过小偷,入过狱,吸过毒,后来写出了著名的《偷儿日记》等作品,法国著名作家萨特为他写过传记,声称在这本书里他把他所理解的"自由"一词解释得最清楚。洪凌翻译过热内的书,并把自己也置于自觉的另类阵营,但这种自觉,绝不是生活所逼迫或在西方阴影下的时髦行为。如果联系不到人类文化的精神源头,那么,任何感性的反抗与撒野都只能是昙花一现。我把这一点提出来,只是对卫慧和棉棉这样一种文化的思考和期望。

1999 年 11 月 4 日写于黑水斋
(初刊《小说界》2000 年第 3 期)

面对逼近世纪末的中国文学

——答《读书人报》记者问

问：您主编的《逼近世纪末小说选》已经出版了三卷，听说第四卷也已经发稿。我想请您谈谈这套丛书的编辑思想是什么？

答：这套《逼近世纪末小说选》的最初提议是我的学生张新颖，他是个艺术感觉很纯、人格也很健全的年轻人。后来我们这个想法得到了上海文艺出版社编辑的支持，我与他们谈妥了，这套丛书不是一套由空间贯穿的丛书，而是一套由时间来贯穿的丛书，它充满动感，不但需要八年时间才能编完，编辑的方式完全是开放式的，不是有了好作品才编选，而是带有某种期待、提倡和推动的意义来编这套书。当然这是一种尝试，究竟能否编得有价值，须在八年以后才能看得出来。1990年代的文学创作趋向与1980年代有了很大的不同，用我的观点来解释，1990年代是进入了"无名"的文化时代，这与以前"共名"的文化时代很不一样，它没有一个可以规范一切文化现象的"名"，文化发展进入相对多元的环境，这种环境总的说来是更加有利于文学创作的发展，有利于作家个性的自由发展。但反过来也必须承认，既然每个作家都有表现自己个性的自由，那就不能要求他们只发表优秀的作品，人的个性一旦无所顾忌地喷发出来，就难免泥沙俱下。我觉得一个好的批评家在这个时候就应该发出声音，首先是不能反对这种好不容易获得的作家可以在主流话语以外表达个人声音的自由，同时也不能为了维护这样的多声部创作局面就抹杀了艺术的标准和良知的作用。所以我们编这部小说

选，就是想在这多声部的文学格局里增加一种声音，我们的声音，并通过对某些在我们看来是优秀的作品的推荐和解释，在当前文学发展中产生一点作用。

问：那么，这套丛书的编选原则与您近年在理论界和学术界倡导的"人文精神""民间"理论等主张有没有直接的关系？

答：应该说不那么直接。昨天济南电视台有一位记者采访我时也问到了这个问题，她问我怎样在当前小说创作里体现"人文精神"？我想了想告诉她：人文精神之所以被学者提出来讨论，就是因为谁也没有现成的人文精神可依据，就是想弄明白在现代社会转型时期知识分子的社会位置、工作岗位及其对社会履行的责任到底在哪里？这些问题的提出，多半是从反省自己出发的，从自己所感到的缺失里总结当代知识分子感到困扰的问题。因此无法要求哪一个作家去写"人文精神"，也无法用"人文精神"的标准去衡量小说。对于小说的入选标准主要是我们自己认可的艺术标准，就当前的文学创作状况而言，我比较喜欢的是：一、能够将一般社会情绪转化为个人性话语进行表达的作品；二、能够真正脚踏实地地关注社会底层的生活，努力表现被主流话语所曲解或者遮蔽的民间文化的生命力。我对民间的理解是相当广义的，不限于某种文化空间，更注重的是新的文化品质，因此，民间不一定是写农村和农民，都市里同样有民间的形态，它主要表现在主流话语系统以外，更加私人性的文学形态。

问：我个人比较喜欢您在《小说选》里对"六十年代出生"的作家群创作的关注，我觉得这套小说选与一般的"新状态小说选"或"晚生代小说选"不同，后者是将青年一代作家作为一个特殊的品种来宣传，而您是将他们放在1990年代创作的整体格局中加以考察，从而肯定了他们在当前创作中的地位。我想请您谈谈如何看待他们创作中的"个人性"现象？

答：这正是这批年轻作家的创作特点。但我觉得所谓的个人性或私人性，主要是指文学上的叙事话语，不完全是指人生态度。这一点我觉得当前批评界在阐释这个现象时有些误解。与私人性话语对立的是公众性话语，也就是指一种社会通行的、被主流话语所控制的话语系统，对于同一种社会现象，既可以用报纸上通行的语言与思路去解说，也可以用完全浸透了个人立场和感情的话语方式来表达，而文学更需要的是后一种语言。具体地说，私人性的经验是不可被重复的，由此而生的文学创作，其文学性和独创性也更加明显。在1980年代后期，先锋小说为了突出语言的叙述功能，往往采取了扬弃生活内容的方式来加强语言的形式感和抽象性；1990年代的创作现象有所变化，语言不再以抽象的形式出现，却是浸透了叙事视角的个人性和叙事内容的私人性。这以一批年轻作家和女性作家的创作最明显。但并不是说，私人性经验就必定会排斥对公众社会问题的关注，也不是说个人性话语就一定要消解人文的理想和人生某些不可动摇的原则。更何况，现在活跃于文坛的一批晚生代作家中，有许多是在社会体制外生活的自由职业者和自由撰稿人，他们原先是坚持民间立场的诗人，他们怎么会丧失人之所以为人的原则和理想呢？关于这方面，你可以读《小说选》里所选的青年作家朱文的《食指》，大概是能够说明一些问题的。

问：您最近在读什么书？思考哪些问题？

答：一向乱看乱翻，读书无章法，也没有带着问题去学的读书动机。最近想做的事，是想修订我十年前出版的《中国新文学整体观》一书，我想大改一次，把自己近年来研究中国二十世纪文学史的许多心得融合进去，使它成为我的一本新书。

1996年10月6日

（初刊《小说界》1997年第1期）

研究1990年代文学的几个概念的说明

自1980年代末到1990年代初,中国社会发生了急剧的转型,国家经济领域的改革开放步伐正在加快,商品经济意识不断渗透到各个社会文化领域,社会经济体制也随之转轨,由统治了中国近四十年的社会主义计划经济体制向社会主义的市场经济体制转型。在这种情形下,传统意识形态的格局相应地发生了调整,知识分子原先所处的社会文化的中心地位渐渐失落,开始向社会文化空间的边缘滑行。但要探究这种变化的根源,除了经济因素之外还有一些不容忽视的政治文化方面的事实背景,知识分子的社会理想激情受到一而再三的挫败以后,一方面难以很快地重新获得明确统一的追求方向和动力,另一方面也暴露了自身浮躁膨胀的缺陷所在。来自这两方面的原因促成了1990年代初基本的文化特征:个人性的多元文化格局开始形成以及出现了知识分子在精神上的自我反省。在文学创作上则体现为对于精神主体的怀疑,转向对个人生存空间的真正关怀,特别是由此走向了对民间立场的重新发现与主动认同。

围绕着1990年代文学创作的新特征,文学理论领域发生过多次的讨论,试图解释这些新的文学以及文化现象,有关论争也时有发生。这些集中在对1990年代文学命名上的探讨,表明了二十世纪最后十年的文学已经从本世纪的文学传统中游离开去,在叙事立场、美学追求与作家构成等方面,都表现出独立的存在形态。

一、从共名到无名

进入 1990 年代以前，中国当代文学基本上是处于一种共名的文化状态。所谓共名，是指时代本身含有重大而统一的主题，知识分子思考问题和探索问题的材料都来自时代的主题，个人的独立性因而被掩盖起来。二十世纪文学史的发展过程中，共名的文化状态占绝大部分，而且知识分子始终参与创造了时代共名的文化建构。这种参与创造的形式是随着各个历史阶段知识分子对时代的不同职能而改变的。有时是知识分子对时代主题的抽象提炼和概括，如五四时期知识分子提出"民主"与"科学"和"反封建"、"个性解放"等命题；有时是客观历史环境规定了时代主题，然后由知识分子提出来，如抗战时期的"民族救亡"；也有些是国家制定的文艺政策让知识分子自觉地执行，如 1960 年代的"阶级斗争理论"等。"文革"以后，文学工作者在中共十一届三中全会的思想解放路线的鼓励下，创作了干预生活的"伤痕文学""反思文学""改革文学"等，基本上也是延续了五四新文学的启蒙运动和现实战斗精神的传统。由于共名是知识分子参与创造的话语，所以知识分子在习惯上把它看作是一种群体的立场，代表了社会的某种正义力量的声音。

文学史的经验证明，共名文化状态对文学创作构成的影响是极其复杂的。共名不但概括了时代主潮，而且可能成为作家表达自己的社会见解的主要参照系。作家通过对时代关键词的阐述来进行创作，不管艺术能力的高低，写出来的都可能成为被时代认可的流行作品。但在这种文化状态下，作家精神劳动的独创性很可能会被掩盖，作家的个人性因素（包括个人的精神立场和审美把握）不能不与共名构成紧张的关系。对一些优秀的具有独创性的作家来说，可能会存在两种情况：一种是作家拥有独立的精神立场，但也认同时代共名，他把对时代某种精神现象的思考熔铸到个人独特的经验中去，或者说，以作家对时代敏锐而强烈的个人感受，包容以致消化了时代的共名现象。这一类作家需要有特别顽强的个人性,譬如,五四时期的启蒙主义和个性解放构成了时代的共名,但在鲁迅的小说里,则是通过他对于民众麻木愚昧的精神状态的深切痛感与对于知识分子理想的失败的确认来完成的,显示出特别的深刻性。还有一种情况是作家拒绝认同时代共名,有意回避时代的主题,他们以强烈的个人因素摆脱时代共名的限制,在创作里完全是表达个人性的生活经验、审美情趣和精神立场,但这是相当冒险的艺术追求。如果作家个人化的精神感召力不足以抗衡共名,就很可能被淹没在时代大音之下无声无息地消失,或者虽然孤独地存在,却长期被排斥在社会公众可能接受的阈值之外。

与共名相对立存在的,是无名的文化状态。所谓无名,则是指当时代进入比较稳定、开放、多元的社会时期,人们的精神生活日益变得丰富,那种重大而统一的时代主题往往拢不住民族整体的精神走向,于是出现了价值多元、共生共存的状态。无名不是没有时代主题,而是有多种主题并存,文化工作和文学创作都反映了时代的一部分主题,但不能达到共名的状态。在中国现代文学史上,无名的文化状态出现的时间非常短暂,如1930年代的"京派"文人圈子文学、南京官方"民族主义"文学、上海左翼文学、海派都市文学、大众消费文学,以及东北流亡文学等多种文学并立的格局,这些文学思潮之间虽然也互相冲突和激烈斗争,但始终不能使文坛统一成一种共同声音,这种格局似乎有点接近"无名"文化状态。可惜的是很快而至的抗战结束了这种文化局面,又回到了统一抗战的共名状态。

如果我们考察1990年代的文学,不难发现它所含有的无名特征:首先是1980年代文学思潮线性发展的文学史走向被打破了,出现了无主潮、无定向、无共名的现象,几种文学走向同时并存,表达出多元的价值取向。如宣传主旋律的文艺作品,通常是以政府部门的经济资助和国家评奖鼓励来确认其价值;消费型的文学作品,是以获得大众文化市场的促销成功为目标;纯文学的创作则是以圈子内的行家认可和某类读者群的欢迎为标志,等等,由于"无名"文化状态拥有多种时代主题,构成相对的多层次的复合文化结构,才有可能出现文学多种走向的自由局面。其次，作家的叙事立场发生了变化，从共同社会理想转向个人叙事立场。以1980年代寻根文学为例，当时寻根派作家分布在全国各地，个人感受的文化环境并不相同，但他们在表达"寻根"这个社会理想和社会期待却是相当一致的。可以作为对比的是1990年代一批追求人文理想的作家，包括张承志、张炜、莫言、王安忆、史铁生、李锐、韩少功、余华等，也许他们对社会历史的批判观点非常接近，但他们却以各不相同的自己的方式来抒写并寄托他们所体验到的时代精神状貌，几乎每一个作家都拥有一个独立的精神世界，联系着他们个人生命中最隐秘的经验。如同样是把个体心灵与民间世界结合在一起，张承志与张炜的创作中寄托的社会理想和社会期待完全不同，他们是以各自的经验和视界，向现实社会提供了属于自己的那一份思想表达，因而也就履行了自己对于时代所承担的那一份职责。因此与1980年代文学不同的是，1990年代的文学很难用流派来归纳。其三，由于时代共名的消失，使一批面对自我的作家在开拓个人心理空间方面的写作实验得以实现。个人立场的文学叙事促使文学创作从宏大叙事模式中摆脱出来，转向更贴近生活本身的个人叙事方式，一批被称为"新生代"的青年作家和女性作家应运而生。

  1990年代的文学仿佛是一个碎片中的世界，作家们站在不同的立场上写作：有的继续坚持传统的精英立场，有的干脆表示要去认同市场经济发展中的大众消费文化，也有的在思考如何从民间的立场上重新发扬知识分子对社会的责任，或者还有人转向极端化的个人世界，勾画出形色各异的私人生活……无论这种无名状态初看上去多么陌生，多么混乱，但它毕竟使文学摆脱了时代共名的制约，在社会文化空间中发出了独立存在的声音。作家们在这种相对自由轻松的环境里逐渐成熟了属于自己的创作风格，写出越来越多的优秀作品，如王安忆的《叔叔的故事》、史铁生的《我与地坛》、张承志的《心灵史》、张炜的《九月寓言》、余华的《许三观卖血记》、韩少功的《马桥词典》等，都堪称是中国当代文坛上最重要的收获，预示着1990年代"无名"状态下的写作将越来越有利于文学自身尺度上达到它应有的高度。

二、个人立场写作

这个概念从一般文艺理论上说容易引起两方面的误解。在西方文艺观念中，作家创作总是站在个人立场上，即使有某种信仰的作家，他们必然也是通过个人劳动的方法来观察世界和表述信仰，怎么可能存在离开了个人立场的写作？但在中国五六十年代的主流文艺理论里，作家转变个人写作立场的问题，曾经被强调到"改造世界观"的高度，个人立场往往被认为是与无产阶级立场相敌对的。其实，即使超越了"阶级斗争为纲"的年代，新文学的启蒙主义立场同样具有共名意味的公共立场。张爱玲用五四新文学来比作一场交响乐："大规模的交响乐自然又不同，那是浩浩荡荡五四运动一般地冲了来，把每一个人的声音都变了它的声音，前后左右呼啸喊嚓的都是自己的声音，人一开口就震惊于自己的声音的深宏远大；又像在初睡醒的时候听见人向你说话，不大知道是自己说的还是人家说的，感到模糊的恐怖。"[①] 这似乎是对五四以来作家的公众写作立场的形象说明，在共名的文化状态下，大多数人都自觉或不自觉地依循了共名来思考问题和认识问题，所以他们虽然说的是自己要说的话，其实仍然是时代所规定的主题。后来的阶级观念只是强化了共名的文化状态。

当1990年代文学接近无名状态的时候，作家写作立场返回个人是理所当然的现象。作家们不再依照对社会的共同理解来进行创作，而是以个体的生命直面人生，从每个人各不相同的个人体验与独特方式出发，来描述自己眼中的世界。这并不是说作家可以摆脱时代主题和文化立场，完全放弃对时代和社会的承担，更准确地说，知识分子从来就不是抽象意义上的人，他只能是站在实实在在的环境里，表达他个人对周围现实世界的看法。但我们在讨论1990年代文学现象时所说的"个人

---

① 张爱玲《谈音乐》，收《张爱玲文集》第4卷，安徽文艺出版社1992年版，第164页。

立场写作",并不是从理论的角度探讨某种写作立场是否可能,而是特指一种创作现象,即一批自觉拒绝意识形态和共名立场,在创作中以表达身处社会边缘的个人的琐碎生活欲望的作品。

1990年代的个人立场写作最明显地体现在一批六七十年代出生的年轻作家的小说中,这一代作家也被称作"新生代",他们不像1950年代的作家那样亲历了政治运动的迫害,也不像知青一代作家在上山下乡中经受生活的考验,对他们来说,"文革"的灾难像一场童年时代看过的恐怖电影,只能流露出不自觉的童年记忆。他们接受教育的时代,正是社会发生大变异的时期,一切固若金汤的传统价值观念都将重新接受实践的检验;他们走上社会的时候,社会已经像神话里的魔杖一样变出了无数欲望,足以让他们感到无奈和沮丧。所以他们本能地将主流文化视为陌路,既不认同也不关心,他们自觉把自己定位在远离政治生活中心的文化边缘,表现他们自私自恋的生活方式和心理欲望。这批作家中,由原来的"第三代诗人"转而写小说的韩东和朱文可以算是其中代表。他们延续了"第三代诗人"在诗歌领域中的反主流文化、倾向于日常性的特点。比如韩东的短篇小说《掘地三尺》《田园》等,都是写"文革"中的故事,但完全避开了历史的残酷内容,以天真无知的孩童视点来强调那个时代的戏谑特点,通过看似偏离历史逻辑的方式,还原出不受意识形态约束的个体性的日常生活。再譬如他的中篇小说《障碍》,写一个青年知识分子在自身的性欲望和世俗道德之间所感到的心理障碍,尖锐地表现出了个人与社会之间的紧张关系,也表达了这一代青年知识分子自我确认的困难。朱文的小说如《食指》《去赵国的邯郸》《尖锐之秋》等,所描绘的人的"焦虑、空虚与绝望",既是纯粹个人化的话语,但也含纳着真正是人性的声音,表现出当下社会一种实际存在的精神状态。① 他的小说初读似乎结构凌乱松弛,内容极其琐碎,但仔细读不难感受到对人生的严肃态度。我曾称这些作品确实写出了"人的精神的飞翔,但又是一种低姿态的(也就是与生活本相纠葛

---

① 宋明炜《漂流的房子和虚妄的旅途》,载《上海文学》1997年第9期。

在一起的）精神飞翔"。①

1990年代另一批实践个人立场写作的是被称作有"女性主义"倾向的作家，她们的小说风格一度被评论界不恰当地称为"私人小说"。如果说，1990年代以前女性作家的自我表达较多地集中在妇女争取一般社会地位和社会权利的问题上，那么，新一代的女性写作终于形成了与此前截然不同的新向度。她们以一种个人话语来直接描绘女性的个体生存状态，着重于表现女性隐秘的感性经验，如女性的躯体感受、情感欲望等等，其中所表达的女性意识不但不再能够参与并相容于社会的公共意识，而且往往与象征男性权力的社会处于尖锐的对立之中，所以她们揭示的女性问题也不再具有"共名"的普遍意义。代表作品有陈染的中篇小说《无处告别》《与往事干杯》和长篇小说《私人生活》，林白的长篇小说《一个人的战争》和中篇小说《回廊之椅》《致命的飞翔》等。这两位女作家都着力于探询女性生存的私人空间，并以个人与整个社会相对立的尖锐形式，展示年轻女性在现实社会里无路可走的困境。陈染的《私人生活》主人公倪拗拗自称是"一个残缺的时代里的残缺的人"，作品对主人公的精神世界及性欲望的渲染，尤其是对理想化的同性爱的描写，都可以看作是一种极端个人化的叙事内容。林白的《一个人的战争》是写女人个体生命的成熟经历，主人公多米在性意识的成熟过程中不断遭到男性世界的打击与伤害，而最终转向了自我恋。这两位女性作家的作品里都没有回避现代女性在现实社会里遭遇的种种困境，但她们的叙事风格都偏重于大量的独自自赏、女性特征的躯体语言、纯粹精神上的白日幻想等等，显露出女性生命体验中偏至的迷狂色彩，或者也可以说是创造出了女性个人立场写作的独特审美精神。

三、民间叙事立场的写作（民间理想主义）

民间理想主义是指1990年代出现的一批歌颂民间理想的作家的创

---

① 请参见收入本辑的《逼近世纪末小说选（卷五，1997）·序二》。

作现象。在五六十年代,理想主义是主流意识形态的代名词。随着"文革"结束后市场经济的兴起,人们普遍地对虚伪的理想主义感到厌倦,但同时也滋长了放弃人类向上追求、放逐理想和信仰的庸俗唯物主义。1990年代知识分子发起"人文精神寻思"的讨论,重新呼唤人的精神理想,有不少作家也在创作中歌颂人的理想性,但他们都在历史的经验教训面前改变了五六十年代寻求理想的方式,转向民间立场,在民间大地上寻找和确立人生理想,表现出丰富的多元理想。如张承志在民间宗教中寻求理想,张炜立足民族土地中讴歌理想……有人称这种思潮为道德理想主义,我觉得有些含混,不如民间理想主义更为明确一些。这也是1990年代文学的一个值得关注的动向。

民间理想主义反映了一种新的叙事立场。"民间"一词在不同的历史条件下有不同的解释。本文所用的"民间",是指中国文学中的一种文化形态和价值取向。它大致有如下三个特点:一、它是在国家权力相对控制薄弱的领域产生的,保存了相对自由活泼的形式,能够比较真实地表达出民间社会生活的面貌和下层人民的精神世界;二、自由自在是它最基本的审美风格。民间的艺术传统意味着人类原始生命力紧紧拥抱生活本身的过程,由此迸发出对生活的爱与憎,对生命欲望的追求;三、它拥有民间宗教、哲学、文学艺术的传统背景,用政治术语说,是民主性精华和封建性糟粕杂交在一起,构成了独特的藏污纳垢的形态。① 在实际的文学创作中,"民间"不是指传统农村自然经济为基础的宗法社会,其意义也不在具体的创作题材和创作方法,"民间"所涵盖的意义要广泛得多,它是指一种非权力形态也非知识分子的精英文化形态的新的文化视界和空间,渗透在作家的写作立场、价值取向、审美风格等方面。知识分子把自己隐藏在民间,用"讲述老百姓的故事"作为认知世界的出发点,来表达原先难以表述的对时代的认识。1990年代以来,作家们从共名的宏大叙事模式中游离出来以后,一部分在

---

① 请参阅收入本文集第6卷第2辑的《民间的浮沉:从抗战到"文革"文学史的一个解释》。

1980年代就有相当成就的作家都纷纷转向民间的叙事立场，与"个人立场写作"的年轻作家不同，他们深深地立足于民间社会生活，并从中确认生活的理想方式和价值取向。

　　从民间吸取生活理想与从政治意识形态提倡理想不一样，首先民间的理想不是外在于生活的理想，它是同老百姓在日常生活中所表现出来的乐观主义和对苦难的深刻理解联系在一起的。如作家余华在1990年代连续发表长篇小说《活着》和《许三观卖血记》，这两部作品都深刻描写了近半个世纪来中国城镇社会中下层人民所遭遇的日常性的苦难，如果从传统知识分子精英立场来表现这个题材，也许会成为具有某种政治寓意的社会批判性作品，但余华完全改变了传统的叙事方法，他利用这个题材探讨中国民间对苦难的承受力和承受态度，尤其是许三观的故事，写出了苦难重压下民间赖以生存的幽默与乐观主义。如果孤立地看，这些幽默和乐观很可能会被知识分子批判为阿Q式的可笑方式，但余华把这些因素置于源远流长的民间文化背景下效果显然不一样，挖掘出长期被主流文化遮蔽的中国民间抗衡苦难的精神来源。其次，民间的理想表现在历史整合过程中的反意识形态化，与主流意识形态对历史的渗透与改造相反，民间有其自身的历史形态与生活逻辑。这种民间历史观念在莫言的《红高粱》中就有了很好的表达，作家摆脱了党史题材的传统处理方法，从民间生活方式的直接铺陈中重新构筑历史场景，突出了民间自发性的一场抗日故事，王安忆在1990年代发表长篇小说《长恨歌》，在表现上海从1940年代到1980年代的历史过程中，有意淡化了政治历史对民间生活的侵犯，通过上海市民王琦瑶一生的悲喜剧，展示出都市民间的历史场景和文化记忆。其三，民间文化形态本身的多元性决定了理想的多元性，每个作家根据不同的民间生活场景对理想也有完全不同的理解。如张承志从1980年代中期起就深深地扎根于伊斯兰民间宗教文化中，他的《心灵史》宣扬了哲合忍耶教派的历史和教义，但广大读者却在他对形而上界的颂扬中读出了他对追求肉欲的现世社会的强烈批判，因此而受到震撼；而张炜的长篇小说《九月寓言》则通过对大地之母的衷心赞美和徜徉在民间生活之流的纯美态度中，表达出一种与生活大地血脉相通的、因而元气充沛的文化精神。其他如余华、莫言、王安忆、韩少功等作家虽然表达的民间理想均不相同,但由于他们自觉地把个人立场与民间立场很好地结合起来,所以能在个人视角下展示出多元的社会场景和价值体系。他们的创作达到了 1990 年代文学的最高成就。

1998 年 12 月 20 日于汉城

(初刊《辞海新知》1999 年第 1—3 期,改题为《90 年代文学反思录》)

试论1990年代文学的无名特征及其当代性

关于1990年代文学的"无名"特征，我最早在1995年为上海文艺出版社出版的《逼近世纪末小说选》第二卷写的序言[①]里就提出过，1996年又在论文《共名与无名：百年文学管窥》中专门论述这一现象。但在前者，1990年代文学刚刚过了一半，许多特征仅仅初露端倪，我也只能点到辄止；而后者又是一篇探讨二十世纪文学发展规律的论文，主要篇幅用来讨论五四到1930年代的文学现象，1990年代的文学几乎一笔带过。以后虽然在一些文章中屡屡提到这一概念，但始终没有作全面的论述，究其原因是我自己对1990年代文学究竟如何去向是存疑的，我还想多看看，在未来的文学以至文化发展中，究竟有没有实现无名化的可能性。现在真正的"世纪末"已经来临，站在这个时间的门槛上论1990年代的文学特征，大约是可以避免任意推测和想象之嫌了。

促使我继续讨论这个问题的直接原因，是近日有幸读了谈蓓芳教授的论文《再论中国现当代文学的分期》[②] 的手稿。这篇论文是以讨论现当代文学分期问题为主题，以"文学回归自身"为标记，论述的结论是："八十年代文学是向五四新文学传统回归的时代，从九十年代起则将成为逐渐与五四新文学传统产生距离的时代，但这距离绝不意味着背

---

① 参见《变化中的叙事与不变的立场——〈逼近世纪末小说选（卷二，1994）〉序》，已收入本辑。

② 该文刊登《复旦学报》2001年第1期。发表稿与手稿在表述上有些地方不尽相同，但内容未变，本文引文仍按手稿原样。特此说明。

弃五四新文学已有的成就，而是在这成就的基础上朝着符合文学本身特征的方向走上更新的阶段。"那么，什么是"文学回归自身"的标记呢？"就中国的特定环境而言，这一倾向实际上也就意味着进一步追求人性的解放和直面复杂的人生——包括人在当今的生存困境及其所担负的环境的重压。"这篇论文的观点，可以说是我第一次读到的对1990年代文学的极高的评价。在这之前，学术界对1990年代文学的批评研究不计其数，大都是毁誉参半，而我虽然也重视1990年代的文学创作，并努力对其进行文学史的定位与描绘，但这篇论文的大胆结论仍然出乎我的想象。所以，一则是这个话题激起我进一步论述的欲望，想通过探讨无名特征以说明我对1990年代文学的理解，二则也想将这个话题再度放到二十世纪中国文学史的背景下，考察它在什么意义上能够担当"分期"的意义。

我对文学史上的"无名"状态是相对于"共名"状态提出来的。在《共名与无名：百年文学管窥》一文中，我作过如下的描述：

> 当时代含有重大而统一的主题时，知识分子思考问题和探索问题的材料都来自时代的主题，个人的独立性被掩盖在时代主题之下。我们不妨把这样的文化状态称作"共名"，而这样状态下的文化工作和文学创造都成了"共名"的派生。
>
> 当时代进入比较稳定、开放、多元的社会时期，人们的精神生活日益丰富，那种重大而统一的时代主题往往拢不住民族的精神走向，于是价值多元、共生共存的文化状态就会出现。文化工作和文学创造都反映了时代的一部分主题，却不能达到一种共名状态，我们把这样的状态称作"无名"。"无名"不是没有主题，而是有多种主题并存。①

如果从共名与无名的角度来考察二十世纪八十年代文学与九十年代

---

① 参见收入本文集第6卷第2辑中的《共名与无名：百年文学管窥》。

文学的区别，就不难看到，1980年代是一个充满了二元对立观念的时代，它以共名的主题"改革开放"为主导，体现为一系列互相对立的范畴：思想领域划分为解放／保守的对立，政治领域划分为改革／僵化的对立，学术上划分为创新／传统的对立，对外政策上则是开放／自闭的对立，经济领域更是市场经济／计划经济的对立，生活形态是自由活泼／守旧刻板的对立……而这一切转化为文学创作的精神现象，就集中体现在"追求人性的解放和直面复杂的人生"之上，对内是追求表达人性的深度和坚持阶级分析的对立，对外是直面惨淡之人生积极干预生活和回避社会矛盾粉饰现实生活的对立，进一步而论，随着以上两个方面的艺术表现空间的扩大，还转化为艺术形式是引进西方现代艺术和提倡多样化还是维护"文以载道"的单一教化形式的对立，这一切，还可以用"文学回归自身"还是"文艺为政治服务"两种艺术观的对立来解释。从文学史的经验上说，也可以理解为抗战以来五四新文学传统和战争文化规范的对立与冲突的延续。

如果以二元对立这一共名时代最典型的思维特征来衡量，1990年代的文学确实与1980年代完全不同。二元对立的思维特征是知识分子建构时代共名的基本方法，用共名来概括复杂的生活现象，就必然要把复杂的生活简化成几个概念（时代共名），然后以此为标准划分出两极阵营。五四时期以民主与科学（即陈独秀所提倡的德先生和赛先生）为共名，就引起所谓激进派与保守派的斗争；抗战时期以抗战为共名，就有救亡与卖国的斗争；1949年以后以社会主义革命为共名，就引出了一系列两个阶级两条路线两条道路的斗争。而凡是二元对立的思维模式被打破，文化形态上即呈现无名状态，如民国初年、1930年代以及1990年代，都很难以二元对立的模式来解说时代的思维形态。它们大都是出现在知识分子的集体理想破裂以后，天下纷乱杂芜，王纲解纽，知识分子的精神状态比较涣散，于是出现了多元化的追求和确立个人化的立场，时代精神无以名之。

1990年代的文化正是具有如此的特征。随着1980年代末知识分子精英集团的瓦解与商品经济大潮的冲击，曾经弥漫在1980年代的二元对立思维模式逐渐发生改变，围绕着共名而尖锐对立的两极意识形态也随之逐渐淡化；随着大众文化市场的形成，传统文学的审美趣味也相应地发生变化，群众性多层次的审美趣味分化了原先国家主流意识形态和知识分子各自所提倡的单一的艺术标准。因此要像对 1980 年代的文学史那样对 1990 年代文学作出简单明了的公式，几乎是不可能了。当然，这并不是说 1990 年代的文化格局里没有二元对立的思维模式，局部的尖锐对立现象依然是存在的，但从总体的格局而言，这样的局部的对立并不可能支配思想文化领域的整体趋向，相反，多种冲突与对立的并存构成了无名状态的基本格局：它正是通过多种冲突并存的形态来达成思想文化的多元化发展趋向。我们不妨从国家意识形态文学、知识分子的精英文学和大众文学三者的变化，来考察其无名状态的特征。

所谓国家意识形态，原来体现为最高权力机构制定的文艺政策和方针，它是通过主流意识形态的宣传与对知识分子发动一系列的批判运动来推行的。但是在 1990 年代的深化改革的过程中，由于邓小平强调了"不争论"的原则，主流意识形态传统的操作模式也相应地发生变化，放弃了直接干预文学创作的蛮横态度，转变为从大资金投入、宏观调控和舆论导向三方面来提倡主旋律文学，并通过各种奖励制度吸引和鼓励文学工作者参与这项工程。经过十多年的实践与经验积累，主旋律文学也逐渐淡化了急功近利的宣传意识，不再简单地把文学理解作"为政治服务"。它在宣传主流意识形态的同时，也吸收了各种艺术手段，包括知识分子批判现实的视角与大众文学的审美趣味。以 1990 年代颇为主流的反腐败题材的创作为例，随着《抉择》（张平著）获得茅盾文学奖，这类题材的创作正式被纳入主旋律文学，比起前几年的所谓"分享艰难"来，它具有比较明显的批判意义，至少在一定程度上揭露了 1990 年代深化改革以来权力与金钱的结合所造成的中国特色的社会腐败现象。如长篇小说《财富与人性》（毕四海著），其所描写的反面人物孟广太这个形象，正表现出这种中国特色的腐败现象，它是集社会主义制度的权大于法与民主不健全、资本主义制度的金钱万能与物质贪欲以及封建传统的意识形态三位一体奇妙结合的怪胎，一定程度上表达了知识分子的现实批判的力量。同时，这部小说在创作手法上也颇有特色，由于是围绕着破案，小说本身含有推理小说的结构和传统黑幕小说的趣味，必要时还加上暴力与英雄救美等调味品。于是，它在揭露现实矛盾与社会弊病时会体现出知识分子干预生活的现实战斗精神，在创作手法上则含有陈旧的通俗文学的因素，最终的大团圆结局又体现了作家面对矛盾百出的现实生活仍然保持了虚假的乐观态度（这当然符合主旋律的愿望）。这样一种多味综合的制作很难说有很高的艺术价值，但在日益无序化的文化市场竞争中却能够获得一定的经济效益。再者，代表着国家意识形态的各类国家级文艺评奖制度近年来也逐步改变了僵化和陈旧的文学观念，开始吸收具有知识分子批判意识与民间意识的作品，如近两届的茅盾文学奖终于授予陈忠实与王安忆的创作，多少表现出一些顺从民意的愿望。

再看大众文学，经过了近二十年的实践，它不再满足于停留在盗版片和欣赏琼瑶的水平上，通俗文学的创作也逐步摆脱了初级阶段的粗俗口味和色情暴力。相反，大众文学所能达到的最高成就是文学性的高雅读物的流行，往往在知识分子的积极参与下得以提升。以图书市场的畅销书和排行榜为例，最成功的流行读物总是作家学者参与的制作。近十年来，从《废都》等"陕军东征"到"布老虎丛书"吸引名作家写通俗文学，从余秋雨大散文系列的成功行销到易中天、于丹的通俗学术讲座，几乎是书商、作家（学者）、媒体几方面共同制作的结果。甚至连文学批评都可以被媒体操纵，如王朔骂金庸和"二余"捉对厮杀，都已经离开了文学与学术本身，成为一种传媒津津乐道的"事件"。这当然与读物的行销有关。我觉得考察 1990 年代知识分子与传媒结合的现象，最典型的是余秋雨现象。余秋雨先生几乎是最早一个自觉实践文人与现代传媒结合，普及"高雅"文化的道路。他的散文是传播文人品格与获得商业效应两方面同时成功的少数例子之一。他的《文化苦旅》《山居笔记》有许多令人读之难忘的作品，本来是属于知识分子人文精神的薪火传承的工作，他却能够使之轻松地走进寻常百姓家，成为畅销读物。他的成功很像 1930 年代风行一时的林语堂，开拓了现代都市文化中一个特殊的读者市场：在知识分子精英文化与追求色相的粗鄙文化之间，还存在着大量的追求"高雅"生活趣味的市民阶层文化，而从林语堂到余秋雨所创作的流行读物，正是满足了这一阶层的精神需要。

当然，当大众文学缘了一批作家入盟而得以提升时，并不能忽视作家们在大众趣味与传媒制约下付出的代价。以1990年代的另类小说创作为例，从1960年代出生的新生代到1970年代出生的"新新生代"的作家们，一是因为置身体制外，经济上需要市场的支持，二来也是因为青春期的寂寞，需要传媒来增加他们的知名度，所以，或多或少都接受了市场的包装和传媒的热炒。但是这样一来，他们创作中标榜的"另类"文化就变了质，因为"另类"本来的意义就是反主流的文化现象，根本不为社会道德所容忍，它要自在地生活，只有远离尘嚣，注定在沉默与孤独（还可能是贫穷）中保持另类理想的完美性，一旦进入市场与流行文化合流时，"另类"也可能成为作秀的另一个名词，其立场终难坚持下去。

不难看到，国家意识形态与大众文化领域里，过去被看作是对立的因素变得并不那么严重，相反，新的主流意识形态正是在两者互相结合过程中逐渐地展示出它自身的面目。而许多知识分子积极参与两者的文化构造，各自也都能获得所需要的利益，一部作品获得主旋律的奖励与获得畅销书的利润同样能使作家名利双收。但是也不容忽视，这两者的结合对一批坚持严肃创作的作家所构成的巨大压力，其结果就是使1980年代逐步恢复起来的五四新文学传统面临新的危机。我并不认为五四新文学传统就应该一成不变地传下去，所谓"传统"本身是什么，随着时代内涵的变化会产生不同的解释，并没有一成不变的"传统"内涵。我在1980年代写作《中国新文学整体观》一书时，曾提出过五四新文学的启蒙传统应该有两个方面：启蒙的文学和文学的启蒙，前者强调为人生的文学，后者更重视文学本体的自在展现，这两种启蒙传统分别以鲁迅与周作人为旗手，体现在知识分子的立场和价值取向上，即知识分子的广场意识与民间岗位意识，而且两者不能截然分开，往往是混合在一起的多种价值的杂糅。而在1980年代的文学发展过程中，前者在知识分子参与的清算"文革"的拨乱反正运动中自然而然成为主流，后者则处于被压抑的状态，只能以极端的方式和边缘的姿态表现出来（先锋小说就是一例）。而且，后者得以发展的可能性，是在前者受到各种阻力而萎缩的前提下才能实现。

1990年代的知识分子的文学传统正是在这种状态下形成了自己的特色。在1990年代初，以"追求人性的解放和直面复杂的人生"为核心的新文学传统受到遏制与打击，随即变换了叙事立场和表现形式。相应地，1990年代的文学创作出现了一系列互为关联的变化：散文出现了文化散文（大散文）和各种软性随笔小品的分化；诗歌出现了知识分子写作与民间写作的分化，小说更是五花八门，一代一代的作家相继诞生，写作花样层出不穷。这种分裂和变化的意义不在于个别作家创作风格的自由选择，它深刻反映了无名状态下文学创作的基本特征：作家和艺术家除了在参与主旋律创作与大众消费写作时必须遵循某些公众的立场与口味以外，有了更多的机会可以表达个人对世界的看法。这也是1990年代被评论家议论最多的所谓"个人化写作"或者"个人叙事立场"（还有一种提法是"私人写作"）。有些名词被赋予过分狭隘的解释后反而束缚了名词的本来含义，像"个人化"的提法，它本来是针对了原来作家们自觉遵循的一个普遍的公众性立场，这个公众性的立场，往往就是时代共名的设定。当1990年代的时代共名无法涵盖人们的精神走向时，许多作家退回到个人的叙事立场，只是自觉抵制外界强加给他的某种暗示，不一定非写身边琐事才算是个人化叙事，只要作家将自己对生活的个人感受转化为独特的审美形态表达出来，就都具有了个人立场的特征。五四新文学的两种启蒙传统不再分裂为两种立场或两种风格，而是试图统一在个人的立场中体现出来。

我在《共名与无名：百年文学管窥》中已经分析过无名状态下的四种作家创作形态，主要是以1930年代的作家为例，但移植到1990年代的文学领域也同样适用：第一种是作家自觉认同小范围的社会理想和时代的局部主题，在相对多元的文化格局里履行自己的人文理想和社会责任，这部分作家仍然怀着传统知识分子的单纯而天真的理想，相信自己代表了一部分社会底层的根本利益，他们的创作代表了1980年代知识分子传统在多元格局下的艰难延续；第二种是坚持走民间道路的作家，他们认识到个体价值的渺小，同时又拒绝时代共名的制约，然后超越个人与共名之间的对立，选择了另一种文化价值取向，即民间的立场，他们自觉在民间文化中寻求新的审美形式和价值意义；第三种是作家拒绝了时代共名以后，自觉置身于社会边缘的立场，坚持以个人的感情世界为视角，表达与社会的尖锐对立，但这部分作家的精神追求极不稳定，经常遭遇到国家意识形态的压力与市场经济的变相腐蚀，成为昙花一现的文坛过客。这三种创作形态似乎都包含了"追求人性的解放和直面复杂的人生"的因素，但与1980年代所表现的形态相比，在叙事立场上有着明显的不同。除此之外，应该还有第四种创作，那就是知识分子在彻底摒弃了外在于生命的文化价值，或自觉或被迫地以个人生命来肉搏这虚无的黑暗，由此体尝到高加索山上的普罗米修斯所遭遇的生命的悲壮。鲁迅先生的晚年曾经为我们理解无名时代知识分子悲壮战斗精神提供了极好的榜样，但在1990年代的文学创作里，只能说有个别作家在不同程度上体验着这样的生命意义。

　　与1980年代文学相比，1990年代的一部分作家们放下了"代表人民和真理发言""灵魂的工程师"等虚幻的集体主义立场，退回到个人感受世界的立场，给文学创作带来了真正的解放。首先是作家个人对世界的知觉恢复了，他不再依靠某种时代共名的指导来认识生活，而是对生活保持了血肉相连的活力，作家所表现的，将是自己感情的自然流露和个人处境的写照。其次是人性的自由展现，也就是所谓进一步追求人性的解放，作家不再把自己塑造成完美无瑕的道德形象，而是直接以自身为剖析对象，表达了对精神快乐与物质享受的强烈欲望。尽管这样一些新的特征受到各种非议，但我觉得从根子上说，它仍然是五四以来新文学传统所包含在内的因素。丁玲笔下的莎菲女士的绝望追求和哀嚎，我们不但可以在1980年代张洁的小说里听到它的回声，同样也可以在1990年代的林白、陈染等人的声音里听到遥远回响；郁达夫笔下的主人公对物质和性的强烈欲望与不能满足的悲哀，我们在1990年代的新生代作家的另类创作中，都可以读到似曾相识的痕迹。他们所背离的，不过是抗战以来在文学史上逐渐占了主导地位的战争文化规范给创作带来的负面影响，或者就是长期制约了人们思维活动的共名状态。

　　从无名的特征来考察1990年代文学，我赞同谈蓓芳教授所论证的1990年代文学的意义，但是进一步而论，我感到疑惑的是，1990年代文学是否重要到如《再论中国现当代文学的分期》所说的，已经超越了五四文学的传统而具备了真正的"当代性",并且以此为标准构成现当代文学的分期?在我看来,无名的文化状态并非自1990年代才降临的,若把共名与无名两种文化状态置于二十世纪文学史的发展过程中考察,就会得出这样一个互相转换的现象:

1898—1911:共名状态　主题:改良维新、救亡、反清革命
1911—1916:无名状态
1917—1927:共名状态　主题:启蒙、提倡民主与科学、白话文
1928—1937:无名状态
1937—1989:共名状态　主题:抗战、社会主义、"文革"、改革开放
1990—:无名状态

在这样一种交替与转换过程中,无名状态非常短暂,但绝非不存在,尤其在1930年代的文学创作中,直接对创作的多元与繁荣产生过很大的影响。辛亥革命失败与大革命失败都在现代知识分子的精神史上留下了深刻的烙印,直接的后果就是无名状态的出现,但在无名状态下仍然包括了陈独秀与鲁迅的伟大战斗精神。我也很难预料,1990年代的无名状态是否可能延续很长的时间?何况它远远不曾产生类似1930年代的繁荣。因此,我认为1990年代文学担当不起超越二十世纪文学传统的重大意义,它也只是二十世纪文学史发展过程中共名与无名状态的多次循环的再现。无名状态每次出现的时间都很短暂,无法真正显现其较为持久的艺术特征,许多创作刚刚形成它的独特性,就被下一轮强大的共名粗暴摧毁,然后很快被融入新的共名话语体系。所以,我对二十世纪文学史的分期是根据共名的每一次产生来划分的,如第一个分期是1917年而不是1911年,第二个分期是1937年而不是1928年。同样,我也无法推测,1990年代的文学是否真的会推动出一个文学史上的"新纪元"?

无名状态随着时代的变化而盛衰,本身并不具备"当代性"。我的不成熟的想法是,"当代"不应该是一个文学史的概念,而是一个与生

活同步性的文学批评概念。每一个时代都有它对当代文学的定义，也就是指反映了与之同步发展的生活信息的文学创作。它是处于不断变化不断流动中的文学现象，过去许多前辈学者强调"当代文学不宜写史"，正是从这个意义出发的。俄罗斯文学批评家车尔尼雪夫斯基写成厚厚的一部《果戈理时期俄国文学概观》，没有人认为这是文学史著作，它只是车氏对当时文学现象的一种描述和分析。但后人要研究俄罗斯文学史，要了解果戈理时代的文学，它才是一部重要的文学史参考著作。所以，"现代"一词是具有世界性的文学史意义的，而"当代"一词只属于对当下文学现象的概括，要区分现当代文学的分期其实无甚意义。我们现在流行的"中国当代文学史"的提法，只是一种不科学的约定俗成的说法。国家教育部制定的学位点的正式提法是"中国现当代文学"，把当代文学归入现代文学的范畴，作为现代文学史的一个组成部分，这是比较符合实际情况的。我们可以建议由国家教育部与学术界一起为"现代文学史"作一个暂且的下限的界定，即以"二十世纪文学"作为现代文学的第一阶段，具有文学史的性质。而重新开始的新世纪文学，可作为"当代文字"范畴，暂不进入文学史的教学和研究，只是作为实践中的文学现象，成为文学批评的对象，若干年以后，再陆续补充到文学史的范畴里去。

2000 年 12 月 10 日于黑水斋，2011 年 3 月修订

（初刊《复旦学报》2001 年第 1 期）

第二辑·批评与阐释

关于乌托邦语言的一点随想

——致郜元宝谈王蒙小说的特色

元宝：

关于王蒙的评论，真是很要命的事，原以为你近年来一直在跟踪着读王蒙的作品，写这么一篇评论不会很难，就代你答应下来了，没想到你刚刚完成了一篇谈王蒙小说语言的文章并交《作家》发表，再写起来怕有重复之嫌；这样，这篇文章就只好由我写了。而且时间又是这样紧迫，王蒙又是那么的多产多才；而我，又恰恰是那样一种散散漫漫的脾性。说句老实话，在1987年读了《活动变人形》以后，我再也没有像前几年那样怀着极大的新鲜感和好奇心去追踪阅读王蒙发表的每一篇文字，除了一些后来引起官司的作品外，我一般读得也不多。这种阅读兴趣转移的主要原因，是我从那时起着手准备一部二十世纪文学史的写作，准备工作做得很困惑，越是做下去，越是疑难重重，后来惹出许多从不研究文学史或者研究得莫名其妙的人大愤怒的"重写文学史"之说，不过是这些困惑中极小的一部分。这些困惑使我无力消费更多的时间去阅读大量的当代作品，可现在突然要我对王蒙这样一个丰富而复杂的文学存在说话，我不能不感到踌躇。何况你是知道的，在从事评论工作时我决不潇洒。

张未民兄也理解我的难处，他主动向我提议：一、我的任务是评论王蒙在《活动变人形》以前的作品；二、可以从我自己研究的项目，即文学史的角度来谈王蒙的创作。这样一来我似乎没有理由再推辞，即使冲着这种朋友间的信任,我也不应该辜负《文艺争鸣》这家办得很有生气的杂志。不过话说回来,等到真要写的时候,这两条提议似乎又不发生效用了。因为从文学史的角度去理解王蒙这样一个作家还是相当困难的,在1950年代和"文革"后两个时期的文学史上,几乎没有一个作家能够像他那样——无论是昙花一现的青春时期还是宝刀不老的重放时期——在创作上保持了经久不衰的新意(这种新意首先是来自他对生活特有的敏感,其次才是艺术上的兼收并蓄。)王蒙毕竟不是巴金、冰心、夏衍,甚至也不像他的同代作家那样,可以用一种过去式的语言来描绘他在二十世纪文学史上的贡献和不足。流动的水在不同地形的河床里不断变换着它的形态,谁也无法预料王蒙在今后的创作里还会翻出什么新的花样。就说他的《恋爱的季节》吧(这似乎又涉及第二个问题,虽然未民兄允许我只论王蒙1987年以前的创作,但我仍不能不看他近年的创作),我把它看作是《青春万岁》的辩证形态的否定式,它以模拟手法重新解释了作家曾经真诚讴歌过的1950年代。有了《恋爱的季节》,对王蒙早期小说的全部评价都需重写。然而《恋爱的季节》仅仅是王蒙的"季节系列"小说计划的第一部,如果参照王蒙自己对长篇小说特别看重的态度①,那么这个作品还只是王蒙未来创作历程的一道序幕,以后还会有长长的发展。现在匆匆忙忙来谈它的文学史意义,未免有点太冒失。

就在犹豫踌躇之时,我读到了你发表在《作家》上的文章,题目很长:"戏弄和谋杀:追忆乌托邦的一种语言策略"。② 开始我并不明白你在标题上所展示的概念,但越读下去越觉得有意思。你所找到的不仅是一种对王蒙小说语言特性的解释方法(在我看来,这是所有关于王蒙小说语言的研究和评论文章中最有说服力的一种解释),而且是关于王

---

① 王蒙在《小说长短篇》中对长篇小说有庄严的评价,有"长篇小说是我的主人""我是长篇小说的使者""写完一部长篇小说就告别一次,就圆了一次梦,但也像送走了一位亲人,从此再难相遇"等说法。(载《文汇报》1994年1月23日)

② 参见郜元宝《戏弄和谋杀:追忆乌托邦的一种语言策略——诡论王蒙》,载《作家》1994年第2期,第76—80页。

蒙小说语言和它所表达的时代之间关系的最佳切入点。尽管你以你一贯的文风在语言概念的发挥上多少有点晦涩，有点混乱，但你对1950年代作为主要时代特征的乌托邦语言的揭示，并以此为基础来分析王蒙小说语言的价值，让我确是感到茅塞顿开。当然我与你的人生阅历不同，对王蒙小说的兴奋点及其理解也不一样，但你的研究成果启发了我，使我找到了进入王蒙小说的入海口。任何一个优秀的作家都有自己最显著、最不容忽视的艺术追求作为标记，王蒙的艺术标记在哪里？是他的"少年布尔什维克"？是他的"东方意识流"？还是他常以此自矜的"幽默"？也许这些都是构成王蒙艺术风格的不可或缺的要素，但似乎还算不上构成王蒙之成为王蒙的艺术标记的本质。这些方方面面的要素只有在最根本的制约——模拟乌托邦语言的总体调动下，才按其独特的规律活跃起来，展示出王蒙小说的鲜明特色。

什么是乌托邦语言？你对它的概念已经阐发得很清楚，你说：任何一个时代的主导情感都不是赤裸裸的，它有它的寓所，乌托邦时代的浪漫主义就寄离在那个时代同样散着浓郁的浪漫气息的语言中，乌托邦语言不仅是乌托邦情感的表达方式，还是乌托邦抒情现实的存在方式。乌托邦的主导感情和感情化的现实就是乌托邦语言。乌托邦首先是语言的乌托邦。一切靠语言运转，一切都在语言之中，这本是乌托邦时代公开的秘密。你的概括相当精辟地说明了乌托邦语言在当代中国是一种具有最高政治权威性的语言，可以毫不留情地排斥其他语言，并且长驱直入任何一个领域、任何一个角落，包括人们的思想、意识和心灵。

一种靠革命理想、革命激情支撑起来的乌托邦语言，在逻辑上可能是令人信服的。但是当这种语言通过其自身的魅力或者外在的权力，不仅煽起了人们对未来理想的热情，而且把人们从理性的大地上拔根而起，倾巢驱入盲目的不可知的时代旋风，那种情景就变得很可怕了。我出生于1950年代，太早的事情不甚了然，但"文革"是亲历过的，乌托邦语言对那个时代的教育、精神以至现实存在的包容力，即使在今天回忆起来仍然惊心动魄。乌托邦时代的最大特点是人们没有或者根本就不让有现实可能的奋斗目标，"今天的苏联就是明天的中国""二十年超过英国""畅想共产主义的美好明天""解放世界上三分之二还在水深火热之中的劳动人民""把毛泽东思想红旗插遍全球""三年大见成效"……就仿佛是一个硕大无比又神秘莫测的黑洞,它既有无穷诱惑力又有巨大可怕性,一种顺者为王败者为寇的绝对权威,一种把乌托邦语言既当作行为出发点,又当作行为的最终目的的时代旋风,人们除了自己的激情为唯一可信物以外,对黑洞一无所知,可是自己的激情一旦被时代旋风所卷入,那它是否靠得住也变得可疑起来。你是1960年代出生的,可能对那个大讲阶级斗争的时代没有太深的印象,那时候的乌托邦语言就像符咒,人都被划成了许多等级和层次,围着那个至高无上的黑洞一圈圈排列。当这种乌托邦语言的旋风席卷而起的时候,符咒便起了效力,仿佛是魔笛被吹响,所有的人,不管你身处哪一圈,都陷入了激情的狂舞,所有的人都会不顾一切地往那黑洞狂奔欢呼,争先恐后,犹如奔赴节日的庆典。一批批人在黑洞里消失,一批批人紧急着跟上,他们被后面人驱使着推动着又不断地驱使着推动着前面的人,理性早就化为乌有,激情也终于失去了意义,只有一个硕大无比的黑洞,黑洞……在眼前越来越大。这种情景说悲壮也挺悲壮。但我曾不止一次地疑惑过:究竟是什么力量,能使整整一个时代的男女老幼,无论贵贱,无论智愚,都会如此的着魔?是迷信?是忠诚?是激情?是理想?答案当然是多样的,但在读了你的文章后我若有所悟:所有这一切,真正的负载体不就是一种充满魔力的乌托邦语言吗?[①] 俱往矣,今天再来回顾当时的情景真是恍如隔世,但作为过去时代的本质构成即它的乌托邦语言,不仍然在我们的日常生活中时隐时现,在我们的心灵深处沉沉蛰伏?这也许是我们今天读王蒙小说所能获得的快感,也是读王蒙小说中所能体会的历史感和文化意味。

如果后人需要从文学中了解当代中国的政治文化史,了解这一段少年清纯是怎样在时代的和自我的风暴中发生蜕变,是怎样在与现实的淤

[①] 巴金老人在《随想录》里提出"文革"中喝了"迷魂汤"的问题,我理解这种"迷魂汤"就是乌托邦语言的魔力。

泥拥抱中变得污浊不洁，又是怎样在千疮百孔的惨剧以后变得成熟、丰富、藏污纳垢而又有容乃大，那么，王蒙的作品会是最理想的读物。对于当代中国这一庞然实体的复杂多难历史，在中国作家中并不缺少严峻的书记官，也不缺乏它的歌功颂德之音，但说到要在艺术审美领域树立起这个时代风范的纪念碑作品，实在是非王蒙莫属。在当代的庙堂与广场之间，王蒙始终以低调的姿态穿行其间，在这十多年来龃龉日愈加剧的两者中间左右逢源。他从没有像那些广场上的伙伴们一样对当代社会发出狮子吼般的批判和充满知识分子精英意识的理想呼唤，但他又绝不是那些不善于表达政治激情、掉头另找山水风景的民间寻美者，他早年的政治生涯以及在政治运动中"不幸中有幸"的特殊地位，都使他对这个时代的乌托邦精神怀着极其复杂的感情：一方面他整个身心被这种意识形态所浸透，他的艺术构思中不由自主地会流露出对为此奉献了他青春、理想和爱情的岁月最真诚的抒情（这种真诚性也使他在对当代社会履行知识分子的批判使命时抱着宽和的态度），可另一方面他也为自己曾经付出过、然而被历史证明是无谓的代价恼怒不已，并且常常在文字中以嘲弄和颠覆它的神圣性为情不自禁的快事（后者使王蒙多少有点与王朔相接近，尽管他们身处庙堂与民间的两端，地位是如此的悬殊）。这两个特点都决定了他不是站在这个时代之外来批判这个时代，用个不雅的比喻，他不是一个干净着自己的身子去检查卫生者，他是把自己投入到他所要清洗的污池里翻江倒海，他用他那特有的、浸淫着乌托邦时代精神的语言来夸张这样一个时代的精神，恋旧与反省、真诚与嘲讽、嗜痂成癖与掏心自剖，几乎都混合成一个难分难解的整体。顺便说说，在表达这些特点时，王蒙前些年吸收的某些西方现代主义技巧可帮上了大忙，尽管吸收这些手法的初衷也许是为了避开1979年知识分子精英意识的初次受挫，也可能是为了更加丰富地表现作家的人生经验和心路历程，但这些艺术技巧最终给王蒙带来写作上的便利，是他对各色乌托邦语言作任意排列和任意实验的极大自由。

对了，也许你会反驳我，我现在对王蒙所作的理解，难免打上了"正在进行时"的标记，并不能说明王蒙文学活动的"过去时"情况。

这是自然的,过去时的王蒙早已有许多专门的研究者发表过意见了,无须我来重复。其实我开始从事当代文学评论起,就一直关注着这位作家的创作动向,可我没有对他的创作发表过完整的看法,因为我在读这些作品时始终没有消除过困惑。今天我之所以能写信与你探讨王蒙的创作,并答应张未民兄所嘱的从"文学史范围"来谈些看法,就是因为"正在进行时"中的两个因素:一是我在研究当代文学史时思考了当代中国文化"三分天下"的问题,使我对王蒙创作的整体把握有了依托;二是王蒙终于创作了长篇系列的第一部《恋爱的季节》,揭示了王蒙小说中长期困惑评论家的"少共情结"真相。你还记得,1980年代初评论家李子云指出王蒙小说中最主要的特点依然是他的少年布尔什维克的心,而王蒙在给评论家的答复中委婉地拒绝了关于"少共"的评价,尽管他仍然承认"少共精神"是他创作的整体精神之"根"。① 这场作家与评论家的对话给我留下了很深的印象,因为一直到好几年以后,我还是觉得李子云的评价是不错的。但问题是王蒙为什么要拒绝? 而且所拒绝的理由——诸如生活复杂性之类——也都是无足重轻的。我现在有点明白了,不管王蒙当时是否已经自觉到,他在1970年代末出版《青春万岁》和写作《布礼》时,虽然对自己在1948—1952年的革命经历一往情深,满溢赞美之情,但实际上他分明感受到了命运的苦涩。或许是他还没有梳理清楚这种苦涩与他所全力歌讴的"少共"之间有什么实在的联系,或许是他不愿意把感性的东西说得太明白,但他对别人以他所赞美之物来解释他的作品,如实地感到了不满足。《青春万岁》是1953年创作的作品,属王蒙少年时期的试笔之作,有些幼稚的地方在所难免。但它正式定稿时间已经是1956年了,正是王蒙写出了1950年代中国文学史上最优秀的小说《组织部新来的青年人》的时候。有了林震在组织部的遭遇,郑波、杨蔷云们的清澈透明就仿佛是一场春梦,更何况早在1953年动笔创作这部小说时,王蒙已经感受到"这样一代

---

① 参见晓立、王蒙《关于创作的通信》,收《王蒙专集》,贵州人民出版社1984年版,第331—346页。

青年人是难以重复地再现了的"①，他的创作本身于生活已经不再是写实，而是对以往生活的感受、怀念和向往。1953年对少年王蒙的精神发展来说是个相当沮丧的年头，他不止一次地在小说中写到，从这个年头起春梦已逝。② 而那一年他不过才十九岁。这也就是说，在王蒙的生命旅程中至关重要的时期，即他的"少共情结"赖以发生成长的岁月，不过是他十四岁到十八岁的四年。让我们设想一下，一个十几岁的中学生在某种秘密组织的影响下，接受了有关革命的思想，并参加其中一些地下活动，所谓的"少共"就是如此而已。无论从王蒙当时的年龄还是他所参与的社会活动范围，与一个成熟的革命者距离毕竟还相当遥远，他所念念不往的"少共"，只是他少年时代对乌托邦理想的一种朦胧期待。《如歌的行板》里他终于让主人公在1953年真正地面对现实生活本身，悲哀地问：那四年的革命生活到哪里去了？接下去是这样一段主人公的独白：

> 我好像丢失了什么最宝贵的东西。我在追寻，我在追忆，我在苦苦的思念。我痴情地在每一个尚未入睡或者半途醒来的夜晚，为自己细细地、苦苦地描绘那四年的最崇高最动人的经验，我唱起那四年当中最爱唱的歌，满含眼泪。谁能理解我？谁能分享我的思念和深情？谁能证明我在那四年的存在呢？③

乌托邦理想只有在少年人的心灵里才会产生真实的价值，由于少年青春在人的生命中有着永恒的回忆价值，所以当乌托邦随同青春期待一起进入回忆时，它也多少沾了些神圣的光。但在成熟的年代里如果还要把乌托邦视作一种价值并想有所坚持的话，那除了沉溺到乌托邦语言中去重温旧梦，就不能不走到这种理想的反面。那位周克在以后反右运动

---

① 王蒙《倾听着生活的声息》，收《漫话小说创作》，上海文艺出版社1983年版，第4页。
② 参见王蒙《如歌的行板》《恋爱的季节》等作品中的有关描写。
③ 王蒙《如歌的行板》，见《深的湖》，花城出版社1982年版，第99页。

中的卑劣作为，就是一例。王蒙正是在1953年敏感地意识到这一点，他才写作《青春万岁》，向自己那一段幼稚的乌托邦告别。很显然，在他1956年创作的林震身上，"左"得可爱之处有之，青春的美好抒情也有之，但如郑波、杨蔷云们的乌托邦语言已经是很淡薄了。

如果说，1979年王蒙出版《青春万岁》是在对历史的了却中夹杂了丝丝旧梦，那么，同时期创作的《布礼》则有了不同的追求。我不相信1953年已经敏感到少共精神将一去不复返的王蒙，经过了"文革"的污泥浊水洗礼后还会如孩子一般天真地呼喊：向……同志致以布礼！但在这部小说里，乌托邦语言使用的程度超过了他在1956年和1962年写的作品，这恰恰说明王蒙在《布礼》里要追求的并不是旧梦重温。乌托邦语言不再是生活本来面貌的一种描绘，也不再是作家为取悦社会而采取的写作策略，毋宁说它已经成为作家写作的一种修辞手法，是作家在乌托邦政治社会环境下长期生活里形成的特殊艺术语言才能。那时候大概还谈不上你说的什么"戏弄"与"谋杀"，但王蒙应该是隐隐约约地感觉到这种乌托邦语言将在他的创作中构成什么样的意义。《布礼》的结构看去有些颠三倒四，其实很有序，除了首尾两章，中间各章大都是正反结构：以"少共精神"的赞歌起，以"文革"时期对前者的否定终，其间还插入了跨年代的政治抒情。但无论正反结构还是政治抒情，作家通篇使用的语言都带有乌托邦时代的特征，正方的语言往往被反方所否定、驳斥，而正方又同样义正辞严地否定、驳斥现代生活中的消极言论（即灰影子的话）。正反两方都是以革命的名义在说话，钟亦成、老魏、宋明、凌雪、红卫兵、批评家，几乎都是用同一种语言，唯一的区别是说话者主体角色的轮换。乌托邦语言并不在乎是谁在说话，它只是一种时代的咒语，目的是鼓舞起所有人的激情。我几年前在谈当代文学的忏悔意识时曾以这篇小说为例，那是为了从钟、魏、宋的轮回受迫害的遭遇中展示人们在专制暴力面前的卑琐心理，但对于这种轮回的政治命运何以形成，我实在是无力回答，只好叹息"天作孽，犹可违;自作孽,不可逭",从人格的残缺上寻找原因。① 但在读了你关于乌托邦语言的论述后,我似乎悟到了什么,所谓忏悔意识是属于知识分子传统的术语和概念,用来解释王蒙笔下的人物未必准确,钟、魏、宋诸人都是乌托邦时代的产儿,是乌托邦语言驱使下精力充沛的狂舞者,他们不过是站在不同层次的位置上,喊着跳着、一批批地消失在乌有的黑洞里。王蒙显然是有意抹煞了这些人物之间在人格本质上的区别,有不少研究者曾批评作家忽略了人物的性格塑造,或许这正是作家想要达到的意图:对一个乌托邦时代的精神塑造,远较对那个时代中的人物性格塑造艰难得多,也重要得多。因为在一个人格魅力普遍丧失的时代里,其精神的寄寓体只能是超越个人意义的共性语言,只有揭穿这个时代语言的实质,才能看清这个时代的真相。

我刚才已经说过,王蒙不是一个站在广场上用知识分子的语言对社会行使批判使命的精英式作家,他是以低调的姿态厕身于庙堂,通过对乌托邦语言的模拟达到对时代的反讽。所以,自《布礼》起,他对乌托邦语言的模拟已经失去了语言应有的严肃性,他的小说语言的幽默效果,常常就是在夸大了乌托邦语言的所指与其语境之有机联系而产生的。但是这种反讽意图在一开始并没有轻易地表现出来,有时反而给人造成另外一种印象。你可能还记得,在你们读大四的时候,我组织过你们班上同学讨论王蒙的小说,讨论的发言纪要后来发表了,并收入《夏天的审美触角》一书中。那时有个同学发言(我记不清是谁了),很激烈地批评王蒙的小说,意思是说王蒙所歌颂的少共精神,即使在 1950 年代也不值得如此推崇。当时我觉得这个观点太尖锐了一点,但也没有删除。现在与你谈王蒙使我又想起了这件事,我们当时的认识固然太肤浅,然而王蒙在小说里表现乌托邦时代的态度也实在太暧昧。《布礼》用正反语言同类的手法暗示了乌托邦语言的普遍性,但人们却只能从他满怀激情的叙事中读出了对少年布尔什维克的赞美,这样的读法一直延

---

① 参见《中国新文学发展中的忏悔意识》,初刊《上海文学》1986 年第 2 期。收入本文集第 6 卷第 1 辑。

续下去，直到《如歌的行板》，青年读者对他的误解仍然在加深。尽管王蒙继续口若悬河发挥他的说话才能，尽管他依然敏锐地发现各种社会新问题，但他所持的乌托邦语言一贯含有强烈的意识形态性质，左右了他对社会生活的态度。譬如，对青年一代的理解上，王蒙在宽容、理解的背后总是情不自禁地流露出1950年代的青年的优越感，他真正能够理解的当代年轻人，如《风筝飘带》里的佳原和素素，依然是被理想化、含有教育意义的青年形象，一旦超出了这个范围，连他的宽容理解都含有居高临下的态度，这可以从《湖光》到《高原的风》一系列小说为证。在有"代沟"的两代人之间，王蒙的感情和立场都不知不觉地站在了老人的一边，不过是代表了李振中那样的开明人士。我们不妨把《最宝贵的》和《如歌的行板》、把《湖光》和《深的湖》对照起来读，同样是出卖人格的背叛，作家对蛋蛋的谴责比对周克严厉得多；同样是两代人的误解，作家为老一代人的辩解也比为青年人的热烈得多。其实青年人的成长有自己的规律和模式，他们本身就是一个存在，无须别人来理解和认可。"你不可以改变我"，青年作家自有自己的旗帜和口号。从这个意义上看，乌托邦语言作为一种意识形态，在王蒙对它施行戏弄与谋杀以前，它对它的使用者依然是一副坚不可摧的枷锁。

我常常想，如果王蒙沿着《布礼》《蝴蝶》《湖光》一路写下去，尽管文本也含有讥讽、反省和兼收并蓄的开放性，但他一定会成为当代最优秀的庙堂诗人，就如1950年代的郭小川，这与王蒙后来在政治上的地位也相适应。但从他发表《活动变人形》以后，我发现我原先关于王蒙的理解是不对的，王蒙说到底还是知识分子的广场上的成员（不过也是取了低调的态度），他没有像他的伙伴那样采取高调的社会批判态度，就是因为他有独特的武器，这武器就是他对乌托邦语言的戏弄与谋杀。使我想到这个策略的是他在"文革"后复出不久写的一篇小说《表姐》，这个人物的原型在以后的《活动变人形》里的静珍身上多少还有些影子，是研究王蒙创作的一个不可忽视的角色。现在我们不谈这个人物的丰富性格，只说她那无事生非唠唠叨叨中，曾极为尖锐地留下了作家对1979年知识分子受挫的反应，尽管那时的风波还没有构成对知识分子思想解放运动的直接威胁，但敏感的王蒙已经用反话正说的方式在作品里为它立此存照了。再接着是《说客盈门》，又是一部尖锐触及时弊的作品，但仍然是反话正说的手法。这里我们似乎能够找到王蒙小说的语言特点：多声部的说话艺术。王蒙有办法使社会上的各种观点转化为各种语言，在他的作品中同时播出。大多数作品都是作家自己的叙事和独白，而王蒙则将叙事与独白混同为一，没有作家的叙事，只有人物的独白，每个人物都在作品里滔滔不绝，谁也压不倒谁的声音。在《表姐》和《说客盈门》这两篇最初的作品里，已经表现出作家对那种超越社会生存的语言力量感到恐惧，但这里还有作家自己的声音，有一种压倒人物独白的声音（尽管这种声音很软弱，而且没有个性，如丁一在小说结尾时的话，充满了乌托邦语言的夸张效果）。渐渐地，王蒙对这种多声部语言成为主宰社会的力量表示出明显的担忧，有三部小说——《莫须有事件》《风息浪止》《冬天的话题》，都是描写了无事生非的社会风波，但在这些事件里，多声部的语言起了至关重要的作用。而且令人深思的是，王大壮、陈志强这样的骗子，余秋萍、栗历厉以及围绕着一场莫须有争论的参与者，所有的声音都不是个性化的语言，而是让我们似曾相识，又仿佛蛰伏于我们的意识深处时刻会脱口而出的一些词组排列。不用怀疑，这些乌合之众满口倾吐的语言，尽管天花乱坠，丰富无比，其骨子里依然是一种乌托邦语言的畸形化和粗鄙化。乌托邦时代已经成了历史，它的精神寄生体语言也流落贩夫走卒之间变质走调，成为骗子行骗、无赖捣乱、长舌小人兴风作浪的工具，但唯靠了这种交际工具，骗子、无赖才能与官场发生联系，王大壮与邵厅长一流、陈志强与地委书记苏正之一流都能发生精神上的沟通。在《冬天的话题》里，一个话题——洗澡的最佳时间应该在晚上还是早上，逐渐引出了老一代与青年一代的冲突，再而引出了民族文化与西方文化的冲突……有关领导也为此传达了文件讲话，内容却是：

> 对于一些发表错误意见的同志还是要团结，要注意政策界限。他们还是好同志，他们还是爱国的。他们毕竟还是回来了

嘛。不回来也可以是爱国的嘛,许多外籍华人还不是我们的朋友?要允许人家的思想有一个转变的过程。要善于等待。一个月认识不了可以等两个月。一年认识不了可以等两年嘛!无产阶级为什么要怕资产阶级呢?东方为什么要怕西方呢?社会主义为什么要怕资本主义呢?我看不要紧张嘛。我们的力量是强大的嘛。政权,军队都在我们手里嘛。既要弄清思想,又要团结同志嘛。连蒋经国我们也要团结嘛。我们欢迎他回来走一走,看一看,看完再回台湾也可以嘛。当然,这不是偶然的。我们越是实行开放政策,就越要界限分明,加强……①

你看,我居然有好心情来抄这么一大段言不及义的领导讲话,我真是很佩服王蒙,能把什么脚癣、什么洗澡、什么喝粥,都扯上了乌托邦的皮,使之意识形态化。就如这段领导讲话,讲得沸反盈天却与洗澡时间的争论毫无关系,如果一定要追究其中的联系,只能从语言的逻辑上去推理。王蒙这篇小说就是一个语言的逻辑推理过程,所有的人物、情节、结构,都是围绕这个逻辑过程而展开。也许是王蒙把对乌托邦语言的反讽对象转向了社会下层的人物和事件,对它的批判就比较少顾忌,我们终于看清楚了王蒙对乌托邦语言的批判,不是通过语言的内容而是通过语言本身以及它在社会上产生的坏作用表现出来的。在一些篇幅更短的寓言体小说里,王蒙更是不加掩饰地表现出对夸夸其谈的厌恶(最典型的是《来劲》和《话,话,话》,你把这种语言现象称作是"迷狂语言中存在的丢失",很有意思。我想王蒙可能也意识到了这类乌托邦语言对生存的威胁,由此产生了厌恶)。

然而,乌托邦语言的粗鄙化和畸形化虽然能与乌托邦语言发生呼应和沟通,但毕竟不是乌托邦精神自身的寄生体。要达到对它的最高寄生体的批判,王蒙必须逼近乌托邦语言的本身,揭穿这种时代符咒的本

---

① 王蒙《冬天的话题》,见《坚硬的稀粥》,长江文艺出版社 1992 年版,第 72—73 页。

质。这对于一个曾经有过短暂的乌托邦经历并一向赖以自诩的王蒙来说，尽管他一直有意无意地朝着这个方向在努力，但要他真正做出这个选择，仍然需要有精神上的准备。于是，就有了长篇小说《活动变人形》。我很喜欢这部作品，因为它第一次而且至今为止还是唯一的一部摆脱《青春万岁》以来的精神自传因素，把精神的历程上溯到父亲甚至祖父辈；而且也是王蒙唯一抽去了时代的政治背景（故事的主要场景发生在沦陷时期的北平，但除了偶然提到王揖唐的名字外，人物基本上是游离了政治背景），把人物放到文化层面上加以审视的作品。王蒙自己也说过，这部小说他写得十分痛苦。① 我想是因为他完全离开了自己一向驾轻就熟的题材和叙事方法。我怀疑倪家的历史多少有点作家的家族史回忆，至少静珍这个人物有王蒙的长辈的某种影子。② 但我不太明白你和不少研究者为什么要强调它的"审父"情结，我觉得这个命题在中国并没有产生切实的影响，即使在当代作家的一些自传体作品里写到了父亲们的丑陋，恐怕也很难上升到这一层意义上去理解。这部小说的原名是《报应》，后来改成《活动变人形》，这两个名字都泄露了王蒙假托文化历史而追求的当代意义。如果我们把"季节系列"看作是王蒙未来创作道路的里程碑作品，是一部对中国革命历史整体性的艺术展现，那么，《活动变人形》则是这一幕历史长剧的序幕，它几乎预言了中国人在未来道路上的宿命。毫无疑问，这部小说写到了知识分子倪吾诚到解放区去参加"革命"，并且充满激情地分析了这一行为的动机：

   生活已经腐烂到了这种程度，痛苦到了这种程度，完全不同的人，就是那些食利者剥削者的残渣余孽，那些不甘心一切

---

 ① 参见王蒙《写在〈王蒙文集〉各卷的前面》，载《文汇读书周报》1994年1月8日。

 ② 王蒙在《王蒙小说报告文学选》的自序里曾说："我的第一个文学教师是我的姨母。1967年她来到新疆伊犁我当时的家，几天之后因为脑溢血发作而长眠在那里。"很显然，静珍的某些行状里看有这位姨母的影子。

照旧、坐待灭亡的生活在历史的夹缝里的畸零人,也真心企盼着暴风雨,祝愿着断层地震、天塌地陷、火山崩发、江水倒流。这个世界非翻它一个滚不行了,多数人已经意识到了这一点。①

用这段分析来解释倪吾诚"革命"的原因是比较有普遍意义的,但问题是,倪吾诚是否"革命"对倪的失败的一生来说并没有占太重要的地位,倪吾诚根本就没有成为一个革命者;而且这部小说反复展示、书中人物苦苦挣扎而不得解脱的,也不是探寻中国革命的原因(即旧社会的腐败和革命的报应主题)。关于什么是报应、报应什么,我想应该引进"活动变人形"的概念加以参照。活动变人形是个日本玩具,它"像一本书,全是画,头、上身、下身三部分,都可以独立翻动,这样,排列组合,可以组成无数个不同的人形图案"。② 然而在另一处,作家通过小说里一个人物之口说,每个人都由三部分组成的:"他的心灵,他的欲望和愿望,他的幻想、理想、追求、希望,这些是他的头。他的知识,他的本领,他的资本,他的成就,他的行为、行动、做人行事,这些都是他的身。他的环境,他的地位,他站立在一块什么样的地面上,这些是他的腿。"这三者如能和谐,能大致调和,或者能彼此相容,那人就能活。③ 请注意,虽然作家把这两段话分在两个人的嘴里说出,但意思是相关的,"活动变人形"就是三者不和谐、不调和、甚至不相容的象征。近代中国知识分子在整整一百年里始终挣扎在这三者分离的痛苦之中:自国门被西风欧雨撞开以后,知识分子最先睁开了认识世界的双眼,他们远渡重洋,学习西方文明,高唱民主自由,希望中国尽快摆脱封建愚昧的状况,与世界文明接轨。但是愿望是一回事,能否实现、如何实现是另外一回事。中国的知识分子一向是在旧的传统价值

---

① 王蒙《活动变人形》,人民文学出版社 1987 年版,第 332 页。
② 王蒙《活动变人形》,第 117 页。
③ 王蒙《活动变人形》,第 289—290 页。

标准中安身立命，他们在修身养性和经国济世之间自有一套圆通的途径，可是当旧传统被革命的风暴摧毁，新的价值系统又没有建立起来的时候，知识分子真正地感到了惶恐。不是他们没有学到新的知识本领，而是这个社会环境没有为这新的知识本领提供一个稳定的价值标准，尤其是在人文学科方面。这就造成了中国知识分子的双重困境：一方面是知识分子救世乏术，一方面是中国土地上封建愚昧的阴魂徘徊依旧，西方文明一进入中国这只大酱缸就走了样变了味，然而垂死的中国封建传统接触西方文明中腐烂的东西，更迅速地腐烂起来。心比天高，命比纸薄。近百年来知识分子的痛苦、彷徨、骚动、挣扎，莫不与此有关。鲁迅当年满腔热情地高喊："新的应该欢天喜地的向前走去，这便是壮，旧的也应该欢天喜地的向前走去，这便是死。"① 事实证明这种进化论的理想用在人类社会进步上实在是幼稚的。但否定了进化的思想，结果是产生出革命的思想，知识分子只能以偏激的态度来改造环境和批判旧的文化传统；进而就是走上了学习苏俄、暴力革命的道路。倪吾诚和洋人史福岗有一段对话，史讲了巴甫洛夫拿狗做试验的故事：试验者拿一块肉吊在狗的面前，指示狗扑过去，就在狗接近肉的一刹那突然把肉一撤，使狗吃不着肉，这样的试验进行了若干次以后，那狗就疯了。倪听完了故事后，阴沉沉地说：我这就是这样的一只狗。在另一处他以关闭在所罗门瓶子里的魔鬼自居，自称当一千次的失败以后，他再也不会信托人间的任何东西了，他只会报复。我想小说的报应思想应该在这里。倪吾诚的家庭历史不是巴金笔下的封建地主家庭高家，也不是曹禺戏剧中的罪孽深重的周家，这个家庭从一开始就洋溢了接受西方思想后的新因素：倪家祖上因参与了维新政变而自缢身亡。他的后人身上也隐隐约约地保存了"一种灵气，一种热情，一种躁动，一种痛苦。那是一种诱惑、一种折磨、一种毁灭一切也毁灭自身的毒火"。② 倪吾诚的一个长

---

① 鲁迅《热风·随感录四十九》，收《鲁迅全集》第 1 卷，人民文学出版社 1982 年版，第 338 页。

② 王蒙《活动变人形》，第 50 页。

辈发了疯,另一个成了大烟鬼。愚昧的中国人宁可让亲人太平死在烟榻上,也不愿看到他们走上新生的道路。倪吾诚应该说是一个背叛了旧传统、接受了新文明的中国新一代知识分子,是一个听过胡适、鲁迅的课,懂得西方文明常识,对孩子充满爱心而对旧的生活方式充满怨恨的知识分子。这样的知识分子本来是应该充满希望的,可是社会、家庭、事业给了他什么?一次次的希望和追求,可是一次次的在接近希望的时候被命运碰得粉碎,这对一个敏感的知识分子来说意味着什么?不是连一条狗都会发疯吗?瞧,我又激动起来了,我分明在这里感受到了强烈的当代性,"活动变人形"的意象在今天不同样有着现实的意义吗?我想,只有充分理解了五四一代知识分子遭遇的绝望,才能理解倪吾诚式的革命,这才有了后来的一些闹剧。小说对倪吾诚在1950年代以后的表现只是略略交代,但这里大有深意,倪对于革命中的暴力行为有着天生的理解与同情,甚至不惜以自己侮辱自己的态度来迎合暴力,"一种毁灭一切也毁灭自身的毒火"终于在倪家第三代身上以报应的形式爆发出来了。表面上看,这部小说并没有写到乌托邦时代,小说里的人物尽管也患有快速说话的"语言热症",毕竟与"少共"们的乌托邦语言有别;但是如果要对号入座的话,倪藻的形象多少有点像王蒙小说里的传统自传角色,如果把倪家父子放在一块加以考察的话,不难看出王蒙在寻求乌托邦时代的经验教训时,终于把探索的触角伸向了知识分子自己的历史,说得直白一些,这部小说不但揭露了中国传统文化的可怕,也反省了五四以来的知识分子的激进传统与后来的乌托邦之所以流行中国的精神联系,一面两刃,我以为即使在今天弥漫京华的所谓国学热以及对五四知识分子传统的反省中,也不曾有几人能达到小说家王蒙在1986年思考这个问题的深度。

现在我终于梳理清楚了,从"文革"时期造反派与"少共"们的语言的合一,到改革时期社会骗子们与领导干部的语言的相通,再进而是倪吾诚所象征的各个历史期间文化境遇在当代的延续,王蒙的反讽正在一步步地接近着伟大的乌托邦本体。《恋爱的季节》也许是未来这座历史巨像的一个基座,现在要全面地评价它确实还为时过早,而且就我与你的这个讨论而言，它也超出了张未民兄的任务范围，我想还是放到以后有机会再说。不过我有点看好这个作品，首先是它所使用的乌托邦语言对《育春万岁》来说是一种否定式的辩证重复，作家对这种语言的模拟充满了夸张与讽刺，从而达到对这种语言所负载的乌托邦精神的彻底告别。其次是对所谓"少共"式人物的刻画，虽然作家多少对他们还有点留恋的感情，但毕竟失去了以前作品里弥漫的那种自我炫耀的激情，作家的眼光渐渐地冷峻起来，对这种表情背后的虚伪性与功利心的解剖，我认为是这部小说最成功的地方。不知怎的我有种预感，王蒙的"季节系列"会是当代文学史上的一部重要作品，也许是我们现在真正到了告别乌托邦的时机了，我们应该有一部这样的文学作品，就像在骑士文学的终结时代有塞万提斯创造出伟大的反骑士小说《堂·吉诃德》一样，我们应该有这样一部通过对乌托邦语言及其精神的模拟而达到反讽的反乌托邦小说。我不知道这对王蒙来说，是否是一种奢望。

瞧，你的一篇文章竟引出了我这些奇怪思路，写到这儿，我突然觉得有点胡说八道，研究王蒙的专家风起云涌，早已有厚厚的专著和长长的论文在世，许多话（包括好话坏话）早被说尽，要想不嚼别人嚼过的馒头，大约也只能像你我那样甘心胡说八道了。不过有一点我本该谈而现在显然已经无法多谈的内容，那就是王蒙在《在伊犁》和《杂色》中表现出来的另外一种追求，即在庙堂与广场的夹缝间，还有一种来自民间和自然的文化语言对他的影响。我很同意你说他是伊犁河畔行吟诗人的说法。其实我本来想好好谈谈《杂色》的，如果现在有人要我提供一个当代文学的精选本，每个作家只能选一篇代表作的话，对王蒙，我会毫不犹豫地选《杂色》。可现在再要谈这组作品，又会扯出一大篇来，还是以后再找机会聊吧。最后我还得谢谢你给了我这样胡说八道的思路。

陈思和

1994 年 2 月于广靖书屋

（初刊《文艺争鸣》1994 年第 2 期）

又见陈奂生

——致高晓声

高晓声先生：

　　记得是去年初冬，你到南方去过冬天，途经上海在复旦小住几天，为学生们讲课。那时你告诉我说你正准备写一个中篇，题目也有了，叫《陈奂生出国》。这位老农自1982年决定"包产"以后，已经销声匿迹，现在重新拾起这个名字，还让他漂洋过海到美国去兜一圈，多少有点令人发噱。我知道这个题目已被你琢磨了好几年，至少在你1981年初次访美的时候，小报上就有过"陈奂生出洋"的调侃话，后来读了你写的《访美杂谈》，方才知道外国也有个孔筑瑾博士把你当作了陈奂生，可见是东海西海心理攸同。我想那时你一定有所触动：如用陈奂生的眼睛来看当代西方文化，会看出如何景致？这当然是个有趣的话头。去年你在上海的时候，本来约好还要尽情谈谈你的小说，可是北方寒流忽然抢先到了上海，一时间路上行人都变得缩头缩脑，你因为准备去南方，过冬的衣服带得不足，没想到寒流会比你的行脚快，冷得白天躲在房间里还瑟瑟作抖，结果约见只好取消，我们在电话里匆匆作别，你第二天就去了广州。不过从那以后，那个在美国游荡的陈奂生的形象不断地浮现在我脑中，隐隐约约，总让我牵挂，不知那老农又会出些什么洋相。

　　现在终于拜读了小说的手稿，才知道我原先的设想完全错误。我是因袭了《陈奂生进城》的思路，无意中与陈奂生的堂兄陈正清想的一样,以为这是刘姥姥进大观园的现代版:像陈奂生那样一个土佬儿去了美国花花世界,定会有千奇百怪的事情出现。其实是我与陈正清一样没有去过美国,才会对美国作出一些古怪的假设。读了你的小说才明白过来,你改变了《陈奂生进城》的思路。在那一篇里,你多少是怀着同情去写陈奂生住进招待所的一夜奇遇,又沉重又感慨;而在这回"出国"中,陈奂生的性格要成熟得多,不再需要你的同情,有时他还走到了你的前头,成为小说的一种叙述视角。"你就是陈奂生",这句话在早先并不准确(尽管你也承认你写的陈奂生身上有你自己的影子),但用在这部小说里,却是大致不错。

我这么说是想证明,这部小说中的陈奂生与你以前写的陈奂生有所不一样。这一点你自己也意识到了。自1982年到1990年,一晃过了八年,又一次抗日战争的时间过去了。陈奂生也多少会有变化。为了填补这段时间造成的陈奂生个人历史上的空白,为了使这个人物由包产顺利过渡到出国,你特地为他又写了两个系列作品,一曰《陈奂生战术》,二曰《种田大户》,但我只拜读过前一篇,完全是过渡性的作品,你后来告诉我说,《种田大户》也是过渡性的,真正的重场戏在"出国",这也可见你对这个压轴大戏的重视。但从这两个作品的内容来判断,铺垫依然停留在"种田大户"上,也就是"包产"决策以后的实践,离"出国"毕竟有一段距离。虽说出国热方兴未艾,成千上万的"洋插队"正在前赴后继,但要轮到土生土长的老农陈奂生出国,大约还在梦想阶段。为了让这梦想变成现实,你不能不使陈奂生换一种身份。这种置换身份的手法做得极为巧妙,——不是用孙行者七十二变的手法,也不是但丁式的神游三界,这种身份置换完全是文学性的,你采用了最新潮的后设手法,通过两个不同的陈奂生文本的置换,顺利地完成了这种过渡——对于这种后设性的构思,我想你一定是无师自通的,因为你决不会把喝老酒的时间用在研究德里达或者罗兰·巴特的学说上。

小说的第一章你就说明,在此以前的"陈奂生"系列中的主人公,都是由一个名叫辛主平的作家,根据现实生活中一个叫陈奂生的农民经历编写的。辛主平与陈奂生有过一段密切的交情,他用"高晓声"的笔名写陈奂生的故事，写出了名，美国一家大学的华裔教授华如梅在邀请辛主平访美讲学的同时，顺便也请了他小说里主人公的原型陈奂生。这样，作家和他作品人物的原型双双赴美——陈奂生出国才得以成行。这样一来，从《"漏斗户"主》到《陈奂生出国》，你一共提供了两个高晓声和两个陈奂生，这两个"高晓声"是写"陈奂生"系列故事（从《"漏斗户"主》到《种田大户》）的作家辛主平（笔名高晓声）和写《陈奂生出国》的作家高晓声（也就是你）；这两个陈奂生是从《"漏斗户"主》到《种田大户》的主人公陈奂生和与辛主平一起出国的陈奂生，而后一个陈奂生是前一个的生活原型。

《陈奂生出国》的后设特征在第一章都表现出来。所谓"后设"小说，在西方文学潮流中也是近一二十年中才开始流行的，近年来中国海峡两岸的文坛上有过各种实验，也被称作"元小说"。西方关于它的定义有多种论述，大致的说法是以小说的形态来探究小说的形成，或者是在小说中探究这一文学构思的诸种因素（如语言、情节、人物以及作家与作品、读者之间的关系），揭穿小说的虚构本质以及它与现实关系上的种种假象。《出国》第一章辛主平（高晓声）和陈奂生的出现，使作家成了小说的人物（这与通常第一人称的"我"是有根本区别的）。辛主平的作品就是陈奂生，陈奂生的读者就是华如梅，现在读者反过来邀请作家与作品中的主人公（原型）访美，作家——作品——读者三者形成一种新的关系，他们成了一个平面上的人物，共同担负起小说的情节发展。不仅如此，由于小说里直接出现了两个陈奂生，你通过后一个陈奂生之口来议论前一个陈奂生的文本（如探讨《进城》里陈奂生坐沙发的一个细节），借作家辛主平之口来说出前一个陈奂生文本的创作心得，并且对评论界关于陈奂生研究中的疏忽提出批评（如关于《陈奂生转业》中的一段独白的推荐）。作家不但直接参与了小说情节的发展，而且参与了对小说的评论和研究。这就完全打破了传统小说的封闭结构，使一向单线型发展的陈奂生系列出现了多声部的复调结构。陈奂生也不再是一向认为的"中国当代农民的典型"，它等于公开宣布了自己是作家虚构的人物，随生活的变化而同步变化着。

你这种尝试在现在并不孤立，去年冬天，《收获》杂志发表了王安忆的新作《叔叔的故事》，王安忆像你一样，也在小说中塑造了两个"叔叔"的文本：叔叔编造的文本和作家写叔叔的文本，而后一个文本不断戳穿前一个文本的虚假性。王安忆的后设性探索比你要彻底一些。因为你的两个陈奂生文本是相一致的，和谐的——这也证明你骨子里依然恪守着传统的古典主义文学观念。正因为这样，你在小说里并没有很好利用第一章所设置的两个陈奂生文本，没有进一步去探讨它们之间的关系和揭穿文学的虚构本质，因此，第二章开始小说又恢复了单纯型的叙述结构，非但复调结构不能坚持到底，而且连辛主平的角色也渐渐退入幕后，只留下陈奂生一个人去唱独角戏。这多少是有一点遗憾的。

　　但你毕竟写出了两个陈奂生之间的差异。这种差异在这部小说中一再被指点出来，它甚至决定了陈奂生出国的可能性。后一个文本中的陈奂生显得见多识广，决不会再重蹈以前进城时的狼狈。我读手稿时，也曾拿了你以前写的陈奂生系列作品作对照，发现"出国"中的陈奂生实在当刮目相看，若以《进城》里陈奂生初进高级招待所时的惶恐和《出国》里他住进现代化设备齐全的公寓时的片断相对比，不能不赞叹后一个陈奂生的见识；若以《转业》里陈奂生逛街流连忘返以致误了大事和《出国》里他面对美国如火如荼的商场和商品竟不动声色的情节相对比，也不能不佩服后一个陈奂生的成熟。陈奂生此番出国已经改变了传统农民的模样，不再是刘姥姥进大观园的鲁莽和可笑，也不像老舍笔下《二马》那样，把中国人置于西方文化背景下来讽刺和批判中国的传统文化。你是有意避开了这些戏剧性的场面，只是让陈奂生代表一种初到美国的中国人陌生和新奇的眼光。应该说这眼光也包含了你自己的成分。

　　当然这种比较还是表相的，更大的变化表现在陈奂生性格与思想的成熟上。小说一开始陈奂生已经年老体衰，虽然排排时间他才不过五十多岁，大城市里这个年纪的男人还在卡拉OK里吊嗓子，而农民陈奂生则已经自称"老糊涂"了。他自觉再挑"种田大户"的担子力不胜任，便知趣地从劳动第一线急流勇退，把家长的担子顺理成章地搁到儿子的肩上，完成了向下一代交班的伟业。把希望寄予下一代本来是一向重视传宗接代的中国文化的特色之一，但在陈奂生身上反倒表现出一种非凡见识，他搁下了担子才有可能甩甩袖子跑到美国去旅游。也正因为出于这非凡见识，他才会一改木讷的性格，竟能在年轻的留美学生"派对"中对答如流，并在居美期间一再说出深刻的哲理——而又是完全不自觉的，仿佛出于天启。小说中有两处都表现了陈奂生的这种"深刻"的思想能力。一处是关于法律与野鸭辩证关系的论述：美国的法律保护野生动物，不准偷猎野鸭，然而由于长期生活在没有危险的安定环境中，野鸭丧失了自我保护和逃避敌害的能力，长得肥肥胖胖，与家鸭无异。陈奂生认为，既然野鸭像家鸭一样，那就不再属于野生动物，法律也不该保护了，于是可以捉来吃——这固然是一种寓言，陈奂生能将这种道理又通俗又形象地说透，不但符合小说所规定的此时此地性，而且突破小说的框架也是对某一类人的警告，含有强烈的象征意味。我读这个寓言又一次想起你的《鱼钩》、《钱包》和《飞磨》。说实话，我喜欢你写的寓言甚于你写的小说。另一处是在访问了美国的现代化养鸡场以后，陈奂生的感受不是惊讶，不是羡慕，而是"不以为然"，他甚至为美国养鸡场的鸡沦为"生蛋机器"感到不平。这不仅仅是出于农家对自由生命的热爱，如把它与前一个例子联系起来看，正可以看出东方社会与西方社会对生命的不同认识。西方的法律一向标榜人道，甚至爱及动物，譬如在香港，至今仍有鸡鸭不能倒提的规定，但另一方面，后工业社会中机器复制出大批生命的同时，对原生的生命又不能不是一种压抑，养鸡场的鸡即是一例。在中国，历来把生命的自由视作一种无政府状态，农家养鸡鸭是将鸡鸭放在田野里任其自由自在，但除了这一点外，似乎从未尊重过鸡的生命，并没有把鸡当作凤凰来养。所以中国人对此完全没有理由骄傲，不过是农业经济的无政府主义取笑工业经济的非人道主义。陈奂生自然也想不到这一层，他的抗议显然是讽喻性的。但无论对法律的嘲讽还是对人道的嘲讽，老实巴交的陈奂生（即从"漏斗户主"到"种田大户"）都是不可能说出来的，唯独出国以后的陈奂生才能说出，这本身就说明了这个人物的身份已变，已经掺入了

（或者说混合了）作家你的视角与思考。根据小说提供的两个文本，与辛主平一起访美的农民陈奂生，正是辛主平创造的艺术形象陈奂生的生活原型，但两个陈奂生之间又存在着许多差异；那么，那个在《出国》中活动着的主人公陈奂生的生活原型，正是糅合了他的创造者高晓声（这回是真名高晓声的你）的某种思考和感受。尽管你们俩之间也同样存在着巨大的差别。

指出差异也就是指出艺术的不真实性，正如你不会在美国打工，不会去为美国餐馆老板做广告，也不会去把艾教授的草坪锄掉改种蔬菜一样。这种不真实性是一个艺术形象必具的条件。与这种不真实性相联系的是人物的非典型意义，尽管你在《出国》中一如既往地写出了陈奂生与他以前的文学形象之间的某种性格延续，譬如他的真诚朴讷，动感情时翻来覆去说几句笨拙的大白话，譬如他把帮吴楚翻整园子的方法沿用到艾教授家里去，又譬如他对农事出于本能的关心等等，但从人物的整体个性来看，"出国"的陈奂生作为一种艺术形象，他具有的内涵要比他以前的文学形象更加丰富。他不但含有当代农民的某种特征，也含有一些超越农民的素质。当然，这话也难说，本来农民也没有什么先验的模式，谁又能说农民就不会出国，不会变成陈奂生那么见多识广和富有禅机呢。

我所说的人物不真实性，是指不拘泥于生活原型真实而言，所说的人物非典型意义，是指不拘泥于农民的先验本质而言，这么说全没有褒贬的意思。若以传统的眼光，特别以陈奂生"进城"的标准来期待他的"出国"，恐怕多少会有一些失望。若换一种眼光，以讽喻的标准而非典型的标准看，小说里处处妙趣横生。同时这种开放型的人物塑造方式也使你的创作获得更大的自由，我们（包括你和我，还有其他的读者）都可能会在阅读这篇小说之前已经先验地接受了一个陈奂生的概念，不管这种概念符合不符合你的原意，我觉得都应该废掉，否则，陈奂生永远出不了国，也永远不会成为现在这个角色。

听说《陈奂生出国》是陈奂生系列中的最后一篇了，不久你将把所有的陈奂生系列作品组合成一个长篇，你大约是准备告别陈奂生了。

但谁知道呢？因为你在最后一篇中把陈奂生由一个农民的典型改造成一种开放型的虚构文本，陈奂生将会因此获得他的新生。我倒是希望你不要轻易放弃这个已经在广大读者中产生了广泛影响的角色，使他在当代生活中发挥更大的作用。

陈思和

1991 年 6 月

（初刊《小说界》1991 年第 4 期）

民间的温馨

——刘玉堂的"沂蒙山系列"

山东刘玉堂的小说，我过去读过一些，近日又粗粗翻阅了他以前出版的两本小说集。很奇怪，这两本集子都是前无序，后无跋，作家像是很不愿意在读者面前亮相。也许在他看来，一个作家重要的是拿出作品，其余的话都属多余。但平心而论，这两本小说集的作品写得很一般，与他近两年的创作尚有一段距离。这或者可以反过来理解，刘玉堂近年发表的关于沂蒙山区的小说，是有了充分准备的创作。

刘玉堂近年发表的小说不少，但因为是散见于各刊物，一时不容易找齐，手边现成有的是《上海文学》，一翻，翻出了三部中篇：《温暖的冬天》、《最后一个生产队》和《本乡本土》。《上海文学》的编者很重视刘玉堂的作品，每次都以显要的位置刊出，并在《编者的话》里褒扬有加。其中有一篇里称这三个中篇是一个系列，说它"通过对沂蒙山区一个山村历史变迁的描写，表达了作者对中国农村从1950年代到1990年代一些重大历史转折的认识"。这些作品的历史感确实很强。第一篇小说的开头是："1955年冬天，钓鱼台胜利农业社因为试验和推广胜利百号大地瓜有功，上级奖给该社双轮双铧犁一副，无线电一台。"第二篇的开头是："1980年秋后，钓鱼台刚开始时兴分田到户的时候……"第三篇则是："1984年春天，沂蒙山区搞机构改革实行社改乡。"三篇全一样，一开始先交代故事发生的时间、地点和时代背景，如成立高级社、分田到户、撤销人民公社……按照"认识历史"的思路写下去,那么,作家理当表达出对农村政策和现状的态度,以及对客体的主观介入。若是这样,刘玉堂走的只是十年前何士光写《乡场上》的老路。

刘玉堂一开始确也尝试着走《乡场上》的道路。在那两本集子里,他都收入了一个中篇《钓鱼台纪事》①,足见对它的重视。这篇作品正构成了后来那三篇"沂蒙山系列"的故事雏形。它的一些精彩片断,如曹文慧醉酒思夫、刘玉霄订婚上坟,以及基本的人物关系,都被原封不动地移植到三个中篇中去;有些片断,如刘玉贞出嫁、击毙大金牙等,在情节上作了部分修改,并引出了其他故事;也有一些故事被删节或压缩了,如办识字班、铰辫子等。但如果对照《钓鱼台纪事》和后来的系列中篇,其间发生的变化不难看出,不仅是情节更加丰富和感情更加复杂,更主要的是,作家对小说如何表达历史的认识,看法不一样了。

在《钓鱼台纪事》中,故事以战争时期办妇女识字班始,又以1980年代农民发家致富,重新提出文化上的要求,重办识字班为终,这种结局表现了作家对生活一厢情愿的乌托邦式的理解,同时也不能不看到《乡场上》式图解政策的思维模式的痕迹。在以后的三个中篇系列里,作家摒弃了这种作茧自缚模式,基本删去识字班的内容,使钓鱼台的故事摆脱了阐述历史的使命,使之更加生活化和演义化,一个意识形态味很浓的故事,进入了自由自在的民间社会形态。

在我的理解中,中国当代小说一直延续着两种因素:一种是政治意识形态,一种是民间社会形态。前者主要反映在作家对所描绘的历史所作的权威阐释上。自抗战以来,这种阐释多半出自政治权力者的主张,少部分延续了五四以来知识分子的人文精神,但无论来自哪一方面,都摆不脱政治意识对生活的严密控制,它本身就成了一种权势。后者则意味着一个存在于权力之外的社会,这种社会形态在当代中国决不可能以完整的形式存在,于是零星地融化到日常生活之中,借助民间传统、民

---

① 写于1984年,收入小说集《钓鱼台纪事》,后改名《沂河女》,又收入小说集《滑坡》。

间文化信息及其独特的表达方式，时隐时现地出现在文学作品中。1950年代以后，"民间"的因素在小说创作中异常重要，许多作家赖以保持了文学作品的一部分艺术特色和个人风格，不至于使作品完全沦落为意识形态的传声筒。这种对立有时是相当尖锐的，因为政治意识形态无孔不入地渗透到日常生活中去，并转换为一种语言，对生活现象作出权威的、排他的解释，最终使一切生活都归为意识形态化。但民间社会又总是千方百计地保持其自身的独立性，抵制、至少是弱化意识形态的侵犯。"文革"就是一个典型的例子，从"老三篇天天读"，到大跳"忠"字舞，办家庭学习班，都是政治意识对日常生活的侵犯，同时民间文化形态又以其固执的消极性使这种企图流于形式化和戏谑化，终以保住民间生活状态的固有方式。在刘玉堂的"沂蒙山系列"里也表现了这种冲突，如这些老区农民满口新名词，结结巴巴的讲话与文不对题的使用，都可以看作是政治意识的渗透，可是农民们的一知半解使这种政治名词戏谑化，"三中全会"成了"三中全"，积极分子成了"积极分"，"人民日报"成了"人民日"，于是有了"一手拿着煎饼吃，一手拿着人民日"这样令人忍俊不禁的民间诗创作①，政治意识被漫画化了。

　　1950年代以来，中国的小说尤其在描写农民生活方面，一直存在着政治意识形态与民间社会形态的冲突，这并不是说后者完全非意识形态化，民间自然有民间的意识形态和道德观念，但它多半是以自己的方式去理解政治和政策，《钓鱼台纪事》既是用政治意识形态去图解民间生活，那么不管其动机是否出于好心，对生活多少是一种歪曲。刘玉堂后来创作风格的改变，正是基于对这一点的认识。在《温暖的冬天》里他讽刺了一位靠编故事写先进材料的杨秘书，其实问题并不在杨秘书身上，而是出于政治意识形态有编制生活语码的需要。在《钓鱼台纪事》里，作家出于图解政策的用意，编造了农民刘乃厚镶金牙的故事，以说明农民的"食物结构"改变了（即农民富裕了），然而到了《本乡本土》，作家无情地揭穿了这个文本的虚构成分，他让刘玉霄再次拜访

---

　　① 这句"民间诗"原出自小说《学屋》，是一个小顽童胡诌出来描绘女教师的，后移用到《最后一个生产队》，语境换了，意义也变化了。

刘乃厚家，发现这个农民依然一贫如洗，所谓"食物结构"改变纯属虚荣的炫耀。我以为刘玉堂这个变化是根本性的，他后来的"沂蒙山系列"里，素材仍然是扩大了的"钓鱼台纪事"，但观察生活的视点和叙事语言的风格，全变了。

所谓观察生活的视点变化，就是政治意识形态出于权势或功利的立场，只能从一个固定视角去编制生活，而民间社会则采用了多元视角的立场。在这三篇系列里，作家都摆脱了宣传或肯定某种政策的思维模式，写出了民间社会生活在某一个政治性事件侵犯下会发生怎样的变动，又怎样的渐渐归于沉寂。由于不再是单向型地评价历史，作家把注意力集中到生活场景的自在状态上，表述人们对历史变动所持的无可奈何、又按照各自的理解去积极参与的复杂态度，这就构成了巴赫金所归纳的"复调结构"。在《温暖的冬天》里，作家一面写农业合作社高潮前夕农民对集体化的盲目热情，一面又写出了女社长刘玉贞身为一个待嫁老姑娘的慵懒、痛苦和消极心理；在《最后一个生产队》和《本乡本土》里，作家又多次引用了"围城"的意象——其实"围城"正是"复调结构"的中国化形式。这些对生活复杂性的认可，使小说产生出温馨的人性的魅力。在《钓鱼台纪事》里有一个细节，写"文革"后期老乡长曹文慧重返钓鱼台老区，与昔日战友刘玉贞相会，饭桌间提起女儿肖英与玉贞弟弟玉霄的婚事，小说有这么一段描写："本来都很高兴，刘玉贞却就忽地站起来，毕恭毕敬地走到曹文慧跟前，一个鞠躬：'表姊子……'她眼里的泪水和近乎乞求的表情，让曹文慧心里一阵战栗：'这就是那个识字班时候的玉贞妹吗？'"于是引出了曹文慧和玉霄的一段议论：

> 曹文慧激动地说："能怨她吗？孩子多，穷，没完没了的所谓革命，某种革命给人们带来的创伤，甚至超过连续多年的战争，你看着吧，这样下去，这种创伤会越来越明显！"刘玉霄听着这话，耳边似又响起了闰土的声音……

请注意，这里曹文慧完全是作为一个历史的解释者在发议论，她对历史的观点代表了刘玉霄，也代表了作家本人及时代的一般观点，而那观点连语气风格都是从鲁迅的《故乡》中模仿来的，其实这也是一种意识形态化。这种观察生活与叙述生活的方法，典型地代表了概念化的文学创作。但到了《本乡本土》里，作家虽然仍然保留了刘玉贞向曹文慧论辈分等细节，也特意插入了刘玉霄关于闰土的联想，但在写到曹文慧的对话时，内容改变了：

曹文慧对玉霄说："我看这二十多年钓鱼台变化不大呀！变化最大的是你大姐，不知怎么，我一听着当年那么好的姐妹，管我叫表婶子，我心里就不是味儿。"玉霄苦笑笑："不叫表婶子叫什么呢？她总不能还叫您大姐吧？"

曹文慧说："倒也是！永远别忘了你大姐呀！还有肖英，肖英也别忘了，玉霄不在家，你要替玉霄好好侍奉她，听见了吗你？"肖英乖乖地说："听见了！"

修改后的曹文慧不再是生活的评判者和历史的解释者，原来她所不理解的东西被玉霄解释得合情合理。环境地位变化了，人的身份自然也随着要变（玉霄与肖英订了婚，玉贞的辈分自然就低了一截），再也扯不上鲁迅和闰土的关系，曹文慧苦笑中接受了这个事实，人与人之间的感情由此变得又现实又温馨。这种来自民间意识的理解和小说中刘玉霄对闰土的联想构成了双重的视角，而且都代表了作家本人的一种观察视角。

双重或者多重视角弱化了意识形态的专横性，使民间的自在状态得以体现。我注意到近几年的小说中，凡与民间形态联系在一起的，都呈现出一派自由放松的心境。刘玉堂的系列小说的特点，是一边写出了民间社会的自在状态，另一边又写出意识形态对民间的侵犯，这也是构成他的小说的"复调"的特色之一。如对婚恋生活的描写，他总是小心翼翼地写出不同时代政治风气对婚恋形态的钳制，不止一次地写当事人

在相会时受到突如其来的干扰,而"兴致被破坏了不少",或者是因为战争,因为政治工作,造成了怨女们哀哀的哭诉。但在另一面,他又总有神来之笔写出民间女对爱与欲的大胆追求,以致将一切顾忌抛至脑后。曹文慧醉酒怨夫是写得最淋漓尽致的一个片断,在中国当代小说中,大约还没有一部写共产党女干部(乡长、工作组长)为了想老公而鼻涕一把眼泪一把地发酒疯的,不仅如此,紧接下来还写了女乡长与爱人肖一雄见面时的疯狂劲。由于换了民间的多重视角,人们在读这些场面时,完全忘了她的政治身份,反而感到共产党的女干部一旦抛弃所代表的政治符号,作为普通民女出现时,不仅可爱,而且也充满了人情味。刘玉贞思春出嫁而放弃了领导合作化运动的工作,从政治意识形态看是"农民意识"作怪,但是当作家饱蘸感情地写到这位朴实的女村长的内心痛苦无人知道,无人倾诉,最后不得不在干部会上爆发出来——"你们就认识我是党员、社长、劳模!可我也是个女人哪,姑奶奶三十了!姑奶奶要嫁人了!"时,不能不为这种最深沉的人性呼唤而打动!这些细节,都只能站在民间的视角上去理解,才能感受其魅力所在。

创作视角的变化相应也带来了叙事语言的变化。由于解构了意识形态在生活中的绝对意义,钓鱼台历史变迁已经不再是一种历史进步,或者政策优越性的证明。原来《钓鱼台纪事》中用来点缀时代的故事都被删减,腾出了更多的篇幅来描绘农村各层人士反映时代的独特思路与独特情绪。农业合作化高潮在过去柳青、浩然一代人的作品里都是作为极其神圣的事件来表现的,但在《温暖的冬天》里却是通过一系列漫画式的喜剧性效果扯拉出来,从刘乃厚冲着无线电哭诉告状引出了毛泽东讲话的广播,到高级社干部名单风波引出了刘玉贞辞职出嫁,基本上体现了作家的思路:民间社会始终是以它自在和独特的方式接受政治的侵犯。刘玉堂小说语言的许多幽默感,正是体现了民间对政治意识形态的反讽。所以,他的叙事语言越是民间化,就越充满政治的反讽意味,幽默感也就越强。曹文慧发酒疯时有段骂爱人肖一雄的话,在《钓鱼台纪事》和《本乡本土》里有不同的文本。在《钓鱼台纪事》里她是这样说的：

> 妈的，我等不了了，老子廿六了！那个没良心的，活着不来个信；死了不通个知！我恨死那个兔崽子！

而《本乡本土》中修改得更有昧了：

> 操你个娘的肖一雄啊，你个没良心的东西啊，你活着不来个信死了不通个知，纯粹坑了你姑奶奶我呀！

这种沂蒙山味的拿腔拿调，不但刻画了女乡长对沂蒙地区的感情，而且人性的温馨味也更加浓重了。

从《钓鱼台纪事》到"沂蒙山系列"三篇，刘玉堂创作风格的变化是显而易见的，其轨迹可以说是由政治意识形态化的传统创作立场转向了充满个性化的民间立场。但他与其他当代作家不一样，如张炜、苏童、刘震云等人在写民间形态时把政治背景推得远远的，使之虚拟化或模糊化，而刘玉堂却总是正面对着政治背景，所以他独一无二地写出了政治对民间的侵犯和民间对政治的消解。在这个意义上说，刘玉堂的小说有点像1950年代的赵树理。我们过去对赵树理研究得还不够深入，他作为一个本色的农民作家，"民间"的气味非常浓，在那个政治意识形态全面控制文学创作的时代里，他恐怕是唯一堂而皇之地依凭着民间的力量企图与之抗衡的人，他后期的小说难能可贵地用民间的眼光去打量政治，弱化了所谓"阶级斗争为纲"的意识形态。刘玉堂今天所处的时代不同，用不着像赵树理那样遮遮掩掩地去履行自己的艺术使命，所以他的艺术实践一旦转化为理论上的自觉，可能会有更高层次的突破。

（初刊《上海文学》1993年第10期）

还原民间:谈张炜《九月寓言》

李先锋兄①:

今年沪上特别的热,为了躲开暑气,我先后去了庐山和北京。可是躲了炎热却躲不了你的盛情,就在两次旅行之间收到了你的第二次催稿。说实话,我那时还没有开始读《九月寓言》,只是听了几位爱好文学、眼光又比较挑剔的朋友对它的赞扬。这回是带了那一期《收获》登上北行列车,在穿越齐鲁、华北平原之际我第一次读完了它,窗外茫茫雾气,挟着清香扑鼻而来,似与内心中的茫然连成一片,我感到了茫然。

张炜终也不是写《古船》的张炜了。几年前我曾在一篇通信里谈过《古船》,它无疑是当代长篇小说中的杰作,但若以更高的境界苛评,我认为张炜写《古船》写得太用心思,似恨不得将几年来读书思考的结果都倾注到小说构思中去,大有"精锐倾尽"之感。《古船》对中国历史文化的钻研与总结是相当深刻的,但一部艺术作品立意太深刻太显露,使人在承受了沉重的理性负荷以后,反倒无暇去体会那语词气韵的生动了……我记忆中突然冒出对《古船》的如许评价完全是有感而生,因为在《九月寓言》里,张炜脱胎换骨似的变了个样,他绘出了一幅别开生面的艺术风情:一样的写小村历史,一样的写封建意识对人性的压抑,甚至也一样的写农村的民不聊生,可是《九月寓言》让

---

① 李先锋,文学评论家,当时任山东作协主办的《文学评论家》刊物的主编。

人有说不出的轻松与畅通感，再也没有了通常读长篇时伴有的心灵上不胜沉重之压力，再也没有了对历史与现状无以摆脱的殚精毕力之纠缠，只觉得遥远处传来一支无词的山歌，悦耳好听，却道不出所以然来。

在北京，我一直断断续续地翻阅着这部作品，努力从团团雾气中分辨出这个小村的轮廓。回到上海后，我再一次细细地读了，并与《古船》作了对照。这时候我才彻底认清了自己预设的阅读情绪的错误。若以传统经验论，长篇小说总以内容的厚重取胜，评论者旨在开掘小说通过形象说出了些什么。读《古船》即是很典型的一例。但在《九月寓言》里，一切意蕴尽在叙事话语之中，无须再去寻找微言大义。"九月寓言"，只不过是讲一则则发生在九月田野里的故事，这里所谓的"寓言"，恐也不是通常百科全书中所解释的"以简单短小的形式讲一个有教诲意义的故事"，或可以反过来理解，它只是将繁复的世界和玄奥的意义还原为一个简单的形式，使其民间艺术化。再说得白些，是将通常被认为是真理的东西虚拟化了。这就是"寓言"的功效，至于它有没有教诲之意还在其次，至少在这部小说里是很微不足道的。

小村历史本身就是一则寓言。作者将叙述时间的起点置于十几年后的某一天，村姑肥与丈夫挺芳重返小村遗址，面对着一片燃烧的荒草和游荡的鼹鼠，面对着小村遗留下的废弃碾盘（肥曾经在碾盘上受到小村青年龙眼的强暴），肥成了小村故事的唯一见证，其他一切都消失殆尽。第一章里，作家似采用了肥与挺芳的视角来回忆往事，但自第二章始，作家成为一个独立的叙事者，正式插入故事场景，由回忆带来的真实感逐渐为寓言的虚拟化所取代。小说的结尾处，作家不再回复到叙述的起点，而是结束于小村故事的终点——在一场地下煤矿塌方，也就是肥背叛小村祖训，与工区青年挺芳私奔的时刻，一个神话般的奇景突然出现：

> 无边的绿蔓呼呼燃烧起来，大地成了一片火海。
> 一匹健壮的宝驹甩动鬃毛，声声嘶鸣，炝起长腿在火海里奔驰。它的毛色与大火的颜色一样，与早晨的太阳也一样。

"天哩，一个……精灵！"

无法判断这个结尾的真相是什么，因为小村故事至此完全被寓言化了，由传说始，由寓言终，当事人的回忆在缠绵语句中变得又细腻又动听，仿佛是老年人说古，往昔今日未来成混沌一片，时间在其中失去了作用。

既然小村历史被浓缩成一则硕大的寓言，时间就不再起作用，人们不会去追究一则寓言的时间背景。这并不是说，小村故事缺乏时间概念，而是作家故意淡化了这一叙事的重要因素。我在列车上初读这部小说时，曾粗粗画过小村历史的时间表，尽管作家闪烁其词，毕竟从人物的绰号（如"红小兵"），或从个别村社活动（如"忆苦"），以及一些社会职业（如"赤脚医生"），大致可猜测其背景当在"文革"后期，即1970年代中期，小说中有两个时间是比较明确的，一是作家的叙述时间起点，即肥与挺芳重返小村遗址，开始推出"十几年前"的回忆。另一个是肥回忆小村故事的叙事时间起点：那一年九月的一个晚上。"那一年"红小兵是六十岁，他女儿赶鹦是十九岁，村姑肥为逃避"赤脚医生"的纠缠，开始加入村里少男少女的游荡队伍，开始了每夜在田野里奔跑的游戏。假如我们以作家创作这部小说的时间为小说叙述时间的起点，即1980年代末。那么，由此推出的"十几年前"的叙事时间起点，当是1970年代上半期，与小说提供的"赤脚医生""红小兵"等词语概念相吻。小说中的"那一年"（叙事时间起点）一旦确定，就可以推出一系列的故事时间：小村被发现地下矿，并开始受到工区"工人拣鸡儿"的侵扰，大约也是1970年代初或更早一些的时间；而庆余流浪到小村，被金祥接纳，并生下年九，应是1950年代末的事情；而庆余烙煎饼，金祥千里买鏊子（一种平底锅）的故事，似发生在1960年代初；而独眼义士与大脚肥肩这段长达三十年的恩怨，可以追溯到1940年代；露筋和闪婆的野合则要更早些，大约是1930年代初的时候，而小村历史的结束，地下煤矿塌方，龙眼压死，肥出逃的时间，也就是1970年代中期。这个时间表相当有意思，它透露了小村的故事时间大致是 1930 年代到 1970 年代末，正与《古船》的故事时间重合。但是我们把洼狸镇历史与小村历史略作一比，就不难找出张炜在这部小说叙事中的新的尝试。

《古船》与《九月寓言》的根本差别是在历史与寓言的差异上。故事是由时间构成的，而时间又具体体现在历史事件的排列中，所以一部"史诗"性的长篇作品，不能不以故事发展印证历史事件，在印证中获得自身的存在。在这一点上，《古船》是典范之作。《古船》的人物命运，家族命运，以至洼狸镇的命运，无不一一与重大历史事件相合，曲折地反映了四十多年的中国政治的发展轨迹。张炜在小说中显示了非凡的把握中国社会历史的能力，并能融会贯通，但就小说而言，人物与情节毕竟成了历史的注脚。也许正因为小说被笼上了这个巨大的辔勒，才使他写得那么的沉重。而在《九月寓言》，其妙处奇处就在历史被隐没在云雾里，似有似无，人物与故事摆脱了历史事件的束缚而呈现出空前的自由。由于叙事中抽去了作为时间参照的历史事件背景，所以前面列出的故事时间表变得毫无意义。用小说中一句现成的话来说，那就是"那时候的事情就像在眼前一样"。几十年前的事，十几年前的事，与叙事时间的现在时态，完全可以在同一叙事空间中展现。招之即来，挥之则去。这种自由的叙事时间甚至也不同于以往小说中所谓的意识流和时间倒错，譬如《布礼》《蝴蝶》的叙事时间自然也是颠三倒四的，但故事年代的先后依然很清楚，不过是交错着写而已，《九月寓言》则表明了作家不但在创作中没有一个清晰的时间意识，（即现在、过去、未来之间的明确关系），而且在叙事过程中，有意地抹煞时间的差异。随手可以举一个现成的例子，第二章写庆余在草垛里遭金友强暴，让少白头龙眼无意中撞见。按书中提供的时间来看，大约为 1950 年代末的事情，而少白头龙眼直到 1970 年代还追求肥，并在碾盘上对她施暴的时候，才"十七八岁"。时间上显然不可能。因而只能说这部小说叙事上采用了寓言的某些特征，不是时间倒错，而是走向无时间性。

我以为无时间性不仅仅是指一些在叙事上能够完全不依从其故事顺序的孤立事件，它还应包括一些故意摆脱了历史参照系的事件，诸如

"寓言"中经常出现的"很久以前""从前……""古时候……"等等不确定的时间概念，或者尽管有"在春秋时代……"，但其故事本身内容与这个时代特征游离开去，互不相关。这一特征在《九月寓言》里表现得相当明显。如果我们根据前面所列的时间表去细细分析，不难看出，时代对故事依然投入了某种阴影，或者说，作家在写故事时也或多或少摄下了时代的痕迹。小说第六章"首领之家"，集中写村长赖牙一家的故事，本可以像《古船》中的四爷爷，成为某种统治者淫威的象征，再加之第五章写刘干挣觊觎赖牙的地位而发动"政变"，若放在1970年代初的中国政治社会背景下去理解，可以找出许多微言大义。但作家显然是有意回避了这类影射，他在赖牙与大脚肥肩的家庭生活中，插入了两个故事，一个是大脚肥肩虐待儿媳的惨剧，另一个是独眼义士三十年寻妻的缠绵佳话，这两个故事自然也着眼描写大脚肥肩的狠毒、刁辣、薄情以及可怕的心理变态，但更主要的作用是把一个本来含有政治历史内涵的家庭故事消解在民间传奇之中，甚至连刘干挣"起事"失败、屠宰手方起自裁的描写，也含有了几分民间戏谑的成分。我读到这些章节时，自然联想起前不久刚读过刘震云的《故乡天下黄花》，书中也多次写到了村政权的争斗，若对照两者不同的叙事方式，也许对《九月寓言》会有更清晰的理解。再者，小说第二章写庆余烙煎饼的故事，也暗示了1960年代初"自然灾害"在农村造成的可怕后果（不知你是否注意到，小说在"忆苦"一个场面里也隐约提到此事），但这个故事的现实主义悲剧很快又被金祥千里买鳖子的传奇所冲淡，后一个传奇可说是无时间性的，插入其中的作用，只是淡化了故事本身的历史背景。从这里我们都能体会到，不是小说没有故事时间，而是作家采用了寓言的写法，一次又一次地在故事时间中插入无时间性的叙事，把故事从历史背景的阴影下扯拉开去，扯拉得远远的，于是小村历史游离人们通常认为的中国历史轨迹，展示出无拘无束的自身魅力。

依传统的现实主义眼光，长篇小说的魅力在于深刻地展示了社会历史的某种本质，这已为以往文学史上大多数作品所证明。但人们很少注意与这一定论相关的另一问题，即对社会历史本质的共识，或者说，衡量艺术反映社会历史真实性与深刻性的某种尺度，都不能不受到国家意识形态的影响。前几年流行的寻根文学，正是为了摆脱这种巨大影响，而不得不借助神话和荒诞，企图以非现实形态来矫正、淡化以至摆脱这意识形态化了的现实主义。《九月寓言》的成功在于它以寓言的虚拟形态来取代非现实形态，从叙事意义上说它依然是现实主义的。由于摆脱了时间对故事的约束，也就是摆脱了作为时间物化的历史事件对故事的辔勒，因此它的魅力只能来自故事本身。我们不妨分析一下，构成《九月寓言》的故事系列，大致有三个部分：一是传说中的小村故事，一是现实中的小村故事，一是民间口头创作。第一部分带有浓厚的民间传奇色彩，如露筋与闪婆野合的故事，金祥千里买鳖的故事等等，第三部分主要是通过人物之口转述出来的历史故事，明显经过了叙述者主观的夸张与变形，成为口头创作文本，诸如金祥忆苦，独眼义士三十年寻妻传奇，等等。这两部分故事大都流传在小村人的口头传播之中，不可考实。若孤立地看，一个个故事是民间文学的典型材料，它们中有些故事与国家意识形态毫无关系，也有一些故事虽出于意识形态的需要（如忆苦），但已经经过了叙述者的艺术加工，使之民间化了。只有在第二部分即描写现实中的小村故事里，我们才能看到中国 1970 年代农村的许多真相，但由于它是以寓言的形态出现，小村故事终于淡化了国家权威的痕迹，成为一个自在、完整的民间社会。

我觉得小说关于小村来历的传说很有意思：相传小村人的祖先是一种鱼，叫鲅鲅，这是海里的一种毒鱼，谁都不敢去碰它。其实，"鲅鲅"只是"停吧"之音的误传，小村的历史起源于流浪人，他们从四面八方逃难到平原上，感到了疲惫不堪，于是一迭声地喊：停吧、停吧，就这么安下小村来。所以小村社会形成于某种无政府状态，尽管经过了几代人的传宗接代，繁衍香火，小村人在文化心理上依然向往着无拘无束的田野流浪生活。且不说所有来自民间的传说都与流浪有关，即便在小村人的生活中，一种没有目的的奔跑意象，总是洋溢着青春蓬勃的生命力。然而一旦"奔跑"的意象转化为"停吧"（鲅鲅）的意象，便是善良渐退，邪恶滋生，兽欲开始取代人性力量，于是有了男人摧残婆娘，恶婆虐杀媳妇，也有了男人间的自相残害。小村的历史就是一个寓言，有人性与兽性的搏斗，有善良与邪恶的冲突，也有保守与愚昧对人的生存进程的阻碍，一切冲突都可归结为"奔跑"与"停吧"的意象。小村最终在工业开发的炮声中崩溃、瓦解、消失，正如一个人物叹息：世事变了，小村又一次面临绝境，又该像老一辈人那样开始一场迁徙了。"鲹鲅"时代行将结束，小村人将在灾难中重归大地母亲，在流动中重新激起蓬勃的生命力。结尾时的宝驹腾飞，或可以说是小村寓言的最高意象。

在《九月寓言》里，小村的社会并不是一个正常的国家权威统治下的社会形态，尽管它也留下一些时代的痕迹。假如我们用分析正常国家制度下的社会形态的方法去分析小村，就会觉得这样做太无趣了。小村故事反映了一个典型的民间社会形态，它的文化始终处于主流文化之外，这就是当地人把"工人阶级"称作"工人拣鸡儿"的文化心理。小村并不是一个通常所说的"封闭"社会，但它是一个自在自为的社会，它的文化形态是由主流文化之外的民间文化、传统以及口头创作所构成的。除了1960年代自然灾害给它带来过一些影响外，国家几十年来的政策与它的存在并没有多少直接干系。对这样一种处于国家权威之外的社会生活范畴，我想借用一个现成概念，或可叫作中国式的民间社会。

我所谓的民间社会，仅仅是指在国家权威之外的一种社会形态，它具有一种一般国家权威控制之外的自由的生活形态。这种自由意味着它在文化上不受主流文化、尤其不受国家意识形态的控制。在中国广袤的大地上，成群的少男少女在星光下奔跑，他们欢腾、喧闹、寻欢作乐，无拘无束，这也是一种文化，是属于年轻人的文化，任何道德伦理都束缚不了他们。我想，小村拥有的民间社会的自由感，正是来源于这样一种文化。面对这样一种自由自在、不受任何权威束缚的文化形态，作家的心态会不自由无碍吗？作家的情绪会不热情奔放吗？请问一下张炜吧，我想他创作小村故事时的心情一定要比写洼狸镇故事轻松得多，欢欣得多。小说的叙事语言洋溢着强烈的抒情性，许多片断细细念了，就好像是一首首悦耳的诗歌。我甚至想说，《九月寓言》同样称得上是史诗，不过与传统的"史诗"不同，它唱出了一首瑰丽无比的土地的歌，民间的歌。

我前些天为《文汇报》写了一篇论述新历史小说①的短文，我发现这一类历史小说的成功秘密，也在于作家们开拓了民间社会的新领域。由于作家所写的是国家意识形态所不及的社会领域，无论是来自民间的文化，还是作家们进入这一领域的创作心态，都有一股强烈的自由感扑面而来，读莫言的《红高粱演义》，读苏童的《米》，甚至读王朔关于黑道社会的小说，我们不正是从这里获得了一种前所未有的满足感么？张炜的《九月寓言》又一次为我们提供了关于民间社会的经典性作品。我想，这个题目将会越来越引起创作界与理论界的注意。

关于《九月寓言》的感受还有不少，一时也写不完，你催稿又急，容不了我仔细消化，只能先写出一些主要的想法，以后再作进一步探讨吧。即颂

夏安

陈思和

1992 年 8 月 20 日于上海新亚公寓

（初刊《文学评论家》1992 年第 6 期）

---

① 可参阅拙文《关于新历史小说》，初刊《文汇报》1992 年 9 月 2 日，已收入本文集第 1 卷第 3 辑。

良知催逼下的声音

——关于张炜的两部长篇小说

《柏慧》及其引起的争论

与许多当代作家不一样,张炜是个擅长用长篇小说来表达其思想观念与美学情感的作家,他创作的最主要的长篇作品如《古船》《九月寓言》《柏慧》等,几乎是每发表一部都引起了文坛上的震动,尽管其"震动"的方位并不一样:就在《九月寓言》以其特有的磅礴大气获得批评界高度赞扬之后,《柏慧》则以对社会邪恶的激烈批评而为人所惊讶,《九月寓言》中那个遮蔽于茫茫大地用悲悯的眼神超越人间苦难的隐身哲学家不见了,取而代之是从恬静美丽的葡萄园里挺身而出与邪恶宣战的精神界战士。也许有人会为之替张炜感到惋惜,因为这个世界上能像张炜那样脚踏民间大地元气充沛地超越现实功利的作家毕竟不多,但在我想来,这种对自我形象的重塑可能更符合张炜性格的本相,张炜此举可能正是为了纠正批评界从《九月寓言》中产生的关于他的形象的误导:他们或多或少把张炜描绘成一个阴柔纯美型的作家。当然,在当代文学领域充满媚俗功利的市侩气中,能达到这样的境界已经相当高远,但在作为知识分子的张炜看来,人的高贵气质并不表现在梅妻鹤子式的隐逸之中,高贵与高雅并非同一个词,真正高贵的人,是脚踏在苦难大地上,对贫贱的人怀有深切同情,并能够真诚帮助他们与邪恶作斗争的人。作家张炜就是这样的人。尽管这种高贵行径在举世滔滔中很不合时宜，很可能被某些聪明人讥讽为向风车开战的唐·吉诃德，但张炜愿意做这样的人。

《柏慧》是一部急就篇，是张炜在完成了《九月寓言》以后，接着创作一部更大规模的长篇史诗《家族》的过程中临时插入的一项写作，也可以说是他下一部《家族》创作的副产品。这也足见这部作品对张炜的重要性：如果不是内心深处有一种更大的渴望对他的催逼，他是不可能为此中止那部准备更充分的小说计划来写它的。张炜曾坦率地说过：《柏慧》是"人在良知的催逼下，应该给时代留下的声音"。这种声音，在我看来是当代知识分子最为宝贵的东西，正如1930年代有人批评鲁迅为什么不多写几部《阿Q正传》反而将生命耗费在一些无谓的纠纷中时，鲁迅曾坦然地说：他那些触及时弊的杂文的确令人讨厌，"但因此也更见其要紧"，因为"中国的大众的灵魂"，现在正反映在他的杂文里。① 为此，他把自己的笔称为"金不换"。现在来说这些掌故可能会使许多年轻人或并不年轻却想学得年轻一些的人感到讨厌，已经有不少文章在暗示现在张炜、张承志式的直面社会正是1930年代鲁迅风的"谬种流传"，正要把这笔难解的账算到鲁迅的头上，但我还是想套用鲁迅的话说，现在有人见鲁迅风的讨厌，"也更见其要紧"。我们不能捕风捉影地把文学作品里攻击丑恶事物与现实生活中的人事纠葛混作一谈，因为文学史上的伟大优秀作品，从但丁《神曲》到托尔斯泰《复活》，从罗曼·罗兰《约翰·克利斯朵夫》到陀思妥耶夫斯基《地下室手记》，从曹雪芹《红楼梦》到吴敬梓《儒林外史》，都不可能完全避免从现实环境中攫取某种生活原料以及对现世邪恶的抨击，如果为了强调艺术上的纯美境界而指责小说不该参与现实的批评，那样的纯美艺术，恕我直言，不过是为了掩盖不敢直面社会邪恶的内心怯懦而找的借口。我认为在判断小说该不该抨击邪恶时，唯一的依据应该是看其抨

---

① 鲁迅《准风月谈·后记》，见《鲁迅全集》第5卷，人民文学出版社2005年版，第423页。

击的内容有没有普遍意义,"砭锢弊常取类型"与个人意气用事和揭人隐私,毕竟是有明显区别的。《柏慧》中所揭露的柏老、瓷眼之流的邪恶,正是二十世纪以来中国知识分子史上可耻的一页,像口吃老教授的悲惨故事和叙事者的两位导师的不幸遭遇,是任何一个有良知的知识分子都有责任牢牢铭记的历史。如果今天我们对这样的历史已经不堪心理上的承受,那么若干年后,就像现在欧洲、日本有人天真地以为奥斯维辛集中营和南京大屠杀都是犹太人和中国人编造出来的神话一样,青少年一代会淹没在所谓的后工业的流行文化里变成心灵的白痴。

所以我不认为张炜从《九月寓言》到《柏慧》是一种人格境界上的退步,张炜正是为了表现他的现实战斗精神的完整人格才写了《柏慧》这一本书。同样是表达对苦难和人类罪孽的看法,《九月寓言》表现的是藏污纳垢的民间世界的大气心态,而《柏慧》则回到了《古船》式的现实战斗的知识分子广场世界。但知识分子的广场意识与民间立场之间并不呈现高低主从的关系,因为苦难与罪孽在现实世界中都不是抽象的,《九月寓言》面对的是自然形态的人类所面对的苦难,是极端贫困的生活与相应的愚昧野蛮的文化心理,这似乎是大自然在赋予人类自然的生命形态时与生俱存的,作家用从容超然的审美态度去表现,正是深得自然生命真谛的无穷奥妙(这种审美态度也使我想起当年张承志的《黑骏马》);而《柏慧》所面对的是人世间的苦难与罪孽,是人类邪恶力量对善良美好向上的戕害。《柏慧》的作者明明白白地告诉人们,人类有分类而居的,分"向上的"和"向下的"两类,这就有点接近罗曼·罗兰在第一次世界大战期间的著名论断。这当然是作家用艺术的分类方式对世界的描绘,不能简单地移用到现实世界分析上去,作家用"血缘"与"家族"两个概念本来都是艺术上的象征语言,与过去文学作品简单化地宣传阶级斗争来为现实政治斗争服务并不是一回事。作家不过是据此表达了一种与邪恶不相妥协的战斗态度。自然的苦难与人为的苦难不能同等视之,在《九月寓言》与《柏慧》之间,只是应了中国传统文化经典里的一句名言:天作孽,犹可违;自作孽,不可逭。我想,这"不可逭",也就是指不可回避。

《柏慧》不是如《九月寓言》那样纯粹的长篇小说，其形态更接近于长篇思想随笔，三篇长信的容量和内涵都不是很匀称。在我读来，其实仅仅第一篇致柏慧的信也就够了，这一篇写得最饱满，不但关于葡萄园生活的描写和徐芾东渡的民间歌谣的开掘都再现了作家以前有关作品中的高远意境，而且关于柏老与口吃老教授的故事、关于叙事者的家族及其父亲的故事，都已经达到了让人的灵魂感到震动的思想艺术魅力。后两篇信在艺术结构上未免有些蛇足之嫌，第二篇致老胡师的信主要是重复并延伸前篇中柏老与口吃老教授故事的主题，引进了某研究所与"瓷眼"的邪恶故事，使历史的悲剧延伸到现实，第三篇致柏慧的信展开了关于在商品经济冲击下如何维系人格、良知、理想等话题的讨论，同时又展开了对现代城市经济生活方式的批评，这两部分内容相对来说薄弱一些，尤其我感到第三篇信的叙事很别扭，因为这篇信的内容是围绕着叙事者与其妻子一家的矛盾而展开，本来它的叙述对象应该是梅子，向妻子解释感情纠葛的叙述方式会更自然些（就像第一篇致柏慧的信），可现在却是向一个旧时恋人叙述自己与妻子的矛盾冲突，叙事者的许多真实感情就很难出得来，这就使他对都市生活方式和杂志社经营方式的批评显得比较粗疏。这些艺术表现上的不足使这部作品不能达到像《九月寓言》似的完美是事实，但像《九月寓言》这样的二十世纪中国文学殿后之作，本来也是不可取代的，即使是作家本人也未必能轻而易举地超越它，若以这个标准来衡量《柏慧》的失败，也多少是一种苛求。

《家族》

在谈这部小说之前，我首先想到的是法国作家罗曼·罗兰在1925年为《约翰·克利斯朵夫》的第一个中译本所写的题词，这篇被称作《约翰·克利斯朵夫向中国的弟兄们宣言》的短文当时刊登在中国文坛最有影响的刊物《小说月报》上，译者敬隐渔是个罗曼蒂克的留法学生，译文的准确性很可能不及后来的大翻译家傅雷，但他所译出的大致意思是不会错的：

> 我不认识欧洲和亚洲。我只知世间有两民族：——一个上升，一个下降。
>
> 一方面是忍耐，热烈，恒久，勇毅地趋向光明的人们，——一切光明：学问，美，人类底爱，公共的进化。
>
> 另一方面是压迫的势力：黑暗，愚蒙，懒惰，迷信和野蛮。
>
> 我是顺附第一派的。无论他们生长在什么地方，都是我的朋友，同盟，弟兄。我的家乡是自由的人类。伟大的民族是他的部属。众人的宝库乃是"太阳之神"。①

我没有学过法语，但我一直觉得这译文中的"民族"一词译得有些别扭，至少是不够确切，我怀疑这"民族"一词应该含有"人类"的意思，也就是说，世界上存在了两类"人"，一类是向上的，一类是向下的，这当然纯粹是指人的精神领域而言。但再往深里想想也觉得不妥，因为"人"毕竟是个高贵的词，把其简单地分作两类或者几类，并宣布人类中有一类或几类是"向下"的，难免会生出些法西斯的误会，这是我所不愿取的。所以，直到这些天读了张炜的两个长篇《柏慧》和《家族》后，这个困惑才得到了解决：作家张炜使用了一个比较准确的词——家族。虽然作为艺术叙事的手法，作家也使用了"血缘"的概念来解释人类的各种"家族"的区别，但我想，读者会明白，这里所描写的"家族"显然不是过去的"阶级"的含义，而是用血缘的遗传说，来暗示人类的另一种遗传——精神气质和伦理道德上的遗传现象，通俗地说，是人类精神文化方面的遗传。

---

① 罗曼·罗朗《若望·克利司朵夫向中国的弟兄们宣言》，载《小说月报》17卷1号，1926年1月10日。本文从俗，在文中将标题中的人名改为"约翰·克利斯朵夫"。《小说月报》刊登这篇题词时还附有罗曼·罗兰的手稿，随后刊登的是敬隐渔翻译的《约翰·克利斯朵夫》的原序与第一部的开头部分。

"人"是一个完整的概念。任何人或者任何民族都没有权力宣布另一个人或者另一个民族是低劣污秽的。但是，人类历史的进化法则告诉我们，人是由动物进化过来的，人在改造恶劣的生存环境的同时，还始终伴随着与自身血缘里与生俱来的邪恶兽性作斗争。这种斗争是无穷无尽、极其艰难痛苦的，人性常常会在与兽性的斗争中惨遭失败，从精神的意思说，人在每时每刻都会遭遇这种心灵深处的光明与黑暗的大搏斗，其惊心动魄的过程最终所能导致的结果，也正是罗曼·罗兰在那篇致中国人的宣言中所说的，人世间当分作"向上的"和"向下的"两族。也许在今天，我们谁也没有勇气说，希特勒的纳粹党徒是属于"人类"的一部分，可偏偏是犹太人的大艺术家斯皮尔伯格在导演《辛德勒的名单》中强调，德国人包括纳粹党徒也是有人性的，只是在一个邪恶的时代里人性被兽性战胜了。当然，暂时征服了人性的兽性会借助时代的邪恶慢慢地蔓延，使兽性与兽性聚集在一起，形成社会上的邪恶力量，它们与人性向上的力量相对立——这就是"类"，也是张炜所说的"家族"。

　　如果用庸俗社会学的眼光来解释"家族"，就导致政治上划分革命与反革命的标准。就如《家族》中的一个人物殷弓所说的："革命——它对于一个人来说，或者是一开始就会，或者是一辈子也不会！"为什么有些人天生是"革命者"，有些人一辈子也不会成为这样的"革命者"？文化很低的权力争夺者殷弓是回答不上来的，他只能推导到"血缘"这一神秘力量。但奇怪的是，小说偏偏写这个天生的革命者殷弓在革命最危急的时期总是不放弃做分化瓦解敌人阵地的工作，建立最广泛的统一战线来孤立敌人。既然他根本不相信有些人是可以转变为革命的，那又为何不断地把他们团结过来，而且也确有许多善良的人被这种表面的诚意所感动而真诚地把殷弓之流视为引渡光明的灯塔？现代历史的悲剧大约正是起源于此。我们从小说里看到，殷弓在革命中使用的许多统一战线的手段，都是师法《水浒》里宋公明争取英雄好汉入伙的方法，但水泊梁山的英雄们遵守了一个中国民间所共同遵守的伦理法则：义气，这是维系梁山乌托邦社会的民间道德标准。殷弓恰恰没有这种道德标准，他所做的一切不过是为了达到一个革命的具体目的而利用他人，他把别人对他的信任、爱戴、帮助甚至奉献，都视为天经地义，只是为了证明他的痞子手段的高明。他骨子里不但不相信这些对他投诸好意的人，而且随时都准备把这些人的命也一起革掉。这就有些残忍。我们在小说里看到革命队伍中的成员如许予明、李大侠等等，他们在参加革命以后仍然或多或少地遵循了民间的原始正义，如情和义，这或许是缺点，但他们对革命的忠诚是不可怀疑的，结果呢，他们都成了殷弓式的革命手段的牺牲品。利用民间的道德观念去争取民间力量，但最终又利用他们的信任粗暴地破坏和践踏民间道德，并且从肉体上消灭他们，虽然可以用革命的名义去做这一切，虽然也可以推诿到时代的残酷性，但依然是反映了人性中背信弃义的黯淡一面。

殷弓的庸俗社会学观点和标准还不足以说明人世间为什么会有各种各样的家族冲突，因为照罗曼·罗兰的理解，这些冲突归结起来只是两类：向上的和向下的，这是指精神领域而言。即便如此，维系这家族的"血缘"又是从何而来？我觉得张炜的思考正是沿着罗曼·罗兰又进了一步，他把人类遗产的继承分作两种：一种是物质财富的遗产继承，它的内容是围绕着财产以及与此相关的权力的争夺和再分配（这里所说的物质遗产的再分配，不是指法律意义上的继承法），几千年来，人类社会就是在这样一种以掠夺财富为目的的原始冲动下改朝换代和改天换地，它在创造灿烂的人类物质文明的同时，也为人性大道中所隐含的蠢蠢欲动的兽性遗传提供了周期性的发泄渠道，历史上人们为争夺财富而起的大屠杀就成了"向下"一族的徽标；另一种是精神财富的遗产继承，它包括建立人类理想境界、美学规范、理性精神等等，其核心是维护人格的自由，保持人性的纯洁，捍卫人的权力和尊严，这正是"向上"一族的徽标。在人类历史上，权力的统治者和争夺者往往属于前一种遗产的继承者，而知识分子则属于后一种遗产的继承者。知识分子的本意，就是要对他所在的社会提供一种良知的参照，但这种"良知"从何而来？是靠知识传授和教育手段让人一步步去掉心灵的遮蔽，逼近自己的本性，它为人们提供的是关于如何生活才更符合人性的思考，而不是帮助人们如何获得更多的财富，这一点，恰恰是财富追逐者所不能理解的。如殷弓辈，从他的狭隘的功利观念来看，知识分子是一种神秘不可知的动物，他虽然身经百战，但在文化精神的遗产面前却永远无法长驱直入。其实人间财富的统治者都对知识分子怀着莫名的恐惧，因为他们明明白白地知道，世界上有一种财富是他们所不能拥有的，那就是精神财富。他们可以强迫或者利用知识分子来为他们服务，但他们永远不能取代知识分子的自由思想与独立精神。这种恐惧的结果造成了本能的对知识分子的迫害欲望。"向上的"一族与"向下的"一族就是这样开起战来。

《家族》所展示的，就是这样一部"家族"与"家族"的战争，而不是阶级与阶级、或者政党与政党的战争。人类将在这样的战争中重新组合队伍。在物质层面上，这样的战争总是以"向下的"一族的胜利为告终，历史上摧残文化迫害知识分子的悲剧一再重复上演，如作家张炜愤怒指出的：上帝在制造迫害事件方面的想象力也是贫乏的。然而在精神的层面上呢？当惨绝人寰的大屠杀或大迫害过去后，那些制造暴行的人总是被历史钉在人类的耻辱柱上，毫无例外。历史上有许多古老民族被征服、被消灭，但这些民族所拥有的优秀思想、文化、宗教，却能够弥散在全世界，反过来征服和改造着那些以野蛮武力取胜的民族。所以，在人类精神界的战争中，"向上的"一族是不可战胜的。《家族》所展示的，正是这样一部交织着两种战争结果的现代启示录，以及知识分子在这多层次的复杂战争中所经历的选择、失败、毁灭和再生。

这里包含了二十世纪以来知识分子在社会转型中的价值取向的变化。历史上的宁周义和曲予尽管所选择的政治力量相对立，但他们在价值取向的选择上是一致的，都未曾摆脱传统文人的庙堂意识，都是把个人在世上的安身立命与经国济世的政治道路联系在一起。尽管他们都酷爱自由意志，不喜欢被外在的政治力量所驾驭，但他们的济世行为最终却仍然是"为王前驱"，自觉地投靠到具体的政治力量中去，并为之献出了生命。小说一开始写了宁家先人骑一匹红马远走他乡，四处漂流而终于不知所终，这是一个很有意味的象征。但在这整整一个世纪里，知

识分子面对庙堂既毁,大道如隐,那匹红马究竟走出了什么新路呢?在传统社会里,道统高于政统,知识分子有可能通过庙堂有所作为,实现自己的价值理想;而在二十世纪的现代社会转型中,政治与道术退回到同一个起跑线上探索救国之道,在争夺人类遗产中的物质财富方面,知识分子并不比政治家高明多少,只能充当一盘棋中的卒子,这早有先贤的自知之明。小说里宁、曲两家主人的悲剧,正是由此而来。相比之下,宁周义不过是梦想做现代曾国藩,而曲予倒是放弃了一次重新确定现代知识分子价值取向的机会。作为一个医生,他为生养于斯的小城所做的贡献,不仅仅是回春医术,更重要的是他以现代科学的引进改造了小城的文化素质,他作为一个知识分子,不是以其政治地位而是以其科学技能在小城人民心目中获得举足轻重的地位,终于成为双方政治力量争取的对象。曲予的医生身份和医生地位,都意味着现代知识分子的价值取向有可能获得转变,但很可惜,当历史沿着传统的惯性继续演绎下去时,曲予最终也不得不放弃他的医生岗位,转入庙堂权力的争夺战,并献出了生命。这样的贡献对历史的改朝换代自有其价值,但从人类精神遗产的继承和延续上说,却是一次值得深思的偏离。小说上部通过宁曲两家的历史故事所展示的,正是知识分子庙堂意识在现代政治生活中的虚幻因果,所以小说下部一开始写的宁珂冤案,似乎已经没什么新意。像宁珂这样的冤案在现代历史上并不是特例,光说上海,就有潘汉年、杨帆一案所株连的许多忠诚的知识分子。如果说宁曲两家主人的遭遇展示的是知识分子庙堂意识在时空中的误区,那么宁珂冤案则是对庙堂意识的现代悲剧下了一个斩钉截铁的结论。一场历史悲剧的帷幕正式降落下来了。

在小说进入了现实部分后,真正的悲剧主人已经不是宁珂,有关他的冤案不过是承上启下的一环:由宁珂的悲剧引申出宁家新一代,也就是小说的叙事者。这是新一代知识分子的故事,除了在血脉上衔接了宁、曲两家的香火外,其作为知识分子在现代社会所承担的责任和所认同的价值取向,都有着明显的区别。小说中有关现实部分的叙述写得气韵贯通,其中主要人物陶明、朱亚和叙事者之间的联结,作家用了一个新的关系词：导师。这显然是一个新的家族组合：知识分子的几代人互相联系的既非血缘，亦非财产，而是一种若即若离的精神联系。从小说展开的故事来看，这几代知识分子的命运仍然是悲惨，但不是宁、曲两家命运的重复。在历史上，知识分子工作与政治力量互为利用难分径渭；而在现实部分，陶明教授和朱亚教授的工作与以"瓷眼"为代表的权力争夺者是泾渭分明的，互不相干。"陶朱"（我不知道这两个姓氏的合体词是否暗示了历史上知识分子逃离权力之争的故事）所从事的科学研究，具有自身的岗位责任，他们之所以受到"瓷眼"的迫害，并不是他们与"瓷眼"之流争夺权力，而在于他们坚守自己的神圣职责。小说着重描写了朱亚教授为了保护平原不受破坏、坚持科学家的良知所作的努力，直至献出自己的生命；而叙事者"我"自觉追随导师的遗训，奋起反对盲目开发，这都是在自己的工作岗位上履行知识分子的使命。他们不屑与食肉者争夺残羹剩饭，也不必离开自己的岗位去"忧国忧民"，因为他们自身拥有知识财富和价值内涵，他们在自己的工作岗位上同样能够坚持人文精神的战斗传统，所以无须借庙堂之途来证明自己。在朱亚和"我"这两代知识分子的精神传统之前，还有一个陶明教授，虽然作家在描写陶明教授的悲惨遭遇时过多地渲染他在劳改农场里的苦难，多少淡化了知识分子精神生命的强度，但从朱亚自觉追随陶明教授的行为里，甚至在《柏慧》中写到朱亚一直偷偷地整理导师的遗著、发扬光大导师的学术思想里，都可以看见知识分子薪尽火传、生生不息的精神接力运动。人类精神遗产的传承没有法律与规章的约束，一切都是心灵与心灵的碰撞与吸引，维系这种关系当然主要是靠知识传授和教育手段，但因果之间仍然充满缘分与机遇，或者说，你首先要成为一个战士，精神导师才会在冥冥中跨越时空出现在你的眼前，指引你去履行使命，以至献身。朱亚的工作既属自然科学领域，又体现了人文精神的战斗性，他上承下启，鞠躬尽瘁，表现出一个"向上的"家族的应有形象。作为他们的对立面"瓷眼"，不如他的精神前辈殷弓那样深刻，这可能是作家过多地描写他个人品质败坏的缘故，使人物有些脸谱化，其实这个人在精神上应该与殷弓为同一家族，他从事迫害知识分子的工作不是出于维护个人利益的需要，根本上仍然是殷弓的理论，即无法理解知识分子承传精神遗产工作的特点，就本能地把知识分子视为"非我族类"，千方百计欲除之而后快。这样的战争比之宁曲两家的屈死鬼以及宁坷冤案，似乎更加惊心动魄。

不用说，作家张炜对于中国知识分子在历史与现实所遭遇到的一切，都感到愤怒。他所虚拟的两大家族说就像当年罗曼·罗兰把人类划分为"向上的"民族和"向下的"民族一样，都不过是一种文学修辞上的比喻，并不是人类社会学意义上的科学报告，也不是政治学意义上的阶级划分。他不过用文学形象展示出两类人的精神传统：一类人永远是不倦地追求真理、探索真理、追求人性的自由发展，他们不断经历着实验、失败、再实验的精神历程，普罗米修斯式的英雄是他们心中的偶像；另一类人却永远不知道、也不关心真理是在实践中发展的，他们只注重现实功利、追逐财富与支配财富，整日以玩弄权术、勾心斗角、结党营私为荣耀，他们的心中没有偶像（或者故意利用某些偶像来欺骗民众），只是一片黑暗中几只老鼠在蠢蠢欲动。现实生活中的普罗米修斯往往不是被绑在高加索山上让雄鹰撕啄，而是让老鼠啃咬，这样的人间悲剧我想是没有时空范围的约束，在任何时代高标苍穹、特立独行的人都会有所体会和感受。张炜不过是身处当下这个社会转型时期的种种污秽环境里，他的家族比喻和批判对象才有了具体的所指，但如果我们局限在作品的具体所指中理解作家，那就无法真正领会当代知识分子思想批判的逻辑高度和现实意义。

《家族》是一部战斗性很强的书，虽然它依然是用优美的文笔来叙述一个历史与现实交叉的家族故事，但我更看重的是故事发展的叙事激情而不是故事本身。在近几年，像这样的家族故事并不少见，如李锐的《旧址》、陈忠实的《白鹿原》等等，但张炜在这部小说中尖锐提出的知识分子立场及其精神传统，是相当独特的。如果说张承志的《心灵史》是一部宗教"家族"的故事，其悲剧主人公一代代都由"前定"所决定，有教义的精神召唤；那么在张炜的笔下，主人公们所面临的现实战斗精神及其精神导师的代代接力，都被笼罩着失败主义的宿命感。

它无法救世,只能守望、撤退和无可奈何地诅咒,这种情绪从故事的叙事缝隙里不断泄露出来,也许正是这种情绪的蔓延才使张炜不得不在创作过程中停下《家族》而去创作《柏慧》。《柏慧》是宣泄愤怒的书,它以《家族》的故事为背景,大段大段地发表对历史与现状的否定性批评,如作家自己所说的:《家族》是历史与现实的岩壁,而《柏慧》则是它的回声。这两部书最好是放在一起读,《柏慧》不但补充了《家族》故事的一些结局性的细节(如宁珂一家后来蒙受的悲惨遭遇等),而且准确表达出作家在叙述《家族》时难以抑止的悲愤情绪。《柏慧》是在良知催逼下的声音,而《家族》则是发出这声音的源泉,是支撑这些声音的基础;也只有在作家将心中的愤怒倾诉尽了以后,《家族》才得以保持艺术上的优雅和完美。

有了《柏慧》的声音和《家族》自身所提出的知识分子精神接力问题,张炜才有可能超越一般家族故事,使这部小说成为当代呼唤人文精神的重要著作。现在关于人文精神的寻思已经被人误解或者曲解,好事者又把当下知识分子对现实的批判概括为"道德理想主义",隐隐约约地把这场来自知识界对自身的反省运动影射成法国大革命式的危险事件,已经有不少批评者在谈到所谓道德理想主义时用了"血腥味""专制性"之类的形容词,在这样的文化背景下,《家族》的问世有可能会澄清一些问题。事实上,"道德理想主义"是一个很含糊的称谓,拒绝宽容也好,批判现实也好,都不能作抽象的理解。在《家族》里,张炜描述了两种"道德理想主义",有一种是殷弓式的"道德理想",殷弓种种邪恶的政治行为与他个人品行无关,他所坚持并为之奋斗的也是一种神圣"理想",他挂在嘴上的是口口声声为了大众的根本利益,他坚信世界正处于剥削阶级的罪恶中迅速堕落,唯有他和他所隶属的政党才是清洁的,能够承担起救民于水火之中的责任,所以别的阶级与个人都必须为他让路,并为他作出牺牲。——这就是当代许多人忧心忡忡批评张炜的拒绝宽容说可能导致的"后果",可是对这种"后果"作出全面揭露与批判的,并正式列为"不宽容"对象的,正是张炜本人。很显然,张炜在小说里即便提倡了所谓的道德理想主义,也是就知识分子的人格精神与批判职能而言,并不是殷弓式的专制立场,这两种道德理想主义中间横亘着一个不能含糊的中介:权力。殷弓之流是人类财富的抢夺者与承受者,其所作所为都受到权力的保护,因此对于权力追逐者来说,所谓道德理想主义一旦进入了权力的层面,就可能产生极其虚伪的后果;但在知识分子履行社会批判使命时所探讨的道德理想,也就是张炜在文学作品里一再为之呼吁的道德,并无这样的危险后果,因为当下知识分子所寻思、所呼吁的人文精神和道德理想,都无非是一种对知识分子在社会转型期自我立场的肯定与坚持,就政治权力中心而言,知识分子越来越远离庙堂、走向"边缘",他们所提出的人文精神,只是知识分子个人操守的逼问,显然与权力风马牛不相及。这对敏感的殷弓之流来说,他们出于本能对此警惕以致恼怒都是可以理解的,但奇怪的是如今对人文精神实行围剿的,恰恰是一些很聪明的知识分子,我不明白他们是真不知道还是假装不知道两者的区别,所谓"知识分子也会制造文化专制主义"的说法,只能起到掩盖权力者利用道德理想的虚伪性和维护庙堂文化中心的作用。张承志、张炜所提出的道德理想及其对现实的批判,都有偏激的地方,这是当代多元文化和个人民主立场的证明。所谓不偏不倚全面公允,只能是一种官方政策性的立场而非个人性的立场。社会生活的民主性标志不是看拥护者有多少而是看批判者拥有多大的自由度;检验政策层面上的"宽容"与否,就是包括了对不宽容者的宽容;检验文化格局是否实现了真正的"多元化",就是看其包括了多少偏激的"一元",如果连一点点"偏激"的批评都须迎头痛击,那么,虽然冠之"宽容""多元"的维护者,其实"宽容"的仍然是一元化政策。知识分子游离庙堂已经是不争的事实,如果我们的思路依然停留在二十世纪五六十年代的环境里,还以为知识分子是权力中心的喉舌,一批判就是姚文元时代的金棍子重来,那就混淆了目前文化阵营的真相,也模糊了知识分子在当代社会转型中的立场、岗位与责任。

与这些问题相关的最后一点是知识分子的立场转移,即在知识分子离开庙堂后的工作岗位将建筑在哪里。既然这部小说探讨了知识分子在当下的精神立场,就不可能回避这一点。张承志的人文理想自有其宗教的背景,这且不去说它,张炜也有其所守待的精神家园,那就是一种以自然哲学为理想的民间世界。《家族》以"宁周义——曲予——宁珂"建立起一条经线,以"陶明——朱亚——我"建立起一条纬线,由此架构起一个坐标,昭示二十世纪中国知识分子价值取向的变化轨迹:由厕身庙堂转向立足岗位。在这个转变轨迹之旁,还有一个巨大的背景,即民间。我在本文一开始就举了殷弓利用民间道德观念来争取民间力量,最终又践踏了民间原始正义的理想道德的行为,用以说明殷弓之流所代表的主流话语是容纳不了知识分子话语与民间话语的。反观之,以宁珂为中介的知识分子在道德理想上与民间的道德感情更为接近一些。宁珂、曲予可以成为许予明、李大侠相知的朋友,而与殷弓之流总是相隔着一条鸿沟。这种民间世界在小说里始终是以"大地"为抒情对象的象征出现,而且宁、曲两家在历史的争斗中两败俱伤以后,不得不走向荒原的结局,和作为宁家新一代的"我"继承了精神导师的遗训,退出城市、归隐田园的结局,都或多或少暗示了这一归宿。知识分子的岗位不应该建立在庙堂之侧,只有与朴素、深沉、浩瀚的民间生活方式联系在一起,才会使道德理想纯粹起来,不沾上一点权力的虚伪与残暴,由此而发的文化批评与社会批评,才能体现出强烈的个人性与知识分子立场。《家族》和《柏慧》的叙事者是个隐居在民间的葡萄园主,尽管他身上含有强大的知识分子背景,但他完全改变了他的前辈们所走的道路,这是值得研究当代文化者所重视的。

第一部分写于 1995 年 6 月 29 日
（初刊《文汇报》1995 年 7 月 16 日）
第二部分写于 1995 年 7 月 10 日
（初刊《当代作家评论》1995 年第 5 期）

致尤凤伟：历史的另一种写法

凤伟先生：

在异国拜读你的来信和大作《生存》的打印稿，格外高兴。我现在住在一个教会的会馆里，周围非常安静，白天少有人声，连树上传来的老鸦啼声，听了也会感到亲切异常。但这么安静的环境对一个长年生活在上海的人是难以想象的。我每天上午念几句日语，下午去大学图书馆查阅资料，晚上就在宿舍里读书写作，完全不用担心电话和门铃的打扰。有一天下午，我独坐窗前，望着窗外的阳光如何一点一点地移动，似能听见时间在身边慢慢流逝的声音。也许平时人生匆匆，时间多被分割在日常生活桩桩件件的琐事中，对时间本身的感觉反倒漠然，在那段时间里，我常常问自己：假如时间从世界运动过程中抽象出来，不再用诸如"先秦""民国""抗日战争""文化大革命"一类的历史概念来注释时间，也不再用"中国""日本"等空间概念来限制时间，那么，时间将无任何内容，就像现在，个体生命独自拥有时间，时间也只有通过个体生命来见证。此时此地，我们会感受到什么？时间在慢慢地流逝，生命也在慢慢地消失，两者融化为一，似乎唯用生命来见证的时间才是纯粹的时间，反之，也只有时间所证明的生命，才是真正的生命。客观世界沸沸扬扬，对它都没有意义。

我生出这样的想法，似乎有点悲观。生命一旦随着时间而流逝，再要窥其真实，实在是一件困难的事情。正像人间社会对远在天上的月亮，纵有千种猜想万种解释，想嫦娥因为不忠变成蛤蟆也好，想狄安娜与几个大神多角风流也好，都是打上了人间社会的观念，于清旷的月亮毫无关系，它还是默默地升沉于空中，有它自己的真实。生命也是这样，历史一般所记载的，是民族生命的过程，是世界运动的过程，虽然这一切都离不开个体的生命运动，但在历史的宏大叙事中，个性生命真实实在算不了什么。一场战役过后，将帅们的回忆里只有事件过程，军事家的评论里只有科学分析，而一个个活生生被毁灭的生命，则永远化为乌有，唯天荒地久的时间守护着他们。我想，也许正是个体生命在这个世界里太被轻蔑，人类才会珍视文学艺术这一于生存温饱百无一用的方法，让它来为个体生命的存在鸣冤叫屈，呼魂唤魄。伟大的艺术家有能力用虚构的方式来窥探重重时间帷幕后的真实奥妙，并把它再现出来，使之不朽。如托尔斯泰，赖有他才使躺在战场上迷乱地望着蓝天做白日梦的安德烈公爵的生命复活起来。我们不必问这种"复活"的真实性是否可靠，只求它能让我们读之深受感动，心灵为之震撼。生命的真实，只有生命本身才能证明。历史在这方面特别无能为力。

正因为上述的心理，我在东京的最初日子里，常常想起你创作的中篇小说《生命通道》，早先读它的时候，就曾朦胧地感到它包含一些很重要的探索。在近期的思想中，这些感受又一点一点地清晰起来，特别是在东京读了你的"三部曲"的第二部《五月乡战》和第三部《生存》以后，这些想法更为明确了。这三部中篇小说，虽然内容并不相关，但如福克纳的小说那样，有一种地域性的文化精神贯穿在传奇故事之间，我所说的传奇性，是指它的民间色彩故意破坏了历史的宏大叙事结构，使历史故事落实到个体生命的奥妙窥探上。这还不止，我在读你过去创作的"石门"系列时，只是被它的传奇性所吸引，而在这组"三部曲"里，传奇故事背后处处是对人性、生命、良知等一系列新命题的形上思考，以至强烈的个人性取代了历史题材的雷同性。

我不知道你是否介意我把这组小说称为存在主义意味的作品？现在世道清明一些，大概套用一个外国哲学名词不至于被罗织罪名。我用这个词只是想借用一个观念，即萨特提出的"存在先于本质"。说到底人的本质究竟有无，谁也无法明了。"文化大革命"中权力者为了强调阶级斗争万能,先验地把人分成各种血统,使一部分人有权利把另一部分人踏在脚底下作践,结果连作践人的那部分所谓"天兵天将"也统统变成了嗜血成性的人兽。我对存在主义哲学并没有多少了解,但在1970年代末思想解放运动中,"存在先于本质"的观点我是接受的,因为它对于我们清除头脑里的污浊观念,确实是起到了振聋发聩的效应。我从此不再相信什么"本质"之类的鬼话,英雄与魔鬼,伟人与凡人,本来都是具体环境下的产物,并没有一成不变的本质来决定他们一生的意义,人只有通过实践不断自我选择,来创造和更新自己的品质。更深入一步说,英雄、魔鬼这些观念本身,也含有历史的相对性,并不能真正说明历史漩涡中个体生命的价值。前些日子读王观泉的学术随笔集《人,在历史的漩涡中》一书,知道了许多本来不该知道的事情,譬如那个在冯雪峰捉刀、鲁迅署名的《答托洛茨基派的信》中被骂得狗血喷头的托派陈其昌,却是惨死在日寇的刺刀下,你说他是烈士还是汉奸?现在的我辈,自然无法猜测陈其昌面对敌人刺刀时的真实感受,但他一定是严肃地面对过自己赤裸裸的生命真实,一切历史的是非评说都成了外在的、虚伪的东西变得无关紧要,人的个体的生命只有它的拥有者才明白。生命的真实意义,在于个人的行动,而指导这行动的唯自己良知而已。你在《生命通道》里写那个日本军官北野一再要中国医生苏原进行非此即彼的选择:是留在日本军队里当军医?还是遭受非人的侮辱而死?这是典型的战争二元对立观念,也是我们过去在历史教科书里学到的观念。从表面上看,你笔下的人物都面对这样的选择:《生命通道》中苏原面对的是当不当汉奸的选择,《五月乡战》中高金豹面对个人复仇与民族复仇的选择,《生存》中赵武面对执行命令杀死俘虏还是违抗命令挽救村人的选择。每个人都必须在二元对立的原则框架中作出选择,但是人物的最终行动,都打破了这非此即彼的对立模式,让生命按着自己的方式自由游走。你让小说人物摆脱了历史教科书的束缚,这就突出了个体生命的自由和价值。

这三篇小说里,《生命通道》最尖锐。我指的尖锐,就是苏原医生身临绝境后所突出的良知的力量。我们很难用历史概念来评价苏原,他究竟是汉奸？是地下特工？是爱国分子？似乎全不适用，在他的行为里，做不做汉奸的选择已经由历史环境所决定，但是在身临绝境的情况下，他依然选择了一个有良知者应该做的工作，那就是近于神话的"生命通道"工程。反战的日本人高田医生以军医为名，暗地里实验一种把被枪毙的中国人救活的奇迹。由于这完全是个人性的实验，不受任何党派和政治力量的指使，也不为历史所证明，驱使他这样做的只有良知，而苏原医生原先一心摆脱身陷其中的汉奸处境，以保持历史的名节，遇到高田医生以后，他的生命开始真正属于自己了，于是投入到不为任何人所知的"生命通道"工程。我想"生命通道"有其象征意义，就苏原个人的选择而言，这也是他的生命的真正"通道"，生命在平常时，往往由着历史的支配而生意义，在绝境时，历史已不再起作用，这时候个人的良知才真正地发挥作用，苏原的选择，决定了他的存在价值，尽管抗日组织并不了解这一点，甚至他的亲人也不了解这一点，知之罪之，唯良知而已。但我认为，这才是真正意义上的存在主义。小说最后通过《地方志》提供了一个荒谬的结论，表达了存在主义对世界荒谬性的看法。

　　个体生命的反历史性，正是在与历史的整体性概念对抗中形成的。在专制社会里，作为专制一边的权威者与奴隶自然不必去说，即使站在反专制一边的立场，仍然是历史范畴里的选择，这范畴中，良知虽然也起着作用，选择也可以由着自己设计，但其选择的对象，仍然由着历史价值观念来决定。如苏原面对的做不做汉奸的问题，民族大义与个人生命的取舍，烈士与汉奸的选择，虽然简单，有时却也免不了来自强制性的压力，尤其当国家、民族这些概念被统治者窃夺的时候（如封建社会里忠君与爱国的合一，近代社会里国家与统治国家的政党领袖合一），历史价值观念往往会成为一种压制个体生命的霸权。记得鲁迅在抗战前就告诫宣传抗日的作家，不要为了宣传不做异族的奴隶，倒让人感到不如做本国人的奴隶好。个人选择从容赴死也是自己的事情，但若是为了担一个民族大义而去死，在现代人看来未必是重如泰山。所以，真正出于良知的选择，往往发生在历史已经无能为力的时候，正如苏原，落在日军掌心中，除了一死别无选择的时候，他才在自己良知的驱使下从容走进真正属于自己的生命通道。请不要把苏原与高田的"生命通道"仅仅看作是无可奈何的下策，它应是生命投诸绝壁而后迸发出来的火花，是出于良知与个体意义的生命之光，正因为这样，我在读到高田医生的长篇独白时，感受到一种华美高贵的精神力量，如诗如歌。

你笔下的苏原这一形象具有较大的涵盖性，由这个人，我联想到中国著名作家郁达夫，去年为纪念抗战胜利五十周年，有几家电视台都拍摄了关于郁达夫之死的电视剧，我看了很感到失望，编导们都按历史观念努力把郁达夫拔高成抗日英雄，偏偏忽略其作为一个荒谬时代的个人主义者的悲剧，演起来怎么也不像郁达夫其人，不说传神，连历史真实也没有达到。现在我听说《生命通道》也将改编成电影，我想这个特点是一定应该注意的。

苏原默默地死去，带走了他的生命的全部真实，然而苏原的选择及其作为留给后人的启示，却是复杂的。作为一名知识分子，他深知个人主义的意义所在，并且具备了以个人的良知来抗衡历史权力的可能性。但这种抗衡在一个历史话语权力无处不在发挥作用的国度里，其命运真是如履薄冰，一不小心就会失足深渊，沦入万劫不复之地。远的不说，周作人就是其中一个著名的例子。个人主义只是一种立场，并不具有道德上的价值取向，也没有形成文化传统，持这种立场的知识分子，总不免处于尴尬的境地。我想你对苏原的悲剧也是有切肤之痛的，所以在后两部中篇里，你转移了目标，把视线从知识分子转向农民，也就是说，从知识分子的个人主义立场转向了民间立场，从民间价值取向来解释人们如何脱离历史观念的选择及其行为。

《五月乡战》和《生存》都是以抗日的民间为背景，属"新历史小说"。我过去在分析新历史小说时认为，以民间性来取代历史教科书的"党史标准"是其创作特点之一。当然所谓"民间性"并非是衡量这类创作优秀与否的标准，只是标志了一种"新"的素质。在二十世纪五六十年代的革命历史小说中，因为历史教科书所规定的宏大叙事结构占绝对的统治地位，创作个性几乎被全盘扼杀，那时的作家们，自觉或不自觉地将立场移向民间，利用民间文化形态的生动精神来弥补历史概念图解所造成的艺术缺席。1980年代以后，民间性逐渐成为新历史小说创作的主体，《红高粱》系列首难，将历史的宏大叙事改造为土匪与风尘女子之间的一段恩恩怨怨、生生死死的好故事。远到民族大义，近到个体生命，都充满了民间的沛然元气。我有时很惊奇山东这块土地，它不像有些地区那样拥有异域情调或奇特风俗，却有深厚的文化精神被泽其间，茫茫大地上充满了强悍之气。在山东作家创作的优秀作品里，民间性不是民俗展览，而是如我的年轻朋友郜元宝所说的，是"大地的哲学"。我在你的"三部曲"中又一次感受到这种来自民间的元气，它是如何弥漫你的文学传奇世界。

　　这两部中篇里，民间性都是作为历史观念的对立面存在的，民族战争与家族、个人的生存命运尖锐地冲突着，这与《生命通道》里以个人主义的良知来对抗历史相比，又显得别有一番风景。《五月乡战》传奇故事里，还残留着"石门"系列的遗风，尤其是高金豹由家族复仇到抗日捐躯的转变，其人的精神一直处于疯狂迷乱状态，无法突出良知与个体生命的价值所在，但这部小说令我感兴趣的是叙事结构：一面是县政府指挥保卫麦收与日军展开正面交战，另一面是高金豹与父亲不共戴天而发动家族复仇战，两种战役奇异地对应着，由平行而交错，进而合一，当小说写到李县长的抗日军队被围，派人向高凤山告急求援，正是千钧一发之际，而另一边却在悠悠地组合队伍迎高金豹的生祠灵牌，这不能不让人感到荒谬，但荒谬之后，又不能不让人思考：这种荒谬来自一场侵略战争呢？还是悠然自在的民间社会？中国民间本来拥有自在性，它有自己的世界和故事，是一场外来的战争打乱了民间世界的自在性，把它兜底掀翻，推上了国防战争的前线，让它承担了不该承受的牺牲。高凤山毁家卖田组织抗日救国军，却无力从歹人手里赎出儿子；高金豹被歹人阉割后，悲愤于生命无望而攻打高家祠堂，终于在绝望中为抗日捐躯。高金豹成就为烈士，与苏原成就为汉奸一样，历史与个体生命的双向轨迹偶然地交错在一起，但苏原走向"生命通道"是良知对个体生命产生了作用；而高金豹，一个只有感情只有欲望而没有理性的农民，他对于自己最后成就为英雄的选择，完全取决于民间的宗法观念和道德观念。在他的观念里，身体被阉等同于个体生命的终止，接下去的问题是死后的灵魂归哪里？攻打高家祠堂正是出于这种绝望心理，一旦高家重新迎入他的灵牌，他的心也就安定下来，价值认同实现了，于是，抗日英雄与回归民间大地合二为一，高金豹比起苏原的个人主义的悲剧来，确实要幸福得多。

《生命通道》尖锐，《五月乡战》暴戾，《生存》适远，三部小说各有特点。如果依我的趣味，我意属第三部。《生存》写得比前两部平实，但文化意蕴更加厚实自然，从叙事结构上说，它似乎与《五月乡战》相反，抗日村长赵武一边要执行抗日军队的命令看守、审讯和枪杀日军俘虏，一边又要带领村民度荒救灾，最后为了挽救村人性命，不得不违背抗日军队命令，用日军俘虏去换粮食，国家的抗日与民间的自救先合后离。因此，充塞在小说中的主体，不但是民间的自在性，还含了民间的独立性，民间成了良知的价值标准。"生存"的意象与"生命通道"的意象是一致的，不过是把个体生命的生存意义扩大到种族生命的生存。但支配赵武作出选择的，不是高金豹似的生命受到威胁而导致迷乱，相反，是来自民间的生死观念、道德观念以及价值观念的良知。我很喜欢你在小说中表现出那种从容不迫的气度，在日军俘虏进村以后，你似乎漫不经心地将笔闲开去，写鳏夫寡妇的相濡以沫，写饥荒中孩子的昏睡横死，写村民不愿亲手杀人，写中国人过新年时对待他人（甚至是敌人）的厚道，逐渐展示出中国民间世界所固有的深厚的文化底蕴，使赵武最后决定以俘虏性命换取粮食的结局，显得合情合理，因为它背后有着一种民间的原始正义感支撑着，作为抗衡历史观念的道德力量。

不过，我对你在《生存》结尾时设计的情节感到惋惜，虽然一场天灾中断了所有的冲突，也堪称奇想，但全书的主题却因此不能进一步深化下去。假如你的创作想象力冲破这场风雪，进一步引出不堪设想的后果：日军俘虏违背诺言，不但逃去，而且给运粮队带来了灭顶之灾，那么，赵武的悲惨结局是可想而知的，他违抗了抗日政府的命令，放走敌俘，而且因为运粮队的覆灭为全村人带来新的仇恨，这样，赵武的悲剧不但能够比较深刻地展示出中国民间的善良、愚昧和软弱等特征，还有机会进一步展示出赵五爷之类与庙堂权力结合后所构成的民间污秽因素。你在两部作品中塑造的赵五爷和高凤山，都是我感兴趣的人物。在专制体制下的社会形态里，民间必须一方面承受庙堂权力的侵略性占领，一方面又在藏污纳垢中复活自身的生命源流，它不是一个天堂般纯洁的清平世界，但是浑然大气而且有生命力，你在小说中写高金豹与高凤山的冲突，写赵武与赵五爷的冲突，都让我联想到这个问题。赵五爷与高凤山自有人格高低之别，但他们有共同的地方：身份（集宗族与政治权力于一身）及其观念都显示了庙堂权力对民间长期浸淫的消极影响，他们与民间个体生命的求生意识（包括食色两方面）的冲突，都有力地展现出民间底层蠢动着更加原始的个体生命价值所在，所以，赵武和高金豹的反叛行为，在这一层意义上是更加值得注意的。

我近年来一直关注着文学创作中的民间文化形态，读你的小说，会产生很多想法。这里一时也说不完，也许这些想法只是郢书燕说，并不能真正解释你的作品，但对我，却是明显的受益者，所以我很愿意把它写下来，向你请教，这成了我在1996年新年中完成的头一件工作。

即颂

文祺

陈思和

1996年1月6日于东京早稻田奉仕园

（初刊《当代作家评论》1996年第6期）

营造精神之塔

——论王安忆 1990 年代初的小说创作

1990 年代以来，王安忆总是用一些比较特别的词来解释小说创作：抽象、虚构……心灵世界，似乎急于把她的小说与具体、纪实、现实世界区别开来；同时，她又一再重申，自己正从事着"世界观的重建工作"①，并声称自己的小说为"创造世界方法之一种"②。在一次谈话里，王安忆宣称说：她的世界观、人生观和艺术观已经很成熟了。③ 这些自我宣言伴随着她一系列既密集又重大的小说创作，传递出中国当代精神领域一个不容忽视的信息：在 1990 年代文学界的知识分子人文精神普遍疲软的状态下，在相当一部分有所作为的作家放弃了 1980 年代的精英立场，主动转向民间世界，从大地升腾起的天地元气中吸取与现实抗衡的力量时，在大部分作家在文化边缘的生存环境中用个人性话语来表达自己的感受时，仍然有人高擎起纯粹的精神的旗帜，尝试着知识分子精神上自我救赎的努力。这种努力在现实层面上采取了低调的姿态：它回避与现实世界的直接冲突，却以张扬个人的精神世界来拒绝现实世界的侵犯，重新捡拾起被时代碾碎了的知识分子的精神话语。这项

---

① 王安忆《近日创作谈》，收《乘火车旅行》，中国华侨出版社 1995 年版，第 38 页。

② 王安忆《纪实和虚构》一书的副标题。

③ 《王安忆：轻浮时代会有严肃的话题吗？》，收陈思和等《理解九十年代》，人民文学出版社 1996 年版，第 48 页。

不为人注意的巨大精神工程，对王安忆来说似乎是自觉的，是她自由选择的结果，为此，她也体尝了力不胜任的代价。

1990年冬，王安忆发表了搁笔整整一年后创作的小说《叔叔的故事》。这搁笔的一年，后来被她称为"这十年中思想与感情最活跃最饱满的时期"①。是生活的严峻性粉碎了她原有的肤浅的人生观，逼使她重新思考面对生活的态度，也就是进行一种"世界观的重建工作"。这一尝试性的工作使王安忆获得了成功，她完成了继1985年发表《小鲍庄》以来个人创作道路上最重要的一次转机，精神与创作的危机被克服了，新的叙事风格正在形成，由此，短短的几年里她迅速建立起小说创作的新诗学。

几乎所有关于《叔叔的故事》的评论都注意到小说叙事方式的变化，其实元小说或者后设性小说叙事的方法，早在《叔叔的故事》以前就被人运用了。在我看来，以公布虚构技巧以及自我拆解的诚实来结构小说，并不能真正为小说自身的美学价值提供新的因素。叙事形式的研究，应该有助于具体作品的艺术品位和精神内涵的提升，即与小说的诗学原则结合起来，才会真正有价值。那么，王安忆的新诗学是什么？她曾以惊世骇俗的姿态宣布了自己的四条宣言：一、不要特殊环境特殊人物；二、不要材料太多；三、不要语言的风格化；四、不要独特性。王安忆所追求的新的小说诗学，似乎正是建立在一般小说艺术规律的反面，那势必要冒很大的风险：不仅与1980年代中国小说叙事的整体风格相违，也不同于1990年代出现在文化边缘区域的个人化叙事话语。她以知识分子群体传统的精神话语营造了一个客体世界，不是回避现实世界，也不是参与现实世界，而是一种重塑，以精神力量去粉碎、改造日见平庸的客体世界，并将它吸收为精神之塔的建筑原材料。换一个通俗的说法，王安忆营造的精神之塔正是借用了现实世界的原材料，这就是她反复说要用纪实的材料来写虚构故事的本来意义。

王安忆不是一个理论家，她试图在理论上说明自己的艺术主张，但

---

① 王安忆《近日创作谈》，收《乘火车旅行》，第38页。

总是词不达意。如上述四条"不"的文学主张，只有放在她的新的诗学原则里才能说明清楚。不要"特殊环境特殊人物"是指她放弃了传统艺术反映世界的方法，采取了另外一些人物塑造的方法——类型人物或者纪实性人物来与之对抗。不要"材料太多"，哪来的材料，只能是客体世界的材料，这也将有碍于她的精神之塔的构建，因为在她看来艺术并不是要复制一个客体世界。这一条使她与1980年代的自然主义色彩的个人风格告别了。不要"语言的风格化"，很容易被人误解成作家不要语言风格，如结合王安忆的其他文论体散文来看，她这里说的语言风格不是指作家的个人语言风格，而是指作品人物的语言个性化，这是第一条的补充，典型环境中的典型人物的标记之一就是语言的个性化，既然不需要人物的典型化，自然也无须人物的个性化，类型人物或纪实性的人物是无须用语言个性化来塑造的。此外还体现了王安忆的叙事需要，这座精神之塔是作家用语言构筑起来的，它首先需要的是语言风格的统一性和整体性，而不要让过于强烈的个性化语言来破坏这种统一。——以上三个"不要"，表明了作家自觉与传统叙事风格的分离，而第四"不要独特性"，则使她与同时代的叙事风格也划清了界限。1990年代文学的整体叙事风格是从宏大的历史的叙事向"无名化"的个人性叙事转化，个人话语正是以强调个人经验的独特性来保护自己被同化的危险。而王安忆拒绝了这种"取巧的捷径"，拒绝独特性也就是拒绝以个人来与客体世界对抗的策略，反之，她的精神之塔正有赖于客体世界的材料，所以她又引进了"经验的真实性和逻辑的严密性"[①]。"经验的真实性"也就是经验的客观性，这不能由个人来承担，只能是知识分子群体的经验传统；"逻辑的严密性"在她的理解中，似乎正是客体世界自身的发展逻辑，不以作家个人的主观意志为转移的生活本相。这当然不是说王安忆取消了个人风格的独特性，而是以个人的精神立场吸取了知识分子群体的精神资源和涵盖了客体世界。

[①] 王安忆《我的小说观》，收《王安忆自选集》第4卷《漂泊的语言》，作家出版社1996年版，第332页。

王安忆在她的"四不要"中努力地寻找自己的叙事风格，一场转型中的叙事风格。尽管她对自己所要寻找的诗学并不十分清楚，但通过艰苦的创作实践，正在逐步地接近着这个理想的精神之塔。我用"精神之塔"这个词来取代王安忆自己所归纳的"心灵世界"，是因为我注意到王安忆对这精神构建中的时间因素的重视，王安忆的精神之塔是历史的而非现时的，是立体的而非平面的，精神自成一种传统，犹如耸立云间的尖塔，与务实而平面的世俗世界相对立，大到国家民族，小到一个城市，其悲剧性的历史命运都在精神之塔的观照下深刻地展示出来。本文试图对王安忆1990年代初创作的几部小说的分析，一步步去接近她所建立起来的这座精神之塔。

1990年代初，王安忆连续发表了三部风格相近的中篇小说：《叔叔的故事》《歌星日本来》《乌托邦诗篇》①，这三部作品的创作时间前后不过半年，可以说是一气呵成的营造精神之塔三部曲，分别以过去、现在和未来三个时间向度来重新整合1980年代知识分子的精神传统。

《叔叔的故事》是从反省开始的，用王安忆的话说，是"对一个时代的总结与检讨"②，其反省对象是以作家"叔叔"为类型的知识分子叙事传统。反省不同于忏悔，1980年代以来的知识分子为推动社会进步尽了自己的最大努力，但这种努力带有与生俱来的先天性残疾。王安忆之所以不以典型化的方式来塑造"叔叔"，正是为了对这样一种不确定性作出反省：我们的历史从何而来？它在自身的发展中存在着什么问题？它给1990年代的我们留下的教训又在哪里？这些探索是不可能寻到确定性答案的。作家匠心独运地利用后设小说的手法，公然拼凑出一部"叔叔"的历史，"叔叔"没有具体的名字和社会关系，甚至也不妨把他看作一个时代的人格化。他唯一拥有的作家身份，只是表明了一种历史叙事的性质，"叔叔"所有的历史内涵，可能都是通过"叔叔"和

---

① 本文所分析的这三部作品，均收在《王安忆自选集》第3卷，作家出版社1996年版。文中所引均出自这个版本。

② 王安忆《近日创作谈》，收《乘火车旅行》，第39页。

下一代的"我"的叙事来体现和完成的。所以说,"叔叔"不是一个艺术典型,而是某种类型的符号,涵盖了某个时代的知识分子的精神史。

《叔叔的故事》是在一个历史特定时刻发表的,王安忆在艺术创作中熔注了自己的思考与感受,她说:"它容纳了我许久以来最最饱满的情感与思想,它使我发现,我重新又回到了我的个人的经验世界里,这个经验世界是比以前更深层的,所以,其中有一些疼痛。疼痛源于何处?它和我们最要害的地方有关联。我剖到了身心深处的一点不忍卒睹的东西,我所以将它奉献出来,是为了让人们与我共同承担,从而减轻我的孤独与寂寞。"① 小说正是从疼痛的反省开始,叙事人"我"不仅完全获知了"叔叔"的全部故事,而且正是在"叔叔"的失败中领悟到叙事的需要。她反复强调了叔叔和叙事人"我"的两个警句:

("叔叔"的警句)原先我以为自己是幸运者,如今却发现不是。

("我"的警句)我一直以为自己是快乐的孩子,却忽然明白其实不是。

叙事人"我"不是作家王安忆的个人指称,他似乎也是一个类的代表,即代表1990年代的一代人对历史的审视。"我"为什么发现自己并不快乐?作家没有说明,借助"叔叔"的故事来表达内心的一点寄托。于是"叔叔"成了傀儡和道具,"叔叔"发现自己并不是"幸运者"的被叙述,与叙事人暗示自己并不快乐的动机构成了某种因果关系。因此,探究"叔叔"为什么不是个幸运者,成了所有问题的关键。

作家一开始就告诉我们,关于"叔叔"的故事,一部分来源于叔叔自己的叙述,一部分来自传闻或某个心怀叵测的人的恶毒攻击,叙事人还直言不讳地承认有些地方出于他的加工编造,所以"叔叔"的故事其实是很不可靠的。"叔叔"的身份是作家,作为某个历史时期的叙

---

① 王安忆《〈神圣祭坛〉序》,收《乘火车旅行》,第43页。

事者，他的历史叙事也是很靠不住的。小说所提供的"叔叔"的精神特征，正是从揭穿原历史叙事的不可靠性着手，展示其以下几个特征：一是苦难神圣化，二是泛政治化，三是精神上的自我放纵。苦难是"叔叔"一代后来得以发达的光荣资本，也是这一代精神史的出发点。正因为它无比重要，所以在历史叙事中被夸大了和扭曲了。当然不能否定和遗忘"叔叔"这一代人所受过的苦难，只是从一开始"叔叔"们对苦难的叙事就包含了虚伪的成分，人类真正意义上的苦难史总是伴随着人自身的许多丑陋特征一起出现的，屈辱与耻辱往往只一步之遥。但在有关"叔叔"一代的苦难史的叙事中，灾祸仿佛总是从天而降，受难者被叙述为英雄或者圣徒，从而掩盖了许多真正值得反省的历史本相。当灾难过去以后，英雄和圣徒们并没有从苦难中获得多少教训，反而轻而易举地因苦难而获得天下，名利双收。由于没有深刻的反省，"叔叔"们在人格上总是缺少了一点什么，他们的叙事始终停留在政治和权力的层面上做文章，却很少与这个民族的真正命脉联系在一起。小说引入"文化寻根运动"，尽管对这场初步的"到民间去"的运动作了过于浪漫的褒扬，但文化上的分野已经存在了。"叔叔"对中国民间发生的事情非常隔膜，他"对世界的看法总是持一种现实的政治态度，国家与政治概括了整个世界"，他要自我掩饰过去的悲惨屈辱的真实历史，唯有把自己挂靠在宏大的国家政治叙事中才能天衣无缝。"泛政治化"是传统士大夫留给现代中国知识分子的胎记，王安忆没有在权力层次上观照"叔叔"们的身影，这样也许从深层意识中看到这一代的缺陷，"叔叔"的频频出国和对女性的频频征服，也可以看成另一种权力的象征。既疏离权力又疏离民间的知识分子，其心态和创作力出现危机是自然的，正如远离了生命之源缺乏健康的人会在自己身上拼命榨取生命的残汁，"叔叔"把生命力的自我证明放在异性身上也是必然的。于是"叔叔"的精神历程进入了第三个阶段：自我放纵。由于苦难的历史作了资本，由于权力话语掌握在他的手中，自我放纵则成了以往人性欠亏的正当弥补。小说中写了古典色彩的大姐、浪漫成性的小米和无数招之即来、挥之则去的现代女孩，其实都只是某种异性的符号，并没有血肉之躯的生命力。这些异性迅速消费"叔叔"日趋枯竭的精神能源,他的末日终于在淫佚过度中来临了。

我们从"叔叔"的故事中仿佛看到某种概括性很强的历史缩影:巨大的灾难和奇迹般的胜利,迅速的膨胀而造成自欺欺人、华而不实的英雄形象,以及同样迅速的自我放纵与腐化,危机终于爆发。这时"叔叔"们才恍然大悟:原来不该忘记的东西一样也没有消失,赫然在目的仍然是本质的丑陋。小说用两个参照系终于让"叔叔"们明白过来:一次是"叔叔"外访时想对一个德国女孩无礼而遭拒绝,他从女孩的眼中看到了"厌恶和鄙夷",使他感到时光倒流,又回到了"那个小镇上的倒霉的自暴自弃的叔叔";另一次是至关重要的,即他的儿子出现在他的眼前,一个集他人生中所有的卑贱、下流、委琐、屈辱的场面于一身的儿子大宝。本来以为人生的某些阴暗场面会随着辉煌的结局而被掩盖、被遗忘,英雄也有"摇尾乞食"的难处,很快就会消失在历史之中,可是大宝的出现却使"叔叔"颓然觉悟:他曾经有过狗一般的生涯,他还能如人那样骄傲地生活吗?自然主义作家王安忆在这儿又一次使用了遗传的武器,你能拒绝以往经验却不能拒绝你血缘上带来的儿子。这使人想起一部日本电影《人证》,讲的是辉煌的母亲为了拒绝以往经验而谋杀自己的儿子,而王安忆却让"叔叔"在一场战胜了儿子的准谋杀中意识到:将儿子打败的父亲还有什么希望可言?于是"一夜间变得白发苍苍"的"叔叔"终于想到:他再不能快乐了。我们注意到,这里作家悄悄换了一个词:快乐,本来这个词的失落是由叙事人"我"来感慨的,现在与"叔叔"们的不幸运混为一谈了。两个问题原来就是同一个问题:"叔叔"们不再感到自己是幸运者,是他们与生俱来的丑陋与危机所决定的,而认识到这一点,"我"这一代也无从快乐起来。

从《叔叔的故事》开始,王安忆摆脱了个人经验的狭小范围,将自己融入一个广袤的精神领域,自觉担当起时代的精神书记员。出于自信,她在以后几部精神史的写作中,不再使用身份不明的人来担当叙事人,直截了当由自己充任了这个职责。《歌星日本来》里,她明说叙事人就叫王安忆，她丈夫也充当了其中一个人物；《乌托邦诗篇》里，她如实写进了自己访问美国的经历和创作《小鲍庄》（这是作家早期创作中最成功的一个作品）的体会，她自信个人的经验不再狭隘，不再是雯雯们自作多情的世界了，因为她的精神之塔已经深深铸刻上时代的印记，满溢了客体世界喧哗着的各种声音。

《歌星日本来》是对现时社会分化的纪实。如果说《叔叔的故事》涵盖了1980年代到1990年代的尖锐冲突和反省，那么《歌星日本来》平实地描述了知识分子人文传统所面临的另一个挑战：市场经济对人文精神的皇冠——纯艺术——的挑战。小说仍然运用叙事人的叙事方式，讲述一个间接听来的关于一个日籍歌星与内地小歌舞团联袂走穴的故事，叙事人与故事之间隔了两个人的转述，一个是单簧管手阿兴，一个是叙事人的丈夫，而这两个人物也带进来自己的故事，这样，故事与间接叙事人、直接叙事人的故事交错在一起，构成一个时代的多声部奏乐。王安忆写这部小说是在1990年底，计划经济向市场经济的大转轨高潮还没有真正到来，但某些文化价值观念的转变已经在内地城市悄悄地发生，首当其冲的是一些旧时代留下的文化陈迹。王安忆的敏锐与准确都是令人佩服的，即使在新的生活现象初露端倪以及被一些耸人听闻的舆论夸大其后果的时候，她的艺术形象几乎像一篇政论文一样，已经在深入地剖析这种文化现象的复杂意蕴了。她强调了内地小歌舞团体的不合理的建制，描绘了一个靠政治权力和群众运动的奇异结合而成的交响乐的普及运动。作家对此作出这样的命名：一个文化绝灭的时代，由于一个权势无边的女人的罗曼蒂克的嗜好，经过野路子的传播，终于合成了一次真正的交响乐运动。内地小歌舞团就成了罗曼蒂克时代的牺牲品，但是在狂热普及交响乐的运动中毕竟唤醒了许多音乐爱好者对艺术的追求热情，小说里的人物阿兴、叙事人的丈夫以及后来成大气的音乐家瞿小松，都被卷入了其中的行列。他们为了追求艺术奉献出自己最美丽的青春和梦想，当时代发生深刻变化时，这些交响乐的追随者们也发生了分化，自然有瞿小松那样的前程远大的幸运者，但更多的是阿兴和丈夫那样被碾到了时代巨轮之下的牺牲者。他们不仅将青春与梦想付之东流,更残酷的是,他们将目睹自己输败给一些极其粗鄙的商业"艺术",正如那个在茫茫人海中悲怆地孤军作战的日籍歌星。王安忆说,这部小说是写"一个浪漫主义时代的结束"①。

王安忆没有像一般的不适应社会转型者那样断然拒绝市场经济,没有夸大这种日趋粗鄙化的文化危机,但她也并非像有些自以为是的弄潮儿那样公然放弃知识分子的人间情怀和对人文理想的追寻,这一点我们在接下去要分析的第三篇作品《乌托邦诗篇》里看得更为清楚。但从《歌星日本来》中,作家以个体精神对时代的穿透力仍然非常强有力地体现出来,这主要体现在对两个旧时代的牺牲者阿兴和丈夫的青春理想的深切悼亡之上。作品所透露的精神是低调的,但又是极其严肃的,有很多细节不忍卒读,饱含了作家强烈的抒情性。如有这样的一个细节:单簧管手阿兴白天吹着趋时的萨克管,到了晚上,"夜深人静,他悄悄地从床上爬起,也不开灯,摸到了放在窗下的单簧管盒子。他打开盒子,一件一件装好,手指揿着键,键钮发出轻快的嚓嚓声,在月光下烁烁作亮。他感觉到键钮在手指上的凉意,一阵彻心的酸楚涌上心头"。没有一点议论一点暗示,悼亡的感情饱满地体现在具体的人物动作中。与《叔叔的故事》里那种透辟、抽象的议论不同,这部作品的大量议论中处处渗透了悼亡理想的细节。我们似乎没有必要在这儿讨论作家所悼亡的理想是否具有时代的价值,因为作家通篇都在揭露造成这种理想的虚伪性,可是文学是通过具体人物的命运来展示一般的,一旦着墨于个人的生命,谁又能说他们的青青、理想、梦就没有悼亡的价值? 在时代的变更、社会的转型一系列走马灯似的运转中,许多美丽的东西会失落掉,而文学就如叙事人王安忆所说的,只是个"拾海人",弄潮儿不需要文学,拾海人才是属于文学的,王安忆的心灵世界里驱除了弄潮儿,才有可能在普遍轻浮的声浪里高高竖立起精神的灯塔。

走完了反省、悼亡的曲折路程以后,作家又写出她的精神三部曲的最后一部《乌托邦诗篇》,这是一部通向未来的启示录。精神蒙受重重

---

① 王安忆《近日创作谈》,收《乘火车旅行》,第39—40页。

磨难以后，终于从低调转向高亢，火山喷发似的变得势不可挡。知识分子对自身精神传统的诘难和面对市场经济的挑战，不过是现代社会转型过程中的自我深化，或可以说是新型的现代知识分子诞生的前兆，并不意味着某些所谓后现代论者所断言的，知识分子应该顺着历史大潮而自我"消解"，放弃对精神传统的根本性依存。知识分子并不是现代经济生活中的某个阶级，它是人类源远流长的人文精神传统的派生体，它经过反省和悼亡两个阶段以后，必然会走向一个重建理想的新生阶段，这就是王安忆《乌托邦诗篇》的核心。精神是极为抽象的，小说作者必须找到一个美学的载体，才能充分地把它体现出来，于是，诗篇的叙事形式就成了精神所依存的美学载体。尽管没有明白地写出主人公的名字，但谁都知道"他这个人"是台湾作家、被看成社会良知的陈映真，但陈的故事仅仅是小说叙事的一部分，应该注意到，这部小说的另外一部分也很重要，那就是作家王安忆的精神自传，即她的访美引起的精神变异、创作中国经验的《小鲍庄》和重返黄土地寻根，这段时间大约也是1980年代上半期到1990年代初。① 以自己的精神发展历程与对陈映真为象征的理想主义的相知相印紧紧地结合在一起，谱写了知识分子理想之歌的五大乐章，这就构成了《乌托邦诗篇》的基本旋律。这部小说对《叔叔的故事》也是一次小说叙事的颠覆，人们刚刚适应了王安忆用类型的方法来表达时代精神之塔，而这一篇的叙事人"我"和被叙事的理想主义者陈映真都是具体的纪实性人物，材料也完全是纪实的，可是他们之间建构起来的却是虚到不能再虚的精神指代——乌托邦。什么是乌托邦？这是自古以来的理想家都要用一大堆虚拟的材料来描述的，这篇小说却通过两个人物之间的精神呼唤缥缥缈缈地把它建立起来。这是《乌托邦诗篇》的独到的叙事方法。

许多读者会把这篇以怀念为主题的叙事作品看作是真人真事的抒情

---

① 王安忆是1984年夏天与母亲茹志鹃一起参加美国的爱荷华国际写作中心活动，回国后创作《小鲍庄》，1985年发表后引起轰动，1990年春天去陕西深入生活，并在同年初重见陈映真，所以其叙事的时间范围应是1984—1990年的七年间。

散文，但一般的个人性散文很难达到这部作品所饱含的精神高度，没有虚拟的精神乌托邦为制高点，就没有这首诗篇的价值。作家一开始就说明，这部作品，是诗而不是一般意义的小说，因为"我将'诗'划为文学的精神世界，而'小说'则是物质世界"。显然作家是把精神乌托邦也作为作品中的一个形象，而且是凌驾于"我"与陈映真之上的一个总体的艺术形象，就像文学名著中出现的"无形的角色"① 那样，小说借助了宗教的形象来达到自己的叙事意图。就在作家讲到她在那个时期创作《小鲍庄》的经验时，她忽略（也许是她根本没有意识到）了一个细节，那就是《小鲍庄》一开始就写了洪水的故事，小鲍庄的村民们因为祖先的罪孽而遭受天谴，主人公捞渣却如神之子，用无辜的牺牲来赎还原罪，使村民们改变了命运。② 但是，一个与《圣经》有关的神话故事的起始却成了这首诗篇的有意识的结构，作家是从巴比塔的宗教故事引出她对陈映真从事的理想主义事业的独特理解，紧接着她强调了一个警句，这是陈映真的身为牧师的父亲对儿子所说的：

　　首先，你是上帝的孩子；
　　其次，你是中国的孩子；
　　然后，啊，你是我的孩子。

"上帝的孩子"更为本质地制约了陈映真的艺术形象，这里作家的小说学原则又一次起了作用，她拒绝艺术的典型化的结果是淡化了人物形象的客观效应，从而使人物存在服从了作家主观精神的需要："上帝

---

① "无形的角色"在中外许多文学名著中都是存在的，如现代剧《等待戈多》中的戈多，始终不曾出场。曹禺也曾说过，《雷雨》中的第九条好汉就是"雷雨"。也有更为抽象的角色，如《琼斯皇》里的鼓声，《复活》后半部指引聂赫留朵夫的《圣经》等。《乌托邦诗篇》中的无形的角色，应该属于后一类。

② 关于《小鲍庄》的主题，笔者有专文讨论，请参阅《双重叠影·深层象征——从〈小鲍庄〉谈王安忆的一种叙事技巧》，载《中国作家》2009 年第 1 期。已收入本文集第 1 卷第 2 辑。

的孩子"高于纪实人物陈映真，王安忆也占领了一个精神的制高点。

　　陈映真与"叔叔"是同一时代的人物，"叔叔"是物质的、负面的；而陈映真是这一代知识分子的精神升华。我们从中外文学史上可以知道，在描述人类精神发展史的文学历程中，批判的阶段一般都能获得成功；而理想的阶段，大多作家都陷入到空洞的议论中，进而就失去了形象的感染力。其病就在乌托邦本身只是一种思想而不是一个形象，更不是艺术过程。而王安忆却将精神性的乌托邦当做一种有血有肉的形象来表达，叙事人王安忆的精神自传与陈映真的理想主义不断撞击出相知的火花，像惊心动魄的交响旋律，带领着人们穿越了五大阶段，这五大阶段本身就是一组组具体形象汇集而成的总体叙事形式。由"三角脸和小瘦丫头""看美国足球""做聪敏孩子""耶稣和信仰""感动"构成的五个乐章，总起来包含了这样一些意思：一、爱心，这是人类感情沟通的起点；二、理性，这种以拒绝盲目与平庸为特征的理性力量，是与中华民族与生俱来的苦难与忧郁紧密联系在一起的；三、民族，只有站在自己民族的立场上发现经验和实践理想，才能保证理想的不空洞；四、信仰，人都有自己的民族，唯信仰是跨越国界而全人类；五、感动，这是知识分子回到民间去重新寻求力量而生的感动，理想、信仰与民间不能分开。我想这正是王安忆面对1990年代初种种困境的严肃思考，从形象的立场上展示了当代知识分子应该担当的社会使命和历史使命。这与张承志、张炜们站在民间的立场上发出知识分子的抗议，与1990年代人文学者寻思人文精神失落的集体行动，完全是殊途同归的一种精神性行为。但王安忆有她的艺术逻辑，在五大乐章中，一个真正的理想主义英雄，高高地举起双手，握成了拳，做成鼓舞的欢乐的手势的形象，终于艺术地完成了，但这并不是真实的作家陈映真，也不是作家王安忆，这个形象恰恰是塑造了海峡两岸知识分子共同建构起来的一个追求理想主义的象征，也就是《乌托邦诗篇》的总形象。

　　王安忆在三部曲中一步步营造起来的精神之塔，决不是封闭的象牙塔（尽管有时候她喜欢用"象牙塔"来形容思想的纯净性），而是及时包容汇集了社会转型过程中各种最主要的或者次要的声音，使这座精神之塔成为个人精神的纯净性与时代精神的丰富性紧密结合在一起的艺术表现对象。这与她从一开始就提出的新的小说诗学原则是相吻合的。那四个"不"的原则，不外乎要求打破传统的封闭型的艺术创作方法，这种传统只能使作家局限在个人对客体世界的狭隘经验里，她要求作家主体精神突破客体一般经验的限制，把个人性的精神世界变成为一种包容了时代、社会、历史以及不同时空范畴的开放性的叙事艺术，使主体精神突兀地插在读者与客体世界的中间。但这样一种艺术表达是相当冒险的，特别是当她自觉拒绝了艺术对"特殊环境和特殊人物"的依存关系后，她的读者不能不经受审美趣味上的考验。习惯了故事生动和人物性格鲜明的读者会抱怨王安忆的小说越来越难读，长篇累牍的议论越来越缺乏吸引力；甚至连一些专业评论家与文体研究者对王安忆的作品也失掉了耐心，专家们宁愿认可这些作品的档次很高，却对它们的艺术趣味保持怀疑。事实上是王安忆拒绝了小说媚俗化走向，也拒绝了十九世纪以来基本左右了中国政治高层和大众共同审美习惯的现实主义传统，同时她又拒绝了以新潮小说为特征的技巧主义或趣味主义的艺术捷径，浑然地进行着一场很难获得大众的革命性的小说叙事实验。我想，作为一份对王安忆小说的研究报告，如何解释王安忆小说的艺术精神及其追求，将是一个绕不过去的问题。如果要从文学艺术的源流来看，王安忆小说叙事风格变化的主要特征，表现为以崇尚精神的奇特、怪诞与修辞的华丽，来打破一般流行的平庸、世俗和人情味的纪实风格。

1990年代的中国文学处于一个走向"无名"的时代，不再有强大的"共名"来限定文学的趋向，但有一些基本的变化还是能够看得出来，即随着市场经济对文化的影响，1980年代有关现代化进程的激情呼唤渐渐转化为对日常生活琐碎欲望的表达，尽管在物质上还远远达不到狂欢的心情，但在肉欲享乐方面的渴望及其无法达到而生的种种玩世态度，都消解了诗情的力量，在叙事风格上，则体现为平实而琐碎的日常性话语。从新写实小说开始，连续性的文学思潮一直是沿着这样的趋势演化着，所谓个人性的叙事特征，也多半体现在个人生活欲望的表达之上。但1990年代无名化特征还在于，某一类思潮的存在同时也包容了它的对立面的存在，为了抗衡日见增长的平庸、琐碎、享乐主义的世俗风气，王安忆等作家对精神的崇尚，就显得特别的引人注目。1990年代崇尚精神理想的形式有了很大的改变，许多作家都转移了知识分子的精英立场，他们依托民间的力量来传达自己孤独的声音。但王安忆仍然是一如既往地坚守在孤立的知识分子精神阵地上，她苦心孤诣营造着的精神之塔，只能是一种非常抽象、甚至连作家本人也难以准确表达的精神之塔，这就使她的小说不能不是晦暗而仄逼的精神通道。她有时候崇尚起古典主义，用词华丽以致繁琐，文学意象突兀性地产生惊世骇俗效应，都反映了一个理性失范的时代在人的精神意识上造成的巨大阴影。

与 1980 年代中国知识分子多半心怀着明朗而肤浅的理想主义相反，王安忆是从虚幻的理想主义挣脱出来的年轻一代作家，而且，她在理想主义最盛行的 1980 年代就是一个平实而琐碎的写实主义作家，本来她应该是最有资格充当 1990 年代新写实主义潮流的旗手，结果却走向了特立独行。环境使她的艺术创作顾虑重重，她所高扬的精神理想不同于张承志那样，在民间哲合忍耶的旗帜下理直气壮地呼唤出来，作家所追求的精神与作家主观所需要的完全可以相吻合；王安忆的精神之塔相当晦暗，这表现在叙事人的主观态度是暧昧的：叙事人并不以为真理已经掌握在自己手里，相反是与作品所建构的精神之塔有意识地保持了一段距离。《叔叔的故事》的叙事人是一个持享乐主义态度的年轻作家，他最终是以自己"不再快乐"来否定自己的态度，提醒读者对精神失落的关注。《歌星日本来》的叙事人为了把自己与悼亡理想主义的人们区别开来，特地在结尾加了一大段自我评价，表示自己是个十分平凡而且现实的人，为了怕事情失败就宁可不做事情，她只是通过对那些理想主义者刻骨铭心的纪念表明了自己的精神立场。《乌托邦诗篇》中的叙事人也不断地进行自我反省，以衬托陈映真的理想主义形象。这样就使王安忆对精神理想的呼喊变得十分含混而且狭窄，叙事人并不提供一个清晰可陈的理想主义图式，只是在叙事人与她的对应人物之间的关系中隐隐约约地表达出来。我把这种表达的意象称为"塔"，正是出于这样的理解。

为了使叙事人与对应的人物之间有个可以存放暧昧含混的理想主义的空间，王安忆放弃典型人物的塑造，使人物不含有明确的社会性内容，但她又必须防止另外一种倾向：本来作家笔下的形象都具有某种浮雕感，装饰着精神之塔的内壁，但如果这些形象与叙事人的主观精神贴得太近的话，很容易使人物变成精神的传声筒。所以她故意选择了一些叙事人不可能完全驾驭的纪实性人物或者类型化的人物，这些形象都含有类似欧洲巴洛克风格的夸饰性。如"叔叔"对于"我"来说，尽管"我"已经知道有关"叔叔"的故事结局，但终究是无法掌握那些历史时期的故事真相，所以不能不承认自己讲"叔叔"的故事力不胜任。至于陈映真和《伤心太平洋》里的李光耀，不仅是真人真事，而且在现实世界里具有强大的政治能量，把他们突然地显现出来，与叙事人平平的智力形成鲜明的对照。叙事人总是自称"孩子"，使这种对照成为叙事的风格特征。《纪实和虚构》里，她干脆为一个浩浩荡荡的民族撰写起历史来，显然更加力不胜任。这样，叙事人与被叙事的形象之间，构成了多种声音的合奏，形成较为复杂的想象张力，这种张力就成了存放精神追求的空间。前面分析《乌托邦诗篇》时已经说到过王安忆的这一叙事特点，即作品所张扬的精神既不在叙事人身上，也不在被叙事者那儿，而是在叙事人边叙述边探索的紧张过程中。为了增加其紧张度，作家不惜使其人物形象都极其夸张（如将外国国家元首当作虚构小说的一个人物来写），造成一种奇崛的美学效应。

由于精神形象的含混不清，王安忆的叙事形式打破了一般小说艺术的和谐与完美，她的叙事夹进了大量的抽象性议论，有时重复再三，有时极为拖沓，仿佛在考验读者对她的艺术的忠诚程度。我并不认为王安忆在小说里的议论都是精彩的，她的思想形象和精神形象也没有找到成熟的审美载体来体现，这使她大量的抽象性叙事充当了精神之塔的建筑材料，王安忆深知这样表达的困难，她自己在作品里说："要物化一种精神的存在，没有坦途，困难重重。"因此，她"每写下一个字都非常谨慎，小心翼翼"。在一些具体描写和抽象描写的杂糅中，她非常成功地包藏了精神形象的存在。《歌星日本来》中有两段结构相仿的文字，描写人物的心境：

> 阿兴心里空荡荡的，他不知道这种感觉的名字叫作"怆然"，他脸贴着窗框，心里想：天要黑了。其实这只是接近黄昏的时候，可阿兴心里却想：天要黑了。

> 阿兴怔怔地望着窗外，心里充满了一种震动的感觉，他不知道这感觉的名字叫宿命，他只是惊骇地想：雷雨要来了。其实雷雨的季节已经过去，要等明年夏季再来，可阿兴想道：雷雨要来了。

这两段简单的文字里都含有同样复杂的叙事结构，叙事者的议论与客观描写杂糅一体，似不可分。叙事者对人物心理有自己的概括术语（宿命、怆然），而人物浑然不知，只是从天象中获得启示（天黑了、雷雨要来了），然后叙事人再次对人物的感觉进行消解，指出那是错的，而人物依然用自己的方法来表达内心抽象的感受。短短几句，几乎每一句都是前一句的否定，人物的思想没有用引号冒号，使之与叙事者的语气在外观上保持一气呵成的形式，但内部结构却充满矛盾的诡词，意义层出不穷，新上翻新，如果说人物的前一句启示是具体心境描写，然而经过否定之否定，第二次重复便上升为抽象物的象征。

小说语言的重修辞、夸张、奇崛、怪诞等特点，在王安忆这一时期的小说里也有相应的表现，但完全是王安忆式的语言风格。她以往（1980年代）的语言是相当简洁的白描，总是用短语来表现人物的心理，在她当时看来，中国人（尤其是中国的农民）的用语是单纯朴素的。但在1990年代她一反本来的风格，化白描为独白，变朴素为夸饰，整篇作品就像一道语言的瀑布，浩浩荡荡，泥沙俱下，一方面是元气淋漓，由语言来支撑作品的感情、人物、逻辑等小说艺术的基本生命体；另一方面是过于繁复的比喻意象和过于抽象的议论，都使她的叙事语言脱离活生生的人间烟火，甚至全然排斥了作品的现实性和可能性，语言成了人物灵魂存放的精神通道。如《乌托邦诗篇》中精神相交接的五个段落逻辑性递进，虽然都有具体的故事作依托，但抽象的议论远远超脱了故事本身的含义，议论大于形象，叙事人的主观情绪倾诉淹没了客观逻辑的推演，以至小说结尾时叙事人顺理成章地用整个生命在呼喊："呵，我怀念他，我很怀念他！"写到这儿，作家仿佛把所有现实层面的羁绊全部粉碎了，远远地丢抛在一边，精神力量喷薄而出，人也被融化了。

如果说，以抽象的精神性因素取代了以人为中心的世俗文化，必然会导致趋向天国的神秘主义倾向，幸好王安忆的艺术道路没有走到这一步，这也是中国的现实环境与文化环境没有允许她继续朝这一方向发展下去。但《小鲍庄》时期她只是将宗教故事作为隐喻融化在故事背后，而到了《乌托邦诗篇》已经堂而皇之地把陈映真写成"上帝的孩子"，这样的倾向不是没有可能的。长期脱离了民间大地之根的写作使王安忆心力交瘁，孤独、寂寞、执着的精神追求使她陷入了"高处不胜寒"之境。一次在书店签名售书时有位读者问她："你写到这个份上，还怎么作为普通人去生活？"仿佛是异人点悟，王安忆一下子醒悟到这话说出她"感觉到却还没认识到的事情真相"。她终于承认："我们都是血肉之躯，无术分身，我们只能在时间和空间中占据一个位置，拥有两种现实谈何容易，我们是以消化一种现实为代价来创造另一种现实。有时候，我有一种将自己掏空的感觉，我在一种现实中培养积蓄的情感浇铸了这一种现实，在那一种现实里，我便空空荡荡。"① 从《叔叔的故事》到《乌托邦诗篇》再到《纪实和虚构》和《伤心太平洋》，大约五六年的时间，王安忆却是走过了一段非凡而危险的写作探险之路，辉煌是明

---

① 王安忆《关于〈纪实与虚构〉的对话》，收《乘火车旅行》，第104页。这篇对话中所谈的《纪实与虚构》，在刊物上发表时的标题以及单行本的书名都叫《纪实和虚构》，笔者为此请教作家本人，她认为准确的是《纪实与虚构》。所以，笔者在行文中采用初刊文和单行本的标题，但在引用作家本人的文章时则尊重她本人的表述。

的，危机却是暗的。从 1995 年起，她开始试图走出这样的精神阴影，向一个新的精神载体走去，王安忆与 1990 年代的诸位精神界战士将殊途同归了。

（初刊《文学评论》1998 年第 6 期）

试论《长恨歌》中王琦瑶的意义

像上海这样一个城市，有理由要求其自身的历史风貌和文化形象在文学创作上获得艺术的表现。这不是新的要求，中国现代文学史上的海派文学已经拥有较长的历史，拥有像《海上花列传》《子夜》《上海的狐步舞》《亭子间嫂嫂》以及张爱玲的关于上海风情小说等遗产，也包括像《上海的早晨》《火种》等将革命运动背景与上海风情相结合的长篇小说，这些文学传统反映了不同历史年代的文学家们对上海大都市文化的美学审视，多侧面地展示出上海近百年来的独特历史风貌。但在1990年代上海经济腾飞之际，文化上也相应地发生急剧的蜕旧更新之变。从表面上看去，这种变革类似某些旧的文化信息的复兴，它多少使人们产生一种错觉，觉得上海的辉煌已经在三四十年代的东方魔都时代奠定了模型，现在的复兴不过是修复和重现这一模型。于是，一股怀旧的思潮随着日趋繁华的城市建设而悄悄兴起，它主要出现在民间，也得到了一些文学艺术作品的响应。总的来看，这类以怀旧为主题的旧上海题材的创作并不成功，首先是立意的肤浅，以为五十年风水轮流转，这座城市的再崛起仿佛是一种"美人复活"；其次，这批创作对于怀什么旧也莫衷一是，凭着歪曲性的想象，无端地给这个城市历史蒙上了一层暧昧的色彩，"旧上海"竟成了一种拆白党加舞女的花花世界符号，所谓的"上海梦寻"，寻的大都是这一类历史的渣滓，既无想象力来填补上海历史的空白，又使人们看不到也无法想象变化中上海文化的现状和未来发展的可能性。

王安忆的长篇小说《长恨歌》的诞生，不但再现了上海的民间世界场景，使海派文学又获传人；而且作家站在当代文化新旧更替的立场上，揭穿了所谓"上海梦寻"的虚假性与无意义，警戒人们从虚空的怀旧热情中走出来，去探索真正表现了发展中的上海的文化性格和文化形象。这两个方面都是通过王琦瑶的艺术形象来展示的，这个人物具有双重的含义：一个是具体的"上海弄堂的女儿"，她的身世遭遇里隐含了1940—1980年代上海小市民的生活场景的某种侧面；另一个具有某种象征的意义，即代表了时间中的上海，是由历史与现状构成的"上海旧梦"的神话："上海弄堂里，偶尔会有一面墙上，积满了郁郁葱葱的爬山虎，爬山虎是那些垂垂老矣的情味，是情味中的长寿者。它们的长寿也是长痛不息，上面写满的是时间、时间的字样，日积月累的光阴的残骸，压得喘不过气来的。这是长痛不息的王琦瑶。"本来是个极其幼稚肤浅的王琦瑶，因为有了时间的意义，才变得饱经风霜、长痛不息。

《长恨歌》在文体上有点像欧洲文艺复兴时代的拟骑士体文学的反骑士小说，它用拟"寻梦"的手法展示出王琦瑶所代表的浮华表象于历史于现实都不过是一个神话。一般读者都会注意到，这部小说真正的故事是从第一部第二章开始的，而第一章是用华丽而抽象的语言——描写了上海的几个市民生活场景：弄堂、流言、闺阁、鸽子和弄堂女儿王琦瑶，几乎没有任何故事线索，这五个意象是孤立的，又似乎隐藏了某种逻辑，合起来成为一个整体的艺术形象，由晦暗逐渐转向明亮。这一过程仿佛是一个寻梦的开始，从深沉、密集、灰暗的弄堂讲起，穿过一系列昏昏欲睡的琐屑意象后，直到"鸽子"的出现才开始明朗，同时又暗示了鸽子是高高在上的眼睛，用来窥探弄堂里深藏不露的许多罪恶，影射全书结尾时王琦瑶的被害。然后王琦瑶才正式登场，由鸽子引出王琦瑶，暗示了王琦瑶是预先有了结局才开始自己的人生道路，先有了谜底，再展示谜一样的人生故事。反过来也可以理解为，鸽子隐含了一个谜，而王琦瑶的一生才是一个漫长的侦破谜面的过程。如果我们把第一章看作寻梦的象征，那么王琦瑶的出现是梦的高潮，她本身是极抽象的，作家是把她当作上海市民中的某个类型来介绍的，所以最后说：

每间偏厢房或者亭子间里,几乎都坐着一个王琦瑶。王琦瑶是"类"的名称,她是从晦暗的上海弄堂走出来,慢慢走到了1940年代上海旧梦的高潮里。

作为一种隐含着虚幻的旧上海之梦的象征体,作家故意回避了王琦瑶的家庭关系,也隐去了时代对王琦瑶们的改造和冲击,甚至连"文化大革命"这样专以"破四旧、立四新"为风暴起点的大事件,也以程先生之死而一笔带过,王琦瑶则成了无背景的卡通人物,并不以真实性为标记。小说一开始就写"片厂"一节,象征性地写出了王琦瑶的最后结局:如一部拍摄中的电影片断,一个女人在床上被人谋杀,人生如戏,王琦瑶的一生故事也可以被看作是这部电影的继续拍摄过程,王安忆用了"前身"一词来形容王琦瑶与这个被谋杀的老女人的关系,如从"旧梦"的象征意义上去理解,则可以把老女人看作一个寓言,也就是说王琦瑶代表的上海旧梦在1940年代已经结束,以后的王琦瑶所扮演的人生故事,不过是对旧梦的追寻而已,到头来终究是虚无的。第一部以王琦瑶的发迹与辉煌作衬底,1946年的上海本身就充满了不真实的繁华,竞选"上海小姐"是这场春梦的辉煌顶点,而李主任的金屋藏娇是上海小姐的必然归宿。这里把腐烂中的繁华与繁华背后的腐烂展示得一清二楚。王琦瑶的辉煌与二十世纪二三十年代上海正处于远东金融中心的"魔都"地位不可同日而语,前者不过是后者的回光返照,是抗战以后人们重拾上海繁华梦的虚幻旗帜。王安忆没有把王琦瑶写成天生一个珠光宝气的交际花,而是写她怎样被权力与金钱腐化而生成小家碧玉,王琦瑶直到生命的最后也还是个小家碧玉,但被时代教唆出来的欲望和野心总是给她蒙上一层不真实的雾气。这种雾气就是旧时代的"象",它一直若隐若现地刺激着上海市民的好奇心和虚荣梦。王安忆描写王琦瑶并不是炫耀旧上海的声色繁华,恰恰是以讽刺其梦幻实质以及无情揭示其在新的时代来临前的虚假与幻灭,为所谓的"上海寻梦"奏起了一曲挽歌。

小说第二部和第三部里都有一个"寻梦者",第二部里有一个时代的多余人康明逊,第三部里是梦游者一般的老克腊,这两个男人与王琦瑶的关系，都类似"同是天涯沦落人"，到头来得到的却是"两处茫茫皆不见"。他们都不是真心实意地寻求情色与幸福，只是希望昔日的上海小姐能使他们的梦想成真，所以一旦王琦瑶以真实妇人的欲望来规范他们时，他们就不免尴尬起来。康明逊知道——如作家所写的——王琦瑶再美丽，再迎合他的旧情，再拾回他遗落的心，到头来，终究是个泡影。这不仅是寻梦者的悲哀，也是代表着"梦"的王琦瑶的悲哀，康明逊与王琦瑶结合而生了女儿薇薇，只能是一个粗鄙化的时代符号，与薇薇同辈的小林、张永红、长脚都是极粗鄙的时代的产物，不过受了"寻梦"的影响，伪装成寻梦者来与旧时代开玩笑，连真正有点寻梦精神的老克腊，他在王琦瑶真实肉体上感受到的也只能是风月宝鉴式的幻灭痛苦。本来，王琦瑶以老妪之身接受老克腊难免是个丑陋的故事，她已经到了风化的年龄，在一群无知无识的寻梦者的刺激下，不难想象她会像《子夜》中的吴老太爷那样迅速腐烂而死，长脚不过是个执行死刑的刽子手。有人认为小说的第三部写得太凄凉，没有中兴旧上海文化的力度，却不知王安忆所嘲讽的正是那种以为改革开放中的上海可以中兴昔日旧梦的寻梦者。王琦瑶在王安忆笔下是一个可望却不可及的旧梦，她给生活在当今时代的人们只能带来虚幻的失落。我们先要从前一段时期文艺作品里泛滥着大量"上海寻梦"的文化背景上去把握这部小说，就不难理解这部小说正是以对王琦瑶所隐含的旧上海的"象"的破灭，揭示出寻梦者的虚妄与不真实。

读《长恨歌》令人想起契诃夫笔下对旧俄时代没落贵族生活方式的否定，一个严肃的现实主义作家面对急剧蜕变中的文化，不可能将深刻的思考熔铸在尚未成型的新的文化模型之中，他唯一能做的就是对已经失去生命力但仍然温情脉脉的文化模型给以充分的揭示，所以王琦瑶背后的"象"，是解读这部作品至关重要的钥匙。王安忆是个严肃的作家，她敏感地感受到都市文化所发生的变化，并且注意到民间怀旧倾向中的虚幻性，她以王琦瑶神秘的死因告诉人们：你们所津津乐道的王琦瑶是不真实的，没有任何希望的。这种对一个虚幻时代的告别形式充满着喜剧色彩，但就其内容而言，又是以悲剧性的方式来展开的。王安忆塑造她的人物几乎达到了炉火纯青的高度，她真是把王琦瑶写成上海曾经有过的一段历史，有恩有义，连血带肉，整个地写出了一个人与一个城市之间的千丝万缕关联。如写王琦瑶在苏州邬桥避战乱一节，王琦瑶是这样怀念上海的：

> 那龙虎牌万金油的广告画是从上海来的，美人图的月份牌也是上海的产物，百货铺里有上海的双妹牌花露水、老刀牌香烟，上海的申曲，邬桥人也会哼唱。无心还好，一旦有意，这些零碎物件便都成了撩拨。王琦瑶的心，哪里还经得起撩拨啊！她如今走到哪里都听见了上海的呼唤和回应。她这一颗上海的心，其实是有仇有怨，受了伤的。因此，这撩拨也是揭创口，刀绞一般地痛。可那仇和怨是有光有色，痛是甘愿受的。震动和惊吓过去，如今回想，什么都是应该，合情合理，这恩怨苦乐都是洗礼。……栀子花传播的是上海的夹竹桃的气味，水鸟飞舞也是上海楼顶鸽群的身姿，邬桥的星是上海的灯，邬桥的水波是上海夜市的流光溢彩。她听着周璇的"四季调"，一季一季地吟叹，分明是要她回家的意思。①

把一个城市的器物风光如此贴切地与个人身边种种景象加以联系，把一个人对一个城市的怀念如此镂心刻骨地融化在生命当中，任何一个对上海有感情的读者都不能不为之感动，你可以从理性上认识到王琦瑶是一个不真实的旧梦，但你不能不承认，这是一个非常迷人的梦。王琦瑶之所以能够这样辉煌照人，就在于她超越了一般意义上的人物形象，她使一个城市曾经有过的辉煌历史通过血肉之躯内在地展现出来。把一个城市的人格化与一个人含有的城市意义交织在一起，这是需要很高的艺术力量才能完美地表达好，在我们的文学史上还找不到第二个王琦瑶那样的艺术形象。海外学者王德威在《海派文学，又见传人》的长篇

---

① 王安忆《长恨歌》，作家出版社1997年版，第145页。

论文里，详细探讨了《长恨歌》与张爱玲创作特色的关系，敏锐地指出：王安忆的努力，注定要面向前辈如张爱玲者的挑战。他有一个观点是认为，张爱玲自1952年仓皇离开上海后，创作由盛转衰，再无力作，而王安忆则把张的故事从民国的舞台搬到了人民共和国的舞台，"张爱玲不曾也不能写出的，由王安忆作了一种总结。在这一意义上，《长恨歌》填补了《传奇》《半生缘》以后数十年海派小说的空白"。但我觉得，王安忆创作上对张爱玲传统的发扬或者突破，主要不是体现在时间意义上的延续，因为这是不言而喻的。这两人之间还应该有着更广义的差别，那就是张爱玲在创作上从没有刻意地去塑造上海的形象，只是以她的华丽苍凉风格，笼罩了海派文学的一方天地，而王安忆的《长恨歌》是刻意地为上海这个城市立像，她不但写出了这个城市的人格形象，也刻意写出了几代上海市民对这个城市曾经有过的繁华梦的追寻。换句话说，对张爱玲的海派风格而言，上海是属于张爱玲的；而在王安忆的《长恨歌》里，王安忆是属于上海的，她笔下的王琦瑶也是属于上海的。

　　理解了王琦瑶背后抽象的"象"以后，我们将转移一下角度，从具体的艺术形象上来看这个形象所承担的文化含义，进一步理解王安忆作为当代"海派传人"继承了什么，又发扬了什么。王安忆写《长恨歌》，前面当然树立着张的偶像，她凭着敏锐的艺术视角，不是学张爱玲的神韵，也不是摹仿张爱玲的风格，这些显然是缘木求鱼的做法，王安忆从大处着手，把握住了张爱玲在文学史上的独特贡献，那就是偏离了五四以来知识分子的宏大历史叙事的视角，从个人的立场上开掘出都市民间的世界。我在其他文章里探讨过有关都市民间文化形态的问题，在此不再重复，简单地概括，就是现代都市文化随着移民文化而逐渐形成，所以它本身没有现成的文化传统，只能是综合了各种破碎的民间文化，它深藏于各种都市居民的记忆当中，形成一种虚拟性的文化记忆，因而都市民间必然是个人性的，破碎不全的。张爱玲头一个捡拾起这种破碎的个人家族文化记忆，写出了《金锁记》这样的民间生活场景。只要把《金锁记》与《子夜》相比，宏大历史的叙事话语与个人性的民间话语的差异不难理解。1950年代以来,民间的叙事传统被中断,描写上海城市生活场景的文学作品并不在少数,但故事内容多半是应和了时代的宏大历史叙事的需要,或者说,是通过个人生活场景来注释历史的重大事件,且不说像《上海的早晨》《火种》那样直接写某些政治运动的作品,像近几年出版的《金融家》等作品,也无不应和了具体的历史步伐。而《长恨歌》不同,它的一个明显的叙事特点就是有意淡化宏大历史对民间生活的侵犯,直接用民间的凡人小事接上了张爱玲的传统。

以王琦瑶一生的活动舞台而言,有两次大的历史事件直接影响了她的命运走向,一是1949年上海的解放,一是"文革"结束以后上海重新走向开放,这里有意避开了1950年代的政治运动改造与"文革"风暴对一个做过国民党高官情妇的女人的摧残。如果从正史的角度看,王安忆是避重就轻,个人的经历无法反映上海的宏大历史,但我们必须换一种视角,从民间的生活世界来看,政治风暴对民间的侵犯是永恒的现象,像李主任把王琦瑶从民间女子变为私人禁脔,又何尝不是一种粗暴凌辱,但民间的魅力在于它遭受凌辱时,依然能够拥有自己的文化记忆,就如《辛德勒的名单》中最感人的一幕是犹太人遭受毁灭性的屠杀之际,仍然有人在安详地做着犹太人的宗教仪式,这是一个民族不亡的证明。上海人的都市民间也有它自在的历史传统与生活方式,当政治风暴如篦头发一样篦过一遍以后,王安忆历历在目似地写出了上海市民与当时时代主流完全不同的生活方式。"平安里"的一角场景里,王琦瑶们个个都是现实生活里的人物,也面对了现实生存环境的困扰,如工商业改造之于严师母,城市社会青年上山下乡之于康明逊,红色权力中的争斗之于萨沙,以及历次政治运动之于王琦瑶,都不会不影响这些逐梦者的生活方式,但在另一个空间里,他们就像是地洞里的老鼠,凭着记忆中的文化方式连接在一起,围炉话旧,声色男女,狗苟蝇营地维护着一方自由天地。小说第二部是全书的精华所在,王安忆将记忆中的民间文化一样样推向正面舞台,而使宏大历史的叙事转移到后台,"窗外雨雪霏霏,窗内雀战终宵",这样的对照也许会引起一些读者的误解,但小说的魅力所在，实在不是要显示时代的大悲剧，它只是巧妙地写出了一幕都市民间世界里的悲喜剧。

　　如果是熟悉上海民间生活的人，仔细读了王琦瑶的故事并不会认为这是出于作家的虚构，在相对稳定的大都市上海，千千万万普通市民即使在灾难丛生的时代里，还是保存了自己的历史和文化。它表达了一种生生不息的都市的民间文化形态，虽然王琦瑶所象征的旧上海的繁华梦已经一去不返，但作为一个从旧时代延续而来的上海市民的王琦瑶却是极其真实的，而且她从历史的缝隙中开辟了一个新的生活空间，足以引起以后书写上海者的兴趣。抽象的王琦瑶与现实的王琦瑶互为映衬，两者不可缺一，如忽略王琦瑶背后的抽象意义而一味夸大她的凡俗性，就难免会对小说作出庸俗化的评价，反之，只强调人物的虚幻性而无视其对都市民间世界的开掘，则人物也会成为思想的演绎而失落其真实的艺术生命力。正因为有抽象与真实的合而为一，才使王琦瑶成为现代文学史上独一无二的艺术形象，因而也是永恒的形象。

1998 年 4 月 2 日于黑水斋
（初刊《文学报》1998 年 4 月 23 日）

《马桥词典》：中国当代文学的世界性因素之一例

1996年中国文坛上最后一个热点不是戏剧大师曹禺的逝世，也不是那个热热闹闹的作家大会的召开，而是韩少功的长篇小说《马桥词典》引起的一系列争论。如果这场争论仅仅涉及一个作家的个人名誉，我想不应该会引起作家们那么广泛的参与热情。一部新问世的中文小说，因为其某种因素（或题材、或结构、或叙事方法、创作风格等）与某部外国作品类似，是否就能怀疑其独创性？这种来自作家的疑虑，可以说一直笼罩着"文革"后的当代文学创作，尤其是在1985年以后，成为作家难以言状的心理障碍。这里将涉及比较文学领域一系列专业性的讨论课题，比如，在世界格局下的中文写作，是否有可能出现纯粹"独创"的个人风格？如何解释中国文学创作中大量存在的单纯性模仿与接受外来影响之间的不同价值内涵？影响研究的传统论证方法是否还能解释当代文学创作中的世界性因素？等等。自然，作家们在创作实践中所遭遇的相应问题引起的困惑要切实得多，也具体得多，越来越模糊的文化国境线已经使他们无法分辨自己的创作里哪些是属于纯洁的民族性，哪些是掺杂了外来文学的因素，所以，保卫《马桥词典》成了当代作家自我维护的集体无意识，即使他们面对的不是批评者"揭发"性的指责和大众传媒的商业性"炒"作，他们也想在接受外来影响的事实行为方面得到一种公正的说法。

与这样一个理论背景相比，《马桥词典》名誉受损的问题并不显得重要，这场对《马桥词典》的诽谤背后有一个不言自明的原因，即对《马桥词典》模仿或抄袭《哈扎尔辞典》的指责并不是出于学术上的求真热情，而是出于文学观点分歧以发泄批评者的内心嫉愤，学术问题在这里不过是一件批评道具。在张颐武的批评文章《精神的匮乏》里，真正表达他原意的是这一句："在这位名叫帕维奇的塞尔维亚作家面前，中国作家韩少功无疑是一个模仿者。但遗憾的是，时常宣称自己有'理想'和'崇高'的韩少功先生在《马桥词典》的'编撰者序'和'后记'中，帕维奇的作用根本就没有被提及……"① 前一句指责只是为了后一句嘲笑韩少功的"崇高理想"才设计的，正像前两年批评者在嘲笑张承志的理想主义时指责他为什么不把自己女儿送到西海固去受苦一样，只能当作一种批评者不负责任的人身攻击，本是不值得去较真论辩的。但因为这种人身攻击是借用了学术的外衣，触动了上述困惑着当代作家的理论背景，才使这场辩论超越了"马桥"弹丸之地，引向一个更为广阔的理论天地。

《马桥词典》发表于《小说界》1996年第2期，《哈扎尔辞典》的中译本发表于《外国文艺》1994年第2期，两者除了都尝试用词条的形式写小说外，文本的展示上并无相似之处。所谓"模仿"，通常从比较文学专业的理解而言，是指作家放弃自己的创作个性，尽可能地迁就另一作家或作品的创作个性的创作行为，模仿对象可以是整个作品或只是其中一部分，也可能只是某个作家的主要风格及技巧。② 模仿对象和模仿行为可以多种多样，但鉴定是否模仿之作，主要标志是看其是否放弃了自己的创作个性而迁就他人。这对于一个较有成就、并且已经形成自己独创风格的作家来说，鉴定并非难事。《马桥词典》除了叙事形式上有所改变以外，其表现的内容未脱韩少功一贯的知青时代积累起来的生活功底，其展示的描写细节，无论平实还是怪诞，也都是从《西望茅

---

① 张颐武《精神的匮乏》，载《为您服务报》1996年12月5日。
② 参见《比较文学小辞典》"模仿"条目，收刘介民《比较文学方法论》，天津人民出版社1993年版。

草地》《爸爸爸》《昨天再会》等一路延续而来，《马桥词典》并不是一部从天而降的奇书，马桥也没有展示异域的民风民俗，从其选用的词汇、语言等特征来看，只要熟悉少功文体的人，不会对这部书的创作个性产生怀疑，因此，从这部小说的描写内容、描写细节甚至选用的词汇语言上来鉴定其模仿的可能性，基本上是可以被排除的。

　　唯一可以讨论的是两部小说在叙事的展开形式上有相似之处，即两者都使用了词条的形式来展开小说内容。我这里用"词条"而不用"词典"来限制两部小说的相似的叙事特点，主要理由是我并不认为《哈扎尔辞典》是一部用纯粹的词典形式写成的小说。我不知道这部小说的中译本是否完整，如果是全译的话，那么，小说文本作为一部"辞典"是不完整的；我也不知道塞尔维亚语言里"词典"一词是否含有独特的含义，如果仅以中文理解，这部小说的文本不过是使用了一种三教合一的资料汇编形式，来描述一千多年来人类探寻某些历史神秘现象的冒险历程。小说中的《哈扎尔辞典》具有双重意义。一重意义是作为小说情节枢纽的《哈扎尔辞典》，这是一部中文译名为《科里斯辞典——论宗教》的拉丁文词典，书中记载了八至九世纪发生在哈扎尔王国的一场宗教大论辩的有关史料，这本书相传是由当年哈扎尔大论辩的主要参与者阿捷赫公主遗留下来的史料，经过了各个教派的补充和篡改，终于弄得面目全非，真相难寻，1691年经出版商整理、编撰、诠注后出版。但一年以后又被天主教裁判所下令销毁，只有两本免于劫难。十七世纪三大教派（基督教、伊斯兰教、犹太教）的研究者几乎从各自宗教文献里都查阅到这部辞典的原始文稿，即这本辞典的雏形。但由于那本母本已经销毁，后来者无从寻找。小说写到二十世纪八十年代的三教学者苦心孤诣寻找《哈扎尔辞典》而终一无所获，其中一位学者相传已经获得此书，但这只是一把古老钥匙，并未打开所有秘密。整部小说就是围绕着这部辞典的产生、编撰和寻求而展开，但这部辞典始终没有出现，就像是张承志的小说《金牧场》里的"金牧场"。第二重意义是帕维奇自称他的小说正是这部神秘文献《哈扎尔辞典》的子本，他不但补充了二十世纪三大教的研究者继续探索哈扎尔问题的过程，而且根据三大教派文献分门别类地编撰起三册内容互相矛盾的说法，可以提供读者各取所需地阅读。所以作家把这本书称作为"一部十万个词语的辞典小说"。① 这部小说所列的词条，一共为十八条，三大教派文献平分，每卷六条。其中只有一条是有关语言的，即绿书里的"库"（哈扎尔语：水果）。其他全是人物名字，其中三卷里重复出现的是可汗和阿捷赫，有一卷里介绍到大论辩中的一个人物基里尔。也就是说，真正涉及哈扎尔大论辩史料和传说的词条并不多。更准确些说，这是一部用词条形式来分章节、以三个不同的叙事视角来展开文本内容的小说。

如果仅仅是以词条的方式来展开小说情节或者构成小说的一部分叙事内容，这样的写作技巧远不是从帕维奇开始的。太远的不去说它（已经有人把它的起源追溯到古代的易经或者明代笔记小说），中国新文学史上最杰出的小说《阿Q正传》，就不自觉地使用过词条展开的叙事形式，至少有一半的章节含有这样的性质，如第一章，就是一篇类似解释"阿Q正传"四字的词条。其下：优胜记略、续优胜记略、革命、不准革命等章节，其夹叙夹议的叙事方式，都可以作词条解。外国文学我并不清楚，但至少，韩少功翻译过的米兰·昆德拉的小说里，就多次使用过词条展开的叙事方式。不管使用这些方式的作家有没有冠以"辞典"之名，其基本形式是用词条展开的形式来叙事，基本特征是通过对某些名词（包括人名）的重新解释和引申出生动的故事作为例证，来表达

---

① 米洛拉德·帕维奇《哈扎尔辞典》，戴骢、石枕川译，载《外国文艺》1994年第2期。这个译本是当时唯一公开出版的中译本，编者和译者均未声明该译本是节译本，本论文的分析和观点都是依据这个译本。1998年12月单行本《哈扎尔辞典》由上海译文出版社出版，南山、戴骢、石枕川译。这次校改本文过程中，我把两个版本做了对照，发现差异甚大。单行本中"红书"有词条14条，"绿书"有词条16条，"黄书"有12条。在节译本被删的词条中，三书都有"哈扎尔大论辩"词条，也有大论辩中的参加者"伊本·可拉""依萨克·桑加里"词条，而且所保留词条的顺序、内容也有出入。单行本还多了"补编一"和"结束语"。很显然，《外国文艺》上刊登的译本是一个节译本。为此，我对本论文有关段落作了删节，但有些部分仍保留原来依据节译本的分析。特此说明。

作家贯注在小说里的特殊构思。如阿Q这样的典型，鲁迅自然可以像塑造华老栓、闰土、祥林嫂那样来创造，但如果这样的话，似乎很难达到对阿Q精神特征的深刻剖析。作者想通过这个人物来挖掘国民沉默的魂灵，似乎也只能采用解释"精神优胜法"等名词来完成，由此而创造的夹叙夹议的理性叙事过程，也就显得自然而然。词条展开的叙事形式与作家在创作中发表某种议论的欲望是分不开的，当感性的艺术形象不足以表达作家对形象的特殊理解，他必须使用个性化的议论加以补充；而词条展开的叙事形式尤其适用于某些理性较强、希望通过对语言本身的重新解释以改变某些既定思路、从而改变读者对小说的常规理解的作家。

但帕维奇似乎并不属于这类作家的典型，因为我不了解西方各派宗教，无法对小说展开的三大宗教的知识发表意见。仅从他所选择的词条而言，大部分是小说中的人物名字，这就仅限于叙事功能而缺乏对语词本身作注释的机会。小说借助词条形式展开的是后现代的文本功能，即作家在"使用说明"里告诉读者的，可以对这部小说作任意的读法。哈扎尔王国在小说里只是一个消失了的历史传说，一千多年来人们对这宗历史疑案的探寻受到了神秘世界的阻拦，先是三大教派各编了一套文献，来解释王国皈依宗教的结果，使历史真相变得充满歧义；在十七世纪和二十世纪，又有研究者企图重新清理这段历史，却受到了各教魔鬼们的干扰，那些研究者们虽然来自各大教派，但多半是本教具有叛逆思想的人，当他们打算越出本教的文献从异教中寻求真相时，都遭到了天谴。如果说，十七世纪的研究者们还仅仅受到魔鬼们恶作剧似的干扰，那更神奇的是在二十世纪的现代国际学术会议上，三教魔鬼联合起来动了杀心，才阻止了三位现代学者的会师。小说似乎阐释了人类世代相承的对真理不屈不挠的探求精神所面临的可怕命运，仿佛是西西弗斯的殉道之路。为了粉碎人类在这条殉道之路上产生任何玫瑰色的梦想，哈扎尔王国的秘密将永远不可解，这就使作家放弃了传统的封闭式的叙事结构，将三大教派的文献资料汇编于一书，呈开放形态，读者不仅可以任意选读某个教派的文献而信其说，也可以把其中的词条作任意拆解，选读其中感兴趣的片断。《哈扎尔辞典》设置的结构如下：

相遇时间	哈扎尔大辩论参加者 861年	十七世纪研究者 1689.09.24	十七世纪魔鬼	二十世纪研究者 1982.10.02
相遇地点	哈扎尔王国夏宫	瓦拉几亚战场		帝城学术会议
基督教 （红书）	可汗 阿捷赫 基里尔	阿勃拉姆·勃朗科维奇	尼康·谢瓦斯特 （左撇子，喜画画）	以撒洛·苏克
伊斯兰教 （绿书）	可汗 阿捷赫 伊本·可拉	马苏迪·尤素福	贾·伊·阿克萨尼（喜诗琴）	阿·卡·穆阿维亚
犹太教 （黄书）	可汗 阿捷赫 伊萨克·桑加里	撒母耳·合罕	叶芙洛茜尼娅·卢卡列维奇 （两个拇指）	多罗塔·舒利茨
尾声	阿捷赫		二十世纪魔鬼 范登·斯巴克（阿克萨尼） 斯巴克太太（尼康） 三岁的儿子（叶芙洛茜尼娅）	

现在我们手头的这本辞典是以纬线为线索编撰的，分别以红、绿、黄三书分卷，但认真的读者在阅读这部小说时不能不时时照顾到经线的思路，即从时间为序的事件中理解全书内容，这就必须将十八个词条顺序打乱，互相参照，甚至重新排列。这种开放型的文本形式与通篇人鬼纠缠的奇异故事构成了《哈扎尔辞典》的叙事特点。为了使这种特点让读者充分利用，作家使用了"辞典"一词来概括这部小说，如作家提醒读者的："你不一定要通读全书，可以只读一半或者一小部分，顺便说说，人们对待词典通常也是持这种态度。"作家的提醒是为了让读者在阅读方法上参照词典的形式，以词条的间断性和互现性来暗示本书的阅读特点。所以，作为小说的《哈扎尔辞典》并非是文本意义上的

词典,只是开放性阅读意义上的辞典。

如果从这样一个角度来比较,我们会发现,《哈扎尔辞典》所不具备的因素,正是韩少功在《马桥词典》里所追求、并以一种语言形式固定下来的。这部小说在其他方面都一如作家以往的创作风格,换句话说,在韩少功的创作谱系里,这部小说并没有太突出的探索意义,如果从艺术创新的角度看,它没有1985年的《爸爸爸》《女女女》来得尖锐。唯有在小说叙事形式上,韩少功是花了大气力,处心积虑地要开创一种新的小说叙事文体——使用词典的语言文体来写小说。无论是米兰·昆德拉还是帕维奇,其自称的"误解小辞书""辞典小说"之名,只是代表了用词条形式来展开情节的叙事形式之实,并没有当真地将小说写成辞典;而韩少功则在这一基础上举一反三,以椟为珠,着着实实地写出了一本词典形态的小说。我们可以对于词典形式能否成功地表达小说的美学特征、"词典小说"这一艺术体裁能否成立等问题进一步提出讨论和质疑,但我们不能否认韩少功在小说形式探索上的独创性。

与《哈扎尔辞典》相比,这种独创性是显而易见的。首先,《马桥词典》以完整的艺术构思提供了一个地理上实有的"马桥"王国,将其历史、地理、风俗、物产、传说、人物等等,以马桥土语为符号,汇编成一部名副其实的乡土词典;同时,韩少功又以词典编撰者与当年插队知青的身份,对这些词条作诠释,引申出一个个回忆性的故事。故事的文学性是被包容在词典的叙事形式里面,读者首先读到的是一部完整的关于马桥的词典,其后才有故事的成分;而不似昆德拉,仅将词条展开的叙事形式夹杂在一般小说叙事当中,作为一般小说叙事的组成部分;也不似帕维奇,只是借助词条形式来展开小说情节。在后两种叙事中,虽然都使用了词条展开的叙事形式,但一个是用于补充一般小说叙事的不足,一个是服从于小说整体叙事的需要,而在《马桥词典》这本"词典"里,一切都颠倒了过来,小说的一般叙事服从于词典的功能需要。自然,以实在的词典形式来编纂小说,我对其功能的再生性是抱有怀疑的。马桥是一个地理概念上的特定空间,这就与存在于文献与传说中的乌有乡哈扎尔王国有了很大的差别,后者是个若隐若现、人鬼纠缠的想象空间，关于它的文本只能是开放性的，无定本的，从而也带来了读者在阅读方式上的革命；而前者，由于地理位置的确定性使它成为一个封闭的文本，读者只能把它当做一部百科全书式的知识性词典，无法再生出更大的想象力。我无法想象，在《马桥词典》出版以后不久会出现一批诸如《牛桥词典》《高家庄词典》等摹仿品。从这一点看，昆德拉、帕维奇们将词条展开形态融入一般小说叙事，以丰富原有的小说叙事方式，虽然在"词典小说"的意义上是破碎的，但它比较适合多方面的应用和尝试，拥有了较大的活力；韩少功的创作只是这种活力的证明，他把作为词条展开形态的叙事方式推向了极致，并用小说形式使其固定下来，从而丰富了小说的形态品种，《马桥词典》无疑是个成功的特例。如果我们将词条展开的叙事形式作为一种小说叙事形态来观察，韩少功是将词条展开的叙事形式推进到词典形态小说的大胆的尝试者。其次，与完善词典小说形态的意义相比，韩少功在创立词典小说形态的过程中对小说语言的探索要更加成功些。在以往小说家那里，语言作为一种工具被用来表达小说的世界，而在《马桥词典》里，语言成了小说展示的对象，小说世界被包含在语言本身的展示中，也就是说，马桥活在马桥话里。其实这样的努力并非从少功始，在1950—1960年代，就有不少写农村的作家有意避开代表国家权力的公众话语谱系，从民间寻找方言土话来描述农村发生的故事，如周立波的小说里，东北方言和湖南方言被大量使用，但因为他的小说本身描述的是一种国家权力行为，方言不得不加上大量的注释。现在韩少功把语言与描述对象统一起来了，用民间词语本身来展开民间生活。尽管他在讲解这些词语时仍不得不借助公众话语（这一点他在编辑者序里已经说明），但小说突出的是马桥的民间语言，文本里的语词解释部分构成了小说最有趣的叙事。如对"醒"的解释，在马桥人看来，醒即糊涂，他们从屈原的悲惨遭遇中看到了"众人皆醉，唯我独醒"的格言背后所包含的残酷现实，这与鲁迅笔下的"狂人"意象一样，既是对先驱者的祭奠，又是对国民性的嘲讽，也包含了民间以自己的方式对三闾大夫的同情……所有这些，不是通过人物形象，不是通过抒发感情，甚至也不是通过语言的修辞，而是通过对某个词所作的历史的、民俗的、文化的以及文学性的解释而得到的。即使在有些故事性较强的词条里，主要的魅力仍然来自构成故事的关键词。像"贵生"一词的解释里叙述了"雄狮之死"，小说里雄狮、水水和志煌一家三个故事都颇有民间意味，但小说的叙事重点显然不是人物而是透过人物展示出来的下层民间情绪，这些情绪是关键词表达的重点内容。雄狮本是个极有个性的孩子，他误遭炸弹惨死后，小说重点阐释了一个民间词：贵生，即指男子十八岁、女子十六岁以前的生活。在民间看来，人在十八岁以前的生活是最珍贵幸福的，再往上就要成家立业，越来越苦恼，到了男子三十六岁、女子三十二岁，就称"满生"，意思是活满、活够了，再往上就被称作"贱生"了。所以，乡亲们对雄狮的误死并不烦恼，他们用"贵生"的相关语言来安慰死者父母，数说了人一旦成年后就如何如何的痛苦，让人读之动容的正是这些语词里透露出来的农民对贫困无望生活的极度厌倦，"雄狮之死"仅仅成了说明"贵生"这个词的例子。从这里我们似乎看到了韩少功所做的努力。

从两部词典小说的比较研究中我们似乎能够看到，《马桥词典》的词典体小说的叙事形式是在外国作家的词条展开的叙事形式基础上发展而来的，用简单的模仿之说来解释这种现象是不妥的。即使要说这种相似的词条展开形式里有模仿的可能，也只是作为词典形态的一般程式，如小说前面都有相似的"编撰说明"之类。这并不能说明问题，就如书信体小说一定会有收信人的称呼，日记体小说一定会有年月日期一样。但我们从这种叙事形式的发展角度来考察，韩少功的词典体小说不可能是从什么《周易》或者其他古代文献中获得创作灵感，他只能是从外国小说中的词条展开的叙事形式中受到影响和启发，最直接的证据是他翻译了米兰·昆德拉的小说。这里我想再引入"影响"的概念，美国的比较文学家约瑟夫·T.肖对"影响"的表述是："一位作家和他的艺术品，如果显示出某种外来的效果，而这种效果又是他的本国文学传统和他本人的发展无法解释的，那么，我们可以说这位作家受到了外国作家的影响。"① 在比较文学研究中"影响"与"模仿"的概念是不一样的，据《比较文学小词典》解释："与'模仿'相反，'影响'的结果是受到影响的作家创作出自己的东西来。'影响'不限于个别细节或某些意象或'借用'或甚至材料'来源'——虽然这些都可能包括在内——而是某种深入于结构中、弥漫于整个作品的组织内、而且经由艺术表现出来的东西。"② 接受"影响"的概念显然要比"模仿"宽泛得多，它包括某种联想的作用，譬如：可以用编词典的方法来写一本小说的这一观念，也许是来自对昆德拉小说中用词条展开情节的叙事形式的举一反三，也可以直接或间接地从《哈扎尔辞典》这样的辞典小说的信息中产生郢书燕说式的联想，但作家通过对这一信息的自由想象，调动自己的日常生活积累和知识结构，最终创作出与影响源的本体完全不同的作品。像这样具有独创性的作品，也不能排除接受外来影响的可能。

帕维奇的《哈扎尔辞典》比米兰·昆德拉的小说在词典形态上更接近《马桥词典》，所以我起先对韩少功声称他没有读过这部小说的说法是抱有怀疑的，但是当我读完这两部小说时，我有点相信了。因为这两部小说中最容易发生影响关系的地方却显得十分隔膜。如前所说，《哈扎尔辞典》所不具备的因素恰恰是《马桥词典》里所追求、并以一种语言形式固定下来的；而《哈扎尔辞典》里最精彩的因素，也是《马桥词典》所缺少的。《哈扎尔辞典》最精彩之处就是它拥有的开放性文本，这一特征与词条展开的叙事形式相配真是天作之合，小说里三大教派的文献以不同的视角和观点叙述同一历史事件，使每一个事件同时拥有三个阐释空间，在互现中展示出丰富的想象力。我想每一个读者在阅读这本小说时都会对这一点留下深刻印象，甚至会直接感受到以往阅读经验被挑战和轰毁。这种感受正是在词条的多义性和互现性的叙事特点里展开的。韩少功在过去的小说里一再强调打破小说叙事的确定性

---

① 转引自《比较文学研究资料》，北京师范大学出版社1986年版，第119页。
② 《比较文学小词典》"影响"条目，收刘介民《比较文学方法论》。

和因果性，不说像《爸爸爸》《归去来》等寻根派小说扛鼎之作，就在《马桥词典》里也一再地强调这一点，说明他一直在想方设法寻求一种适用于开放性文本的小说叙事方式。如果事先看过《哈扎尔辞典》，对叙事形式如此敏感的少功不会对此无动于衷。可是现在我们在《马桥词典》里看到的，所有的词条解释都围绕着词典规范下的准确性和知识性展开，小说里的人物故事表面上被词条分割得破碎无章，其实仍然是在严格的线性叙事顺序下展示。即使像希大杆子的结局那样具有不同的说法，也是在一个词条里作为多种说法存疑，而在整部词典的各词条之间则显示出高度的和谐与完整。本来，马桥的历史和风俗并不缺乏神秘的现象，如果它通过词条的形式被特殊地展开出来，也不至于会产生与哈扎尔王国的雷同，反倒可说明两者之间存在着一种深层次的精神现象的影响与感应。但现在文本所呈现的《马桥词典》，作者明显地缺乏这一方面的灵感，这似乎有些可惜，由此也可说明作者对《哈扎尔辞典》在利用词典小说叙事方法上的最出色之处缺乏敏感，他没有读过这部小说，多少可以解释这一点。

但即使如此，我们仍不能完全排除韩少功受到过《哈扎尔辞典》的影响，这种影响的途径可能是多方面的，如曾听人口头上的介绍和推荐，或者间接地获知国外有人用词典的方法写一本小说，等等。聪明的作家能在这类道听途说中举一反三，凭借自己的丰富生活经验与对词典形式的理解与想象，创造出一个与本族文化血肉相关的艺术品。接受外来影响并不否定独创性，相反，从某一种文学的接触引发出作家天才的创造力勃发，正是二十世纪中国文学史的重要现象。有的论者在讨论文学的模仿现象时举了鲁迅的《狂人日记》与果戈理的同名小说作为例子，这是错误的。第一，鲁迅并没有模仿果戈理，只是可能在用"狂人日记"的叙事形式来写小说这一点上有过后者的影响，这只要对照阅读过两个文本的读者都能理解，虽然两篇小说的结尾都用了"救救孩子"的呼吁，果戈理是通过弱者之口的呼救来表明小人物在社会上孤立无援的绝望，而鲁迅，则是站在启蒙的立场上呼吁着人类的自我忏悔和改造。两种"救救孩子"之间可能发生过创作上的启发，但与模仿完全是两回事。第二，鲁迅的《狂人日记》里包含了多种外来影响的痕迹，但并没有因此丧失了作家对本民族文化的最直接最独特的感受，对"吃人"意象的象征性应用正是鲁迅的独创，鲁迅没有因为接受了别人的影响而放弃自己的鲜明个性。仅凭着两者同是日记体小说，或主人公都是狂人，就说鲁迅"模仿"了果戈理，实在是连文学史的基本知识都没有弄懂的外行话。但我们同样不能否认的是，鲁迅在创作《狂人日记》前确实受到过包括果戈理在内的外国文学的影响。二十世纪中国文学创作中，确实存在某些中国作家对心仪的外国作家的模仿（如洪深的《赵阎王》与奥尼尔的《琼斯王》），但更值得研究的是中国作家如何在接受了外来影响以后创作出充满独创性的作品。

我们在《马桥词典》里也得到了同样的信息。假定韩少功是从世界文学创作趋向中获悉到"可以用词典的方法来写小说"这一信息，他完全是用中国式的理解来编撰"词典"，并且以自己的生活经验来构筑起马桥的语言王国，小说所展示的"马桥"充满着作家对自己民族文化的历史与现状的思考和参与精神，这是任何西方文学意象都无法取代的。韩少功的小说理念因素一向很强，这作为小说叙事人来说并非全是好事，在他过去的一些小说里，人物尽可以怪诞，风俗尽可以荒谬，但总让人感到是作家有意为之，说明他想表达的某些观念，《马桥词典》使语言本身成了一种叙事，作家作为词典的编撰者，他的理念性因素得到了合理的存放，许多关于语词的解释寄存了他的理念，包括对于马桥风俗中的一些非理性现象的认同（如关于"枫鬼"的词条，作家反复解释非因果性的意义，正是他的理性力量的证明。）但语言对理念的概括力毕竟是有限的，所以他不得不借助许多民间世界的人物与故事来补充他的理性把握不足，原先被遮蔽的民间生活的展现虽然事先就受到了作家所选的词条限制，但它以自身的丰富性充实了语词概念的内涵。如对"格"一词的诠释中，作家展示出两种截然相反的民间对权力的复杂态度。如果说在明启的故事里反映了权力意识对民间的透入，使民间对象征着某种特权的"格"怀有敬畏之心，那么，紧接着对"煞"的诠释里，对万哥的无性称谓里，又体现出民间无意识里对

"格"的疏离。我尤其喜欢词典里描写的一些真正被遮蔽的民间世界和民间人物。马桥人物的故事大致可分三类：一类是政治故事，如马疤子、茂公和盐早等；一类是风俗故事，讲的是乡间村里的日常故事，如志煌的故事、罗伯讲哲学的故事、本义晕街的故事等等；还有一类是即使在乡间世界也找不到正常话语来理解和讲述的，如铁香、万玉、马鸣等人的故事。我觉得比较有意思的是第二、三类，马桥本身就是个国家权力意识与民间文化形态相混合的现实社会缩影，各种意识形态在这里构成了一个藏污纳垢的世界，权力通过话语及对话语的解释，压抑了民间世界的生命力，风俗故事正反映出被压抑的民间如何以自己的方式拒绝来自权力的庙堂文化。本义后来成了这个民间社会的权力象征，但他早年在城里的"晕街"，却非常有意思地展示出农民不适应现代文化的心理状态；志煌的故事是通过"宝气"的词条展开的，在其前面先有"豺猛子"一词，介绍民间的一种平时蛰伏不动、一旦发作起来却十分凶猛的鱼，可作象征性的暗示，而"宝气"作傻气解，这个词语背后则隐藏了民间正道和对权威的不屈反抗。第三类被遮蔽的民间故事更有意思，像万玉、铁香、马鸣等人，他们的欲望、悲怆以及生存方式，就连乡间村里的人都无法理解，也就是说，权力制度和民间同构的正常社会秩序也无法容忍真正来自民间世界的生命力的自由生长，这些人只能在黑暗的空间表达和生长自己，在正常世界的眼光里他们乖戾无度不可理解，但在属于他们自己的空间里，他们同样活得元气充沛可歌可泣。这种含义复杂的民间悲剧也许光靠几个语焉不详的词条或不完整的诠释是无法说清楚的，但这些语词背后的黑暗空间却给人提供了想象的余地。

韩少功的《马桥词典》取得的成功，给当代中国的比较文学研究领域提出一个新课题，也许能再次唤起人们对这一国际文化间的创作现象的研究热情，改变传统影响研究的思路。以往的影响研究中，研究者的重点是放在考据两个文本间的"相似"之处，即构成"影响"的事实，而对受影响者在接受与消化过程中表现出来的独创性缺乏应有的重视。尤其在世界进入信息时代以后，思想文化间的影响可以通过无数有形无形的渠道发生作用，人们几乎无时无刻不身处世界信息的喧嚣之中，类似追寻影响痕迹的做法越来越变得不可能或不可靠了。深深陷于世界文化和文学信息旋风中的当代中国文学创作，其独创性并不是以它是否接受过外来影响为评判标准的，而是以这种影响的背后生长出的巨大创造力为标志。我把中国作家在创作中表现出来的这种创造力称为当代文学创作中的世界性因素。正如韩少功在《马桥词典》所作出的努力，不仅仅是小说的形式探索，他用词典形态的叙事方式写小说，对语言如何摆脱文学的工具形态，弥合语言与世界、词与物的分离现象，以及构筑起"语言—存在"一体化等等，进行了一系列的实验，我们从中不难看到二十世纪以来世界性的思想学术走向和文学的实验性趋势。在这项小说试验中，中国作家与外国作家至少建立起一种类似同谋者的对应结构，以往影响研究中"先生与学生"的传统结构被消解，"影响"把世界各国的作家有意或无意地吸引到这个世界性的游戏中去，作为中国的参加者，他为这个游戏也提供了新的规则和内容。模仿说在这儿是不攻自破了，如果世界文学中确认了"词典小说"这个品种，《马桥词典》与《哈扎尔辞典》应该是享有同等地位和代表性的。正如我们探讨"散文诗"这一现代文学体裁时，屠格涅夫、波德莱尔和鲁迅的作品，也享有同等的代表资格。如果这个世界把华文写作排除在它的原创领域外，仅仅把它视为西方文学的接受者和派生物，那只能说明这个世界文学本身的不完整与不合法。

1997 年 2 月于黑水斋
2011 年 3 月修订
（初刊《当代作家评论》1997 年第 2 期）

人性透视下的东方伦理

——读严歌苓的两部长篇小说

一、《人寰》

歌苓：你好！

　　过年的几天里，总算有一个把手边紧要事情放一放的借口，虽然不免人来客往的俗务，却也因此有了最让人愉快的事情：读完了你发表在《小说界》上的长篇小说《人寰》。一直是断断续续地读着，而你在小说中断断续续的叙述口气正好应和了我的阅读节奏，我似乎也变成了那个缺席者心理医生，一杯清茗，听着病人用英语讲着自己以及上辈人近似天方夜谭的经历。但我终究不是那个对陈述者的国度及其文化背景一无所知的职业医生，我不会冷漠地倾听这一切来自几十年风雨交加的国家的人所经受的心理扭曲与精神折磨的痛史，这时候的倾听也是经受——身经其历而且有所感受。我作为一个在本土文化传统浸淫长成的听众，不能不对这场故事引申出近于固执的自我理解，而那位英语叙事者——我不知道包括不包括你直接的经验成分，这对小说艺术的成就来说无关紧要——则是一位操着不纯熟的英语的四十五岁的中国女子，向心理医生叙述着中国发生的故事，显然她的英语叙事与被叙的故事之间生长着有趣的差异，这差异又因我的介入变得更加夸张，我的阅读几乎是在与叙事者的英语进行一场理智上的较量，其结果使我意识到我们各自为理解而战的真正启动力，正是一种永恒的文化差异，以及进而形成的理解上的张力。面对这样的文化差异，我惊喜地发现了这部小说的魅力所在。

你的小说里总是弥散着阐释者的魅力。《扶桑》是一个夹在东西方文化困惑中的青年女子对一百年前同等处境下的女子传奇的阐释，那是不同时间的阐释；《人寰》则是用西方现代文化的视角来审视东方国土上所发生的关于男人间的友谊、道德等一系列伦理原则，是不同空间的阐释。《扶桑》是一个女子对另一个不相干的女子的阐释，叙事者承担了纯粹旁观者的角色；《人寰》则是由叙事者自己来叙述自己的故事，叙事者担当了叙述代言人，叙事者只能按她涉世不深的西方观念，用她不知轻重的英语能力在表述她对自己故事的西方式理解，那么，作为被叙述的对象，它是以怎样的方式来展开自己，并揭示出本相与叙事者之间的差异呢？历史不会言说自己，更不能展示本相，唯一的承当者就是作为读者的我，一个与故事处于同一文化环境中的我，对这叙述对象所持的另外一种理解和阐释。当然我揭示的也不是什么本相，不过是利用小说提供的特有的叙事缝隙：叙事者的用词不当或者言过其实，来揭示隐藏在小说文本内部的两种文化背景的冲突可能。所以我觉得读这部小说是一场角力的竞斗，这使我感兴趣。

更有意思的是小说依然用叙事者的母语来表现，似乎又隐藏着一个翻译者，把叙事者的英语陈述翻译成中文。小说出现了双重叙事的形式：故事——英语叙事——母语翻译，你就是那个隐形的翻译者，你与叙事者的角色分别开来，你只是翻译了一份病人自述的病理报告，并且如实地译出了叙述者的语调和用词。你掩盖了自己在小说里的真实身份，而且掩盖得多么巧妙。现在我可以把作为翻译者的你搁在一边，专门来对付那个叙事者，一个精灵般地跨越了两种语言的女人。在小说里，叙事者的叙述里交错着两个故事：一个是关于两个中国男人之间的恩恩怨怨，它透视出几十年来中国式的政治文化对传统伦理的渗透与影响；另一个是关于从八岁到十八岁的女孩对成年男人的暧昧情欲，似乎是一个对应了洛丽塔的故事，挖掘到少女的无意识层次。我首先感兴趣的是第一个故事,对于它的阐释的多义性里包含了我所说的两种文化语言的全部冲突。叙事者用她的半生不熟的英语去描述一件古老中国的传统友谊——援救与报恩的故事,这里既有政治压力下的互相利用和援助,也有偶尔突破了伦理范畴的利己心理和以怨报德,以及随之而来的永远的忏悔。但如果仅仅是这么一个略带一点陈腐味的君子与侠义的故事,这部小说的精彩魅力远不能展开;叙事者的魅力在于用她的西方式话语不知轻重地把这个故事重新叙述了一遍,终于使它面目全非,人性的深刻袒露也就在这超越了伦理的是非界线中完成了。

不知道我对这两个男人的故事作出这样理解你是否能表示同意,也许你早已参与了叙事者的叙述陷阱,早已与叙事者站到了同一立场上准备对这段历史发出控诉。不过我还是被你所写的两个男人间的伟大友谊所打动,一种滴水之恩涌泉相报的友谊传统,一种"度尽劫波兄弟在,相逢一笑泯恩仇"的男人风格和男人气度,以及对那偶尔露出的卑琐人性所持永久的悔,都相当感人地从你的笔底流露出来,证明着你的骨子里依然荡漾着东方传统文化的回声。但这一切也许正是你的叙事者想回避的,但终于没有能彻底抹掉它们的痕迹。这两个男人,一个是"革命知识分子"、作家贺一骑,另一个没有名字,只是以叙事者的"爸爸"身份出现,这是你的刻意安排,因为这个人不需要名字,尽管他写了一百万字的洋洋巨著,但发表时候用的是贺一骑的名字,他是个隐身人,隐在贺一骑的背后默默地存在,才会有安全活着的机会。小说多次象征性地提到博物馆前面那座缺少"革命知识分子"的工农兵雕塑,而真正的知识分子在那个时代只能是以缺席的方式存在着。你对于贺一骑这样的作家处境比我要熟悉得多,叫做工农作家。它是由一群来自工农和部队、有过一些战争的或者其他实际工作的经历,并且对写作十分爱好的人组成,他们接受教育的程度很低,知识修养不够,但这都不妨碍他们成为一个作家,因为那个时代需要他们的这种特殊身份,而不是他们的才华,为了使他们成为作家,并身居文艺工作部门的要职,可以通过组织手段让别的虽有才华却不是工农出身的知识分子来为他们修改稿子,甚至也有捉刀代笔的,如小说里贺一骑让人代他写作那样。这并不排除"工农作家"中也有比较勤奋而终于成材的例子，也不排除其中有的人仍然具有高尚的个人品质，但这种心怀叵测的文艺体制和文艺政策，使这些"作家"渐渐地失去了原先在泥土般的生活中生成的朴实禀性以及对文学的诚实态度。他们虽然存在着，但说的并不是他们嘴巴里讲出来的话，写出来的也不是他们真正能写或者想写的作品，他们在被人代劳中渐渐地失去自己，也成了一个在场的"缺席者"。这两个男人间的关系，本来就是在这样令人扫兴的时代里一种令人扫兴的关系，欺骗和虚伪都是时代绘在他们身上的斑纹，没有任何动人的地方，可是在你的叙事者的叙述里，这种公事公办的协作关系渐渐地变成一种精彩的反叛合谋，他们偷偷摸摸地导演了一场关于报恩与背叛的人间喜剧。

　　叙事中的贺一骑不再是坐享其成的获益者，他在一场政治运动中保护叙事者的"爸爸"免于灭顶之灾，这种灾难意味着知识分子被剥夺了做人的合法权力，家破人亡，其名字也将像任何不祥之物那样可耻地消失。这位被保护者出于感恩主动为贺一骑写作一部百万字的长篇小说，为此他花了整整四年的时间。书出版了，当然是署贺一骑的名字，而这位有才华的捉刀者整整四年的生命痕迹被轻轻地抹杀了。其实，在文化专制的东方社会里，知识分子匿名写作是不值得大惊小怪的事情，正如万里长城的建造者没有一个留下了自己的姓名，前苏联时代的巴赫金就是一个著名的例子；或者是另外一种情况，出于感激、尊敬、责任等等伦理上的需要，如学生匿名为自己的老师整理文稿，亲友同志间的无私的脑力合作，等等，在中国文化传统里都能找到相应的例子。写作者会因为自己的劳动通过曲折的方法终于面世感到欣慰，而不在乎个人荣誉的得失。小说中那位叙事者的爸爸的写作动机出于报恩，为自己的弭祸消灾而牺牲四年的时间和才华，以报朋友的知遇之恩，这正是在东方文化传统中被传为美谈的一段文坛佳话。但是"文化大革命"使一切都改变了：贺一骑突然被命运抛弃，成了人人批判的目标，而那位原先的感恩者，半是急于摆脱自己与贺一骑的干系，半是多年压抑在心头的委屈，他做了一件不可原谅的蠢事：当众打了贺一骑一记耳光，从而暴露出人格上的缺陷。报恩者变成了背叛者，于是他受到了道德的谴

责,落进了永远的忏悔之中,以致在"文革"结束后他为了获得贺一骑的谅解,重新当了贺一骑的捉刀人……我这样重复叙述这两个男人的故事,你一定会感到厌倦,你还会争辩,这不是你在小说中所期待表达的东西,你用你的笔尖锐地挑开了蒙在这个故事上的友谊面纱,从中发现了人性的扭曲和丑陋。你让你的叙事人无情地揭露他们关系中的卑琐动机:贺一骑的侠义行为成了他借助政治权力和手段来控制、利用进而剥夺他人劳动的老谋深算;那位叙事者的爸爸的报恩行为也相应地变成了对政治保护伞不失时机的利用,以及不惜蒙受人格伤害地委曲求全。所以你才会说,他们之间的亲密中,"向来就存在着一点儿轻微的无耻"。

这"无耻"两个字用得很特别,我后来知道你很习惯用这个词,你把一切稍有点不自然不诚实的事情都用无耻这个词来形容。但你用在这里却是很传神,传达出你的心迹和理解。本来是一个在东方文化传统中可以传为美谈的事件,被你轻轻地重写了一遍,并指出了这种人际关系里到底是缺少了什么。政治对伦理的渗透当然是所有一切的前提,但从人性的立场上说,这种关系在本质上缺少了某种对人的自身尊严的自觉。这里我想提一下小说里的第三个故事:关于叙事者到美国后与舒茨教授的婚外恋情。这个故事虽然写得没什么特别之处,但从小说结构上说,它成为前两个故事的必要呼应。叙事者与老年教授相爱的困惑不仅成为她去心理门诊接受治疗的原因,而且被诱导出其少女时代的变相恋父情结。更有象征意义的却是叙事者与美国教授的爱情关系中始终渗透了一种不平等的关系,一个人接受了这样的关系也就变得不再"正常"(这是你用的词汇,也可以置换成"人格的健全"等)。这种不平等的人际关系折射出两个男人之间的关系,于是叙事者痛心地反省:"无法破除我爸爸、我祖父的给予。那奴性、那廉价的感恩之心、一文不值的永久的忏悔。"你让我注意到这些话是叙事者用不纯熟的英语来表述的,纵然言重也是无辜的,所以在另一处她把自我谴责的范围又扩大到"良知"和"疚愧"。其实这远不是语言造成的差异,真正的差异来自叙事者刚刚接受充满了新奇感的文化,也可以说是西方传统下的个人主义的文化观念。用一个年轻的朝气蓬勃的个人主义者的眼光来看老大中国充满着黑幕与恩仇的人际关系，必然会让人哑然失笑：你们在搞什么名堂？叙事者是过来人，当她用一种新的人生观来反省自己生命历程中的旧经验时，她发出激愤之言是理所当然的。这种激愤之言也就成为她叙述这个故事的出发点。

年轻的文化，年轻的语言，虽然充满批判性，却又是简单化的批判，它不足以解剖一个盘根错节的古老文化积淀。就以那位叙事者所抨击的几种人性的缺陷来论，除"奴性"的现象可以有多种理解以外，其他词如"感恩""忏悔""良知"等，都构成了凝聚东方文化心理的主要成分。如忏悔，我从不认为是人性的缺陷，在古老的西方文化里，它是人性显示自身魅力的特征之一。我自小就被《牛虻》里蒙泰里尼主教的忏悔形象所启蒙，对人性的错误产生过深深的迷恋，我相信一个不犯错误的人是长不大的人，犯了错误而不知改悔的人是心底阴暗的人，唯有懂得忏悔的人，尤其是男人，才算得上成熟的坦荡，才会小心翼翼珍爱美好事物，才能散发出人性的力量。但在一个以人性的快乐为宗旨的浅薄的现代文化观念里，沉重的因素往往变得可笑，所以在这位叙事者的叙述里，她的爸爸性格里某种高贵的因素和悲剧性的魅力被漠视了，成了一个口是心非、为了眼前的处境不得不牺牲本性所愿、以致人格分裂的形象。这就是差异，不仅仅是我与你的叙事人之间在理解上的差异，更重要的是小说文本叙事的文化视角与故事自身包容的文化内涵之间的差异，人性在这种差异中得到了透视，立体地展示了它的复杂性和多义性。这毕竟是一部纠缠了几十年政治风雨、包容了难分难解的伦理因素的东方男人的精神史，让一把个人主义的小刀在上面划出了一道道口子，流出的人性汁液竟是如此的鲜活斑斓。

于是我感到了震撼，一种绵绵的无尽头的悲哀徘徊在两种无法沟通的文化语言之间，永远会有差异，会有隔阂，以及纠缠这差异和隔阂而生的人性的丰富与饱满……

一口气写到这里，我心头仿佛有了轻松的感觉，随之而来的是微微的疲惫。本来还可以写下去，谈谈小说的另一个很精彩的故事，即那个小女孩在生命生长过程中时隐时现的性的觉醒,以及对中年男子的若有若无的亲恋。你把这个兴妖作怪的女孩写得极好,让人想起纳博科夫笔下的那个洛丽塔,八岁、十岁、十一岁……十八岁,每一个阶段都有回味无穷的精彩描写。不过我不以为叙事者在叙事中一再提到弗洛伊德理论是适宜的,一个病人不应该是读了弗氏的书再去接受暗示式的自我分析。从整体结构上说,十一岁的小女孩在火车上遭遇的性的感受作为全部心理治疗的病因似乎是叙事人早就安排好的结局,这就违反了被暗示的逻辑,而且这个事件的严重性也不足以成为病因的理由。合理的解释是那位叙事人到最后仍然掩饰了病因的真相,让它从轻发落了。那么,与其会是这样,倒不如你让病人到 TALKOUT 的最后阶段,快接近病因时戛然中止了治疗,就像那个著名的少女杜拉一样,反倒能留下更加耐人寻味的结尾。就写到这儿,祝你也过了一个愉快的新年。

陈思和

1998年2月4日于黑水斋

(初刊《文汇读书周报》1998年7月11日)

二、《扶桑》

歌苓:你好!

春节后给你一信,谈的是对《人寰》的印象,因为刚刚读过,比较新鲜,也就抢先说了。当时曾想谈点关于《扶桑》的想法,又怕三言两语讲不清楚,所以开了个头就没有说下去。其实对《扶桑》是早有所思、有所感,但几次想写一点东西,都是提笔写几句就放了下来,不是没有话说,而是很难说清心中对《扶桑》的感受。我几次读《扶桑》,一次是在出差到东北的路上,读的是国内华侨出版社的版本,一边读一边叹息不止;另一次是在台湾的南港中央研究院,窗外下着瓢泼大雨,我静静地读着联经版的书,又想得很远,但两次都没能把这些想法写下来，其为难可以想象。这次你来信说《扶桑》将搬上银幕，想听听我对改编这个作品的建议，我想这次不能不写了，好在谈《人寰》时已经找到了关于小说叙事的切入口，把叙事者与作家分了开来，依这个思路，有些话比较容易说出来。

这部小说的成分构成相当复杂，它有传奇性的成分，一百多年前在旧金山淘金热中的中国名妓的故事，本身就够好看的，何况还配上了大侠似的英雄角色，英雄美人的陷阱时时刻刻埋伏在创作路上，一不小心就会掉进去；但另一种结构又像建筑上的脚手架，硬是框住了砖石似的情节，使它掉不进去。那脚手架就是小说的叙事框架。我在前次信中说到过，《扶桑》是一个夹在东西方文化困惑中的青年女子对一百年前同等文化处境下的女子传奇的阐释，那是不同时间的阐释。这种对一百多年来中国移民在美国所遭遇的文化上的差异和隔阂，永远是一个深刻而敏感的话题，你的叙事人以自身的经历（心理和文化构成的内心世界）去感悟一个百年前的妓女，让我体尝到一个文化上几近宿命的悲剧，为之战栗不已。这种以东西文化背景为框架的通俗传奇的结构使小说散发出多样的效应，使它成为一部奇特的小说。

与结构相应的矛盾是叙事人的立场，她是一个被中国大陆的洋插队潮流裹挟到大洋彼岸，又嫁了一位白人丈夫，在美国定居下来当了作家的"第五代移民"，她以自身的地位处境来理解百年前中国名妓的遭遇，是怀了非常复杂的心态。她以一百六十册有关圣弗朗西斯科唐人街的史料书为依据来描述名妓扶桑的故事，而这些史籍却是在白人史学家们不可思议的眼光下写成的，很难考究其真实的程度。还记得那次在怀柔举行的作品讨论会上，你告诉我小说里所记载的那些不可思议的细节都是真实的，因为它们来自史书，我曾反问你，那么史籍上所说的是否就一定真实呢？你没有回答。我至今仍抱着以上的想法，就是那位叙事人依据了白人史学家的观念来描述扶桑这个东方之"谜"，其"谜"是对白人文化而言的，那种既蔑视又好奇的眼光，是小说所具含的传奇色彩的根源，它充斥了西方人满是误解与猎奇的眼光：中国女人的三寸金莲、中国男人的粗辫子，还有黑幕、凶杀、贩卖人口，以及半人半兽似的大侠。但是你的叙事人又是个悟性极高、感觉又异常敏锐的作家，她凭了来自文化血缘上的天性，非常深刻地感受到扶桑作为东方女人的全部美丽，而这种美丽正是与她与生俱来的文化紧紧连接在一起的，又违反了史学家们的种族优劣论的观点，不知不觉地出现了立场的游移。有一个细节你以后改编剧本时一定要用上，就是在美国白人办的拯救会里，扶桑获得了"新生"，穿上了麻袋片似的白衣服，从小洋人克里斯眼里看来，她正在被拯救，可是作为让人神魂颠倒的女性魅力也全然消失；直到有一天扶桑从垃圾箱里捡回那件被丢弃的污秽的红裙子，克里斯对她的感觉又回来了。这当然不能被解释成女人的魅力必须来自淫荡，也不是说扶桑天生是妓女的料，这里包含了某些民族特有的审美特征：某种东西，在一个民族眼光里是可怕魔鬼，在另一个民族中却是生命本质的体现。在文化的较量中，处于弱势的民族没有阐释权，但它应该有存在的权利，在自己身上得到保护，并且展示它的魅力。

　　我是把握住这一点才进入了叙事人的视角：这位中国叙事者一方面接受了白人史学家所提供的材料和观点来描述扶桑为代表的"第一代移民"在美国的遭遇，这种遭遇是通过他们全部的"猎奇"文化及其生活方式所构成的。但出于同一民族的文化承担者，虽然时代已经改变了中国文化的精神面貌，但她仍然能从已经消失了的传统中感悟到它的全部魅力，即东方民族文化的真正精魂所在。要把这种文化精魂与传统中嗜痂成癖的保守阴暗心理区分开来并不容易，有时仅仅出于精神层面的高低而言，所以扶桑不可模仿，她是一个浑然天成元气充沛的艺术象征，完全摆脱了作为一个具体的东方妓女身份承担的艺术功能。我读过一篇评论，把扶桑比作是"大地之母，用湿润的眼睛慈悲地注视着她周遭的世界，一个充满了肉欲官能的低能世界"。我觉得后面的解释似过高，但这个"大地之母"的比喻却有点意思。扶桑与你笔下的其他艺术典型如少女小渔一样，其所证明的不是弱者不弱，而是弱者自有它的力量所在。这种力量犹如大地的沉默和藏污纳垢，所谓藏污纳垢者，污泥浊水也泛滥其上，群兽便溺也滋润其中，败枝枯叶也腐烂其下，春花秋草，层层积压，腐后又生，生后再腐，昏昏默默，其生命大而无穷。

不必说什么大地之母,其恰如大地本身。大地无言,却生生不息,任人践踏,却能包藏万物,有容乃大。扶桑如作一个具体的妓女来理解或表现,那是缩小其艺术内涵,她是一种文化,以弱势求生存的文化。我非常感动于斯皮尔伯格导演的《辛德勒的名单》,它的感人之处不在同情犹太人或者谴责纳粹,这已经是许多人都表达过的,在那部不朽的影片里,我感受到的是一种拯救犹太民族于千百年劫难之中的文化精神,那就是我在扶桑中所看到的相类似的弱势求生存的文化精魂。犹太民族是全世界最不幸的民族,但它的文化却表达了最高的人类智慧,犹太人一点也不轻薄地嘲弄自己的宗教和文化传统,尽管它在野蛮的民族优劣论中受尽了难以忍受的侮辱。我想我有理由这样来期望你,将有一天在中国人拍摄的《扶桑》这部影片中,看到一种真正属于东方弱势文化的生存力量。这一点你是最有希望做到的,你的叙事人对扶桑的许多理解和阐释都是充满新意,如关于海与沙的比喻,虽是明喻男女求欢之两者关系,却暗喻了弱势文化的真实力量,实在是很精彩。

出于这样的想法,小说中那个叙事人的角色是至关重要的。我所说的结构上的矛盾,在你改编电影时一定也会表现出来的。若少了叙事人的眼睛,电影很可能又会落进英雄救美的俗套,色情暴力、展示丑陋的因素也会使影片的格调降低,更何况,扶桑基本是个被言说者,她没有很多的语言来表达自己,需要由一个叙事人去言说她。如果影片将故事置放于一个叙事框架里,使叙事人直接出镜,让人物从她的创作中获得生命,从稿纸里复活起来,与叙事人直接对话,许多精彩的议论与展示,都可以由此产生效果。布莱希特的叙事风格似乎是可以参考的。同时,在这样的叙事结构里,我还有个潜在的想法,即能否在增加叙事人的故事时把叙事人的生存处境放在一起加以表现,使叙事人与被叙述的扶桑之间相互对照,并引起更多联想,使之构成一个阐释空间。那位叙事人在与白人丈夫的婚姻中发现两种文化背景之间真正沟通的困难,现代东方人在文化认同上已经远远超越了祖先的文化保守精神,但他们是否已经克服了自身文化困境,而且,相比之下,他们所承担的文化精神比起祖先们又有多少优势?这些抽象层面上的探讨都是值得深思的;再回到具体层面上说,弱势文化下的新一代中国人在现代文化的交融与撞击中,究竟继承了怎样的遗产?作为妓女的扶桑某种意义上也成了子孙们悲剧的征象,这一点,《扶桑》已经很深刻地触及到了,我曾被书中关于"出卖"的议论所击中,直到今天,在我重读这段议论时还感到心灵的颤痛。那位叙事人既是对扶桑也是对自己说:

> 人们认为你在出卖,而并不认为我周围这些女人在出卖。我的时代和你的不同了,你看,这么多的女人暗暗为自己定了价格:车子、房产、多少万的年收入。好了,成交。这种出卖的概念被成功偷换了,变成婚嫁。这些女人每个晚上出卖给一个男人,她们的肉体像货物一样聋哑,无动于衷。这份出卖为她换来无忧虑的三餐、几柜子衣服和首饰。不止这一种出卖,有人卖自己给权势,有人卖给名望。有人可以卖自己给一个城市户口或美国绿卡。有多少女人不在出卖?
>
> 难道我没有出卖?多少次的不甘愿中,我在男性的身体下躺得像一堆货?
>
> 那么究竟什么是强奸与出卖?①

这种辛辣与沉痛曾让我动容久久,我真的仿佛听到了一个灵魂的呼喊。这不仅是对现代人作耶稣似的嘲讽:你们谁有资格用石头去打这个女人?从某种意义上说,扶桑的象征性不仅涵盖过去的时代,也包含了现代。

不说了,正是因为这一点,我迟迟地不能提笔写出这篇读后感。

本来还想说说克里斯和大勇,这两个男人是扶桑的对照与视角,尤其是克里斯,他对扶桑充满善意的误解正表明了文化的沟通是多么困难。但写到上面一段议论后,我突然感到意兴阑珊,还是放一放,待有机会再谈吧。我最近看了一部美国电影,名字记不起来,好像是讲密西

---

① 严歌苓《扶桑》,中国华侨出版社 1996 年版,第 166—167 页。

西比河边上的一个地名,拍得真好,写一个从乌干达漂流到美国的印度家族与当地黑人家族之间的婚恋纠葛,但笼罩影片的是充满漂泊感的弱势民族的悲哀,他们在一种文化优势面前都是无家可归的人,像一首浩浩瀚瀚的长诗,汹涌地起伏在沉默的大地上。不知你看过没有,听说那导演是个印度人。就写到这里,祝《扶桑》的改编能够成功。

即颂

时祺

陈思和

1998年3月8日

(初刊《文艺报》1998年5月14日)

从"会哭的树"谈起

——关于《少女小渔》

读严歌苓的旅美小说,让人想起1960年代也是留学美国、也是生活在旧金山的女作家吉铮,她们同样写过一篇名叫《海那边》的小说,也同样在海外获得了一份成功者的辉煌。但是吉铮在三十年前终究因为灵魂化作"会哭的树"而战栗远去,今天的幸运者严歌苓自然不会知道吉铮的名字,恐怕今天四十岁以下的人也不会记得这个名字,但作为一个默默追踪似的读着海外小说的读者,我初读严歌苓的小说时,恍然有"吉铮重世"之感,难道真会有"二十年后又一条好汉"之验?

在近十年的大陆出国潮中,能成为大洋彼岸的"树"是无数青年男女梦寐以求的愿望,树还会哭?这是想都没有想过的事。严歌苓的《少女小渔》,写的正是那么一个渴望成为一株彼岸的"树"而不惜与濒死的意大利老头行假结婚的大陆姑娘。参与这个阴谋的还有那姑娘的未婚男友,他们合伙凑了一万五千元做成了这桩买卖——故事写到这儿,谁都会猜出后面将发生一些变化:是写出姑娘的堕落来对这个肮脏交易痛心谴责,还是以廉价的同情写出小人物的相濡以沫?然而所有的猜想都不对,作者不动声色地让小渔平平淡淡地接受了男人们的背叛和交易,以宁静态度从别人眼中换回了自尊。小渔成为一种性格,她就像一块抹布,容纳了各种肮脏污垢后,自身发出了一道粼粼的光泽,但她身后的世界却变得清白。小说里有一段描写,是小渔与其男友的对话:

半醒着他问:"你头回上床,是和谁?"

小渔慢慢地说: "一个病人,快死的。他喜欢了我一年多。"

"他喜欢你你就让了?"……她手带着心事去摩挲他一身运足力的青蛙肉。"他跟渴急了似的,样子真痛苦、真可怜。"她说。

这里几乎所有普通人性的因素如羞耻、自尊、道德、欲望……都淡出,个人归化到一个大的道德范畴里去。如果说,这种道德范畴也是宗教,那就是东方民间宗教的精魂所在。严歌苓在几年后发表长篇小说《扶桑》,又一次成功地描写了这种东方民间宗教的人格魅力。

如果移植中的树也会哭泣,那是肤浅的哭;移植成功后再要哭泣,那才是深刻的哭;但小渔告诉人们,移植的树不管之前还是之后,它还有别一种与生俱来的笑,一种"没有想法"、宠辱不惊的笑,那才是移植者生命的根本力量。作家把握了这种力量,也就使弱者渐渐有了尊严。对弱者不需要悲天悯人,对强者也不需要义愤填膺,在《女房东》《失眠人的艳遇》里,作家对人性的缺点也作了善意的嘲讽,但对孤独得令人绝望的弱者来说,总有一丝人间的信念滋生在他们微不足道的生存之中,让人感到了生命的温热。这是"会哭的树"终于经受住了生活考验的由来,也是严歌苓比吉铮给我们的多一点的启示。

1997 年 12 月 20 日

(初刊台湾《中央日报》1998 年 1 月 2 日)

林白论

林白是1990年代大陆文坛上最具有争议性的女作家之一。她来自西南边陲的北流县——这个地方因设隘道"鬼门关"而著名，至今仍有两石对峙，间阔三十步，古代流放犯人对此留下两句歌谣："过了鬼门关，十步九不还。"从北流到北京，几乎等于是从边地草间到达世俗权力的禁中，从巫风犹存的自然生态形式到达百病丛生的现代转型社会，其文化差异之大，精神冲击之猛，可以想象。那片瘴气缠绕、毒雾弥漫的土地不仅为这个南方女人的文学创作带来了清凄而浓厚的异域风情，而且自然地推动她走向世俗文明的对立面。林白是带了自己独特的童年记忆进入文坛的，她来到北京以后，无论是出于一个边城女子对现代文明的向往还是作为女性亘古而来的软弱，她都自觉地愿意向主流的文明社会臣服，并且消除那些来自蛮荒之地的记忆，这表现在她的创作里总是弥散了难以言说的委屈和自怨自艾。可是她自身所带来的那股诡秘气息却顽强地表现出与世俗道德文化格格不入的精神，那些古怪而诡秘的文学经验始终没有被高大华美的京城主流文化所接纳，林白现在虽然身体和户口都留在了北京，但其精神世界依然被放逐在"鬼门关"外，这使林白的声音变得独特而异样，仿佛是异类发出的受伤的悲鸣。

孤独的、被异化的生存处境玉成了放逐者林白的文学想象。从1980年代末起她的小说里就出现了一系列与世隔绝、行为怪诞的女人，她们几乎全是想象的产物，神秘莫测，或与一条小狗相伴，或者飘忽不定人鬼不分；她们没有异性相伴或者苦恋不得，欲火中烧乃至越轨：自恋、同性恋，或者更变态的方式，没有妥协只有在痛苦和自虐的烈火中苦苦煎熬。受苦中的女人美丽而有光彩，如果是出现在男性作家的笔下，很可能会被视为猎奇，但女性作家林白却明白无误地以此泄露了被拒绝的绝望。中篇小说《同心爱者不能分手》中那个带着永恒的伤痛拒绝社会的神秘女人以自淫与人畜恋了却残生、《子弹穿过苹果》里巫女蓼苦恋不得终以暴力自尽、《回廊之椅》中主仆俩在充满欺诈与残杀的男人世界里忘我地投入了同性相爱的游戏……这些怪异的场景即使在一些世界级的作家的笔底出现，有时也难以避免猥亵暧昧的趣味，这倒不仅仅出于道德上的禁忌，还有美感上的传统习惯。林白却轻易地跨过了这个障碍，她轻而易举地表达了一般作家难以下笔的题材，以唯美态度的写作把文明社会中人们难以启齿的经验写得如此美好和不忍。尽管林白的小说后来受到许多指责，但这一组美轮美奂的中篇却很少被道德的子弹所攻击。我起先把这些局部成功归结为作家的唯美主义倾向和小说的技巧性构思（如后者，作家经常在作品里穿插了对现代青年性爱心理与爱情观念的嘲讽，以致使人们误以为这些令人难堪却优美怪异的性爱经验仅仅是作为嘲讽不良风气而设置的伤感情绪，是虚幻而美丽的性幻想，于是看轻了它的现实力度）；但慢慢地发现，它的成功还应该与作家所持的女性写作立场有关，它涉及了女性身体、情欲及女性自觉等一系列美学疆域的重新界定。

　　其实作为一个男性的批评家，我不是讨论这些问题的合适人选。曾经有人批评说，为什么男性批评家热衷于女性作家写自我隐秘经验？我对此类问题无以言答，只是将问题反过来想，女性的隐秘经验如果不是女作家来写，专由男性作家来代言，是否就正常呢？当然，如扯开去讨论女性的隐秘经验能否允许文学表达，或哪一类经验才被允许表现，那就更复杂了，我们姑且把这些疑问悬置起来，专来讨论女性隐秘经验该由男性作家（如曹雪芹、劳伦斯等）来代言，还是应该由女性作家自己来发现来描写？我想这个答案应该是不言而喻的。与此相关的，男性与女性之间谁可能更加准确地描写出女性经验？我想这个答案也是不言而喻的。在文学史上司空见惯的由男性作家作为女性代言人来表现女性经验的时代里，女性作家能否夺回这个领域的发言权，我以为至少是女性文学成熟的标志之一。这个问题在世界文学史上以及台湾文学史上也许早就不是一个"问题"，但长期被禁锢在道德禁欲主义下的中国大陆文学，女性意识的觉醒要迟缓得多。当然，女性意识以至女权主义批评话语在中国也是传播了好几年，套用那些概念来表现女性意识的文学作品已有过不少，但林白的创造性的贡献是真正以女性的坦然和独特的文字魅力表达了这些理论概念。我惊异林白对这些概念几乎是无师自通，她全然依赖自己隐秘而散乱的个人经验创造出文学的生命之美，一开始就在美学上接近和把握了那些隐秘的经验。常人感到猥亵困惑的经验，在那些美丽的文字段落中却让人受到一次感情的净化。坦然而不耻地表达人类的淫荡本能，本身就证明了人类的健全，但这种坦然而不耻的语言不是医学的，更不是伦理的，只是美学和艺术的，才能充分显示人类文明的真正航标。林白小说里大量的对女性身体的描述都不是孤立的和鉴赏性的，而是饱含了女性对自身身体美的发现、情欲的开掘和自我意识的觉醒。在《子弹穿过苹果》里作家写到巫女蓼的裸体：

> 我还是愿意想象丛林中的蓼，一个在阁楼是湿漉漉凉滋滋皮肤像蛇一样的女人呆在丛林里该是多么合适，她就跟树的颜色一样，她要是在丛林里脱掉上衣赶路，裸露着她那橄榄色的发着汗亮的乳房，这该是老木在学院时创作的一幅画，那时候我已经跟他讲过蓼。事实上，虽然我从未跟着蓼到丛林里去过，但是在我们家乡漫长而炎热的下午，在密不透风的丛林里，蓼要走上十华里的林中小路回到她住的地方，她很可能把上衣脱掉，林中的瘴气流泻到她裸露的皮肤上就像月光流泻到河面上，使她遍体生辉。

很难想象，没有热带丛林生活经验的作家能写出这段美文，一个裸女不带半点羞色地坦然立在读者的面前，她应该是一幅画，一幅高更笔下的土著女画像。如果说有什么不同，那么高更笔下的人物以硕大的乳房和黝黑的肤色多少渗透了男性白人的猎奇趣味，而林白笔下的巫女则健康地显现出女性作家对同性的身体魅力的骄傲和赞叹。南方女人的特有风情、魅力及其性格在这幅素描中突兀而现。在《回廊之椅》中，作家进一步描写了朱凉太太让使女为她洗澡的场景，似乎更能说明这种文字特色：

  朱凉洗澡总是要花费比别的太太多两倍的时间，她让七叶在她全身的所有地方拍打一遍。她那美丽的裸体在太阳落山光线变化最丰富的时刻呈现在七叶的面前，落日的暗红颜色停留在她湿淋淋而闪亮的裸体上，像上了一层绝妙的油彩，四周暗淡无色，只有她的肩膀和乳房浮动在蒸汽中，令人想到这暗红色的落日余晖经过漫长的夏日就是为了等待这一时刻，它顺应了某种魔力，将它全部的光辉照亮了这个人，它用尽了沉落之前的最后力量，将它最最丰富最最微妙的光统统洒落在她的身上。
  她身上的水滴由暗红变成淡红，变成灰红，浅灰，深灰，七叶的双手不停地拍打她的全身，在她的肩头不停地浇些热水，她舒服地吟叫，声音极轻，像某种虫子。

这段略有一点颓废的文字包含了"美丽的毒药"的美学内涵。落日、裸体女人和未成年的小女孩，三者之间构成一幅意味深长的图画。落日照在裸女的身上，似乎显示了阳性威力对女性的最后笼罩，可惜是夕阳西下，它在裸女身上的光泽一寸寸地退出，越来越暗淡，而两个女性愈是逼近黑暗也就愈是欢快，因为黑暗才是她们的真正家园，她们在黑暗中用自己的方式寻求肌肤相亲之悦，实现女性之间性和生命的自娱。这部小说以一幢老房子为界，划出了外部/内部两个相对峙的世界，前者是阳性的、政治的，充满了散发性的冲突与残杀；后者是女性的、感性的，包孕了孤独与美的本质，而这幅主仆沐浴图正是这孤独与美的极致。也许那两个女人在自娱中隐含了某种暧昧的意味，但美丽的文学

描写已经洗净了世俗道德赋予它的罪恶含义,任何人读了这段文字也不会引起淫秽的念头。——这两个段落都让我们注意到:表面上产生作用的是作家的唯美主义创作方法,但真正的美感,显然是来自某些女性意识的观念。

这些段落都直接描写到女性的躯体之美,这种描写不是静止的欣赏性的文字(如通常男性视角下的女性躯体描写),它饱和了女性表达情欲的方式。前一例关于蓼的描写,是在表现蓼得不到所爱之人回报的心情(丛林里裸身奔跑的形象);后一例更是直接表达了微妙的同性之爱。她们都在一种与现实世界相隔绝的状态下展示自身的美,如果有一双高高在上的窥探的眼睛,那也是女性自己的眼睛,"用女性的目光对着另一个优秀而完美的女性,去尽了男性的欲望,从而散发出来自女性的真正的美",林白在一部小说里如是说,这也可以看作是林白女性小说的真正的美学特征。其女性意识并不在于表现了人类某些隐秘的感情方式和变态的性爱形态,这些因素在男性作家笔下同样可以表现,林白在表现"去尽了男性欲望"的女性美方面才显示了真正的特色,她的人物并非毫无欲望,只是在男性一头的绝望使其欲望变成无对象的展示,情色成为一种真正的自娱,在纯粹的意义上完成了女性的自觉。林白本质上是个诗人,她不具备构建小说所必要的严密逻辑思维,这些小说在结构上相当散漫,有不少剪裁失当的段落让人感到冗长和沉闷;同时也缺乏严密的叙事逻辑,她的小说创作冲动几乎没有一次是来自完整的故事情节,多半是一些记忆深处闪烁着的女性美的片断。这正是任何男性作家都无法达到的艺术胜境,也是任何观念性的因素所无法企及的。

林白小说所展现的这种女性文学的美学特征,与林白身处边陲和浸淫着的民间文化有关,种种边缘文化的心理积淀和童年记忆,几乎与生俱来地把她隔绝在京城主流文化之外,才使她在小说里自然地流露出文明死角的一些惊心动魄的精神现象。但这并不表明林白不希望京城的主流文化接纳她,从女性主义的立场说,林白也仅仅在唯美的意义上展示了女性的魅力,并非表明她不在乎阳性社会权力中心对她的拒绝。那一组唯美倾向的中篇写于 1980 年代末到 1990 年代初，正是她从边地小城到省城又一步步向北京接近的时期，小说中展示的两个世界的对峙只是具有结构功能的含义，挑战不是直接的，更不是自觉的。可是到 1994 年她身居北京发表长篇小说《一个人的战争》，冲突就变得现实而且尖锐起来。

"一个人的战争"作为一个被拒绝女性的经典形象，早在她的《同心爱者不能分手》里就出现过："一个人的战争意味着一个巴掌自己拍自己，一面墙自己挡住自己，一朵花自己毁灭自己。一个人的战争意味着一个女人自己嫁给自己。"因为在《同心爱者不能分手》里那个被拒绝的女人形象幻想性很强，所以人物特征并没有引起社会的愤怒，而在以"一个人的战争"为书名的长篇小说里，为了加强女性的现实遭际的效果，林白采用了教育小说的形式，使人物带有某种心理传记的暗示。从主人公多米自幼在蚊帐里对性的发现一直到少女时代被强暴、诱奸和同居的经历，处处揭示了社会对女性的损害和拒绝。多米并不是一个自觉的女权主义的精神标本，相反，她对男性为主体的社会采取了卑贱的迎合态度，以求获得他者的认同，可是这个社会轻易地打破了她的期望和幻想，把她逼进了一个返回到自我内心深处的封闭性绝境。多米女性意识的成熟，也正是她走出男性世界的制约与观照之际。这部小说里多处涉及异性间的性爱描写，都是女性失败的记录，最后她的性事只能通过富有象征性的自戕自淫来完成。下面一段关于性的描写段落曾使林白备受指责：

> 冰凉的绸缎触摸着她灼热的皮肤，就像一个不可名状的硕大器官在她的全身往返。她觉得自己在水里游动，她的手在波浪形的身体上起伏，她体内深处的泉水源源不断地奔流，透明的液体渗透了她，她拼命挣扎，嘴唇半开着，发出致命的呻吟声。她的手寻找着，犹豫着固执地推进，终于到达那湿漉漉蓬乱的地方，她的中指触着了这杂乱中心的潮湿柔软的进口，她触电般地惊叫了一声，她自己把自己吞没了。她觉得自己变成

了水,她的手变成了鱼。

像这样大胆、直率的性描写,在大陆的严肃创作里是不多见的。它受到批评和误解(有一家出版社曾把这本书包装成春宫书)可以想象。但我在这儿整段引用它是想为讨论文学中情色描写提供一个样本,即严肃文学中对情色所持的宽容限度在哪里?艺术的鉴定无法用科学定量的方法,只能通过美学的和逻辑的方式来把握。大陆女作家中描写性场面最成功的当推王安忆,"三恋"和《岗上的世纪》中大段的两性描写,都是用华美的象征语言来暗示的,而林白却直接描写了性的器官、性的行为和性的状态。由于描写心理的坦荡,由于她描写的是一件既没有主体("她自己把自己吞没了")也没有对象("一个女人自己嫁给自己")的性行为,插在文本里没有因果,没有故事,只是一个孤立的诗性片断,就像一段流动的音乐或一幅抽象画一样,读者并不因此联想到暧昧、淫秽的暗示。这段文字相当饱满,读上去仿佛满溢了生命的汁液,从性的自戕行为中揭示出人物身体/心理、欲望/自制的深层关系,让人读后生出一种震撼。不能不承认它是属于文学性的情色描写。再者,这个片断是孤立地插入小说文本,所以它在小说文本中的不同位置也会相应地产生意义上的变化。小说初版时它作为"一个人的战争"的象征置于题记,后来收入文集时,作家做了改动,将它置于末尾的最后一个段落。我认为这样的移动是合理的,当主人公多米遭到一而再三的损害和拒绝以后,她只能封闭了自己,在性的自娱中完成女性的自我实现。它在小说最后的出现不但合乎逻辑,也更加强了女人遭遇"一个人的战争"的沉重感。

《一个人的战争》直接写到了女性在阳性权力中心社会里的失败,使本来潜伏在她小说里的两个对立世界的冲突骤然尖锐起来,女性意识不再躲藏在唯美主义的幻想里展示自身,而是准备进入现实社会而含垢忍辱、身败名裂以至置死地后生。林白的尖锐与绝望似乎与一个来自亚热带的水性柔弱女子面对严寒、干燥的北方政治文化背景种种不适有关,尖锐和绝望使她易于产生血腥暴力的奇想,于是有了中篇小说《致命的飞翔》。这是从《一个人的战争》派生出来的一个故事,北诺是《一个人的战争》中的一个人物,由另一个女子(叙事人)李莴断断续续地讲述北诺向损害她的权力象征(秃头男人)复仇的故事,由于李莴对北诺不熟悉,所以叙事中屡屡插入自己的情色故事,其意义与北诺的故事复合重叠起来,反复讲述男人利用权力诱惑女人的丑陋事件。为了突出这类事件的社会性,作家在描述中不断使用复数的"我们",使所有受损害的女性的仇恨都聚集在主人公北诺的复仇行为里。终于,狂欢的场面出现了:鲜血立即以一种力量喷射出来,呼啸着冲向天花板,像红色的雨点打在天花板上,又像焰火般落下来,落得满屋都是……两性间的故事依然是这部小说的主干,但与《一个人的战争》中的纯粹男女不一样了,两性纠缠着权力和利益的分配,充满着政治(如李莴的情人不停地钻研共产党高层的权力斗争)与权欲(秃头男人的所作所为)的阳性社会权力中心终于驱逐了独立女性的最后居住地。小说结尾时写到越来越冷的气候形势下李莴准备与情人结婚,而杀人犯北诺却永远活在虚幻的木棉花的艳红背景下"奋力一跃"。这是林白最好的作品,热烈而血性,女性意识从虚幻的想象世界走向丑陋的现实以后,再生出健康的创造能力。

  在这个意义上我们似乎可以讨论林白的新著《说吧,房间》了。这个故事又是从《致命的飞翔》脱胎而来,两个女性主人公换成了被解聘者老黑和被遗弃者南红,于是职业与性构成了当代社会女性的两大困境。《致命的飞翔》也涉及这两大困境,但"复仇"过于壮丽而淹没了现实的内容,《说吧,房间》则成了一部完全贴近现实的小说,唯美主义者林白从唯美的幻想中走出,切切实实地感受着现实环境中的困惑。小说也是从失业者老黑要写一部关于被遗弃者南红的小说开始的,叙事者在断断续续的写作中插入了自己的故事片断,女性求职困难与性困扰几乎是同时出现的。老黑一开始就写道:南红在深圳的几年生活中,每一点转折都隐藏了一个男人的影子,一个住处、一份职业、一点机会,几乎全都与一个男朋友有关。南红被男人遗弃的结果是同时也丢掉了职业。进而老黑推人及己地发现,自己被解聘的真正原因也正是与

丈夫的离婚造成的,因为她失去了"背景"。在一个阳性社会权力中心的体制里,权力的背景只能是来自男人,不管这种背景是暧昧的还是合法的。随着小说叙事的发展,林白渐渐地将当代女性引进了一个令人困惑的怪圈:女人因为离婚失去了工作,那么,又是什么原因导致女人离婚呢?恰恰是职业女性过于沉重的日常工作和生活造成了精神的极度疲乏和性的厌倦冷漠,无法满足男人的欲望。女性并不因为有了职业就有了性的欢乐,也不因为性的苟且就能保证职业的安全,实际结果往往是朝着相反的方向在运动:女人总是因为性关系的失败而丢了职业,或者是因为职业带来的压力失去了性的欢乐。女性在社会上的性别歧视和情色上的社会压迫,两者水乳难分地混淆为一体。

女性文学的研究者刘思谦教授指出,中国大陆的女性文学经历了"人——女人——个人"三个层面的发展,即从五四一代女作家发出"女人也是人"的呼喊,到"文革"后张辛欣、张洁们表现"做女人难"的主题,再到陈染、林白们发出个人立场的话语,走过了一个完整的发展阶段。这是很有见地的解释。个人写作常常与私人话语相混淆,其实两者有着不一样的含义。关于私人生活经验的文学表现,只是文学从宏大的社会历史叙事中摆脱出来后的一种极端的表现,它远不能涵盖写作者的个人性立场。依我的理解,个人性的立场并不回避它对社会种种困境的描述,不过是必须游离了时代共名所规定的语境去表现。林白的创作到《一个人的战争》为止,还是采取了回避现实生活的唯美主义态度,着力于个人内心发展和想象的效应。《致命的飞翔》是过渡,其中还掺杂了想象的复仇,而《说吧,房间》则从个人的立场上发出了对社会现象的抗议和回应。其实真正的女性主义文学都是产生在对现实社会的批判和反抗之上的,只有战斗的女性主义,没有逃避和遐想的女性主义,小说虽然从消极的立场上表达了女性的真实困境,但它仍然充满了批判的激情和令人心酸的叙述。这部作品也许在中国女性文学史上会产生一种走出狭弄的效应。

不能忽视这部小说仍然是极其女性化的叙事。在象征上一再出现"房间"的意象,笼罩着两个女性的命运。自从弗吉尼亚·伍尔芙为女性争取了一个"自己的房间"后,它一直是文学中女性指称的缩影,林白在小说里把这扇神秘的门打开了,让它痛痛快快地倾诉自己的命运。小说里出现过三个房间的场景,一个是老黑婚后的卧室——合法夫妻的房间,《室内》一节写尽了婚姻的虚幻性,却句句落实在对房间、月光、色彩的描写上,写出了"平板无味的房间里本来一览无余,但是层层阴影和神奇的变化就隐藏在同样的空气中,在月光照临的夜晚瞬间呈现"美好的印象;一个是单身男人许森的房间,那是情人的房间,处处是女人的痕迹,却不见女人的真身,她们仿佛是"面容不清",虽然"眼睛和嘴唇形状完美地悬浮出来,但它们缺乏质感和立体感,只是一些优美的线条与晦暗的色彩";只有第三个房间——才是现实中属于女人自己的房间,那是在一个叫"赤尾村"的破房间,"听地名就有一种穷途末路之感",也就在这个远离喧嚣的边缘之地,演出了两个落魄女人的一场悲喜剧。小说在叙事上也充满了女性特征:几乎粉碎了男性审视视角建构起来的小说美学框架,中心主义和叙事理性被消解了,女人的命运故事化作零星的碎片,漫无边际地飘散在空气里,随手抓住一片都是一节诗性的片断,一篇短小的美文。碎片缀连起叙事的结构,只有开头没有结尾,内在旋律周而复始,叙事角色的转换随意自由——我、我们、她的交替使用,在阅读上也带来全新的感受。

  小说的语言奇特而富有反叛意味,处处体现出女作家对身体感官的独特感受。我们从本文前面所引用的小说段落中就不难发现,作家对身体接受抚摸的感受非常强烈,但据作家自称,她在现实生活中感官"几乎是麻木的",而写作却使她重新找回感官的刺激。这种遐想而来的肌肤感受在《说吧,房间》成为一种强烈的语言特色,作家写乳房的感觉,堕胎的感觉,怀孕的感觉,肌肤相亲的感觉,几乎独创了一个男性作家无法染指的女性语言王国,使女性文学纳入了由身体出发的想象港湾。身体型的独特感受强化了文学语言的感官性,产生出与以平庸枯涩为主调的1990年代文风绝不相容的反叛性语言,我们在1980年代的莫言小说里曾经遭遇过粗鄙男性的丰富的感官性语言,而林白却以女性的凄厉惊艳,让我们重温了遭遇这种语言的快感。

在林白发表《致命的飞翔》时，有评论家认为这是林白的"最后冲刺"，或说是一场"致命的写作"，意思是说彻底返回到内心经验里去写作的林白将有被自己的极端态度所埋葬的危险，为此评论家发出了"生活的尽头，林白将向何处去"的疑问。我想林白是勇敢的，她扛着宣言"以血代墨"的旗帜，固执地走出了自我设置的困境，走向了个人主义的社会批判。《说吧，房间》也许正是一个良好的开端。

（初刊《作家》1998 年第 5 期）

附录：从一位女作家的遭遇谈起

在文学的各类文体写作中，大约文艺批评的地位是最尴尬的。过去文学批评与某种权力意志结合在一起的时候，一赞一批均可决定文学作品的命运，于是有人把批评看作是一种框子或者棍子，声名狼藉得很。后来写批评文章的人变得聪明了，不再说作品的坏话，碰到看不上的作品就保持沉默，只挑一些自己喜欢又觉得有话可说的作品来说；这本来也挺好，反正说好话里也表明了自己的态度，只要不说违心之言，也就可以心安。但又不行，又有人在批评"批评的缺席"，这就是告诫批评界，你作为一个文学批评家，除了用艺术感觉来辨别和推荐优秀的文学作品以外，还必须承担起一个知识分子的社会责任，批评你所不喜欢的或者你认为对社会有害的作品。这个建议自然还是对的。因为现在大多数从事文学批评的人都已经自觉地从权力意志里摆脱出来，他作为一个独立的知识分子，用自己的声音来批评文学现象，这总可以吧？不，意见又来了，说这是破坏了现在宽容与多元的时代精神，还想做指导别人的启蒙导师。我当时对这种批评意见并不以为然，觉得这种害怕一切批评的态度正是过去极"左"时代的后遗症。我以为批评只有与权力相结合才可能构成对作家的威胁，而今天的批评工作者正在努力摆脱这种权力的阴影，使批评成为一种真正的知识分子的声音。这种声音在社会改革的宏大音响中相当微弱，几乎不产生任何作用，不过是证明社会还能宽容这样一种声音，使多元文化格局中的任何一元都能存在，如此而已。这种知识分子声音微弱的例子是俯首可拾的，比如对重演"文革"

时期样板戏的批判，不是有许多德高望重的知识分子都发过言了么，但样板戏还照样被当做"红色经典"来上演，来鼓吹，连一点遮掩的姿态也不需要。据说在多元时代里样板戏也是一元，它自然是被允许存在的，但是据媒体的宣传，经过改革开放二十年的中国老百姓，居然还要在样板戏里去寻求所谓的"理想"，这也未免有点滑稽。由此也说明了文学批评一旦与权力脱了钩，它不过是某人的一家之言，对这个太平盛世绝无片刻的危险。批评只管批评，又能奈我何呢？

但是，我终于发现是我错了。有些批评在社会上的潜在威力，原不似我想的那么简单。过去那些金棍子木棍子式的批评家现在是久违了，但他们只是变得聪明了。有时候不需写什么文章，只要一个模模糊糊的流言，都会莫名其妙地影响一部作品的正常出版或者发表，更不要说有时批评文章或者报道文摘所产生的舆论导向。眼下林白的遭遇就是一个典型的事例。我并没有读过《中华读书报》上发表的《女性文学及其他》一文，但我似乎听到过有关这个故事的流言，说是北大有位教授在作关于女性文学的学术报告时，说到林白的小说《一个人的战争》，当然是持肯定态度的。不料有位读者当场提问，说如果你有个十八岁的女儿，你觉得是否应该给她看这本小说？据说那位教授想了想说，还是不宜让女儿看。大约那篇批评林白小说的文章是从这个听来的流言引申开去，谈到了当前文学创作中所谓不健康的性描写。因为有了这个流言作引子，林白遭到了无妄之灾，她的书无法出版，甚至连生计都有了问题。很可能写这篇文章和发表这篇文章的人都像我一样，不认为今天的报纸上随便登一篇道听途说的批评文章会发生什么大影响，可是事实却教育了我，我对这个社会的认识还是太天真了。

我现在想问的是，这个所谓的流言到底是不是真实的呢？说心里话，我很怀疑这个流言的真实性，因为一来根据我平时读那位教授著作的感受，她是一位思想敏锐、言辞锐利，在批判社会陈见旧习方面向来敢说敢当的青年学者，又是对女性问题有深切感受的女性理论家，她怎么可能会被这个无聊的提问乱了方寸，以致说出这样荒谬的回答？二来，最主要的是，林白的这部小说并没有什么诲淫诲盗的内容。林白是个创作上带有唯美倾向的女作家,她的作品可能有其他各种缺点,但并没有色情的内容。《一个人的战争》不过是一部关于女孩的心理成长的小说,我细读了《花城》上的小说初刊文,实在发现不了小说里有什么猥亵的文字。作者写那女孩的几次性爱的场面都是心理感应式的文字,对女孩性意识成熟过程的描写也属于体贴入微的心理描写,并不涉及肉体方面的挑逗。唯一的一段关于身体感受的文字是在小说的引子上,写了女主人公对自己身体的抚摸,因为这个女孩是个自我恋者。这段文字放在引子里恰恰是为了象征性地表达"一个人的战争"的真实内涵,是为了小说的主题更清晰地贯穿在整部作品里。如果是读完了全部小说再来看这段文字,会了解到这段文字必须存在的理由。更何况即使从孤立的文本看,这段描写女性自慰的文字在心理正常的读者看来也引不起什么不正常的感觉。因此在我看来,作为一部描写女性心理成长过程的严肃小说,《一个人的战争》在叙事和文体上相当有个性,内容表达上也相当细腻。我不明白为什么会有读者产生像流言里所说的那种"十八岁的女儿"不宜看的感觉?

且不说当代小说的读者并非只有十八岁的女孩,文学作品可以适合各种年龄层次的读者,就是专对"十八岁的女儿"这一读者群来说,我冒昧地说,林白的这部小说似更值得一读。也许各种家长对子女的要求不一样,这是不必勉强的事;但一般地说,"十八岁女孩"的生理学概念和社会学概念都已非生理上未成熟的儿童,特别在今天的现实社会里,远比文学上的诲淫诲盗更实在的乌烟瘴气正在威胁着她们的健康和未来命运,这大概也用不着我举出什么难以启齿的例子。而要十八岁的女孩能自觉到这种威胁,光靠刘胡兰式的不怕死或者琼瑶式的纯情女孩是没有用的,应该让女孩正确地认识自己,了解自己作为女孩的生命和性的成熟过程,认识一个幼稚而虚荣的女孩在社会上可能遭遇的种种危险。人只有直面自己才能保护自己,为什么多米的成长过程就不值得现在的女孩作为初识人生的一种参照?

因此,我为林白计,不必抱怨那些不负责任的批评,更不必低三下四地去乞求人们的同情。你应该勇敢地起来反驳,学会捍卫自己。这些

不三不四的流言怕的就是你公开应战,你应该理直气壮地反驳这些诽谤者,把你的小说里关于性爱描写的文字一条一条地挑出来,公布出来,让读者评论,有哪一条是违犯了法律或者什么道德戒律。这一点我很欣赏《作家报》,当青年作家朱文受到不负责任的诽谤时,有几个年轻作家和评论家站出来大声为朱文辩护,驳斥和揭露那个诽谤者,捍卫了作家的正当创作权益。

话再说回来,我由此生发开去地谈林白的这部小说并非本文的初衷。我只是读了林白的一封信而生出的关于文学批评眼下境况的感想。为什么一篇短短的杂感会对一个作家构成这么大的威胁?那些因为读了这篇流言式的批评而拒绝林白小说出版的编辑或者什么出版官们,有没有认真读过林白的这部小说并作出独立的审美判断?林白不是个初出茅庐的文学青年,她的创作获得过不少严肃的批评家的认可和评论研究,为什么这些严肃的学术评论抵不上一篇不三不四传播流言的小杂感?我想这里还是包藏了某种社会心理。虽然现在文学评论只是一个文学门类,文学批评工作者发表的文章也不过是代表他们个人的意见,即使是尖锐一些的批评意见,也只是代表一种阅读信息的反馈,可以作为作家和读者的参考,但并不应该构成某种权力对作家的威胁。但在一般社会心理中,还是有人自觉或不自觉地把文学批评看作是一种政策行为或权力意志的体现。过去长期以来把文学上的大批判视为政治运动的先声,这种思维模式还是没有消失,尤其是对于批评性的意见,依然是敏感而恐惧。愈是用语拙劣、态度蛮横的文痞式文章,就愈能让人想起那些恐怖年月的事情,于是也就愈能吓唬人,让人似见到一具久违了的僵尸扑扑跳跳将过来,惹不起还躲得起。否则的话,那些批评林白朱文的文章根本就不足挂齿,为什么会在现实生活里产生恶劣的后果呢?由此我便认识到,我曾经一厢情愿地以为文学批评只要不与权力挂钩便不会对文学和作家产生威胁的想法实在是太幼稚,因为权力不仅是一种实体,还可能是一种意识,早已无孔不入地侵入社会肌体;它即使不介入文学批评,也能通过某种社会心理收到不战而胜的效果。更何况,谁又能保证新一代的文学批评工作者中,就没有人正想恢复旧时的大批判语言来重新回归权力的意志呢?

那么,文学批评的前途将会如何?不还是处在这种两难的尴尬里,颠顶地走在老路上么?

1996 年 11 月 1 日于黑水斋

(初刊《文学自由谈》1997 年第 1 期)

第三辑·隔海评论

但开风气不为师

——试论台湾新世代小说

我对中国新文学发展有一个基本的看法，即从抗日战争爆发起，新文学就随着政治版图的重新划分出现了三种文学：国民党统治下的大后方文学、共产党控制下的抗日民主根据地文学以及殖民化的沦陷区文学（那一时期的日据台湾、"伪满"、沦陷中的华北、上海等区域都属于第三种文学）。经抗战胜利到1949年这段军事历史的大动荡以后，这三个区域文学在版图上有所变化：台湾成了国统区文学，与大陆的"社会主义"文学相对峙，而香港成为一个特殊的殖民地文学区域。从海峡两岸的文学发展道路来看，1950年代两岸虽然政治背景是对立的，但将文学视作政治宣传工具这一点从性质上说几乎是相通的。我认为这现象不仅来自政治对文学的控制，也反映了一个时期战争文化心理的作祟，即作家们会自觉或不自觉地认同一种思想原则，并以宣传它为己任。在这样的状况下，文学创作最根本的自由、个性、特立独行的精神不能不被淹没在这种时代"共名"之中。直到1960年代台湾现代主义文学崛起，开始慢慢走出战争投射在文学的阴影；1970年代"乡土派"的现实主义回归，重新发扬起五四新文学的现实战斗传统，使文学与推动社会进步的关系更为密切。这两大思潮虽然也一时对峙，但从台湾文学发展角度来看，其功不可没；从新文学发展角度来说，它们不同程度地使新文学的传统从战争文化心理的罗网中挣扎出来。（顺便说一句，我向来不赞成新文学传统仅仅是"人生派"的说法，这是对新文学的误解。事实上,从鲁迅的《狂人日记》开始,中国新文学就有着现实主义与现代主义,或者说启蒙与纯美两种传统,现代主义文学也是五四文学传统之一,并非完全的"横向移植"。)而在大陆,五四新文学的两大传统的重新崛起并且恢复生命力,则是"文革"以后近十年的文学事实,相比之下,大陆新文学在近十年中发展相当迅速,而且几乎与台湾同时,崛起了"新世代"的作家群。

关于"新世代"一词,在大陆没有引进,只有相似的"新生代"概念,但其内涵比"新世代"要狭隘得多,主要是指1960年代以后出生的一些朦胧后诗人,有点像台湾"优生代"的提法。我比较认同台湾学界对"新世代"的解释,如希代版《新世代小说大系》的前言中关于新世代作家的年龄界限,即以1950年代以后出生的为主轴,以1945—1949年间出生的为弹性对象。① 这一界限的划分非常接近大陆学术界流行的"青年"一词的内涵,如"青年作家""青年评论家""青年学者"等等。在这里,"青年"也不单单是一个年龄界限,它包含了一个质的概念,通常是指"文革"后崛起的一批具有新视界的知识分子,通常也是以1950年代以后出生的为主,以1940年代出生的为弹性对象。

当然,一代人的素质是由一个时代的特定环境所造成的。我从其他一些资料中看到,台湾研究者也是从特定的时空背景来解释"新世代"作家的品质,如杨丽玲在《书写当代、创造当代——新世代小说家群像总论》一文中,指出台湾新世代小说家的成长背景是1960年代台湾社会的急剧转型,使他们轻而易举地进入现代资讯的网络中,接受了世界多元的知识系统,所以新世代小说家"完全不同于拥有大陆经验的作家,也有别于受日式教育的前行代台湾作家"。前辈文学史家叶石涛先生曾指出新世代小说的特征:"1980年代以后的作家超越了乡土文学观

---

① 黄凡、林燿德《新世代小说大系·总序》,收《新世代小说大系》,希代1989年版,第6页。

点，较能迎合资讯媒体，渐趋于世界性的、巨视性的观点。"[①] 我对"巨视性"这一概念很陌生，不知是否含有"多元化的知识背景"或类似大陆有人用过的"全球意识"的内涵。在黄凡给林燿德的小说集《恶地形》作的序中，黄凡把1960年代出生的作家归纳为三点："一、与前辈作家相比，政治情结减少了许多；二、拥有多元化的知识背景；三、勇于尝试各种新的文学技巧与表达方式。"[②] 其实这在某种程度上也反映了部分1950年代出生的作家的创作特征。（关于这一点，《新世代小说大系》中所收的部分作品可以证明。）

　　有意思的是，这样一些特征与大陆新时期的青年一代作家的特点很接近，尽管两者形成的背景完全不一样。大陆青年作家也可以分作两个层次：一代是"知青"作家，出生在1945到1950年代，亲身经历了"文化大革命"；另一代出生在1960年代，在"文革"后的"改革开放"的背景下长大。他们共同的时代背景来自两个方面，但各自又有着不同的侧重：一个是"文革"，它导致了一代青年对1950年代正统教育下建立起来的理想建构彻底消解；另一个是"文革"后的"改革开放"，也是一种从农业为主的社会向现代化工业社会和消费社会转型的过程，尽管要完成这样的转型尚需较长的时间，但在现时蜕旧变新的"阵痛"中，一部分敏感的知识分子真切地感受到世界性经济、文化转变的大趋势，他们在人生观、宇宙观以及文学观上都产生了一系列超前意识。这些意识形态虽然难以与正在艰难转型的社会发展节拍相符，但无疑是有利于促进社会发展的。这就导致了艺术上更加极端的探索和对传统文化观念更为猛烈的反叛"新潮"。

　　从抗战以来的文学发展历史看，大陆与台湾的新世代作家肩负了共同的历史使命，即在他们一代的文学创作中，将会逐渐消除战争给前辈人留下的意识形态的隔阂，使文学挣脱文化上的大一统专制局面，并在

---

① 叶石涛《谈王幼华的小说》，收王幼华《两镇演谈》，时报文化1984年版，第6页。

② 黄凡《〈恶地形〉序》，收林燿德《恶地形》，希代1988年版，第4页。

世界多元格局下，逼近、恢复以至超越五四新文学的传统。

五四以来的许多新文学传统都将在这一代人手中改观。在我最近通读的台湾希代版《新世代小说大系》中，我明显地感到这一变化。尽管收入《大系》的只有一百〇一个作家的一百三十三篇短篇作品，很难说能够完整地体现出台湾新世代小说的全貌，但十二卷所包含的文学精神已经说明了这种变化趋势。

一、政治情结减少，五四以来文学与政治的关系得以调整

两岸的新世代作家都出生于战争已经结束了的和平年代，不管当时从战场上遗留下来的硝烟怎样熏陶过他们的童年，也不管大陆的青年经受过"文革"期间的内乱和台湾青年大多服过兵役，这一代人对于中国历史上的政治斗争以及由此而生的恩怨之情，毕竟缺乏实际的感受，正如黄凡所指出的，这一代人比起前代作家来，政治情结减少了许多。我理解这"政治情结"包含了两个意思，一是指过去历史的政治冲突，如国共两党在长期的政治、军事较量中遗留下来的意识形态的阴影；二是指由于战争中的极权主义造成的以政治为出发点的认知态度。毋庸讳言，这两种特征在前代作家的创作中是难以避免的。

如果联系新文学的传统，这种政治情结在新文学发展中有着更为深刻的背景。五四一代知识分子是在俄法大革命的影响下从事新文化运动的，一开始就渗入了强烈的政治激情。他们对于世纪转换中的国家命运、民族兴亡都抱有不可推卸的责任感，他们以文学活动来干预政治，影响政局以及推动社会的进步，成了很自然的事，中国现代知识分子的政治情结似乎在那个时期就产生了，当时离清末废除科举制度不久，知识分子虽然被中断了依靠仕途去治国平天下的传统途径，但以政治抱负为人生价值标准的思维定势并没有消除，从事新文学运动也好，从事文艺创作也好，他们意识深处依然在于经世济国。就如梁启超所说的："欲新民，先新一国之小说"。这样一种沉重的使命感决定了五四时期的新文学将思想启蒙置于美学启蒙之上，也决定了现代中国知识分子在

文学领域里总是心猿意马，一旦中国大地上政治革命发生，总有一批小说家和诗人投笔从戎——北伐是这样，抗战也是这样，1949年以后的革命风云更是这样。纵观新文学发展历史，知识分子鲜有像王国维那样，将审美快感置于虽南面王而不易的地位，也鲜有在政治价值取向以外再树立一种新的人生价值标准。

当然，我这样说并不想低估文学家应该有的政治热情，中国知识分子强烈的社会责任感在促使中国社会进步方面发挥过不可估量的作用，即使在今天也是这样，所以，当我们回顾五四以来的文学发展史时，必须提醒自己，文学创作中寄寓的政治理想与文学创作中刻意宣传政治主张有着"质"的不同。文学创作是作家人生意识的全面表露，当然也包括了政治意识，只要它是通过审美手段来表达的。我们在反对文学沦为政治传声筒的同时，也不必一概地反对文学作品所含的政治因素，只要这些因素于社会进步有利。事实上，文学的创作精神是通过多方面来体现的，艺术价值与审美价值是决定作品生命是否长久的主要标准，而作品中的政治因素最终是借了被升华了的抽象意义而得到肯定的。

鉴于这样一个新文学传统背景，我在考察台湾新世代小说中的政治意识时，比较注意到两类作品。一类是直接地表达了作家们的政治主张与对现实政治的批判，对于这一类作品，由于我不谙台湾四十年来的政治运动真相，也无意去作判断，但对作品中一般地表达了年轻一代知识分子对民主政治的追求、对民族矛盾的反省等等，抽象地说是能够产生同情的。如苦苓《父与子》中两代人不同政治价值取向的冲突，使我联想到二十世纪中国政治悲剧的一个缩影；林双不的《小喇叭手》、陈烨的《纵火者》等，虽然煽情因素重了一些，但从艺术本身揭示的社会冲突与政治冲突而言，仍然是相当深刻的。不过更为吸引我的，是另一类作品中所表现出来的摆脱了历史上政治纠葛的新的认知态度。我认为，如果前一类作品是对五四新文学中政治传统的较好继承，后一类作品则开始了对五四传统的摆脱与超越。

黄凡的《赖索》应该说是一个标志。这个作品最近在大陆也被简单地介绍过①，但理解得似不全面。在我看来，这是一部优秀的政治讽刺小说，韩志远先生的形象中包含的讽刺性大于批判性，韩先生的政治变节一石三鸟地嘲讽了台湾四十年来政治斗争的各种政治派系，赖索对韩先生的信仰破灭，暗示了作者对这部政治斗争历史的深刻检讨。赖索基本上是一个被政治摧毁了的卑琐者形象，但他付出如此沉重的代价后最终换来了什么？值得注意的是，作者在提出这个问题时并不是站在政治斗争的某一方去揭露另一方，而是站在历史圈外对整个历史作出了嘲讽。

《赖索》是一个标志，它不仅仅标志了新生代作家对历史政治纠葛的新评价，而且也暗示出当代社会人生价值取向的变化。赖索这个形象本身也含有嘲讽意味，赖索和他哥哥赖允的人生道路正好相反：赖允自小没钱念书，没有文化，但他认真经商，终于获得成功，成了一个体面的果酱商人；而赖索被培养上学念书，又进而投入政治——这本是知识分子传统的"正途"，结果整个人生被摧毁，人性被扭曲，不得不依靠大哥的力量过着卑琐的生活。赖索的失败与赖允的成功，写出了现代社会转型过程中人生价值取向的变化。

现代知识分子愈来愈意识到，他于社会进步的贡献不再需要走"学而优则仕"的老路，更重要的是他掌握的知识本身。特别在现代资讯社会里，知识已经拥有巨大的独立价值，成为人类文明发展的主要手段，它无须依赖某种政治力量，就可以直接推动社会的进步，甚至再进而推动政治的进步。这种认知态度与五四以来的知识分子深信不疑的观念——唯有改变了政治才能给中国带来新生——是相反的，这就促使知识分子终于摆脱了晚清以来逐渐形成的政治情结，以新的价值标准来看待人生和自我，以实现自身价值的多种可能性来取代"唯政治为大"的传统观念。

如果说《赖索》仅仅暗示了这样一种新世代的人生认知态度的变化，那么李潼的《屏东姑丈》更加直接地表示出这代人对价值取向的

---

① 陈辽《台湾小说家笔下的知识分子形象》，载《小说评论》1990年第3期。

认知态度。

"屏东姑丈"一生热衷政治活动,最后被抓进监狱,他期望下一代人继承他的事业,继续出马竞选,可是他的两个儿子,一个成了农村养鱼专业户,热衷于乡村体育;另一个钟情绘画,成了颇有名气的艺术家。体育与艺术,在父亲看来都是"不务正经",可是他无可奈何地由他们选择了自己的人生道路。作者借小说里一个人物之口批评姑丈说:"每个人性向不同,价值观不一样,姑丈那套想法过时了,谁说非得当上县长、市长才叫成功?"这话表明了作者对姑丈两个儿子的同情。在现代社会,艺术、体育、从商都可以成为一种社会文明的标志和社会进步的手段,同样能确认自我价值的存在,政治价值未必就高于它们。与《赖索》不同,《屏东姑丈》宣扬了年轻人对传统观念的反叛精神,它没有把现代青年厌恶政治的情结归于政治的虚伪和黑暗,也没有故意暗示哪一方政治力量的没落。它只是用同情与理解,写出了两代人不同的人生价值和认知态度。这个故事使我联想到陈映真的著名中篇《赵南栋》,它同样是写了1950年代和1980年代两代人的生活道路和价值观念的差异,可是由于作者的人生价值观念和被囚多年的特殊生活遭遇,使这部作品在宣扬理想主义的崇高感方面产生了相当感人的艺术力量,但在表现年轻一代的人生价值时却暴露出缺乏理解的偏执,因而小说关于两代人的对比与对年轻人的指责,都显得生硬和矫情。

这两种人生价值取向的冲突并不是一般意义上的"代沟"理论所能够解释的,它在海峡两岸几乎同时产生。大陆青年作家也一再描写了类似主题,尽管具体揭示的内容不一样。最著名的是北方青年作家王朔的小说,他笔下的主人公总是以各种方式嘲弄前代人惴惴然奉为神圣的信仰与价值观念,表现出两代人人生价值观互不相容的对峙。又有一批描写战争历史题材的作品,如莫言的《红高粱家族》,也对战争中的政治冲突与党派冲突作出新的反省,作者宁可把一个"土匪"司令作为主要歌颂的对象,来挣脱以往教科书的意识形态陷阱。无论是《赖索》或《红高粱家族》中对历史上的政治纠葛的冷处理,还是《屏东姑丈》或王朔小说中表现的两代人不同价值取向的冲突,它们所以能在两岸同时出现,至少表明了一个无可回避的事实,即:新文学传统中的政治与文学的关系正在悄悄地加以调整,知识分子不再以投入者的身份去再现历史上的政治,而是以冷峻态度对中国二十世纪所走的道路作出知性分析。有了这样的变化,新文学史上由于政治军事对立影响到文学标准对立的历史将在新世代的手中结束。

二、文学流派的消失与风格个性化的普遍呈现

1987年以后,大陆的文学创作失去了主潮的导向性——这不但表现为1987年以前蜂起的几大思潮的主要作家纷纷偃旗息鼓,或者是后继乏人,也表现为新起作家无意在全国文坛再张扬旗号兴风作浪,无意以标榜自己属于哪家流派为荣,于是个人化倾向日益发展。当然从理论上考察,新潮文学的各类现象背后依然具有某种结构,但这对作家个人来说完全是不自觉的。我在阅读希代版的《新世代小说大系》以及台湾作家的作品集时也有类似感受。继1960年代台湾现代主义文学思潮和1970年代的乡土派文学后,在新崛起的新生代小说中似乎看不出思潮性、流派性的创作群象,闪烁着最耀眼的是个人风格的光彩。《新世代小说大系》的十二卷分类中,编选者根据题材分出政治、都市、工商、乡野、心理、历史/战争、科幻、神秘、武侠、校园、爱情等十一类,每卷所收的作品,都有不同的艺术个性和风貌。这里有一个情况可以提供作比较。大陆时代文艺出版社在1988—1989年出版过一套"新时期流派小说精选丛书",收入1987年以前的各类小说,共分八卷,为现实主义小说(两卷)、民族文化派(即文化寻根)小说、意识流小说、魔幻现实主义小说、象征主义小说、荒诞派小说、结构主义小说(各一卷),编选标准重在文体和创作流派。这样的对比也许能说明一些问题:大陆文学在1987年以前基本上还发展着流派,如现代派小说、实验派小说、寻根派小说等等,只有少数几个作家是不属任何流派的,如莫言;直到1987年以后才开始消解流派特征,迥异的个人风格成为新起作家的标志。而1980年代崛起的台湾新世代小说,我觉得也是以

消解流派、突出个人为标志的。

　　文学流派的形成与消长是五四新文学的基本特征之一，也是文学赖以发展的主要手段。中国新文学是在吸收了西方文学思潮的营养、完全蜕化了旧文学的形式（白话）和内容（反封建）前提下发展起来的，面对几千年的旧文化传统，五四一代作家单靠个人的魅力是无济于事的，他们犹如被上帝遗弃在旷野中的流浪人，不能不寻找新的精神支柱来依托自己的生命，于是他们转向了西方，借欧化的语言与文学力量来丰富自己的创作。文化传播与接受的经验证明，传播与接受互为作用的关系永远是双向的，接受者以拿来主义的态度吸收了西方文学的同时，西方文学也在改变着接受者的品质。五四初期的创作社团几乎都以西方某一种思潮为圭臬，许多作家都自觉地在模仿中创造，在流派中发展着个性，因此我们一方面可以在鲁迅、周作人、郁达夫、郭沫若、徐志摩、冰心等人的创作中寻找到他们私淑外国老师的痕迹，另一方面又不难发现国内正有一大批模仿者追随着他们，这就形成了流派。不同的外国文艺思潮在中国的角逐促使了新文学流派的互相冲突与消长，推动了新文学去抗衡传统文学而壮大自身。1935年良友图书公司出版的《中国新文学大系》中小说三卷均是按照社团和流派来编选的，这便是一个证明。但文学史表明，流派通常是产生于蜕旧变新、而作家个人力量不足以抗衡传统的时候。当一种流派滋养了作家，作家同时也必受制于流派，因此真正的大家风格的成熟标志，应该是从摆脱流派开始；真正的文学繁荣的时代标志，应该是消解流派、突出个人，优秀作家以个人的多种风格呈现于时代，而不是依靠流派的力量寄身其间。在中国新文学史上，曾有过这样一个光辉的时代，那就是1930年代前期。那是五四新文学最辉煌的时代，是社团开始松解、流派开始消失、个人风格开始呈现光彩的时代。1930年代左翼作家联盟是个政治性团体，所谓"京派""海派"都不是严格意义的流派，除了诗歌有些小流派外，最优秀的小说家老舍、沈从文、巴金、李劼人等都是特立独行、风格迥异的作家。可惜这个时代太短促，抗战使文学走向发生了根本变化，流派与文学在时代的重负下一起付出了代价。正因为如此，我把1960—1970年代的台湾现代主义流派的出现,把1980年代大陆批判现实主义的"伤痕"文学、现代主义以及文化寻根派的出现,都视作五四新文学以来又一次文学的自觉运动,它带来的是中国新文学与世界文学的交流融汇,是文学为摆脱战争文化阴影进行的自觉抗战。但接下来的问题是,文学流派的消解是否导致了文学上大家林立、杰作连篇的真正成熟时代?

现在要对两岸新世代小说下这个断语自然为时过早,但文学热点由流派悄悄过渡到个人的现象是令人可喜的,在一些突出的青年作家的作品中已经弥漫起浑浑大气,不但在文学题材的广泛、文学样式的多样上显示了青年人充沛的创作元气,更不可轻视的是他们在作品里表达了一种极其强烈的个人经验,它包含了个人对生活的独特认知,并且运用最贴切的审美形式把它表现出来。我把这种经验称作文学经验。文学经验的丰富和扩大,与生活经验的丰富和扩大当有区别,后者反映在创作上是题材的多样化,而文学经验则导致作者创作时的独特多样的审美把握。在大陆,我认为拥有这份独特性的作家有莫言(《透明的红萝卜》里黑孩的奇异感受)、王安忆(《岗上的世纪》《小城之恋》中对性的欢悦的独特感受)、张炜(长篇小说《古船》中对历史的残酷与人性罪恶的反省)、刘恒(《伏羲伏羲》《狗日的粮食》中对人的生存意志的深切感受)、叶兆言(《状元境》《追月楼》等作品中对历史的消解意味)、余华(《现实一种》等作品中冷漠的生命感和残酷的欲望)等等,这些作家在文学史上留下的不可替代与不可模仿的痕迹已经成为一种事实,他们不属于任何流派,不曾有明显的师承与明显的效仿者,他们只是孤独地寻找最完美的形式与最饱满的内容的结合,以最终完成自己的文学使命。对于台湾新世代小说,由于阅读有限,我不敢妄下断语,但无论从创作题材的丰富还是文学体验的独到,在我读黄凡、张大春、林燿德、王幼华、东年等人的小说集时,都会同样感受到一股磅礴的大气袭人。

三、文学经验的日趋丰富，扩大甚至超越了五四文学的审美传统

本部分中，我想以希代版的《新世代小说大系》为对象，探讨以下两个问题：一、对五四文学的传统题材，台湾新世代作家是如何赋以新感受以及相应的新表现方法，扩大了五四作家的文学经验；二、在哪些题材中，新世代作家超越了五四文学的传统，将具有现代特征的文学经验如超验、后设和现代科幻等引入了创作领域。

五四新文学传统题材包括探讨各类知识分子所关心的问题（社会问题小说、个人爱情小说、历史小说等）和农民问题，1930年代出现了都市小说，1940年代又发展出战争小说，以及从五四新文学初期以来一直到1960年代的台湾现代主义文学中，断断续续地存在着表现心像世界的小说。如果与《新世代小说大系》相对照，其十二卷中政治、都市（包括工商）、乡野、心理、历史/战争以及爱情各卷，都属传统题材。但《大系》收入的作品包括两个部分：一部分是继承了五四传统的文学经验，以写实为主要手法，再现生活的某些片断（这部分比较集中在工商卷、乡野卷、历史/战争卷等），另一部分则超越五四传统，融入了新的文学体貌和各种现代表现技巧（这部分在政治卷、都市卷、心理卷中较为突出），本文将有选择地侧重对后一类型作品作一些探讨。

"政治卷"中，由于新世代作家超越了历史上政治纠葛的阴影，政治小说观念也相应地摆脱了史传的传统，有不少作品仅仅以政治事件为假托来参悟人生真相，使政治小说具有哲理小说的内涵。五四以来的政治小说中，作家大都是站在现在的立场上叙述历史，抚今追昔；而新世代小说则是在未来立场上追叙历史，使过去、现在、未来三个时态在同一个想象空间呈现。如张大春的《将军碑》、杨照的《黯魂》等，在观念上他们消解了历史上的政治事件，表现技巧上吸收了魔幻的成分，在他们的笔下，历史不再是一个谜，也不再是一段生了锈的铁，它连接着过去与未来，通过一系列已知和未知的要素展示出来，显示了新世代作家的丰富想象力。如果以《将军碑》里的将军同白先勇笔下的没落贵

族相比，最明显的差别就是前者在怀旧中加入了"未来"一维的视界，历史由不可知的哀怨转变为被洞察了的嘲讽，小说的境界得到了提升。《黯魂》中对未来视点的处理更巧妙，作者没有正面表现台湾"二二八"历史血案，却用荒诞的手法赋予主人公一种特殊能力：可以预见人们的死亡方式，结果发现两代台湾人的死亡方式竟非常不同：上代台湾人被预见死于血，现代的年轻人则被预见死于自杀，主人公为此陷入恐怖，他发问：未来到底是什么样的世界，年纪愈小自杀的愈多，没有几个死在床上……人类发展过程中的悲剧性已尽在作者悲天悯人的暗示之中。即使在一些写实作品中，新世代小说家独异的感觉也使传统题材焕然一新。如蔡秀女的《干燥的七月》，从叙事方式看，以女孩的眼睛看出一个家庭的衰败，本来是传统的普通写法，但整篇小说仿佛是一道道符咒：阴森森的冤魂鬼气，火辣辣的七月热浪，弱肉强食的动物间残杀，野蛮的乡风民俗以及老政客行将灭亡时的疯狂与绝望等等，都借助一个早熟敏感的女孩的心灵似懂非懂地感受出来。由于叙述主体是个孩子，她可以用不投入的眼光去叙述这家族斗争与政治斗争搅和成昏天黑地的一段历史，并对这残酷斗争中的牺牲品留下了更为深切的印象。这篇小说被收入《大系》的政治卷，在《海峡小说1987年度选》中，编者称它是一部"描写政治人物的小说"，都把它归为政治小说类。但是，也许是我对台湾的政治小说缺乏了解，这篇小说最吸引我的不是祖父这个政治人物颓败的形象，也不是地方政治斗争的精彩场面，我更喜欢主人公从这段历史中感受到的恐惧心理，这奇异的心理特征为这段历史打上了极其个性化的印记，也是这篇没有写政治的政治小说所以获得成功的原因所在。

其次是都市卷，较1930年代的都市文学有很大的发展。"都市文学"本身不仅仅是一个地理的概念，还含有质的意义。在1930年代，都市文学往往与"工商"联系在一起，以区别旧市井文学。（譬如通常把《子夜》《都市风景线》等写上海的小说称为都市小说，把老舍写北京的小说称作市井小说。）然而，台湾《新世代小说大系》将都市卷与工商卷分开编选，反映了新世代作家对"都市文学"概念的重新理解与重新解释。这当然是因为台湾后工业的资讯特征改变了传统都市的面貌与内涵,给了新世代作家直接的冲击与启悟,在为林燿德的散文集《一座城市的身世》所作的序里,诗人痖弦特别指出都市文学的概念:"资讯发达的国家,事实上整个国家已经形成一个城市,再与其他国家的都市系统构成连线,这种人类生活的新结构关系,应该是现代都市文学的内容","不一定写摩天大楼、地下道、股票中心、大工厂才是都市文学,凡是描绘资讯结构,资讯网络控制下生活的文学,都是都市文学","新都市文学主要是表现人类在'广义的都市'下的生活情态,表现现代人文明化、都市化以后的思考方式、行为模式,它的多元性、复杂性以及多变性"。我身处海岛以外,无法亲身感受燿德笔下现代都市的新含义,姑且以痖弦上述论断为准,大致可推出如下几点结论:一、资讯革命取代工业革命的过程正是后工业时代取代前工业时代的过程,故而资讯结构是体现现代都市文学特征的主要标志;二、新都市文学从传统的工商题材中脱胎出来,它与工商题材的关系不在于扩大了后者的外延,而是标志了一个新的美学原则的崛起;三、现代都市文学着重现代审美意识的把握,并不限定于写都市,原来"城市"的概念被打破。《新世代小说大系》将都市与工商分卷编选,正反映了这个趋向。正因为如此,大系的"都市卷"比"工商卷"更有意思得多。譬如东年的《大火》,写出了现代人生存状态的绝境。来自农村的流浪儿在狭窄通道的住宅里忍受着两旁邻居的吵闹和威胁(他两旁的邻居分别是妓女与暴徒,暗示了都市生活中色情与暴力的畸形生活状态),终于走上了精神崩溃的绝境。整个小说就是一个寓言,一个象征,精神境界远非 1930 年代的"亭子间文学"可比。如王幼华的《面先生的公寓生活》和张大春的《公寓导游》,都是以公寓为现代都市人的生活场景,取代了中国新文学传统中的"四合院文学"或"石库门文学",与后两者偏重强调人际关系相反,公寓小说更多的是表达了现代人生活的间离感,如那个善良卑微的面先生,他对他人的关心只能通过极不正常的偷看或偷听来满足;那富裕大厦中有姓有名的十五户住户各不相关的生活状态,揭示出现代人彼此发生关联的极其偶然性。(如一个身份暧昧的妇女偶然地敲错门,导致了那门里的一位老妪恐怖而死去;一个犯案者临逃前向窗外丢下一个空烟盒,里面有张中奖彩票,被风吹进另一户,偶然使那一户莫名其妙地发了财等等,都是相当有意思的故事。)

在新文学传统中,都市文明的审美心理一直缺乏建设,这也许是因为新文学作家大都来自农村,与农村的自然生活形态保持着深厚的血缘关系,也许是因为中国的都市文明是随着帝国主义的殖民化而建设起来的,民族的屈辱也成为一种集体潜意识积淀在人们的意识中,所以都市小说总不及农村小说写得好,即使表现都市,也常常流露出批判其罪恶的道德倾向。但这在台湾新世代小说家中有了根本改变的可能。不少台湾作家都是在现代社会转型中长大,他们在成长中完全与现代都市精神融为一体,他们深深了解,都市的罪恶也就是他们自身的罪恶。因此他们在批判现代都市文明罪恶的时候,绝不会产生类似沈从文那样的"固执的乡下人"的局外人眼光,也不会产生浪漫派文学那样对田园牧歌式的怀念。他们的批判精神带有浓厚的现代意识。如侯文詠的《铁钉人》,我很喜欢这篇小说,它用通俗的故事形式,把现代人绝望的体验与挣扎,表现得相当有趣。黄凡的《房地产销售史》也是一部寓真情于幻想的小说,把现代文明中人性所感受到的压抑,用建造一幢"个性与空间有机结合"的畸形楼房,荒诞地呈现在读者面前。这些作品中,批判是都市精神的批判,绝望也是都市人的绝望,与传统的农业社会已经割断了任何联系。

现代都市资讯结构的建立也扩大了都市人的心理空间,促使心理小说有了较大的发展。心理小说不同于一般的心理描写,心理描写是将人的心理活动看作是对外部世界的反应,而心理小说应让外部世界反过来成为主观心像的投射,心理小说展示的正是这个心像世界。它既是一种创作类型,又是一种主题类型。《大系》编选者将它从各类型题材中抽出另编一卷,是很有见地的。新世代心理小说对五四新文学传统是有创新的,虽然从鲁迅《狂人日记》开始,新文学一直有着现代主义的传统,但除了少数佳作外,大多数的篇什都比较粗糙,当时的中国作家还无法消化乔伊斯、伍尔芙、普鲁斯特等西方现代主义经典作家,结果仅仅成为弗洛伊德学说一知半解的图解或日本新感觉派等二流艺术的模仿,心理主体对外部世界缺乏深刻的体验和理解,因而心理活动多半只能在狭小的格局中徘徊,无法写出"意识流"的汹涌恣肆之态。1960年代台湾现代主义文学崛起后,西方现代主义思潮又一次与中国文学发生交流和撞击,给文学带来了新的生命力,王文兴、欧阳子、七等生等写出了一批模仿性、观念性都很强的优秀小说,对心理小说是一个推动。但应看到,台湾社会从1960年代到1980年代已经有了巨大的变化和发展,特别是后工业社会的形成,对人的心理带来了新的刺激和新的困扰,如果说,1960年代的现代主义作家还没有摆脱五四以来知识分子在传统与西化撞击中的矛盾心态,那新世代小说家的创作则代表了一个新的开端——我当然指的是一部分新世代的作品,以《大系》中的"心理卷"为例,如林燿德的《恶地形》、王幼华的《花之乱流》、冯青的《白墙》以及夏行的《奔赴落日而显现狼》等,这些作品在数量上也许并不占多数,但从作家对世界充满现代感的阐释到后工业时代审美意识的表达,都是五四新文学传统中闻所未闻的——新世代小说正是从这里开始了对五四新文学传统的真正超越。

  我对林燿德的小说感兴趣,就是因为在这位1960年代出生的小说家的文字里,洋溢着一种非传统经验所能破译的新气象、大气象。他的创作中,看不出与中国传统生产方式的典型场景——农村有任何血缘关系,从而进一步实行了与传统的思维方式和感情方式的新断裂。他的小说典型地表现出后工业社会的都市心理,意象奇异而险恶,境界阔大而壮丽。收入"心理卷"的《恶地形》可以说是林燿德小说的一篇代表作。这是一篇意识流小说,作者描绘了三组对峙的意象:第一组是两个女郎的对峙,女郎B是一张旧明信片上的人影,虽是虚幻的却含有密集的生命讯息,促动了主人公对神秘空间"恶地形"的遐想;他幻想自己的生命穿越时间界限,驰骋于远古与未来之间;女郎C是主人公的情妇,一个现实生活中的人,但她的身份是暧昧的,没有来历也没有名字,除白色躯体外,主人公对她一无所知。第二组是鱼与潜艇的意象与刻板时间的对峙,鱼与潜艇是主人公面对"恶地形"时幻想自己生命的转化物。生命与鱼的互为转化可能是一个比达尔文进化论更为古老的命题（即现代科学正在探讨的"人是否由鱼转化而来"），似乎进入了人类生命更加遥远的奥秘所在，而人转化为潜艇则是"变形金刚"式的游戏，暗示了人的生命在未来科学技术发展中的一种可能。由鱼变人的生命转化到由人变潜艇的能量转化，意味着整个宇宙秩序将重新安排——太平洋那时不过是一个小湖而已，这种宇宙境界的阔大反映了生命境界的阔大。然而，这穿越时间的象征与现实生活中的刻板时间是互相排斥的，当主人公的生命在"恶地形"里任意转化后，他怀疑起现实中的生命是否存在，终于把整个身子都躲到时钟做成的"面具"里。第三组是"恶地形"与都市的对峙，这是空间的对立，"恶地形"是幻觉中的神秘空间，对"恶地形"的向往正隐含了对都市生活方式的反省与抗拒。但可贵的是作者没有在超越都市的渴求中混入田园情趣的反动性，于是主人公把希望寄予"恶地形"。这三组意象在作品中互相渗透，交织在一起，构成了一幅现代人的梦呓气游图。

《恶地形》创作于 1986 年，《花之乱流》和《白墙》都发表于 1987 年，《奔赴落日而显现狼》稍早，发表于 1985 年底。这段时间与大陆出现马原、扎西达娃、余华、孙甘露等实验性小说的时间差不多。海峡两岸的这种同步现象或许可以看作是一种预兆，即在这一类作品中，各种意象的内涵和外延在文学史上都是陌生的，找不到任何直接的或间接的渊源关系，因此，传统的新文学史批评术语也无法读解和批评它们。这种迹象是否预兆了新文学将超越五四新文化传统（即由农业社会向工业化现代化转型期的文化）的规范，直接从世界性的后现代文化中汲取营养和动力，同时消解新文学传统中的民族因素与欧化因素，进而诞生出新的文学质？

四、超验、科幻、后设小说引入创作领域，实验小说与通俗小说并举，五四以来的文学格局重新调整

所谓新的文学质，它将是一种更为充分地体现创作自由精神的文

学，是一种与世界文化息息相通，更为本质地反映民族文化发展趋向和艺术自身特征的文学，为此它必须冲破人为画地为牢的各种障碍，使五四以来的文学格局得以全面调整。

首先是写实定于主流的格局将被改变。如本文一再提出的，把五四新文学传统仅仅视作写实是人为造成的，是抗战以后战争文化心理的局限所致，五四传统本身包含着现代主义的部分。但也应承认，中国新文化的非写实传统一直没有得到长足的发展，它既没有与中国古典文学中的非理性成分衔接起来，也没有如西方现代主义作家那样有异常丰富的想象力。新文学的创作方法，基本上是五四提倡的民主与科学精神在审美上的反映，排斥了过分想象以及经验以外的"怪、力、乱、神"。然而新世代小说正是从想象力上突破了这一局限，大胆引入了魔幻、超验、科幻等成分，这就使文学创作超越了写实与不写实的分界（如魔幻写实，既反映了现实世界的真实，又具有超越的叙述方式），进入到更为阔大更为自由的创作境界。《新世代小说大系》编出神秘卷、科幻卷，正反映了这个趋向。

超验是指超出经验范畴的现象，随着近年来"文化热"对民族文化的重新省视，许多原来轻易被斥为伪科学或封建糟粕的学科又开始盛兴，如气功学、心灵学、特异功能等等，连古老的"易学"也变得重新热门。且不说这些现象究竟能在多大程度上产生科学的价值，仅以超验现象的存在而论，它从审美上给了作家莫大的启发，或可说刺激了作家的想象力。特别是中国文化传统中的许多超验现象都反映了生命体验的重要性，这就使文学创作中对生命意义的探讨有了新的依托形式，借助超验现象，发掘出更为深层的生命意识。这在大陆近年的创作中也屡屡出现，如韩少功的《归去来》写到了生命的转化，霍达的《魂兮来去》写到了鬼魂与人间的对话，阿城的《树王》写到了人与物之间的生命感应，都是值得注意的例子。台湾《大系》的"神秘卷"中，有一部分作品也都写出了这一特点，那"神秘"在小说里不是气氛烘托，也不是技巧布局，它反映了对生命的深层意义的探讨，如梁寒衣的《盗跖》、今灵的《椅子》、蔡秀女的《红衣观音》等，都有这样的特点。

科幻与超验一样，也是想象力的自由释放。科幻与超验的区别，不在于它具有更多的科学性，而在于它们不同的叙事语言和场景，科幻小说的语言是一种人类进入太空时代以后产生的科学术语，场景也随之将地球背景扩大到宇宙背景，把人性置于宇宙星际系统中加以表现。虽然它描述的根本内容，依然是对人性发展的可能性的思考，但由于语言与场景的变化，由于引进宇宙意识和未来意识，就产生了完全不同于超验小说的审美效果。大陆近年来科幻小说并不风行，对国外科幻的引进也只停留在卡通的水平上，而台湾科幻小说有较大的读者市场。我曾经比较过两岸新世代作家在这一点上的差异：在台湾，许多年轻作家是从写科幻起步的，而在大陆，许多作家是靠写儿童文学起步，相比之下，儿童文学既没有想象力，也缺乏对人性终极的关怀力，只是一种纯情的成分，不能不说是个比较低的起点。科幻小说不一样，若没有丰富的想象和现代科学知识，难以写出好的科幻小说。这种语言和场景的特点不但帮助作家在起步时就获得现代社会信息和科技信息，也帮助作家形成多元的思维空间。《大系》的"科幻卷"中有不少作品，如林燿德的《双星浮沉录》、叶言都的《高卡档案》、张大春的《伤逝者》、平路的《按键的手》等，从不同的角度——或对整个世界，或对一个民族，或对个人的生存处境——寄托了对人类命运的深切忧虑，但在夸张手法、荒诞构思以及超凡想象力之外，又较之一般实验性文学增加了可读性。

超验与科幻在商品社会中属畅销读物，都带有通俗文学的特点，但由于作家们自身的现代文化知识修养以及对文学所抱的严肃程度，并以其幻想、神秘、夸张、荒诞等手法，与新兴的后设小说一起，在创作方法上破除了写实主义定为一尊的局面，使文学观念和表现手法，都进入真正多样化的局面。

其次，这局面也调整了新文学长期以来纯文学与通俗文学相对峙的关系。由于新文学初期是在欧风美雨影响下建设起来的，它是属于一部分已经接受或准备接受西方文化的知识分子的文学，与大众读者市场无关，因此，对五四一代新文学作家来说，如何为取悦大众而增强文学的可读性，如何使文学不通过政治行政手段与读者消费市场相适应，如何将严肃的文学主题寓于大众所喜闻乐见的手法中去，这些问题都是难以逾越的障碍。直到抗战，出于唤起民众的需要，两者有了合流的趋势，但在当时大众读者审美趣味普遍较低的情况下，合流导致了文学素质的降低，产生出一种以通俗手段来宣传政治主张的宣传品文学，与纯文学的旨趣甚远，与以消遣为目的的通俗文学也背道而驰。"文革"后的八十年代文学，以为人生和为艺术而创作的严肃文学（包括各类实验小说），与以取悦大众读者市场为目的的通俗文学也是分道扬镳的，直到1987年前后，才有冯骥才、张贤亮、王朔等作家尝试着调和两者的关系。当然这种调和是以提升通俗文学的审美格调为主要标志的。这项工作在台湾的新世代作家中也许做得更好一些，因为：一、台湾有着琼瑶、三毛、古龙以及香港武侠小说、科幻小说等传统，起点较大陆通俗文学高；二、台湾是商品社会，无论写实小说还是实验小说，都不能不注意读者市场的接受问题；三、许多新世代小说家将现代意识融入到通俗小说创作中去，兼顾创意与可读性两方面的要求，使实验小说得到社会认可，使通俗小说得以提升，出现了实验与通俗并举的局面。《大系》不但将神秘、科幻，还将武侠、言情均设专卷编入，正反映了这一并举的趋向。由于笔者以往少读通俗文学，一时无法判断这些作品的质量定位，但从这并举合流的趋势看，正是新文学作家长期努力实现的愿望之一。

"但开风气不为师，龚生此言吾最喜。"六十五年前新文学的开拓者之一胡适以这两句诗向友人表白他提倡白话文的志向，我想，它也适用于我们今天的新世代。新文学是二十世纪中国文学的主体，它从反对旧传统中形成了自己的传统，然而这个新传统不是一成不变的僵死教条，它始终与世界文化趋向保持着密切的联系，与民族更新的步伐吻合着节拍，在不断蜕旧变新中发展自己。新世代是跨世纪的一代，当二十世纪行将告别之际，清理传统，去除陈腐，把新鲜活泼的文学精神带入新的世纪，是海峡两岸新世代作家义不容辞的使命。因此，当新世代小说被置于新文学史的框架下加以整合与定位时，我格外偏爱一些能够超越新文学传统的作品,或许这些作品在整个新世代小说创作中是少数,也不够成熟,它们在每一项上的突破,都有可能会招来许多传统力量的批评,但我还是愿意为之叫好。因为生命力在于继往开来,在于对历史的超越与对未来的创造。于是作此文,谨以一个海峡此岸的新世代评论家的真诚与彼岸的新世代作家们共勉。

(初刊《世纪末偏航——八〇年代台湾文学论》,林燿德、孟樊主编,台湾时报文化1990年版)

创意与可读性

——试论台湾当代科幻小说

一、台湾当代科幻小说的背景

在通俗文学的各大文类中,科幻是一个后起的家族,在中国尤其是这样。

十九世纪下半叶欧洲出现了凡尔纳和 H.G. 威尔斯等伟大的科幻作家时,中国文学家的想象力仍然停留在神话思维的阶段,虽然那时李汝珍的《镜花缘》和蒲松龄的《聊斋》都是充满想象力的作品,却无法成为当代科幻的先驱。直到二十世纪初,曾广铨译英国哈葛德《长生术》,陈绎如、薛绍徽译凡尔纳《八十日环游记》,继而有梁启超译短篇科幻《世界末日记》和鲁迅译《月界旅行》,开科幻在中国之风气,这些作品在当时大量涌入中国,被分门别类与历史小说、政治小说、冒险小说、侦探小说、言情小说等通俗文类并提,称为科学小说。当时科幻小说的翻译者带有明确的功利目的,也即是鲁迅所说的"破遗传之迷信,改良思想,补助文明"[①],并且明确强调了科幻对于普及科学知识、

---

① 鲁迅《〈月界旅行〉辨言》,收《鲁迅全集》第 10 卷,人民文学出版社 1982 年版,第 152 页。

开启民智的作用。① 但奇怪的是,这一普及科学的文学活动并没有在中国现代文学史上坚持下去。五四新文化运动标榜"科学"与"民主"并重,但此时"科学"的含义已由对物质文明的探求转为对实证思维方法的概括,"幻想"的一面丧失殆尽。第二个十年起,中国翻译科幻小说的热情迅速下降,以致李欧梵先生勉强将梁启超的《新中国未来记》和老舍的《猫城记》作为中国科幻的萌始②,其实这两部作品都是幻想型的政治小说,与科学精神相去甚远。《猫城记》虽然开篇时出现火星的意象,但在老舍先生笔下不过是"地球"的代名词,作讽世用,并无别意,与科学幻想的意义不同。在整整半个世纪的中国大陆文学创作中,科幻小说几乎广陵散绝,唯能延续世纪初科幻译家未竟使命的,是一批科普作家,孜孜不倦以儿童文学的形式向青少年传授科学知识,但谈不上文学创作。近十年来,大陆科幻小说有所发展,但没有造成特别的影响,似乎在严肃文学创作领域未引起评论界的注意,在通俗文学领域中亦未引起读者的注意。目前盘踞大陆通俗文学市场的,依然是武侠、言情、黑幕三大类,侦探、演义、星相三小类,似没有科幻的地位。

所以今天我们面对的中国科幻小说,主要是指台湾、香港科幻小说的创作,但由于目前大陆研究台港文学资料奇缺,无法尽可能多地掌握第一手材料。特别是在香港,科幻小说混同鬼怪小说、神秘小说一起进入通俗读物的流通市场,大量发表在报纸副刊、软性杂志上的连载作品都是朝不保夕,稍纵即逝,要给以全面考察殊不容易。为谨慎计,本文所论科幻小说仅以台湾地区当代科幻作品为对象,香港地区暂不作

---

① 关于科幻小说的功利目的,世纪初的译者中许多人都阐述过,主要论点如鲁迅所说:"盖胪陈科学,常人厌之,阅不终篇,辄欲睡去,强人所难,势必然矣。惟假小说之能力,被优孟之衣冠,则虽析理谭玄,亦能浸淫脑筋,不生厌倦。"(鲁迅《〈月界旅行〉辨言》,收《鲁迅全集》第 10 卷,第 152 页。)其他如海天独啸子《〈空中飞艇〉弁言》、周树奎《〈神女再世奇缘〉自序》中均有论述。参见陈平原、夏晓虹编《二十世纪中国小说理论资料》,北京大学出版社 1989 年版。

② 参见李欧梵《奇幻之旅——星云组曲简论》,收张系国《星云组曲》,台湾洪范书店 1980 年版,第 3 页。

讨论。

　　还有一点需补充的是，本文所论的是台湾当代科幻小说创作。"当代"不是时间概念，是指"代"的概念，具体地说就是指"新世代"作家的科幻作品。关于新世代作家的含义，笼统地说还是黄凡、林燿德曾经指出过的：以出生在1949年之后的小说家为主轴的小说作者群。①如从作品发表的时间计，则以分析1980年前后出现的科幻小说的新格局为主。这一年是台湾科幻发展史上关键性的一年。其标志：一、张系国的系列科幻小说集《星云组曲》由洪范书店出版，以中西文化贯通的手法，改变了科幻仅仅作为西方宇宙故事的移植或者仅作为通俗文学一种文类的旧面貌，开始形成台湾当代科幻的新格局。二、照明出版社是年开始出版系列科幻小说理论和艺术画册，以文图并茂的方法弥补了科幻小说缺乏可视性的不足，使科幻迅速扩大了在读者中间的影响。尤其是吕金骏等《科幻文学》一书的出版，虽属ABC类的启蒙书，但毕竟将科幻小说提升到理论与文学史的框架下做比较深入的研究。三、香港通俗作家倪匡的科幻小说由远景公司全部出版，表示台湾读者对作为通俗读物的科幻小说的认同。以上三个特征本身含有互为冲突的内容：第一个特征预示了科幻小说"质"的提升，离传统的通俗文类越来越远，而第三个特征正说明倪匡式的通俗科幻开始受到台湾读者的欢迎，科幻的通俗性取得了社会的认同，第二个特征似乎介于两者之间。从这种互为矛盾的总特征中认识1980年代以后台湾科幻的新格局，亦能用两个词来概括，即"创意"与"可读性"。希代版的《新世代小说大系·科幻卷》编者前言中，直接说到了当代科幻的文学定位问题，编者认为："唱高调只会扼杀艺术的自然发展，但一味追求通俗效应也令人疑惧。作者创造力和读者胃口的互动，显然已经形成趋势，如果要对九十年代台湾科幻小说发展作出一个概括性的预言式描述，那么，创意与可读性无疑的是两个主要重点。"② 这里提出"创意"与"可读性"是

---

① 黄凡、林燿德《新世代小说大系·前言》，希代1989年版，第6页。
② 《新世代小说大系·科幻卷·前言》，希代1989年版，第12页。

立足于对未来的预测,但这种预测又是立足于"作者创造力和读者胃口的互动已成趋势"的现实基础上的,因此,"创意"与"可读性"可以作为我们今天讨论台湾当代科幻小说的一个视角。

二、当代科幻与通俗文学的离异倾向

通俗文学的含义,在新文学史上的探讨历来缺乏明了性,仅以大陆和海外关于通俗文学的对立面的解释看:大陆一般学术界将通俗文学与纯文学对立,而海外学术界是将通俗文学与严肃文学对立。"纯文学",顾名思义是指一种排斥了社会重大主题以至拒绝客观效应的文学创作,一种偏重艺术本体的审美追求、创作心理近似游戏的文学创作。而"严肃文学"就创作主体来说是指创作态度的严肃、认真和艺术上的苦心经营,就创作客体来说是指包括了社会重大主题的创作。纯文学与严肃文学两个概念无法沟通。由于这种语义上的分歧,大陆与海外学术界关于通俗文学的理解并不一致,大陆似乎更看重文类的客观效应,海外则注重创作主体的态度。但有一点,大致上是可以认同的:即通俗文学是一种媚俗的文学,它是作为商品、以盈利为主要目的而出现的一种创作现象。从这个区别出发,史诗不是通俗文学,而说书人的演义则是通俗文学。通俗文学与非通俗文学之间,无论在语言文体(文言/白话、民间语言/欧化语言)、体裁形式(旧体诗/白话诗、京剧/话剧,影视文化/文学作品),创作态度(游戏文学/严肃文学),创作题材(武侠传奇/现代革命英雄主义、才子佳人/现代反封建题材、侦破推理/社会问题,黑幕/批判现实主义)等等,都没有绝对的分界,一切都会因时空转移而生出相对的意义,创作主体上只有"为我写作"还是"为他人写作"的分界(即意在是否为迎合某种读者口味去创作),在客观效应上只有媚俗与特立独行的分界。但就作为一种状态的写作本身而言,这种分界是很难划清的。一部特立独行的作品一旦受到了读者的宠爱,它的后继者对它的模仿就成为媚俗即通俗的作品,尤其是现代社会中,任何作家的成功都不能不依赖强大的传播媒介,即使像米兰·昆德拉首创"媚俗"之说，他成名后的许多创作亦未能免俗。如果换一个角度看，通俗文化的作用也是多方面的，对专制体制解体的最大威慑力，也可能不是来自社会精英的斗争而是来自洪水猛兽似的通俗读物。或可以说，当新一代科幻小说在台湾文坛上崛起的时候，通俗文学的传统概念与它的对立面精英文学、纯文学或者严肃文学之间的界限正趋向于模糊，以至已经不再是原来意义上的通俗文学。

这就是倪匡与张系国的根本差异。

倪匡创作科幻的时间要早得多。他从事创作的时候正是大陆上新旧文学互相消解，而香港严肃文学与通俗文学壁垒森严之时，倪匡自觉地在旧通俗文学的文类上开辟新路，以科幻为旗号，以卫斯理—白玫故事为轴心，融合了武侠、言情、鬼怪、推理各派路数，形成别具一格的通俗科幻，终于在海外通俗文化市场上打开局面，形成"金庸新武侠——亦舒新言情——倪匡科幻"的三足鼎立之势。倪匡对科幻的主要贡献，就是使科幻成为中国通俗文学的一个门类并获得了中国读者，至于说到文学上的功罪，那自有历史去评论。倪匡小说在 1980 年代进入台湾文化市场，也说明了科幻作为通俗读物正式获得华人社会的认同。

张系国的科幻小说则代表了另外一种，以至相反的意义。作为一个在美国接受了系统科学教育的电脑专家与科幻作家，张系国几乎出于本能地拒绝中国通俗文学因子对创作的介入。他是以西方科幻知识为背景，努力从中国新文学传统中去开拓科幻领域。1970 年代在海外的华人作家圈子里，新文学与传统文学的壁垒已经很难分得清了，在《星云组曲》里，他对人类在未来社会的处境的忧虑，对科技高度发展以后人的个性丧失以致智力沦丧的预测，对在宇宙背景下重构历史的热情以及贯穿其中的对文明衰落的忧患、末日意识等等，从西方科幻背景来看或许是用来吸引读者的通俗技法，但在中国新文学传统中，则是闻所未闻，足以振聋发聩，新文学与通俗文学在科幻层面上的对立已经消解。正因为文学背景的不同，张系国的《星云组曲》系列的问世，产生出与倪匡的卫斯理系列完全不同的意义，他的科幻，显然无法与琼瑶的新言情、古龙的新武侠在通俗领域里逐鹿中原，共享鼎足割据。

当然，张系国在台湾对科幻面貌的改革并非孤立行动。台湾文坛上从1968年张晓风发表《潘度娜》起，科幻小说创作就一直在西方科幻的背景下发展，黄海、吕应钟等人的创作，基本是以太空宇宙为背景的奇幻故事，与中国传统通俗文学中言情、武侠、黑幕、鬼怪、演义、公案六大文类均无甚关系。所以台湾的科幻从一开始起所走的就是与香港倪匡的通俗科幻不同的路。但问题是，西方科幻本身也属通俗读物类，早年凡尔纳、威尔斯所开创的老派人文传统，早就被淹没在光怪陆离的星际大战声中。诚如《新世代小说大系·科幻卷》编者在前言所说的，"资本主义社会中，科幻作品的文学品味愈来愈不重要，读者要求的是故事精彩热闹，布局奇特，不管思想空洞或者内容千篇一律"。事实上，西方科幻的通俗路子也是同传统的通俗文类结合而成的。黄海在一次讲话中把它归纳为如下几点："在日本，科幻小说是科幻和侦探结合在一起，倪匡的小说或者可说属于这类。科幻和武侠小说结合，可能变成《星际大战》那类武侠小说。科幻和恐怖结合，变成科幻恐怖小说。这些科幻小说，在我们看起来是不该列入文学正统里面。"① 若以本文所理解的通俗文学特征即"媚俗"来理解，那么，以取悦读者口味而创作一些太空奇幻故事，也应属于通俗读物的文类，不过是与传统中国通俗文类相异罢了。

张系国为科幻小说性质的改造所作的努力在这样的文化环境下看是顺理成章的。这一切都归功于他有意识的尝试，从《星云组曲》到《城》三部曲，张系国科幻创作的当代意义主要表现在以下两个方面：一是他力图改变以西方高科技的资本主义文化为背景的科幻故事叙事模式，尝试着将科幻与中国传统文化背景结合起来，使威尔斯式的人文精神东方化（这一点在《五玉碟》《龙城飞将》等作品中体现出来）；二是他力图拒绝以恐怖、怪诞、机关布景等刺激读者胃口的通俗手法的介入，努力将科幻小说的想象力同五四新文学的人文传统结合起来，在中

---

① 《德先生·赛先生·幻小姐——1982年文艺节联副科幻小说座谈会》，收《当代科幻小说选Ⅱ》，知识系统出版社1985年版。

国新文学的传统里开创科幻的新品种。他在这两个方面所作的尝试成功与否，可以作进一步的讨论，可以肯定的是，由于这样的尝试，才使台湾的科幻小说改变了通俗文类的面貌，同时以这样的精神培养出新一代的科幻小说家。

若以 1949 年以后出生为序的台湾作家为新世代作家，这一代人最早介入科幻领域并取得较大成功的是叶言都（1949 年生）《高卡档案》的发表。据说这篇小说经过作家一年半时间的构思创作，发表时间为 1979 年 8 月。这篇小说针对科学上企图控制生男育女将助长社会陋风的问题，虚构了一个愚昧国家因重男轻女而被敌国有机可乘，终于灭种亡国的故事，作警世用。这个故事与张系国的讽刺小说《望子成龙》（《星云组曲》中的一部）有着某种同构的联系，但内涵要比后者扩大了许多，涉及历史、政治、战争、科技以及人心黑暗等一系列领域，显示了新世代作家开阔的视野。1980 年黄凡（1950 年生）以科幻小说《零》夺得《联合报》中篇小说奖，对人类未来的处境提出了严肃的质疑。这两个作品虽然也带有通俗文学因子，但从技法到思想主题，都已显示了新世代作家与传统通俗文类的进一步决裂，这种决裂在新世代作家的创作中体现出强烈的自觉性。黄凡在 1982 年的一次座谈中曾这样宣布："我认为现在科幻小说几乎可以被视为正统文学，我个人就是从事这种严肃文学创作，藉着科幻来表达我一些严肃的想法。……我自己创作的方向是以非常严肃的立场假藉未来的状况。"[①] 尽管黄凡在以后几年的科幻小说创作中未必都遵守了这一诺言，一些游戏之作假借了作家横溢的才气不时地被制造出来，但当初的这一宣言以及他早年的科幻创作，确是表达了新一代作家对科幻所取的严肃态度。

或可以说，自 1980 年代以后，台湾科幻小说不断向新文学的人文传统靠拢，离通俗文类日愈远去，这种变化借着新世代作家对科幻愈来愈多的加入而变得举世瞩目。张系国主编的"七十三年"（1984）、"七

[①] 《德先生·赛先生·幻小姐——1982 年文艺节联副科幻小说座谈会》，收《当代科幻小说选 Ⅱ》。

十四年"(1985)、"七十五年"(1986)三本科幻小说年度选集所收的作品就是一个证明。"七十三年""七十四年"所收的是时报文学奖附设科幻小说奖入选作品,"七十五年"始为"张系国科幻小说奖"获奖作品,均是有充分的代表性。"七十三年"科幻小说评奖的入围作品有二十四篇,分作九类,分别是:纯科幻类五篇、太空历险类四篇、时空交错类两篇、浩劫类两篇、爱情类一篇、侦探类一篇、讽刺类一篇、转世不朽类五篇、历史政治类三篇。评审委员会没有照顾各门类的分配名额,入选的五篇中,纯科幻类占两篇,浩劫类一篇,历史政治类两篇,表现出强烈的倾向性。到"七十四年"评奖时,张系国又明确规定了"鼓励提倡具有中国风味的科幻小说"。在选集的序言里,他指出:"也许这些作品,仍比较偏重内容,偏重理念,而比较忽略通俗趣味的一面。但我认为,这是发展具有中国特色的科幻小说,所必须经过的阶段,所必须付出的代价。如果一味强调通俗趣味,又如何区别于武侠小说?如何有别于其他类型的通俗小说?我们必须先确立,中国科幻小说是严肃的文学形式,然后再增加通俗趣味不迟。"这就像是一篇宣言,明确提出要把科幻从通俗文类中分化出来。这种导向在"七十五年"的作品选里看到了具体结果,除了一篇(诚然谷的《袖珍人和发明家》)在手法上带有爱情故事的通俗性外,其他均是品位很高、含有深刻人生哲理的作品,完全洗去了通俗文学留下的胎记。连选编者,也忍不住在前言中说:"这六篇小说,都不是轻松的小说,读者初看也许觉得吃力,细读则各有滋味。"当然,这样的作品已经无法再混迹于通俗文类。再进而读到1990年出版的《新世代小说大系·科幻卷》时,给人的感觉是焕然一新,与其他几卷通俗类(如《武侠卷》《爱情卷》等)所收的作品相比有相当大的反差。

三、当代科幻的创意性

由通俗文类走向反通俗,在短短几年里,台湾当代科幻不但从倪匡式的中国通俗文学和西方《星际大战》式的通俗科幻中演化出来,出污泥而不染，而且在创意性方面不但为当代严肃文学创作，也为中国五四以来的新文学传统，提供了文学创作的想象力和新经验。

李欧梵教授曾感叹中国新文学传统缺乏真正富于幻想的作品，即使像梁启超《新中国未来记》、老舍的《猫城记》、沈从文《阿丽思中国游记》等富有想象力的作品，也都逃不脱"社会"与"写实"这个框框。这种批评是相当中肯的。半个多世纪以来，沉重得令人喘不过气来的现实不仅吸引了中国大部分知识分子的注意力和同情心，而且完全抑制了他们的想象力，忧国忧民忧现实，成了作家无法回避的主题，也成了新文学传统中无法回避的绝对主题。以此为分界，一切抓住这一主题，表现这一主题的文学就成了主流派，一切回避这一主题的文学就成了边缘文学和被排斥对象。通俗文学的各大文类，基本都属于逃避现实的反主流文学。科幻虽富于想象力，但如果仅以社会场景变换为太空宇宙或异次元宇宙，社会冲突转换为星际冲突，战争工具变为太空战舰或激光，交通工具改为时间隧道等等新概念新术语为限，那么新名词新背景虽能以陌生化效果取悦读者一时，但仍旧无助于想象力的真正解放。特别是当这些术语概念成为约定俗成的科幻道具以后，人们对它的新鲜感渐渐为新的媚俗所代替，科幻小说的品质终究得不到提高。因此，科幻小说要有助于改变新文学缺乏想象力的弊病，使新文学传统真正丰富起来，它只有努力摆脱传统的通俗文学品质，使自身进入真正的文学创意的范畴，在文学创意上有所突破，有所改变，以至更加丰富。小说中的科幻成分应该成为一种艺术想象力的出发点，一种贯穿在主题中并大胆超越它的自由精神，这样才能充分发挥它在文学创作中的潜在威力。

新世代小说家们在1980年代上叶的科幻写作中显然是相当自觉地实践了这样一个目标。我们仍然以三卷科幻小说年度选为例。在"七十三年"作品集里，五分之三是以太空宇宙为背景，十分明显地留下了艾萨克·阿西莫夫的影响，在"七十四年"作品集里，宇宙故事只剩下了一篇（占六分之一），而在"七十五年"作品集里，宇宙故事一篇也没有了，描写题材由天际转向了地面，五篇台湾作家的作品中，倒有三篇是用讽喻的手法写出了人（电脑人）在现实生活中个性被压抑的可

悲处境，哲理型的荒诞写实取代了幻想型的浪漫传奇。这种由浮华转向朴实的作风，由浪漫幻想转向哲理思考的趋向，能否标志了中国新一代科幻的创意性与新文学传统开始结合，显示出中国科幻的真正成熟？

摆脱了浪漫幻想，摆脱了宇宙太空，摆脱了机关布景是否意味着科幻本意的丧失或者想象力被现实的沉重力量所吞噬？对此或许可以作进一步讨论。本文为了更好地提出反证，下面将对三组科幻作品的创意性作出分析。我的结论是：新一代的科幻作品利用其创意性使科幻从通俗母题里摆脱出来，为新文学的现实传统提供了写实主义框架下无法获得的想象力。

第一组是对通俗模式进行利用和改造的科幻作品，或可称为利用母题模式，这组作品采取科幻意象与通俗模式相结合的手法，通过科幻的想象力在旧母题里注入新的人文精神与现实精神。典型作品为林燿德的《双星沉浮录》（1984年）和骆伯迪的《文明毁灭计划》（1985年）。这两个作品都保留了艾萨克·阿西莫夫历史科幻传统，作者以上帝创世纪的气魄，为人类重修一段文明历史，或者重新塑造一个虚拟的文明世界。

从故事模式来说，《双星浮沉录》是典型的传统科幻模式，从故事构架到道具设计，都留下了西方通俗科幻的痕迹。从时间纵度上，作者重拟了基尔星球完整的文明兴衰史——由一百七十年前第一艘殖民船在地球人史匹贝尔率领下驶入星球，驱逐了丽姬亚人，使基尔星球加入地球联邦开始，到四年前土著领袖卢卡斯在星球上驱逐了地球联邦的托拉斯跨星企业势力，保卫了星球独立的辉煌时刻，再到此刻星球已被地球联邦出卖，将再度沦为丽姬亚帝国的奴隶——展示出宇宙间无法抗拒的历史悲剧。在时间的横截面上，作者抓住了星球行将灭亡前夕的内外各种势力争斗，描绘出一派世界末日图景。这里有丽姬亚帝国的野蛮入侵，有地球联邦的阴险出卖以及对基尔移民船的残酷摧毁，有基尔各党派之间的明争暗斗，恐怖主义的破坏以及宗教的式微等，借此对人性的自身弱点作出深刻反思。复杂的政治历史斗争描写得有条不紊，险象丛生的情节引人入胜，即使以一般的科幻作品来衡量，亦不失为一部上乘之作。但这部作品并不是在新奇、紧张而且富有刺激性的场面中让人们忘却现实进而逃避现实,贯穿全篇的,依然磅礴着一股强烈的中国知识分子的人文精神与现实主义态度——神话与现实在小说里产生了融汇一炉的奇妙效应,使人们在尽性遐想中会突然意识到自己身处现实环境的悲哀,逼使人们去关心当前世界的种种冲突,去关心当代人类的生存环境。这里仅举一个例子:六百万基尔移民在空中遭难,这一情节中饱含了现实社会移民狂潮的可歌可泣,作家在字缝行间里没有丝毫的玩世与讽世,反倒充满了悲天悯人的宗教关怀。

科幻是现代人的神话。随着科学技术的发展,昔日的神话已被一一戳破,人们崇尚科学的同时也失去了心灵的寄托,科幻的功能在于重新激发人们的想象力——再塑起建筑在科学之上的神话世界。传统神话是人类童年阶段的思维产生,它是美丽的,总是伴随着对已经逝去的历史的怀恋,而现代神话则始终是面对人类的未来,充满了现世的焦虑和对来世的恐惧。这种种可怕的想象力在现实主义传统中很难得到淋漓尽致的体现,因为现实主义在本质上是乐观主义的文化,它总是将人类的理想寄托在未来的时间维度之中。科幻小说的反"乌托邦"的现实批判精神,也许正可以作为对当代现实主义传统的一种补充。基尔星球居民在宇宙中无以立足的悲惨处境,在现实具有一种警世的意义。又如骆伯迪的《文明毁灭计划》,作者虽然在结构上留下了阿西莫夫的痕迹(特别是开篇部分,几乎是套用了《银河帝国兴亡》的构思),但在小说的总体构思上则是独具一格。作者用现代科学的理论与成果来重新解释中国上古神话,使之留下了现代版的科幻印记。在这些利用母题型的作品里,科幻与通俗模式的一致性不但没有产生通常的消极性的效应,反而在可读性得到保证的前提下展示出创意的魅力。

第二组作品,是科幻与通俗文学二元对立的模式。小说中科幻成分不是作为故事情节的一环来展开,而是组成一个独立的故事,并且在原通俗故事框架中产生出不和谐的效果,以科幻成分的独立意象来消解原作品框架本来的通俗含义,以此来提升作品的品质。这类作品的结构,也可称为是二元对立的反通俗模式。如张大春的《伤逝者》(1984 年)

和黄凡的《皮哥的三号酒杯》（1984年）。

《伤逝者》的故事框架很容易让人以为是一个侦破故事：小说从一个政治谋杀案的调查开始写起，终于在侦破过程中牵出了复杂肮脏的党派斗争，揭露了政党之间勾心斗角、背信弃义的阴暗内幕。——如果到此为止的话，那么，尽管故事置放在某个星球上，仍不过是一个侦破与社会黑幕的通俗小说的科幻翻版。然而《伤逝者》的科幻特征并不在此，它的想象力集中体现在对一种生物"畸人"形象的创造上。这种"畸人"是在三次核战争以后残存的生物，属人的变种，却整日与蟑螂、垃圾为伍，怪模怪样，百般痛苦却独独不能死去，因此只能被人们用来作射击靶子。他们唯一的愿望是求死，退求其次是得一次暂时的"假死"……"畸人"身上寄寓了作家可怕的艺术想象力，而这种想象又是以今天人类科技与政治活动的现实作出合理推理的："畸人"正是人类末日的写照，它所陷入的不能自拔的可怕处境，正是今天人类自我作践的结果。"畸人"的故事是《伤逝者》的中心，它给人产生出一种震惊的感受，从而抵消了侦破故事框架可能给作品带来的陈腐意味。

同样，黄凡的《皮哥的三号酒杯》也不是一般地利用科幻来揭露资本主义社会商品与科学之间的矛盾。表面上看，它似乎写了一个商品社会里有正义感的广告艺人的故事。皮哥是个优秀的杂耍艺人，因为贪杯失去了工作，不得不为一家商业公司做三号酒杯的广告，那酒杯是用土星上的金属钚制成的一种新合金，但他不久发现这酒杯有问题，他的朋友、科学家杨也为之失踪，这一切都被公司老板掩盖住了，皮哥最终在广告里公开揭露了这个酒杯的问题。这种故事，似乎可以归入社会批判一类。可是这部小说的中心不在皮哥而是酒杯，这个神奇的酒杯不仅仅是皮哥手上的道具，它本身就是一个迷人的故事，它完全违反了"三度空间结构能储存和释放能量"的结构物理学原理，能释放出一种"妖氛"，把生命摄入"四度空间"去领受宇宙的大恐怖。酒杯的故事比皮哥的故事更能激发人们的想象力。我对这篇作品感到不满足的是，小说里关于这个神秘酒杯的故事展开得还不够充分，不足以消解皮哥故事所含的传统意味，但它的存在，实际上是展开了一个与皮哥的故事相对应的非现实世界，使小说产生了新鲜的魅力。

与利用旧母题的模式不一样，二元对立模式使科幻成分与通俗故事成分处于对立之中：《伤逝者》展示了"畸人"与安大略侦破推理故事的对立，《皮哥的三号酒杯》展示了"酒杯"与皮哥批判现实的对立，这种对立揭示了当代科幻的内在冲突和自我突破，科幻成分已经不再是作为故事发生的一个奇异背景，也不是一种奇怪现象的结论，它本身展开了一个独立的世界来刺激人们的想象力和审美兴趣，它寓故事于故事，与作为小说框架的故事题材由对应到冲突，进而达到反通俗文学的意味。《伤逝者》本来只是一个推理侦破并揭露政治黑幕的通俗故事，但出现了畸人故事以后，在小说意义上则成了反侦破，因为安大略最终的侦破结果变得微不足道。同样，皮哥的故事即使没有科幻成分也构成一部主题严肃的现实批判作品，但由于酒杯自身的神秘世界与马若公司老板并无直接关系，因而科幻的加入使它超越了批判现实的意义。

对于艺术魅力，不同的文学领域有着不同的功能方式。在一部精致的文学作品里，魅力就意味着独创、特异、新鲜，永不重复已有的经验，思人所未思，想人所未想，才有生命之树常青。但对通俗文学来说，它的功能不在刺激读者变换胃口而在延续读者既有胃口，它永远是重复陈旧的腔调，永远有现成的模式，使读者的阅读感情始终沉溺于经验的回味之中。如才子佳人模式、惊险破案模式、善恶对立模式，结尾都是未阅先知，但读者需要有对这种既定结局的心理准备，才能一心一意地去消费感情，通俗文学的魅力就在于让读者在重复中一遍又一遍地加深经验，以至百读不厌。我们从这两部作品中所能感受到的，似乎是两种魅力的综合，对一般读者来说，通俗故事框架能够满足他们的可读性要求，但就文学本身来说，科幻的想象力则提供了全新的魅力，而且这一种魅力终究会抵消通俗故事的魅力影响。

第三组作品的情况更加不同。它在结构上不借用通俗文类的故事框架，而是采取了完全排斥的态度。它的叙事方式是采取了现代小说的思辨形式，科幻成为小说作者思考的起点，也是小说所要展示的艺术画面。这些作品完全不顾及通俗性与可读性，甚至对人类生存方式的合理性提出质疑。平路的《按键的手》（1986年）与她的其他非科幻小说一样，充溢了对现代文明高度发达下人性归宿的探索精神。无论从哪个角度来看，这个作品都留下了卡夫卡的思维痕迹。卡夫卡在《变形记》里写一个小职员一天早晨醒来突然发现自己变成了甲虫，《按键的手》则写电脑工程师林在一天早晨突然怀疑自己并不具有生命，实是一台被某种程序所控制的电脑。但卡夫卡在人变甲虫的奇想中，揭示了生活的荒诞意义，而平路则通过电脑人对自身本质的认识，使荒诞成了科学假设。电脑人反复求证，都被证明是一台电脑，反过来当他用各种方式想证明自己具有生命时，结果总是一无所获，由此他对人生感到恐怖，在世界上，那无数个像他那样"每天孜孜地上班，喘吁吁地做爱，栖栖惶惶地忙着证明自己"的人们中，有多少人只不过是一台按电脑指令走入自动循环程式的机器人，受着一个更神秘的手操纵。小说还写了人操纵白鼠走迷宫的故事，讽喻了人类实际上陷于和白鼠相同的处境。在小说的结尾，电脑人隐隐约约看到了这样一个场面："我梦到自己已是一台扭开了的电脑，在我的盒子外面，所谓我的读者，正按着所谓的键盘，随心所欲发出指令。而恐怖的是，就在读者们自以为吹弹得破的肌肤外面，隐隐然地，我却又看见了另一只按键的手。"这结尾似乎揭示了生活中"螳螂捕蝉，黄雀在后"的可怕现象：小白鼠被电脑人操纵着，电脑人被人操纵着，而在人的背后呢，依然有一只"按键的手"，最后揭示的形而上思考几乎达到了宗教的境界。贺景滨的《老埃的故事》（1987年）在想象中带有更抽象的哲学思考，老埃（i）是数学上的无理数，是个"不合理的存在"，它深藏于人体之中，吞噬了人的各种思想而成熟（由此证明了人的荒诞性正是一种理性的结果）。这篇作品更大程度上是个讽喻性的寓言。"老埃"既是一个科学上的假设，又是人对生活荒诞性认识的象征，人一旦认识到生活的荒诞性即"无理"，却又无法消除它和摆脱它，这才陷入了真正的恐怖和悲哀。《按键的手》里的工程师林通过一个荒诞故事正面描述了这种苦恼，而《老埃的故事》则以更抽象的拟人和象征影射了这种苦恼。在这些故事里，科幻的成分演化为作品思考的起点："人是否会变成一台电脑？"或者是"人体内生存了'无理数'后怎么办?"不用说,这些思考本身都很抽象,很晦涩,已经无法与一般媚俗的作品等同。

无论是利用通俗母题模式还是二元对立反旧母题模式,这两组作品都是采取了创意与可读性相结合的方式,但在第三组作品中,可读性完全被忽视,因而作品也完全脱离了通俗文学的范畴,成为抽象的哲理小说(这样的作品还有裘正的《窥梦恨》,所描写的人生感觉与大陆新潮小说家残雪相同,只是它写了生化人的故事,使故事趣味稍微通俗一些)。我们不能不承认,新世代的科幻小说在品质上、趣向上都突破了原来的通俗文学范畴,改变了科幻从属通俗文学的传统品位。从主观上说,新世代的科幻作品在追求"作家的创造力和读者的胃口互动"中越来越多地发挥了作家的创造力和想象力的作用,以求提高读者的口味和旨趣,像"三号酒杯""畸人""按键的手""老埃"等科幻意象,都是不可模仿,也是反媚俗的,由此它自觉地打破了严肃文学与通俗文学的界限。再从客观效应来说,这些作品也没有一味追求情节的刺激性而不顾艺术趣味。正相反,林燿德、叶言都、张大春、骆伯迪等人的政治历史科幻,虽然套用了西方科幻的框架,但在立意与艺术追求上都卓然不凡,非一般通俗读物可类比。至于黄凡、平路、贺景滨等人的作品更是以严肃的社会与哲理主题为中心去布局谋篇,不妨可以看作是想象力丰富的纯文学作品。所以,随之纯文学与通俗文学的界限在现代科幻中也被消解。

四、关于创意与可读性结合的几点设想

当我们描绘了台湾当代科幻小说创意性的走向时,我们不能不看到问题的另一面,也就是当科幻小说越是摆脱通俗文类,作家的创意与想象力越是发挥作用,作品的可读性也越小。这也如张系国所说的,是为建立中国特色的科幻小说而付的"代价"。但事实是严峻的,一旦科幻小说背离了大众趣味,背离了通俗文学的媚俗原则,那么,它自然也会遭到读者市场的叛卖。这在张系国主编的三本年度科幻作品选里已经有

所流露。①《七十五年科幻小说选》的"前言"中，张系国分析知识系统出版社的科幻丛书不畅销原因时说："爱好文学的读者不看，以为太偏科学；爱好科幻的读者也不看，以为太偏文学，结果两面不讨好。"本来，把科幻品质从通俗文类中提升，可以获得两方面的读者：爱好文学的看其创意性和想象力，爱好科幻的读者看其通俗故事，现在情况却相反。其问题的症结并不在文学与科幻的矛盾，而在创意与可读性的结合未能圆通自如。

可能是这个命题的自身矛盾限制了探索的可行性，因为对创意的作品来说，可读性并不能满足于以光怪陆离的机关布景之类的手段招徕读者，同样在可读性较强的作品里，创意也不能表现在类似武侠小说中令人眼花缭乱的武功武术。两者的统一缺乏共同的基础，总是不自觉地让科幻作家偏于一端而废弃另一端。这种趋势或许会导致1990年代科幻小说的两极分化，形成通俗科幻小说和纯文学科幻小说的分别。如果像平路、贺景滨这一类作品仅仅作为高层次的科幻作品标志了科幻所达到的纯文学水准，那么它们是否能够拥有大量读者就变得微不足道，因为还有不少新世代作家写出了趣味盎然的通俗科幻作品，如黄凡的《上帝的耳目》、林燿德的《大日如来》等，都是科幻模式与武侠成分相结合的游戏之作，可读性相当强。但是从科幻小说的自身建设出发，探索一条创意与可读性结合得比较好的创作方法，以求在纯文学与通俗文学之间走出第三条路，这就目前的创作现状来看仍是一个未能完全解决的课题。因为依照科幻小说的分化趋势，只不过表明一部分科幻小说从通俗文类摆脱出来归入纯文学的文类，而大多数科幻作品依然停留在"通俗科幻"的水准上，两极分化不但未能重新规划科幻小说的文学定位，反而消解了科幻文类自身的性质。

所以，在这一点上，新世代作家们把"创意与可读性"作为1990年代科幻的重点去追求，是有远见的。

---

① 这里是指七十三、七十四、七十五年度的科幻小说选，《七十六年科幻小说选》及近几年的科幻小说集都未能读到。

但这样追求的难度就在于如何使"创意与可读性"结合,使之与"作家的创造力和读者的胃口互动"的现实基础相适应。在作家的创造力走到了读者口味的前头,使科幻小说完全失去了可读性的反面,是作家的创造力向读者口味的迁就。因为对一个科学技术并未如西方社会那样进入了每家每户的日常生活,时时刻刻能够刺激起人们的好奇心和想象力的社会读者群来说,电脑人、机器人、外星人的概念无异于神仙下凡或妖怪作祟,异次元、四度空间等奇境也难免混同于孙猴子一个跟斗翻十万八千里的神通,传统神话与现代神话的分界并没有那么清晰。如果以这样的读者胃口为适应标准来培养作家的想象力,1990年代受欢迎的科幻作品很可能会成为《西游》《封神》的科幻翻版。《上帝的耳目》和《大日如来》中已经表现出这种迹象。这两部小说都是以"末日"与"救世"为主题,展开了神与魔的激烈冲突,在《上帝的耳目》中,是在侬来星诸神支持下的叶云乔和魔鬼王莫斯拉的斗争,在《大日如来》里,是密教徒黄拔与黑闇大日如来的斗争。尽管都充满了才气和想象力,但其基本小说模式和故事原型,均未脱旧武侠与神魔题材的窠臼。张系国曾经有预言说:假如有突破性的科幻小说,一定会和《水浒》《红楼》情义的传统相结合①,并且,他在自己的创作里也作了这种尝试,但这种假定多少也是向读者胃口迁就的一种策略。科幻小说在审美意味上与一般通俗文学的显著区别,就是它具有时空陌生化的效果,科幻小说通常是以非凡的想象力和丰富的科学知识使读者进入一种陌生的环境,产生处处新奇的审美感受。然而"情"和"义"本是中国传统文化中人伦关系的核心,也是中国人思维模式中最习熟的文化语码,科幻小说一旦融合了情义传统,其陌生化效果顿失,科幻的色彩也随之淡化。不妨将《城》三部曲与《星云组曲》中的《铜像城》和《倾城之恋》作一比较,故事的背景都是写索伦城的战争历史,但《铜像城》与《倾城之恋》的想象力显得更加无拘无束,读者的陌生、新

---

① 张系国《科幻之旅》,收《夜曲》,台北知识系统出版社1985年版,第130页。

奇之感也更加强烈，而《城》却多少有些传统历史演义的俗套。

科幻小说的"中国特色"当然是一个有意思的命题，它自然也包括了符合中国读者欣赏习惯和现有知识的问题，但由于科幻是二十世纪西方文化背景下的一个独特文类，它是以读者提高了科学知识、树立了地球上居民是一个人类整体的基本观念作为前提的，所以它在一个科学知识相当贫乏的社会环境下又必须担负起使科学幻想适应读者口味与提高读者口味的两方面工作，既不能将正宗科幻降低到神魔小说的水平以迁就读者，又不能如同前卫小说那样一味强调科幻小说的超前性。我想，只有使读者在新奇的审美趣味中慢慢习惯一套科幻术语与科幻概念，进而提高对科学本身的兴趣与想象力，这才是"作家创造力和读者胃口互动"的一个标志。

作为一个海峡彼岸的文学批评工作者，我无意为台湾当代科幻小说的发展作出预言式的展望，从我有限的阅读中，我凭直感觉得在新世代小说家的科幻作品里，创意性与可读性的试验分别都有可观的成效，唯堪注意的，是两者如何结合为一个统一体。倘若前面引用的新世代作家的预言——创意与可读性是1990年代台湾科幻小说发展的"两个主要重点"，提升为"一个重点"，即两者有机的统一体，那中国科幻小说的前景将会更加辉煌。

（初刊《流行天下——当代台湾通俗文学论》，林燿德、孟樊主编，台湾时报文化1992年版）

海底事，说不尽

——论台湾1990年代文学中的海洋题材创作①

一、一点说明

本文最初构思是以研究台湾文学中环保意识的发展为主线，顺便也论及海洋文学的创作——当然，是从环保意识的角度来展开论述。可是当我进一步阅读了有关材料，觉得海洋题材的创作在台湾文学中有较为复杂的涵义，非环保意识所能涵盖②，而且它的审美内涵也独树一帜，与西方文学中的海洋题材的审美传统很不一样，形成了有意味的对照，可以证明世界性因素在东西方文学中的不同存在形态。③ 再者，我觉得海洋题材的创作在台湾文学中还属于起步阶段，并未形成真正的成熟风格和真正的大家之作，而且在理论倡导上似缺乏对文学的真正感知，如

---

① 本文为台湾中央大学国文系于2000年9月16—17日举办的"两岸文学对谈会"提交的论文。

② 我把海洋题材创作从环保意识中抽出来单独研究，并不意味两者完全无关，环保意识仍然是海洋题材的重要思想形态之一，但是它有题材的特殊性。

③ "世界性因素"是我针对比较文学中的影响研究方法提出的一个概念，旨在强调不同民族文化背景下的文学在面对相同环境时所产生的平等对话的可能性，同时也是对将一国文学现象置于世界文化格局下加以考察的意义的探讨。详细论点可参考拙文《20世纪中外文学关系研究中的"世界性因素"的几点思考》，载《中国比较文学》2001年第1期。

果理论研究不能与创作实践形成有机的互动关系以促进文学形态的成熟，反可能导致创作的误区。鉴于以上几个因素，使我对海洋题材的创作产生了浓厚兴趣，以至改变了文章的原来论题，集中讨论有关海洋题材创作的几个问题。

二、"海洋文学"的概念探讨

本文将研究对象规定于1990年代的海洋题材创作，以示它是从以往文学创作中的海洋题材持续发展而来，并显示了时代的特点。我注意到近年来台湾文学批评中屡屡出现了"海洋文学"的概念。我认为，这个概念的提出有利于推动作家创作海洋题材的自觉和形成必要的文学思潮，但同时也应该防止过早用这一概念来割断与以往海洋题材创作的联系，使之完全成为1990年代社会思潮的新生儿。以我的比较保守的观念而论，任何文学创作一旦被社会思潮所利用都可能成为流行物的符号，即使流行一时，也不可避免产生文学的异化，终究受影响的还是文学艺术自身的存在价值。所以，我还是用比较谨慎的"海洋题材创作"一词来解释我所面对的文学现象。但我并不放弃使用"海洋文学"这个概念，希望台湾文学中的海洋题材创作获得足够发展并在形成了成熟的美学特征以后，这个词仍然可以成为这一创作现象的最好的概括。

我缺乏足够的资料来确定台湾文学创作中"海洋文学"一词的最初提出时间。据政治大学中文系硕士研究生简义明的硕士论文所记载，东年的《海洋台湾与海洋文学》一文中论及"海洋文学"一词，是作者所看到的第一篇论及这个名词的文章。[①] 东年的文章发表于1997年8月出版的《联合文学》，当他论及"最近的有关海洋文学的创作"时，列举了杜披云的《风雨海上人》，夏曼·蓝波安的《八代湾的神话——来自飞鱼故乡的神话故事》《冷海情深》，廖鸿基的《讨海人》《鲸生鲸

---

① 参见国立政治大学中国文学系简义明的硕士论文《台湾"自然写作"研究——以1981—1997为范围》，1998年，第152页。

世》和梁琴霞的《航海日记》，这些关于海洋题材的文学创作都是在1990年代问世的。但东年指出："出版家和文评家，很容易就将自己经手的书贸然冠以'这本书开启了台湾的海洋文学'这样隆重的赞词，一者因为有关海洋的写作在中国或台湾确实都得来不易，二者因为台湾没有条件来培养专业的文评家，以维持持续的观察。"① 其语气里不无抱怨之意，似含有讽刺提倡"海洋文学"的书商与文评家的无知与盲目。似乎是为了提醒人们的文学史知识，东年又特意罗列了1990年代以前的台湾文学中关于海洋题材的创作，尤其是已故诗人林燿德在1987年主编的《中国现代海洋文学选》②，所收诗人与小说家的作品数量不少。但东年还在提醒读者"我们一定还忘了谁的作品"，当然是有遗忘的，因为东年没有提到他自己的创作，而据有的研究者认为"东年堪居台湾海洋小说的首席，前有汪启疆等做诗，后有廖鸿基等为文，传递海洋生活的真实经验与感动"③。或可以说，汪启疆的诗、东年的小说与廖鸿基的散文（也包括他的散文体小说），可以构成台湾海洋文学的主要代表线索。

如果我们关注中国台湾文学史的话，似乎还有一个现象值得注意，就是早在1975年创刊的《大海洋》诗刊的创刊号上，有朱学恕撰写的题为《开拓海洋文学的新境界》的创刊词，提出了海洋的四大特性：一、多彩的人生，情感的海洋；二、内在的视听，思想的海洋；三、灵智的觉醒，禅理的海洋；四、真实的水性，体验的海洋。④ 虽然说的是海洋特性，但其所提炼的海洋境界，也包含了审美境界，似乎可以看作

---

① 东年《海洋台湾与海洋文学》，载《联合文学》第13卷第10期，第167页。

② 林燿德主编的《中国现代海洋文学选》共三本，分《海事》（小说选）、《蓝种籽》（散文选）、《海是地球的第一个名字》（诗歌选），台北号角出版社1987年版。我没有读过这套丛书。

③ 庄宜文《航向人性的黝深海城——试论东年的海洋小说》，收《"海洋与文艺"国际会议论文集》，台湾国立中山大学文学院编，1999年，第224页。

④ 我没有读过《大海洋》诗刊，此材料引自萧萧《台湾海洋诗的美学特质》，收《"海洋与文艺"国际会议论文集》，第204页。

是对"海洋文学"的最早的美学定义。由此也可证明，台湾文学中的"海洋文学"的概念，至迟于 1975 年就提出了。另一个是 1987 年林燿德为《中国现代海洋诗选》写的导言中，论述了郭沫若、覃子豪、痖弦、郑愁予和汪启疆等人的作品，并把现代诗的海洋题材处理方法归纳为四种：一、自经验的海洋现象入手，或止于素描写实，或由实入虚，推演到人生境遇的感怀；二、自超验的海洋象征入手，或由虚入实，以寓言的模式处理现实上特定的主题；三、将海视为理性思维的客体；四、将海当作单纯的道具，成为诗人叙事或抒情的布景。虽然是总结前人的创作经验，也包含了对台湾海洋题材创作的倡导。①

但是值得提问的是，1975 年和 1987 年都不是隔得远久的年代，为什么于今已经不被人们所注意？为什么 1990 年代以前，四面环海、可以说是日日见海的台湾文学家们似乎没有"海洋文学"的自觉，1990 年代以后"海洋文学"却突然冒出水面？还有一个材料可以说明这一点：1998 年底在高雄市举行"海洋与文艺"国际会议，收在论文集里的十九篇论文中，关于现代台湾文学（包括新马诗歌）中海洋题材创作的占十篇左右，其关键词和使用的主要概念中，与海洋有关的是：海洋书写、海洋意象、海洋诗、海洋美学、海洋小说等，而直接使用"海洋文学"的地方很少，只有一篇主题有关"澎湖文学"的论文的关键词中提到过这个名词，但并未展开讨论。② 这十来篇论文中也没有论及 1990 年代被列为"海洋文学"的代表作家的创作，换句话说，1990 年代的"海洋文学"虽然被出版家所热炒，却还远没有进入学术界的视域。由此可见，东年所抱怨的书商和文评家以"海洋文学"来标新立异于文坛不无道理，事实上，1990 年代的"海洋文学"的提出挟带了时代的风气与资讯，隐含了与传统的海洋题材创作相异的内涵。

从文化的背景上看，1990 年代"海洋台湾"口号的提出，包含了

---

① 参见林燿德《泱漭环中国——〈中国现代海洋诗选〉》，收林燿德《不安海域》，台北师大书苑 1988 年版，第 350—351 页。

② 请参阅《"海洋与文艺"国际会议论文集》。

对台湾经济发展与民族性格重新定位的政治抉择,其中较为明显的意识是批判原来国民党政权出于军事对抗而采取的严厉海禁政策,希望发展海洋经济、塑造海洋性格等等。① "海洋文学"似乎应和了这一政策而被传媒广泛宣传,逐渐显现出某种文学创作的思潮。但吊诡的是,文学始终无法跟随政治思潮运转,文艺有自己的规律,作家有独立的审美倾向,没有必要也没有能力去承担兴亡大事。在我看来,1990年代文学创作基本是在一种知识分子精英被去势的状态下展现的疲软与无奈,只能是在多种取向与多元价值的缝隙里寻找生存的理想和价值观,其中最有价值的是在民间确定自己的岗位,重新捡拾起知识分子的人文理想空间。像自然写作、海洋文学等文学主张的提出,多少是与这种知识分子人生价值的自我调整有关,也显示了台湾1990年代文学的真正特色。

更进一步说,由陆地文化向海洋文化转型并不仅仅是台湾人的个别意愿,而是与世界资本主义全球经济体制的确立,加剧了对海洋的争夺、控制与重新分配有关。即使原来采取闭关自守政策的大陆,一旦实行改革开放也自然而然地将重心移向沿海地区,推行其沿海发展战略措施。早在1980年代大陆的改革开放政策确立以后,学术界进一步讨论的是文化如何适应这种经济领域的转变,就有人提出过"黄土文明"与"蓝色文明"的对立概念。② 1990年代大陆学术界正式将海洋文化确定为一门学科,以培养专门研究人员来对应"二十一世纪是海洋世纪"

---

① "海洋台湾"的口号在1990年代台湾传媒上颇为流行。如台湾《自由时报》1997年4月22日策划"海洋台湾专辑",声称"冀望从海洋中寻找台湾的地理与精神坐标",东年在《海洋台湾与海洋文学》一文中强调了中国文化的多元发展的理论,根据这种理论的解释,"中原系统的仰韶文化不是中国甚至黄河流域的唯一源流。黄河下游的山东半岛、淮北,长江下游的太湖、杭州湾南岸,以及包括台湾在内的东南沿海地区,都有与仰韶文化同时并存的其他文化渊源。中国大陆的地理西与北背负大陆,东与南面临海洋,必然会是大陆国家也是海洋国家"。(载《联合文学》第13卷第10期,第168页)

② 如1989年中央电视台拍摄的一部电视政论片《河殇》,就提出了"黄土文明"与"海洋文明"的对立。

的预测与挑战。① 但我以为，一切出于大国利益争夺而推动起来的所谓"海洋世纪"，无非是人类已经把陆地上的一切自然资源掠夺、摧残殆尽，开始将贪婪的目光转向海洋资源的一个悲壮信号。请允许我引一段有关"海洋世纪"的宣言式的论述，选自大陆的一本较新出版的《海洋文化概论》的教科书：

> ……二十世纪末叶以来，人们的"世纪末"感觉与心态日益加重：人类的人口越来越加大、环境越来越恶化、生存空间越来越狭小、陆地资源越来越减少、食品生产和供应越来越捉襟见肘……二十一世纪怎么办？难道人类只能在二十一世纪束手待毙？人们这才把目光重新投向海洋：我们赖以生存的地球，70%多的区域是海洋！那里是一座天然的浩大的可供我们人类无量（尽管有量）宝库！我们人类的祖先诞生于海洋、发展于海洋，我们有必要"重返海洋"；而"重返海洋"并不能一味向海洋索取，"杀鸡取卵"，只有强化和端正海洋意识、海洋观念，以法治海，以法治洋，使海洋"人文化"，才是二十一世纪的根本上策。②

为了保持写作者的原始心态，我连这段话的标点符号也一个未改，就是想说明我们（人类）面对海洋时产生的何等可怕何等贪婪何等霸道的真实心理。回到几个世纪以前，这样的贪婪与霸道心理直接孕育了西方殖民主义这一怪胎，开始谱写了人类文明史上最可耻的西方向东方殖民地掠夺的血腥历史。现在地球上的土地、森林、河流、荒野几乎被所谓的发展"文明"破坏光了，二十一世纪来临，所有地球上的人类（我们）一起朝海洋进军了。大海无言，鲸鱼不会掀起反人类殖民海洋

---

① 《海洋文化概论》，曲金良主编，青岛海洋大学出版社1999年版，第1页。书中写道："'海洋文化'这一名词和概念，尽管不是近几年才有的，但把它作为一个学科提出来，上升到学科意识对其加以研究，却是近几年的事。"

② 《海洋文化概论》，第3页。

的运动，但最终的结局是什么还不令人心悚骨立么？

我还发现，无论大陆还是台湾，对所谓"海洋文化"的概念的解释都是来自黑格尔《历史哲学》一书。黑氏把人类文明假定为三种形态：高原地区文明、平原流域地区文明和海洋沿岸文明，而西方的殖民主义文化正是他所勾勒的"海洋文明"。他面对大海抒发豪情，写出了被后人津津乐道的海洋文明的"宣言"：

> 大海给了我们茫茫无定、浩浩无际和渺渺无限的观念；人类在大海的无限里感到他自己底无限的时候，他们就被激起了勇气，要去超越那有限的一切。大海邀请人类从事征服，从事掠夺，但是同时也鼓励人类追求利润，从事商业。①

黑格尔的洞察力相当敏锐，在描述"海洋文明"的同时已经预言了它的海盗性商业性的文化性格，而这样一些文化性格在黑格尔时代或更早些的西方文化发展中曾经是被有机地统一在殖民文化里，许多以海洋为题材的西方文学作品，也常常被作家体现为人/自然、文明/野蛮、征服者/报复者等对立模式，展开恐怖血腥的故事情节。但是在二十一世纪来临的今天，虽然这种文化性格被许多人用来当作鼓励民族性格重塑的参照，事实上在全球化的资本主义世界里，像大陆和台湾这样的后发性地区已经失掉了重新充当殖民主义掠夺者的可能性，世界性的环境保护意识也构成了与海盗式的掠夺海洋意识的理性对抗与互为制约的新机制。任何民族都是世界人类村中一份子，其性格塑造不能不受到世界关系的制约与影响。因此，虽然 1990 年代"海洋台湾"或"海洋文化"等社会思潮可能会助长"海洋文学"的发展，但从根本上说，台湾作家对海洋题材的开掘并没有完全按照社会思潮的运作方式，而是仍然依循着文学创作的审美规律逐渐走出自己的面貌与格局，他们歌颂渔

---

① 黑格尔《历史哲学》，王造时译，北京三联书店 1956 年版，第 134 页。着重号为原书所有。

民在大海里为生存搏斗中与自然界构成的血肉相连的关系，歌颂大海养育万种生命奇迹以及呼吁人类对海洋的保护等等，既是传统海洋题材创作资源的延续，又吸收了时代的文化信息，展示出独特的美学追求。

三、几个相关论题的讨论

（一）1990年代海洋题材创作的叙事特征

1990年代海洋题材的创作量并不多，传统体裁的利用也不多。在1970—1980年代我们可以读到大量描写海洋抒发诗人情怀的诗歌，像痖弦、郑愁予、汪启疆等人的诗作，还有更早期的诗人覃子豪的《海洋诗抄》，应该说是台湾海洋题材创作的颇为雄壮的开幕；[1] 1980年代东年的海洋小说在台湾文坛上独树一帜，那些交织着西方现代意识对人性的深入解剖与中国知识分子特有的忧患传统的海洋小说文本，虽然有重人事而轻海事之嫌（海洋仅是背景的陪衬），但在缺乏海洋题材传统的世界范围内的华文文学中，其表现的海洋生活仍然具有强烈的艺术震撼力，可以说是第一流的海洋文学。但在1990年代被一些"出版家和文评家"推崇的"海洋文学"作品，少有诗歌与小说等传统形式，主要的文体表现为散文、小品、游记、随笔、日记，甚至是科学报告等，总称为"散文体"的文字。即使小说（如廖鸿基、夏曼·蓝波安等人的作品）形态也都是带有强烈的自传色彩和抒情色彩，与传统小说中一贯强调人性斗争（如康拉德的水手题材小说）或人与自然的生死搏斗（如麦尔维尔的《白鲸》所营造的艺术氛围）的情节小说不太一样，因而似也可以称为"散文体"小说。前面所引的研究者称汪启疆的诗歌、东年的小说和廖鸿基的"为文"作为台湾海洋文学的三大代表，我觉得此处的"为文"即指"散文"，以示与东年式的小说的区别。例外的也有，如王家祥的小说《鳃人》，带有科幻想象的色彩。

---

[1] 有关海洋诗的研究资料，参考了杨雅惠《台湾现代诗中的海洋书写》，收《"海洋与文艺"国际会议论文集》，第53—82页。

当然，真正的区别并不在于形式，与叙事文体的改变相比较，作家叙事立场的改变则带有鲜明的 1990 年代文学的时代特征。1980 年代台湾解禁前后的文学创作中，作家体现出一种与大陆新文学传统血肉相连的现实战斗精神，集中表现为对现实政治社会的批判与对人文理想的终极关怀，作家的立场是批判的，在场的，刺刀见红的。如东年的海洋小说，海洋是作家所熟悉的生活场景，船舶漂流在茫茫大海上显得封闭孤立，其所上演的一幕幕血腥事件也就有了高度的寓言性质，更加具有人性批判和社会批判的象征意义。而在 1990 年代所出现的海洋题材创作中，这样一种直面现实人生的战斗精神明显萎缩，作家似乎主动退离了原先的立场转而从事更加专门的、职业的论述工作。于是，环境保护工作者、科学研究工作者、渔民生活体验者和海洋生活观察者、航海旅行家都自然而然成为"海洋文学"的主要作者，他们的身份已经超出了职业的文学工作者，他们的作品也并非体现出纯粹的文学家的叙述立场。这种叙述立场我用一个词来说明，姑且称之为"民间岗位意识"①，它包含了三层意思：第一，是民间的而非官方的；第二，是有专业岗位的，如环保、海洋科学、渔民作业等；第三，是一种新的知识分子的价值取向，即知识分子不再冲锋陷阵充当为民请命的角色，而是通过疏离社会政治与强调有专业的发言，来履行知识分子的责任与使命。这样一种文学叙事立场的转变，在台湾 1980 年代的环保文学（主要形式是战斗性最为强烈的报道文学）到 1990 年代的自然写作（主要形式改变为专业性、观赏性、抒情性的散文和科学小品）的转变中表现得最为明显。

1990 年代创作海洋题材作品的主要作家几乎都有自己的社会职业身份。《航海日记》作者梁琴霞的身份是旅行者，随笔《看海的人》的作者贾福相是科学工作者，《鳗人》作者王家祥是环保工作者，夏曼·

---

① 关于知识分子的"民间岗位意识"，笔者另有专文讨论，可参阅拙文《我往何处去——新文化传统与当代知识分子的文化认同》《知识分子转型期的三种价值取向》等，均收入《还原民间——文学的省思》，台湾东大图书公司 1997 年版。现已收入本文集第 1 卷第 5 辑。

蓝波安和廖鸿基都是自觉返回故乡当渔民并从事写作，感受着真正的大自然的美好与自由。廖鸿基的生活道路最为典型，他从事过政治活动，也有相当的成绩，但是"那种热血与共的兄弟情谊不再，拿捏不定的人际关系，对人、对事日夜累积的挫败，让他觉得原本柔软的心已经僵硬得不自有所感动，他再一次地'想逃'"①。显然他以中年之身退出政界返回故乡当渔民，与渔民们一起出海捕鱼，是寄托了人生高远的理想。当有人问他为什么要走"讨海"的路，是"为着鱼还是为着海"的时候，他回答"为着鱼是生活，为着海是心情"②，把日常生活需求与人生的精神境界完全融为一体。③ 同样，夏曼·蓝波安本来是受过高等教育的原住民知识分子，但他自觉拒绝了现代社会给他安排好的道路（正如他在小说里所写到的，这些生活道路也是大多数原住民所向往和争取的），返回故乡过着近于原始的潜水射鱼的劳动生活，因为贫穷和危险，他的选择连家人也不能理解。中国古代知识分子离开庙堂返回民间耕读（如陶渊明的"不为五斗米折腰"），只是表示了清介狷狂的个性，但在价值取向上庙堂与民间是相一致的。而在现代社会，离开庙堂而返回民间工作岗位，热爱一种真正与自然为友的自食其力的劳动生活，则是表明了知识分子价值取向的根本性变化，即他们通过非国家权力性质的民间化专业化的创造性劳动来重新界定生活的意义，创造新的理想社会。这种新的价值取向反映在文化的角度上，相应地表达了作家主动疏离主

---

① 蔡文婷《愿做大海的新郎——渔夫作家廖鸿基》，收廖鸿基《漂流监狱》，台中晨星出版社1998年版，第191页。

② 廖鸿基《丁挽》，收《讨海人》，台中晨星出版社1996年版，第165页，同页，作家还写道："一个甲板往往就是一个王国。在这里人与人的关系变得单纯和原始，一切规范、制度……那种种人为的樊笼，都可以打破、修改和重建，在海上，我感受到任性的自由和解放。那原始的人性得以在这里挣脱束缚无遮无藏。"

③ 对廖鸿基来说，选择过渔民生活没有任何客观原因，完全是他听从了内心的召唤。在从政时期，他经常一个人带着一瓶矿泉水一件渔衣沿着海岸线走，可以走好几天，开始以为是有人对他说话，原来是他在自言自语。他过去的政治同僚说过这样一个细节："有一次我们一同去盐寮海边散步，我看到廖鸿基一直往海里走去，相信他还不至于要寻短见，然而竟然衣服都没有脱，就直接走进海里。"可见，他在当渔民前后是经过了非常痛苦的内心抉择。

流的社会政治，置身于文化的边缘，以追求人性与社会的完美和谐。与1980年代台湾知识分子积极参与社会斗争的态度不同，这些作家基本上对现实社会采取了回避的态度。在官场/自然、主流社会/原住民、陆地/海洋、政治/科学等对立范畴中，自觉选择了后者作为安身立命之地。所以，我觉得台湾评论界关于"海洋文学"的理论炒作有意与"海洋台湾"的社会思潮相联系，未必能准确解释这批作家的创作意义，甚至是违背了作家们从事创作的美好初衷。

其次是强调有专业的发言。知识分子价值取向的改变并不意味着他们放弃对社会的责任与使命感，只是他们改变了发言的方式，不再是士大夫奏章式的发言，也不再是广场上的偶像演说，他们充分利用自己的专业知识，用专业的语言影响权力机构的决策部门或表达社会的良知力量。对于"海洋文学"的作家来说，他们的专业具有双重涵义。首先，他们拥有海洋资源、海洋生活方面的专业知识，在1990年代的海洋题材创作的文本中，几乎没有过去知识分子亲临海边或乘船面对大海抒发豪情的叙述模式，在他们笔下，"海洋"是专业的海洋，科学的海洋，而非"人文化"的海洋。《航海日记》是一部作者参加环球航海旅行的日记体实录，记载了大量的海洋奇观，对于所见到的鸟类鱼类，作者不但做详细介绍，还唯恐读者没有身临其境不能产生感性认识，特意附录了许多作者手绘图画。《鲸生鲸世》是作者策划实施的《花莲沿岸海域鲸类生态研究计划》的成果，不但详细记录了作者所参加的"寻鲸小组"在海面上观察鲸类生存状况，还有图片摄影等资料作附录。贾福相的海洋散文则更像是关于海洋的饶有趣味的科学小品。即使像廖鸿基的《讨海人》《漂流监狱》《来自深海》等散文小说集，详细实录渔民的讨海生活，对各种捕鱼知识，连吃饭、睡觉、方便等最日常的生活方式，都有生动的记载。夏曼·蓝波安的小说集《冷海情深——海洋朝圣者》更是自觉地用自传体小说形式保存了达悟族的风俗、禁忌、信仰、生活方式等原住民文化。正因为海洋在他们的笔下是作为客观的科学的对象出现的，海洋的自在形象就格外突出，这大约是1990年代海洋题材创作的重要特点之一。其次，我们不能忽略的是，所谓作家们的专业发言还包含第二层涵义,即这些文本既然是以文学的形式书写的,就不能不含有另外一层专业性语言,就是文学性和情感性的特殊体现。"海洋"既不能是人文性要素的任意修饰物,又必须能让作家传递出真正的独立的人文情感。这涉及一系列"海洋文学"的美学境界的创造。

(二) 海洋题材创作中的环保意识

从"海洋文学"的创作意识来看,与环保构成了比较复杂的关系。1990年代以前台湾的海洋题材创作中并无环保意识。但随着1970年代台湾经济开发的大规模发展,文学界出现了以报道文学为主的环保呼吁,有意思的是,最初的呼吁声恰恰与海洋有关:马以工的《九孔千疮》、《破碎的海岸线》和韩韩的《沧桑历尽——写我们的北海岸》等,都是以保护台湾北海岸的自然风景为主题,拉近了环保运动与海洋的关系。[1] 廖鸿基的《鲸生鲸世》应该是1990年代环保文学的代表作。虽然这是一本自然生态的实录性著作,但自始至终贯穿的是人与鲸类的亲近原则与对滥捕鲸的控诉。在廖鸿基的散文创作中,也有保护鲸类及反对海洋污染的现实关怀,如《我们的海洋朋友》一文针对一场"鲸类保育研讨会"上渔民代表要求开放捕杀"海豚"的呼吁,驳斥了海豚破坏鱼类资源的说法;《塑胶海豚塑胶》批判了陆地污染对海洋环境的破坏和塑料制品扔进海里对水族生存的威胁。[2] 这些都具有明显的环保意识。我比较同意作家陈映真对文学中的环保意识(即"环境意识"一词)的理解,他不认为一般的自然写作都可以算环境文学,只有与现代生态学知识和意识相关——认识到自然巧妙均衡的生态环境是人类社群生存所寄之根本,并认识到如果不立即展开为了缓和和挽救各种生态环境危机所必要而广泛的、构造性的变革,人类即将遭受大自然的报

---

[1] 马以工和韩韩的报道文学都收入两人合著的《我们只有一个地球》,台北九歌出版社1983年版。

[2] 这两篇散文均收入廖鸿基的散文集《来自深海》,台中晨星出版社1999年版。

复，使现代文明之基础从根崩解。① 这样的环保意识自然是充满了现实的抗争精神，与1970—1980年代知识分子整体上的精神状况相符合。但随着1990年代的知识分子的立场的转变，随着民间岗位意识的逐渐确立，现实的环境保护运动也逐渐减弱了激情，环境文学相应转化为更加专业性、更加文学性的自然写作，对动物、山林、沼泽、土地、海洋都有生动感人的描写。从文学精神上说，由环保文学到自然写作是一脉相承，并有了1990年代的时代信息。从这一文学精神出发，某些1990年代的海洋题材创作自然也可以归类到自然写作。自然写作者所谓的"自然语言"②，依我的理解，就是描绘大自然的各种物体的专业性语言。由于作家自觉站在民间岗位上，将"自然"作为专业研究对象而不是主体感情的抒发对象，创作中的人文因素就淡化，自然的科学状态就突出。这与1990年代的海洋题材创作中一部分散文作品（如《航海日记》《鲸生鲸世》等）基本上是相吻合的。

  但问题似乎还是没有解决。台湾的海洋小说的内涵远非单纯的环保意识所能涵盖。首先是1990年代的海洋作家已经不能满足于站在大海边抒豪情写壮志，他们大都是将生命投入海洋，追求的是把大海当作家

---

  ① 陈映真《台湾文学中的环境意识》，载《联合报》副刊，1996年1月6—8日。

  ② 台湾学术界对"自然写作"的研究似乎也是刚开始，还没有深入的理论探讨。据作家刘克襄的定义，自然写作与一般环保文学或传统山水文学存在着明显差异："他们表现的语言，充满更多的自然科学元素与知识性的描述。经常长时期定点在野外从事调查，特别强调土地现场的经验和时空。创作者也认清自己扮演的角色，体认都市文明的无所不在，以及无所逃遁于天地之间。"什么语言才是"充满更多的自然科学元素与知识性的描述"？刘克襄似乎强调的是对自然物有"具体与鲜明的形象"，能讲出物种的"名字、习性、色泽、生活环境、生态运动，糅和着人文思考的细腻观察"。（刘克襄《台湾自然写作初论》，载《联合报》副刊，1996年1月4—5日）另一位倡导者陈健一也为自然写作下了定义："自然写作是自然语言与自然体验辩证过程中延伸出来的一种文学类型。"他所解释的"自然语言"是"自然观察者习惯使用的自然语汇，如花草树木昆虫的名称等"，其作用是"透过自然语言，自然写作者笔下的自然每每淡化了人的角色，让观察到的自然以更原始具体的面目呈现，并形成一组组有意义的感性知性网络，引发读者的自然心情"。（陈健一《发现一个新的文学传统——自然写作》，载《参与者》1994年11月15日）

园。他们写海洋,离不开写渔民的生活。尤其是廖鸿基与蓝波安都是自觉选择了讨海人的生活方式,不可能不靠在海里捕鱼为生。如果从生态的意义上说,在茫茫大海里捕鱼的人也是生态中的人,就与海洋里的其他鱼类动物一样,遵循着生存的法则。廖鸿基在他的作品里生动地描述了虎鲸是如何捕食鬼头刀鱼,而鬼头刀鱼又是如何凶残地捕食鲣鱼和飞鱼,强食弱肉就是海洋世界的自然生态。获奖小说《三月三样三》描写了黑鲭河豚如何与渔民争食鱼获,把渔民辛苦钓到的鱼全部吞噬干净,让人想到海明威的《老人与海》,但直接体会到的不是把自然界的争夺上升为人生事业成败的境界,而是叹息渔民在海洋里劳作的辛酸与无望。"两百年前捕鲸,是人与鲸战,是一场公平的战争,有时鲸胜,有时人胜,有时两败俱伤。"[①] 公平的战争就体现出悲壮的美。所以,当有人问廖鸿基的渔民老师海涌伯"钓鱼是把快乐建立在鱼只痛苦挣扎上"时,海涌伯认为"这是多么无聊的问题"。[②] 正是基于这样的朴素的自然观念,海洋题材的文学创作才会出现像《白鲸》《老人与海》等惊心动魄地描写人鱼搏斗的艺术经典。其次是,文学创作归根结底是要表达人的意志与人的理想,"环境保护""热爱动物""土地伦理"等理想的设定,本身仍然反映了人类在现代社会中为了更合理的生存的自我制约。如果一旦离开了人的主体精神而侈谈自然至上,就不可能建立起真正意义上的文学。有的评论者推崇廖鸿基从《鱼血》书写转向保护鲸类的写作,我认为这是很片面的鼓励。下面是廖鸿基的散文《鱼血》中的描绘:"……尖刀拔起,像拔开了火山口的栓塞,血浆泉涌喷出,腥风血雨如浪花纷飞。像是终于吐出了郁积在胸腔里的一口怨气,魟鱼不再敲打船板,静静地躺在大片血泊中。我常常想问海涌伯,这一刀究竟是残忍还是仁慈。"[③] 于是有研究者就责问:这是否符合自然写作者

---

① 贾福相《人与海》,收《看海的人》,台北联经出版社1999年版。
② 廖鸿基《钓鱼》,收《漂流监狱》,台中晨星出版社1998年版,第136页。
③ 廖鸿基《鱼血》,收《漂流监狱》,第107页。

遵循的"土地伦理"？① 我想，一个酷爱和平的作家并不妨碍他惊心动魄地写出战争暴力的残酷与血腥，只有充分认识生态的残酷竞争真相的人，才有资格来讨论如何保护生态。尽管作为渔民的一员，廖鸿基身上的鱼血可能会"即使相隔三公尺外也会汩汩散逸血腥味"，这不妨碍他成为最热心和最有效的海洋环境保护者，因为在作家发出"这一刀是残忍还是仁慈"的提问时，他已经具备了伦理上的觉悟。

我没有研究过土地伦理的全部著作，但就有限的介绍中，我觉得这一理论与十九世纪的安那其主义的生物互助理论有密切的关系，是由对达尔文的生物互竞论的反动而来。它所提倡的"土地是社群"的伦理观念，核心思想是主张"土地是由动物、植物、土壤、水和人类所共同组成的社群，人类是其中一个成员，必须与其他成员互赖共生"。② 这是带有多么强烈的乌托邦色彩的理论假定。土地上的万物是依循了自然生存规则自由生长，它们之间的"互赖共生"远不是人类乌托邦所设想的相亲相爱的童话，而是通过食物链上的有机环节互为依赖地共"生存"。片面强调对某种动物的绝对保护，都会带来对其他动物的伤害，如鲸鱼是海洋里最高的消费者，如果强调绝对性地保护所有小鱼不被吞噬，那庞然大物鲸鱼只好饿死。依照生物互助的理论，互助只是同族同类的生物圈里的生存原则，而不是对其他生物圈的规则。同样的道理，人类捕鱼也是一种高难度的生存搏斗，集中体现了人在惊涛骇浪中的勇

---

① 比如台湾中央大学中国文学研究所许尤美的硕士论文《台湾当代自然写作研究》（1998年5月），认为廖鸿基的《讨海人》的意义在于"渔民文学"或"反映中下层社会的写实文学"，并作如下评价："强调人类为求取生存，与大海搏斗的过程，表现出渔人的生活哲学与生命韧性。因为舞台设定在大海，描写海洋风景以及各式的海洋生物是无可避免的，但若说经由《讨海人》可发现符合土地伦理的精神，实在是勉强。"而《鲸生鲸世》一书则"更结合了本土意识，由原本以标枪血洗大海的渔夫，一变而为用望远镜、摄影机关心海洋的朋友：态度从征服、掠夺变为和平、尊重"。

② 参见李奥波（Aldo Leopold）《砂地郡历志》（A Sand County Almanac），转引自陈慈美《保育文化与生态良知——李奥波的启示》，收《台湾的文学与环境》，江宝钗等编，高雄丽文文化1996年版，第205页。

敢与智慧。如果承认人是生物圈里的一个成员,那也应该承认人类为生存而从事的狩猎活动同样存在着一定的正当性与合理性。文学应该表现甚至歌颂人类这样的带血腥暴力的人生经验,并从中感受到人性的悲壮与美丽。如果因为捕杀动物的不道德而取消了对渔民生活的歌颂,片面强调专业知识的书写而忘记了文学从根本上说是为了表现人与人性的思想感情,那么海洋文学创作就有可能都成为《鲸生鲸世》这样的科学知识的普及读物,文学性仅成为一种修辞作用。当然后者也是很有意义的工作。但如果片面强调了这一点,那以文学创作的特质与人性研究的深度而言,所谓的"自然写作"会因为缺乏科学思想指导和文学艺术作用而失去它应有的感染力。

但是,一旦这些暴力场景置于当代资本主义大规模的生产方式和掠夺自然资源的背景下,意义就不一样了,破坏了海洋生态的大型捕鱼活动尽管也是反映了人类的某种生存要求,但从根本上说是毁坏了人类合理生存的客观条件,从环境保护的角度看来,都将陷于不仁不义的罪恶之中。禁止海盗式的捕鱼是与保护渔民合理捕鱼相辅而成的,有没有这种辨别能力也是衡量一个作家良知的标志。在廖鸿基歌颂渔民的篇章里,我们也看到了他对滥捕滥杀鱼类的海盗行为的抗议(如《凋零海洋》),甚至在小说《一起》中直接写了讨海人为保卫捕鱼的合理性而进行的抗议活动。从某种意义上看,这正是 1980 年代陈映真先生所积极倡导并殷切期望的环境文学的主题。

本题讨论之所以要以廖鸿基的创作为例,是因为我认为他的作品代表了目前台湾海洋题材创作的最高水准,但并不是没有进一步发展的前景。他的创作主流是《讨海人》《漂流监狱》等描写渔民生存处境的作品,而不是因为参与了一次科学调查活动而带来的副产品《鲸生鲸世》,如果作者因后者获得的赞扬和诱导,而逐渐放弃对海洋生活的艺术感受与艺术表现,一味陶醉于所谓的"自然写作",那是很可惜的,无论于台湾的海洋文学还是于他个人的写作事业。

(三) 海洋题材创作中的原住民文学因素

这个问题因达悟(雅美)族作家夏曼·蓝波安的创作而起。"兰屿人的海洋经验里,有神话故事,有歌谣咒语,有祭仪禁忌,有男人吃的鱼,有女人吃的鱼,有独木舟、鬼刀头和阿尼肚。海洋的律动,就是雅美社会的结构和律法;飞鱼的去来造就雅美人独特的价值世界——他们才是真正的海洋民族。"① 原住民的主体是生活在山地与海洋,其文化早已经是被主流文化挤压到边缘的弱势文化,相对习惯于描绘平地社会中的人事纠葛和历史兴衰的汉文化而言,原住民对山地与海洋的理解又有另一层意义。比较夏曼·蓝波安与廖鸿基的海洋题材创作相当有意思。两人的经历有相似的地方,都从事过反对派的政治活动,夏曼·蓝波安在1980年代投入了反对核废料储存兰屿的运动②和原住民的运动,后来他们都是在一定程度上出于对政治的厌倦与觉悟,主动回到家乡跟随父老学习捕鱼,成为出色的渔夫,并深深地热爱海洋与渔民的生活方式。廖鸿基的创作从书写"鱼血"到呼吁保护海洋鲸类,反映了自己从事的捕鱼生涯与现代环境意识之间的矛盾,他是通过对海洋环境保护等工作来解决这一矛盾的,从意义范围而言,仍然属于现代主流文化圈;而夏曼·蓝波安似乎是直接站到了现代主流文化的对立面,他在回顾自己的生活道路的转变时说:"我虽然还没有拿出一件好作品,但是回乡之后,由于神话故事的影响,和实际参与传统文化的工作和生产,使我的社会地位不再局限于反核领导者了,现在族人一谈到'夏曼·蓝波安',就知道我会抓鬼头刀鱼,也是一个潜水射鱼的高手,对于后者的界定显然比前者更令我喜欢,也是我所追求的标的。"③ 值得注意的是这段话里表达了夏曼·蓝波安的"自我界定":他的社会地位显然不是指汉文化主流社会中的"社会",而是对兰屿人的渔村"社会"而

---

① 孙大川《午后雷阵雨》,收《山海世界——台湾原住民心灵世界的摩写》,台北联经2000年版,第12页。

② 台湾于1970年代开始兴建核电厂,1980年代在兰屿西南角建造一个置放核废料的场地,引起了达悟族居民长期的抗议斗争。参阅纪骏杰《环境殖民:资本主义生产扩张下的台湾原住民土地与资源权》,收《原住民土地与文化学术研讨会》,谢伟芬编,中国土地经济学会出版1998年版,第8—13页。

③ 见《流传在山海间的歌》,台湾原住民作家座谈会,载《联合报》副刊,1993年7月14日。

言,他在反核领袖与射鱼高手的地位之间毫不含糊地选择了后者。这无疑是表明了一种价值取向上的变化,当然不是说,反对核废料的运动与兰屿人关系不大,而是说明了在更多的达悟族人的心目中,海洋里的射鱼高手的地位比社会运动领袖要高得多。我想受过现代教育的夏曼·蓝波安以后也不会放弃任何反对损害兰屿岛环境的行为的运动,但这些运动只能是在汉人为中心的政治圈里进行(包括1990年代以后颇为热闹的原住民运动),而经历了真正的大海洗礼的达悟族人夏曼·蓝波安已经参透了其中有限的意义。他信仰的已经是另外一种文化哲学和生活原则,两者相比,在他心目中正如井蛙与海之差别。所以当他加盟于海洋题材创作时,虽然用的仍然是汉语言文字①,给文学带来的是一整个异质文化的资讯。

在航海事业不发达的时代里,人们对海洋的想象力不外是神秘莫测的海外奇谈,传统文学作品里大海的意象通常是人们逃避陆地社会的人事纷争的理想净土,所谓"道不行乘桴浮于海",所谓"忽闻海上有仙山,山在虚无缥缈间",都是把海洋理想化进而虚幻化,使它成为不真实的世界。随着近现代文学中海洋研究和海洋创作的发展,文学描写的范围也从海岸、海上、海底步步深化,也步步神(奇)化。这里的"海岸"是指作者站在海岸边观察赞叹大海,或写渔民的生活故事,创作意识仍然没有摆脱陆地文化与人事纠葛的主题;"海上"是指把描写场景放在漂泊海面上的船舶生活,如渔民捕鱼劳作、海员的远洋生活、海军的战争生活等等,世界名著如麦尔维尔的《白鲸》、海明威的《老人与海》、康拉德的《青春》、维克多·雨果的《海上劳工》等,以及台湾文学的汪启疆、东年、廖鸿基的海洋题材创作均在此列。唯有以"海底"为主要场景的创作极少成果,一般国外文学都局限于科学幻想小说,很少有写实领域的突破。夏曼·蓝波安的创作《冷海情深》可

---

① 夏曼·蓝波安的创作虽然用的是汉语言文字,但并不回避许多名词的乡音表达,如他的第一神话故事集《八代湾的神话——来自飞鱼故乡的神话故事》,即是用汉语和达悟语的拼音字母同时书写。

以说是填补了这一空白。这种创造性的突破取决于达悟族人独一无二的原始的捕鱼方式：潜入海中用鱼枪透射鱼类。海底射手与山地猎手用同样的方法捕获大自然的生命。奇妙的海洋世界真正展现在读者眼前，艺术世界中的人物不再是万物的主宰，而是海底世界的一个狩猎者，他匍匐于海底礁石上，与各种鱼类共同地构成一个互赖共生的社群。这幅海底艺术图景不仅从美学意义上改观了传统海洋题材的内涵，而且由于人潜海底而带来的人与自然的新的关系，在文化哲学上也创造了人类崭新的宇宙空间。

　　夏曼·蓝波安作品体现出来的一整套的达悟族人的文化观念，给海洋题材文学带来的创造性的贡献，既是审美的，也是文化的。达悟人文化中崇尚飞鱼，以飞鱼为中心形成独特的生产方式与文化信仰。在《飞鱼神话故事》里，我们可以读到非常严肃的内容，即民族的口传史诗详细介绍了雅美族长与飞鱼领袖之间的立约过程，让人想到西方基督教文化里上帝与摩西的立约。飞鱼所立的公约，其实是达悟族人长期生产实践中总结出来的对天文、节气、海洋和渔汛的规律的认识。换句话说，也是人与自然之间的立法，通过飞鱼的宗教信仰来建立达悟人的文化规范。我读过一本有趣的书，是通过比较中国的妈祖崇拜与古希腊神话中的海神波塞冬，来讨论中西海洋文化的区别。作者的结论是：在西方海神波塞冬的身上，体现出西方海洋文化的冒险、征服、掠夺、欺诈、霸权的特征，反映了欧罗巴人种个性阴暗的一面；而在中国百姓的妈祖信仰上，人们则看到中国海洋文化的特征——和平、自由、平等、共存的文化精神。[①] 妈祖崇拜属于汉文化的范畴，与飞鱼崇拜的达悟族信仰比较，似乎后者有更进一步的海洋文化的特征：即不是单方面地强调渔民的自我保护，而是通过人与自然的双向交流与选择（人选择飞鱼和飞鱼选择人）来建立一组人与自然和平共处的原则，使自然成为人类取之不尽的生存资源；同时人也必须在自我约束（防止贪心）中索食于自然。

---

　　① 徐晓望《妈祖的子民——闽台海洋文化研究》，上海学林出版社1999年版，第406页。

正如夏曼·蓝波安所说的:"所谓的'迷信'是维系社会之秩序,平衡生存环境之生态,保持与自然界共存共依之亲密脐带。"① 这种人类向海洋索食的原始宗教文化,在今天的环境保护角度来看,仍然具有相当重要的启示。

应该看到,夏曼·蓝波安虽然是一位原住民作家,但他受过正规的汉文化的教育,并且是汉文化为中心的社会成员之一。因此他的生活道路与价值取向的选择,仍然可以看作是当代知识分子群体的一个组成部分。有位朋友问我:像夏曼·蓝波安的创作在1990年代获得成功,是否与我所说的知识分子民间岗位意识的价值取向有关? 我认为在1990年代的多元格局下,知识分子的民间化的价值取向本身是多层次的。在国家范畴以内,非政治权力机构的空间谓之民间;在文化的范畴以内,被主流社会文化所遮蔽的弱势空间谓之民间。虽然同属华夏文化圈内,但在汉文化为中心的强势文化覆盖下,原住民的文化必然属于弱势的"民间"。民间就像是大地,大地虽默默无言而藏污纳垢,然而四季兴替,万物生长,生命力生生不息。它需要知识分子用特定的专业(如文学、社会学、文化人类学、动物学等)来解读它和关注它,并加以弘扬光大。夏曼·蓝波安非常明白自己民族的文化处境,正如他所期望的:"弱势文化要能在经济、政治强大的中华民族里生存是件不太容易的事,加上执政者有意无意地在削弱少数民族之文化发展。尤其是生存在兰屿岛上的雅美族,其'危机'的迹象,正如外来文化日日的抢滩而日日的走上穷途末路,我除了呼吁雅美青年'自重'外,希冀执政者能给予扶植、辅导相当重和;使雅美飞鱼文化之精髓能在日渐焕发光明的华夏文化里头能绽放出其微弱的光。"② 其民间岗位立场非常明显。

但是,我们所讨论的原住民文学因素给台湾海洋文学所带来的原创性特点,只是就美学和文化学的意义而界定的。文学并不是存在于真空

---

① 夏曼·蓝波安《浪人鲹》,收《冷海情深——海洋朝圣者》,台北联合文学1997年版,第139页。

② 夏曼·蓝波安《从飞鱼的社会功能谈起》,收《八代湾的神话——来自飞鱼故乡的神话故事》,台中晨星出版社1992年版,第128页。

之中，它必须与现实生活所显现的价值观念发生冲突，并产生对现实的积极或消极的影响。夏曼·蓝波安以自己对民族的觉悟，返身回到兰屿岛上去过原始的本色的本民族的生活方式，但这样一来，他的行为不能不与现实生活中巨大的物质的文化体制发生根本性的冲突。作为一个诗人与作家，浪漫主义的生活态度基本制约了夏曼·蓝波安的行为方式。比如他在一次座谈中讲述了他在海底与鲨鱼和平共处的一系列故事①，虽然我没有理由不相信他用自身的经验得来的感受和海洋哲学，但正因为我缺乏海洋知识，我无法断定那天他遭遇的鲨鱼是否已经饱食了鱼类或正在追踪有血腥的猎物而暂时不把人类列入食物，否则，如果鲨鱼等性习凶暴的鱼类都不伤人的话，为什么达悟民族会在世代捕鱼的劳动经验中产生如此多的恶灵禁忌？而其中许多禁忌（如不能捕丑陋的鱼类，不能捕太大的鱼类等）分明是在与鱼类的搏斗中获得的惨痛教训。正因为如此，将这种对海洋的浪漫主义推向现实生活时，问题也就随之而来：事实上，从夏曼·蓝波安的自传性的小说作品里我们不难看到，在现代社会的物质经济方式以及强势文化的渗透下，现代达悟族的文化观念也必然地会发生变化。作家多次坦言，他舍弃都市里的现代生活方式而举家回到兰屿岛，就是为了维系古老的民族生活方式和价值取向，从而也是满足他内心对大海的冲动与迷恋。② 可是现实的状况是，包括他的父母在内的家人都希望他回台北"赚钱"而不要沉浸在对海的迷恋中，他的孩子也因天天吃鱼而不觉其美味，新鲜的鱼心并"没有麦当劳的炸鸡好吃"③。当然，我要说夏曼·蓝波安的家庭不愧是达悟族的好家庭，全家人其实是为了满足他的生活信念与对海洋的迷恋，忍受着与

---

① 《海洋与文学艺术》座谈会纪要，林汉杰整理，收《人与海——台湾海洋环境》，贾福相编，台北联经1998年版，第34—35页。

② 夏曼·蓝波安曾经严肃思考过自己的选择："我想着，这几年孤零零地学习潜水射鱼，学习成为真正的达悟男人养家糊口的生存技能，尝试祖先用原始的体能与大海搏斗的生活经验孕育自信心。用新鲜的鱼回馈父母养育之宏恩，用甜美的鱼汤养大孩子们，就像父亲在我小时候养我一样的生活方式。我的做法错了吗？"（夏曼·蓝波安《无怨……也无悔》，收《冷海情深——海洋朝圣者》，第213页）

③ 《冷海情深——海洋朝圣者》，第210页。

现代生活脱节的贫困的生活。① 但对夏曼·蓝波安本人来说，他终究不是心安理得的，于是，他也想到了"赚钱"："是的，我要赚钱了。我不担忧离开家人，但我很万分恐惧离开我的海洋。为了不要听到家人对我的啰唆唠叨。我，唯有拿起笔来写些这几年与海接触的感想与生活经验来敷衍家人。"② 事实上，原住民文学是用汉字来表述，并以汉人为潜在读者的。问题就在于当主流社会无视原住民文学存在的时候，靠描写原住民的生活经验是无从"赚钱"的，可是一旦原住民文学成为主流社会关注的公众主题时，其结果又如同环境保护等运动一样，不能不被纳入主流社会机制，成为它的运作的一部分。原住民极为丰富的文化传统与生活经验在强势文化面前仍然是个"他者"的标本，有被展览与观赏的危险。这与夏曼·蓝波安返回家园的初衷似乎是相违背的。

当然，指出原住民文学在当代社会的两难处境，并非要贬低原住民文学在当代台湾文学中的地位。之所以要作出这样的意义限定，我主要是想说明，夏曼·蓝波安的海洋题材创作并不是作家重返兰屿岛的全部意义，而其他在文字以外的意义，是需要结合达悟民族的历史与未来的发展，由他的社会实践来进一步证明的。

四、几句简单的结语

与人类文化艺术的传统相比，海洋题材的文学创作总是占着微小的数量，但由于它进入了一个神奇的、少为人知的世界而又总是得到人们的关注。在中国文学传统中，虽然在庄子的时代就开始了对海洋的文学性的观察、描述和感叹，但与欧美文学史上的海洋名著相比毕竟缺乏力作。1990年代的台湾海洋题材创作是个刚刚展开的主题，或可以说，

---

① 夏曼·蓝波安在《黑色的翅膀》的自序里说："四年多了，没有上班赚钱，孩子的母亲也烦了，于是干脆也不上班。我往海里逃，她往地瓜田避。孩子们有饭没饭吃已经习以为常。"（《黑色的翅膀》，台中晨星出版社1999年版，第4页）

② 夏曼·蓝波安《关于冷海与情深》，收《冷海情深——海洋朝圣者》，第12页。

它是从 1990 年代以前的海洋题材创作发展而来，又融汇了世界性的海洋文化潮流，将是得风气之先的文学思潮。但也因为它仅仅是刚刚展开的主题，艺术创造上还存在许多有待进一步完善与发展的余地，因此，我怀着真诚的希望来关注它和研究它，希望能在二十一世纪里读到真正有东方海洋文学特点的史诗性的艺术巨著。

2000 年 9 月 10 日初稿于黑水斋，9 月 12 日修订

（初刊《学术月刊》2000 年第 11 期，有删节，现据《谈虎谈兔》《行思集》等版本校勘）

凤凰·鳄鱼·吸血鬼

——台湾文学创作中的几个同性恋意象①

台湾1980—1990年代的文学创作中对同性恋的描写相当普遍，但在现实社会及其以异性恋为样板的婚姻道德中，同性恋仍然属于边缘性的现象，同性恋者的生存环境正处在通过不断斗争来争取逐步改善的努力之中。这种边缘性的观察视角和自我挣扎的人性态度，与作为社会时尚的流行话题，在文学创作中形成巨大的张力。本文通过分析解严前后台湾文学创作中的几个同性恋意象，来探讨台湾社会正统道德下同性恋文化暗流的处境。

意象一："野凤凰"——来自白先勇的《孽子》

白先勇的长篇小说《孽子》发表于1977—1981年，单行本出版于1983年②，要讨论台湾文学中的同性恋意象，首先应该回顾一下这部作品，因为在当时（解严前）的社会氛围下"同性恋文学"的公开表达无疑是空谷足音，同时也似乎暗示了台湾社会在解严前夕出现的道德松

---

① 本文为参加台湾国立师范大学国文系2000年1月8—10日举办的"解严以来台湾文学学术讨论会"提交的论文。本文在写作过程中所用的资料，均由台湾国立师范大学许俊雅教授热心提供，没有她的无私支持与帮助，本文无法完成，在此特向许教授致谢。

② 《孽子》，人民文学出版社1988年出版，本书所引均据这个版本。

动的转机，而文学的力量往往体现在这种天色将明未明之际勇敢报晓晨曦的来临。因此，从同性恋文学的发展角度来看，它确实"抢在一切之前，走出了密柜见天日"。①

  对于《孽子》的评论与研究论著已经很多，但大多数论者都将注意力放在叙述者李青或者小玉等人物身上，毫无疑问，这些"小同志"的性格与身份在小说里都具有较大的典型性，李青、小玉、吴敏和老鼠四人自封为"四大精"，他们以"人妖"自居亦歌亦舞，成为小说的主要角色。但如果从整体性的象征意义上看，似乎还有一个既贯穿始终却又没有公开露面的角色更为重要，那就是被称为"野凤凰"的阿凤。小说开始叙述时阿凤已经死去十年，但他在新公园的阴魂却不散，成为这个独立王国里的居民们一代代流传人口的精神象征。作家利用新公园里的各色人物之口，一遍遍地回忆介绍阿凤的故事，在重复中不断有新的材料补充进来。同时，小说叙述开始就出现了"放逐"与"回归"并行的两个主题：李青因为违反校规被开除又遭到父亲的驱逐，而王夔龙却因父亲去世而回到家中。王夔龙当年与阿凤演出了一场轰轰烈烈的情杀案，然后被放逐出境，如今他一回来就在新公园遭遇李青并一见钟情，因此，李青也是阿凤的替身。李青被放逐的历程正是他不断追寻、了解、认识阿凤的故事，或也可以说是向阿凤的精神回归。因此，在《孽子》里，真正的主人公不是叙事者李青，也不是人妖似的小玉，而是那个幽灵阿凤。他虽死犹生，仿佛是涅槃中的凤凰，笼罩着小说所展示的同性恋者的精神世界。

  "阿凤——他真是个公园里的孩子，公园里的一只野凤凰。他在莲花池畔的台阶上，逛来逛去，蓬着一头狮鬃似的黑发，昂头挺胸，一副目中无人的狂劲儿。"② 阿凤就这样开始在小说里登场。这句话在小说里通过不同的嘴巴重复过几遍，暗示了作家心目中同性恋的真正偶像。

---

  ① 许佑生《一生中值得纪念的时光》，收《男婚男嫁》，台北：北极之光1996年，第3页。

  ② 白先勇《孽子》，第73页。

在新公园里纠集的"小同志"大多是无家可归的流浪孩子,他们既有同性恋倾向,又同时被迫从事为男性服务的屈辱性职业,社会正统道德观念将两者混为一谈,所以对男同性恋者的称呼大都带侮辱性含义:玻璃、兔子、人妖,小说里的"四大精"自称为"狐狸精"(小玉)、"鲤鱼精"(李青)、"兔子精"(吴敏)、"耗子精"(老鼠),他们的师傅也被谑称"千年老龟精"①,都显然带有下层社会的江湖气息。但阿凤则是一只奔放无羁的"凤凰",仿佛是从天而降,在新公园里天马行空,独往独来。

"凤凰"的意象在中国文化传统中的阐释是意味深长的,它具有极其含混的性别取向。从神话典籍记载来看,凤凰的性别属性并不同于后人阐释中的文化内涵。神话研究学者曾经推断出龙与凤皆出自于自然现象的生物化的假设。②龙得之于自然界云水之变,《淮南子·地形训》称"黄龙入藏生黄泉,黄泉之埃上为黄云"③,以泉水与云气的转化过程产生"龙"的形状。《管子》里描述龙的形象:"龙生于水,被五色而游,故神。欲小则化如蚕蠋,欲大则藏于天下。欲上则凌于云气,欲下则入于深泉。变化无日,上下无时。"④ 古人将龙与云水联系在一起,似可将龙视为"水神"或"云神"。而凤则同风相通,也可理解为"风神"⑤。而凰,古音与光相通,有的研究者认为是一种与光有关的鸟,

---

① 白先勇《孽子》,第310页。
② 参见何新《诸神的起源》,北京三联书店1986年版,第62—77页。
③ 《淮南鸿烈解》卷四《地形训》,商务印书馆"丛书集成",第145页。
④ 《管子》卷十四《水地第三十九》,据上海古籍出版社影印清光绪初年浙江书局辑刊《二十二子》,第147页。
⑤ 《禽经》记载:"风禽,鸢类,越人谓之风伯,飞翔,则天大风。"郭沫若《卜辞通纂》引王国维言:"风,谓从隹从凡,即凤字,卜辞假凤为风。"郭也进而推断:"是古人盖以凤为风神。"(《郭沫若全集·考古编》卷二,科学出版社1983年版,第377页)据甲骨卜辞证实:商族观念中凤与风是一个概念,卜辞记录风的地方,一律写成凤,别无风字。(参见王维堤《龙凤文化》,上海古籍出版社2000年版,第60页)

即太阳鸟。① 古人又历来将凤与凰视为一鸟②，于是凤亦由风神转换为火神。《初学记》卷三十引纬书《孔演图》说："凤，火精。"③ 又《鹖冠子·度万第八》："凤凰者，火之禽，阳之精也。"④ 如果我们将龙—凤—凰的自然属性排列起来，即是：云（水）—风—火（日），按阴阳学的理解，在龙/凤（凰）的对立意象里应该是龙为阴，凤（凰）为阳，这是第一层结构；如以凤/凰的对立意象而言，又应该是凤为阴，凰为阳，这是第二层结构。在这两层结构中，凤的性别具有阴阳双重身份。但后来在以汉民族文明为主体的文化阐释中，确立了龙与黄帝轩辕氏的关系以后，汉民族自认是龙的传人，龙被整合到"云—天"的权力神话结构中，整个文化阐释就颠倒过来。尤其在民间就出现了"龙凤呈祥""游龙戏凤""龙在上，凤在下"等新的阴阳结构，即龙为雄的意象，凤为雌的意象。而凤凰的意象也相应发生了身份变化，凤为雄性，凰为雌性。⑤ 只有凤在龙与凰之间的双性的性别身份没有变化，即

---

① 参见何新《诸神的起源》，第 62—77 页。又，河姆渡遗址发掘的文物中，有雕在象牙上的"双凤朝阳图"，图案中心是太阳，两边是两只对称的鸟。

② 《山海经》里有多处将凤凰合并为一鸟："有五彩鸟三名：一曰皇鸟，一曰鸾鸟，一曰凤鸟。"（《第十六·大荒西经》），又说"丹穴之山……有鸟焉，其状如鸡，五采而文，名曰凤皇。"（《第一·南山经》）。《说文》解释得更为具体："凤，神鸟也。天老曰：凤之象也，鸿前麐后，蛇颈鱼尾，鹳颡鸳思，龙文龟背，燕颔鸡喙，五色备举。出于东方君子之国，翱翔四海之外，过昆仑，饮砥柱，濯羽弱水，莫宿风穴，见则天下太平。"（据中华书局影印清同治十二年番禺陈昌治刻本，《说文解字》1963 年，第 79 页）

③ 据台湾商务印书馆影印文渊阁四库全书本子部 196 类书类，总 890 卷，第 478 页。

④ 据台湾商务印书馆影印文渊阁四库全书本子部 154 杂家类，总 848 卷，第 218 页。

⑤ 《尚书正义·益稷第五》曰："箫韶九成，凤皇来仪。"孔颖达疏："雄曰凤，雌曰皇（皇通凰），灵鸟也。"（据世界书局影印阮刻《十三经注疏》民国二十四年十二月初版，第 144 页）《尔雅·释鸟》"鹥，凤，其雌皇。"（据中华书局影印《十三经注疏》，总第 2648 页，1980 年）凤凰释为雌雄两鸟，然而亦可统称谓凤。但有学者认为凤凰原系一鸟，凰即皇，释为用羽毛装饰的皇冠；同时还认为，凤为雌性的象征直到唐代武则天时代才被确立，宋代才被普遍接受。见王维堤《龙凤文化》，上海古籍出版社 2000 年，第 268—276 页。

对龙而言是阴性，对凰而言又是阳性。所以凤的意象本身包含了雌雄合一的性别标记。

在中国传统的性爱诠释中，"龙凤"结构被解释为经典的异性恋文化道德的艺术象征，从而这一结构中的"凤（凰）"的双性身份被遮蔽，由此"凤/凰"合体结构所隐含的复杂的性别道德的艺术涵义也被忽视。《清律·刑律犯奸》依民俗称呼把男同性恋的性行为定为"鸡奸者"，判其罪是："为首，拟斩立决，为从，若同奸者拟绞。"其实把男同性恋者喻为"鸡"，正是一种避讳了凤凰合体图腾的民间粗俗性的借代。白先勇先生的《孽子》第一次为"凤凰"正名，把它作为同性恋文化道德的艺术图腾，并通过阿凤这一"野凤凰"的艺术形象揭示出来。然而在《孽子》的写作时代里，不仅同性恋文学被视为禁忌，同性恋现象本身也被视为禁忌，《孽子》所展示的不仅是"满纸荒唐言"的"同志"话语，而且也是"一把辛酸泪"的现实遭遇。现实环境迫使凤凰不能登堂入室，只能徘徊在藏污纳垢之地阵阵哀鸣。白先勇形象地把他的主人公称为"野凤凰"，阿凤的一切个性与遭遇都是透过一个"野"字而展开。这个"野"字包含了解严前台湾同性恋文化现象所处的被排斥与禁止的信息。

由于阿凤在小说中是个传说中人物，他的性格和形象是通过不同人物叙述出来的，这些不同的叙述里包含了截然对立的特征，也可以说是阳刚和阴柔的两极。小说先是通过一张照片介绍阿凤的形象："少年一头又黑又粗的头发，大鬈大鬈，狮鬃一般怒蓬起来，把额头都遮去了，一双长眉，飞扬跋扈，浓浓的眉心却连结成一片。鼻梁削挺，犀薄的嘴唇，狠狠的紧闭着。一双露光的大眼睛，猛地深坑了下去，躲在那双飞扬的眉毛下，在照片里，也在闪烁不定似的，脸是一个倒三角，下巴兀的削下去，尖尖翘起。"① 作家用了雄性的形容词如"狮鬃""飞扬跋扈"等，同时又用了"犀薄的嘴唇""尖尖的下巴"等非雄性的形容，构成了这张脸难以想象的特殊神气，后来懂相术的傅老爷子称从未见过

---

① 白先勇《孽子》，第71页。

"那么薄,那么贱,又带有那么多凶煞"之相①他的性格也出现了互为对立的叙述:"阿凤一闯进公园,便如同一匹脱缰野马,横冲直撞,那一身勃勃的野劲,谁也降不住他。"②这是公园里的同性恋元老郭公公的评价。同时有另一种:"好像那个孩子生下来就有一肚子的冤屈,总也哭不尽似的。"③这是从小照顾他的孙修士的评价。"野性"与"爱哭"仿佛又是两种无法统一的性格,但它却能在同性恋者的现实之"野"的处境里找到某种象征的意义。阿凤对自己爱哭的脾性向傅老爷子作过解释:"我们血里就带着野性,就好像这个岛上的台风地震一般,一发不可收拾。傅爷爷,所以我爱哭,我把血里头的毒哭干净。"④一面是脾气暴躁,难以驯服,另一面是爱哭,而且哭得极为伤心。从这种自相矛盾的性格里不仅暗示他生理上的阴阳同体特征,也暗示了在那个时代同性恋的暗流处于恶劣的生存状态中。它所具有的"野性"可能会成为一场台风地震式的道德风暴而不可收拾,同时也会为其所付出的沉重代价而痛苦万状。

由于阿凤是个已经死去的人物,所以他的身上所蕴涵的文化因素,在小说里只能转移到其他一些现实人物身上来体现。这个替代者是小说的叙事者李青。小说从李青被驱逐开始写起,他流浪在同性恋者的汇集地新公园里,遭遇阿凤的前同性伴侣王夔龙,便开始与阿凤的命运相交,以后又通过郭公公、傅老爷子、孙修士等的渲染,不断加深对阿凤的理解,小说结尾是在阿凤死了十年后的除夕夜,李青与王夔龙在新公园的莲花池边"从头到尾最完整地演习了一遍"龙子与阿凤的"野凤凰"、"不死鸟"的古老的神话传说,两人都得以解脱。所以我说,李青是阿凤的灵魂的现实替身,青与苍同色,小说里郭公公的影集《青春鸟集》里称他为"苍鹰",应了"凤禽,鸢类"(《禽经》)的说法。李青的痛苦与矛盾的展开,都是为了展露阿凤所象征的同性恋文化的悲剧内涵。

---

① 白先勇《孽子》,第 278 页。
② 白先勇《孽子》,第 73 页。
③ 白先勇《孽子》,第 316 页。
④ 白先勇《孽子》,第 279 页。

同性恋虽然自古以来就是存在着的，但在以异性恋为主流的社会道德传统中，它是受到排斥与曲解的文化现象，这种处境使同性恋的欲望形态变得扭曲。由于社会财富和权力的加入，使扭曲化的同性恋现象以更加畸形的形式显现出来。同性恋本身没有什么不平等，可是在这行列里出现了龙阳嫖客与职业男色，那就变成另外一种意味了，就如同正常的异性恋与嫖妓有本质的区别一样。在同性恋文化里，从来就没有被社会承认和有法律制度保障的主流形态，它只能以犯罪的或其他不正常的形态出现，这就使同性恋现象里很难区分善与恶、美与丑、正常与非正常的界域。《孽子》所描写的正是这种藏污纳垢的同性恋现象。

出入于新公园的是两种同性恋者，一种是无家可归的流浪少年和堕落的社会渣滓，如李青、小玉、吴敏及赵无常等，他们不得不靠出卖男色来换取生活必需品，他们的个人经历都有一段难以言说的痛史，如李青所说的："我们公园里的人，见了面，什么都谈，可是大家都不提自己的身世，就是提起也隐瞒了一大半，因为大家都有一段不可告人的隐痛，说不出口的。"① 还有一种是龙阳嫖客，如李青接待的王夔龙，吴敏接待的张先生，小玉接待的周先生、林茂雄等，尽管他们在性文化取向上受到社会的排斥而不得不采用非正常的形式，但由于金钱与权力的渗透，使同性恋关系变得不平等，他们在与被玩弄者的关系中取代了社会主流文化的权力身份。这种欲望的呈现形式显然与同性恋文化本身所体现的自由自在精神是相违背的，所以王夔龙（龙子）与阿凤构成了同性恋中的龙凤对立的不平等关系，阿凤为此丧命，李青也多次从王夔龙家中逃脱出来，都反映出真正的同性恋者对于这种不平等关系和屈辱身份的厌恶与反抗。小说写到李青遭遇一位好心肠的嫖客俞先生，相当倾心，可是当俞先生在睡觉时企图对他肌肤施以欲望时，他突然伤心地痛哭起来："这一哭，愈发不可收拾，把心肝肚肺都哭得呕出来似的。"他这么告白：

---

① 白先勇《孽子》，第82页。

俞先生恐怕是我遇见的这些人中，最正派、最可亲、最谈得来的一个了。可是刚才他搂住我的肩膀那一时刻，我感到的却是莫名的羞耻，好像自己身上长满了疥疮，生怕别人碰到似的。我无法告诉他，在那些又深又黑的夜里，在后车站那里下流客栈的阁楼上，在西门町中华商场那些闷臭的厕所中，那一个个面目模糊的人，在我身体上留下来的污秽。……①

　　李青作为阿凤的替身，这里似乎又一次回应了阿凤爱哭的性格特点，同时也揭露了在那个保守时代里同性恋者面临的两难悖谬。由此，阿凤之死的意义也迎刃而解，他不是死于社会暴力而是死于同性恋欲望者之手，意味着他为同性恋欲望的正常化奉献了自己的肉身与生命。他的死不能不引起人们对当时社会压迫下同性恋欲望的呈现方式的深刻反省："凤凰"何时能发出真正自由与友爱的和鸣之声呢？

　　何谓同性恋文化中的"凤/凰结构"？是值得探讨的问题。我把王夔龙与阿凤的同性恋关系释为龙/凤结构，并不是否定他们的同性恋性质，而是指在这种不平等的对对方的占有中，"龙"的一方所起的作用与一般养"小公馆""包二奶"或直接嫖妓的非正常两性关系中的男性地位相似，我不太了解男同性恋的关系中是否有非常具体的角色选择，但从小说所描写的李青、小玉、吴敏等人的情况来看，他们都处于"被搞"的地位上，而他们之间似无生理上的情欲而只有友爱（如吴敏自杀而其他人主动输血）。阿凤显然也是处于与李青他们同样的地位，因此他拒绝王夔龙甚至被暴力所杀害，虽然说是野凤凰无拘无束的本性所致，但根本上还是对这种不平等的"龙/凤结构"的抗拒。李青也同样面对阿凤的悲剧，但他走出了"龙/凤结构"的阴影，许多评论者都注意到李青的心里深藏着"弟娃"情结②，即李青的遭遇中一再出现一个

---

① 白先勇《孽子》，第289页。
② 参阅朱伟诚《（白先勇同志的）女人、怪胎、国族：一个家庭罗曼史的连接》，载《中外文学》第26卷第12期，第56—57页。

可爱的孱弱的小男孩，或带有某种女孩倾向的孩子，小说里相继描写了弟娃、赵英、傻小弟以及最后出现的罗平，都是相近的角色。而李青对他们表现出一种类似母亲或姐姐似的感情与爱，或可以说，李青在"龙"的面前扮演了女性角色的"凤"，而在比他弱小的"凰"的前面又扮演了男性的角色，但这种男性角色显然与王夔龙式的"龙"的形态大不一样。虽然白先勇先生没有进一步深入去描写李青与这些被保护者之间是否可能存在性爱关系，如果存在的话又将以怎样一种形态出现，但这种角色的扮演显然不同于"龙/凤结构"里的暴力与色情，它似乎寄托了作家的一种理想，即以真正的同性友爱为基础的感情世界。我不知道同性恋文化中是否存在着这样一种"凤/凰"的理想结构。

意象二：鳄鱼——来自邱妙津的《鳄鱼手记》

邱妙津自1988年开始发表小说，1991年出版第一本小说集《鬼的狂欢》，收入了短篇小说六篇，作家在序言里处处暗示了自身被同性恋的性取向所困。1994年她发表第一部长篇小说《鳄鱼手记》[①]，以第一人称记录了女同性恋者深刻的心理困扰。1995年，邱妙津在巴黎自杀身亡，留下了心理自传小说《蒙马特遗书》和几个短篇小说。我注意到评论界对邱妙津的作品所描写的同性恋困惑及其对同性恋认同上的偏差有所批评[②]，其批评立场来自女性主义，但似仍然没有解释邱妙津现象的文化意义，即邱妙津对自身性取向的痛苦与绝望究竟从何而来？本文认为，邱妙津现象正反映了台湾解严初期同性恋文化所处的新的暧昧阶段：一方面是同性恋文化已经获得了公开表达的权利，另一方面当事人及其社会环境对此文化现象依然存在着痛苦的认同迷惑，如同所罗门的瓶子将启未启、瓶中之魔欲出未出之际，黑箱密柜里充满神秘主义的

---

① 《鳄鱼手记》，台北时报文化1994年版。本文引用的《鳄鱼手记》段落均出自此版本。
② 参见刘亮雅《酷读邱妙津的悲情罗曼史小说》，载《中外文学》第26卷第3期。

骚动。邱妙津所创造出来的鳄鱼形象，集中体现了这种时代冲突下同性恋文化的悲惨处境，给这个形象烙上了时代暴力的血色印记。

《鳄鱼手记》尖锐地表现出时代变化与同性恋现象所面对的新的文化困境。这部小说是由两个文本组成，一个是叙事者四年大学生活的隐秘心理的逐年手记，着重倾诉了女同性恋者的悲情挣扎；另一个则是插入在每年手记里的以鳄鱼为主角的书写片段（简称"鳄鱼片段"），两个文本表面上互不相关，但又互相照应，以鳄鱼影射女同性恋者，赋予了"鳄鱼"全新的文化阐释。或者说，鳄鱼从被发现、关注，到被追寻、渲染、诱捕和迫害，以致最后的自焚，构成了同性恋文化被公开后所面临的全社会舆论的变相追剿处境，而鳄鱼最后的遗言与自焚，也让人想起了凤凰涅槃的故事。

《鳄鱼手记》的第一手记第一片段，作家故意把鳄鱼与叙事人相混淆，暗示了两者的同构关系。① 第六手记第一片段，直接插入了人与鳄鱼的对话（也是鳄鱼第一次正式被人采访），这一段问答是：

"鳄鱼，你想你会不会生殖？"
"我怎么知道？我又没碰过另一条鳄鱼。"②

这段突如其来的对话显然有暗示作用。问者或根据外界传说鳄鱼不会生殖故发此问，而鳄鱼的回答模棱两可，只相告没有遇到"另一条"，但未说明那"另一条"鳄鱼是雌是雄。依外界产生的疑问是关于鳄鱼"能否生殖"而非"能否性事"来看，问题所指的正是鳄鱼的性功能有没有生殖的可能性。众所周知，同性恋爱正是一种无生殖意义的性事形式，换句话说，这句问话的潜台词应该是鳄鱼"是否同性恋者"。在最后一篇"鳄鱼的遗言"里，鳄鱼在电视镜头里又突然插进一

---

① 《鳄鱼手记》第一手记第一片段，是全书唯一同时出现叙事者拉子与鳄鱼的片段。

② 邱妙津《鳄鱼手记》，第 174—175 页。

句"妈呀,我可不是卵生的,不然我表演给你们看"(画面突然被切断),这镜头究竟切断了什么我们无从知道,鳄鱼在这里可能是想辩解第七手记第八段里所涉及的政府卫生署发言人对鳄鱼的诬陷。① 但这里还包含了另一层巧合:鳄鱼正是生物学意义上的"卵生"动物,而且鳄鱼的"卵"是无性别的,它依靠母鳄在孵化卵时的温度而后定雌雄,孵化之前的鳄鱼卵则雌雄同体不分。② 由此推想,鳄鱼在最后的遗言里似乎仍然想掩盖住什么,而作家通过这种种暗示,无误地把鳄鱼与同性恋的艺术意象联系起来。

笔者对台湾同志文化氛围不太了解,也不清楚作家运用鳄鱼意象的真正企图。如果从文化意义上考察鳄鱼意象,似乎很难获得美好的印象。邱妙津具有留法经历,在法国文学传统里鳄鱼也不是一个美好的形象。著名的寓言诗人拉封丹把"鳄鱼的眼泪"称为虚情假意:"鳄鱼的眼泪,色情的眼睛,甜言蜜语,叹息与殷勤的笑,这一切都用得上,只要为了找情郎。"③ 浪漫主义先驱戈蒂耶对鳄鱼的描写也充满酷烈的词:

---

① 《鳄鱼手记》第七手记第八片段记载卫生署发言人发布诬陷鳄鱼的所谓"秘密研究"结果:发现那天参加鳄鱼俱乐部的活动者中间,百分之五的人皮肤发生变化,部分皮肤呈现红色,且长出密密麻麻的黑色斑点,并在毛发中发现有鳄鱼的细卵。并宣称鳄鱼是"卵生动物",鳄鱼的生殖方式不是由实际的性交而产生新个体,却是由排出的卵直接进入人体,将人改造成"鳄鱼"。这显然不是谈生物学的鳄鱼,而是影射无生殖意义的同性恋者。也可能暗示艾滋病与同性恋的关系。

② 参阅以下几种资料:1.《短吻鳄和普通鳄鱼》,卡伦·达德利著,叶显林译,收"未驯服的世界"丛书,河北教育出版社1999年版,第25页。2.《环球绿色行》(中国卷),唐锡阳、马霞·玛尔柯斯合著,内蒙古人民出版社1997年版,第115页。

③ 原文为"larmes de crocodile, yeux lascifs, doux langage, Soupirs, souris flatteurs, tout est mis en usage, Quand il s'agit d'attraper un amant."出自拉封丹的诗歌体《故事集》(Contes et nouvelles)中的《夜莺》(Le Rossignol),讲的是一个少女与情郎幽会的故事。本注释与下一个注释得到了复旦大学黄蓓教授的帮助,特此致谢。

"贪婪的鳄鱼，在小岛滚烫的沙滩，盔甲下烤得半熟，发疯般地掉泪啜泣。"① 这种来自殖民地的原始河流与泥沼中的凶猛动物，在欧洲文明社会人士的眼睛里肯定是一种不能讨人喜欢的丑陋怪物，在他们的诗歌里充满了鄙视与偏见的比喻是不足为奇的；但是另一方面，殖民者并没有因为不喜欢鳄鱼而忽视了它的经济价值，不但大量的捕杀使鳄鱼面临种族绝灭的危险，而且在商品文化的渲染之下，这种怪物竟然被改造成风行世界的名牌商标，成为一种流行文化的宠物。人类对动物的经济价值的掠夺与榨取本来是无所不用其极，无论追捕残杀还是制造流行，都只能构成对动物的伤害与侵犯。《鳄鱼手记》的"鳄鱼片段"里，所展示的似乎正是这样一个文化困境。第七手记第八段写到社会上有"保鳄组织"（阿保）和"灭鳄行动联盟"（阿灭）两派的对立，但他们对待动物的实质性态度依然是如出一辙。下面所引的是两派在电视台的黄金时间里展开的大辩论：

> 阿灭：无论关于鳄鱼的研究如何争论，鳄鱼一定不是纯正的人类，反正只要与我们绝大多数，百分之九十九点九的人不一样，就是不正常的。各位，你们能够忍受变态的因子在社会上流传吗？
>
> 阿保：可是鳄鱼也是由人生出来的啊，那不是表示你我身上都有这样的可能性吗？虽然微乎其微，否则为什么你能有那么真实的想象？
>
> 阿灭：鳄鱼绝不是人生的。
>
> 阿保：如果照你所主张的，将鳄鱼全部关进监狱，那么万一，万一你生了个孩子是鳄鱼，或你自己有一天突变为鳄鱼，那你怎么办？

---

① 原文为"Et les crocodiles rapaces, Sur le sable en feu des îlots, Demi-cuits dans leurs carapaces, Se pâment avec des sanglots."出自戈蒂耶的诗歌集《珐琅与玉雕》（Émaux et Camées）中的《卢克索的方尖碑》（L'Obélisque de Luxor）一诗。卢克索是一座埃及古城，该诗渲染了尼罗河边的古老梦幻。

阿灭：绝不可能，我会把我的孩子或我自己交出来。你的办法是什么？

阿保：我们的目标其实是一致的。保护现有的鳄鱼，让它们自然生存下去；可是由于鳄鱼危害太大，必须对人们有所警惕，所以我们严格编列鳄鱼名册，把全部鳄鱼都集中在某一个特定的观光区里生活。如此一来，即可监控鳄鱼，防止灾害扩大，又可做活标本，实际遏阻人们走向鳄鱼之路。①

我引用这么长的对话是因为这段对话实在太精彩，作家把整个社会对鳄鱼（同性恋文化）的险恶态度全部曝光，对话中的鳄鱼已经不是生物学的鳄鱼，而是人类的一种（人生出来的，或会自我改变），但又是少数的（百分之零点一）、怪异的（变态的因子），这已经是直接描述出同性恋在当时的社会特征了。阿灭的观点无疑代表了传统宗教对付异端的绝灭态度，而阿保的态度则更接近于民主时代权力对异端的新式的绝灭与摧残。与其说二次大战时期纳粹对付犹太人的政策正是阿保与阿灭的结合，毋宁说阿保与阿灭所代表的观点也正是纳粹灭犹政策的两个侧面。因此两派争论的最后结果，是代表权力的政府机构直接出面发布联合公告：要求鳄鱼在"鳄鱼月"里投案自首——"鳄鱼"已经成为律法制裁的对象了。

现代民主社会比纳粹有所进步的地方是权力深深地埋藏在围剿运动的背后，而动用的围剿武器则是现代大众传媒工具：报纸副刊和电视节目，以及现代谣言的传播场所如俱乐部、酒吧、政府机构的报告、民众的好奇心……正如福柯所揭露的：与旧的禁忌相比较，权力为了对付合法异性恋以外的各种所谓"性倒错"现象，它需要"表现出坚定、关注和好奇；它以逼近为先决条件；通过检查和坚持不懈的观察来进行；靠逼迫人们坦白的提问及藏在这些提问背后的隐秘性来取得话语的交

---

① 邱妙津《鳄鱼手记》，第240—241页。

流",而"性异常的医学既是这种情况的后果,又是它的手段"。① 因此,在民主与科学的观念日益深入的时代里,权力对付异端的手法也相应地发生变化,邱妙津的深刻洞察力使她对这样的变化保持了特殊的敏感和警惕,她的痛苦与绝望固然隐含了传统异性恋影响的束缚,但更有现实意义的是,她的有深度的悲情艺术而不是一般肤浅盲目追求快感的后现代主义,有力地揭示了同性恋文化的现实处境。"鳄鱼片段"的高潮部分是鳄鱼被诱骗误入一个伪装的"鳄鱼俱乐部",差点被捕获。这个阴谋显然来自权力机构。鳄鱼在俱乐部使用的假名是"惹内",即法国著名的小偷和同性恋者 Saint Genet,这个名字应该有某种暗示性,因为惹内的写作是在进入监狱以后的事情。当企图捕获鳄鱼的阴谋未成时,政府卫生署又发布了有关鳄鱼传染病毒及卵子生殖的伪科学报告,利用医学为权力服务,这又吻合了福柯所说的医学对权力而言既是"结果"又是"手段"的展示。我不了解邱妙津的鳄鱼寓言是否有真实生活的影射意义,但如果对照解严以后台湾同性恋运动的发展过程,确是有许多意味深长的暗示。②

最后还有一个问题是:这样一场声势浩大的围剿鳄鱼的社会运动究竟是如何引起的呢?鳄鱼是如何激起权力社会的舆论关注?小说中最后一个"鳄鱼片段"揭示了这个谜底:原来第一个举报鳄鱼出现于世的,正是鳄鱼自己。因为它希望能像"人"一样与人正常交往,享受现代生活的各种权利,包括吃泡芙、看电视、点歌以及参加有奖猜谜,为了这一切,它才去举报说世界上出现了鳄鱼。然而带来的后果却是被媒体围追堵剿,只能东躲西藏、幽闭自身以及最后的遗言与自焚。其实这一悲惨过程也正是作家所要揭示的同性恋文化的现实处境,同性恋运动并

---

① 福柯《性史》,张廷琛等译,上海科学技术文献出版社 1989 年版,第 44—45 页。
② 请参阅倪家珍《90 年代同性恋论述与运动主体在台湾》所记载 "1990—1996 台湾同性恋运动与社会事件"中有关事件,载《性/别研究的新视野——第一届四性研讨会论文集(上)》,何春蕤编著,台北元尊文化 1997 年版,第 125—147 页。

不伤害任何人,他们唯一的追求就是能享有作为一个正常人的合法权利,可社会传统力量恰恰不承认这一点。邱妙津的叙述里充满了痛苦的呼喊,如果从社会学的观点来分析邱妙津的痛苦,不难理解她的全部难以言说的困惑与痛苦,正是缘于一个本来是接受正常教育的知识分子,因为性取向相异而得不到社会承认,从而丧失了做人的价值与勇气。她对同性相恋对象的一次次躲避,说到底仍然是一个维护做正常人权利的问题。

由于小说里鳄鱼是在现代传媒的追逐下显形的,它一开始就有作"秀"的表演色彩,鳄鱼的言行都带有滑稽、嘲弄的卡通味道。因此鳄鱼的真实心理无法从其笨拙的外表上得到体现,而是转移到小说的另一个主角即叙事者拉子的心理刻画里,两者构成了互相补充的观照。鳄鱼与拉子同时担任小说的主要角色,也就是说鳄鱼与拉子是同性恋文化的两面:鳄鱼象征了同性恋者在外部社会所面临的遭遇,而拉子则反映了同性恋者在现实困境下的深层心理活动。一个扮演了喜剧的角色,一个则扮演了悲剧的角色。关于拉子的形象,已经有过许多评论者作了很好的研究与批评,我在本文不再发挥,只是就拉子与鳄鱼的关系再补充几句:小说里两个文本之间始终有着对照互现的关系,不仅是鳄鱼处处暗示同性恋者,同性恋者拉子也处处被暗示为鳄鱼。如拉子始终以"怪物"自居:在一次向新同学介绍社团时,她自我介绍:"长得奇丑无比,脾气又古怪,相处久了会觉得像某种怪物……"①,这让人想起是一条鳄鱼的写照。当然真正的"怪"不在于她的容貌与脾气,而是她内在难以言说的性取向:"像我这样一个人,一个世人眼里的女人——从世人眼瞳中焦聚出的是一个人的幻影,这个幻影符合他们的范畴。而从我那只独特的眼看自己,却是个类似希腊神话所说半人半马的怪物。"② 那个"幻影"与"自己"的关系,照应了总是着"人装"(幻影)的"鳄鱼"(自己)。鳄鱼因为着人装而不被人们发现真相,在遗

---

① 邱妙津《鳄鱼手记》,第 76 页。
② 邱妙津《鳄鱼手记》,第 138 页。

言里直言相告:"这就是我自己缝的紧身衣,因为我的皮肤从小就绿绿的。妈妈说会吓到小孩。"① 而在另外一个场合,拉子又一次讨论了人与"衣装"的关系:"我突然觉得有千斤重的羞耻压在我的唇上,这股附体般随传随到的羞耻感,像是隐形紧箍着我的身体的皮衣,长久以来霸道地画下我跟别人的疆界……想到与皮衣间的挣扎,无限辛酸。"② 其实同性恋本身无所谓羞耻,这种羞耻感是以异性恋为样板的社会道德观念强加于她的,这是一件"他人"赐予的"外衣",鳄鱼只有到了不怕吓着小孩,准备自焚的时候才敢于直露真相,自动脱下"人装",而拉子的挣扎终于没有脱下羞耻的外衣。这个过程,一直要延续到《蒙马特遗书》才完成。一代才女邱妙津终于像鳄鱼那样摆脱了社会强加于她的羞耻感,凤凰般地飞向涅槃。

三、吸血鬼——来自洪凌的《异端吸血鬼列传》

洪凌在一篇论述台湾小说如何表达女同性恋欲望的论文里分析了邱妙津的《鳄鱼手记》后,充满信心地宣告:"正当我们开始猜测,难道说女同性恋的书写是否就到此为止？在1995年底,终于看到了一本小说,不同于《鳄鱼手记》的声嘶力竭,只为了宣称/建构阳性的女同性恋身份,也异于大多数在态度上还是认为女同性恋(欲望、身体、个体)都是负面的文本。"③ 洪凌在这里着重介绍的是陈雪的小说集《恶女书》,1995年9月出版。与此同时,同一家出版社还推出洪凌本人的小说集《异端吸血鬼列传》④ 和另外几位作家的作品,被合称为"新感

---

① 邱妙津《鳄鱼手记》,第283页。
② 邱妙津《鳄鱼手记》,第167页。
③ 洪凌《蕾丝与鞭子的交欢:从当代台湾小说注释女同性恋的欲望流动》,收《当代台湾情色文学论:蕾丝与鞭子的交欢》,林水福、林燿德编,台北时报文化1997年版,第101页。洪凌对《鳄鱼手记》的批评还可参见《未完成的异生物图绘》,收《酷异劄记:索朵玛圣城》,台北万象图书1996年版。
④ 《异端吸血鬼列传》,皇冠丛书,平氏文化1995年版。本文所引用《异端吸血鬼列传》的段落均出自此版本。

官小说",但似乎影响上都不及《恶女书》。① 更有意思的是,《异端吸血鬼列传》在台湾女同性恋文学圈内也受到误解,作家对此现象作了一个解释:是因为"本书中掺杂过多让自认为正常的(女)同性恋者感到不安或不悦的题材——非人异类的残酷性爱、玩虐与扮虐、异性恋情欲的畸零化身,或者男同性恋吸血鬼等各种素质,让许多读者质疑'为何要写这么多非关女同性恋自身实质之外的变种情欲?'"② 我觉得吸血鬼的庞杂意象决定了吸血鬼小说不可能单纯用来表达女同性恋的内涵,如从这个角度来理解,来自女同性恋圈内的指责似不无道理,但是衡量一部作品对某种题材的贡献,除了看它所展示的内容是否涉及这一题材以外,还要看对这一题材有没有原创性,其原创性主要反映在作家所描写的题材与现实生存环境之间有没有独特而真切的感受。吸血鬼是西方文化传统中的一个特殊的文化意象,或如西方作家所解释为"人类无意识的恐怖、向往和激情所汇凝成的肉体化身"。③ 洪凌是如何将吸血鬼意象从西方文化传统中剥离出来,使之成为表达对人类性爱道德边缘地带的异端感受的审美意象,这才是本文要探讨的题目。(女)同性恋的灵魂裸裎仅仅是她在这本小说集里企图展览的异端性爱菜单上的节目之一,只有总体上把握了边缘性爱空间,才能理解洪凌笔下的吸血鬼的栖居之地与用武之地。

洪凌开始写作的时间与邱妙津不会相差太远,但是从她们对边缘性爱空间的感受上说,两人几乎属于两个时代。邱妙津的痛苦与绝望深刻烙上了理性启蒙时代的烙印,人体的"正常"性爱观念对她来说是无法逾越的四面墙,她面对肉身的异端性爱倾向充满着疑惑与痛苦,必欲

---

① 《恶女书》到1997年7月已经第五次印刷,而《异端吸血鬼列传》似乎没有重印过。

② 洪凌《蕾丝与鞭子的交欢:从当代台湾小说注释女同性恋的欲望流动》,第108页。

③ 《吸血鬼交叉口》(Vampire Junction)的作者桑塔(S. P. Somtow)引用容格的心理学说给吸血鬼下的定义。转引自洪凌《溢流在喉间的欲望残骸》,收《魔鬼笔记:科幻、魔幻、恐怖、怪胎文本的混血论述》,台北万象图书1996年版,第101页。

求得异端性爱于人生存在的绝对意义，于是扮演了上下而求索的精神自虐角色。鳄鱼的自焚正是这种自虐的结果，反映出她对同性恋于社会的不合理存在形式的绝望与哀悼。但比邱妙津小两岁的洪凌几乎毫无压力地跨越了邱妙津迈不过去的文化心理障碍，她根本就无视现实生存环境对异端性爱的压力，在现实以外独辟蹊径地开拓出一个非现实或超现实的异端性爱空间，并自任这个新空间的大玩家，以自己拥有的想象国来与传统法律道德社会的疆域做殊死对抗。洪凌似乎对一切非主流的异端文化类型都产生浓厚兴趣，在她的想象国里应该包容着形形色色的妖魔鬼怪和科幻奇物，而吸血鬼则是各路神魔诸侯的盟主，担当了古代诸侯联盟少不了的歃血誓言的仪式作用。当然，我这样来界定洪凌的吸血鬼小说并非要否定它们的现实战斗意义，而是想要强调：洪凌的意义是在现实边缘地带上苦斗着的同性恋运动以外，另外开拓了一个关于同性恋和其他一切异端性爱文化的美学空间。这不仅标志了解严后台湾社会异性恋道德与同性恋暗流之间二元对立关系的瓦解，也暗示了同性恋在自身文化建构中可能面对更为深层的生命挑战。

从西方的原型上说，吸血鬼的文学意象从一开始就与同性恋现象有难分难解的纠缠，但在当时的欧洲社会（尤其是英国），同性恋现象被视为异端而遭重刑，所以即使有所表现也是极为隐秘，通过吸血鬼来有所寄托便是其手法之一。从吸血鬼文学的历史来看，至少有两个吸血鬼的原型可能有同性恋倾向，一是英国大诗人拜伦的秘书、私人医生波里道利（J. W. Polidori）在小说《吸血鬼》里塑造的吕特温（Ruthven）爵士，相传影射了拜伦的放荡生活，虽然小说没有具体涉及同性恋的迹象，但有一种说法是拜伦与波里道利之间有过暧昧的关系。[①] 另一个女吸血鬼的原型是十七世纪初匈牙利的巴托里（E. Bathory）伯爵夫人，她被指控酷虐城堡附近的年轻女人，并强迫将这些可怜的少妇少女像动

---

① 洪凌《溢流在喉间的欲望残骸》，第101页。也参见布拉姆·史托克《吸血鬼传奇》，吴添岳等译，重庆出版社1999年版，第93页。

物般地放血，以供她沐浴与饮用，因为她相信这样才能保持她的青春美貌。① 这虽然更像是出于欧洲巫术，但在既无同性恋概念亦无吸血鬼概念的当时，我怀疑巴托里夫人很可能有同性恋倾向，只是无法表达出来，转换成变态的吸血虐待狂。巴托里伯爵夫人后来成为文学创作中女吸血鬼的原型。著名的女吸血鬼小说《卡米拉》据说是影射了这个人物，但其中写到卡米拉与被吸血者（叙述者罗拉）的关系则完全被描写为亲如姐妹的暧昧关系，书中关于吸血的场面写得极为缠绵，很难说不是暗示了同性恋现象。在上帝/魔鬼、十字架/棺材、太阳/黑夜等一系列对立建构下的基督教文明世界里，吸血鬼自然是一道邪恶的魅影，由这种十恶不赦的魔鬼来隐约表现同性之爱也许不至于招来非议。

但是文学中的吸血鬼形象与同性恋的关系还不仅仅表现在这种表面上的联系，更主要是吸血鬼的吸血方式一旦引进性爱领域，颠覆了原来的人类社会对性爱形式与其价值观念的理解。吸血鬼的吸血工具是一对獠牙，经典的动作是直接刺进对方的颈脖血管，或从对方胸口吸血。这一文学想象来源或许与欧洲医学不发达时代里的放血疗法有关②，但其吸血时的优雅姿态倒是与恋人温柔缠绵的交颈接吻等表示性爱的动作相近。吸血鬼小说里写到被吸血者的临场感受时，很少有特别恐怖与痛苦的感受，相反，往往是强调一种迷幻的、令人发虚的感觉，这与中国鬼怪小说里描写男人与女妖交媾时的感觉相似，生命是在迷幻的过程中不知不觉地发散开去。通常情况下，人类表达性爱的主要身体语言不外三

---

① 据当时编年史记载，受害者达 300 人。参见布拉姆·史托克《吸血鬼传奇》，吴添岳等译，第 77 页。

② 关于西方古代放血的部位，据记载有三十多处，从早期印行的一些小册子上的图表看，似也有胸口与腹部。但较为普遍的部位应是手臂（人工放血）和足部（水蛭放血）。（参见贝特曼（O. L. Bettmann）《世界医学史话》，李师郑编译，台北民生报社 1980 年版，第 140—141 页）另有一则资料可参考："放血：通过穿刺术或割开静脉从静脉中流出大量的血，减缓血液循环压力，特别是在急性心脏疾病的情况下，它今天已被食盐排出和水排出疗法所代替。哺乳动物的放血是在颈部侧面的颈静脉进行的。"（Meyers Grosses Taschenlexikon, in 24 Baenden, Bd. 1, 1983, S. 89.；德语《Meyer 百科词典》（共 24 册），第 1 册，1983 年，第 89 页）

种：（一）皮肤接触与抚摸；（二）嘴的接吻与吸吮；（三）性器官的交媾与射受。这三种表达性爱的方式里，只有第三种是与人类的生育繁衍有关，前两种则含有单纯寻求身体快感与游戏的性质，因此，在人类社会发展逐步形成的性观念里，只有第三种才体现了人类的本质需要，而前两种只是相辅助的性爱行为，它们的本来意义被涂改和压抑。随后而来的体现性爱价值观念的性道德也强化了这一趋势，"性爱—生殖"成为人类性爱的最终目的与基本价值。在中国的鬼怪小说里，妖精与人的交媾同样是遵循这一基本价值观念，所以有的女妖精最终能如人愿，为男人生儿来繁衍香火（如著名的《白蛇传》的故事）。而西方的吸血鬼小说则不同，它形成了一套完全异于正常人类的性爱语言。由于吸血鬼的主要吸血工具是一对獠牙，作家通常是以吸血来表达吸血鬼类似性爱的快感，无形中释放了以"接吻"或"吸吮"为特征的第二种性爱方式的本来意义。在爱尔兰作家史托克（B. Stoker）的早期经典吸血鬼小说《德古拉》（Dracula）里几乎没有描写具体的性爱场面，但在写到吸血鬼德古拉伯爵与女主人公米纳的关系时，不仅吸血鬼吸米纳的血，而且还割破自己的颈脖，令米纳也吸他的血，这种交换吸血的后果是米纳与吸血鬼的生命信息相沟通。虽然作家没有任何有关性爱的暗示，但是给以后的吸血鬼题材创作提供了丰富的想象力。洪凌非常喜欢的美国小说家安妮·莱斯（Anne Rice）的《夜访吸血鬼》（Interview with the Vampire）虽然是一部通俗性的作品，但书中创造性地描写了人变吸血鬼的方法，即由吸血鬼与人通过互相吸血，交换体内血液而达到同构。作家描写中多次暗示了当事人临场体会到的类似性爱高潮的感受。所以，如果探究西方吸血鬼的性爱，文学作品里虽然没有直接的描写，但互相吸血这一经典性的动作，变相地包含了以吸吮为特征的性爱形态，而其所感受的血液交换、心跳合一等特征，也正是模仿人类性爱高潮的欢悦感受描写的。需要说明的是，人的性爱活动是通过整体的身体语言来感受与完成的，性器官的交媾仅是其中一部分，其精神至美至上的境界应该是彼此间生命的沟通、合一与感觉上的欲仙欲死的迷幻性，而这样一种难以用语言表达的感性境界，却在吸血鬼题材里通过彼此换血的精彩细节赋予了文学上的象征。吸血鬼的相吸相吮和鲜血对流,极富有生命相融的象征意义,这是仅仅以生殖繁衍为种族至上目标的男女"射受"性爱形态所不能相比拟的一种新的性爱形态。在"射受"形态中担任主导一方的理所当然是"射方"的男性,"受方"无论性别为何都相对处于被动的地位,而在"吸吮"形态下的双方在本质上是平等的。吸血鬼的互相"吸吮"有异性之间,也有同性之间,并不为同性恋专有,但在人类的男女、男男、女女三种性爱伴侣关系中,女女同性伴侣最接近这种以"吸吮"为特征的性爱模式,所以在美学意义上,吸血鬼题材比较能够传达出同性恋的文化意象。

洪凌的《异端吸血鬼列传》中最成功处是将吸血鬼的"吸血行为"充分艺术化,给以心理上美学上的阐释。在这个系列里,作家分别描写了男同性恋与女同性恋的性爱高潮,只有在极少的场合写到了生殖器官的功能,绝大多数的性爱场面都淋漓尽致地渲染獠牙吸血的过程,把生命力的壮美与升华透过一对獠牙弥漫地散落在血腥颓废的背景下。在第三篇吸血鬼故事《发烧》里,作家特别写了一段女吸血鬼体味着自己在太阳光辐射下死去的心理过程:

> 房间的窗户正对准快要冉冉爬升的浑圆太阳,那颗永远与她擦身而过的鲜黄火球即将从她固执的视线底部浮现出来。灼烈的光线行将穿刺她战栗狂跳的躯壳。吸血鬼不无快意揣思光柱穿透皮肤的异样喜悦,终于,她也能够品味自己的猎物被吸血时的心荡神驰。①

这段描写似乎有一种提纲挈领的暗示,它一共出现了两对关系:太阳—吸血鬼,吸血鬼—猎物。太阳为阳之极,其光线辐射在古代民俗里具有让少女受孕的威慑力,吸血鬼为阴之极,她感受太阳光射透皮肤的喜悦感,自然容易让人产生"射受"形态的性爱暗示;但在吸血鬼的

---

① 洪凌《异端吸血鬼列传》,第 30 页。

私人感觉里，却由此品味到她的猎物被吸血时的快感，吸血鬼的身份由此转换为吸血与被吸血两者的"吸吮"形态。吸血鬼与猎物之间无性别的要求，其实也暗示了女同性恋的同体自恋（洪凌经常将吸血鬼、同性恋与自我恋混为一谈，并以黑水仙命名之）。

在以往的西方吸血鬼经典小说里，虽然存在着各种暗示，但似没有这样直接从美学上把握性爱的身体语言，创造了一整套同性恋话语。吸血鬼在人类社会的边缘性与同性恋在人类道德的边缘性合二为一，使吸血鬼文学原有的恐怖与神秘荡然无存，转换成另外一种欲仙欲死的情色境界。这里显然包含了作家洪凌对两者的独特理解与感受，那就是对边缘性爱空间的独特的艺术追求。《异端吸血鬼列传》共收入十一篇小说，既不是预先设计的有机构思，也不是按序创作的系列作品，但在编辑成集的时候作家显然经过精细的构思，使其成为一个有序的整体的吸血鬼世界。第二篇《自杀》用诙谐调侃的语言写了吸血鬼文学的祖宗德古拉的自杀，毫不掩饰对这个吸血鬼世界里的父权象征表示讨厌。进入洪凌的鬼怪世界里，就会发现古老贵族血统的老派吸血鬼一扫而空，她充分调动起现代科幻的知识重新阐释吸血鬼，因而，几乎所有边缘性的怪物都汇聚到她的笔下，有狼男狼女、豹男豹女、各种核战争下的畸形裂变的生物、本质不知为何物的魔怪等等，与吸血鬼这一古老种族一起演奏了世纪末的大合唱。这种颠覆意义显然是多重的：不但以各种妖魔鬼怪来颠覆人类中心的人界，而且还用更为偏激与异端的态度来颠覆非人界的传统规范与"主流"。（当然，正如边缘文化的规范与主流只能来自中心文化的认可与默许，非人界的规范与主流也来自人界的策划与安排。）洪凌颇为得意地在《焚烧的星》里塑造了一个具有"人魔二重组合的混血样本"的吸血鬼基督山公爵，他身上既有不死的意念（吸血鬼的不死性），又有不断再生的创造欲（人的轮回再生），人魔二重性的自我表现冲突和挣扎。这篇小说写得并不生动，理念阐述的场面过多，但对这种边缘身份的敏感与遐想，无疑是洪凌的吸血鬼题材的一种创意性贡献。

这样的颠覆对象也针对了同性恋文化本身。这也许涉及台湾解严以来的文化现状。当单质的一元文化专制向多元竞争的文化机制转化的过程中，原先在主流话语压抑和遮蔽下的边缘性文化也逐渐浮出水面，主流社会话语也一改原先粗暴镇压的手段，用更为精致的社会机制使边缘性文化在充分改造后定格于某种社会位置，原先相对立的异端被招安为合作共谋的臣民，以便建构起一个新的统治局面，来共同对付不受招安的新异端。这是多元社会的必然文化趋势。同性恋文化在台湾解严以来得到很大发展，公开描写同性恋的小说不仅可以出版，而且可以获得传媒的支持，甚至获得文学大奖。白先勇、邱妙津当年痛不欲生的生存感受今天可能已经不复存在，但问题是同性恋作为一种人类文化现象，其自身的挑战意义是否已经完全消失了呢？洪凌的作品尖锐地把这种挑战性揭示了出来。她在一篇书评文章里指出：有的同性恋出版物存在着"希望迎合大众所想象、缔造的同性恋形象，获得某种程度的认可和合法化的空间"，而"这样的强调族群同一性与非冒渎性，多少带来自我表现设限与自我规约的危险"。因此，她身体力行地在创作中坚持"强调与大异性恋机制对立、决裂，同时又汲汲搜寻同性恋族群在塑造主体性的当下是否随时落入保守阵营的种种可能漏洞"。[①] 由此来理解她的"吸血鬼/同性恋"小说体现出来的离经叛道、激进嚣张的背德因素，都得到有力的依据。

我注意到洪凌多次把同性恋族群称为一种"无政府联邦"，在《异端吸血鬼列传》的最后一篇故事里，她对"同性恋/吸血鬼"作了后设性的讨论，别有深意地把两个同性恋的吸血鬼分别取名为"普鲁东"（P. J. Proudhon）和"施蒂纳"（Max Stirner）两个欧洲著名的无政府主义思想创始人的名字，并且直言不讳地宣称："为什么吸血鬼天赋异禀，独具永生不朽、恣意和各类生命交合能力？谜底很简单，就是我们真正的名字。……只要你越过界线，告诉我你的名字，一切就会复苏、还

---

① 洪凌《无政府联邦》，收《酷异劄记：索朵玛圣城》，台北万象图书1996年版，第64—65页。洪凌直言：同性恋者不一定需要联邦，而是让她/他充分发衍自体身份、培植奇美异端的无政府空间。

原,我们就真正地重逢。"① 名字,在这里产生了生命寻根的记忆功能,而名字的真正意义就是大写的"安那其"(即无政府主义)。这是一个非常大胆、有意思的想法,我不知道它来自欧洲的某些论述还是洪凌的独特理解。因为施蒂纳和普鲁东的思想正代表了早期安那其主义的哲学基础,施氏的"唯我主义"强调的是除了"我"以外任何外界的束缚都无意义,由此把人的个性放到至上的地位,使之得以无拘无束地张扬;而普氏的互助合作学说则进一步论述了人性只有在毫无拘束的自由生存状态下,才可能使自身的善良本性——互助的道德观充分展示出来。安那其主义认为,对人性的最大束缚来自国家的统治机器及其虚伪的私有道德观念,只有打碎了这一切外界的束缚,人性才能真正道德地生长与发展。这些理论与实践在今天看来无疑是一种乌托邦想象,但对于当前经济一体化的全球性资本主义趋势而言,它具有强烈的反叛精神,永远地与占据社会主流的国家机器及其道德观念相对立,绝对地强调个人性的自由权利以及生命本能所拥有的互助道德,这些思想特点都与洪凌所阐释的"吸血鬼/同性恋"的形象相近。因此在洪凌的同性恋阐释里,绝对的感性原则与酷异(Queer)文化都并非单纯的青年喜好标新立异的流行思潮,而是在这些行为的背后建立了深远的人类理想的力量源泉。

1999 年 12 月 1—28 日写于黑水斋
(初刊台湾《中央日报》副刊 2000 年 2 月 5—7 日)

---

① 洪凌《异端吸血鬼列传》,第 232 页。

现代性焦虑下的台湾短篇小说[①]

已经有一段时间没有读台湾的短篇小说了。最近突然有个机会翻阅2002年发表的几篇台湾小说，深有感触。最初的感觉是语言上感到有些不太习惯——原先为人所称道的台湾作家那种滋润着古典美学精神的文学语言似乎正在消失；而那种陌生的感受，却来自两个方面的隔阂：一是本土的口头语言的大量使用，再加上民俗描写的增加，在外乡人读起来自有一定困难（如甘耀明的《伯公讨妾》里的大量口语，倘若用闽南方言来念，我想一定会很有趣）；二是现代新科技带来的青年人日常语言的改变，吸引了作家对网络语言、手机短语、计算机语言等新传媒语言的文学性尝试（如朱天文的小说《E界》，故意模拟了上述几种新的流行语言，使小说叙述不但充满新鲜感，也具有一定冒险性）。这两种看似不同的语言实验，无论是土得掉渣还是青涩时尚，都与传统小说语言的审美趣味发生着冲撞，老派的阅读期待受到了挑战，乍读起来难免感到生涩。但是，这种让我这样的读者感到古怪的语言实验，也许正是台湾的流行文化的风气所致也说不定。因此，本文对那几篇小说作品的讨论也许完全是隔岸观花非常朦胧。

[①] 本文原系为春风文艺版《21世纪中国文学大系（2002）·台湾文学卷》所作序。原书由许俊雅教授编选，后因故没有出版。

从民间宗教故事看社会变迁

在我读到的作品中，有两个短篇的题材很相近，作家都是从民间宗教的角度来表现台湾社会文化与风气的演变。由于是来自民间的视角，小说的主人公都是乡村的男性老人。从传统的乡村宗法环境而言，那些与神最为接近的老人同时又象征了民间世界的某种权力：如《伯公讨妾》中的村长，卸任后又担任了福德祠管理委员会主委，掌握着神权；黄春明的《众神，听着》中能够与神灵沟通的老人都是家族的家长（父亲），是家庭里的最高权力者。随着时代的变化和商业经济的侵入，农村民间宗教的衰败同时也反映了他们的社会或者家庭权力的衰败。

《伯公讨妾》是一篇描写民间宗教在今天的社会风气下退化的作品。小说里的伯公（土地神）被世俗化与漫画化，不再是保护一方水土的神仙，而是经常卸庙逃跑，到处寻欢作乐的小丑式形象。村民为了让伯公回转庙宇，安心做神仙，不得不为伯公迎来"小妾"，让伯公享受齐人之福，"小妾"的神像来自大陆，而且陪嫁丰厚，也影射了台商在大陆"包二奶"的文化现象。小说里村长儿子就是一个在大陆做生意，效仿伯公"包二奶"，乐不思蜀的商人。小说写神人竞争学风流，不仅是对世风的嘲讽，也是对民间宗教本质的退化的生动揭示。在小说的叙事视角里，村长自然是恪守传统信念的老派的权力者。他的比较原始可笑的宗教观念——用讨"妾"行为来拴住伯公的凡心，还是为了使神更好地履行神的职责。但随着社会上拜金主义风气的无孔不入，"主委"的位置落到了利用各种手段赚钱的刘乡代手里，伯公讨妾成为一种谋财手段，而且还与"拜 WTO 之赐、打造台湾福德正神的新气象"相联系。民间宗教的闹剧竟成为时代发展的需要。村长最后疑惑起来，当他强调"赚这么多香油钱做么该？伯公是保护牛关窝，又无是用来赚钱"时，他遇到一片劝说声："脑筋要转较快点，才赶得上时代。"最落后愚昧的文化观念也会与时代最新潮的发展趋势迅速结合，形成后发民族在全球化趋势下的民族闹剧。这正是作家要指出的社会风气。

村长出现在小说里的形象,起先一直在混乱的场面上晃动,他的愚昧(宗教)、保守(社会)、急躁(性格)以及人性的自尊与自信都是通过一连串的人际冲突展现出来。他的儿子及时行乐,对伯公充满轻蔑与嘲讽;而他的洋女婿又是持西方人的东方主义观点对乡村迷信赞赏不已。这两种眼光在今天的全球性背景下都具有现实的冲突性。整篇小说的叙述语言都在风风火火的争吵中跳跃着推进情节,直到结尾时的愤怒大爆发,村长的形象才最后完成。我很喜欢小说结尾处,愤怒的村长终于拔起石头打造的神像,抱在怀里,四十年来他一直用自己的体温与石像交流,来测试伯公是否在庙里;而现在,这种神秘的身体体验转化为愤怒情绪的形式:他"让石像与自己的体温融成一片,让自己成为愤怒之石",人与石头融成一体。生命的形态在转化,民间宗教的存在意义也在转化。结尾使这篇作品超越了一般的讽世意义,含有浓郁的民间文学的特征。在民间,文学仍然可以保存这样一种观念:人的生命和体温能够使石像获得真正的神灵,来抗衡世俗思潮对宗教的亵渎和利用。在美学上这仍然是站得住脚的文学想象与宗教想象,这涉及人与人性力量的自信。当我们企图在全球性与本土性这一对矛盾范畴中寻找某种出路时,文学最能有力表现出来的,往往就是证明人性在当下各种冲突中仍然是最有力量的因素。

民间宗教历来可以成为某些人用来骗取钱财的工具,进而是民间宗教的本来意义的消失。这种现象自古就有,而在万事向钱看的当下社会风气下更为猖獗。就文学的意义而言,创作仅仅指出这种人间喜剧的存在是远远不够的,文学的使命离不开对人性的洞察与人性的维护,即使是对社会风气的褒扬或者针砭,也只能围绕着以人性为核心的文学描写的展开才有意义。《伯公讨妾》和《众神,听着》都写到了民间宗教在现代商品社会如何转化为生财手段而具有的欺骗性,但两位作家都没有把揭示这一社会现象看作是小说的目的。他们都有着更高的人性的指向。黄春明的《众神,听着》里的谢春木也可以说是一个抱着骗取钱财的企图来设庙敬神的可笑人物,同时又是一个非常令人同情的孤独老人。他在自己的破旧房子里供奉各种神像,想吸引游客前来膜拜。别人的庙里供奉一个神，他的"小庙"里供奉二十七位神像，应有尽有，所以号称"众神宫"。结果，他的完全实用主义的做法使他的"庙"破旧而拥挤，反而吓走了游客。神不仅不能给游客带来福音，连他自己的烦恼也无法解除。

黄春明擅长描写民间小人物的穷窘与苦恼。这篇小说里的谢春木的苦恼是从他在朋友的丧礼上触景生情，引出了对三个不肖儿子争分祖传土地的烦恼。他的设庙敬神除了赚钱以外还有更为重要的功能，就是他倾诉内心的苦恼。小说用了大量篇幅渲染一个孤独老人的独白，叙事不能不显得松散与冗长，可非这样的叙事又无以真实地传达出老人的处境与心绪。他与前来访问的台大教授讲述建庙历史，听者不耐烦，讲者却娓娓从头道来，不但有趣，而且具有宗教感。"从他曾祖父谢成，祖父谢应传，父亲谢旺泉到他谢春木，都是他们谢家单传香火……"（其列祖列宗的名字影射了一个家族的发达史：成业、守业、兴旺、繁殖……）因为谢春木从小体弱多病，供奉各种神明来认"客子"，于是身体渐渐强壮，竟连生三子，其宗教动机本来是出于很原始淳朴的乡间迷信，但随着现代经济的发展，他的三个儿子都离家去城市谋发展，苦苦挣扎，成了游民罗汉脚，而他在经济大潮的影响下也企图设庙赚钱，敬神成了赢利的追求。他与神的关系也变了。小说最后他在恍惚中向神像的倾诉、抱怨和要求，让我想起过去读过的俄罗斯作家契诃夫的著名短篇《苦恼》中那位马车夫向马倾诉丧子苦恼的经典片段，人的孤独与无助的心情被完全烘托出来。本来是一出喜剧，但读到后来却被深刻的悲哀所笼罩。

民间宗教说到底是底层社会小人物的欲望与功利的反映，民间的人生态度有时也是相当执拗与坚韧，这时候宗教并不决定人生态度，而是人生态度决定宗教。看下面一段教授与谢春木的对话就可以了解民间的这种宗教态度：

"这些神明都愿意收你做干儿子？"

"这还不简单。"春木笑着说："神明不会说话，也不会点头摇头。我们跟神明讲话,用掷神问他;他不答应,掷久了最后总是会有一次掷出来的是答应的神。"

"可以这样吗?"教授不解。

"怎么不可以?比如说家人问神明,是不是要收我做客子?如果掷出来的是一翻一覆,表示神明答应了。要是掷下去的神,两片都是翻过来的,这叫笑,神明觉得好笑,可以再掷一次。要是神两片都覆盖的话,这叫覆,表示不答应。但是,我们可以换个问法,或者说,是不是我刚才没说清楚?然后再说一遍。说完了再掷,这样下去,自然就会有一翻一覆的神出现。如果掷了多次得不到神答应,换个人来掷……"

教授笑起来了。"这不就是赖定神明吗?"

"说赖就不好听。就是这样掷神,求神问佛就对了。"

也许是民间的日常生活的匮乏与欲望消解了宗教的神圣性与超凡性,民间的神逐渐蜕变为苦难中的人的患难朋友与安慰。换句话说,民间的神明只是民间日常生活的一个组成部分,是人们按照自己的愿望和理解来解释眼下的生活现象与生活事实之间的一个中介,所以神也就是人的愿望的体现者。中国民间的许多神明——如赵公财神、灶神、土地(伯公)、观音等等,都是具含了这种既平凡又能体现民间愿望的功能,也是最不具有神性的一种民间神的美学特质。《伯公讨妾》中伯公被民间理解为风流成性便是一个很有趣的例子;而《众神,听着》里的众神最后在谢春木的幻觉中显现下凡,原来是一群疲惫不堪的旅客,在滑稽可笑的结局中仍然突出了人和人性的存在意义。

现代性焦虑下的滞后社会现象

也许是台湾的现代生活节奏日益紧迫,如何从审美意识上把握现代生活依然是作家面临的难题。应该说,弥漫在台湾文化市场的各种流行的、另类的文学话题不会减少,但是就我所读到的文本而言,最精彩的几篇小说都是以拒绝当今流行生活为题材，揭示了古老家庭村落的"史前史"秘密或者是澎湖离岛的乡民的生活。我不清楚这是出于选家的眼光还是台湾文学创作的真实状况。出现在这些作家们笔下的生活场景与当今台湾社会充满喧嚣与骚动的现状离得很远，在他们的艺术画面里，时间仿佛是没有意义的。就像陈淑瑶在《沙舟》里的一句话，反正三年与十三年在这里是没有什么差别的，所以只有像化石一样的生命才能见证这种停滞在时间之外的生活形态。在苏伟贞的《日历日历挂在墙壁》和童伟格的《王考》里，主人公都像一块不死的化石；而《沙舟》的女主人公最后终于找到了一个说话的对象，那就是一个接近痴呆的老婆婆。

大凡在时代发生急速变化的时刻，总会有通过表现滞后生活方式来保持传统的文学纯美因素的文学创作出现。这类作品有非常独特的东西，不同于前面一节所分析的民间宗教小说。作家们所揭示的生活状态并不在于寻求更合理的人性存在的生活方式，或是对已经消逝的美学境界的追怀，生活无可奈何地发生着变化，被时代淘汰的生产方式与生活方式永远也无法再现美的辉煌，因此，当作家所刻画的那些主人公与这类注定被历史淘汰的生活形态固守在一起的时候，仍然是陷身于被一种现代性焦虑所困的状态。《日历日历挂在墙壁》的篇名来自一句童谣，接下来的一句就是"一天撕去一页，叫我心里着急"。《王考》里的老祖父丧失了记忆以后，久久地站在早已废弃的公车站上，等待着永远也不会出现的公车，让人联想到高行健的荒诞剧《车站》，仿佛也是出于对时间的一种焦虑。生命被抛出时间之外也等于停止了搏动，生活的现状在身边流逝过去不再会有感觉，而这样的生命虽然存活在自己编制的虚拟的世界里，也被小说里的人物称为"史前史"，但仍然没有摆脱现代性的命题。

苏伟贞的《日历日历挂在墙壁》超越了传统大家庭中弃妇类的悲剧题材，她强调的是一种生活状态，一种沉浸在个人的想象中的生活状态，那就是老太太的持续不断超越生死的日记（也可以理解为民族的历史）。这样的自己编制的纸上世界，不但复活或者创造了人物的生命，也使这个家族的晚辈都吸引到这种生活形态里去昏昏默默周而复始。小说结尾部分引进一个辈分怪异的阿童（老爷的私生女，又被老太太当作孙女养），我开始以为这个小妖精似的人物的出现也许会给这种生活形态带来一些变化，但是作家非但没有这样考虑，反而使这个小姑娘顺理成章地继承了老太太的日记世界，延续了这种生活形态。所以最后老太太的日记里写道："是的，有人死了，别人的生活因此改变。都说时候到了都会变，为什么我从来不相信'变化'，生命中最不变的事情就是变化，譬如死亡。"可是当一种生活形态超越了死亡，也就是超越了生命，"不变"反而成为永恒。于是小说中另外两个人物（儿媳妇）接着评论说："别忘了，正常时空对妈和阿童来说没意义。""这一切真的好合理。我对这种事越来越不怕，虽然阿童在她身边，没有比这个更怪的了。"小说结尾的时间落在千禧年的晨曦降临兰屿岛的时刻，但是老太太有了怪异的阿童为继，新世纪能否给这种超稳定的生活形态带来新的变化呢？

我从文字中读出的是作家苏伟贞对现代生活的深刻的悲观与绝望，她似乎眼巴巴地看着古老中国到现代台湾的时代符号流逝般地从身边流失（从五四到迁台的时代气息在小说里均有所反映），但是能抓住的是什么？是一种无望的爱情。小说里不断穿插了两种文本：西蒙·波伏娃与纳尔逊的越洋情书，以及沈从文的《边城》，这也是我最喜欢的两种读物。无论是现代女权运动的先驱者还是古老湘西的朦胧少女，她们同样经历了一场绝望的爱情，而生活正是在她们最绝望和与绝望作挣扎的时刻悄然过去。小说的文本正影射了作家对历史、文化、现状的一种感情，一种让我们感到沉重的绝望之感。

相比之下，童伟格的《王考》对正在消失的台湾传统社会的生活形态没有那么绝望。《王考》中的主人公是祖父，祖父身边的孩子正是叙事者本人，唯有他才对祖父的那套话语感兴趣。这种对应关系有点像《日历》里老太太与阿童的关系。老祖父也是一个传统文化的象征，在现代生活的变动中他越来越萎缩，同样存活在抽象的符号里。小说开篇时记载了祖父为三村人瓜分圣王：海村人分得圣王爷的裸像，那是偶像的符号；埔村人分得了圣王的令刀、令旗和圣王，那是表象的符号；而祖父为山村人分得的是"一枚卵蛋"样的圣王印，那是抽象的符号，印鉴的内容只有打在纸上才能显现，祖父相信的也正是这纸上的世界。他的所有学问都囤积在书房里，科学、历史、文化、政治等等，都是一种纸上的文化，但在这个"纸张在雨中命定腐坏的过往山村里"，所有这一切都随着时代的变化而淘汰，只有孙子在悄悄地继续着（这正是他返回乡村的目的）这部伟大的阉人写的历史。小说里有一段叙事人童年时代与祖父走在山路上的回忆，洋溢着自然生活的情趣，作家写道：祖父说，这条路是他从前来来回回踏出来的，路上所有好玩的事他都知道，而孩子走在这条路上企盼着什么让人意外的东西出现。这正是小说最终能让人从绝望中感受到的积极的一面。

黄凡依然不凡的政治小说

略为不能满足的是，这些作品中能够直接艺术地展现当代台湾生活中重大主题的作品太少，分量也不够，这是文学在大众消费型的文化市场上所遭遇的普遍现象，但是作家对台湾社会的严肃思考的创作仍然存在。2001年台湾文学毕竟有陈映真的中篇小说《忠孝公园》为殿军，而今天，我们又读到了搁笔已久的小说家黄凡的短篇小说《躁郁的国家》。在政治讽刺方面黄凡依然出手不凡，直面政治的勇气与讽刺艺术的机智使我又一次想起当年我阅读《赖索》时的快感。事隔多年以后作家所关注的人生目标没有改变，但讽刺与批判的目标却有了新的指向。这是我第一次读到台湾文坛上如此尖锐地反映当今台湾政治社会的讽刺作品，但主人公黎耀南的角色分明是当年的失败者赖索的再生。

小说家在开篇时说，得了躁郁症下一步就是疯狂。"躁郁"是一种什么样的病？从字面上来说，"躁"为骚动不安，通常与"浮夸""急切"等义相连，如浮躁、急躁等；而"郁"则是指植物的茂密繁盛，转而也作心理上的压抑感，枝叶交错过密而不得伸张，如郁结、郁闷等。这两个汉字的联结构成一个特别的精神病象：因为精神压抑而躁动不安，外在平静沉闷而内心紧张，几近崩溃。把这种精神病象与精神分裂相联系，形成"躁郁—疯狂"的特殊病状，这是台湾社会中某些人的精神病象，也是台湾政治与社会风气的病状。黎耀南是个曾经拥有二十年政治斗争历史的"民主斗士"，他的党执政以后，他一度受到重用成为担任情治工作的特务，但旋即在政治权力倾轧中失势。现在他是一个由躁郁症患者向疯狂转化的病人，精神恍惚地离开台北南下高雄，途经台中时临时下车想买一件有八个口袋的猎装——我觉得猎装本身具有一种象征性的意义，它的每一个口袋都是为了向上级提交情报。一个情治人员下了岗，他只能在一件象征性的衣装上寻回昔日的记忆和"找回自己"。小说共分四章。每章由一封告密信、一段人生回忆和一些现实场景（主人公南下途中所经历）的描写组成，三者之间并没有联系，却组合了台湾近二十年来历史政治的丰富信息。

告密信是主人公分别以"总统""副总统""总统秘书长"和党的秘书长为收信对象而写的检举同事的信件，信里所隐含的政治内幕各有现实影射，以此作为小说中"躁郁"的背景；而在主人公的回忆人生道路与现实旅行途中交替出现的场景，才是真正弥漫了躁郁风气的人生写照。在回忆的片断中，作家一再描述了黎耀南近二十年的政治生涯：他以文人参政，在一次官方安排的文学活动中开始了"一箭双雕"的人生旅程，既参加了"党外政治"的活动，也获得了浪漫的爱情，情场和仕途一帆风顺，直到"元首"亲临家宴，面授机宜时为顶峰；接下来就运交华盖，朋友倾轧、婚姻破裂、政治上失宠等等厄运相继而来，连当年领取的"二二八"死难者家属的补偿费也被律师欺骗而瓜分了。最后他就像卡夫卡小说《城堡》里的 K 一样，整天围着看不见的城堡打转。在他的南下旅行途中的纪实部分里，一路上处处用失败者的意象来烘托他此刻的心理挣扎，如斗败的公鸡、麦当劳的不中奖券……不过最后他终于买到了那件猎装，似乎能"找回自己"了，于是他在幻想与回忆中找到了一点美丽的点缀：暗夜的床头天花板上飞舞盘旋着一群群萤火虫。虽然是极为微弱的光晕，但也给了他脱离政治、重新回到文学当个作家的信心。

如果把黎耀南与当年在政治斗争中惨败而苟且偷生的赖索的命运相比，他不过是再一次重复了赖索的遭遇。虽然他们所从事的政治活动的环境有了很大的变化：由"党外时代"进入了"执政时代"，但政治活动的欺骗性没有因此而改变。当年"韩先生"的政治变节和当今政坛上的种种腐败风气正可以遥相呼应，而知识分子的理想主义也终将在现实的肮脏的政治活动中销蚀殆尽。黎耀南身上还是有一股知识分子的传统理想，与赖索完全被政治理想所摧毁而卑琐地混日子不同，他在政治斗争的失败后还没有完全丧失理想成分。所以他在控诉同事对他的倾轧时竟会提出"良心"的问题，当他遇到两个"小天使"送奖券还会嚎啕大哭，他最后在回忆里想到萤火虫飞舞盘旋的意象也是非常美丽的。所以，我觉得小说里所渲染的"躁郁"之气似乎还应该有第二种理解：躁为浮动沸滚，郁为沉积错结，两者有相反的意志，如躁动从郁结中爆发则为疯狂崩溃，但如沉郁克服了浮躁，也可能会朝理性的方向转化。黎耀南的精神异样也有转化的可能，所以作家在小说开篇的题词上把"躁郁症——疯狂"的警告都送给了那个政治权力机构，而让黎耀南在脱离政坛后竭力地与自己的疲惫不堪的精神作斗争，让他在最后还是拒绝服用美国出品的灵药"百忧解"，而渴望去想一想阳明山的石头和新光摩天大楼的咖啡杯，而且还希望他"一定要快快乐乐地活下去"。

我还没有谈完对所读的这些小说的全部感想。像陈淑瑶的《沙舟》与陈雪的《死的气味》，都是值得认真解读的文本。但时间有限，我只能匆匆写下一个粗浅的印象，以表达对海岸那一边的文学的一份感性的阅读报告。

2003 年 2 月 9 日写于黑水斋

（初刊南京《开卷》2003 年第 1 卷第 1 期）

多重叠影下的深度象征

——试析苏伟贞小说创作中的三个文本①

本届会议主题为"感官素材与人性辩证",从现代汉语逻辑上有两种读解,第一种是"感官素材"与"人性"的辩证关系;第二种是"感官素材"与"人性辩证"两种元素的关系。前一种可以理解为:在"人性"基础上讨论感官素材在创作中被处理与表达,是关于作家创作经验的探讨。后一种则可以理解为:对文学文本中的"感官素材"与"人性辩证"两个元素及其相互关系的探讨,是关于文本的读解研究。本文倾向于后一种读解,意图借助文本分析,来探讨作家的创作风格特征,顺以窥探其创作心理与台湾社会环境、自我生命奥秘之间多重叠影的复合关系。

讨论苏伟贞的小说之前,我还要界定一个概念:如何理解后一种读解的"人性辩证"元素?大陆学界现在已经很少运用"辩证"这个概念,在我以前所接受的马克思主义哲学语境里,"辩证"是指对于事物内在矛盾的产生、发展、转化及其规律的认识方法,具体到"人性辩证"的概念,也就是对于人性内在矛盾发展的艺术表述。如果我们把"感官素材"与"人性辩证"视为小说文本中的两种元素,那么,前者是作家通过感官对生活的体验、感应与表达,后者是文学创作的出发

---

① 本文为台湾成功大学中文系于 2010 年 3 月 6—7 日在台湾文学馆举办的"感官素材与人性辩证"学术研讨会提交的论文。

点，即人性的多层次的表达系统。照马克思的说法，人是社会关系的总和，人性不是抽象的，而是多层次的结构——由人的内在生命体验与外在社会环境的复杂关系所构成。从生命的内在体验而言，人性由纯粹的生理生命所构成：其主要运动形式是生存与繁衍两大主题；由于生命运动是通过与外在世界发生关系而实现，又派生出人性的社会内涵，对于社会人际关系的各个层面的文化表述，从隐秘的生命意识和性心理，到大千世界林林总总多种元素进入生命体验，都属于人性的组成部分。这是一个与客观世界相对峙的庞杂的主体世界，表达了人类对于客观世界的经验、认识与反应。我理解的"人性辩证"，就是指人性中各类关系互动互见的运动方式。通过这种方法建构起来的，不是客体世界本身，而是与客体世界血肉相连的主体的虚拟世界。小说创作中的"人性辩证"，应该是指用感官素材（即感性的材料）建构起来的表述人性各种关系的艺术世界。如果我们追究一下从感官素材到人性辩证的创作过程，至少可以找出三种创作形态：第一种是感官素材建构起一个感性世界，直逼私人隐秘的生命痛苦和困厄，如邱妙津是最典型的例子；第二种是由感官素材建构的感性世界直接诉诸作家良知，表达作家对现实社会的关注与批判，如莫言的作品；第三种是比较神秘而复杂的形态，即作家通过感官素材建构的感性世界成为一个巨大隐喻，以对应作家对时代的感性把握，如张爱玲的小说，日常生活的叙事中隐含了时代的巨大隐忧。我们可以说，这是一种深度的象征模式。本文正是在这样的意义上阅读和理解苏伟贞的小说世界。

这种"张爱玲—苏伟贞"模式的虚构世界并不是思想与理性的产物，它是普通感官素材建造的一个非常个人化的艺术殿堂。当人性的各个层面在这里综合地被表述时，它会呈现出模糊而丰富的复合效果。从文字的显性结构来看，它不过是叙述一个普通故事，但是人们在阅读后总是会产生疑惑：作家不仅仅是在讲这么一个普通故事，似乎还有着更为复杂的所指，隐藏在那些普通文字的背后，但不为人所知，甚至作家本人也未必自觉到这一点。对作家而言，这种不自觉是真实的，小说既不必是借古讽今的讽刺小品，也不是伊索寓言式的道德教训，它不需要有意识地暗示什么哑谜。由于作家天生具有强烈的生命磁场,当作家在观察、体验现实世界过程中不自觉地触及时代精魂,就此融入了自身的生命感受。当艺术创造进入白热阶段,作家的生命血肉融化到文字中间,人性内涵也就制约了这些普通的文字。如曹雪芹在《红楼梦》叙述的,当然不仅仅是荣宁两府的言情故事,而是借助这个艺术场景,讲述了一段大荒山无稽崖下顽石对宇宙的生命感受,这才是"谁解其中味"的真正含义,也就是《红楼梦》与无数通俗言情小说之间的本质的差异。

但我要说明的是,并不是所有作家都有能力通过"感官素材"建构起巨大的"人性辩证"的艺术殿堂,这也不是文学表述世界的唯一的途径。它仅仅是无数文学表述方法中的一种最不自觉的方法。对同一个作家而言,也不是所有作品都能够产生这样的效果,我从苏伟贞的小说世界中撷取"人性辩证"的例子,仅仅是几种引起我读解兴趣的作品,而不是全部。

本文所选的三部作品,是苏伟贞创作道路上的代表作,这三个文本之间呈现出一种距离:《陪他一段》是作家的处女作,一个言情故事的文本;《沉默之岛》是苏伟贞迄今为止最重要的创作,可以看作创作顶峰期的代表,是一个实验性的叙事文本;《时光队伍》是近期作品,表达作家的生命之痛,呈现的是一个"杂驳交错的文类和叙事形式"[①],跨越虚构与纪实。本文意图通过这三个不同时期不同形式的小说文本,讨论时代与创作之间的隐性联系。

一

1979 年 11 月苏伟贞发表了第一篇小说《陪他一段》[②],既是处女作

---

　① 王德威《强悍的悲怆——苏伟贞与〈时光队伍〉》,收《后遗民写作》,台北麦田出版社 2007 年版。

　② 本文所讨论的《陪他一段》,依据苏伟贞《封闭的岛屿》中所收的版本,台北麦田出版社 1996 年版。所引引文不再一一说明。

也是成名作,王德威教授用文学史家的眼光,叙述了这篇名作产生的效应:"好一句'我陪你玩一段'。在八十年代初不知引来多少嗔怪或惊奇的眼光。这样的表白既像新女性的性爱宣言,又像旧小说中痴情女鬼献身的回声。"① 以后的评论总绕不开这篇《陪他一段》,直到最近。这篇小说的手法非常奇特,既不是全知的第三人称叙述,又不是叙述者或者日记主人的第一人称的完全独白,用的是双重第一人称转化为第三人称——即叙事者为第一人称,她阅读了主人公费敏的日记(第一人称),但是,叙事者又是用第三人称的形式在转述日记的内容,文本中经常出现费敏日记的独白,也经常夹杂着叙事者对费敏的评价,但这些第一人称话语却都通过第三人称话语表述出来。除了开始部分叙事者以第一人称叙述外,很快地就转变为日记的读者与复述者,这与一般西方短篇小说的框形架构(即由叙事者的第一人称过渡到某文本的第一人称独白体)的叙事方法不同。因为有两种叙事视角交杂在小说文本中,所以,篇名的"陪他一段"与小说文本中的"我陪你玩一段",这两句相似的话产生了完全不同的效应。小说文本中由"我""你""玩"三个字产生的惊心动魄的人性效应在篇名中完全消失,"陪他一段"则是主语缺位的叙述体,与叙事者和阅读者都拉开了距离。同样这种效应也存在于文本叙事中,叙事者通过阅读死者日记要弄清楚死者自杀的原因,并给以表述出来,所以她是理性地梳理并转述了日记内容,可以想见,费敏决定爱与死人生两大主题的关键时刻的心理挣扎,由于缺乏第一人称赤裸裸的自我表白而永远沉沦再不为人知,叙事者故意用第三人称的表述方法,其实也是一种主观上并不自觉的遮蔽,遮蔽了费敏自杀的真正的心理原因。

我们从文本看到的是一段爱与死的言情故事,这是叙事者要告诉我们的一个合理的生命逻辑过程:如何从爱的发生走向爱的毁灭。但是缝隙还是存在,即使费敏全身心地爱上"他",也是事先知道这段爱情不

---

① 王德威《以爱欲兴亡为己任,置个人死生于度外》,收《封闭的岛屿》,第10页。本文多处印证王德威教授的观点,引文凡出此文者,均不一一说明。

会有结果的,这才是"陪他一段"的真实含义,是陪"一段"而不是"永远",表明费敏说出这句话时,已经有了最后结局的思想准备。叙事者在故事开始时也已经有暗示:"费敏在下决心前,去了一趟屿兰,单独去了五天,白天,她走遍岛上每个角落,看那些她完全陌生的人和事,入夜,她躺在床上,听浪涛单调而重复的声音,她说——'怨憎会苦,爱别离苦',这么简单而明净的生活我都悟不出什么,罢了。"寻求简单而明净的出世生活,对于人生之"苦"有了深切感受,但还是未了一段尘世之缘,才有了后面的故事。这是费敏叹一声"罢了"的决心,仿佛即将跳入火坑。但是我们不禁要问:为什么?一场恋爱,对一个现代女子来说,即便是血肉生命的投入,也不至于要做出如此严重的抉择。在整个恋爱事件的叙述中,我们看到费敏费尽心机地取悦于"他",而"他"则完全被动地接受,即使有了肌肤相亲,阴影仍然是笼罩他们的心里,叙事者选取费敏日记里的一段话:"我也许是;也许不是跟他谈恋爱,但是,这也该用心,交一个朋友是要花一辈子时间的。"这当然有自我掩饰的成分,但是费敏对自己是否进入恋爱状态的怀疑却是真实的,因为,我们从叙事者的复述中,从未看到恋爱给费敏带来真正欢欣的时候,也没有读到任何刻骨铭心的爱欲体验,也许,这些情爱描述都被叙事者转述时"过滤"了。费敏的日记从开始到结束,都笼罩了不安全的阴影和忍声吞气、委曲求全的苦涩之情。叙事者注意到,费敏日记里从未出现记载"他"说"他爱她"的话,("他爱她"也是叙事者转述的第三人称语言,它把原句表述的"我爱你"含有的激情成分完全过滤了)。叙事者为此感到疑惑,于是分析下去:"但是,他会没有说过吗?即使在他要她,她给他的情况下?费敏是存心给他留条后路?他们每次的'精神行动'不能给他更多的快乐,但是他太闷,需要发泄,她便给他,她自己心里不能平衡;实体的接触、精神的接触,都给她更大的不安,但是,她仍然给他。"我发现,在叙事者复述的文本里,显然是遮蔽了当事人真正的恋爱感受。在复述中,描述到真正情欲、性爱和生命激情时,总是用"他要"和"她给"两个模糊动词来替代,这对于一个羞涩女性的日记用词是符合逻辑的,但叙事者在复述中似乎没有为这些词所含有的真正激情所感动,也没有从中感受到真正的爱的意义。她甚至批评说,费敏"根本不是谈恋爱的料,她从来不知道'要'"。费敏在恋爱中只会"给",直到最后绝望的时候,看一部男欢女爱的电影,看到做爱的镜头时,她还在说,"至少她可以给他什么"。费敏不是情场老手,而是情窦初开就一发而不可收的情爱至上者,她心中的"爱情"语词就是无私的奉献——"给"而不是"要",这是爱情的最高境界,"付出"——青春、爱、生命一切。所以,即使费敏日记里频频出现的是"给"而不是"要",仍然不能说她不懂谈恋爱,而相反,恰恰是她深深陷入爱恋之中呕心沥血的真心表达。

我们似乎看到了小说中存在着两个文本,一个是叙事者作为局外人用中性的口吻复述日记故事,那是一场被描述成相当疲惫沮丧、不符合"赚赔逻辑"的恋爱过程,一个痴心女对薄情郎的最后报复行为——牺牲了自己的生命;另外还有一个隐形文本,即通过叙事者复述使我们隐约感受到的那本日记的真实语词,以及这些语词所表达的感情世界,虽然被叙事者遮蔽,但还是从文本叙述中零零碎碎地透露出来。从我们前面分析的内容看,费敏其实是一个没有什么恋爱经验的青年女性,她大学刚刚毕业,表达爱情的方式基本上还是女学生阶段的编织小礼物、打毛衣等浅层次的"精神接触",表达某种朦胧而不由自主的爱意,远没有进入身体欲望的开发和出自生命本能的情欲呼唤。但是她对于人生却有别样深刻的绝望感。她是在决定与"他"倾心恋爱之前突然神秘失踪五天,独自在荒凉的岛上对人生苦谛作了一番苦苦参悟,显然,存在于费敏心灵深处的绝望不是恋爱引起的,而另有他因,只是我们不得而知。当她决定与"他"真心相爱,她企图通过恋爱来克服"怨憎会苦,爱别离苦"的人生危机,所以才把一场稚嫩的恋爱看得像舍身饲虎那么严重。但由于内心深处的绝望过于沉重,这场恋爱从一开始就处于不对等的感情位置上。那个学雕塑的"他",年龄比费敏小,有着显赫的家庭背景,天生优越感滋长了天真和自私,年轻有活力但极不负责,叙事者特意从日记里挑出"他"的两句足以击倒费敏的话,一句是:"我还小,你想过什么时候结婚吗?"另一句是:"我需要很多很多爱。"前者的潜台词是"我不会与你结婚的",后者的潜台词是"你还不能满足我"。所以,费敏对这场恋爱始终缺乏信心,时时在安排命运的结局,直到最后,恋爱故事还没有结局,悲惨事件就提前出现,她自杀了。应该说,她没有战胜的仍然是内心深处的绝望。如果仅仅是一场恋爱失败,以一个奉献为爱情的女性的宽广胸襟而论,何至于轻易选择死亡。只有当她意识到眼前这场没有结果的恋爱不足以挽救她内心深处的危机,她才会因真正绝望而结束生命。据前面分析的情况看,费敏是一个没有恋爱经验的人,所以导致她悲观人生的"怨憎会""爱别离"都不是指以往的恋爱经历,她的家庭也是相当完整,高堂双全,所以绝望的原因当别有所指。

　　没有办法,我们还是要回到文本中去寻求原因。既然叙事者已经遮蔽了死者留下的日记真实文本,我们对费敏隐秘的私人原因无从知道,只能把眼光放到外部世界,看看费敏所生活的社会环境,也许能找到一份理解。于是我们发现,费敏的恋爱故事其实不过一年多的时间,小说一开始叙事者就告诉我们:"她谈恋爱了,跟一个学雕塑的人,从冬天谈到秋天,那年冬天之后,我有三个月没见到她",等到春天来的时候,她又出现了,整个人瘦了一圈,她们看了一场电影,然后,"一个月后,她走了,死于自杀"。如果我们扣除这第二个冬天的三个月,她和"他"真正在一起的恋爱时间没有超过一整年。很显然,费敏失踪的三个月是整个悲剧事件的关键,那么,这三个月她在哪里?又为什么会"瘦了一圈",闭口不谈自己的故事呢?叙事者的复述文本对这个疑点并不敏感,毫无悬念地告诉我们,费敏是随记者团出差到金门前线采访。整个采访过程中,她并没有完全失掉爱情,除了不断通信外,还为"他"打毛衣,还若即若离地有了另外一个男性的追求者,似乎不成其为彻底绝望以致弃世的理由。唯一能让人生出遐想的是她出差采访的时间,叙事者告诉我们:"那时候美国与大陆刚建交,全国人心沸腾。"原来这个故事所发生的时间"由秋天到冬天",正是 1977 年秋天到 1979 年初,那年 1 月中美建交,这也是从 1971 年中美开始交往、恢复了中华人民共和国的联合国合法席位以来,台湾的外交失败达到最低点的时候。1970 年代，经历了台湾当局与美国政府断绝"外交"关系、退出联合国、处于空前孤立的世界环境、"反攻大陆"的战争心理受到前所未有重创等等，引起了一般社会心理的"人心沸腾"，而在 1979 年初达到最低谷。这巨大社会变故在一般社会心理造成的深深失望——"盟国"道义的背叛、大国政治的无情、"外交"政治的重大失败、无可逃避的悲观命运感等等，各种社会情绪交集在一起，引发了台湾青年内心的焦虑。这才应该是费敏这一艺术形象所体现出来的绝望感的巨大社会背景。①

  我并不是说，费敏的绝望自杀是因为台湾"政治外交"的失败所造成的，我丝毫也没有从苏伟贞小说里读出影射台湾现实政治的意思。一部优秀的文学作品，其与社会政治的关系远不是那么简单。这也就涉及这篇小说所隐含的第三个文本：潜文本，作家创作中所倾注的人格力量和艺术力量之所在。前面已经说过，"人性辩证"是指多层面地体现于文本中的人性结构系统——是由人的内在生命体验与外在的社会关系的复杂关系所构成。人性辩证的艺术体现综合了人性的内在意识与外在社会关系互动互见的面貌。这不仅仅是指文本中的人物性格和命运，还体现在作家如何塑造人物性格，如何处理人物的命运，如何将人性（包括良知）元素在叙事中完全融化到艺术形象的创造中，将作家感悟的时代精魂与感官素材紧紧结合在一起。艺术创作需要形象思维而不是理性的说教和宣传，所以，具体的感官素材决定了作家人性力量的表达能量。我们从一流的风景画、神话故事的雕塑，以及语言艺术的描写，都可以生动感受到作家身处的时代风气和精魂的存在，也就是艺术的力量所在。这种艺术感动的能量远远超于所表达的具体内容，它是被笼罩在艺术家人性的光环之中的。作家表达对于社会政治事件的关注不外有两

---

  ① 这个问题，王德威教授早就意识到了，他在文章开篇就是这样论述苏伟贞的创作："苏伟贞崛起于 1970 年代的末期。在彼时政治一片扰攘的时分，她状写痴男怨女的爱欲纠缠，凄切清厉，引人注目。相对于嘈杂的土地与国族前途论辩，她俨然已在省思另一种政治课题——情欲的政治。"王教授把现实政治与情欲政治列为两种类型，在我看来，在文学创作上两者本来就是一体，苏伟贞的小说尤其明显。

种不同的手法,一种是现实主义的摹写,即通过有意识的具体描写来表现时代;另一种并不触及现实层面的描写,而是把时代的精神熔铸到语言风格中,以达到深层的象征作用。这两种方法都可能产生文学史的杰作,本文所探讨的苏伟贞小说属于后一种,作家通过双重甚至多重叠影的手法来追求深层象征的艺术效应。

我们还要探讨苏伟贞的人生经历、创作道路与她的创作风格的关系。苏伟贞出身眷村,十九岁起进入军校(政治作战学校)接受教育,1977年毕业后担任军职长达八年,她在军旅环境下受到严格的政治化军事化的意识形态训练,个人情怀与国族意识紧密结合。她作为一名才气横溢的女性作家步上创作之路,同时也是作为一名现役军人成就了以笔作武器的女战士,文字中隐藏的英雄精神、家国意识、豪放文笔、政治视野都构成文学风格不可忽视的一部分。她创作过许多军事题材小说曾获得台湾军界的文艺奖金,但是撇开军事任务和意识形态宣传,构成苏伟贞创作的诸种元素中,起着重要作用的仍然是她的文学才华和独特的感情体验。作为一名现役军人在意识形态写作中,她不能不深深感染时代的大悲剧和大绝望,这是熔铸在人性深处的元素,而不是外在的标签,甚至可以说悲剧风格和内心的焦虑灼烧,构成的是苏伟贞血肉人生的生命密码。《陪他一段》看上去完全没有军中作家的元素,但是个人的快意情仇与国族政治的恩恩怨怨无间地重叠在一起,印成了叠影的照片,真是像厉鬼一样,死死纠缠,无从分离。从感官素材的运用上,作家写了一个生死情爱的恋爱故事,这个故事的深层内涵,与其说体现在费敏的感情不对等的恋爱过程——时时担忧的悬念、又必然而至的背叛与受辱,最终把受辱者推向绝望与自杀之路,还不如说,这是苏伟贞身处的时代环境熔铸成她的血肉人生的一种见证与人格反射。苏伟贞的小说没有故意为之的国族政治意识,尽管她与这个时代、这个社会以至这个岛屿早已经融为一体,成了分不开的血肉生命。所以,她即便写的是小儿女的悲情故事,仍然在无意识的多重叠影中,照映出异常丰富的人性辩证之力量。

二

苏伟贞的创作中多次出现"岛屿"的意象,她把麦田出版的自选集取名《封闭的岛屿》,强调了"封闭"的意象。[①] "岛屿"是"封闭"的载体,既然是"封闭"的独立体,就必然"沉默"。因为与世隔绝无人关注,只是自己在体尝内心的喧哗与骚动,也就是所谓"自以为的生命的注视",所以,"沉默"是"封闭"的外在形态。作家王宣一对《沉默之岛》中的"岛屿"意象作了如是描述:"作为一名台湾人,向来对岛屿这样的字眼,很容易产生复杂的政治想象,幸好作者在此,却只简单地运用了这个可以扩充无限含义的意象,走向最传统的比喻。不论是台湾岛、香港岛、峇里岛还是晨勉居住的那个小岛,仅只是代表一份空间。"[②] 但是,这份"空间"至少还代表了一种"封闭"(或者就是外表的"沉默")的文化心态,那就不能不让人对窥其遮蔽的内在含义产生"扩充无限"的"想象"。苏伟贞的朋友袁琼琼曾经断言,《沉默之岛》所表达的是"每个人都是一座岛屿",自成为一个"小宇宙"。[③] 然而,作家本人将岛屿与小说中的人物做了二元的处理。《沉默之岛》行将结束时,两个晨勉分别说出了喜欢岛屿的理由,一个说"我觉得完整。太大的空间对我没有意义";另一个说"这里有我要的

---

① 苏伟贞在《封闭的岛屿》自序《封闭》中开明宗旨就说:"作为一个作家作品,我想,我是一开始就在这种关闭的状态中,别人进不来,我也出不去的空间里。"(第23页)这段话作为理解《沉默之岛》的钥匙是非常准确的。

② 王宣一《追踪爱情的气味——谈苏伟贞的〈沉默之岛〉》,收《封闭的岛屿》,第310页。

③ 袁琼琼在《每个人都是一座岛屿》中说:"'霍晨勉'在这本书中只描写了两个,而其实尚可以有第三、第四,以至无限的霍晨勉的小宇宙,而透过无数的分化的这个'我'的经历,最后是组合成一个完整的大我。"(《封闭的岛屿》,第305页。)这是一家之言,我的看法不一样,这涉及对小说文本的不同理解,本文中有所分析。

一切。……在这里，我很容易碰到事情发生"。① 一个是强调了岛的外延，另一个则强调了岛的内涵，岛的外延是小而完整，内涵是一切都与"我"（主体）有关。我们可以这样理解：就作家的立场而言，岛与"我"（晨勉）是二元的辩证关系——既是"小而完整"的一个客体的空间，又是事事在"我"关注中的物件，彼此间形成血肉相连难分主客的同一性的关系。岛屿不仅仅是晨勉的居住空间，也是晨勉的生命流向与体验，与"岛屿"的文化形态构成互为象征。

　　长篇小说《沉默之岛》发表于1994年。但是作家描写的故事时间发生在1983—1987年②，这是台湾解严前的几年——现实政治出现重大危机、强人政治即将向民主体制转型的大转折时刻。如果说《陪他一段》中费敏经历了爱情背叛、朋友分离，深感屈辱的人生而绝望自杀，那么1980年代台湾政治文化的核心就是如何在封闭状况中走出困境，重新调整与世界关系以求再生，这是它内在的生命运动置死地而后生的体现。1980年代初期尚在军中服役的苏伟贞身受这种山雨欲来风满楼的氛围感染并不奇怪。1994年的苏伟贞已经离开军界，成家立业，成为一名正常社会的职业妇女，但在忙碌与纷繁的日常生活中，她仍有一种"放弃生活琐碎事物堆砌起的人情温度、理性、知识上学习的能力……"而"没有生活的痕迹，只有自认为的生命的注视"的天赋的能力。这种能力使她沿着《陪他一段》一路写来的言情创作中形成冷面热血的不俗格调。然而《沉默之岛》则是一次超越，由感性素材向抽象的生命体验实现超越。言情故事总是有雅俗共赏的审美要求，即使作家的人格异常丰富和繁复，也都隐性地蕴含于男欢女爱的通俗场面。《沉默之岛》成了一种自我了断，这个作品在书写上完全摒弃了以往的

---

　　① 苏伟贞《沉默之岛》，台北时报文化1994年版。本文论述的《沉默之岛》的文本均出自此版本。
　　② 作家提醒读者，主人公晨勉生肖属蛇，也就是1953年出生。30岁那年遇到来自德国的丹尼，真正的故事叙事由此开始。到晨勉32岁的时候他们在峇里岛同居，说以后第三年是丹尼作博士论文的年限。以后的时间大约两年，故事结束时丹尼尚未完成学业，所以总共不会超过五年时间。应该就是1983—1987年之间。

故事叙述形式，也摈弃了人物性格创造的传统手法，作家用后设写作形式表述了一段生命的实验历程。

《沉默之岛》问世后引起过评论界的激烈争论，无论褒贬，双方都把兴趣放在这部作品的同名异人的人物关系上，都是强调了名字作为符号的通用性，认为作品中两个晨勉是"完全独立，且不相关联的人物"（姚一苇语）①，或者是"可以相干而又不必相干的"（袁琼琼语）②，但也有人注意到两个晨勉之间有点关系，如作家东年所分析的："对这篇小说而言，最早出现的'在香港的晨勉'是真正的主角；在作者意识中，她们是相识的。"③ 评论者似乎被小说的形式所吸引，只关注作家在同一个名字（晨勉）下讲述两组不同人物系统的叙事结构，却忽略了作家是用后设手法创造了一种奇特的关系：两个晨勉其实是一个生命体的两种实验形式，或者说，后一个晨勉（即第二、四、六章的主人公）是前一个晨勉（第一、三、五、七章）所创造的镜像中人——后者与前者一模一样，但所有行为都是前者的反面。这在第一章里叙事者已经交代得很清楚。晨勉出生于一个狭隘封闭、充满血腥与犯罪的家庭，她在二十三岁（1976年）那年，大学毕业去美国留学，开始走出家庭阴影，监狱里服刑的母亲终于打破沉默，对她说了一番话："我宁愿你们一切像你爸爸，而不是像我。你父亲是个很有活力的人，充满了变化。他能控制我们的关系，却无法控制自己该去的方向，我们无路可走，他必须把我们推到没有空间的地步。"晨勉即将离开这个岛屿，叙事者写道："她想到母亲在牢里，那里什么变化也没有，生命里最小的空间。就在那一刻，那种痛，晨勉生出了另一个自己——正与美丽、不解忧愁、重视儿女前途的母亲话别。"然而，正是这个"另一个自己"："个性明亮，举止神秘，处处流露出一种矛盾性格散发的迷人气息。……那是她（晨勉）第一次和'真实的晨勉'互相凝视。晨勉望

---

① 姚一苇《我看〈沉默之岛〉》，收《沉默之岛》，第289页。
② 袁琼琼《每个人都是一座岛屿》，收《封闭的岛屿》。
③ 《沉默之岛》附录之一《时报文学百万小说奖·决审会议纪实》中东年的发言，第285—286页。

着母亲青稚的脸庞，透过'真实的晨勉'，传达生命资讯，完成另一种生活。"这段典型的后设小说片段中，作家直接描述了艺术生命创造的过程及其完成。首先是晨勉父母与空间的辩证关系：她父亲是充满活力、充满变化、到处留情的男人，最后导致了"没有空间"的地步；她母亲出于狭隘感情和占有欲谋杀了父亲，被终身囚禁，却给自己留下了"最小的空间"。其次是晨勉姊妹从小承受了这种狭隘空间的苦难，挣扎成长过程中养成了与这种空间亲密无间的人性元素，当她即将离开这个空间的时候，母亲又拿父亲例子来警告她，告诉她有活力的人未必会有新的空间，这又激起她的性格中对这个习惯的狭隘空间的无限依赖，这种人性元素诞生了"另一个晨勉"。晨勉把自己将离开岛屿走向新的空间看作是一种假象，而"真实的晨勉"，依然是她原先留在岛屿上的"那个晨勉"。其三，此时，晨勉的生命开始分裂，一部分留在岛上（或者说灵魂依恋着岛屿）是真实的晨勉，我们姑且称为"固守的晨勉"；另一部分将远走高飞，漂泊海外，我们称为"漂泊的晨勉"。其四，这样一种庄严的生命分裂的仪式，必须是在母亲的生命气息下完成，灵魂将重归母体进行裂变，完成另一种生命形态。这样，两个晨勉仍然是同一个生命体，只是经历两个不同的生命试验场，唯有经过如此仪式，"那个晨勉将随她一起呼吸，填补她的空白。"生命再造工作终于完成。于是，她说："妈妈，再见。"整个生命创造过程被表现得非常明确，有启示，有仪式，有过程，有结果。所以，两个晨勉决不是不相干的陌生路人，而是同一生命之两面，是生命现象完全对应的正反两面。① 第一章出现的晨勉（漂泊的晨勉）是真正的主角，第二章出现的晨勉（固守的晨勉）是派生的，被创造的。这种创造，我们可以有多种理解：可以是心造的幻象，可以是创造的形象，也可能是梦境中的意象。作家没有把这种创造的途径写得很清楚，只是有所泄漏：固守的晨勉渴望做梦而始终不会做梦，暗示了她的意志是被控制的，是被创造

---

① 这种性格合一的艺术创造手法在文学史上并不乏前例，最著名的是俞平伯先生分析《红楼梦》时提出的"钗黛合一"的观点。

的。但要注意的是，两个晨勉的真正创造者不是晨勉本人，而是晨勉的创造者——小说里被隐喻成狱中母亲的"生命气息"。所以漂泊的晨勉也只是感受到这种神秘现象，并不自觉。作家充当叙事者叙述了一个"完整"的生命体的诞生①，在不同的空间中展示生命实验，以寻求这个封闭、沉默的岛屿文化中的生命突围。

　　晨勉与她的镜中人的关系，在第一章就完成了。所以从第二章开始，两个晨勉交替出现，无须遭遇相会。如果着眼于全书结构，两个晨勉互相照应、相成相反的故事系统，正是为了呼应第一章的二元生命之诞生。从结构上说，第一章写漂泊的晨勉告别岛屿出境留学，两年之后，妹妹晨安也随之留学，母亲在狱中自杀；再过两年，外婆去世，妹妹赴英，晨勉了断岛内事务，正式踏上漂泊之途。第一站是香港，在那个国际大都市她遇到了来自西方（德国）的丹尼，两人开始进入第一场性爱，生命有了新的走向。第二章是写固守的晨勉回应漂泊的晨勉，她同时留学结束，回到岛屿后再也不离开岛屿，她固守本土，遭遇了另一个丹尼——美籍华裔青年祖，这个名字本身就是一个隐喻，晨勉接受了来自"祖"的文化背景的男性。第三章回到漂泊的晨勉，不断深化与丹尼的恋爱，当两人分开后，晨勉又去德国窥视丹尼生活，结识德国女孩多米；第四章又写固守的晨勉，也不断深化与祖（他的英文名字也叫丹尼）的性爱，并与祖的母亲发生冲突，她又结识了一个来自德国的男性多米。第五章是漂泊的晨勉在新加坡为了商业事务与辛同居，辛是同性恋者，苦苦追求丹尼未遂，导致事业失败；第六章写固守的晨勉回应前一章，妹妹晨安也是同性恋者，追求祖未遂而猝死。晨勉怀了祖的孩子，堕胎。固守的晨勉的故事到此结束。第七章再回应前一章，漂泊的晨勉又与印度富商伊文都兰发生性关系，求得他对她事业的支持。妹妹晨安自杀，转世为她的受孕的胎儿，为了保住孩子，她毅然决然与辛结婚。漂泊的晨勉故事也结束。

　　我们可以看到，整个小说的结构非常严谨，一环套一环，两个晨

---

① 苏伟贞《在沉默中了解完整》，收《沉默之岛》，第7—8页。

勉、两个丹尼、两个晨安、两个多米,都是既对应又相反,或者性别相反,或者文化背景相反,或者行为相反。尤其是两个晨勉之间的奇特关系,既相呼应又截然相反。许多评论者都注意到两个晨勉混乱的情欲,以为这是一部情欲书写集大成之作。如果我们把情欲解释为一种生命实验的形式,那么,它将产生更为深刻的意义。我们大致可以把晨勉的生命运动分为三个部分:

一、生命的起航。晨勉的父亲是个有荷兰血统的"原人",有着旺盛的生命活力,这一血缘因素遗传给晨勉,晨勉本能地愿意与西方人发生性爱;晨勉的母亲有着强烈而狭隘的爱情和占有欲,她不能容忍丈夫到处留情,杀了他并终身爱着他。母亲的嗜血本性遗传给女儿晨安而后导致了晨安的婚姻失败和自杀。晨勉则走出了母亲的阴影,以漂泊终身为志业,但其漂泊并不遥远,香港、新加坡、峇里岛以及居住地离岛,越来越狭小,最终没有摆脱岛屿文化的束缚。而她的镜中人影晨勉偏守本土,坚持不离岛屿,导向了更为狭隘的返祖文化——祖与他的母亲。这个晨勉不是真实的生命,血缘关系含糊,只是为了与另一个晨勉相反而虚构一个温馨的家庭,母亲从未出场,父亲也是偶被提及,谈不上血缘和遗传。但她有着本能的性冲动,早早就结了婚。

二、生命的实验。情欲与性爱在文本中作为生命实验(生命活力与突围)的形式,出现了令人炫目的场面。但是,漂泊的晨勉在不断变换的性对象过程中却显示出怪诞的洁癖,肉体性爱似乎从未给她带来欢乐。她的性对象中,丹尼是个性幻想者,他们性爱的乐趣主要来自想象和意淫,并不是实在的肉身快感;香港的钟是个刻板无趣的男人,性爱似乎按照"做爱手册"进行,毫无乐趣;新加坡的辛是个同性恋者;印度人伊文都兰是个多妻主义者,性力渐趋无能。所以,整个文本不断渲染性爱却毫无性爱导致的彻心透骨的肉身快感。晨勉以处女之身与丹尼相交,最后怀有丹尼的胎儿回归传统家庭,又嫁给同性恋者保持了洁身自好,其实还是质本洁来还洁去。而固守的晨勉虽然早早结婚,嫁给了一个平庸的商人,情欲却近于强烈,她与祖的性交不但开启了祖的快感,而且对祖产生了强烈的占有欲望。这个晨勉的专业是戏剧,事业上没有什么建树,唯一的成功是击败了一个天才演员——祖的母亲,一个曹七巧似的母亲,对子女有强烈的控制欲。但祖随母亲之死也断绝了与晨勉的关系。生命没有开出灿烂的花。无论是漂泊海外还是固守本土,晨勉的生命实验都趋于失败。

　　三、生命的轮回。两个晨勉都怀孕,怀了两个丹尼的血脉。同时又有了轮回转生的嫌疑。漂泊的晨勉怀孕同时期妹妹自杀,晨安是她的生命的见证,也是家族的血脉元素,她既要保留丹尼的爱情又要安顿晨安的游魂,于是:"她去德国会丹尼,就为了让晨安有条出路重回她的身边。她没有离开丹尼。她宁愿相信生命是这样发生的。"在更为深层的生命意义上,晨勉的生命实验还是成功了,她融汇了家族的血缘遗传和异质的新的血脉,合成了新的生命。而另一个——固守本土的晨勉则一无所获,她怀了祖的血脉,同时又获得了祖的母亲(一个邪恶的家族灵魂)的转世灵魂,恍惚觉得是在为这个传统家族延续香火。她拒绝了这个使命,打胎了。本来她的胎儿也有可能是弟弟晨安的转世,但由于这个家庭本来就是被虚构的,被创造的,不存在家族的血脉元素。于是,既然堕胎,就连她自己的生命也变得没有意义了。第六章文本最后暗示了这个晨勉的生命已告结束。

　　《沉默之岛》是一部艺术手法相当独特的作品,我之所以要做冗长的文本分析,就是因为小说的深层象征含混繁复遮蔽不彰。其文本具有的现实所指和隐喻都非常隐晦。这涉及作家对文学与现实社会生活关系的基本把握方法。《沉默之岛》既不同于陈玉慧的《海神家族》,也不同于朱天文的《巫言》。这三位女作家对台湾政治历史都有着同样的非凡洞察力和表现力。在《海神家族》中,文学素材围绕台湾近代史的谱系而展开,庞大的家族史和复杂的人物关系都直接影射了海岛政治史。在《巫言》中,作家以一种个性的语言喃喃自言,在"穿衣吃饭,皆成文章"的闲言碎语中透露出对海岛政治的尖锐的嘲讽,"世纪末两次跨世纪的闹剧,作张作致的背后是愚鲁无聊;文人从政,拉选票拉成蛮荒乡野里的两盏孤灯;政界作秀,综艺化恰如死亡,化神奇为腐朽,令众生自甘平等，民主无非是又一台八点档节目。……"① 作家的笔锋中包含了巨大忧虑。这两部作品无论表述形式有如何差异，作家都是面对现实政治本身，通过小说的艺术形式直接表达了对现实的关注。但苏伟贞的风格完全不同，《沉默之岛》没有一句话涉及时事，通篇是抽象的深度象征：人物只有性别差异没有性格差异，只有精神孤岛的游走没有现实层面的沟通；故事简单但形式重叠反复变幻不定；显性文本是叙述两个同名晨勉的情欲史，而充斥篇幅的不是情欲却是人物对情欲的表白和想象。所以，只有当我们把小说的主要元素——情欲转化为生命运动的见证，进而了解岛屿政治文化在1980年代的生命运动，我们才能够感受作家在小说中的深度象征所在。

《沉默之岛》里有一个角色没有引起人们的重视，那就是固守本土的晨勉的丈夫冯峄，这个人物的形象很模糊，平庸，但在小说叙事中扮演的角色却很重要。他与辛是承担了同样的身份，成为一对镜中形象：辛最后成为漂泊的晨勉的丈夫。他们都给了放荡的晨勉一种信任和安全感。他们中一个担当了晨勉胎儿的名义上的父亲，另一个陪同晨勉去堕了胎。他们都是商人，一个由新加坡漂泊到台湾，另一个由台湾进军大陆市场。这种对应的镜人关系完全具备了合用一个符号的资格，不知作家出于什么考虑没有这样安排。但本文关注的是另外一个问题：1980年代中期，大陆刚刚实行改革开放政策，开始对外招商引资，作为建材商人的冯峄注意到这个资讯，多次进入大陆考察和商谈。这在解严前夕的台湾还是一个新鲜而冒险的事情，苏伟贞在小说里抓住了这个资讯。② 作为出身军中的作家，当时她还不可能把岛屿政治的命运思考置于整个中国大陆的背景之下，但这个新空间的出现，开始影响、逐渐改变了作家的整个艺术视野，以后，这一意象就不断地出现在她的小说世界里。

---

① 周行《朱天文的体物学》，载《书城》2010年第3期，第96页。
② 《沉默之岛》写于1994年，台湾已经解严多年了。但小说故事发生时间是在解严前夕，当时很少有人能够直接从台湾去大陆。据《时光队伍》记载，1987年台湾开放探亲政策，苏伟贞本人应该是1989年春与丈夫张德模第一次去大陆四川铜梁，回乡探亲。

三

讨论《时光队伍》前,我们简单地回顾一下苏伟贞发表于2002年的两篇创作:《魔术时刻》和《日历日历挂在墙壁》。①《魔术时刻》的故事背景发生在大陆东北城市大连,这又是一个《陪他一段》的故事,一场几乎无望的跨海之恋,但女主人言静此时此刻的心智成熟得多,"大环境制衡,个人是没有解决的能力"。但是女人对男人却有了信心,看到了两个跨海的男人的"智慧和自尊"。由于女人的感情出轨带来了人格上的分裂,在丈夫(台湾的教授)和情人(大陆的教授)之间无法做出抉择,但言静没有像晨勉那样魔幻,没有分裂成两个生命实验,没有复杂的叙事文本表达难言之情,一切都了然于胸,即便是所谓的"魔术时刻":"白天完全结束进入黑夜前有段过渡时光,天色明暗暧昧,只有七八分钟光景,叫做'狼狗时刻'。用镜头捕捉顷刻画面,必须快速抢拍,电影拍摄手法称之为魔术时刻,呈现效果是物体棱线清楚,看上去却有夜晚的意象。"这也是鲁迅在《野草》里描写的"彷徨于明暗之间",鲁迅看到的是即将"在黑暗里沉没"的悲哀,而在苏伟贞的小说里这是一个生命的定格:短短几分钟狼狗暮色,却使她的"生命轮廓清楚起来",也就是说,叙事人让言静从这"狼狗暮色"里坚定了自己的信心。她已经从费敏、晨勉的绝望中走出来了。但是相反的例子也存在,在另一篇《日历日历挂在墙壁》中,作家传递出更为广泛和深刻的绝望感。这篇小说超越了传统大家庭中的弃妇类的悲剧题材,强调的是一种沉湎在个人想象中的生活状态,那就是小说文本中大家族老太太被老爷遗弃后持续不断地记日记,不但编织了家庭命运,也可以理解为民族的历史书写——这个家族的子辈取名魏晋南北朝,孙辈取名

---

① 《魔术时刻》,发表于台湾《自由时报》副刊2002年3月27日—4月15日;《日历日历挂在墙壁》,发表于《联合文学》2002年1月号,两篇都收入苏伟贞短篇小说集《魔术时刻》,台北印刻出版社2002年版。本文依据此版本。

汉满蒙回藏,暗示了整个中华民族的历史时间和血缘空间,同时,从五四到迁台的时代气息在小说里均有反映。最绝妙的是,小说后半部分出现了一个辈分怪异的女孩阿童(老爷在台湾的私生女,又被老太太当作孙女养),但这个出生台湾的小妖精似的形象,并没有给这种周而复始的沉闷生活带来丝毫变化,反而顺理成章地继承了老太太虚拟的日记世界,延续了这种生活形态。叙事人的语气混乱而绝望,似乎眼巴巴地看着古老中国到现代台湾的时代符号流水般地从身边流失,能够抓住的,只是一种无望的爱情。为了强化这种感觉,叙事文本中不断穿插了另外两种文本:西蒙·波伏娃与纳尔逊的越洋情书和沈从文的《边城》片段,无论是现代女权运动的先驱者还是古老湘西的纯洁少女,她们同样是经历了一场绝望的爱情,而生命正是在她们最绝望和与绝望作挣扎的时刻悄然过去。小说的杂驳文本——大家族的衰败与虚拟、法国女权运动的爱情实验、湘西边城的纯情故事——都是同一个所指:对现代生活的深刻的悲观与绝望。①

《魔术时刻》与《日历日历挂在墙壁》都发表于2002年,当时在作家生活里还没有发生"张德模事件",但从作家的创作风格演变的轨迹来看,前者在作家的小说世界里展开了一个开朗宽阔的大陆视野,后者在构思上把台湾的现状与中华民族历史相连接,进行多种文本互现杂交的整体性的思考与感悟,这两种新的元素直接构成了以后《时光队伍》的基本风格,在2002年已经初露端倪。这就是说,即使没有张德模事件,《时光队伍》仍然会形成。只是很不幸,在2003年8月到2004年2月,苏伟贞私人生活中发生了大痛事件,生命之痛触发了早已潜在于作家个人创作风格中的新的元素,终于在2006年完成了一部跨文本的巨著《时光队伍》。② 这部作品的副题是"张德模,以你的名

---

① 关于《日历日历挂在墙壁》,我在收入本辑的《现代性焦虑下的台湾短篇小说》中有过阐述,本段分析是在该文基础上修改而成。特此说明。

② 苏伟贞《时光队伍》,台北印刻出版2006年版。其中第一章《牵引:流浪者拔营》,曾发表于台北《INK》杂志第1卷第12期,2005年8月。文本与单行本略有不同。本文有关该书的讨论主要依据这两个文本。

字纪念你"，显然，丈夫的去世是这个文本能够诞生的直接原因，但是当作家以这样一种深思熟虑的文本纪念丈夫，文本的自身意义已经超越了、并净化了作家一己之私人情感，张德模成为了一种象征，凝聚了作家对于一段民族历史的思考和感悟。因此《时光队伍》超出了一般意义上的悼亡之作。

文本的叙事形态是怪异的。一般来说，悼亡之作为了表达一种叙事人内心悲伤的情怀，叙事人与未亡人的身份是合一的，比较常见的叙事形态，不外是第一人称（叙事人兼未亡人）对第二人称（去世者）的倾诉①，或者是第一人称（叙事人兼未亡人）对第三人称（去世者）的回忆与描述②。比较客观一些的叙事，也有两个第三人称并称，即客观地描述未亡人与死者的故事。但是《时光队伍》的叙事却是很少见的一种，叙事人用第二人称称谓未亡人苏伟贞，用第三人称描述去世者张德模。于是，叙事人既是合一的也是分离的，因为第二人称的"你"是一个含义暧昧的代词，既可以理解成这个文本是作家面对自己在说话，自言自语，回忆有关去世者的前尘今世，暗示这个文本的构成前提不是给他者看的，而是作家对自己在倾诉和回忆；但也可以理解成另外一种形态：叙事者与未亡人并非合二为一身，"你"既然是文本中被描写对象，那么，叙事者不再扮演未亡人的角色，有了"你"安插在叙事与文本当中，叙事者就不能再用全知的视角，这样就可以回避"你"内心深处最隐痛部分或者最私密的言说。正因为这样，叙事者作为一个与亡者无关的他者，可以更加从容和自然地表述一种象征的意义。本文比较倾向于后一种理解。因为在这个文本的繁复叙述里，恰恰回避了作家作为一个妻子对丈夫的最私人的感情记忆，叙述基本上是集中在张德模的家族史、成长史与交游史上，缺的是女作家与"学长"之间的一段私人的感情史。这也许正是这个文本需要达到的效果。

---

① 这种"我"对"你"叙事最感人的如苏轼的《江城子》"十年生死两茫茫"，其中有"纵使相逢应不识，尘满面，鬓如霜"这样辛酸贴己的话。

② 这种叙事最常见的如巴金的《怀念萧珊》。

另一个效果就是从张德模形象直接引向隐喻。这个文本中多处使用了一个奇怪的字："伪。"如在大小标题里就出现"伪医疗"、"伪体重"、"伪家人"、"伪出发"（指住院）、"伪记录者"、"伪比赛"、"伪机器"、"伪节气"（三个"伪"都是影射疾病和治疗）、"伪家庭"、"伪故乡"、"伪记忆"、"伪集中营"、"伪星球"、"伪病人"等等，基本上用于描述病人在家庭关系和住院治疗两个系列。但文本中另外一些系列：张德模个人的流浪、旅游以及倔强的生命历程、个人与家庭的战乱流亡、中华民族的大迁徙、国宝的保护和转移等等，凡是牵涉动态的流变的事件描述，作家都没有使用"伪"的修饰词。如果我们把这部分没有使用"伪"修饰的描述假定为"真"，可以看到，以"伪"修饰的部分是围绕着张德模患病治疗过程及其家庭关系的叙述。这就很显然，文本有两层含义，一层是表象的含义，即张德模的疾病与死亡，以及其家庭关系；另一个是深层的象征：从张德模的身世和生命活力来象征几千万年以来中华民族的历史流变，以及其民族精华在灾难与流变中的坚守。关键词仍然是《沉默之岛》的两个晨勉之命运：漂泊与固守，但是叙事的视野空间已经从岛屿文化扩张到中华民族的整个地域文化，时间已经进入了五十万年前的"北京人"时期的人类起源。作家表述的信念也没有因为亲人去世而坠入彻底绝望，相反，作家在书写一个强悍的生命历程的同时，要告诉人们，这个民族多灾多难，流离颠沛，失落了许多，但是真正的精英们（国宝的隐喻）却永远不会失落，北京人头盖骨是国宝，国宝失落于1941年底的太平洋战争，但1942年张德模的诞生，似乎有一种生命的转世，张德模象征的是失落的北京人，是民族中最为阳刚强悍的生命内核。这一切都是"真"的，也就是作家要告诉人们的真正的含义。

反过来看，凡是冠于"伪"的叙事部分，当然不是"虚假"的意思，而是文本的表层的叙事。前面已经说过，如果没有张德模事件的发生，《时光队伍》也是有可能以另外的形式呈现，但因为发生了张德模事件，有了顺理成章的象征体，张德模之死为作家的感情提供了一个入海口，恣意汪洋，惊涛骇浪，就这么汹涌而至。作品文体采用了互现的多种文本交错叙事，有些是信手拈来的现成文本（如《哈扎尔辞典》、《病人狂想曲》的叙事文本），有些是作家精心编制的故事叙述（如国宝迁徙的过程），不断地把读者的思路从具体的张德模事件的悲伤情绪中拉开，引向一个更深层的层面上去感悟和思考。所以叙事者要在有关张德模事件的描述中特意标上了"伪"字，以提醒读者，文本的真正含义将超出悼亡之书，《时光队伍》也不是一个偶然事件形成的文本，而是作家的创作生命奔腾于此阶段的一个必然而至的里程碑式的纪念。

2010 年 1 月 15 日完成于黑水斋

（初刊《东吴学术》创刊号 2010 年 5 月 15 日）

试论陈映真的创作与五四新文学传统

一、五四新文学传统对台湾文学的影响

从五四开始形成的中国新文学传统，其发轫之初就对台湾文学发生影响。1949年前，这种影响有两次比较集中而且深有意义的体现：第一次是1920年代初以台湾留日学生创办《台湾青年》（1920年创办、1922年改名《台湾》杂志）、《台湾民报》（1923年创办）等杂志鼓吹白话文为标志的文学革命运动，随后出现了张我军、赖和等第一代台湾新文学作家；到了1930—1940年代，台湾新文学日益发展，通过日语为中介，与大陆新文学同声相应同气相求，互相翻译与介绍，彼此间的影响都是存在的。第二次是在台湾光复到1949年之间，大批五四新文学中坚跨海赴台，如许寿裳、台静农、黎烈文等等，他们是鲁迅的挚友，是五四精神火种的传播者，他们到台湾以后积极投入重建台湾文化的工作，虽然，后来因为局势骤变与权力压制，他们的工作未能有所收获，但是作为五四一代精英，他们在以后的工作岗位上所发挥的个人魅力，都不可能不影响到一大批台湾文学的后来者。

这种情况延伸到1949年以后。虽然新文学的大部分著作在台湾被严禁，但新文学的精神传统并没有完全中断。因为精神的传承是通过具体的人的存在而发生作用的。当时新文学的参与者，有不少人士到了台湾，继续发生着影响：如胡适、傅斯年一代自由主义学者对后来的殷海

光、李敖等人的思想影响，如夏济安等人主编《文学》杂志对台大外文系的文学青年白先勇等人的影响，纪弦、覃子豪等人提倡现代诗对台湾现代主义诗社整体崛起的影响，等等，都存在着复杂的影响关系。这些影响与新文学传统的源流相关。即使在中国大陆意识形态控制最严厉的时期，官方编就的现代文学史也不得不把五四阵营分为左、中、右，不得不承认，五四传统中包含了李大钊的共产主义宇宙观、胡适的资产阶级自由主义文学、周作人的"人的文学"以及以鲁迅为代表的激进的小资产阶级的文学。因此，我们如果完整地看新文学的精神传统，它本身是一种因不同时空而发生歧义的模糊的精神现象，而不仅仅是从五四到左翼的单一的精神道路。

在台湾的特定历史条件下，五四新文学的精神传统对台湾 1950 年代的青年知识分子的影响相当隐蔽，但绝不是不存在。譬如，在第一代外省文学家中，有许多人的知识背景本身就含有新文学基因，如白先勇、聂华苓、余光中、郑愁予、痖弦、司马中原、朱西宁等作家和诗人，他们的创作里怎么能没有五四新文学的精神传统呢？当他们这一代作家开始发表创作并发生影响的时候，五四的某些精神传统也悄悄地传播开去，滋润着台湾的文学世界。

在认知五四新文学的多元精神传统对台湾文学产生过影响的前提下，我们再进一步讨论五四精神对于像陈映真这样一个土生土长、又是在战后反共的意识形态氛围下独立成长起来的台湾知识分子，发生了怎样的一种精神影响。陈映真在谈自己的创作资源时强调：第一，他父亲是个牧师，他从小成长在有基督教文化熏陶的环境下；① 第二，他在年

---

① 陈映真早期受到家庭的基督教影响是深刻的，基督教的忏悔思维与五四新文学中的反省的精神现象有接近之处。如陈映真自己所说的："我青少年时代是一个很虔诚的基督徒，每天在找自己的错，然后百般地求耶稣赦免我，我想这样的体验对我是有好处的，就是省视自己软弱一面的习惯。"（《我的文学创作与思想》，收《陈映真文选》，北京三联书店 2009 年版，第 52 页）

轻时读过鲁迅等新文学作家的作品,这对他以后的写作产生了深刻影响;① 第三,当阅读新文学作品感到不满足的时候,他开始阅读了有关共产主义政治的书。② 第一点我们暂且不论,本文着重讨论第二点,关于陈映真与鲁迅等新文学作家究竟构成了怎样的一种关系,然后再带及第三点。我们现在没有办法完整掌握陈映真当年究竟读过哪些新文学作品,但无可怀疑的是陈映真在少年时代就对鲁迅的作品有过接触,并且深受影响。③ 其最早的接触时间,应该是他读中学的1950年代初。那个时候,台湾当局对大陆的新文学作品刚刚采取严禁措施,在这之前,鲁迅和新文学的作品在台湾还是比较流行的,所以,当时民间还有未烧毁的禁书在流传。④ 假定陈映真所说的都是事实,那么我们可以理解,陈

---

① 陈映真多次谈到自己的创作资源来自鲁迅和1930年代的新文学。他在化名许南村写的《后街——陈映真的创作历程》里,记载了他阅读新文学作品的情况:"在文学上,他开始把省吃俭用的钱拿到台北市牯岭街这条旧书店街,去换取鲁迅、巴金、老舍、茅盾的书,耽读竟日终夜。但这被政治禁绝的祖国三十年代文学作品的来源,自然有时而穷。"(《我的弟弟康雄》(《陈映真小说集》1),台湾洪范出版社(简称"洪范版")2001年版,第17页)陈映真在其他文章或访谈里,也回忆过类似细节。

② 陈映真接着上注所引的"有时而穷"后,进一步自我介绍说:"命运不可思议的手,在他不知不觉中,开始把他求知的目光移向社会科学。艾思奇的《大众哲学》在这文学青年的生命深处点燃了激动的火炬。从此,《联共党史》、《政治经济学教程》、斯诺的《中国的红星》(日译本)、莫斯科外语出版社《马列选集》第一册(英语)、出版于抗日战争时期纸质粗糙的毛泽东写的小册子……寸寸改变和塑造着他。"(《我的弟弟康雄》,洪范版,第17页)这段叙述的历史时间是1958年。

③ 陈映真"初中生的生活,便是在那白色的、茫茫的岁月中度过。寒暑假,他从莺镇的养家到邻站的桃镇生家去做客。一次,在书房中找到了他的生父不忍为避祸烧毁的、鲁迅的小说集《呐喊》。他不告而取,从此,这本有暗红色的封皮的小说集,便伴随着他度过了青少年时代的日月。"(《我的弟弟康雄》,洪范版,第15页)据推算这个时间是1951年以后的一两年,但是他真正自觉地读鲁迅,是在1954年的夏天,陈映真17岁。

④ 陈映真曾经回忆,他在他父亲当校长的那个小学里,还看过一个学校里组织表演的戏:"我当时还看不太懂,我只记得很奇怪,那些人物怎么都会用重量的名称当名字,什么七斤嫂等等。后来才知道是鲁迅的作品《风波》。"(《我的文学创作与思想》,收《陈映真文选》,第35页)

映真在创作上受到鲁迅影响是非常直接的。除此以外，陈映真虽然多次提到他读过很多新文学作品，具体书目却语焉不详，被反复提到的新文学作家，只有鲁迅、巴金、茅盾，别的作家几乎没有专门提到过（老舍偶尔被提到）。从他抱怨阅读新文学作品"有时而穷"的现象来看，可以推断，陈映真接触新文学的作品其实很有限，真正受到影响的不会超过鲁迅、茅盾和巴金三家。这三家正好构成五四新文学传统从鲁迅到左翼进而再超越的先锋文学的精神传统。

二、陈映真的创作与鲁迅的生命气息

陈映真一生主要面对的，都是属于台湾的、或者说是台湾与大陆之间的问题。关于这一些问题，陈映真的小说都有很具体的描写，都是针对了具体生活环境下的一个具体场景，他看见的、感受到的，就写出来讨论。这一点与鲁迅的小说非常相像。他们都是针对自己所处的生活现场，针对自己周围的形形色色的社会现象发言。由于他背后有一种精神力量支撑着，所以他的发言不是纯技术性的，而是作为一个知识分子，把现实问题上升到思想和精神的层面上加以分析和表达，这样，他讨论的问题是超越时空的。陈映真的这种写作状态与中国新文学传统的核心精神非常接近。

陈映真在小说中具体描写的历史情景和细节，我们不太熟悉，也无法去穿凿附会。但从他的文字里我们受到一种感染，感受到一个血淋淋的灵魂在痛苦地呻吟。其痛苦的根本原因，并不是小说叙述表面呈现出来的那些小事。如《我的弟弟康雄》① 里的康雄之失去童贞、《乡村的教师》里的吴锦翔之酒后失言、《故乡》里的哥哥之自甘堕落，他们所遭遇、并致他们死命的，仿佛都是一些具体小事，而这些小事的背后却有一个来自内心的巨大痛苦，推着他们走向沉沦，由此散发出感人的力

---

① 本文所论述的陈映真小说，均出自台湾洪范书店 2001 年出版的六卷本《陈映真小说集》；凡所提到的鲁迅小说，均出自人民文学出版社 1981 年出版的十六卷本《鲁迅全集》，以后不再作具体引文说明。个别较长篇幅的引文，另说明出处。

量。这样一种创作现象,在五四新文学传统里是很普遍的。像鲁迅的文学创作,几乎很少关心自己脚下这片土地以外的事情,可是在表现具体事件的背后,他却有一种大的关心,使之对具体问题的思考上升为精神的问题。同时,当他把问题提高到对民族现阶段某种弱点的克服和批判的时候,又总是把自己放进这个被审视甚至被批判的"民族"中去。当他从具体事件中看到民族性的弱点,他不是说,这个民族与我无关;而是痛苦地发现,原来自己身上也存在了"民族"的弱点。这种反省与精神上的痛感缠绕在一起,主人公揭发了问题,却成为一个被自己心灵严厉追问的肇事者。巴金也是这样,他在晚年写作的《随想录》就是在这样一种思维方法上继承和发扬了鲁迅。

这种复杂的感觉不容易讲清楚,也没有办法用科学语言清晰地给以表达,作家只能通过虚构的文字,用非常模糊、暧昧、象征的感情倾诉,描绘其精神上的痛苦。鲁迅就是这样用一种精神自省方式来推动社会进步,创造了新文学传统独特的艺术魅力。新文学开山之作《狂人日记》中,鲁迅首先弘扬了这一精神自省的特点:那个被理解为旧社会反叛者的狂人,最终是以发现自己"原来也曾吃过人"这一秘密而崩溃,足以振聋发聩,让当事人无处躲藏。这也就是为什么当陈映真笔下那些青涩、稚嫩的青年人无意间窥破这相似的秘密时,他们的生命大限也随之来临。纯洁的理想主义的青年知识分子,敢于反抗罪恶的社会,却无法承受和直面自我本性上的恶魔性因素。像吴锦翔(《乡村的教师》)、麦克·H. 邱(《贺大哥》)都曾经在战争中被动地卷入这类兽性的"吃人"行径,与鲁迅笔下的抽象探讨"吃人"的狂人达到了惊人的一致。但是,老辣的鲁迅心如止水地让狂人依旧返回正常人间,去扮演芸芸众生中的一个普通成员①,而青年陈映真却无法做到这一点,于是,该自戕的就自戕,该崩溃的就崩溃。

---

① 鲁迅的《狂人日记》由两个文本构成,一个是欧化体的狂人的日记,另一个是用文言文写的短序,交代小说的成因。其中说到狂人"然已早愈,赴某地候补",暗示狂人已经返回到正常的人间社会——即吃人的社会中充当一员"候补"的吃人者。

《我的弟弟康雄》是一部典型的忏悔之作。小说写了一个单纯的青年人康雄，满脑子的虚无主义（所谓的虚无主义，就是无所畏惧的反抗意识），因为一件偶然的过失，一个十几岁的中学生经不起一个"妈妈一般的"的女性的勾引，失去了童贞，非常痛苦，以致自杀。这个故事是通过康雄的日记和姐姐的手记来完成叙事的。叙事者是康雄的姐姐，她本来也有一点理想主义，受到弟弟的影响，爱上一个波西米亚式的画家。可是这个画家做广告去了（今天的说法就是向资本主义社会屈服了），然后弟弟也死了，姐姐"毅然地"把自己嫁给一个上流家庭，据她自己说就是像浮士德那样把灵魂抵押给了财富。这样，姐姐就成了一个有钱人的少妇，她在百无聊赖中想起了弟弟，于是用一个过来人的口吻来追怀弟弟。然而关于弟弟康雄的隐私，她又是通过阅读日记这一更小的文本来叙述。这篇小说的叙述有三个层次，第一层是弟弟的日记，第二层是姐姐的手记，第三层才是叙事人作家利用两者的日记和手记的材料，虚构了这篇小说。这里有三个叙事人，三层结构，来表达那么一个简单的故事。

　　这部作品让人想起鲁迅的《伤逝》。《伤逝》也是一种手记体的小说，是涓生为怀念子君而作。子君跟着涓生私奔离家，与他同居，又遭到他的遗弃，回家后生病死去。然后涓生也是用手记的形式，一段一段地讲述，这种叙事文体掺入了强烈的忏悔因素。康雄姐姐的手记也是忏悔录，她背叛了弟弟的理想，向社会的传统偏见屈服。在小说的结尾，姐姐写道："我也曾考虑到利用我的得宠于公婆，发动我的有势力的公公通过教会为我的弟弟康雄修个有十字架的墓碑，——为的要补偿深藏于我内心的卑屈与羞辱。"但她旋即又想到，"那行为未必是我的弟弟康雄所喜悦的"。如果不给弟弟造这样一个豪华的坟，那么姐姐永远不会安心于现在这样的生活方式；但如果给弟弟造了坟，又未必为弟弟所满意，那么姐姐还是不会安心。她就是处在这个两难的忏悔之中。

　　这种忏悔意识，还有点像鲁迅的另一篇小说《孤独者》。魏连殳曾经反抗过旧势力，但最后失败了，以自我放逐作为对社会的反抗，悲怆地死去。陈映真在小说里特别有一段描写弟弟康雄的死状，他躺在祭台上，脸上安详，微笑，嘴巴里流出了血，然后姐姐把他衣服脱掉，洗涤尸体，称他是一个"童子"："他的胴体白皙一如女子，头发多而秀美，眉目清秀，一身未熟的肌肉。"后来姐姐在婚礼上，幻觉中康雄的形象与耶稣的形象完全合一。如果我们将之与鲁迅笔下的魏连殳的死状作比较——魏连殳最后躺在棺材里，口角间仿佛含着冰冷的微笑，在不妥帖的衣冠中，安静地躺着。两位作家的描述对象不一样，但是他们的表述形态却很相像，都是通过一个同情者的眼睛看死者，描述他一生的惨痛经历，然后作为叙事者的忏悔都包含在里面。

小说里还有一段值得玩味的话。弟弟死了，男朋友也走了，然后姐姐说："于是我这悲壮的浮士德，也毅然地卖给了财富。这颇给予我那在老年丧子的重苦中的可怜父亲一些安慰。他曾努力地劝说我认真地考虑这个丰裕的归宿……"又是"悲壮"又是"毅然"，这样沉重而夸饰的词语，曾是典型的鲁迅语言，或者说是典型的涓生、魏连殳的语言。鲁迅的文学语言有时候是夸张的，如《伤逝》中涓生的手记里这么写道："我愿意真有所谓鬼魂，真有所谓地狱，那么，即使在孽风怒吼之中，我也将寻觅子君，当面说出我的悔恨和悲哀。"涓生的忏悔竟痛苦到这种程度：为了见到子君当面说出忏悔，他愿意下地狱，愿意自己的灵魂万劫不复。这种夸张的表述，也是陈映真早期小说里经常出现的语言特点。

在表现群众的麻木冷漠的精神状态时，陈映真的写作也与鲁迅相像，字缝行间里透出一股如锥刺心的痛苦。他不是一般地高高在上地描写乌合之众，他不是嘲笑群众的愚昧无知，而是发自内心的难以言状的痛苦和厌倦，真正表现出灵魂的战栗。陈映真有一篇非常著名的小说《加略人犹大的故事》，他写犹大的死，不是因为出卖了耶稣，而是亲眼看到，原来他寄希望的耶稣之死会激怒起反抗风潮的群众，却狂热地加入了迫害他们昨天还热烈拥戴的耶稣的风潮，犹大是在绝望于群众中感悟了神的真谛，于是自杀。这让人想到了鲁迅的散文诗《复仇》。1924年12月20日鲁迅一口气写下两篇《复仇》，第一篇写一男一女，裸身持刀对立于旷野中，路人"从四面奔来，而且拼命地伸长颈子，要鉴赏这拥抱或杀戮。他们已经预觉着事后的自己的舌上的汗或血的鲜味"。但是两个裸身男女却始终毫无动作，终于让无聊继续无聊下去，至于干枯老死。第二篇描写耶稣被钉在十字架上，他拒绝服用麻醉的药酒，为的是玩味人们如何对付他们的"神之子"，终于在大痛楚中完成了生命的大欢喜。鲁迅不是基督徒，他没有基督教徒的深刻悲悯，而是将持刀男女的对立和耶稣钉上十字架看作是对盲从者的复仇，而陈映真笔下的犹大之死，却是一种因盲从者而起的对自己的"复仇"。犹大的死与康雄的姐姐把自己"卖给"财富的"悲壮"，都含有自戕性的复仇情结，这种"复仇"因群众盲从而起，却戕害自身，内心的战栗与痛楚尽在不言中。

陈映真的《家》更接近鲁迅风格。这篇小说写农村的衰败，父亲死了，家里的希望都寄托在长子身上，而这个长子（小说中的第一人称叙事者"我"）内心特别委屈。他联考没考取，上了台北补习班，也没有好好读书，想退学回家。但他的母亲很难过，因为他如果不读书，可能要去服兵役。最后，为了逃避"这样一个绝望的战争年代的阴影"，他决定继续挣扎下去。这么一个半大不大的男孩，作家却把他的心理写得非常衰老，很知识分子化。特别有几段描写，他用一种非常冷漠的眼光看他们镇上的人，镇上的人都喜欢他去读书，本来都是好意，可他却说：

> ……我有些愤怒起来。半年来，我一直不能有片刻能够逃出自己因屈辱而来的伤痕。父亲死后不久便赶上联招考试，因此全村的人都在望着我——以一种我所厌恶的善心，期待着一个发愤有为的青年，在丧父后的悲愤中，获取高中金榜的美谈，好去训勉他们的子弟们。然而我终于在全村中带着可恶的善心的凝视之前落了第，而后在一种热病的状态中离开了家。我对妈妈说我要到台北补习。离家的前夜，全村便都传着我的将负笈于台北的事，似乎这样一个次一等的故事，也聊以满足他们那需求美谈的欲望了。
>
> "人家有志气。"他们说。①

---

① 《我的弟弟康雄》，洪范版，第 24—25 页。

全村人的好意与鼓励，当事者却感到厌恶，感到这是一群虚伪的人，似乎联合起来威逼他："可恶的善心"。这里出现了知识分子的个人与无名的大众之间的紧张关系。这种关系显然是陈映真自己这么认为的。周围的人，不管是否出于善意，都是因为无聊，以致把别人故事当作一种无关痛痒的谈资。他们（包括他的亲人）与主人公之间的感情非常冷漠，并不了解主人公的内心痛苦，只是一厢情愿地把他想象成他们所要求的那个样子。这种知识分子与周围群众之间的分裂，甚至因为分裂而形成的紧张关系，在鲁迅小说里也有很多描写。从《狂人日记》到《故乡》再到《彷徨》诸篇小说，鲁迅连续性地塑造了不被周围群众了解的知识分子，人们对他示好的态度都被看成是恶意、冷漠或者别有用心，甚至转换为一种变相迫害。这种紧张的关系在陈映真的《家》里表现得非常清楚，很多句子也接近鲁迅的语言风格。比如，当周围的人（亲人）都睡着或沉默的时候，"我"独坐在桌前看书，但眼前"又仿佛看见了数多的青而瘦的众手之中，新添了一只我的妹妹的素白的手，在半空中乱舞着。其中自然也禁不住引起了那一地狱里的血湖的印象，然而它再也不至于撕裂我了。在对恶无可奈何的时候，恶就甚或成了一种必需"。种种幻觉里，鲁迅笔下的狂人味道非常浓厚。

于是，从《我的弟弟康雄》《家》开始，二十岁出头的陈映真迅速走上了鲁迅式的文学写作的道路。他的早期小说一开始就以异常成熟的风貌出现于台湾文坛，以一种捧出颤抖心灵的表述方式，复杂而委屈地表述叙事人难以言说的主观世界，在弥漫着西化的或者乡土的台湾小说思潮之外，卓尔不群，独树一帜。陈映真早期小说中表述人的孤独、忧郁与绝望的心绪，确实有西方现代主义文学的元素，但从源流上说，可能是从鲁迅小说的现代性的艺术方法而来，与一般简单模仿西方现代主义文学的创作有所区别；同时，作为一个土生土长、密切关注台湾社会现状的作家，陈映真与黄春明、王祯和等乡土派作家的风格也不一样，在台湾乡土派作家的作品里，很多创作元素——如其所表现的时代性、叙述方法、台语等等，像我们这些在大陆环境中生活的读者会感到陌生。而陈映真的作品不一样，他所描述的社会背景可能是我们不熟悉的，可是他的文学产生的魅力——思想方式的魅力、语言表达的魅力、情绪感染的魅力，恰恰是我们最熟悉、也最感亲切的文学元素。这就是中国五四新文学传统中的精神与气韵。读陈映真的早期文字，自然就让人想起鲁迅。

鲁迅的文学语言是从文言演变而来，又是一个留日学生的语言，所以在鲁迅的文学语言里夹杂了很多日本式的语法和语词。陈映真可能有相似的教育背景，刚刚摆脱殖民地的台湾人的语言中，也有夹杂日本语的表达方式，国语刚刚开始普及，尚不成熟，所以他的早期小说与鲁迅为代表的五四新文学一样，有点别别扭扭的。但是，这种别别扭扭的形式里又有特别的魅力和特有的力量。

我们比较鲁迅和陈映真的早期创作，可以发现，鲁迅对陈映真的影响，不单单表现在某些主题的接近上，诸如农村经济的衰败与道德沦落、社会底层小人物的艰辛与悲哀、知识分子理想的失败与人格的堕落等等，这些主题虽然都是五四新文学的基本主题，同样也是台湾新文学的基本主题，在赖和、杨逵、吕赫若等人的创作传统中也鲜明保留了这一特点，即使不读鲁迅，陈映真也可能从其他途径来接近这些主题。而鲁迅，对陈映真更重要的影响在于一种特殊的语言艺术的表述，陈映真不是以一个成熟的思想家、社会活动家的身份（像他后来所走的道路）接受鲁迅的，而是在他初期的文学实践阶段，作为一个艺术学徒全盘接受了鲁迅。① 因此，陈映真的早期小说里出现了大量的鲁迅的生命气息，这究竟是有意的栽植，还是无意的相遇？或是陈映真在人格上天然接近鲁迅的气质？都值得我们进一步去思考。

三、陈映真的创作与左翼文学传统

陈映真的早期小说凝聚着强烈的、来自鲁迅的生命气息，这些作品

---

① 这里用"全盘接受"一词来形容陈映真早期创作与鲁迅的关系，也包含了陈映真对鲁迅的模仿。如在其处女作《面摊》的文本里，非常明显地保留了鲁迅的《药》《明天》等作品的痕迹；《我的弟弟康雄》的坟场里出现了乌鸦乱飞的意象，也让人自然联想到《药》的结尾。

在短短一年前后喷薄而出,又是集中发表在同一个文学刊物上,不能不引起人们的惊讶和关注。但是,创作上的成功并没有使这个大学生陶醉,他心中的探索从来就没有停止过,除了真理,没有什么东西是真正美丽的。

那么真理又是什么?本来,作为一个虔诚的基督徒家庭中的青年,这样的问题是不存在的。但在陈映真而言,阅读鲁迅就意味着他的面前已经打开了一个新的天地,仿佛是一个盗火者,半是窥探半是幻觉地想象着天火在另一个王国里熊熊燃烧的壮丽景象。由此摸索下去,他进入的领域已经不属于左翼文艺了(陈映真对中国左翼文艺运动的知识来源,可能转弯抹角地受到胡秋原的影响,这是关于左翼运动史料的另一版本阐释,并不十分有利于他对大陆左翼文艺运动的官方说法的接受),陈映真很少提到中国左翼文学对他的影响,而是一步跨越了文艺,接受了一批主要是来自前苏联的政治读物,而与鲁迅时代的知识分子阅读的马克思主义读物有相当大的差异。① 陈映真在《后街》中所回忆的阅读书单,基本上是斯大林时代的产物,随着斯大林在苏联肃反中的错误被清算,以及中国大陆从 1950 年代开始屡现不绝的政治运动的恶果,这批以《联共(布)党史》为核心的读物被蒙上了一层权力者的虚伪外衣,早已失去了公信力。但是这一切与陈映真毫无关系,他孤独地顺着

---

① 鲁迅在 1920 年代末阅读的马克思主义著作,包括俄国早期马克思主义者普列汉诺夫、托洛茨基、布哈林、卢那察尔斯基等人的著述,郭沫若借助日文阅读了河上肇等人翻译和介绍的马克思主义著作。巴金在法国阅读大量无政府主义者的著作,包括国际共产主义运动的领袖如蒲鲁东、巴枯宁、考茨基等人的著作。陈寅恪在欧洲留学时阅读了《资本论》。到了 1930 年代,斯大林政权控制下的意识形态读物大大简化了马克思主义学说的丰富内涵,篡改了联共党史发展的真实历史,用为其政权服务的《联共(布)党史》来取代对马克思主义的完整掌握。但是对于封闭状态下的台湾青年陈映真来说,他阅读这些禁书却获得了完全不同的思想收获。陈映真的阅读书单里,还有关于延安政权和毛泽东在抗战时期的著述,这些读物针对国民党在台湾专制统治下的意识形态以及编造的历史教科书而言,无疑具有更大的刺激性,这些读物很可能促使了他的乌托邦理想。但是在另外一篇讲话里,陈映真也介绍了他后来直接读日文的列宁著作,也包括了普列汉诺夫和卢那察尔斯基的著作,时间上可能比较靠后了。

鲁迅向他预示的五四新文学的现实战斗道路走下去，先驱们决绝地反帝反封建的知识分子启蒙精神，已经给他提供了足够丰富的想象，他把这种想象补充到对他来说还是十分虚幻的彼岸的乌托邦王国，产生了一种朦胧的希望。青年陈映真一步步走上了弥漫着罗曼蒂克的知识分子的左翼道路。他窃取了略有一点可疑的天上火种，燃烧的却是实实在在的脚下这一片土地上的荆棘和自己的血肉。

在现代文学史上，从鲁迅到左翼并不是一条自然而然发展过来的顺畅道路，而是两个先锋运动在对立中达成的政治策略。五四新文学运动本身是一场先锋运动，它以狂飙突起的形式出现在社会思想领域，以激烈地批判社会与批判传统为先导，传播西方先进文化与思想。这种类似的先锋运动，到 1920 年代末在中国的思想文化领域又重复了一遍。但这一次领导运动的是中共党内某些知识分子如瞿秋白等人，他们也是以狂风暴雨的大批判为先导，横扫了五四一代知识分子开创的新文学成果，并且把文化批判与政治批判相结合，传播新的西方思想——打上了苏俄印记的马克思主义的理论和观点。左翼文艺运动是整个 1930 年代左翼思想运动的组成部分，在这个运动的初始阶段，连鲁迅也成为他们的批判对象。左翼文艺运动是由两种力量合作形成的，一种是从党派而来的靠批判"资产阶级"的五四为起点的政治左翼力量，另一种是多少继承发扬了五四先锋意识的鲁迅左翼力量，这两种左翼力量，在国民党专制体制压迫下的 1930 年代文艺史上很难被清楚地区别开来，即使当事人也未必有这样的自觉。① 作为一个后来者，又是身处另外一个地理空间中的青年陈映真，他从读鲁迅而进入左翼政治思想，完全不可能意识到这里存在着两种左翼传统，在他看来是一种非常自然的过渡，由鲁迅自然过渡到左翼，借此走到了台湾的时代前列。如果我们把二十世纪中国文学史在海峡两岸的演变过程视为一个整体，那么，要确认陈映

---

① 关于两个左翼传统的说法，本文采纳了钱理群的说法，见钱理群《陈映真和"鲁迅左翼"传统》，收台湾新竹交大编制的《"陈映真思想与文学"学术会议》，2009 年 11 月。钱理群在文章里介绍这个说法来自王得后的论文《鲁迅文学与左翼文学异同论》，载《鲁迅研究月刊》2006 年第 2 期。

真的文学史地位，标志性的高度就诞生在这个拐角上。在台湾文学的特殊环境下，五四新文学向左翼文学的转轨，由后来者陈映真推向了一个高度：纵向发展上，陈映真是赖和、杨逵以来的台湾文学最优秀的左翼继承者；横向发展上，他是第一个通过自己的独特个性的艺术创作，把海峡对岸的鲁迅的生命气息透露出来，他与鲁迅的同构关系中，完成了他对鲁迅小说的呼应，——也是向主流在大陆的五四新文学理想的呼应。

陈映真在论述自己的创作时，提到了一个概念："市镇小知识分子"。陈映真说，他就是一个市镇小知识分子的作家："在现代社会的层级结构中，一个市镇小知识分子是处于一种中间的地位。当景气良好，出路很多的时候，这些小知识分子很容易向上爬升，从社会的上层得到不薄的利益。但是当社会的景气阻滞，出路很少的时候，他们不得不向着社会的下层沦落。于是当其升进之路顺畅，则意气昂扬，神采飞舞；而当其向下沦落，则又往往显得沮丧、悲愤和彷徨。"[①] 这个正在走下坡路的"市镇小知识分子"的概念，在大陆也有相应的类型，指的是现代文学史上的流浪型知识分子。[②] 中国现代作家基本上是由两类知识分子构成，一类就是流浪型知识分子，还有一类是岗位型知识分子。一部分知识分子本来在农村属于比较殷实的人家，由于社会急剧地进入现代化转型，把农村小生产者的经济基础连根拔起，于是有一大批农村破落户子弟失去家园，漂流到现代化的都市里讨生活。流浪，作为一种社会性的群体行为，构成了左翼知识分子反抗的起点——他们没有

[①] 陈映真化名许南村写的《试论陈映真——〈第一件差事〉〈将军族〉自序》，收《陈映真文选》，第3页。

[②] 最早提出流浪型知识分子概念的，是瞿秋白。他在身患疾病、百无聊赖中系统阅读了鲁迅杂文，并深受感动，于是编选《鲁迅杂感选集》，写了著名的序言。在这篇早期研究鲁迅的名文里，他指出："'五四'到'五卅'之间中国城市里迅速的积聚着各种'薄海民'（bohemian）——小资产阶级的流浪人的知识青年。这种知识阶层和早期的士大夫阶级的'逆子贰臣'，同样是中国封建宗法社会崩溃的结果，同样是帝国主义以及军阀官僚的牺牲品，同样是被中国畸形的资本主义关系的发展过程所'挤出轨道'的孤儿。"（《〈鲁迅杂感选集〉序言》，收瞿秋白等《红色光环下的鲁迅》，孙郁等主编，河北教育出版社2000年版，第20页）

固定工作，居无定所，流浪在现代都市里一边感受着西化的现代生活方式，一边过着自身难保的不安定的生活。身处社会底层，他们能看到社会的不公正和下层人们的苦难，处于贫困状态，又使他们特别愿意反抗，愿意通过改变社会来改变自己的命运。这一类知识分子在中国现代作家里面占了大多数，比如，晚年在上海的鲁迅，还有像郭沫若、巴金、丁玲、萧红、萧军、胡风、聂绀弩、艾青、早期的沈从文等等。另外还有一类知识分子，属于岗位型知识分子。他们一般有固定的职业，大学里的教授，书局里的编辑，公司里的职员，等等，有一份薪水，日子过得比较安稳，当然不能成为巨富，但也衣食无忧。他们有自己的人生理想，不安于平淡的生活方式，就拿起笔来写作。这样的作家也不在少数，像周作人、冰心、叶圣陶、许地山、王统照、老舍、曹禺、徐志摩、冯至等等，包括后来的沈从文。这两类作家，由于经济地位和社会地位不同，他们在文学上发挥的作用、对社会的态度，都不一样，流浪型知识分子很可能成为左翼作家。因为他们在社会底层流浪，容易持激进的和批判的态度。

鲁迅早年是一位岗位型知识分子。他既是教育部的官员，北大的讲师，又是著名作家，三笔收入，生活过得很稳定。可是到了 1920 年代中期，他抛弃这一切，与许广平流浪到南方，在厦门、广东、上海四处奔波，最后成了一个自由撰稿人。在上海，他不断地在报纸副刊上发表短文，用稿费维持自己的生活。这样，鲁迅从一个稳定的、有岗位的社会贤达变成了流浪的、不安定的知识分子，逐渐成为左翼知识分子。如果他长期在大学里教书，在教育部里工作，像蔡元培、周作人、胡适，他也可能是另外一个鲁迅。从五四新文学过渡到左翼文学运动的大趋势，与中国社会在一个短时间内急剧产生大量的流浪型知识分子群体直接有关，这是乡村经济变动以后带来的社会现代化的后果，也与陈映真所描写的市镇小知识分子沦落有关。陈映真也是这样。他还在大学读书的时候，追求真理，发表小说，过安稳日子。大学毕业后当过中学教师、公司职员等等。如果他在自己的工作岗位上安安分分地生活，后来的道路可能会是另外一种走法。但是命运给了他另外的安排。① 当他刚刚走上社会,思想开始成熟的时候,他被抓到监狱里去了。出狱以后他基本上成为一个流浪型知识分子。他没有固定工作,只是通过写文章,办杂志,做出版,搞社会运动来履行知识分子的使命。陈映真后期创作风格发生了深刻转变,一种明快、雄辩的风格取代了早期创作中的暧昧的伤感。艺术风格的转变的背后,反映了他的世界观的最后完成。所以,陈映真的创作道路及其风格的转变,与中国新文学史上许多左翼作家有惊人的一致性。

一个真正的左翼作家,其创作的最大特点就是有了信仰马克思主义的立场。现在学术界讨论陈映真的创作,都用"理想主义"这一模糊的概念来解说他的思想。理想主义是一个含糊的概念,它包含了基督教精神、人道主义、乌托邦、安那其(无政府主义)等等庞杂元素,这样来分析陈映真当然是可以的,因为一个杰出作家的世界观里总是包含了多元成分,但由此也淹没了作为其世界观最主要的成分,即马克思主义。陈映真一生最主要的信仰还是马克思主义。他的世界观的成熟和确立,创作风格的转变与更新,都是与接受了马克思主义学说有密切的关系。当然,陈映真是在台湾白色恐怖的环境下接受马克思主义的,既没有马克思主义政党组织对他进行完整的理论教育,也没有条件在一个自由的环境里认真研究国际共产主义运动史从中获得经验教训,他对马克思主义的理解必然受到条件限制,其中也包含了他自己也不甚清楚的一个彼岸世界,那就是他想象中的中国大陆的社会主义社会。他的早期小

---

① 陈映真自己曾经说过:"人生其实是一个圈子,偶然性的一个又一个圈子,互相扣在一起。如果扣上的圈子是别的圈子,我也有可能变成一个买办阶级,因为我曾经在外国公司上过班,不料从总部来的一个老外,对我特别欣赏,破格提升我为 sales manager(销售经理),把我吓坏了,那一年刚刚好聂华苓女士那边的'国际写作工坊'让我去,我就心里有一个底子,我反正不能接受你这个销售经理,我要到爱荷华去,可还没去,就被抓到外岛蹲着了。"(《我的文学创作与思想》,见《陈映真文选》,第 38—39 页)

说里出现的闪烁其词的隐喻和幻灭感，似乎与他对大陆彼岸的想象有关。① 但是随着陈映真的思想越来越成熟，马克思主义的信仰真正建立以后，他的创作风格发生了深刻的改变。首先表现为，陈映真建构了独尊的话语立场。

这一风格的变化，早在他入狱以前的创作里已经初露端倪，但是还不成熟。作为一个马克思主义的信徒，他面对台湾思想界的形形色色的潮流、理论和流派，爆发出强大的辩论能量，早期小说里的那种难以言说的自省的叙述风格完全消失了，他在小说里通过人物形象之间的冲突交锋，形成了雄辩式的叙事特点。陈映真早期创作里没有辩论风格，那种伤感忧悒，那种自我怀疑，那种苍白与无力，那种鲁迅式的抉心自食的痛苦，是不可能形成雄辩风格。鲁迅到后期基本上放弃小说而转向杂文写作，也可能是与马克思主义的辩论风格的内在要求有关。陈映真把这种雄辩放进了小说创作。比如像《唐倩的喜剧》。这篇小说描写了1960年代西方两种思潮在台湾的泛滥，一种是存在主义，一种是逻辑主义。这两种思潮都在西方思想史上发生过重要影响，尤其是存在主义思潮，那种彻底的虚无立场，对二战以后的青年人产生过很大的吸引力。假如不是与马克思主义接轨，陈映真早期的理想主义很可能会促使他走上这样一条特立独行、怀疑一切、我行我素的知识分子道路。但是他信仰了马克思主义以后，他的立场就不再是虚无的，他既然坚信自己的信仰是唯一正确的，对于别的"资产阶级"的思想流派（包括西方现代主义的艺术流派），就不能不采取毅然决然的否定与批判。

《唐倩的喜剧》的艺术手法，让人联想到茅盾的小说风格。茅盾也是一个喜欢在小说里描写思想冲突的作家，但他不是直接地描写思想雄

---

① 比如，赵刚对陈映真《祖父与伞》的解读，认为红黄两色构成的伞的意象，暗示了共产党党旗；小说也成为一首老革命党人遭遇白色恐怖，事业失败后隐居和失望的哀歌。见赵刚《青年陈映真：对性、宗教与左翼的反思》，收《"陈映真思想与文学"学术会议》。我并不很赞同这样对号入座的艺术图解，但是我承认把陈映真早期小说与对某种革命的向往联系起来是合理的，比如在其早期小说里，不断出现星星的意象，以及香烟的星火被扑灭的意象，都能暗示少年陈映真对一种其实他并不了解的革命彼岸的向往和联想。这种空乏的想象一直到他被捕坐牢、并且在监狱里认识了具体的政治犯，才比较切实起来。

辩,而是借助男女私情的暧昧故事来暗示思想的冲突。在茅盾的小说画面里,经常性地会出现这样一些场面:一个聪明的女性周旋于多个男性之间,而每个男性以其身份、个性或者言论,各代表了不同的思想或者思潮。如《蚀》三部曲里的《幻灭》,静女士在大革命的潮起潮落中何以幻灭,要从她的私生活的经历来说明:她的几个男友,有一个信老庄而堕落,还有一个崇拜未来主义,最后投身于战争。静女士的幻灭表面上在于私情,实则暗示了中国思想界的混乱与浅薄。茅盾是写这种故事的高手。陈映真的《唐倩的喜剧》的叙述手法非常接近此道,唐倩先后与信仰存在主义的、讲逻辑哲学的、甚至是美国工程技术人员谈恋爱,最后把他们都抛弃了,投入了美国军火商的怀抱。什么理论信仰都虚无了。陈映真对所有非马克思主义的思想理论都采取轻蔑的态度,将之比作是一群被去势的恐惧所折磨的男人,这种比喻是通过唐倩与几个男人的性爱过程获得的:"不久唐倩也发现了:知识分子的性生活里的那种令人恐怖和焦躁不安的非人化的性质,无不是由于深在于他们心灵中的某一种无能和去势的惧怖感所产生的。"① 在这篇小说里,作家还没有亮出他心中正确的理论信仰,所以最后只能将健康、活泼、生命力充沛如肥沃土地的唐倩送进了美国军火商的怀抱——在这里,唐倩并不是一个作家所鄙视的形象,恰恰相反,作家对于这样一个丰富饱满、甚至令男人恐惧的女性,是怀有同情的,最多是一种善意讽刺。如果我们把这个女性形象看作是作家心中的台湾也未必不确切,她毕竟经受了太多的西方思潮的侵犯,使她在抗拒中慢慢地被推向帝国主义的怀抱。这种以爱情来隐喻政治思想的总体风格,也并非是茅盾或者陈映真独创,而是早期的中国左翼作家从俄罗斯文学(尤其是屠格涅夫的小说)里借鉴过来的。② 这是一个典型的左翼文学的表述方法。唯有左翼文学才

---

① 《唐倩的喜剧》(《陈映真小说集》2),洪范版,第155页。
② 用恋爱场面的描写来影射知识分子对于革命的态度,以及表现知识分子的不同性格、不同思想和不同信仰,这种艺术手法最初是克鲁泡特金在《俄国文学中的理想与现实》(后改名为《俄国文学史》)中介绍屠格涅夫的创作时归纳出来的,五四以后在中国作家当中相当普遍地采用,比较典型的是茅盾的《蚀》三部曲和巴金的《爱情三部曲》。

有那么多思想派别需要清算和批判，而作家又不具备直接描述思想辩论的能力（像陀思妥耶夫斯基、托尔斯泰所擅长的那样），这才会用这种比较讨巧的叙述方法。这是一个典型的讨论思想的艺术创作方法。

在陈映真的创作实践中，这个不成熟阶段很快就过去了。尤其是经过了监狱生活以后，后期陈映真小说里开始直面社会经济结构，企图以一种成熟的社会经济理论来剖析台湾社会经济，指出"市镇知识分子"在这样经济结构中的出路和命运。这也是从左翼文学发展而来的叙述方法。在陈映真的小说里，经常是通过人物辩论来表达社会经济的诸种问题。这种直言不讳的写作观念①，在陈映真的创作中是非常明显的。从负面的效果来说，这使他的很多小说叙述变得冗长。因为按照马克思主义的分析方法——比如阶级分析、经济分析，认为一切人的活动都是来自经济地位，这是马克思主义唯物主义的基本立场，从人物的生活质量入手来讨论其行为动机和私人感情，等等。从这个立场出发进入文学创作，自然有其深刻的一面，但是，麻烦也是有的，文学是表现人的感情世界，感情是隐秘的，从经济基础转到感情世界，这中间要经过复杂的成因。文学本来是直接表现人的复杂感情，表现人的具体的命运，如果要把这些表现的内容与其经济原因挂起钩来，要从一个人的经济条件出发，从他的家庭构成出发，阐述其父母来历、成长经历等等，一直写到爱爱恨恨，生老病死，势必有一个冗长的叙述。早在法国十九世纪现实主义文学创作中，为马克思主义的经典作家所赞扬的巴尔扎克、左拉都是这种艺术手法的开创者，后来在世界左翼文学中（如美国的辛克莱、德莱赛等）也是有所发展。1930年代中国最著名的左翼作家茅盾便使用这种方法创作了《子夜》。《子夜》也是一部冗长的小说，冗长而且琐碎，以致茅盾本人都没有耐心按照计划把它完成。小说里所有的人物都是按照马克思主义的思想方法贴了经济学的标签，如民族资本家、买

---

① 陈映真说自己的文艺观时承认："我是文学工具论者。既然说是工具，首先是因为我有所思，我有话说，所以我写成论文，所以我跟人家打笔仗，所以我写小说，办《人间》杂志。不管用什么形式，只是我自己的思想的表达。"（《我的文学创作与思想》，收《陈映真文选》，第45页）

办资本家、中小资本家、封建地主、失去了家园的小资产阶级、代表了各种派系的政治势力,以及各种依附于资本家的知识人、帮闲、帮凶等等,甚至还有工人、工会以及背后不同派系的共产党地下组织等等。如果我们看陈映真出狱不久创作的——标志着他的马克思主义思想成熟阶段的——华盛顿大楼系列,不难看到类似的表现方法。在这四篇系列中短篇小说中,作家描绘了一幢设备现代化、云集了国际跨国集团办公地的大楼里发生的各种故事。我们把四篇小说联系起来可以看到,作家描绘了一个丰富但并不复杂的社会场景:有跨国集团之间的竞争,也有中国式的职场斗争、各部门各层面之间的矛盾冲突、工会活动以及企业管理模式之间的冲突,等等,可以说是一部缩小了的《子夜》。

在华盛顿大楼系列里,陈映真的左翼文学的叙述立场相当鲜明,并且出现了正面的力量。如果将《夜行货车》与《唐倩的喜剧》作比较的话,虽然同样是女主人公周旋于几个男性之间,但《夜行货车》不再是机械地描写思想派别并且给以一概否定,小说中出现了詹奕宏这个本省籍的青年知识分子正面形象,作家暗示詹的父亲曾受白色恐怖的牵连而破产,詹本人作为破落子弟而努力发奋,终于当上了跨国公司的职员,但其深深被积压在心底的伤害与变态的魔鬼式爆发,通过与一个外省籍女子之间的恩怨,正面突出了同为天下沦落人的遭遇及其反抗。与其早期创作中《将军族》里的绝望与沉沦相反,《夜行货车》写出了两个跨国公司的白领终于在抗议美国老板对中国的侮辱中走到一起,他们离开跨国公司打算回到台湾南部的乡村,尝试走自己的路。这也是外省籍女子刘小玲与唐倩不一样的地方,从唐倩的出走到刘小玲的沉入台湾民间寻求新生,可以看作是作为马克思主义信仰者的陈映真的成熟。詹奕宏不再是陈映真早期创作中的软弱绝望的知识分子,也不再是形象模糊的传说中的革命先驱和来自彼岸的殉道者,而是一个有着自身来历的台湾籍中国知识分子的反抗形象,这是中国左翼文学史上的独创。陈映真作为一个台湾本土作家,他的作品深受台湾知识分子的欢迎,真正的原因可能还不在于他的信仰与立场,而是他通过文学创作描绘出作为台湾人的知识分子的精神世界和寻求出路的心路历程。

这以后,陈映真继续走在左翼文学道路上,这条道路与他的广泛的社会实践、政治活动都联系在一起，构成一个完整的左翼知识分子的自我塑造。陈映真的马克思主义的观点、方法与立场继续在他的创作中发挥着积极的作用——从中国文学史的发展而言，1980 年代以后的中国文学已经无法再为陈映真提供什么新鲜的经验，大陆在"文革"后诞生的"新时期"：政治改革与经济发展、社会物质文明的提高、国力的迅速增强，与台湾在 1970 年代经济起飞、1980 年代政治解严以及随之而来的后现代、党派政治、统独之争等等，相应地出现了远较两岸军事对峙下的冷战时代复杂得多的新形势和新格局。在这些大的环境转变下，陈映真的孤独，在于他原来从想象中获得的彼岸世界的理想主义已经为现实主义的认识所取代，他容忍了这一现实也就意味他今后的道路更为艰难，真正的信仰的支撑和资源，必须依靠他的社会实践，从台湾社会的现实环境以及国际大环境中寻求新的思想和出路。

陈映真的后期创作只是他的整个实践的一个组成部分，坚持左翼立场的一个重要特点就是直面人生。左翼文学，因为是比较接近社会底层的知识分子不安于社会的一个冲动，导致对社会现状的强烈批判。晚年陈映真非常了不起的地方，就是他对社会的独立思考丝毫也不受到现实环境的制约，他仍然保持了一个批判的马克思主义者的敏锐性。在台湾的土地上，他的眼睛永远看到的就是这个社会的现实，他身上有一种跟晚年鲁迅一样的——死缠烂打的精神，鲁迅晚年坚持不离开他生活的环境，坚持不去苏联养病，而是死死卡住这个病态社会的命脉，一直到去世了还毅然宣布绝不宽恕一个敌人。这样一种被升华了的战斗精神，在晚年陈映真的孤独的创作中依然存在，并且散发出感人的力量。学界有人把《铃铛花》、《山路》和《赵南栋》称为"白色恐怖三部曲"。① 对于这些作品，可以有不同角度的解读，但文本里面有着明显不同的元素，既有早期的孤独与绝望，又有着成熟的马克思主义者坚定的社会认知、思想信仰以及饱经风霜的政治经验。作品所面对的都是台湾现实的问题，既有理想的历史追怀，又有现实的无奈变化，是陈映真独特感受

---

① 王默林《"白色恐怖"的历史心灵活动——陈映真小说中的恶之华与 Eros》，收《"陈映真思想与文学"学术会议》，第 147—157 页。

到的问题。譬如,《山路》里的蔡千惠,这个女性身上综合了基督教的救赎思想与早期共产主义的理想,但根本上还是基督教的思想,所有鼓励蔡千惠以一生辛苦来为家族赎罪的动力,是她希望在未来的世界里,能够以无瑕疵的灵魂去面对先烈英魂。但是当现实发生了急剧变化以后,随着经济的飞速增长,苦难的煎熬已经成为过去,政治迫害也即将过去,蔡千惠却感到了新的不安,动摇了鼓励她一辈子的救赎信念。她弥留之际向着早年为理想而被捕受尽折磨、三十年后终于释放的恋人倾诉:

> ……在您不在的三十年中,人们兀自嫁娶、宴乐,把您和其他在荒远的孤岛上煎熬的人们,完全遗忘了。……就这几天,我突然对于国木(先烈的家属——引者)一寸寸建立起来的房子、地毯、冷暖气、沙发、彩色电视、音响和汽车,感到刺心的羞耻。那不是我不断地教育和督促国木"避开政治"、"力求出世"的忠实的结果吗?自苦、折磨自己、不敢轻死以赎回我的可耻的家族的罪愆的我的初心,在最后的七年中,竟完全地被我遗忘了。……
>
> 如今,您的出狱,惊醒了我,被资本主义商品驯化、饲养了的、家畜般的我自己,突然因为您的出狱,而惊恐地回想那艰苦、却充满着生命的岁月。……

于是,蔡千惠在临终前寄希望于从前的恋人:

> ……对于曾经为了"人应有的活法而斗争"的您,出狱,恐怕也是另一场艰难崎岖的开端罢。只是,面对着广泛的、完全"家畜化"了的世界,您的斗争,怕是要比往时更为艰苦罢?我这样地为您忧愁着。①

---

① 陈映真《山路》,收《铃铛花》(《陈映真小说集》5),洪范版,第88—90页。

这段话的关键词，是蔡千惠提出的"家畜化"，这不能不说是很恶的咒语。第一次出现这个词，是蔡千惠的自责，但第二次出现的时候，这个词已经是属于"广泛的"、"完全的"的"世界"了。①"家畜"当然不是人们应有的活法，但什么是人们应有的活法呢？在专制和恐怖下的奴隶、"罪犯"与死囚、后资本主义高度物质文明下大而化之的"家畜"之外，如何来吸引人们去为"人应有的活法"而斗争呢？这个答案之所以比任何时代（马克思主义诞生以来）都要艰难崎岖地去追求和寻找，蔡千惠意识到了，同时也是马克思主义者陈映真意识到的。陈映真提出这样的问题，已经远远超越了1930年代左翼文艺所讨论的命题，也超越了1950年代以来主流社会主义文学的基本主题，这是他作为一个台湾的左翼作家、马克思主义者贡献于中国文学的独特的思考。

四、安那其，陈映真自我超越的可能性

陈映真的世界观里，除了马克思主义以外，还有一条线索潜伏其间，不时地超越陈映真的既成世界观。那就是陈映真早期创作里表现出来的安那其主义思想。②《我的弟弟康雄》的叙述人姐姐这样概括弟弟康雄的死因："初生态的肉欲和爱情，以及安那其，天主或基督都是他的谋杀者。"这里指明了弟弟康雄其实是一个安那其主义者。但他是一个没有行动的安那其，只是在他的日记里幻想，"在他的乌托邦建立了

---

① 蔡千惠的绝望里还隐藏了另外一层意思。她作为一个同路人和先烈遗志的追随者，自觉地把中国大陆的社会主义革命作为理想的支撑点，因此，在漫长的岁月里她坚持每天读报，但是她说："近年来，我戴着老花眼镜，读着中国大陆的一些变化，不时有女人家的疑惑和担心。不为别的，我只关心：如果大陆的革命堕落了，国坤大哥的赴死，和您的长期的囚锢，会不会终于成为比死、比半生囚禁更为残酷的徒然……"这恐怕也是陈映真对彼岸世界的疑惑和担心，以至绝望。（《铃铛花》，洪范版，第88页）

② Anarchy，通译为无政府主义，但准确的意思应该是"无治主义"，即无统治之意。广泛的理解就是指一种没有国家形式的政治主张，反抗一切形式的强权和压迫，取消阶级剥削，废除私有制，人类将获得极大的自由。

许多贫民院学校和孤儿院。接着便是他的逐渐走向安那其的路,以及他和他的年龄极不相称的等待"。① 如果说,弟弟康雄信仰安那其还是一个耽溺于乌托邦幻想的虚无者,那么,在《贺大哥》里参加过越战的美国士兵麦克·H. 邱克,为了赎其在战场上所犯的"罪",公然宣布自己是一个安那其主义者,他化名"贺大哥",潜伏在民间传播爱的福音——帮助残障儿童站立起来。"贺大哥"怎么会成为一个安那其主义者,我们不得而知,但从"贺大哥"与台湾女孩曹小姐的谈话中我们能够理解到:贺大哥教授给曹小姐的,不仅仅是英语单词,而是从普希金到克鲁泡特金的整个俄罗斯的民粹运动。克鲁泡特金是安那其主义理论大师,贺大哥从克鲁泡特金的学说里全盘继承了"人类之爱"的安那其主义理想,并且把它推广到非常具体的社会实践,爱一切人:他认为总有一天,更多、更多的人能够不图回报,而从一个人的生命的内层去爱别人,信赖别人,由此可以推断出一个美丽的、新的世界就伸手可及了。② 请注意,这里所说的"从一个人的生命的内层去爱别人,信赖别人,由此可以推断出一个美丽的、新的世界"的说法,正是克鲁泡特金的安那其主义理论体系中的核心思想,也就是从人类的生物性本性中推断出"互助"本质,由此建立起共产主义"乌托邦"的美丽新世界。③ 根据克鲁泡特金伦理学的三个原则:互助、正义和自我牺牲,贺大哥强调的对他人的"爱"与"信任",体现了"互助"的原则,贺大

---

① 《我的弟弟康雄》,洪范版,第 17、19 页。原书中出现的是"安那琪",本文从俗,统一为"安那其"。
② 陈映真《贺大哥》,收《上班族的一日》(《陈映真小说集》3),洪范版,第 100 页。
③ 台湾学者赵刚对陈映真与安那其的关系作过非常精彩的分析,他强调安那其主义包含了"爱与改造"的双重主题:"安那其之所以是一个理解陈映真思想的重要契机,在于它的独特的界面位置。一方面,如前所说,安那其因为对主体的道德状况重视并期许,使它相对正统左翼站出一个批判性的距离。但另一方面,安那其并没有因此而落入一种个体内在性的道德主义,像一般的宗教徒所见的那种状态,只强调,好比,爱、慈悲、施舍……而失去了现实意识,失去了对现实的、体制的不公不义的道德义愤的感觉、以及以行动'干预'这个现实世界的能力。"(见赵刚《青年陈映真:对性、宗教与左翼的反思》,收《"陈映真思想与文学"学术会议》,第 113 页)

哥对于越战经验的反思，体现了"正义"的原则，他只身到台湾民间从事无偿的慈善事业，体现了"自我牺牲"的原则。因此，有理由说贺大哥是一个完美的安那其主义者。但是这一切，似乎都是在贺大哥作为一个"病人"的前提下展现的，一旦他的真实身份被暴露，国家的社会体制立刻就把他押回"正常"的社会秩序中，一个安那其的美丽之梦也就破灭了。

所以，我们要讨论陈映真的安那其思想仍然是有难度的。陈映真没有正面论述过安那其，在这两篇偶然出现安那其的小说里，所谓的安那其主义者——康雄和贺大哥都是苍白的人生失败者，不足以表现作家的思想能力。但是还有一篇小说值得我们注意，就是陈映真自己比较喜爱的《加略人犹大的故事》。这篇宗教故事的基本框架未逸出《圣经》的范围，但是作家对犹大重新作了阐释。小说描述了三种政治理想：第一种是民族主义的犹太反抗团体奋锐党，他们强调反抗罗马统治，建立以色列人自己的政权；第二种是世界人类主义，或者说是社会主义者，代表者是犹大，他强调各民族的共同利益和斗争，希望建立一个世界性政权。为此他与奋锐党分裂，成为耶稣的信徒。但是犹大与耶稣之间仍然有着巨大的鸿沟，他发现耶稣并不热衷于政权，每当民意振奋，民心可用来夺取政权的时候，耶稣总是隐身而退。他传播爱的福音却又完全放弃权力，这使犹大产生了极大的疑惑。他企图利用民众对耶稣的爱戴情绪，假统治者之手害死耶稣而激起民变，取而代之，为此他出卖了耶稣，但是他对群众的期望却完全落空了。显然，作家在犹大之上塑造了第三种政治理想，也就是以耶稣为代表的无统治无国家的乌托邦：在宗教而言，一切权力归耶和华，人间不需要国家和统治者；在政治理想而言，这就是安那其的本义：由面包和自由组成的人间乌托邦。这种学说解构了现代国家——所谓现代民族国家、民主国家甚至更具理想色彩的国家概念。如果从安那其主义的国家观来理解，奋锐党所追求的只是现代民族国家的理想，犹大所追求的是"十月革命"式的共产主义理想，而在陈映真的笔下，耶稣所体现的世界，也就是安那其主义者所憧憬、并愿意为之奋斗牺牲的乌托邦的社会理想。

陈映真两次描写安那其主义者康雄和贺大哥，都把他们的形象与耶稣形象合二为一①,那么,如果我们换个思路来看,在《加略人犹大的故事》里,耶稣能否与安那其主义者的形象置换呢?耶稣是对犹大的超越,安那其是对社会主义或者左翼青年的超越,对于马克思主义者陈映真而言,是否也存在着一个新的自我超越的契机?当我们在《山路》里读到蔡千惠因为理想无着而绝望,以致放弃自己的生命时,我们是否意识到,陈映真也样面临蔡千惠同样严峻的挑战,这个挑战,也意味了一个马克思主义者是否能够对国家形态本身进行反思,这本来也是马克思主义国家学说在共产主义运动实践中所遭遇的问题。从1917年"十月革命"建立世界上第一个无产阶级政党的政权,到1989年前后苏联解体,它已经成为所有掌握了国家政权的马克思主义政党必须面对的西绪福斯式的问题。

这让我们联想到中国现代文学史上的另一位重要作家、安那其主义者巴金。巴金不是一个基督教徒,但是他也同样把他的安那其主义战友称为"耶稣"②,并且在抗战时期创作的《火》第三部里塑造了一个基督徒与安那其混合的人物形象田惠世。巴金早期的革命小说,陈映真或许阅读过一些,但并非没有微词③,很难说陈映真在创作上受过巴金的

---

① 在《我的弟弟康雄》里,作家描写姐姐在婚礼上对着教堂里的十字架时,"我仿佛看见我的弟弟康雄带着这个未熟的躯体从十字架上下来了,而且温和地对我笑着"(《我的弟弟康雄》,第20页);在《贺大哥》里,作家描写安那其主义者贺大哥的出场时,这样写道:"我想起错身而过时的他的脸:日晒得发红的脸,瘦削的、浓眉的脸,蓄着仿佛圣诞卡上的耶稣的胡子的脸。"(见《上班族的一日》,第87页)陈映真把他笔下的仅有的两个安那其主义者都比附耶稣,是值得重视的。

② 参见巴金《无题集·怀念叶非英兄》,收《巴金全集》第16卷,人民文学出版社1991年版,第709页。

③ 陈映真在《鲁迅与我》里说,他在寻找鲁迅的著作时,也"发现了别的作家,像茅盾,像巴金,使我在台湾与大陆已经分断的情况下,透过鲁迅和别的三十年代的作家理解了中国,理解了中国的革命,理解了中国的道路。"陈映真这里所说的"三十年代作家"肯定包括了巴金,那么,他所理解的"中国的革命"和"中国的道路"应该也包括巴金在创作中所描写的安那其团体的"革命"活动。在同一篇文章里,陈映真还在赞扬鲁迅的文学语言时说道:"跟鲁迅同时代的其他的作家写的白话文,并不是那样成熟。甚至像巴金和其他的人都存在着一些问题,可是只有鲁迅,在我看来,他的文章至今一个字也不能改,一个逗点、一个句号都不能改。"(见《陈映真文选》,第31—32页)

什么影响。但相比较而言，巴金是一个个人风格鲜明的人，他有坚定的信仰，在走上文学创作道路之前，他已经是一个在理论上训练有素的安那其主义者，他的创作里包含了浓厚的安那其主义的意识形态。与五四时期强调"个性解放"的主流思潮不一样，巴金在小说里不是把个性解放运动看作是当时青年人唯一的出路，而是进一步强调了青年人应该在冲破旧式家庭以后继续走向社会革命；巴金与左翼文学直接歌颂无产阶级政党领导下的革命运动也不一样，他在大量以革命为主题的小说里，一方面描绘了青年革命家为了理想而甘愿牺牲自我，另一方面他笔下的革命者没有明确的政党组织，唯一驱使他们走向革命的，就是乌托邦理想，他在小说里歌颂的革命，似乎都来自仰望星空的激情，高尚而美丽。陈映真早期创作中，有一个相似的细节，那就是年轻而脆弱的主人公们经常是抽烟，然后星星点点的火星撒在地上，就熄灭了。这样的意象似乎在作家的脑子里盘旋不去，暗示了他所信仰的理想非常脆弱，不堪一击。本来是"星星之火，可以燎原"，小小的星火撒在地上可以烧毁一片草原，可是青年陈映真则把星星之火描写得非常微弱，火星的出现是一次性的闪光，一个火星头，一闪就没了。这就是巴金与陈映真的差异。但是陈映真小说的迷人之处也在这里：这是一个学生知识分子，他朦朦胧胧当中感受到一种理想的火光，可是，这理想离他又是非常的遥远，他觉得自己非常脆弱，不可能去把握这样的信仰。

　　这是因为，在陈映真的生活环境和特定时代里，白色恐怖下的台湾安那其主义早已经丧失了独立的理想性，成为与国民党政权同流合污的政治派系。① 所以，陈映真的安那其思想不可能是正面地从现实生活中吸取，而是从基督教信仰、形形色色的社会主义学说以及俄国民粹派运动、无政府主义运动等革命思想文献中综合而成的庞杂、混乱但有生气

---

① 学者赵刚在回忆中提到："安那其，因为某种奇怪的原因，在白色的年代中，竟然是唯一不被禁忌化的左翼名词。高中生的我在1970年代初，就在重庆南路的书店的高高的书架上，拿下了一本光看书名就莫名地吸住我的帕米尔书店出版的《无政府主义》。因此，'安那其'或许只是'左翼'的安全称谓，因为那铺天盖地的文特或许也正和康雄的父亲一样，只能想象康雄是一个上世纪有着'狂想和嗜死'倾向的虚无者。"（赵刚《青年陈映真：对性、宗教与左翼的反思》，第69页）

的社会主义信仰，一种朦胧的乌托邦理想。这种理想主义虽然隐隐约约地潜伏在他的世界观的深层，但还是决定性地支配了他的自我超越以及自我升华。

在陈映真的晚年创作中，安那其因素没有被再次清晰地展现出来，也没有回到像《贺大哥》那样的正面展示理想主义的梦幻和尝试，却是通过内省的方式来表达人性的存在和心灵深处的忏悔。而内省与忏悔，正是安那其的道德修养的重要内涵。由于安那其的理论基础是生物学的互助论，它是从强调生物的互助本能、正义本能和牺牲本能推导出人类革命的目的是面包与自由，是建立一个没有阶级剥削、没有私有制的乌托邦社会。这是一种由内到外的革命逻辑论。当外在的社会革命发生了问题时，安那其主义者就会进行内省性的反思，从人性根源来探索革命实践中出现问题的答案。当俄国"十月革命"爆发以后，国际上大批安那其主义者都以为理想即将实现，他们纷纷奔赴俄罗斯，从事理想中的革命实践。但是布尔什维克政权无情镇压了他们，理论大师克鲁泡特金被软禁在莫斯科郊区的别墅里，他目睹了"契卡"如何捕杀大批所谓的"敌人"，包括安那其主义者，他认为这是人类的道德出了问题，于是他埋头著书《伦理学的起源和发展》，探讨人性道德的内涵与起源。1927年，国民党的北伐战争即将胜利的时候，发生了国共两党的分裂以及国民党清党，大屠杀激起了安那其主义者巴金的愤怒，尽管他完全超然于两党的利益之上，尽管中国安那其主义的元老们都已经表态支持国民党，巴金仍然极为愤怒地谴责了大屠杀，他又回到克鲁泡特金的立场，着手翻译克氏的伦理学巨著，从道德立场上反省国民党的暴行。当"文革"结束不久，巴金面对一场国家民族的大劫，目睹了专制下的普通中国人如何在政治迫害中宣泄种种丑陋的兽性，他毅然书写五卷《随想录》，从道德的立场上揭露"文革"如何戕害普通人的心灵，他用忏悔的形式，从揭露自己的软弱屈服、喝迷魂汤、丧失独立思考等方面开始，一步一步地清算"文革"和自己心灵上的阴暗面，维护了人性的尊严。巴金这种做法似乎很难得到普通读者的真正理解和由衷共鸣，但是从克鲁泡特金到巴金，这种追求人性的完善、勇于面对错误的自我挖掘，则是典型的安那其主义的做法。这一点，我们在晚年陈映真的创作里看到了形式独特的回应。

晚年陈映真引人注目的创作是中篇小说《夜雾》和《忠孝公园》，这两部作品都写到了国民党特务（情治人员）在政治大变动中的命运。本来，专制社会的政局发生大变动以后，前政权的鹰犬系统处境是最为尴尬的。因为新旧社会体制冲突越是激烈，政权对于反叛力量和一切可能出现的反叛力量的镇压越是惨烈，而情治人员在维护国家机器的努力就越是臭名昭著。当政权一旦发生变化，他们作为国家机器的一部分，就面临了被新的政权抛弃、清算，还是被重新接纳的不定命运。对这一群族类来说，心理上弥漫了恐惧和仇恨的阴暗因素，他们也可能成为丧家犬，被新政权追究罪行和绳之以法。在前苏联和东欧政局发生变动以后，许多优秀作家（如索尔仁尼琴、米兰·昆德拉等）都在创作中描述过这一类迫害狂的毫无价值的人生命运。但奇怪的是，中国作家在这个领域涉及很少，唯有1940年代末茅盾创作过一部长篇小说《腐蚀》，描写国民党特务在行将毁灭前的挣扎和忏悔，但以后这个题材在大陆即成禁区。陈映真在台湾政局发生变异，权威体制轰然倒毁以后，也注意到了原来的情治人员——一批旧体制的鹰犬系统人员，他们即将面临的命运是什么。正如《夜雾》里丁士魁所面对的：

> 时代剧变，调查工作的三大支柱——领袖、国家、主义——已经全面遭到变动的世局极其强烈的挑战。他想起了民国三十九年后随着几年强烈的肃共斗争，他把成千上万的共产党在风风火火的肃共行动中经过百般拷讯，送上了刑场、送进了监牢，终竟保住了国民党的江山，当时靠的正是对领袖、国家和主义的不摇的信仰。今天的挑战，对调查工作的冲击，李清皓内心严重的纠葛，就是生动的说明。①

李清皓是一个内心受到谴责的情治人员。在《夜雾》所描写的所谓"国家安全"系统中，丁士魁是代表"局"里的高层人士，李清皓

---

① 陈映真《夜雾》，收《忠孝公园》（《陈映真小说集》6），洪范版，第122页。

是派遣到地方上的中层人员,在李清皓的底下还发展了若干线人,某学院的学生林育卿就是其中一个积极分子。这样一个系统严密的特务组织,由于政局变动和良心谴责,单纯的林育卿首先在残酷的政治迫害中精神崩溃而出局,其次是李清皓本人,在政局变动中意识到自己一生从事的工作不仅毫无价值,而且有罪于大批无辜的受迫害者,继而精神崩溃而自戕。小说文本几乎也是一个狂人日记的形式,丁士魁在阅读整理李清皓遗留下来的笔记,从中整理了这一份情治人员内心忏悔的文档。这部小说有两个地方值得注意,第一是陈映真曾经被捕坐牢,情治人员正是他与"国家"之间冲突的一个中介。在他眼里,情治人员是国家机器的象征,但是他并没有简单丑化这个族类和这个职业,而是用深切同情的眼光描写了这类人既是国家机器的零件,又是国家机器本身的牺牲品,他写出了林育卿、李清皓等人的内心忏悔;第二,陈映真对国家机器的质疑是坚定不移的,这个故事发生在新旧政权更替的背景下,写出了一部分良知未泯的情治人员的恐慌,同时也清醒地描写了丁士魁作为老迈的鹰犬依然被新主人起用的人间喜剧,从而揭示出——领袖、政党、主义都是可以变异的,但是作为"国家"的本质则不会发生变易,它作为人类良知发展的异化也不会发生变易。国家作为阶级统治与阶级镇压的工具,在它消亡之前,永远有它的敌人,永远有它的"安全"问题,因此也永远需要统治者的鹰犬系统。这就是小说结尾的许处长所说的:"国家安全,片刻都中断不得哟。"

《忠孝公园》的文本内涵更为复杂。除了国民党情治人员以外,还涉及国家机器的另外一个组成部件——军队。小说的两个主人公都是耄耋之年的老人:一个是伪满洲国的日本宪兵侦缉与通译、国民党时代的情治人员,一度还成为共产党的线眼和钓饵,几乎是集所有政权鹰犬于一身的台湾国民党政权下的特务马正涛;另外一个是曾经在太平洋战争中充当"皇军"的台湾士兵,战争结束后要求索取日本政府战争赔偿而不得的台湾人林标。军队与特务机关一样,也是产生"国家安全"功能的另外一个国家机器部件。这部作品进一步突出了所谓"国家"的虚幻性,对于林标这样的台湾人来说,他的身份不由自主地发生着莫名的变化:日据时代他是作为殖民地的次等日本"国民"被征入军队,要他充当炮灰时他就是日本"国民",但是在真正的日本人眼里他们又始终是"清国奴",与林标一起的另一个台湾士兵虽然取了日本的名字,忠心天皇,最终仍不免被鸡奸,受尽侮辱而自刭。太平洋战争中,凭一纸诏书,他从日本军队中分离出来莫名其妙地成为战胜国"国民"了,但随着时过境迁,"战败国"国民都从日本政府那里获得了赔偿,而"战胜国"国民却一无所有,逼得他重新穿起皇军军服,操起蹩脚的日语,去要求日本政府承认他们是"皇民",获取赔偿款。更加吊诡的是,当林标索赔失败也当不了"日本国民"时,他唯一的孙女却以另外一种形式嫁给了日本人。

小说以"忠孝"命名,象征了以忠孝仁爱信义和平立本的"国家"体制下的分崩离析的文化,对于马正涛来说,"国家"可以异化为"政权","政权"可以异化为"政党",最后他不得不随着国民党竞选失败而亡命。而对于林标来说,"国家"完全是一个被异化的物件,与他的自在生存没有本质上的关系,但是"国家"的利益(如征兵)却侵犯了他的利益,破坏了他一生的正常生活。当他需要日本政府的经济索赔时,新的"国家"名分又妨碍了他,他只能独自来承受一切伤害和痛苦。小说中的两个人物都是孤苦伶仃的老人,马正涛虽然出身豪门有过花天酒地的经历,但终其一生都是孑然一人,没有后代与未来;林标老人虽然是世世代代居住在本乡本土,有家有室,但是随着儿子离开乡村漂流都市,孙女远嫁日本,仍然如同无后,也没有未来。作为情治人员和昔日士兵,他们曾经充当了国家机器的社会基础,他们的失败和萧条的下场,传达出作家对于所谓"国家""政权""政党"等观念的清醒认识和反省态度。

陈映真的小说可以做多种层面的诠释。与巴金的通过自我揭露和自我批判,通过以己推人的形式来达到对社会的深层批判的基本手法不一样,陈映真的反省形式是紧紧抓住了某些典型人物的内心世界的或混乱(如林标)、或恐惧和忏悔(如李清皓)、或绝望(如马正涛),来达到对于国家机器本身的虚妄性和欺骗性的严肃反思。巴金是希望通过安那其主义的人性论来超越国家层面的种种局限,以求理想主义的未来境界;陈映真则是通过对国家机器的各种部件的拆解和否定,达到对所谓

"国家"观念的超越和批判,进而探索更为理想的未来境界。

从这一点来看,不管陈映真有没有自觉到,从继承了鲁迅为代表的五四精神到走向左翼文艺的马克思主义社会批判,进而站在安那其的理想境界对国家形式和本质的反省,陈映真的深刻性达到了五四以来新文学精神的制高点。以同样为左翼作家和安那其作家的茅盾与巴金的创作为参照,陈映真的创作成就显然已经超越了前辈们,他不仅以创作实践把五四新文学传统中的左翼精神在台湾文坛上发扬光大,而且结合台湾的社会环境和历史变迁,创造了独特的艺术高峰。

(本文原系 2006 年 11 月 7 日在台湾清华大学作的演讲稿,后经多次修改。前三节由罗兴萍整理,初刊《文学评论》2011 年第 1 期,第四节连载《随笔》2011 年第 1—2 期)

论林燿德的创作

《恶地形》①

　　林燿德的短篇小说集《恶地形》将由海天出版社出版，燿德写信来说，希望我替他的集子作篇序。我当时很踌躇，因为海峡两岸隔膜多年，双方都摸不着边际，而且那时仅读过一份《联合报》副刊上的《恶地形》剪报，其他小说均未读到，实在很难说出中肯的话。好在不久从报上看到了别人为之写的序，无形中觉得卸去一份责任，松了口气。不久，收到燿德从台北寄来的希代版《恶地形》，才从头读了一遍。虽然一时还未免夹生，不过总算能有的放矢，说几句想说的话了。

　　《恶地形》收入林燿德短篇小说十六篇，最初一篇写于1984年，最近发表的是1988年，五年中，小说并非是他唯一的成果。燿德元气充沛，下笔有神，自1982年第一部诗集《银碗盛雪》初度定稿，到1988年《恶地形》出版，已有三部诗集，一部散文集，两部评论集，两部小说集相继问世（这是就我手头所藏之书来统计，可能有遗漏），计百万余字。《恶地形》是他最新出版的一种，前有黄凡（另一台湾新潮作家）作序曰："1960年后出生的台湾新世代小说家中，林燿德无疑是最具代表性的一位。这一代作家具备几项特质：一、与前辈作家相比，政

---

① 林燿德《恶地形》，台湾希代书版有限公司1988年版。

治情结少了许多;二、拥有多元化的知识背景;三、勇于尝试各种新的文学技巧与表达方式。这些特质对在急遽变动中的八十年代台湾社会极具意义,新世代文学作品不得不扮演指标角色,非但不若某些'老根作家'所担心的'质衰',反而有助于提升台湾文学的世界性。"

十六篇中,最初两年创作的《战胎》和《白垩魔堡》可视为试笔,都以战争为背景,表现了中国人在生与死的边缘上对生命的体验。其基本结构未脱戏剧化的传统与伤感成分,但构想的险恶、体验的怪诞已显示出不凡的创作潜力。自1986年创作《恶地形》始,耀德的小说风格大变,有了更为阔大的境界。说其阔大,非指小说内容构成的场面范围和题材的浩瀚,它内在于作者拥有的知识结构、生命体验方式以及三维以上的视界空间。

短篇《恶地形》可视为其风格形成的代表。这是一篇意识流小说,作者描绘了"我"与两个女郎之间的关系。这两个女郎的意象是对立的,一个是风景明信片上的女郎B,她只是一张印刷品上的人影,不曾被人使用过就遗弃在一本旧书里,又转落到买书者(即主人公"我")之手。她在主人公的眼里,代表了一段逝去的青春、一段神秘的历史,她穿着黑衫,背景是白色的"恶地形",黑白相间的反差刺激着主人公寻找"恶地形",在那一片狰狞的丘陵中,他想到自己在月光下、在湖水中(都是幻景,在此时此地都不存在)死去,生命转化为一条鱼,或者一艘潜艇。生命在这块荒无人烟的空间凝结了,时间却无限地拉长,延伸到历史与未来,鱼和潜艇正是两极的象征。人转化为鱼是对达尔文进化论的超越,进入到人类生命更遥远的起源奥秘。"人是否由鱼而来"的问题较之"人是否由猿而来"所讨论的内容更为远古,它遥遥地牵制了人的生命的一端;而人转化为潜艇则表达了对未来科学技术的一种渴望,人变潜艇远非变鱼那么简单,因为这不是生命形式的转换,而是能量的转换,"皮和肉首先要分开来变形,形成船艇的双层结构体,接着是核子反应炉和热交换机,把肝转变为提供五千万瓦动力以上的复杂机械,不仅仅单靠想象就足以成事,更需要耐心和充分的知识,如果成功地把自己变成一艘潜艇,整座湖就自动推廓成太平洋大小的空间吧"。这种能量转换意味着整个宇宙将重新划分，太平洋不过是一个小湖。就在国内电视台播放了《变形金刚》使个个儿童都如痴如醉而个个成人都愤怒无比的时候，燿德却把这种人与机械的变化赋予了未来生命的象征。但在另一方面，还有一个女郎 C 牵引着主人公的另一端。C 是现实生活中的女人，主人公从睡梦中醒来注视着都市的早晨与床上的情妇（两者可视为一体），那女人只是个白色的躯体，没有来历，他只知道在似睡非睡中听她说她梦见了自己的孩子，而且在她身上有着剖腹产的记号，除外他对她一无所知。他与她的交往总是在琐碎的、漫不经心的话题中打发过去，没有历史也没有未来，只留下一个性的符号与现实的影子。渐渐地，现实使他对自己的生命存在也怀疑起来，他用时钟做成了面具，把自己藏在背后。现实在主人公的意识中转化成三种要素：与鱼和潜艇相对峙的刻板时间，与明信片相对峙的性符号，以及与"恶地形"相对峙的都市。而连接着这两端的，是蚕的意象，梦幻中的蚕与现实中的蚕。《恶地形》告诉了我一个现代都市人的梦呓。通篇的意识场景转换、梦与现实转换都暗示出作者对都市生活方式的反省与超越的渴求。可贵的是这种渴求没有丝毫的田园情趣的反动性，它把希望置于时代的未来之中。

　　燿德的小说创作是由写科幻小说起步的，这与大陆许多小说家从写儿童文学起步的经历正相反。在大陆，儿童文学不是童话，不是科幻，基本上没有什么想象力，只有一种纯情的成分，对作家后来的创作，不能不说是一个比较低的起点。但科幻就不同，若无丰富的想象力和现代科学知识，难以写科幻，它不但帮助作家在起步时就获得现代社会信息与现代意识，同时也帮助作家形成多元的思维空间。台湾学术界称燿德是"四度空间"的诗人，恐也得益于科幻。在这本小说集中，科幻的成分不多，但个别篇章确实表现出作者非常的透视社会的能力。《意识的彩带》是一篇相当有意思的小说，燿德曾把它收入诗集《你不了解我的哀愁是怎样一回事》作为代跋，足见也可视为作者的创作谈。小说结构简单，由两个片段交错构成。把这两个片段串联起来的是一个超现实的故事：一个人在一次车祸中突然获得了奇异的变化，猛烈的车祸启动了他体内的某种潜能,使他获得了解读人类各种意识的技能——他能捕获人的意识流所展示的各种彩色,并从颜色来分析其内容。如果这种隐性的技能被转为显性,他们就能控制人类,将"核能时钟"拨回零点,迈入人类全面进化的新纪元。作者没有按照构思把它写作一部科幻小说,相反,两个富有诗意的片断——寻找春神与艺术家寻找构思,都寓言化地展示出后工业时代的某种特性,我觉得这种艺术构思本身是表现了作者对未来科学的深刻理解,这个情报资讯世界的梦游者正是预示了第三次浪潮所带来的人类新纪元的象征。作家把这种超前的科学意识转化为艺术方法,直接的效果就是对人物意识流的破译与立体的展示。另一篇含科幻成分的《方舟》也同样有趣。小说背景放在曾被预言家预言过的人类最黑暗的时刻——1999年到来的前夕,杜德铭为拯救人类而设计了世界上最庞大的避弹室"方舟",可是当他即将最后成功时,他把脑波和声波输入方舟的主电脑中,这等于制造了一个生存在电子世界的自己。他一生的目的是使自己成为唯一的世界主宰,当然不允许异己存在,于是那个生存在主电脑里的杜德铭杀了现实中的杜德铭,接着又开始谋杀他的继承者……这正如燿德在诗中借电脑之口宣言的:"现在我宣称即刻在地球生命史里赶出堕落的人类,你们在造化中的任务已经终结。"(《电脑·Yj300 的宣言》)

　　燿德是台湾"都市文学"的鼓吹者,这不仅是因为他完全成长于现代观念下的都市环境,而与传统的农业生产方式毫无血缘关系,更重要的是,他放眼于世界的后工业社会文明,从这新生的文明中获得了智慧的养料。法国后现代哲学家利奥塔在《后现代状况》一书中曾这样描述后工业时代的知识地位:"在过去的数十年间,大家都已经承认,知识为生产的主要动力。在大多数高度发展的国家里,知识已经在生产力的结构上发挥了显著的影响,并且成为开发中国家发展的主要渠道。……知识以信息商品的形态出现,成为生产力不可或缺的要件,在全世界的权力争霸战中,已成为最主要的筹码,而且会变本加厉。可以想见的是,有一天各民族国家将会为资讯的控制权而战,正如过去的人类，只是为控制领土而战，后来为开发天然资源，剥削廉价劳工而战。"① 这一状况，在大陆几乎没有任何知觉，而林燿德却机敏地抓住了这一信息，他赋予了"都市文学"新的定义："都市文学不一定发生在都市，都市文学可能发生在海上，发生在荒野之中"，这就是说，"不一定写摩天大楼，地下道，股票中心，大工厂才是都市文学，凡是描绘了资讯（信息）结构、资讯（信息）网络控制下生活的文学，都是都市文学。"（痖弦语）应该说，林燿德赋予都市的含义已经超出了传统的城市概念，自五四以来，现代中国经历了由古老的农业国向工业化都市化的转化，绝大多数作家都摆脱不了农村的血缘关系，用忧郁、怀疑的眼光打量都市，即便是新一代的知青作家，创作上的显赫名声大抵是来自他们做知青时沾上的一点"土气"。而林燿德相反，他并不关心都市的具体环境以及这种环境下的现代人心理，他是力图站在后工业的信息网络中来写诗和写小说，不管这种后工业的眼光究竟来自他的天智，还是环境，他的先锋性的文学创作标记了五四文化光圈以外的新生代终于出现。

这种眼光使燿德的小说视角显现了真正的多元性，也就是四维的思维空间。如《恶地形》中的"我"假设自己死后生命变成鱼和潜艇，不但内容超越了现在的实有场景（象征历史与未来）的限制，就连它的负载形式（死后的意识）也超越了现实事件而成为一种视角。他喜欢站在生命的未来角度反省生命的存在方式，在《一束光投掷在被遗忘

---

① 转引自罗青《什么是后现代主义》，台北五四书店1989年版，第162页。本文写于1989年，当时大陆还没有利奥塔的《后现代状况》一书的中译本。1996年，湖南美术出版社出版岛子的译本，1997年北京三联书店出版车槿山的译本，现将三联版译本的这段引文抄录如下："我们知道，在最近几十年中，知识成为首要生产力，这已经显著地改变了最发达国家的就业人口构成，这对发展中国家来说也是最主要的薄弱环节。……知识具有对生产能力而言必不可少的信息商品形式。它在世界权力竞争中已经是、并且将继续是一笔巨大的赌注，也许是最重要的赌注。因为民族国家曾经为了控制领域而开战。后来又为了控制原材料和廉价劳动力而开战。所以可以想象它们在将来会为了控制信息而开战。"（利奥塔《后现代状态：关于知识的报告》，车槿山译，北京三联书店1997年版，第3页）

的矶岩上》，他是从一个人被杀以后开始写起，叙述了这个人的意识活动。以时间为顺序的情节就变得毫无意义，而且死亡视角也使人与生命有了间隔，人审视生命形态与生命反过来审视人体都成为一种可能。

　　燿德的小说是实验性很强的小说，但他并不故意制造晦涩，其语言气度磅礴与成分复杂，但片断的艺术意象却非常清晰。有些篇章整体看似难以把握，尤其是像我这样隔海相望的读者，知识结构、语义破译都存在一定的困难，有些象征的含义也难以穿透。但如果把这些作品拆开读，依然相当漂亮和悦目，这一类作品有《赖雷一日》《史坦答并发症》《圣诞节真正的由来》《我的兔子们》等，我读了几遍，愈读愈感到作者才华横溢的魅力，唯有创作时心灵极度自由，方能在词句中造出这种汪洋恣肆的气势。就整个意象而言，我不敢妄作郢书燕说，但对其中一些具象性的片断是非常喜欢的。如《赖雷一日》，写的是赖雷先生早上去上班时的一段意识活动，内容完全不限标题所示的"一日"，而是贯穿了赖雷先后从事的三种职业：出租车司机、色情电影的替身演员以及百货商店里圣诞老人的扮演者，每一种职业都成为一种视角，表现了都市生活方程式的不可解。尤其是他扮演圣诞老人的意义，完全超越了黄春明时代《儿子的大玩偶》所开创的现实主义传统，成为对现代都市形式下人的生存的一种嘲讽。其他两篇以圣诞节为背景的作品中，一队队红衣白须的圣诞老人在蒙蒙细雨中流动的意象，那个僵坐在木棉树下三天的圣诞老人扮演者的意象，无论是动还是静，都有鲜明的具象性。《我的兔子们》中"我"在飞驰的摩托车上望着遍地兔子跳跃的超现实意象，也是相当壮观。

　　在另外一些写都市人的作品里，如《粉红色男孩》《氢氧化铝》《迷路吕柔》《龙泉街》《一线二星》等却放纵了都市人对性与暴力的迷醉情绪，几乎每一篇都摆脱不了对死亡意象的渴望。这对年轻力壮，生命力如一团火球的作家来说仿佛是不可思议的，也许在他看来，死不是生的否定，而是生的外形的爆破，生命换了一种角度来体验人生。如《氢氧化铝》中所写道："死亡的我站在电梯前回头看'已蒙上一层灰色'的街道。"在这个意义上，性与暴力能够达到较高层次的统一，使原本带有通俗性的戏剧化情节产生了实验性意义。

（初刊上海《文学角》1990年第1期）

《大东区》① 序

有越来越多的治新文学史者意识到，缺少了1950年代以后的台湾香港文学研究，二十世纪的中国新文学只能是一段破碎的历史，如同滋生它的大地一般。1950年代以后，由于政治上的对立和经济上的隔绝，大陆与台湾两个地区的文学完全是按着各自的生存环境变化着，互不相干，但它们的源头是一个：说近的，是第二次世界大战在中国的一环——中日战争造成的战争文化心理；说远一点的，都是五四新文学发展而来的支脉。这种性相近习相远的关系，制约了1950—1970年代这两个地区的文学。具体地说，余光中、白先勇一辈作家的作品，在大陆的同代人读来，由于战争和战后的冷战（也是战争的一种继续形成），其意识形态很难认同，但艺术趣味、手段以及知识的准备上，寻根溯源，均出一流，能引起多方的沟通，甚而共鸣。这就是谢晋导演能够得心应手地把《谪仙记》改编成《最后的贵族》，余光中的作品能屡屡引起大陆同仁暗中羡慕的缘故之一。我们通常读台港文学，学界的视线倾注余、白一流，同市民的视线倾注琼瑶、古龙的作品，在心理接受的准备上实在是没什么两样。记得香港诗人也斯曾问我，为什么大陆读者喜欢琼瑶不喜欢亦舒，我因为两者的书都读得不多，无言以答，结果他自己回答说："是大陆读者心理上倾向怀旧的传统文化，对都市化殖民化的香港文化难以认同吧。"我想大概是吧。

直到1980年代文风骤变，两个地区文坛上都崛起了生猛的劲旅——在大陆，出现了以反叛现存文化为主导的现代知识分子，他们寻

---

① 《大东区》原书由台湾联合文学出版社1995年出版，当时计划在中国友谊出版公司再版，后来好像未出版。

根,他们探索,他们实验,努力地挣脱本世纪以来逐渐固定化的文化模式。他们趁着改革开放的风云际会,在历时性与共时性的纵横坐标上重新划定新一代人的价值位置。在台湾,也出现了新生代作家——他们大抵出生在1950年代以后,不带一片历史战争的灰尘,走进了现代社会,当他们睁开了眼看时,台湾已经由农业时代跃向工业时代,进而转向后工业时代,万花筒般的信息时代造就了他们对传统的迅速断裂与对世界文化多方位的吸收,因而在文学中贡献了全新的知性认识与审美经验。这一代人在两个地区的沟通较之他们的上辈人要更为艰难,因为他们之间的不同性习表现得更加多方面,当这边的年轻人努力促使当代文化接近或者恢复五四的盛唐气象时,那边的年轻人已经站到五四文化圈外享受着世界性信息时代的文化新空气了。

林耀德君正是台湾新生代作家的主将。短短几年来,他如一道光,如一团火,光焰耀目地驰骋于台湾的小说、诗歌、散文、理论等各种领域。他1962年出生,1978年发表第一首诗,1987年出版第一本诗集,至今不过十年多的时间,已有了五六种诗集,一部散文集,两三种小说集,一部长篇小说,二种评论集以及他与黄凡主编的希代版十二卷本《新世代小说大系》等,创作计百余万字。在大陆,当然也有相似的多产优质高手,如平凹、如安忆,但像耀德怀着囊括宇宙、并吞八荒之野心,同时在几种领域里扬才露己,毫不踌躇地呼喊出新一代人对世界的独特认知与感受,实在是难得的。即使不从普朗克效应着眼,我们对这样一种新涌现在眼前的生龙活虎的现象也当瞩目。

早在几年前就听说大陆要出版耀德君的小说集,报端上也见了大陆学人为之做的序言和介绍,但久久未见出书。这次友谊出版公司肖嘉君来信说,第一本林耀德小说选《大东区》即将付印,嘱我写点什么,我自然高兴,耀德的诗和散文,海内外均有专论发表,我所能谈的,大约也只有他的小说。在一年前我已写过一篇短文,谈他的短篇集《恶地形》,对于耀德小说世界的一些想法,大约在这那篇文章里都已说了。只是《恶地形》为一部短篇集,而《大东区》则是耀德君在大陆出版的第一部小说选集,编辑意图、阅读对象以及篇目内容都不一样。《大东区》收入了从他的著作《双星浮沉录》《恶地形》《一座城市的身世》等集子和新近作品中选出的二十篇作品，原来那篇短文的议论未必都切合这本书。因此我想再补充几句。

《大东区》收入的作品可分六辑。第一个单元三篇与第二个单元四篇均是探讨现代都市中人的生存意识与心理世界。第一个单元偏重了通俗性的题目，一组小说描绘了共同的主人公：台北社会中的一群不良少年：春仔、小克、阿呆、小七、小雪……他们在现代社会的消费环境里成长，促使他们在罪恶中获得了各自的生命体验。台湾社会由1980年代走上后工业形态，消费性质急剧上升，到1986年，农业人数为全社会17.03%，工业人数为41.47%，服务业人数为41.50%，服务业所占比重首次超过工业。这种社会结构的变化在成长中少年心理上不能不带来新的困惑与新的刺激，需要他们在一种新的体验下重新确认自我存在的意义与价值。用传统的眼光看，春仔们自然属于不良少年一类，但作者有意避开了传统作家借此控诉社会的意图，他撩拨读者情绪的，是这几个孩子对生命与自我价值体验的不同途径。《龙泉街》写了春仔与小克为一个女孩的决斗，通篇描绘了春仔赴决斗前的紧张心情，可是他们决斗前无意目睹了一场成人凶残追杀，真正的血腥使他们从幼稚迷幻中警醒，结束了一场决斗游戏。几年后，这伙少年重新出现在《大东区》里，进一步体会了疯狂、罪恶、暴力的经验，小七和葛大的生命赌博，阿呆、春仔的见义勇为，以及小克的性游戏，似群星灿灿，共同衬映着现代都市生活的蓝色夜空。"大东区"在这里或是有特指意义，它成为一个象征：被诅咒的年轻人，天亮前他们再也走不出大东区的迷宫，他们变成一群群徘徊走动的热带植物，用各种灯火进行光合作用，用啤酒和七彩的饮料铝罐浇洒在胸膛前……如果说，《龙泉街》是一段引子，一株萌芽，《大东区》是正文，是枝叶，那么，《喷罐男孩》是升华，是核。小克的自我独白与反复出现的喷罐油漆喷射飞溅，狗血从割断喉中涌起，哈雷彗星横扫天空时应有的光焰意象几度重叠一起，把人对生命的体验引向了更深处的领域。第二个单元是都市心理小说，可以说是第一个单元的抽象提升，由情节描述转向了心理描述，其中《恶地形》

最为典型。在这组作品中,作者放纵了都市人对性和暴力的迷醉情绪,几乎每一篇都摆脱不了对死亡意象的渴望,这在燿德的另外一些都市心理小说里也是这样。

　　第三单元的四篇短文与第四单元的三篇"圣诞系列",都属散文化的小说。其中《行踪》《幻戏记》都曾收入燿德的散文集《一座城市的身世》。在这些作品中,作者突出了解构的意识,散文与小说、知性与个性、结构与中心,却因被消解而泯灭了彼此的界限。整体的意象失却了,处处是散着精彩的片断,如《幻戏记》中那个黑猫眼中闪烁的没落贵族的神态,《行踪》中被符号化了的踪迹,都深刻地烙上了现代人的感受。第五单元三篇是一组战争题材的作品,不必多说。第六单元三篇带有科幻与神话色彩,除《方舟》我在上文解释过外,《双星浮沉录》也是一篇相当深刻的科幻小说。我在前面说过,科幻不是童话,大陆读者把科幻视作儿童读物是不对的,科幻题材在现代意识中包含了这样的想象力:利用科学技术的力量使人与人的关系在更高层次上得到揭示,唯有深谙政治的成年人方能理解此中三昧。燿德的科幻题材渗透了强烈的政治意识与对未来政治的忧虑,但他不是为了哪个政党的见解,也不是为了哪派政治力量的利益,而是在一种更为本质的关系上思考人们无以摆脱的政治制约。在他笔下,星球世界是地球世界的模拟,星球人之战并未摆脱人间战争的基本模式,小小星球基尔上的居民因想摆脱地球联邦的控制而遭到地球的出卖,即将沦落入新丽姬亚帝国的残暴统治,基尔的富有居民不断向地球移民,而那些人到达地球后,因在完全不同的经济结构和生产技术要求下,他们根本无法进入新的国度的人力资源市场,终于沦为难民,造成地球联邦财政上的沉重负担和安全上的严重威胁,因此,高呼"人类信爱"的地球人终于使出毒辣,一手歼灭了六百万基尔移民。而剩下的基尔人似乎只有两条路:一是重新沦为奴隶,一是奋起反抗但自然也难免一死,更可怕的是,濒于死亡的基尔人依然津津有味地政治内哄着,消耗着,互相残杀着……它使人想起1930年代老舍写的寓言小说《猫城记》,区别仅在于:老舍通过寓言的幻想针砭了中国的时世,而燿德通过大量的科技知识展示着人类自身的困境。那么，进而使人发问的是，在未来科学技术高度控制了人类以后，支配人类世界的究竟是冷酷的科学，还是人道的原则？燿德的科幻似乎总是悲观地指出了人类自我毁灭的结局：《方舟》是人类用电脑残杀了自身，《双星浮沉录》是人类恶的本性支配了科学来残杀同类，这当然是一种幻想，但在这悲观的幻想中，不正包含着现代人对自己以至更高的人道原则的一种热切的维护么？

《瓦涛·拜扬》是燿德新近创作的一个长篇的片断，它独立于各类作品之外，全然不带燿德小说中惯用的现代科学术语与后工业文明所使用的习惯性意象。它通篇带着古典的气氛，写出了初民英雄在现代文明冲击下的悲壮没落。它包括了两个方面的消解：原始英雄观念的消解与原始英雄方式的解体。小说写了部落间的打斗，这在大陆当代寻根小说中并不少见，但在这一边，如少功的《爸爸爸》、沙子的《葬祖》，还有其他这类作品，无论作者主观上多么超脱，其最终意向总是自觉，或者不自觉地，将批判的皮鞭触到民族的愚昧劣根上，沉重的批判意识成了主要的基调。而《瓦涛·拜扬》在审美体验上摆脱了这种沉重的精神状态，文明取代野蛮这一历史喜剧的结局变得滑稽，野蛮人的血腥杀戮在唯美色彩的描绘下洗去了应有的恐怖效应，给人带来明朗之感。英雄与滑稽的对立消失了，垂死的英雄瓦涛·拜扬与亘古的猪牙山的精神对话，如同一首回荡在历史与现实旋律之间的挽歌，英雄的传统意义消解了，随着英雄的消解，猪牙山（它代表着历史的见证）的传统意义也被消解了。历史将沉入永恒之谜，变得无足轻重。这相似的意义在另一篇战争题材的《雾季》中也表现出来：一个子女被侵略军残暴杀害的老人久久保存着一个带血字的竹筒，以示不忘那段可怕的仇恨历史，可是在现实世界中，市场上有成千成万个一模一样的竹筒被复制出来作为旅游的纪念品出售，仇恨也成了一种商品。这些作品里，历史不再沉重，反而以承受之轻展示出它对现代人的意义。

对大陆读者来说，林燿德的小说世界是难以进入的，这除了因两地环境、两方性习的不同造成接受心理隔膜外，也是燿德给小说审美带来的新经验所致。在一个超多元的文化模式世界中，艺术经验的共识并非是很重要的事情，因此我说，燿德君的小说选集在大陆出版是一件值得庆贺的事，它给文学界带来的将不仅是一种新的风格，更重要的是它本身显示了一种力量和一份自信，这种力量与自信，也正是大陆八十年代以后兴起的文学新生代所拥有的，因而完全能得到相应的理解与反响。

（原收入编年体文集《马蹄声声碎》，上海学林出版社1992年出版）

洪凌文字的魔力

小说集《复返于世界的尽头》①收录了洪凌半新半旧的作品,所谓"半旧"的作品曾经散见于洪凌的其他小说集,"半新"则是在收录的旧作主题上演绎而成的新作。从吸血鬼秘密到情色书写,从科学宇宙到魔鬼诗篇,大致上界定了洪凌小说王国的疆域,因此,熟悉洪凌作品的读者会觉得本书新意不多,而没有读过洪凌小说的读者则能由此以一斑窥全豹。

我是蛮喜欢洪凌文字的。超现实主义从来都是在诗歌的潮流里淋漓尽致,而在小说里能达到洪凌的高度想象力几乎绝无仅有。洪凌的创作是在对现实世界的粉碎性颠覆以后又创造了一个虚拟的宏大幻想宇宙,这使她的艺术追求本质上脱离了拘泥于现实层面的不安与绝望的新生代的创作局限,从而呈现出一种大气磅礴、光怪陆离的万花筒般的精神爆发力,而这一切又是建立在对整个世界秩序的狂妄反叛和一切从肉身出发的无畏态度之上。

也许文学在现实生活中越来越无力,在现代传媒、电脑资讯,电子游戏、大众读物等潮流的冲击下,文学的传统力量被瓦解得奄奄一息,这并非是说文学已经失去了自身的美丽与魅力,我指的并不是这个,而是指文学与受众之间的传统接触渠道及其产生社会影响的方式面对了致命的挑战。洪凌的文字似乎是在破碎的文学意象与一切本来足以瓦解文

---

① 洪凌《复返于世界的尽头》,台湾麦田出版社2002年版。

学的亚文学文本（诸如电子游戏、科幻、鬼故事等）之间地带寻找文学的新出路。拆开洪凌的小说，可以找到她所借用的许多玩具性的亚文学文本的片段，如西方传说里的吸血鬼意象，科幻里的宇宙意识，宗教神话里的魔界传统，电子游戏互动关系的文本，电脑黑客的文学性想象以及一切寄生于通俗文学中的情色暴力的因素等等，都不能说是纯种的文学传统，但是在洪凌的小说世界里，这一切庞杂的亚文学因素都被融化成一幅极为绚丽灿烂的图景。在屈原的时代，诗人在现实层面上遭受巨大的委屈和挫败以后，利用楚文化的民间想象，把悲愤倾诉直指天界，成就了不朽的"天问"；在但丁的时代，诗人面对现实层面的政治迫害，利用意大利的民间文化与俗语，把想象力通向三界（地狱、炼狱和天堂），创造了不朽的"神曲"。诗人们所引用的资源都是来自当时最有活力的俗文化，开拓出当时人们想象力的极限。当然没有必要把洪凌的创作来比附前人的道路，但是她的文学想象力来自当前社会最富有活力，但又是正统的文学趣味对之最怀有敌意的亚文化的因素，虽然这么做不可避免地在传统审美习惯上引起排斥和异议，但这一切出现在洪凌的笔下就发生了奇异的变化：人文意义获得了前所未有的释放与开拓。

　　我当然不会忽视商业主义的作用与大众传媒制造的虚假价值，但这并不是我们拒绝亚文化因素的理由。我们不妨把炙手可热的好莱坞影片《指环王》与洪凌的宇宙故事作一比较。电影《指环王》也利用了现代电子游戏、电脑技术、科幻世界等现代亚文化的文本，但这部影片从头到尾都沉浸在群魔乱舞的恐怖和惊险之中，本来应该具有的人的力量被完全藐视，对高科技和高资金的迷信使编创者失去了对人文精神应有的尊重，把一个很好的题材制造成典型的美国式文化垃圾。而在洪凌的艺术世界里，科幻作品里的宇宙意识被利用来扩大艺术表现的时空，她笔下的角色都游荡在星际宇宙天体和无始无终的生命轮回之中，时间与空间都获得了无限的延伸，人（也可以转化为生化人等生命角色）在宇宙的时空里永无休止地追求和探索着一切生命现象的裂变和爆发。一种反抗无边无际的宇宙压力的焦灼总是积淀于一些生命的本能中，支配了人物的行动和探险。与科幻宇宙相反，洪凌的宇宙里没有正邪两派截然对立的力量和角色，但有着更为逼近全球性未来状况的灾难性的人文预测。在第二部曲《身为镜相的深渊》里，洪凌描绘了一个科幻式的宇宙体系，她是这样描绘的：

> 五大星系被无数的政治势力集团瓜分切割，他们以各自的律令与法规分出边界线、禁令、守则与规范，最介意的，就是这种在各个势力范围窜来窜去的安那其族类，统称为"反安定指数过高族群"。还好，这种弱势族群还有个在紧急危难时可以投靠一下的老大姊：奥曼帝公司。

很显然，在洪凌所关心的世界里，正邪两极世界（也可以是冷战世界的隐喻）是不存在的，存在的是强势的全球统治力量一体化或者几个寡头政治集团所瓜分的世界势力范围，它们的对立面则是失落了自身合法存在地位的"窜来窜去"的弱势群体，而代表了弱势群体的理想是安那其——也就是无政府的人类乌托邦。我现在越来越强烈地感受到，在反对全球性强权政治斗争中，所有的政府（小国政治权力的掌握者）都无力承担起一种与全球性体制相对抗的责任与使命，而保护弱势群体的组织与理想，只能贯穿在无政府（非政府，也就是"民间"的最现实的意义）的看似不切合实际的乌托邦的理想主义中。安那其最本能地代表着弱势群体对强权政治的反抗。在洪凌的安那其理想中，扮演着这个"反安定指数过高族群"的总后台是宇宙托拉斯奥曼帝公司。故事的吊诡性正是从这里开始的：奥曼帝公司的总裁阿尔法，同时又是它的反对党领袖，换句话说，魔鬼就在自己的身体内部，就是自己的"主脑"，这个公司体系是依靠"自己反对自己"的策略使其生命在自我裂变、自我颠覆中"越挫越勇"，"就像是从自身尸骸灰烬里复苏而起的神异凤凰"。失去了记忆的阿尔法（ALPHA）是希腊字母表的第一个字母，也是"初始"的象征，它的功能在于忘我地不断原创，不断毁灭，在自我破坏中获得自我更新，故而被称作涅槃的凤凰。这样一种生生不息的生命意象在洪凌的神话中产生了超越现实，同时又更加本质地关照现实的意义。那么，阿尔法象征了什么呢？它既然是世界秩序的最坚定的反对者和最危险的敌人,就不能不是魔鬼力量的化身,是人类反文明的原始的冲动力和破坏力,是一泻千里浩浩荡荡淹没一切毁灭一切的决堤洪水,"初始者"也就是世界万物生命的本源,它就是这样演化过来的,现在它又必须成为一切束缚它再进步再发展的世界秩序的摧毁性力量。但它又是无记忆的、本能而盲目的力量,它只是洪凌神话系统里的一个角色,是洪凌创造了它并给它以神力,所以它又必须在它的创造者的控制之下,由创造者给它记忆。这个创造者就是作者本人,它是希腊字母表的最后一个字母奥梅嘉(OMEGA),代表了"终结"。作者与角色,初始与终结构成了一个互为镜相的奥曼帝公司的"文本",寄托了作者对全球化时代的人文处境的最后理解和忧患,这也是冠之于书名的"复返于世界的尽头"的涵义所在吧。

但洪凌更感兴趣的是阿尔法们的生命现象,在她的笔下,一切反抗现成秩序的精灵们——吸血鬼、异兽、生化人、精灵……各种各样的碎片式的生命现象统统调动起来,组成了星际宇宙中窜来窜去的杂牌的反叛大军。与传统的希腊神话不一样,洪凌的后现代神话中的英雄几乎没有一个是力大无比的阳刚型的英雄或者战神,她笔下的反叛英雄们都属于阴柔型的雌雄同体者或者同志族类,他们至死迷恋的是自己的肉身,同性恋者或者雌雄同体者对对方身体的迷恋本来就隐含了水仙式的自恋,甚至连变异的恋尸癖或者受虐狂,也都成为过分迷恋肉身的性变态的形式。第一部曲《月的死诗》中无论是吸血鬼还是那些变态的情色故事,从传统的文学观念来看都属于社会道德标准难以容忍的另类行径,但在洪凌的神话体系里,这些自我迷恋的精灵们正是当下最具有反叛精神的英雄们。迷恋肉身的哲学并不是洪凌的发明,她不过是继承了德国唯我主义哲学家施蒂纳以来的西方个人主义的传统。施蒂纳的信条是:"我们没有教条,没有政府,只有自我。"而洪凌的文学宣言是:"家国与君父都安分闪边去,我自顾自纯真地漫游,烂漫地行吟,在星际歌剧与私人生活之间存有着一片片自我成立的叙事,自世界的尽头归来。"安那其永远是孤独的反抗者,在西方文化传统面临严重危机的时代,当人们在理性上无所依靠的时代,唯一能够使他触摸可感的实体,唯有自己的肉身。所以每当文化传统发生巨大变裂的时刻,失去了上帝庇护的精神恍惚的人们只能是紧紧拥抱和迷恋自己的肉身，它是人们最初、也是最终拥有的唯一。所以当人们面对严重危机、理性上一无所有的时候，唯有他的肉体是可以用以对抗的武器。身处绝望的人的自残自杀行为就是极端的例子，身处无望的民族的人体炸弹也是极端的例子。从珍爱到肢解，从自恋到自残，是全球性强权统治下弱势群体的唯一的抗争武器。从这一视角楔入洪凌小说里的怪异、恐怖、情色与暴力等一般小说里不常见的书写因素，就不难把握其内在的联系和时代的意义。肉身不仅仅是肉身，它也是欲望和感情的寄存地，通往触摸肉身的渠道也必定布满了新的感官的刺激，以及由此而上的感觉、欲望和思想。洪凌的人文关怀寄存于此，她向以低调来描绘她的反叛英雄，谁要是想从她笔下的一些孤魂野鬼索要深刻思想或华丽哲学当然是可笑的，但作为创造这些孤魂野鬼的造物者（奥梅嘉）洪凌，则是有着自觉而坚定的思想力量。她的思想资源来自西方，她的杂牌反叛大军也是游荡在西方的星际宇宙里，因此她的思想的绝望与艺术的绚烂都是完整和谐的，但这也是时代的产物，在文化失范和思想道德一时处于真空的时刻，个人主义往往也是最具有革命性的时刻，联想到今天台湾社会的文化道德的混乱失范状态，不正是为洪凌的个人主义哲学调试出水土适宜的温床吗？

洪凌的文字似有一种魔力，她不只是冷漠地描述了肉身的真理，而是能够将令人作呕的场面和细节写得凄美腥艳，很多文学意象都是洪凌专用的，清晰地打上了她个人的印记。这些文学意象和语言审美都与传统的文字美感划清了界限，但仍不失为一种恶之花的魔幻文字，时时融合了电脑网络语言和科幻漫画语言，处处嵌入了宗教神话与西方另类文本的典故，使文字变得扑朔迷离，难以分解。洪凌用她的文字魔力编织起一个无限宽广无限神秘的欲望星球系统，以虚无缥缈和当代科技浑然一体的融合，演绎了当代最绝望也是最凄美的人生处境及其强烈而独特的人生感受。

2002 年 5 月 3 日于黑水斋
（初刊台湾《中央日报》副刊 2002 年 6 月 3 日）

庙堂·江湖·知识分子

——读张大春《城邦暴力团》①

一向喜欢读张大春的小说。他早年的《将军碑》《四喜忧国》等作品都含有尖锐明快的社会批判，深深感动过我。后来又屡屡读到他的各种文类的小说，包括科幻、政治讽刺以及用"大头春"笔名写的各类文字，有喜欢也有不以为然的。今年九月来台湾，在诚品书店看到新上市的《城邦暴力团》，心里不觉一喜。其实我过去也读过他写的准武侠小说，印象却不深，这回看到厚厚四大卷的书，终究是怀了一些期望。等我回到上海没几天，因小恙住在医院里，就靠着读这部小说打发沉闷的时光。

对于这样一部冠为"现代新武侠"的奇书，我本来是既不想也不能说什么体会，因为我对流行于书坊间的传统武侠和新武侠一向没有兴趣并总是拒绝阅读，更无法识别其"现代"之"新"在哪里。不过我翻开小说不久就读到两段亦真亦幻的言论，心弦随之被拨动，于是将信将疑一路读下去，直到终卷。

第一段言论是作家张大春先生于书前的题词："即使本书作者的名字及身而灭，这个关于隐遁、逃亡、藏匿、流离的故事所题献的几位长者却不应被遗忘。他们是台静农、傅试中、欧阳中石、胡金铨、高阳、贾似曾。他们彼此未必熟识，却机缘巧合地将种种具有悠远历史的教养

---

① 张大春《城邦暴力团》，台湾时报文化出版社1999年版。

传授给无力光而大之的本书作者……"我对台湾学界人物不熟,但至少张大春所列举的六位老人中有四位是知道的:台静农为 1920 年代未名社作家,后任台湾大学国文系教授,书法家兼美食家,晚年以诗文传世;高阳是著名历史小说家,多以清末民初的历史为题材;胡金铨为著名武侠电影导演;傅试中为台湾辅仁大学国文系教授,据说为人极风趣,讲授的古典戏曲课程备受学生欢迎。这些前辈人物使我马上联想到《城邦暴力团》里描写的身怀绝技的"六老":他们在漕帮老大万砚方被"今上"命令秘密杀害后,分别以医、易、文、武、书、食"六艺"辅助漕帮"新主"孙小六长大成人,教授绝技,薪传香火,艰难玉成。这虽不出武侠旧套,但联系了作家在书前的题词,却让人觉得很有影射的意味。如此索隐倘若真有现实依据,那么小说则隐含了另一层关涉作家个人身世的寄托与暗示,实非局外人所能道破,姑且不去说它也罢。值得关心的还有这段题词中的几个关键词:"隐遁、逃亡、藏匿和流离"。确实,虽说是武侠,小说里唯一的一个武功超绝的人物(万砚方)却已经死了,其他人一直在逃亡和隐藏之中,或是无意间卷入祸事,谈不上有什么英雄气。

另一段言论是书中叙事人张大春读了高阳遗稿后说的话:"它引领着我那份带有强烈逃脱意识的好奇心进入了一个又一个我从来不知其居然存在于我生活周遭的世界,最令我始料未及的是:这些个神奇的、异能的、充满暴力的世界——无论我们称之为江湖、武林或黑社会——之所以不为人知或鲜为人知,居然是他们过于真实的缘故。……那样一个世界正是我们失落的自己的倒影。"张大春在小说里除了以第一人称的经历为情节主体外,还拖出了已故小说家高阳,虚构了高阳正在调查万砚方被害疑案,不幸意外死去,留下七部书为线索和一些残稿,而张大春接下来继续调查。这样的虚构固然是为了增加现实感,使传说中的"江湖",不再发生在虚无缥缈间的仙山荒野,而成为一部正发生在我们的生活周遭而且过于真实的历史;但更有意思的是,这两段话里都暗示了这部小说的另一向度:它超越新旧武侠小说的自身局限,并非是依据知识分子内在的匮乏而创造出一个虚幻的武侠世界以欺世欺己,而是针对了现实中的历史谱系而进行重新认识和书写。它提供的是我们正在告别的二十世纪历史的另外一种阐释的空间。

两段言论所举的那些关键词都明确显现了作者与现实环境的紧张对抗的关系，而那个神奇异能和充满暴力的江湖世界，也即成为现实世界折射的"倒影"，只是人们通常对这个"倒影"熟视无睹，才称之为"失落"。台湾的黑社会势力猖獗，著名的竹联帮杀害作家江南事件就是现成的例子。若把这两段话的意思合起来看，小说正是暗示了作者对现实环境的深切体会和难言之隐，如分开来看，那么后一层意思也揭示了现实世界的"倒影"的特殊意义。

用这样一部"江湖即现实"的历史来重新书写本世纪以来的中华民族风雨史，让历史在庙堂、民间与知识分子三维视角下呈现出复杂的叙事效果，才勾起我读这部小说的兴趣。历来修史有正野之分，其叙事话语也相应地裂为"庙堂与民间"的二元但并不对立的范畴。称之"二元"，是指其为两个自成传统的不同生活空间和文化空间（西方学术界称之为大传统与小传统），但称其"不对立"，是因为在传统社会里民间只是庙堂文化体制下的一个组成部分，与庙堂建构起循环互补的运作机制。"礼乐崩坏"与"民间起兵"虽然既是改朝换代的基本程序，同时也建构了封建社会大循环的基本规律。因此根本上讲民间与庙堂并不对立，野史也只是正史的补充，而不存在解构的意义。

清兵入关以来，由于民族意识的发酵作用，民间与庙堂之间一度出现过深刻的对立的潜流，这潜流就是大大小小散布在南方的民间秘密宗教与会党，反映在文化上就形成了"江湖世界"的特殊意义。"江湖"一词，在唐以前似与山林隐逸空间无大区别；在宋以后与绿林强盗连成一体，只有到了清统治以后，才成为既非隐士也非土匪的另一片空间，它直接含有统治阶级力量以外的另一种社会力量，即下层民间社会的政治自治团体和民间文化空间。这样一来，无论"江湖"是否实有反清复明的意识，它都是清统治者的心腹之患，欲除之而后快。江湖是民间文化形态的表象，它活跃在现实社会中政治经济文化等多种领域，直接参与了与统治集团或合作或对立、或分享或厮杀的复杂关系，成为乱世社会中民间与庙堂接触最多的那一部分（在太平盛世里它的作用则被民间宗法社会中的乡绅世界所取代）。在某些历史紧要时刻，江湖也能起到关键的作用。辛亥革命与国民党南京建都，都与"江湖"这股民间力量有直接的关系。也正因为如此，二十世纪的中国历史中，江湖（即民间）也占了一页重要内容。

《城邦暴力团》正是以这样一个背景来书写中国现代史。它包括了三组历史：一是从漕帮老大万砚方死后，他和他的朋友留下七部著作，拼凑起清代民间传说中的江湖会党的内部争斗史；二是从 1937 年二老（"老头子"和"老爷子"）会面，漕帮八千子弟参加抗战开始，一直到万砚方流落台湾，因暗中阻止"反攻大陆"计划而被狙杀的风雨民国史；三是叙事人张大春为追寻历史线索而搜集材料并逃亡的冒险史。其中第一组历史过于玩弄史料掌故而失之于繁琐；第二、三组历史才显现出多重视角的文学价值。尤其是第二组历史故事，着重叙述的正是从老头子任"天下兵马都招讨大元帅"，在抗战前夕亲临老漕帮，即所谓"元戎下马问道情"开始，演出了庙堂与江湖之长达几十年的一部恩怨史或者血腥史。因此，更准确地说，这是一部庙堂与江湖的双重变奏的历史。

以庙堂的叙事立场而言，这部小说没有什么新鲜感。以庙堂来观江湖，总是怀有非我族类之心，或是强调武林中的忠奸大义，或是只反贪官不反皇帝。《城邦暴力团》延续了传统武侠小说的立场，虽然虚构出民国政府与老漕帮的一段血腥史，但万砚方与国民政府以及老头子的关系，仍然是保持了崇祯与陪葬太监王承恩的主奴关系。而置漕帮于死地的主要敌人，则是江湖上的天地会哥老会及洪门一脉。应该说那正是江湖中最主要的反清势力，也是历来武侠小说的英雄主角，而在《城邦暴力团》里，却成为投靠庙堂，躲在幕后策划阴谋诡计的元凶。万砚方遭狙杀，凶手来自三方：直接凶手是义子万熙，事涉帮内权力分配；间接凶手来自庙堂，以治万砚方"破坏反攻大业"之罪；幕后策划者是哥老会洪氏一流，设下圈套借刀杀人，连根拔除老漕帮的基业。强调帮派黑道之间的忠奸争斗，延续"只反贪官不反皇帝"的民间传统，正是庙堂利用民间藏污纳垢特性而灌输的正统思想，也是传统武侠小说无法避免的创作模式。张大春先生出于对现实环境的认识，试图纠正这个模式的弊病，他特别强调特务天下的危害性，时时拉出特务机关（情治单位）当作攻击靶子，为了达到这一现实批判效果，竟让无足轻重的两个特务（"哼哈二才"）成了主人公的主要对手，反而把矛盾冲突从两大帮会的世仇中游离开去，减弱了小说情节冲突的尖锐性。（设想如果删去哥老会洪氏一线，集中描写老漕帮与庙堂的冲突，可能于现代武侠题材的开拓更有意义。）

但江湖传统的叙事立场则相反。虽然江湖与庙堂是"二元而不对立"的范畴，但同样面对了国家民族，出于不同的立场做出应对，仍然会有冲突存在。小说中两者最大冲突爆发在"周鸿庆事件"上，自然有过于政治化之嫌，但表现的是江湖的正义与良知。老爷子所说的几句话正是江湖的至理名言。他说："庙堂太高，江湖又太远，两者本来就该是风马牛不相及的勾当。日后谁大言不惭地提起什么救国救民的事业来，便是身在江湖，心在庙堂的败类，便是挑起光天化日之劫的灾星！"显然这与正统的庙堂立场针锋相对。在江湖的观念来看，庙堂总是要千方百计地消灭江湖力量，也包括用"救国救民"的大义来收编招安，而真正的江湖则有它自己的道德准则和美学理想，绝非一般大道理可以消融或取代。文学的民间立场重在表现这相异的道德与理想，也是文学最精彩的灵魂。所以一部《水浒传》，江湖好汉上山后精神顿失；招安后更不足观，便是这个道理。老爷子万砚方死后，漕帮史进入了最凄苦暗淡的阶段，小说着重写帮朋"六老"辅助"新主"长大成才，查清血案真相，重整河山的艰难历程，客观上也是与庙堂相对峙的过程。虽然未脱旧武侠之套，仍然可以作为民间立场叙事的一种探索。

由此联想的是，虽然庙堂与江湖的叙事立场交织在同一部小说里，那么作为现代知识分子的张大春先生，他的立场在哪里呢？现代知识分子喜欢读武侠的人不少，但心里总是看轻了武侠小说的意义，因为九阴白骨爪之类的武功毕竟已经没有多少吸引力了。今人多把武侠小说看作消遣书，如陈平原先生所说，武侠小说"主要是一种写梦的文学"。章培恒先生干脆比之于一种廉价但质不劣的白酒,可供囊中羞涩者品尝。但在《城邦暴力团》里,张大春先生却以后现代的观念来重书武侠故事,既不在表彰社会并不存在的浪漫主义理想,也不在发泄人们内在的匮乏,当然更不是塞万提斯似的嘲笑武侠的过时,他通过一部江湖沦落史认真思考了知识分子面对民间社会的尴尬处境。

  作家从叙事人张大春无意卷入万砚方案件起,就加入了一种既非庙堂又非江湖的叙事立场。我们可以发现,小说的前三卷叙事视角基本采取全知式的传统视角与第一人称的视角交替使用,但越写到后来,第一人称的叙事越占主流,而他者的叙事则通过虚拟性的口吻转述出来,就变成了高阳的遗稿和叙事人设计的小说开篇。这样一来,原来的一部腥风血雨史就变成了可疑的虚构文本。小说开篇写孙小六腾身跃出窗口,隐没在现代江湖"竹林市"中,暗示了老漕帮一代新主诞生,由此引出了三十多年前万砚方之死的疑案。故事似乎是用倒叙的手法进行。但是在小说行将结尾时,竟出现了叙事人张大春苦苦寻找新的小说开头的段落,以取代原来的开篇,使整个故事都成为虚拟的、不可靠的文本。在我看来,这种后设性的叙事正反映了现代知识分子的尴尬立场。本来所谓"居庙堂之高则忧其民,处江湖之远则忧其君",都是针对庙堂江湖为一体的传统社会中的士大夫而言的,当现代知识分子脱离了旧式士大夫的安身立命传统,其所获得的知识品德又不足以立功立言的时候,对庙堂对江湖都会生出一种"上穷碧落下黄泉,两处茫茫皆不见"的悲哀,既不见君也不见民,这才是现代知识分子无以安身立命的尴尬处境。

  从表层看,小说主人公一方面受到来自官家的情治单位的特务追杀,另一方面对卷入其中的江湖充满鄙视,也没有幻想以大侠自居来主持公道与正义,他唯一能对抗现实中鬼魅行径的武器,则是知识分子的理性方式:用写作来与之抗争。而小说里的所有故事,也围绕着落难的江湖英雄们如何启发和利用两代知识分子(高阳与张哲京为一代,张大春为第二代)的学术研究与写作,来破译官方疑案和公布江湖信息。不是落难文人需要大侠来主持正义,倒是落难大侠需要文人来主持正义。

这样的故事让我联想起大陆前几年有相似的现象，一个地处西北穷乡僻壤的民间教派蓄意培养一位著名作家成为它的代言人，写出了轰动一时的文学著作，披露该教派几百年来蒙受的弥天大冤与感人历史。知识分子真的成了民间正义的保护神。

但是，知识分子在现代环境里能否真正担当起这样的重任？海峡两岸的作家们做出了相反的实践。且不说大陆一方的事，从张大春先生的书写中，他的态度是极其暧昧的。小说里有两个细节耐人寻味，一是叙事人在两位江湖人物的帮助下胡言乱语进行硕士学位的论文答辩，二是叙事人与神秘情人红莲讨论"亏欠"时的反省。前者是对现代知识权力与体制的质疑，后者却是对所谓拆除"深度模式"的后现代游戏人生的质疑，把现代知识分子的尴尬处境和盘托出，并给以无情的嘲弄。这样的尴尬立场，使叙事人虽然卷入了庙堂与江湖的纠纷，但终究难以辨析真相和重新确立自身的立场。所以，深层地看知识分子的当下处境，张大春为了知识分子避免小说叙事人那样被逼得走投无路的下场，他善意地提醒：当知识分子企图在民间寻求立场时，先不能不对自身的尴尬有一个清醒的认识。

以庙堂、江湖和现代知识分子的三种叙事穿插其间的一部漕帮史，造成了历史的云障雾遮，似真似幻，欲罢不能，读了洋洋四大卷，似乎小说才刚刚开始，也许是异常的含混带来了异常丰富的艺术效果吧。当我读到最后孙小六一跃出窗口，直奔竹林市会"六龙"时，心里毕竟有一丝失望：叙事人张大春最终也没有被暗潮汹涌的民间势力所同化，或者从民间寻找到新的价值取向，他仍然将尴尬下去，悲哀下去；而孙小六也将懵里懵懂地继续着那些帮朋的理想，去做他的江湖梦。这对作家张大春先生来说，是无可奈何的宿命，抑或还是对当下的知识分子的命运的写照。

      2000年12月1日于黑水斋，12月3日修改毕
  （初刊《联合报副刊·读书人周报》2000年12月4日，修改后载《万家》2001年第4期）

现代社会与读物

——致程乃珊，兼谈梁凤仪的作品

乃珊：

你给我送来的梁凤仪作品都已读毕。其实，在你向我介绍以前，我已经知道了梁凤仪这个名字和她的书。去年我第二次到香港中文大学英文系做研究，虽然只待了一个月，但与1988年我第一次去香港时的印象相比，只觉得香港市面上多了几分混乱。（还记得吧，那几天美国有一家银行倒闭，人心惶惶，谣言四起，许多银行门口都排起了提款的长队。）文化市场似更为萧条。我在三年前读过并很喜欢的几家文艺性刊物，如《八方》《博益》均已停刊，只剩刘以鬯先生主编的《香港文学》在苦苦地支撑；三年前我曾流连忘返的几家文学性书店，如今也是败相毕露，香港书城已经停业了，许定铭先生一手创办、在大陆台湾读书界都享有盛誉的创作书社也准备歇业，这不能不感到怅然。不过也有新鲜事儿出现，其中之一就是在许多超市的门口，添置了一个小巧精致的书架，上面置放了一本本装帧精美的袖珍本小丛书。在香港的超市门口卖书，我过去也见过，大都是些养狗种花之类的生活类书，这番所见恰恰是文艺类作品，有小说，也有随笔，作者是同一个名字：梁凤仪。三年前，在书铺里到处可见的这类袖珍本里，最常见的名字是亦舒、倪匡，如今到处见到的是梁凤仪，这自然让我注意。

不过，我更感兴趣的是这种现象。图书不是陈列在专门的书店里，也不是出现在街头的地摊（通俗性的书摊）上，而是置列在超市，与形形色色的日常生活用品和食品排列在一起，这本身是耐人寻味的。超市所置的商品主要是生活用品，光顾的顾客主要是一般理家型的市民，与书店的主要顾客为学生、知识分子或文艺爱好者不同，把图书放在生活用品类出售，意味着图书对象的改变。这还不仅仅是指顾客而言。很显然，无论是走进书店还是徜徉在书摊者，不管他们的身份如何不同，他们的动机如何不一，但他们都是为买书而去，就"买书"这一目的而言，他们是一致的。然而光顾超市的人，动机可以有千百种，但决不会是为了买书，在超市里买书只能是顺便带过的事情，我们完全可以设想这种情景，当人们在琳琅满目的商品和高高低低的价格中昏昏然地走出，突然发现了一架精巧的书，会有一种怎样的新奇之感：他们不是为买书而去，但出于无意中获得的那份惊喜，为了随兴而来的情趣，或者仅仅因为勾起了一丝对学生时代的怀恋，唤起了一种对生活之外的渴望，他们顺手买了梁凤仪的书。如果说，这些书本身也属于生活类，如食谱、编织、养花、宠物等，自然与它们置身的环境吻合，然而梁凤仪明明是将文艺类书一本一本地贡献给超市的顾客们，这也许是梁凤仪刻意追求的一种效果。她是否希望她的作品不要成为陈列在象牙塔里的精品，而如同一般的日常生活用具，走入寻常百姓家？假如说，梁凤仪确是这样想，并自觉这样去做的话，我认为她是个很有头脑的人。在商品经济极为发达的香港，一切文化设施都无法摆脱商品性的制约，它必须与这个紧张、高速的社会经济相适应才能够成为一种有效的商品被社会大众所承认，这并不是说，在一个商品经济高度发展的社会里人们不需要专门性的书店，但梁凤仪能够主动走出书店的空间限制，主动把自己的作品陈列于超市当作商品来推销，这无疑是一种大胆、勇敢的行为，是有创意性的一步。作一个不恰当的比方，书店里陈列的图书如同待字闺中的千金小姐，地摊上的读物（包括色情读物）犹如街头拉客的风流女子，那么主动走入超市的图书，应是当代职业妇女，她们在服务于市场的同时，也在寻找自己的价值和幸福。也许这种比喻不伦不类，但我们从梁凤仪笔下所描写的郭嘉怡（《异邦红叶梦》），赛明军（《昨夜长风》）一类职业女子，大致可以琢磨出这一类图书的气质与品位。或可以说，这类图书是介于纯文学与地摊读物之间的，是为适应香港商品社会的一般市场需要而生的文学读物。

当我对梁凤仪作品作出这样一个理解时,我并没有把她的作品孤立起来,认为它们是独一无二的品种。事实上,在几年前,香港书市已经流行着各种袖珍本的读物(如《博益》版的多种系列)。这是一种相当宽泛的概念,它可以包括各种各样的品种,有知识性读物,有消闲性读物,自然,也有文学性读物。它们大都是作为商品而投入读者消费市场,但与教科书、政治文件、专业文献等书籍不一样,与纯文艺作品也不一样。纯文艺与通俗文艺之间的界限有时并不那么清楚,特别是进入了商品社会以来。但是艺术观念的区别,写作方式的区别,以及审美口味上的区别,仍然是存在的。我这里界定的"读物"之所以不包括纯文艺,是因为"读物"在现代社会中不是一种与现存社会制度相对立、进而尽到现代知识分子批判责任与使命的精神产品,也不是一种民族生命力的文化积淀,并通过新奇的审美方式表现出来的象征体,更不是凭一己之兴趣、孤独地尝试着表达各种话语的美文学,后者林林总总,都以作家的主体性为精神前导,与现代社会处于潜在的对立之中。或可以说,纯文艺是知识分子占有的一片神秘领地。然而读物——只是读物吧,它的存在是以现代社会的需要为前提,它将帮助人们在现代社会中更适宜地生存。这种"帮助"也是多方面的,它可以是实用性的生活指南,也可以是消闲性的精神消遣。它不乏真知灼见,能令人深思,令人感动,但其最终目标,是有利于自身及其对象在现代社会中的生存。

香港的文化市场中心曾经有过一个由精英文化向读物文化转移的过程,有不少知识分子如鱼得水地顺应了这一市场机制转换,成为双栖的"弄潮儿"。如李英豪,他的作品是我非常喜欢读的,他在 1960 年代初介绍西方现代主义艺术,写作《批评的视界》,翻译《萨特戏剧选》和卡夫卡的随笔,1980 年代出版了一系列《禅与香港生活》《庄子与香港生活》,谈花论狗,以及感人至深的《给煜煜的信》,如作一个系统的考察,不难看出读物作为现代社会必不可少的精神产品的发展史和演变史。这种转换完成以后,纯文艺(包括纯学术)的读者市场大幅度减少,成为一种精神上的奢侈品,而读物堂而皇之地接管了各个社会阶层的读者,与影视文化流行音乐鼎足而立,左右了现代社会的文化消费市场。我没有把读物与通俗文学等同起来,因为通俗文学其实是个很模糊的概念。但读物中自然包括了不同档次的通俗文学，或可说是文学性的读物，是用故事、抒情、描写来构成的一种读物。这类作品的艺术性高低不是很重要的，关键是可读性，能够以娱乐的方式熨平读者被现代社会生活撩得躁热骚动的心绪。有时候，它也能成为一种人生的指导，其旨意也是让读者在无可奈何的圆梦中忘掉生活中难以忍受的个性压抑。我不认为这是一种不好的精神麻醉品，因为揭穿和暗示社会本质并永远为之痛苦的，只能是少数被称作人类精英的知识分子的宿命，无须让大众来同受这无谓的痛苦。既然二十世纪的历史教训中已经包括了人们对于用暴力来制造乌托邦的尝试的再认识，那么，社会的缓慢进步只能靠半醒半醉的大众在生命的自我消耗中支撑。而这种一半清醒一半醉的大众精神需求，也只能如流行歌所唱的，让现代读物去帮助人们在世上"潇洒走一回"。

　　回过来再谈梁凤仪。当梁凤仪在商界成为一个"女强人"，并希望将自己苦苦纠缠的"文学"献给读者时，她一定审时度势地做过选择，在一篇《心想事成》的随笔里她这么说：举凡这种要靠天命的事，不妨尽力而为，而同时，要抱一种成则固佳、败亦无碍的心态；对于人力所能做得来的事呢，刚相反，永远以背水一战、只许成功不能失败的斗志去争取，不到手，不罢休。真正是绝顶聪明的人说出的话。近年来大陆文坛上冒出一些怪现象，一些海外打了工、发了财的人回来写一些自传性文章，就急急地要宣布自己是如何的不朽，最终只能是贻笑大方。我以为其病正在于不会审时度势。文学事关天意，不是个人一厢情愿所能达到的。梁凤仪的聪明，正在于她机敏地把握了现代社会之所需和选择了她的对象，当她的一本本精美的文学小书出现在超市的门口，她已经为自己的作品定了个性：它们将成为一种日常生活的必需品（就精神需求所言），进入到大量疲惫不堪的职业女性和蠢蠢欲动的非职业女性手里，它们将成为一大部分香港女性读者（尤其是面对着家庭、社会、性爱、财富等诸方面困扰的女性）的感情寄托。听说梁凤仪的作品已经出版了四十余种，很抱歉，我能读到的，只是你和徐钤先生分别送来的以下几种：《异邦红叶梦》、《昨夜长风》、《誓不言悔》、《豪门惊梦》、《醉红尘》、《花魁劫》以及《心想事成》，不读全一位作家的作品而妄谈其人其书，实在是冒昧的行为，也违反了我做批评的一贯作风，不过现在时间与条件都不允许这样细致的阅读，我只能就读过的几种，谈谈它们作为一种现代社会读物的特点，也是回答你送书约稿的一片好意。

梁凤仪把她的作品称为"财经小说"，除了为求一个富有刺激性的新名词外，大半原因也是因为这些故事的背景都在商界。这一背景在西方通俗小说中并不少见，但在中国，尤其是内地，还是一片待开拓的处女地，自1930年代茅盾写过《子夜》后，几乎冷寂了半个世纪，直到新近几年才陆续有人涉及。在台湾，陈映真等现实派作家也呼吁过写"跨国公司等当代经济世界"，我在前几年读台湾《新世代小说大系》时，发现编者特地将"工商"题材单独编成一卷，与"乡野""都市"相分别，也正暗示了对这一题材的重视。在香港，描写商界女性的通俗小说并不少，然而梁凤仪特别地打出"财经小说"的招牌，并创造了一个系列的小说世界，也应是独具慧眼的行为，至少是对通俗小说题材的有意识的新开拓。还在几年前，我在一篇文章里提出这个问题：为什么大陆出版的通俗文学中，流行琼瑶而不流行亦舒？当时我也不甚了然，现在想起来，大概不外乎两个原因，一是当时的通俗文学对象，主要是一些正在做着白马王子梦的女中学生，琼瑶笔下的纯情少女正好迎合了她们生理与心理需要；二是因为当时大陆一般社会心理还沉浸在半封闭半开放的恋旧趣味中，对商品经济社会产生的文化效应，心理准备不足。琼瑶的作品适应了这样一个时期的文学读物要求。梁凤仪的小说自是亦舒一路而来（《豪门惊梦》中有一个人物以亦舒小说中一个人物自居），但她能够在1990年代流行大陆，也同样是恰逢其时。原因也不外乎两个，一是对商品经济的发展及其在社会方面产生的后果，一般市民已经有了切身的体会；二是十年前的琼瑶崇拜者们，现在大都成为职业女性，在饱尝了婚恋、经济、事业、家庭等诸多风霜后，她们假如依然是大陆通俗读物的支持者的话，那么，她们选择梁凤仪将是必然的结果。

梁凤仪是以写商界女强人擅长的，读了几种以后，也觉得她笔下的女强人均有一个固定模式，这些事似乎是告诉读者：女人天生有一种把握机遇、发挥才干的能力，但是在一个男性为中心的社会里，女性这种能力不但无法施展,而且被白白地浪费掉了。因此,她的故事的女主人公,总是在一个晴天霹雳般的突然变故以后,才会坚强起来,意识到自己是个独立女性,有了这个认识以后,就一通百通,当个社会女强人并不困难。梁凤仪本人首先是以一个社会实践的成功者出现在读者心目中,所以她对她笔下主人公的行为有一份自信。这种自信导致了那些女强人的成功过于简单化与理想化,仿佛是一场好莱坞式的梦,但在女人的另一面,即一个旧生活方式下的女性如何在命运的打击中觉醒过来的心理过程,写得相当细。作为"财经小说"的招牌,大致只能用在后半截,而那些故事的前半截即非"财经"的故事,反而写得比女强人的故事更动人些。

作为现代社会的一种读物,梁凤仪的女强人故事比琼瑶式的纯情少女的故事更有现代性,这是毫无疑问的。这些作品同样打上了这个时代的印记,即对于女性在现代社会中的价值和作用的重新认识。那些女强人的前身,大都是以男性社会的依附者形象出现的:她们中有的是豪门小妾,有的是望族少奶,也有的甚至是投海偷渡来的大陆妹,促使她们自强自立的契机几乎是相同的:被男人遗弃(男人或者死了,或者变了心)。如《誓不言悔》介绍的:"现今时代的家庭妇女,面对形形色色的困苦,其中之一种,忽然之间,丈夫变了心,把家庭生活捣了稀巴烂。名副其实的闭门家里坐,祸从天上来。"问题是接下去怎么办?我觉得这个模式几乎是千篇一律地描述了女人的三部曲:A. 女人依附男人的生活;B. 男人变心,女人遭遗弃;C. 女人自立,与男人处于平等地位。如以 B 为中心分界,A 和 C 似乎是象征了两个社会,一个是旧式家庭(男性为中心的社会),另一个是现代社会(男女平等的社会),而处于两者之间的 B,也可以说是男性社会的权力的象征。只有当女性分离了这个权力象征,女性体内潜在的积极性才能迸发出来,使女性与男性处于平等的地位。在这样一个公式下,梁凤仪笔底下的男性,似乎总是委顿的、邪恶的、虚伪的,在男性阴影笼罩下的女性,大都也是浅薄的、无聊的、卑琐的,唯有摆脱了男性的女人,才以容光焕发、才智双全的姿态出现在时代面前。

我没有在香港长期生活过,无法确定梁凤仪为现代妇女制定的这一公式是否与现代社会的妇女运动趋向吻合。这一点你应该比我更理解。昨天电话里你说起香港小男人与大女人的现象，使我豁然想通了，梁凤仪之所以把那些女强人的故事称为"财经小说"而不是以"现代女性系列"之类的称号命名，不止是为了迎合商品经济社会中"财经"地位的重要，或许正包含了梁凤仪本人对香港社会中现代妇女地位与作用趋势的预测。"大女人"的故事在目前可能还是一种迹象，但在冷酷无情犹如战争的商战中，女人入盟使之增加了人情味，一旦男人与女人在完全平等的教育权利、经济权利与社会地位上正面竞争，"大女人"的辉煌或许正是未来社会的一种期望。梁凤仪的《豪门惊梦》中那个现代"杨门女将"式的故事，似乎正表达了这样一种期望。

从故事本身来说，梁凤仪匆匆忙忙的叙述并不能为它增色多少，即便作为通俗小说，也有些地方嫌太草率。因为通俗小说的第一要义是可读性，然而可读性，不但包含故事的迷醉，也包含了对叙事方式的迷醉。《醉红尘》本来是一个《基督山伯爵》式的恩仇故事，但作者写到后半部分即"复仇"过程，因太简单而失掉了前半部分铺垫的神秘感，因此也失掉了可读的趣味。不过在一些片断场景的描写中，梁凤仪也有非一般通俗读物能及的长处。譬如写大家庭妇女生活的一些场面、服饰、气氛，都有一股大家气，即便大陆上一些较优秀的作家也未能企及。像《花魁劫》中写小妾在节日场合着粉色衣服，这一笔过去在张爱玲的《更衣记》中读到过，但梁凤仪小说里借了这个细节大做文章，把人物性格写得相当饱满。相比之下，我们这边也有写妻妾成群的小说，尽管红到了天，在细节上显然还不达这样的功力。梁凤仪的作品中，过于简单的构思，过于匆忙的描写，这些不足都在所难免，但那种珠光宝气的暴发户式的伧俗，是一点也没有的。读她写的故事，常常有一些神来之笔的场面描写，令人有会心之乐。

梁凤仪的作品及其在社会上产生的热点，要细细地说还能说出一些来。不过你既然要编这么一本谈梁凤仪的书，又是约了许多朋友，有些话或许会重复，不说也罢。我只是从梁凤仪中引出一个现代社会与读物的话题，这一题目，早在1988年我开始研究香港文学时就在思考了。香港是个被通俗文化（流行文化）淹没了的城市，真正纯粹的文学创作与学术研究都难以生存，因而对于香港是否是文化沙漠，到底有没有文学等问题，长期以来争执不休。大陆学术界对这个问题的看法也不尽相同，过去被一种盲目的优越心理支配着（同样也是一种政治教条的文学观念影响），无端认同了香港是文化沙漠的说法；近年来商品经济热一起，许多出版商连同所谓的研究者又昏了头，完全失却了文学的衡量标准。我把通俗文学作品称作现代社会的读物，正是想对这种文化以及文学现象作一个新的界说。现代读物是现代社会的文化消费市场必不可少的，就如影视与流行歌曲。读物中有文学性读物也有非文学性读物，即使是文学性读物，更与纯粹意义上的文学仍然是有区别的，但它确实是一种现代文化的表征。对于这个话题，原是可以作一篇大文章的，现在不过是说了梁凤仪的作品，随便就举出来谈谈，以后有机会再详细地说吧。

你现在入乡随俗，大约《望尽天涯路》也只能是望不到尽头了。不过，要懂得一个社会，最好的途径就是靠自己的能力在这个社会上生存下去，我想你也一定会写一些"读物"之类的作品，适应现代社会的生存需要，内地将来这类"读物"也会慢慢地多起来。对于这个现象，总要有人去关注，并给以正当的评价。我这篇抛砖式的通信，或如秋菊打官司那样，只是求一个"说法"。如讲得不对，或多有冒昧处，只好请见谅了。

思和

1992 年 12 月 24 日

（初刊《通俗文学评论》1993 年第 1 期）

第四辑·文艺短评

节奏与美感

前次看影片《当代人》（黄蜀芹导演），散场时无意中听到一对青年男女的对话："这个电影镜头变得太快，看得头发晕。""这才叫有劲呢，我最不喜欢看长镜头，沉闷闷的。"瞧，这对年轻人也许性格爱好不同，在审美趣味上就表现出分歧来。这部影片在节奏上确能比较好地体现出"当代人"的思想感情和生活方式。

"当代"的特点是什么？是亿万人民处在新旧交替的时代里，解放思想，除旧布新，万众一心地建设社会主义现代化，把"十年内乱"中的损失夺回来。这样一种时代的迫切感、责任感，在影片中主要是通过内容情节来表现的，但它的节奏也配合了这一特点。这除了变幻多姿的摄影镜头和明快激越的主题旋律外，甚至在许多细节上反映出来。就是恋人相会的场面吧，影片不同一般的花好月圆、小桥流水的环境布局，蔡明与徐艳一次是在汽车里诉说衷肠，环境依旧是飞驰的汽车，旋转的外景，闪亮的车灯；一次是在工地上，背景是深蓝的夜景，闪耀的焊花，再加上若断若续的对白，既有深邃诡秘的气氛，又有急促的动感，动中有节奏，无论汽车还是焊花，都跟一股在静态之中抒发热恋的缠绵之情不一样，那种急迫的节奏，使人产生新鲜感。又如，在音和画的配合上，蔡明和徐艳通电话，画面上出现徐艳乘飞机，谈判采购价廉物美的柴油机的过程，而在配音上却连续着两人在电话里的对白，这跟一般的画外音解释画面的内容不一样，而是将两个不同时间、空间的场面糅合在一起加以表现，不仅缩短了镜头，更主要的也是造成一种紧迫的节奏感。

节奏能产生美感。节奏不仅存在于艺术中,也存在于人体的新陈代谢的过程中。当人通过感觉器官去接触审美对象时,审美对象的节奏会引起人体本身生理运动的节奏的默契配合。节奏紧张的电影、音乐、小说,往往会使人呼吸急促,血液循环加速,相反,节奏慢、抒情性强的艺术作品,使人感到心情舒畅、肌肉放松。无论节奏快或慢,只要能与人的生理活动的节奏配合得当,都能引起一种快感,也就是美的享受。

正因为如此,我喜欢《当代人》那种表现当代生活特点的急促的节奏感,也喜欢《乡情》里那种小桥流水、田园牧歌式的舒缓的节奏感。刚才提到的那对青年男女,既然审美趣味不同,不妨再去看看《乡情》,换换口味,也许能扩大一些审美兴趣和提高审美能力。

(初刊上海《青年报》1982 年 3 月 26 日)

"剃头买褂"和"拾烟头"
——谈《骆驼祥子》编导艺术

在熙熙攘攘的集市上,祥子(张丰毅饰)出现了,他九死一生,疲惫不堪;手里攥着刚刚卖骆驼获得的三十五块现洋。他上小摊子,挑了一件白褂子;他上理发铺,剃了一个光头……一幅幅鲜明、生动的画面,不仅真切地表现了1920年代初北方市民的生活风俗,而且具体、形象地刻画了主人公要强、自信、热爱生活的精神状态。而这一系列画面,在老舍先生的小说里,只有简单一句话:"他……刻不容缓的想去打扮打扮,仿佛只要剃剃头,换件衣服,他就能立刻强起来似的。"

当影片结尾时,我们又看到一组淡入和淡出的镜头:备受命运打击的祥子变弱了,变脏了,变老了,穿得破破烂烂,在马路上拾烟头,在雪地里挣扎……这一段无声的画面更迭,非常简练地揭示出祥子的堕落过程,可是老舍在小说里写这时的祥子却花了一大章还多一点的篇幅。

小说里长的,电影里短了;小说里短的,到电影里又长了,这就是改编,其结果是,一部文学名著的精神,在另一种文学样式——电影艺术中充分体现出来了。改编老舍的作品,并非易事。因为老舍先生幽默辛辣的风格,主要不在故事情节,不在艺术构思,而在他所独有的语言修养与叙述才能。这两点是很难在银幕上表现的。凌子风导演没有拘泥于原著的这些特长,没有运用大段画外音去朗诵老舍那些绝妙的叙述语言,而是充分展示了电影本身的艺术特点:运用画面来说话,使语言变得具体化、形象化。虎妞红白两事的对照,可说是"不着一字,尽得风流",极其生动地刻画了祥子从"中兴到末路"的过程。这是编导运用的电影综合性艺术手段中的一招。

从小说到电影,有相同点,又有不同点。对电影改编者来说,首先注意的应是两者的不同点,愈是将电影的艺术手段运用得充分,电影的感染力就愈强,从而传神地再现小说的整个精神和风格,不能太拘泥于原著的文学性。电影《骆驼祥子》的编导在这方面取得了令人信服的成功。

(初刊上海《青年报》1982年10月15日)

"叮咚叮咚"的美

一部成功的影片，总是通过各种艺术手段，引起人们感情上的共鸣，使人感动，受益，并且获得美的享受。美感包括感情上的快感，一个人只有当他的感情得到正常的宣泄，才会产生一种舒畅感，反之，常常会感情郁结，心情不畅。影片《泉水叮咚》（石晓华导演，张瑞芳主演）内容平常，情节也不奇特，但它能够准确把握住人们感情的发泄规律与分寸，使人们在与影片的感情交流中产生美感。

最难忘的是小喜燕，她挨了爸爸的打，一个人跑到妈妈的坟上哀哀哭泣，当爸爸来找她时，她却慌忙躲进旁边的草丛里……镜头戛然而止，但这个幼稚的举动却能引起人们一系列的联想：对这个早熟孩子的怜悯、对这个不幸家庭的同情、对人与人之间需要温暖与爱的呼唤，驰骋的联想促动了感情的流动；反之，如果编导们换一种表现方法，让这对父女在坟前相会，抱头痛哭，那么，观众丰富的联想就会变成一幅俗不可耐的图画，感情之流由此受到阻塞，纵然有人会陪上几滴眼泪，但美的趣味也难免索然了。

可见，影片不一定要以慷慨高歌、呼天唤地、长歌当哭来感动观众，真正的力量在于怎么通过恰到好处的艺术处理来拨动观众心弦，"叮咚、叮咚"的泉水同样具有美感。这部影片在艺术表现上很有分寸感，详简得当，一切均以能否疏导人们的感情活动为目的。如影片中有两个类似的情节：一是小猴挨了自私的妈妈误打，一是喜燕挨了粗暴的爸爸误打，结果都由陶奶奶（张瑞芳饰）来说明真相，使家长感到羞愧。前者意在嘲讽，轻轻一笔带过，引起人们快慰一笑而已；后者意在抒情，导演使用了一个长镜头来表现大刘（牛犇饰）的复杂感情：他坐在熟睡的女儿床边，捧起红肿的小手，看着前妻的照片，悔恨交集……这个镜头不惮其长，却起到了很好的艺术效果。

我过去常常在想，为什么有些影片内容充满激情，情节也紧张热烈，但看了以后，却感到疲倦乏味，或者郁结不畅？现在这个谜揭开了，其病在于编导只顾一厢情愿地创作，没有恰如其分地掌握观众的感情规律，往往要么太过分，使观众的感情没有自由宣泄的余地；要么艺术处理太匆忙，还启动不了观众的感情活动。而《泉水叮咚》的成功经验告诉我们，美感，产生在影片与观众之间和谐相宜的感情交流之中。

（初刊上海《青年报》1983 年 4 月 1 日）

影评人奖和《红西服》

这一届上海电影评论学会评选1997年优秀影片期间，因为工作太忙，我没能看完所有的参赛影片，所以有些感觉不一定准确。但从总的印象出发，觉得这几年真正震撼人心的国产优秀电影作品越来越少。当前盗版的国外VCD碟片泛滥，正当引进的美国畅销片也十分火爆，这本来应该成为刺激国产片提高艺术质量、以对应外来影片市场挑战的动力，可是从实际状况来看，我只能感到悲哀。前些年我们有许多电影工作者总是羡慕国外的电影投资，抱怨我们没有钱；这当然是一个很关键的问题，但是这些年情况有些变化，不少参赛的片子据说在国内也算是大投资，可是拍出来的东西有没有价值呢？我不想说别的，就提一个问题：在上海，除了集体包场或者其他相似的途径外，究竟有多少观众会自己掏腰包去电影院看什么《燃烧的港湾》之类的影片？据说这部影片还制造了许多卖点，包括从香港请了一位性感女演员，等等，那就更不必说连卖点也没有的所谓大片巨片了。西方影评界有人批评《泰坦尼克号》是一部用金钱堆起来的垃圾：可它总算还是一部畅销的垃圾，我们许多人在国家经济并不景气的状况下，却用不菲的金钱堆起一个什么东西？

当然我说的优秀影片越来越少也是相对1980年代而言的，而且连什么是优秀影片也有不同的理解，对"优秀"的标准也不一样。许多贪大求巨的大投资大制作的泛滥，与国家电影事业的主流导向是分不开的，其结果是导致一些中小型电影制片厂陷入经济困境，唯一所求是投上所好，能使那些耗资巨大却没有什么艺术生命力的大制作获一个国家奖。这几年国家级的评奖并不少，传媒上轰来轰去做宣传的获奖影片也不少，但在我们观众的心目里，在中国曾经有过光辉历程的电影史上，1990年代真正经得起实践检验的优秀国产片究竟有多少？当然这不仅仅是电影的问题，整个中国文化的状态在1990年代都有着越来越平庸、媚俗、无骨的趋向，电影制作更是缺少崇高人性力量的凝聚，缺少面对现实生活的勇气，缺少探索电影叙事语言的实践。这些事实摆在那儿，用再多的钱来堆砌，再多的宣传来掩饰，都是无济于事的。

　　当然我并非说这几年就没有一部优秀影片，否则我们就不必来参加一年一度的电影评奖；虽然这个评奖也有不尽如人意的地方，譬如去年在我看来是最优秀的影片《一棵树》（周友朝导演，奚美娟主演）没有能得奖，今年张艺谋导演的讽刺喜剧片《有话好好说》也没有能送来参赛（当然送来了能不能评上、允许不允许评上，都是疑问），但总的来说，我们还是尽可能对一些比较好的片子给予了适当的鼓励。在名目众多的电影评奖活动中，我们至少保持了影评人独立的立场。我是从不掩盖自己观点的，这次评奖中，我只投了很少的几票，其中有《红西服》（李少红导演，宋丹丹、王学圻主演）和《黑眼睛》（陈国星导演，陶虹主演），而对于所谓大片巨片，除了《鸦片战争》（谢晋导演）外，其他一部也不投。我以为有些电影本来就是为了迎合国家奖的口味才制作的，就让它去参加国家奖的竞争好了，但不要在严肃的艺术堂奥门口乱撞乱碰，这样才显得公平些。上海影评学会的评奖活动是由严肃的电影评论家、教授和学者出任评委的，应该有自己的艺术标准和审美精神，在众多的评奖中显示独立的风格，这样才能形成电影评奖的多元性，真正推动电影事业的繁荣。

　　我投了《红西服》的票，这并不是说我认为它已经达到了非常完美的水平。这部影片仍然有软弱和虚假的地方，如女主人公敢于顶撞领导，结果非但没有下岗，反而得到了表扬的光明尾巴。但我知道在目前客观条件所允许的范围里，这部影片就现实主义的艺术实践上已经尽到了最大的努力。首先这部影片的编导没有回避现实生活的艰难，用含蓄、而且非常诗意的叙事镜头,展示了当前下岗工人的生活困境。在我们这个社会里,工人阶级曾经被称为国家所有制企业的"主人",他们取的是低工资低报酬,却创造出国家赖以生存的财富,所以他们心底坦荡,活得非常踏实。影片中男主人公刚出场时的那种漫不经心的生活态度,正是这种习惯了当家做主的大男人的心态流露。可是有一天他们突然被宣布下岗了,他们赖以为生的工厂就这样轻而易举地倒闭了,那些蛀空工人劳动果实的官僚干部恶贯满盈却理直气壮地要工人来替他们"分享艰难"了,结果被损害的却是真正的劳动者的利益。那位男演员演得非常好,把一个被一下子抛出正常生活轨迹的男人的内心空洞、无奈、茫然,通过一双失神的眼睛——它仿佛看着你,又似空洞无物的神态——很传神地表达出来。影片生动地展现了主人公求职的困难,因为原来的计划经济将人当作螺丝钉那样拧在一个工作岗位上,使他一辈子就只会一种劳动技能,一旦离开了这样的生活方式,他就无法再适应其他种类的生活方式。影片写他在管理厕所时打架一场虽有过火的地方,但却把人在困境中的屈辱和愤怒充分地展示出来。与此相应的是影片在表现女主人公对下岗的恐惧时也催人泪下。女主人公有着泼辣、方正的个性,不容生活中污秽现象的存在,可是当她发现由于自己的不妥协性格将会带来下岗的危险时,她内心的慌张不宁表现得非常真实。这不能不引导人们深入思考:这位女主人公之所以有着不妥协的性格,是因为她热爱自己的工作,完全相信自己是这个岗位的主人公,所以她才会为了维护职业荣誉敢于与不法摊贩作斗争。可是一旦她发现自己并非这个岗位的主人,她的所有自信就失去了。宋丹丹表现这种失落感的几个镜头,都能让人生出揪心的同情来,我看这部影片时几次想到1930年代的现实主义电影的朴素、细腻的叙事传统,通过社会小人物的悲剧命运,展示出艺术家的社会责任感和面对生活的艺术勇气。

　　但是就《红西服》所取得的艺术上的成功而言,拍摄题材的现实性和尖锐性还不是主要因素,更加可贵的是影片对于下层社会的民间生活抱有自然而深厚的感情,这种感情不是出于悲天悯人的人道主义同情,也不是来自知识分子的场外的同情,编导们对民间普通男女相濡以沫的自在生活作了充满诗意的阐释。男女主要演员都很出色地表演出这种民间的温馨。这一对夫妻都是普通的工人，对自己的劳动生活有充分的自信，这个家庭里也有正常的婆媳之间、母女之间的矛盾，但是当失业的威胁突然来临以后，他们本性里的善良、正直和乐观并没有因此而丧失。他们身处底层，生活上如履薄冰，但弥漫银幕的暖色让人相信，只有他们才是这个运转中的社会的真正脊梁。影片用很多篇幅来渲染这个家庭成员之间相濡以沫的感情世界，如"红西服"，就是妻子在丈夫生日时买的一件礼物，就在那一天丈夫下岗了。那件衣服在影片结尾时高高挂在路边，丈夫在为生计而辛勤劳作着……这是一个寓意深长的结尾，意味着主人公在计划经济体制外，终于找到了独立的生活方式。我前面说过，影片最后以女主人公受表扬的喜剧结局显得很虚假，如果影片被允许以深刻的现实主义来表现生活的话，即使表现了女主人公因耿直而招冤、失去工作，也不会使影片的结局太阴暗，因为最后她终于发现了丈夫自食其力的生活能力，"红西服"迎风飘扬的意象，象征了对生活的美好希望。

（初刊上海《文汇电影时报》1998 年 6 月 13 日）

为维纳斯添加双臂

——《红楼梦》电视剧结尾得失谈

长达三十六集的电视剧《红楼梦》终于播放完了。昨天晚上,看着荧屏上的贾宝玉衣衫褴褛,蹀躞着在白茫茫一片的大地上慢慢远去,心中不禁涌上一股难以言状的感情:是感叹?是领悟?还是带有一丝的不满足?本来嘛,在风靡一时的越剧戏曲片《红楼梦》之后,电视连续剧再作这样大的情节改动,导演王扶林确有一点吃力不讨好。因此,电视剧还没有全部播完,街头巷间的非议就渐渐多了起来,报刊上的批评也开始了。这有什么办法呢?上海人看戏就爱看热闹,可电视剧偏偏来个天高地厚白茫茫。有些人正想借此重温一番哥哥妹妹的才子佳人梦,而电视剧却编出一个平平淡淡的食尽鸟投林,岂不大煞风景?

高鹗续作《红楼梦》后四十回,不能说是狗尾续貂,但瑕瑜互见是早有专家评定。王扶林否定高鹗续作,另砌炉灶,作出贾家盛极而衰,凤姐惨死在狱中,宝玉行乞等新的创作构思,且不必考证其是否符合曹雪芹的原意,就电视剧本身论,是符合艺术逻辑的。高鹗续作中最差劣的一着,就是所谓王熙凤设"调包计",它不仅在情理上细节上都破绽百出,经不起推敲,而且也破坏了《红楼梦》全书平实自然的现实主义艺术基调,重新落进曹雪芹本人深恶痛绝的"假捏出男女二人名姓,又必旁添一小人拨乱其间"的旧小说的俗套。而越剧戏曲片《红楼梦》出于通俗戏曲的需要发展了这一糟粕。在发挥戏曲的特长方面,它改编成"焚稿""哭灵""金玉良缘"等脍炙人口片段,深受观众喜爱，但就引导人们对这部名著价值的认识方而言，却是降低了艺术水准，把一座现实主义的艺术高峰降低到一般才子佳人戏的水准。王扶林这次改编的电视剧不落窠臼，不以情节的传奇来赚取观众的眼泪，打破了传统舞台剧的审美标准。它重在表现生活本身的逻辑与规律，重在揭示人物性格的自然发展，将艺术的概括性与生活的逻辑性糅为一体，使人们在这种沟通中获得人生启迪与审美享受。

我觉得王扶林导演在这方面还做得不够尽善尽美，艺术画卷中的生活面展示得还不够开阔，天然去雕饰的场面太少，而人为添加的痕迹又太多，等等。但他在电视剧艺术上所作的探索是值得肯定的。电视连续剧在国内是一个新的艺术品种，与舞台剧不一样，它具有家庭艺术化的特点，应该表现生活的真实朴素自然，使其与观众的日常生活融成一片，成为观众日常生活心理补偿的一个不可缺少的部分。从《四世同堂》到《红楼梦》都表明了这样的艺术探求，无疑是成功的。

前几天，我在报上看到有人对贾宝玉的结尾应该出家还是行乞的问题提出疑难，昨天看完最后一集，我觉得这个问题似乎并不重要：最后一集中，贾宝玉身历升降荣衰，亲眼看见凤姐惨死，湘云为娼，亲人一个个死的死，散的散，终于万念俱灰，竟不等与妻妾团聚，一人飘然而走。这与惜春削发为尼，托钵化缘，见刘姥姥不认，也相差无几了。有的评论者以为宝玉为人清高，宁可出家也不会行乞，这实在是把和尚理想化了，也是上了高鹗的当。所谓出家人，本来就是靠托钵化缘行乞为生，有何清高可言？只是高鹗良心上有点过不去，特意让贾宝玉披上个大红猩猩毡斗篷，使他成为一个"阔和尚"，显得清高一些，这倒实在是不符合宝玉"一身峥嵘傲骨"的性格特征了。

为《红楼梦》续作结尾，就如同为维纳斯雕像添双臂，永远不会有完满的答案。王扶林的尝试是有意义的，但并非完美无缺了。总的看来，续作部分构思太草率，太匆忙，艺术想象力也不够丰富，与前半部分精雕细琢的艺术创作相比较，有些不相配。贾宝玉唯经过大富大贵和大苦大难，方才能真正了悟人生，而今将三十六集电视剧作为一个整体看，有头重脚轻的感觉。再进一步说，编导者在结尾部分的构思方面，多半被眼下的一些红学家们牵着鼻子走，而对《红楼梦》文本少有独创性的见解，这也多少束缚了艺术想象力，结果造成了全剧在艺术基调上的不统一，开始部分的浪漫主义精神到结尾时丧失殆尽，"通灵宝玉"的故事，甄士隐的故事，前后也都没能呼应起来。

其实，高鹗续作虽多疵病，在艺术处理上仍有许多成功之处。我很赞同我的朋友张文江的观点，他认为《红楼梦》"兰桂齐芳"的结局虽然常为专家们所诉，但是从全局的结构上说，盛极而衰，衰至而盛，也符合生活的辩证规律。他认为高鹗的这一构思在客观上揭示出封建社会的两种人生观：一种是人生如梦，一梦既破，一梦而起，破破圆圆，周而复始，永远在醉生梦死中追求、幻灭、再追求……另一种则是在这种如梦的人生中醒悟过来，跳出梦的循环，去做人生真谛的探索。前者是大多数，后者是极少数，唯有前者作衬托，方显出后者精神的难得。我觉得这个观点值得红学界重视。且不说《红楼梦》中体现的佛道思想作如是解，就以我们人生经验所见，盛而衰，衰而盛，一会儿株连九族，家破人亡，一会儿平反昭雪，官复其位，历史上又何止少数？梦有几度破复圆，人又有几个能够悟了真谛？故而梦梦相续，旧辙不断，万劫不复。我想，如果结尾部分能将"兰桂齐芳"拍进去，在电视荧屏上出现这样一景：一方面是兰桂齐芳，给长夜中的人们又带来了做梦的材料和希望，另一方面则是醒悟者孑然一身，高吟着"陋室空堂"飘向茫茫大地……慧者知其道，俗者求热闹，雅俗共赏，岂不美哉？

（初刊上海《生活周报》1987年7月19日）

从小说到屏幕

——致黄蜀芹谈电视剧《围城》

黄导：

那天我们看完了电视连续剧《围城》以后，我一直在想这个问题：你是如何将《围城》通俗化，并且在实践中使这种努力成为一个成功的例子？《围城》是一部在品质上难以认俗的艺术精品，不具备改编成电视剧的条件。因为：一、"围城"是一种象征，其意义在于人生状态的嘲讽而不在故事，因此结构上相当散漫；二、《围城》是一部学者小说，它的独特风格不在提供的故事情节，而在叙事语言，妙语连珠和比喻连篇只是为了表明叙事者的风采，而小说中的人物反在他们的上帝面前变得黯淡。这两大特色成就了《围城》在现代小说史上不可取代的地位，但放在电视剧改编上却无用武之地，这一点就连钱先生也是意识到的。也许正因为如此，我才珍惜你的成功。

但你对原著精神是把握住的。《围城》不是一部现实主义小说，它是作者在强权政治下游戏笔墨的产物。作者身陷沦陷区，创作情绪相当复杂，如杨绛所说，《谈艺录》的作者是个好学深思的锺书，《槐聚诗存》的作者是个忧世伤生的锺书，《围城》的作者是个"痴气旺盛"的锺书。小说中虽处处写日常生活，却真情皆隐，留下的是痴话、傻话、创造、联想、夸张，倒像是《红楼梦》所说的，假作真时真亦假，留给读者的仅是一段机智，几缕讽刺。由于摆脱了战争的历史背景重压——这负担似乎让忧世伤生的《槐聚诗存》独肩挑了去，《围城》更显潇洒超脱，倒成了一面高高悬空的明镜，反照出人性本来的弱点。民族战争使人们像吹气球一样把自身价值吹大了，而《围城》则使昏昏然的人们又重新看到了自己的本来尊容——无毛两脚动物而已。所以要在《围城》中找抗战的"时代主旋律"，哪怕是找"抗战中的一部分知识分子的侧影"，都会不免失望。但对于当时在侵略铁蹄下苟生的人们，它不失为一种啼笑皆非的嘲讽。我无法猜测钱锺书的"围城"意象在沦陷区的背景下是否还含有别的更深一层的悲哀：城外的人想冲进去，城里的人想逃出来，那么，从围城中冲出去的人又将如何？是不是有一个更大的围城等待着他的觉悟？结尾时方鸿渐想离开上海到后方去碰运气，但对这样一个患着"驴马病"的知识分子，大后方是否有他存在的合理性也大可怀疑。钱锺书为方鸿渐的前途怀疑而且悲哀，也为这一类知识分子的前途怀疑而且悲哀。因为这悲哀，"围城"寓意在小说里成为一种对人生状况的抽象感慨。

这层象征要在电视剧里表达出来是很困难的，作为一种通俗艺术，它只能通过具体故事来传达作品的内容，把抽象意义具象化，但又不失去原著的主要精神，应该说你的改编是成功的。首先是你在不添加枝叶的前提下突出了《围城》的现实性，在必要的背景交代上，将原著中并不显眼的寥寥几句话转化成特写画面，给人留下了深刻的印象。我这是指像无锡街头报警市民拥挤逃难的镜头，虽不过一两分钟，却是画龙点睛的安排，境界为之一阔。第十集方鸿渐辞职的镜头也颇得体，原来以报馆为场景的画面上，出现了门房的势利眼和沈太太的活跃，都烘托了报馆的乌烟瘴气，最终又出现方鸿渐决心辞职的正面镜头，点出了这些知识分子终究不是在醉生梦死中度日。这些描写在小说中似不突出，而转换到画面上，给人的印象要大于原著，在现实的层次上帮助观众加深对剧情的理解。

其次，你很好地梳理了原著的基本结构。原小说里"围城"的寓象主要是通过两条线索来具体表现的。一条是方鸿渐的爱情故事，由幻灭——追求——幻灭的结构写方周旋于苏、唐、孙诸女性之间；另一条是方鸿渐的人生故事，写方鸿渐由回国到无所事事地离上海、由赴内地谋生到受倾轧离开三闾大学、由结婚到家庭破裂的"围城"三部曲，生活、事业、家庭步步围城。这两条情节线被你清晰地凸现在画面上，并且加强了第一条线的故事性。方鸿渐和唐晓芙恋爱破裂的情节在小说中不过是"围城"寓象的一部分，但你在电视剧中突出了方、唐恋爱的理想性，再接着是一系列误中误的风波叠生，也都颇有戏剧性，从电视剧的效果上说是动人的，使人感觉到像方鸿渐那样的人身上毕竟还有一些很执着很严肃的理想性。虽然这情节还是原小说描写的情节，但艺术处理方法不一样，效果也不一样。当然，现在这样的处理在整体象征意义上看并不是无懈可击的，过于强调了方唐恋爱的理想化会减弱"围城"象征的普遍性，而且多少也落入了传统言情戏曲的模式。但是这样处理正表明了电视剧的艺术特点，在不改编原小说情节的基础上，使文学名著通俗化了。

想说的话还不止这些，限于《电影时报》的篇幅，就先写这些吧。

陈思和
1990 年 10 月 4 日
（初刊上海《文汇电影时报》1990 年 12 月 8 日）

《围城》的寓象

——评析电视剧《围城》的两个细节

钱锺书先生的小说《围城》改编成电视连续剧，并不是文学名著第一次被搬上荧屏。但是它的成功经验绝非一般名著改编所能代替。电视剧是一种为大众喜闻乐见的艺术样式，通俗性娱乐性是它的主要属性，这一点与电影艺术还不完全一样。在电视机走入千家万户的今天，将文学名著改编成电视剧其实也是对经典性文学作品普及化，电视剧缘文学名著来提升自身的艺术含量，文学名著也缘电视剧艺术获得更多的观众。但这是一把两刃之剑，两者在互利中也有互伤，文学名著总是有其非语言不能替代的魅力，尤其是一些不具备改编条件的文学名著，它的某种优势被搬上荧屏后，要么使电视剧失去观众，要么使名著失去原有的风采，人们通常对名著改编电视剧的批评性议论都出于此，《围城》改编成功的典型意义也在于此。

《围城》不同于《四世同堂》《激流》这样的名著，后者由五四新文学的现实主义传统发展过来，在情节安排、人物塑造、叙事模式等方面都含有通俗文学的因素，因而与电视剧艺术有相通之处，具有可改编性。而《围城》除白话语言这一点以外，其他诸如构思、意象、文体、人物描写等等，要么来源西方流浪汉文学（其源出荷马史诗），要么得益于中国古典小说（如《儒林外史》），偏是跳过了五四新文学那一段传统，若用评论五四新文学的审美标准来衡量，就会觉得这是一本从外星上携来的书，全乱了章法。这是一部难以认俗的艺术作品，不具备可

改编性。像这样一部作品一旦要搬上荧屏，必然会有一系列的问题旋即而来："围城"这一象征如何能贯穿全剧？原小说松散的结构如何抓得住观众？叙事者的大量精彩议论怎么在电视剧中得以再现？电视剧作品要使普通观众受感动只能采用通俗的手法，然而通俗了的《围城》又何以成为《围城》？正因为如此，《围城》的成功才能真正地为文学名著改编成影视艺术提供经验。因为研究两种艺术样式的转换规律如同研究两种语言的翻译一样，差异愈大，就愈能揭示其规律性的东西。

  关于《围城》的改编者如何抓住原著的基本精神使其通俗化的努力，我在给黄蜀芹导演的一封信里已经说了一些[1]，这里不再重复。我想这里再补充一点，就是画面语言对情节的烘托作用。电视剧是一种视觉艺术，它的功能在于把文学语言转化为视觉艺术画面，并在这一种不露痕迹的转换中改编了原著的精神，使其从高深的艺术堂奥中走出来，融化到普通民众的意识中去。譬如，方鸿渐与唐晓芙的恋爱破裂的一场戏：方鸿渐被唐晓芙拒绝后，独自一人在雨中茕茕孑立的长镜头，唐晓芙透过玻璃窗看到方的身影，为其真诚所动，泪水与雨水混为一流……这画面的内容，都可以在原著中找出，可是原著是以调侃语气来写，显得很不真诚，而电视画面则渲染了一种伤感的抒情气氛，味道就不一样了。在小说里，"围城"的意象原是无所不在的，生活、事业、家庭，步步有围城。方、唐恋爱是小说中很关键的一环，它既是方鸿渐第一次恋爱受挫，也是他人生的一个转折。作家曾有一句不为人注意的话，说唐晓芙决不会爱方鸿渐，否则天下恋爱就太容易也太平淡了。这已经暗示出，这场恋爱不过是"围城"寓象的一部分，分手是必然的结果。所以他俩的恋爱，只能说是一个单相思加一个游戏人生。但这种人生态度在一般电视观众中间很难被接受，表现不好反会生出轻浮油滑之感。现在电视剧通过抒情化的长镜头，不着一字地对这个情节作了完全相反的处理，烘托出方唐恋爱的理想性。这样处理在整体象征意义上可能会减弱"围城"的普遍意义，而且多少也落入了传统言情戏曲的模式，

---

[1] 参见《从小说到荧屏——致黄蜀芹谈电视剧〈围城〉》，已收入本辑。

使方唐成了恋爱悲剧的角色，苏文纨小姐也扮演了"穿添一小人拨乱其间"，在艺术上是一种认俗。但它能够感动大多数观众，即在不改编原小说情节的基础上，使文学名著通俗化了。

第十集方鸿渐、孙柔嘉夫妇反目吵架一场戏的艺术处理，也表明了原著与电视剧的差别。原著受西方流浪汉小说的影响，结构比较散漫，"围城"三部曲（上海——湖南——上海）之间没有递进关系，作家要说明的是，在日常生活中"围城"寓象无时无处不在，进而使"围城"上升到一般生存状态的象征，所以小说结尾时方、孙争吵不过是一般家庭无数次争吵中的一次，并无特别的高潮性。方鸿渐负气出走后，逛了一圈又照样回到家里，家中那只过时的钟还在鸣报着早已过了的时间，人生寓象皆含于此。而在电视剧中，编导者不能不给长达十集的连续剧一个最后高潮，使观众在长久的期待中有一个结束，所以电视剧删去了方鸿渐返家的细节，让方鸿渐踯躅街头。在一副无家可归的可怜相中推出结束字幕，使全剧在不可调和的冲突中戛然而止。这是符合电视剧观众欣赏习惯的。电视镜头的拍摄也体现了这个意图，方鸿渐与孙柔嘉吵架，孙将木梳投去，击中方额，这时镜头特别推出一个方鸿渐头上流血的亮相，来渲染他义无反顾的决心，暗示出这个家庭即将散伙。从电视剧艺术的角度说这样改编是成功的，把一部结构上全无章法的作品改编得相当完整，从方鲍失欢，到方唐失恋，再到方孙破裂，也即是从浮浪人生到追求人生再到建立家庭的三大幻象——打破，自成一个能被一般观众认同，又揭示了"围城"寓象的严肃结构。

电视剧改编文学名著，不仅是艺术手段的通俗化，也是思想艺术的通俗化，上述两个例子都说明了这一点。在小说里，"围城"是笼罩人物命运的抽象寓意，是人生漫长旅程环环相接的一种状态，而电视剧的功能就在于使这种不着边际的抽象寓意具体化、故事化，使它在欧洲演化为一个方鸿渐荒唐的故事（船上方鲍的风流故事暗示了这一点），在上海演化为一个方鸿渐恋爱失败的故事，在三闾大学成了方鸿渐理想破灭的故事，而在小家庭中，又是一个夫妻之间枯燥无味的故事。《围城》不是一般的生活片，把它搬上银幕总是会牺牲一些原著的艺术特点，但作为一个电视艺术的探索者，所追求的，不仅仅是把文学名著成功地通俗化，更要做到的是名著通俗化以后又要不失其涵盖人生的抽象性。从这一要求看，即如上述两个细节，我以为还是有值得进一步提高的地方。譬如前一个细节处理时似可用旁白添上原著里"唐小姐不会爱方鸿渐"的那段话；后一个细节处理时，也可将原著结尾时的一段关于时间错位的议论用旁白表达出来，虽然这两段话的插入可能与电视剧里烘托的氛围不大和谐，特别是后一段议论让人似懂非懂，但这种不和谐甚至自相矛盾可以让人回味，使其对名著作通俗理解的同时还能隐隐约约地产生出一些形而上的联想，这样或许在格调提升与多义性的含射方面能给人更多的启悟。

(初刊《太原日报》1991年4月8日)

说说鲍小姐

电视连续剧《围城》播出后在文学圈子里引起轰动，甚至爱屋及乌，连小说原著也一时洛阳纸贵——这一切已有大量的传播媒介报道，且不必重复。笔者想说的是《围城》中一个出场不多的角色——鲍小姐，就是那个与方鸿渐在回国轮船上偷情的女郎。此人露面不多，影响却不小，她代表了一种及时行乐、充满肉欲的生活方式。方鸿渐在回国途中与她的一夜风流，正暗示了方鸿渐在欧洲所过的放荡生活的终结，方、鲍的分手，也可说是象征了方与欧洲文化生活的告别，所以这个人物在作品中是忽视不得的。

在小说里，鲍小姐与苏小姐是个对照，一个重肉感，故有"鲍鱼之肆"的讽刺；另一个专讲精神恋爱，但其精神里也隐含不甚光彩的元素。但在电视剧里鲍苏的对立不那么明显，可能是改编者省去了西贡、香港两个场景，使方鸿渐周旋于鲍、苏二人之间的三角恋情变得层次不清。但更大的问题是编导对鲍小姐其人在作品中的意义不够重视也不够理解，所以使这个形象在该夸张的地方夸张不够，不该夸张的地方又过了头。

哪里是该夸张的地方夸张不够呢？是鲍小姐出场时缺少一个完整的引人注目的亮相。这一点在小说里写得很有层次，就像《红楼梦》里王熙凤的亮相，人未出场声先夺人。小说先是写孙太太与苏小姐议论鲍的为人，又让孙太太的小孩看见鲍出舱而大叫，再接下去是一段关于鲍小姐的正面描写："她只穿绯霞色抹胸，海蓝色贴肉短裤，漏空白皮鞋里露出涂红的指甲。"三句话说了四种艳色,所取的又是抹胸短裤之类,够肉感的,于是又顺理成章引出留学生关于"熟食铺子""局部真理"的刻薄讥评,为的是加强鲍的肉感印象。而电视剧里鲍的出场却黯淡得多,先是一条隐隐约约、也不够风流的女人大腿,再接着鲍的身影一晃而过,镜头马上引出几个打麻将的留学生对她绰号的议论,前面的视觉印象模糊,接下来那几段议论自然就浪费了。待镜头再转到甲板上,鲍小姐还是没有正面亮相,只是在这镜头下拍她搬椅子、与人调情的背影。若没有读过原著,直到这时仍难以留下印象,这就无法为方鸿渐的恋爱戏做好铺垫。

再说不该夸张的地方又过了头。方鸿渐的出场,形象是"帅"的,他先向苏小姐敷衍再向鲍小姐献媚,也是小说原来所写,但电视剧里把苏小姐给方鸿渐手帕的细节提前了,让方鸿渐拿了苏小姐的手帕去与鲍小姐相会,又引出鲍小姐当场把手帕抢过来抛入大海,这一切偏又让苏看在眼里。这个细节是原小说里没有的,而且处理得相当过火。对鲍小姐,她与方鸿渐本来是旅途寻艳而已,犯不着去吃苏小姐的醋,而且这种做法对一个受西方教育的女子来说也有失风度;对方鸿渐,他借了苏小姐的手帕而被人丢掉,必在苏小姐面上不好看,以后他表示不理解苏的怪罪就变得做作;而苏小姐本来是重"精神"的女博士,小说中写她看到鲍、方对烟点火就受不了,如今却被鲍小姐当面侮辱,方鸿渐又无动于衷,她以后几场戏中主动与方示好就显得没心没肺。这个细节一石三鸟,可惜个个都打偏了地方。

若是不在大陆拍这场戏,鲍、方的一夜风流会拍得很有风致,如今在电视剧里被简化了,就像原著里用一句方鸿渐"闻到一阵鲍小姐惯用的爽身粉的香味"含混带过一样。这就使鲍小姐在观众印象中失去了最后一次亮相的机会。因为原小说在语言上对鲍小姐的许多渲染,电视剧里很难给以表现,于是鲍小姐在其他熠熠光辉的人物旁边就未免黯淡,在电视剧中变得无足轻重。

如果将"围城"比作一种人生的象征,那么,鲍小姐、唐小姐、孙小姐正好是方鸿渐的人生"三部曲",对鲍是虚无主义的态度,对唐是浪漫主义的态度，对孙是现实主义的态度，由浮浪人生到追求理想再到建立家庭，作家正是通过方鸿渐在这三个女性身上的不断失望，揭破了人生"围城"的真相。电视剧中方鸿渐对唐晓芙的追求，对孙柔嘉的离合，都表现得十分细腻，可惜偏偏疏忽了衬托他人生第一环的尤物鲍小姐，这不能不说是一份遗憾。

（初刊香港《大公报》1991年5月24日）

《渴望》的文化原型

我没有一集不漏地看《渴望》，但我注意到了关于《渴望》的报道、评价以及街头巷尾所讨论的话题。在讨论《渴望》的得失时，有不少意见是集中在如何看待知识分子，当然两种意见都有。譬如有一篇说观看《渴望》后大受感动的文章，对号入座地说，"文革"中我们工人中就有许多刘慧芳那样同情知识分子的人，我们也看到不少像王沪生这种自私自利、忘恩负义的知识分子。但反对的意见说，难道知识分子都像王沪生、王亚茹那么自私吗？这样的话题无法再深入下去，若再进一步，就涉及对知识分子的政策了。我想，持不同意见的双方在讨论这个话题时，都无意地陷入了一种思维定势，即把电视剧中的某个角色，视为某个阶级或阶层的代表，因此，刘慧芳一家代表劳动人民，王沪生及其姐姐代表了知识分子。我觉得文学批评应该注重文本的解读，应该根据作品提供的"这一个"具体情节展开分析，而这种把人物简单化为阶级或阶层代表的思维定势无助讨论艺术问题。在过去的年代里，极"左"路线长期利用这种理论来摧残文学创作，为了纠正偏见，理论界曾经付出过许多精力和代价，现在公开用这种简单化的模式来图解作品的人已经少了，但潜在的影响依然支配了人们的思维方式。如果我们从劳动人民与知识分子的关系上去理解《渴望》，我以为无法抓到作品的痒处，也无法解释这部电视剧为什么会如此受到北京市民的欢迎。

电视剧的表面冲突在刘慧芳与王沪生（背后有其姐）之间展开，用王亚茹的话来说，是有事业心的知识分子同"小市民"之间的冲突。

但这仅仅是王亚茹的解释，在实际情节中，刘慧芳身上并没有多少"小市民"习气，而王沪生也决不是什么有事业心的知识分子，这个冲突模式并不成立。再则，王沪生一家也算不上典型的"知识分子"，他们赖以自炫的，不过是一张大学文凭，会几句外语，能翻译一些资料而已。而王家以外的宋大成后来成为中外合资的中方厂长，燕子大学毕业当了记者，甚至刘慧芳本人也懂点外语，脑力与体力之间的差异正在缩小以至抹去，因此，把电视剧中的一个人物（王亚茹）的错误理解视为电视剧的冲突内涵，把王沪生简单化为"知识分子"，这是一种人为的阅读误解。

那么，《渴望》中王刘两家的根本冲突在哪里？作为一部通俗性的作品，它有其传统的审美模式，而这种模式又必然与广大老百姓的潜文化模式相吻合。从表层次看，冲突双方的主要矛盾在于刘王两家经济、社会地位的不平等。王沪生一家不是典型的现代知识分子家庭的标志之一，是它缺乏知识分子在现代社会最大的经济特征即清贫，以王子涛的豪华洋楼，进出汽车的生活待遇，不要说一般知识分子，就是"大"知识分子，如没有一点高级职务的话也无法攀比。王刘两家之所以会萍水相逢，是因为一场不正常的浩劫，待浩劫过后，王家恢复了原先的社会地位，王刘的分裂又成为必然的结果。这种结构暗合了传统文化中"落难公子中状元"的原型，是蔡邕负赵五娘等一类的传统戏文的现代翻版。我这里不提肖桂英或金玉奴一类的戏文而偏偏提赵五娘的故事，是因为前者有歌颂"痴心女子"的情，而后者歌颂的仅仅是"忠孝守节"等传统女子守则。不知我的理解对不对，我觉得《渴望》真正的煽情处是在宣泄普通老百姓感情的基本导向：平民社会对于社会不平等的反感。

接下去我们再探讨王沪生一家的含义。我个人的读解是，从上面所说的基本冲突模式演绎而来，王家自成一种象征，即是对1980年代大家庭中的封建残余影响的嘲讽。王家不是典型的现代知识分子家庭的标志之二，是它缺乏知识分子在现代社会中具有的民主精神。相反，王家是由以下两个特征维持了家庭秩序：一是王子涛对子女的绝对权威，二是家庭对血亲关系的重视。这个在浩劫以后重新建立起来的新家庭秩序中，王子涛是一个正面的、善于理解别人、同情别人的形象，但他对慧芳一家的同情并没有为慧芳带来什么实际利益，不过是用另一种软化的方式来实现他的意志（如把冬冬接回王家）。而在家庭内部，王子涛的意志又是用另一种方式来实现的，他居然可以命令儿子与早已感情破裂的媳妇复婚，也可以用"过生日"的形式把儿女们已经离散的情人（罗冈和慧芳）重新找回来坐到一桌，甚至要求竹心不明不白地在他家里做家庭教师。这些怪事若是出现在巴金笔下的高家，曹禺笔下的曾家，并不奇怪，但却偏发生在1980年代的王沪生家，这是发人深省的。其次是对血亲关系的重视，也就是为这个家庭找继承人。小芳是王亚茹和罗冈的女儿，这是情节得以发展的重要环节，王家拼命排斥小芳，就是因为她不是王家的人，而慧芳舍弃一切抚养的小芳，偏偏正是与王家有血缘关系的人。王家对慧芳的最后谅解，不得不依赖这一"包袱底"的抖开。竹心为此离开王家，沪生为此回心转意，亚茹为此与罗冈破镜重圆，小芳就成了这个家庭的所有人物转变的关键，也是这个家庭"桂兰重放"的楔子。而慧芳，则一再被他们颂为"王家的大恩人"，意义也正在这里，因为她在电视剧中扮演了一个类似《赵氏孤儿》里的老程婴角色。我们不妨把《赵氏孤儿》里的程婴和《渴望》里的刘慧芳做一对比：

> 程婴的模式是：赵家蒙难——孤儿遗失在外——程婴为保护孤儿牺牲亲生儿子——程婴含辛茹苦，却遭到世人遗弃——孤儿长大，赵家昭雪——程婴含笑而死。
>
> 刘慧芳的模式是：王家遭难——小芳遗失在外——慧芳为抚养小芳，不得不放弃儿子冬冬——慧芳含辛茹苦，却受到王家遗弃——小芳长大，王家团圆——慧芳瘫痪在床。

很显然，这是一个忠臣义仆的传统模式的现代版，而正是这种好人"信而见疑，忠而被谤"的文化原型，引起了在传统的亚文化环境中熏陶出来的老百姓，特别是皇城根下的北京市民的激动。同样的原因，它在十里洋场的文化环境下脱胎而来的上海市民心目中却反应平平，而在知识分子中更难认同。由此再说到王沪生与刘慧芳的冲突，王沪生之所以遗弃刘慧芳，之所以为刘慧芳与罗冈的关系而大发雷霆（这是最无道理的行为），甚至为父命去找刘慧芳复婚，一举一动都是为服从这个家庭的总体利益。他对他父亲说："反正你怎么说，我就怎么做，总好了吧？"正反映了这种传统的父子关系。而刘慧芳作为一个1980年代独立人格的女性，她无甚魅力可言，只是由于她的行为维护了王家的根本利益，才会因受委屈而获得人们的同情。这样一种矛盾冲突，不是劳动人民与知识分子的矛盾所能涵盖的，它之所以会引起社会轰动效应，不应该还有更加深层的原因吗？

（初刊《上海文论》1991年第2期）

《霸王别姬》与民间社会

出生娼门的小豆子生有六个指头，属怪异之相，命中注定要流落民间，与雨果笔下的"笑面人"一类为伍。然而中国梨园是一个特殊的民间行帮，它的生存手段与人体美的原则结合为一体，因此无法接受六指的艺人。于是，出现了这一组色调过于阴暗的镜头：污秽的雪地，冻僵的手断指、腥血，小豆子发疯似的狂奔狂叫，小豆子被揿倒在祖师爷的神位前面……这仿佛是一种牺牲仪式：小豆子献出了残指与血，梨园社会接纳了这个孩子。这又是一种暗示：梨园接纳了小豆子，这孩子又还原了完美之身。如同和尚接受剃度，秘密党接受誓约一样，这个孩子的生命从此属于这个社会了。

梨园在那个时代属于一种民间社会的艺术组织，它从事的表演艺术，既是生存技能，又是民间文化与审美传统的载体。这种不同于一般行帮的二元性，使每个梨园子弟都分裂为双重人格：他既是卖艺者，通过协调与现实社会的各种关系，以艺术手段换取生存条件；他又是民间艺术家，他天生就是为艺术而生存，他的艺术生命似得冥冥之中民间艺术之神的庇护，成为一种非时代思想所能左右的永恒的魅力。

段小楼与程蝶衣的关系有点像谢晋执导的《舞台姐妹》中的邢月红与竺春花，区别仅在于，邢竺之间的分歧反映了对梨园行规道德和人生哲学的不同态度，而段程之间则象征了梨园双重人格的整体分裂。影片最初的两个片段可以说明一切：当一场演艺失败，观众星散之际，小石头挺身而出，以头破砖的冒险绝活挽回了败局；逃亡的小豆子目睹京剧舞台的辉煌展出，他在台下涕泗交颐，如获神示，终于返回梨园班子，忍受了行规的残忍惩罚。这两组镜头的含义是相成相反的。小石头的绝活与勇敢表面上显示了正面的英雄行为，可是其行为动机在于追求卖艺成功而不在艺术自身，仍然是出于对现实社会的怯懦。或者说段小楼从艺动机的一开始就自觉掺杂了卖艺意识，这决定了他一生始终周旋在实现政治与民间社会的协调之中。在日本统治时期拒演，在国民党统治时期隐退，以及在 1949 年后的趋时屈从，表面上看都是为时代潮流所赏识的英雄行为，但其每一步都付出了损害艺术的代价。而小豆子开始并不是个自觉的艺人，他在献身艺术之前，充满了痛苦、犹疑与拒斥意识，他的出逃、回归、受刑几组镜头，是断指仪式的升华：他一声不吭忍受酷刑，终于在心灵上脱去了世俗职能（卖艺）意识，真正进入了艺术自体。接下去还有一组镜头：因《思凡》的一句唱词改口而受到严酷惩罚，这是一句涉及两性性别的唱词，小豆子受罚后，战胜了自身的性别观念（也就是战胜了自己的肉身）。当小豆子水灵灵地从椅子上站起来念出"我本是女娇娥……"时，一股澄明之气在他身上冉冉升起，恰似脱胎换骨，生命再生。如果说"断指仪式"废弃的是肉身的多余部分，出逃受刑废弃的是世俗观念，而最后一次受罚是废弃人性的自我束缚，达到阴阳同体的超人性境界。小豆子以"非我的我"（忘我）形式进入艺术堂奥，成为一尊真正的艺术之神。他的生命就是艺术，他所向披靡，成为真正的大勇者。

　　从程蝶衣的遭遇里我们似乎看到了两种社会文化的冲突：在现实社会里，他永远是个懦弱者和失败者，私心与劣疾像两条蛇紧紧地缠在他的身上；可是在隐形的民间社会里，他是尊神，是无畏无惧的艺术家。谁也不会忘记这组镜头：反日传单的飞舞与被现实政治搅得天翻地覆的戏院，但舞台上的光束久久地照耀着雍容华贵的程蝶衣，他沉浸在艺术天地里，一丝不苟地表演。这令人想起著名的英国影片《红菱艳》。但程蝶衣显示了更为深刻的、自然也是中国化的背景，支撑他行为的，不光是个人对艺术的殉道精神，而是整整一个来自民间社会的整体力量。他只是对这个民间社会与文化传统负责，现实舞台上的胜王败寇无须他为之费神。在一个民间社会与现实统治者控制的社会并不发生根本冲突的状态下，民间艺人程蝶衣的形象光彩逼人。

有了这样的理解，影片后半部分程蝶衣与段小楼的冲突就变得顺理成章。两人都沿着自己被规定的角色发展下去，段小楼由表面的英雄渐变为从里到外整个儿的懦弱者，程蝶衣则从现实生活的怯懦者渐渐地成为民间社会与艺术的殉道者，一位悲壮笼罩其身的英雄。但是我们有理由责备陈凯歌在后半部分处理上的失败，1950年代以后，政治权力与民间社会长期处于改造、渗透与被改造、被渗透的关系，甚至达到某种对抗形态。但在另一方面，中国的民间社会在任何专制统治下都不会完全消散，它的文化也自有一套反改造、反渗透以至自动散聚的方法。影片的后半部分没有表现出这种关系的复杂性与多义性。这对香港编剧李碧华来说，可能失之于概念化，但对出身大陆的导演陈凯歌来说，则失之于媚俗。

影片结尾，民间艺术家程蝶衣和怯懦的卖艺者段小楼经历了种种出卖、互噬与羞辱之后重返舞台，作为一种政治文化的符号出现在观众面前，段小楼自有其偷生的乐趣，而程蝶衣的求死则成为一种不负责任的行为，因为他没有把自己的艺术生命重归民间而获取新的生存力量，反而游离民间，降低到与段小楼同一个生存层次。这未免令人扫兴，不过从后半部分的总体失败而言，这样的结局也是必然的结果。

（初刊香港《大公报》1993年8月22日）

奥斯维辛之后的诗

偶然地看到过一句名言：奥斯维辛之后，再有诗，就是野蛮的。我不知道这里的"野蛮"所指是什么？但我想，奥斯维辛之后的人性之光如能穿透文学，诗的力量也不会消失。今年作为二战胜利五十年的世界性纪念，反法西斯的话题又被炒得沸沸扬扬，但无论如何，都没有像电影《辛德勒的名单》那样深深地感动我。虽然这部影片在几年前就荣获奥斯卡大奖而激动了全世界的良心，但不知为什么，在处处追求与世界接轨的上海，我是直到前些日子才有机会看到。记得当日的影城正放映两部电影，前一部是《辛德勒的名单》，看完后，我便走出了影城，再无心情接着看另一部好莱坞片子。就像被一场大病击中后的身体，需要有一段慢慢调养的时间才可能恢复过来，而在这调养期间我不愿意再让伤风感冒之类的小病小痛来骚扰自己；在当日，我甚至不想去挤那充满汗臭的公交车，只愿意一个人沿着大街静静地走一走，让那被世界的恶俗空气熏得几近麻木的心灵慢慢复活，去感受去体验那人性力量和艺术力量交织起来的重重一"击"。为此，我特地去书摊买下这部同名的长篇小说译本，细读之后，我发现小说不过是一部类似报告文学的记录，艺术上的感染力远不及电影，从关于辛德勒的真实事件到据此编成的纪实小说再到大导演斯皮尔伯格改编的电影，我清楚地感受到人性的力量和艺术的力量是怎样达到了"诗"的境界。

奥斯卡·辛德勒是个什么样的德国人？一个在恶魔导演的战争中由上帝派到尘世来的圣徒，由于他一个人的存在而为在种族大屠杀中扮演了可耻角色的德国民族赎了罪孽？还是一个利用法西斯战争和对犹太民族惨无人道的屠杀而发大财的精明商人，只是像古代奴隶主保护自己的私有财产那样保护了奴隶的生命安全？接下去一个困扰我的问题是，在反法西斯的创作题材中产生过多少可歌可泣的英雄民族故事，而为什么独独关于这个德国资本家在发战争财的卑琐生涯中人性逐渐觉醒的故事会那么震撼人心？据说中国许多很优秀的导演看了这部影片后，都有信心拍好我们自己的"辛德勒"的故事，于是南京大屠杀的题材顿时成了抢手货。因为还没有拍出来，暂时无法验证这些创作是否真会达到这样惊心动魄的艺术效果，但如果要从"中国的《辛德勒的名单》"的自信上说，我至少在传媒渲染的有关导演们的自我介绍中，似乎还没有看到对这部电影艺术魅力所在的真正感悟。

  关于奥斯维辛集中营的故事我们并不陌生，但这部影片所要告诉我们的，似乎还不仅仅是控诉法西斯的残暴和揭示某种历史事件的真相，它使我真正感到震撼的，是关于犹太民族在大限来临时刻显示出来的无与伦比的力量。这个人类历史上最为不幸的民族几乎是上帝为了证明人类的罪恶而生成的，然而在这万般苦难、无家可归的一千八百年历史中，犹太民族不但为人类文化创造了极其灿烂的成就，而且创造了一个民族以文化立国的奇迹。它以血淋淋的历史向世界证明：一个民族的兴亡，并不取决于国家疆土的大小，也不取决于种族体质的强弱，民族的生命力取决于它的文化，即有没有一种使民族长期在苦难威胁下而精神立于不败的凝聚力。这样的力量在人类历史上还曾经显示过多次，比如古罗马时代的基督教徒，我读过显克微支的《你往何处去》，久久不能忘记基督徒在面对虎狼残害、家破人亡时表现出来的无畏的牺牲精神，久久不能忘记作者在写完这场惨绝人寰的大屠杀以后坚定地宣告：终于，暴君尼禄像旋风、雷电……瘟疫一般过去了，而圣徒彼得的坟顶从梵蒂冈的山峰直到现在还统治着这个世界。显克微支是波兰人，也是诞生在一个历尽苦难、曾经国土沦亡的英雄民族之中。我这么例举人类的苦难史与英雄史，只是想说明我在看《辛德勒的名单》所受的感动，并非局限于犹太民族的不幸遭遇，而是纯粹对人类历史而言。在这个意义上看这部作品,在我是犹如重读一遍《你往何处去》时的感动,那就是弱者不可摧残的力量:从表面上看,克拉科夫的犹太人在大屠杀面前完全束手无策,把自己的悲惨命运交到了魔鬼的手中,任其兴高采烈地屠宰;但是,也许正是因为他们完全不能掌握自己的命运,才使他们在尽可能地保护自己生命的伟大斗争中表现出置生死于度外的自信与幽默。看过这部影片的人不会忘记这样一些镜头:纳粹为了查一个偷鸡者而滥杀无辜,并还要继续追逼下去时,一个小男孩浑身颤抖地走出队伍,直吓得低声啜泣,可是当着司令官的面却从容地指着躺在地上的牺牲者尸体说:就是他……即使在这样恐怖的镜头面前,观众仍然会发出松了口气的一笑。因为它不仅是在渲染恐怖和罪恶,还在绝灭人性的大屠杀中表达出人性的智慧与力量。

很显然,影片所渲染的人性力量是与犹太民族特有的文化分不开的。一个经历了太多悲惨事件的民族会生出特殊的对待死亡的哲学,由于肉体太容易被消灭,他们就陶醉在精神的大境界中。为了达到这个效果,影片故意没有表现原小说里关于犹太地下反抗组织的活动,甚至删去了地下组织争取奥斯卡·辛德勒的场面。导演还有意修改了小说中的一个重要情节:关于勒瓦托夫,他在小说里只是一个年轻英俊的牧师,由于出众的仪表和不凡的风度而招惹了纳粹的愤怒,在一次屠杀中,仅仅因为偶然性的原因——手枪出了故障才让他幸存下来。但在影片中,勒瓦托夫成了一个代表着宗教神秘力量的长老,成为囚徒中的精神领袖,他的幸存成为一种奇迹,暗示了冥冥中"神"的显现。这似乎在告诉人们,犹太民族的物质、肉体被消灭是容易的,但它的文化及其核心力量宗教却不会被消灭,任何野蛮的屠杀都战胜不了它。这种精神的力量还多次表现在这样一些难忘的镜头中:在垂死者弹奏的莫扎特音乐陪衬下大屠杀的枪声一下一下地响着,一个小女孩在血腥屠杀的枪林弹雨中从容走出死亡线,以及"辛德勒女人"们从奥斯维辛集中营生还归来。如果说,这个世界上真的有"神"的话,那么,"神"不会出现在胜利者征服者骄奢的狂欢之中,它只能属于经受了大苦大难的奴隶、穷人和弱者。《史记》的作者曾说过:人穷则返本,故劳苦倦极未尝不呼天也。一个民族也只有在这样国土沦丧、家园被逐、时时面临绝灭亡种的悲惨境地，它所发出的"呼天"才会感动神，他们中间才有可能显现神的奇迹：只有这时候，在他们之中才会有一股真正生命之气冉冉升起。（顺便说一句，这种宗教文化的境界对中国电影制作者来说似乎很难理解，他们总要着力表现中国人反法西斯战斗的英勇场面，喜欢塑造威猛无比、杀人无数的伟丈夫，甚至有一个电影竟绘声绘色地表现大批军犬如何围着在河里洗澡的日本人啃咬，在这种几似儿戏的追求英雄气的创作心态中，很难表现真正能撼动人心的力量——这也是我对所谓中国的"辛德勒的名单"能否产生的怀疑。）

　　确认了这部影片所展示的艺术世界的真正力量所在，我们才有可能来讨论奥斯卡·辛德勒其人其行的意义。在这部神迹无所不在的影片里，辛德勒不是"神"，他只是对神的存在的一个证明。信奉一神教的犹太民族从没有把俗人奉为救世主的习惯，所以在原小说里，作者处处暗示了犹太人在困境中对辛德勒的争取和困境过后对辛德勒的支持，并且在不少场面里表达了对这位奇特的德国人的嘲讽和抱怨。也许如把这些搬上银幕会显得犹太人过分的忘恩负义，导演割舍了这些场面。但从影片中看，辛德勒利用犹太人在危急之际趁火打劫大发其财的过程，也正是在犹太民族的伟大文化精神的感召下人性一点点复苏的过程。影片一开始出现的辛德勒，不过是一个花花公子式的精明商人，可是当他过于精明地利用犹太人的财力人力为自己聚集财富时，比他更精明的犹太老会计斯特恩使他逐渐认识到他这么做的意义远远超过了一般的聚集财富行为，而最终把一个资本家掠夺财富的行径纳入到人道的轨道。影片为了表达这一效果，加强了原小说里关于斯特恩的故事，如独臂老人的故事，如火车站上的奇迹，以至在影片的后半部分，他几乎成了使辛德勒通向神的引渡人。影片并没有渲染浅薄的人道主义，从辛德勒和阿蒙的对比看，人性虽然人人皆有，但并非人人都能用人性来战胜自身的兽性。辛德勒也企图唤醒阿蒙内心深处的人性，尽管失败了，但阿蒙的心灵深处曾有一瞬间被唤醒的宽恕之心，同样证明了人性所在的力量。正因为辛德勒一开始是并不自觉地做了一桩有利于危难中的犹太人的事，才使他后来的转变充满人性的力量,他在结局时的忏悔才显得真情实感。假如反过来描写,辛德勒一开始的身份就是犹太反抗组织派遣的人员或者是个自觉的人道主义者,他的行动也就变成一场有计划的援救行为,那他的事迹也可能会很感人,但就表现人性的不可战胜性和犹太文化的伟大感召力而言,不可能达到现在的深度。

尽管作为好莱坞影片,《辛德勒的名单》不可避免地沾染了一些好莱坞式的缺陷,如"辛德勒的女人"们身陷奥斯维辛集中营的时间被明显缩短,其身受的折磨也被删减,使喜剧效果不恰当地突然出现,结尾时的伤感情调也多少减弱了影片的高雅格调,但它作为当代世界反法西斯的艺术作品无疑拥有不可取代的经典性。它使人们看到了被屠杀者身上拥有的不可战胜性:在一个极其优秀的文化怀抱里,即便是负面的动机也可能会在其行为中产生出积极的正面效应,从而使动机本身也逐渐具有一种高尚的性质。我想我在这里不必说犹太民族如何在现实家园失落后唯靠建立精神家园使其在世界上仍立于不败之地,也不必说犹太民族对其子弟的宗教文化的教育取得了如何辉煌的成就,只希望当代中国人从这部被全世界公认的优秀影片中感悟到:在人类的凶残与贪婪之外,一个民族是靠什么力量才能真正做到不被灭亡。

1995年6月27日写于黑水斋

(初刊上海《文汇电影时报》1995年7月22日)

用人体组合成的民族精魂

——云门舞剧团在上海的演出

台湾云门舞剧团的《薪传》在大陆巡回演出。上海是第二站,虽然只上演了两场,但给上海文化和艺术圈子带来的震动是显而易见的。我们不用回避,近年来上海的经济在迅速发展,大桥、地铁、高楼就像变魔术一样突兀而现,使人们产生了身临幻境的感觉,从而在文化上相应地流行起一种不真实的追求。"不是我不明白,是这个世界变化快。"这首颇为流行的歌词唱出了当代人如临梦中的虚幻心理。于是,作为一种现代都市符号的流行文化取代了传统悠久的知识分子的人文思考,追星族的声音支配了文化传媒的导向,人们在转瞬即逝的社会潮流中不仅失落了自己,也忘却了自己所赖以安身立命的文化传统为何物。当一向被视为正宗民族艺术的昆剧也开始在舞台上配起了流行音乐和扭起了迪斯科时,当这个城市中一家最大的书店将被一座新的商都所吞没,从而霓虹灯和橱窗广告将成为城市的主要文化标志时,上海的居民们真的已经不知道自己到底从何而来,又将往何处去了。《薪传》自然不会像谭咏麟、刘德华那样受到追星族们的欢迎,但仅有的两场舞剧所激起人们的思考却是意味深长的:它所运用的民族舞蹈语言和民间文化风俗虽然来自海峡的那一边,但是一样的艺术创作思路和对民族文化的感情,甚至连似曾相识的舞蹈语汇都能唤起一种熟悉的审美记忆。

虽然《薪传》是现代舞蹈,但给人的舞台感受并不陌生,它展示的是一个完整的"民族迁移——开垦土地——繁衍后代——欢庆丰收"

的历史。故事是从遥远的大陆彼岸开始的，由遥远的先民漂洋过海，渐渐由远及近，由模糊到具体，耕种、婚配、繁衍……直至喜庆，一组组舞台造型组成了一个和谐的历史整体；虽然《薪传》是个民族史诗性的作品，但与人们过去所了解的台湾乡土文学也不太一样，因为它所展示的民族历史，并不脱胎于本土文化传统，而是来自彼岸民族的历史延续，也就是"薪尽火传"的意思。一个民族的历史被中止了，但民族的生命没有结束，生命就像火种，经过了千难万险，终于在一片新大陆燎原开去。正因为"火种"在这里象征了民族的生命，所以弥漫在舞台上的是生命的力度，是一聚生命之气慢慢地散开去。由这和谐完整的内容与象征的主题所构成的舞蹈设计，其前半部分的凝聚有力、后半部分民间化的温馨，都有了相当深刻的含义。

这个舞剧诞生于 1970 年代的台湾。那个岛上的居民刚刚摆脱日据时代的殖民文化，又必须与日益深重的西方文化影响作斗争，而真正的民族文化传统对他们来说倒成为一个遥远的历史。在这个意义上说，《薪传》的史诗性具有了经典的性质，而且在以西方文化为中心的话语环境里，那种红绸舞之类的典型中国民族舞蹈唤起了一种令人感到亲切的情绪，成为对台湾人民传统生活方式的一种肯定。听说这个舞剧在今天仍然受到台湾观众的欢迎。它的前半部分人体聚与散的有序组合，后半部分对具体生活场景的描绘以及对丰收庆典所采取的民族表现方式，在台湾农村居民中能产生经久不衰的魅力是可以理解的，但我更关心的是在物质文明相当发达、西方生活方式相当普遍的台湾都市居民中，这样的民族舞蹈话语所传递的信息是否能得到相应的感染力。

我在本文开始时所说的这个舞剧给上海观众带来的震动正是指这样一种意义。虽然中国大陆目前正处在与台湾并不一样的文化环境里，尤其是上海，它与北京还不一样，它的历史是在一种殖民文化氛围下形成的，在面对中西文化撞击的问题上它有着独特的开放性和保守性。特别是经过了一个把民族文化当作政治权力符号来提倡的历史时期后，上海居民重新接受西方生活方式、走向现代文明的时候，他们对于象征着西方人对现代生活的感情的艺术创作可能会更加感到有兴趣。这种对自己民族文化的传统表现方式失去兴趣的反常态度可能是有多种原因导致的。从最好的方面来讲，上海早在1930年代就初步形成了国际化都市的文化雏形，虽然几十年来发展不快，但传统文化的因素多半已经被糅进了现代日常生活中，与对西方物质文明的追求结合起来，形成了开放性的文化心态和文化环境。但是如果从最坏的方面来讲，商品经济的迅速发展刺激起人们追求物质享受的欲望，一下子把正常的文化心理规范全部破坏殆尽，原有的殖民地文化心态不知不觉地又流露出来，盲目崇尚西方文化和自身的低俗趣味结合为商品流行文化，支配了一般上海市民的审美趣味，使严肃文化在上海文化市场上有知音难觅之感。无论是出自这最好还是最坏的原因，程式化的民族文化形态都很难在上海找到发展的前景。但是《薪传》的演出，对上海艺术家们应该是一个鼓励：假如它在台湾一些现代化的都市里仍然能够获得大多数观众，那就证明了即使在所谓后工业社会的生活环境里，人们依然需要有一种能够维系共同感情的文化传统，尽管海峡两岸对文化维度的理解并不一定都相同，但《薪传》在社会现代化过程中获得的成功，是一个有力的鼓舞。其次是台湾艺术家们严肃、敬业的创作态度，在一个充满诱惑的商品社会里，我不知道这样的舞剧能否为艺术家们带来足以与流行歌舞相比的丰厚收入，但这一个艺术家的群体在舞台上展示的生气勃勃的精神风貌，确实给人带来很大的震动。

听说《薪传》在北京上演比在上海获得更多的掌声，或者说，它在上海的舞台直接效应不如北京那样热烈。我想京沪两地的观众对这个舞剧的感受不会一样，北京人从富有民族气息的舞蹈设计中感到了亲切，他们的兴奋中可能包含了这样一种理解：原来台湾的舞蹈里也有舞红绸带，也有扭秧歌呀。然而在上海，观众不会少见多怪，也不会像北京人那样容易激动，他们只能从作品的整体成功中感受到震撼，震撼带来更为严肃的思考，而不是情感上的兴奋。当然也可能有一些另外的原因。比如说，相对中国北方地区的文化来说，上海居民对来自农村的文化信息相当淡漠，尤其如北方的扭秧歌之类的文化活动，它一开始就是代表了某种政治性的符号，作为对上海原有的被称为"资产阶级"和

"小资产阶级"的生活方式的侵犯和改造力量而进入上海的，尽管后来的年代里这类政治权力的符号一再被强化，但是上海普通市民中仍然对它抱有潜在的敌意。虽然这种敌意完全是无意识的，但它决不可能引起北京市民那样的亲切与兴奋。

在我观看《薪传》的过程中，我觉得剧场里的情绪基本上沉浸在舞台制造的效果里，尤其是白帆船在风浪里搏斗的一场，从音乐到舞蹈都产生出震撼人心的艺术效果。后面部分表现劳动与生活的欢乐，因为舞蹈动作设计与大陆的民族舞蹈有相似性，唤起了观众对这些舞蹈语言的别一种情绪，气氛稍稍淡了些，不过它仍然是成功的。前不久大陆享有盛名的舞蹈家杨丽萍到上海演出，也曾引起过轰动；杨的作品均含大气，表达了中国古老民族对天地、自然和宇宙的原始观念，她用天人合一、主客同体的创新动作传递出强烈的民族文化意蕴。我觉得杨丽萍的独舞简直是民族文化的精灵，而《薪传》却是用人体造型组合成一聚民族的精魂。海峡两岸的艺术家们根据各自对民族文化传统的理解，追求的却是共同的境界。

云门舞剧团来自东方海岛，杨丽萍来自西南山地，无论是追求文化历史传统还是自身就沐浴在民族文化传统之中，他们对商品经济刺激下的流行文化是一个有力的挑战。这一点是值得上海的艺术家深思的。

（初刊香港《大公报》1993年12月5—6日）

舞台下的外行话

邹平兄①：

你出题要我谈谈对话剧现状的看法，实在使我茫然。自去年以来，最后一次看的话剧是《明天就要出山》，屈指算来也有年把未曾涉足剧场，现在上海舞台上还有什么可看的戏，真无从谈起。

你好意引导我从"文学史"角度谈，更是困难。文学史上的话剧与作为运动史的话剧是两回事，后者强调的是实践性，一部真正的话剧史应该是话剧演出史、运动史，它的研究对象不是完成式的作品，而是一个在编导演的不断再创造中流动、变化、创新的过程。这一过程的记录形式也不是靠文字，而是靠观众，通常来说是接受者的反应——它包括票房、观众批评、街头巷尾的议论以及明星效益等等。但是，通常这些"反应"是无法完整保存下来的，如行云流水，逝者如斯。尤其是在没有录音、摄像的时代，话剧运动史很难保留下真实的面貌。而"文学史"上的话剧研究则不同，它是从文学角度探讨话剧艺术的价值标准，研究对象是剧本而非演出，关心的是其文学价值高不高而非其演出效果好不好。两者本不是一回事。所以，能在文学史上留下来的话剧作品，极少，它只能为当代话剧创作提供一种艺术的传统价值标准。只有当这些传统因素被融化到当代创作的实践中去，才有可能对繁荣话剧产生具体的影响。或可以说，文学史上讨论的话剧，是"精品"，而真正

---

① 邹平，当时是《上海戏剧》的主编。

的话剧运动则是由一系列活跃在舞台上，或许是随缘而兴、随势而去、自生自灭的"作品"构成的。我们现在是谈话剧现状，也正是谈作品而非谈精品的时候。因此，要从文学史的角度谈话剧现状，也难。

还是找些切实的话题来说吧。依我看，前些年话剧舞台上比较热闹的大约还算"京派"与"海派"。我的感觉是：京派造影响，海派出手段。过去在一篇文章里，我曾戏称"北方承皇统以定国运盛衰，南方近海外而得风气之先"，虽非指话剧，其实也有类似的经验。1978年上海演出《于无声处》，反响一般。从北京来了个王朝闻，看后大加赞赏，此戏才随之轰动，后来进京演出，连曹禺也出来捧场，更加轰动。仔细一打听，原来北京正在酝酿为天安门事件平反，这才真相大白。那时我们还在念大学，同学们对它感兴趣的是作者稚气十足地模仿"三一律"的作戏法。记得那时还没有写小说出名的李晓看了戏后对我说过，这个戏的路子蛮正。这大约是当时我们对它的最高评价了，因为那时戏剧舞台被样板戏的创作原则和恶俗趣味糟蹋得乌烟瘴气，突然出现一部用很古典很传统的做法写的戏，让人耳目一新，由此便扯出了《雷雨》的技巧，又进一步扯出三一律、希腊悲剧等等，打开了话剧创作的新局面。

再说一个例子。你一定记得1979年复旦大学相辉堂演出独幕剧《女神在行动》（周惟波创作），让剧中一个角色的心灵分裂为"善"与"恶"两个女神，使之人格化，并利用独白、造型、灯光、音乐来揭示人物的内心冲突，那个演"恶"女神的演员在舞台上不停地扭腰抽烟，一束光就照在她的身上。这个戏演出时大家都觉得新鲜，但也就是如此而已。后来时隔一两年，北京上演了《绝对信号》，运用了同样手段，却造成大轰动，俨然开了一个新纪元。这个戏后来在上海也演过，似乎没有引起太大的骚动，上海人天生有一副见怪不怪的样子，那时正流行《再见吧，巴黎》《屋外有热流》等实验性更强的作品了。

我提起这两个当代文坛掌故，并没有对京派话剧不恭的意思。但我每每看戏，总觉得北京的话剧传统路子较创新的路子更有实力。如人艺演出的几部老舍风味的戏，包括以后的《左邻右舍》《狗儿爷涅槃》

《哥儿们折腾记》等等，总是风格鲜明地打上了正宗"京派"的标记。在这传统的魅力下，北京舞台上只要稍有形式上的变化，便会被视作大创新、大突破，于是引起大激动。这就造成京派话剧在形式创新方面表现得特别累。如高行健的几个戏，作者当然是聪明人，戏也是好戏，但总觉得为形式创新付出太大，或许还是太沉重的代价。反之，上海的话剧舞台远离皇城根，在"承皇统定国运"上相形见绌，但上海的话剧在形式上更轻松更自在一些，它们总是使形式的创新与内容的表达自自在在地融合在一起。如沙叶新有几个戏，内容说不上深刻，但形式的创新常使人不觉其在故弄玄虚，仿佛按戏的情节发展总该如此表达。我想能做到这一点本不易，也是海派的特色之一吧。

近年来，上海舞台上的形式创新渐渐也有些累了。现成的例子就是《明天就要出山》。这个戏有许多可意会之处，表达极好。尤其是一贯演正面角色的奚美娟，这次演一个心理阴暗的反角，演得入木三分。但是，这个戏在形式上的探索也是超过了内容的需要，把观众由大草坪转移到剧场，再进而引上舞台，于整个剧情的发展并无绝对的需要。尤其是第三幕，大家围在舞台上观看几个演员在狭小的空间表演，让人生出不舒服的感觉——我并非批评这个戏的形式创新本身，只是说，其形式创新与内容发展没有构成必要的有机联系。它让我想起波兰作家密茨凯维奇的《先人祭》，这个戏也曾让观众显身于舞台（它的整个剧场就布置成一个大舞台，在黑幕笼罩下，军警、狼犬包围着观众，给人仿佛置身于一个大监狱的幻觉），正是由于形式的处理与整个戏的氛围、剧情的发展构成一个完美的整体，它才获得成功。

舞台与小说不太一样，后者是靠文字表达的，文字语言本身的魅力是小说美学的一个重要组成部分；话剧则是舞台艺术，是作品、演员与观众三者交流的过程，唯在一个极自然的气氛中三者才能沟通起来，否则，任意地突出某一部分，都会造成顾此失彼，破坏这交流过程的内在和谐。过去让观众在剧场里聆听教诲固然生厌，但若把观众招来唤去的也未必是良策，何况现在有卡拉OK之类的新玩意，话剧在这方面争雄实在非其所长。

近十年来，上海话剧舞台上已经初步探索出一套适合上海观众口味的创作规律与舞台经验，应该认真总结它的成功与不足，由此基础上推选出一批艺术上过硬的保留剧目。通常来说，一个剧种若没有经常反复上演的传统剧目，没有造成一批或几批固定的观众圈子，是很难有长久生命力的。北京人艺去年来上海演出，有许多剧目都是在舞台上经久不衰的，故而受到欢迎。其实上海也应有条件搞出几台优秀的传统剧目，不说远的，仅就近年来上演的翻译作品中，《肮脏的手》《等待戈多》《马》《萨拉姆的女巫》等，都是轰动一时的好作品，创作的剧目中也有不少很优秀的。若能以此在上海话剧舞台上总结出一套美学风格，树立起一个艺术标准，对今后的话剧创作，无疑是有好处的。

谨祝

编祺

陈思和

1990 年 6 月 20 日

（初刊《上海戏剧》1990 年第 5 期）

艺术生命在民间

这次看上海现代人剧社上演的两个戏，总的感觉是剧社成立的形式比上演的戏的内容更有意义，也更为重要。现代人剧社是上海实行文艺体制改革后组建的第一家以演出制作人为中心的艺术团体，剧社以民间剧团优化组合的机制和实行独立制作、自筹资金、自负盈亏的演出方式来提倡话剧艺术，这可能是当前打破文艺体制上的计划经济模式，重新激活中国话剧艺术生命的一种有益尝试。

从五四新文学的传统上说，京剧昆剧大约都不算什么高雅艺术，而且还时时受到新文学作家的抨击。交响乐来自西方，高雅自然是高雅，但因为引进得比较晚，也说不上有什么大影响。倒是话剧，自新文学以来一直受到重视和提倡，逐渐由西方引进的剧种变为中国知识分子和城市观众最喜欢的艺术样式。如果要说新文学的"高雅艺术"，话剧理当是头块牌子。话剧的最初倡导者们提倡"爱美剧"精神，所谓"爱美"一词，来自拉丁语 amator，意思是爱美的人。法语 amateur 一词的意思是爱艺术但不借此糊口者，用现代口语说，是业余搞艺术的意思。这里的"业余"不是指从事第二职业拿灰色收入，而是指从事艺术者都不靠艺术赚钱，完全是抱着为艺术牺牲的态度来从事创造。当年陈大悲把这个词译成"爱美的"，不但译音，也含有译意的味道，所以话剧艺术从引进中国开始就含有了高雅艺术的性质。本来在今天的文化氛围下谈这种陈年故事没什么意思，但偏偏在上海现代人剧社的自我介绍上我看到了这样的话："以创立现代人的戏剧，重新提倡爱美剧精神为宗旨，推进上海话剧艺术走向二十一世纪。"我不能不为上海的艺术家们为复活"爱美精神"来从事艺术活动的努力而感到欣慰。

决定一门艺术高雅不高雅的标志，不在它的形式，而在它的精神，看它是否拥有艺术家惊世骇俗的独立精神。"媚俗"一词，有时在一些自认为很高雅的人和作品中反而表现得更加赤裸裸。在当前社会转型时期，文化的媚俗倾向几乎成了一种时髦，艺术向商品化的蜕变——如所谓各种艺术品的炒卖，文人和准文人们的自觉卖身等，正在成为媒体的热门话题；与此同时，也有一些艺术品种为了保持所谓的艺术之"纯"，只能把自己与文化市场间隔起来，依靠国家的"补养"来苟延残喘。这种种文化现象在当前文化低谷的环境下自然都不失为一条出路。但从文化自身的建设看，其艺术精神的全面萎缩与丧失也是在劫难逃。这且不说前一种出路（其弊害不言自明），后一种出路也同样糟糕，因为任何艺术品种的生命力都只能在民间产生，知识分子的人文精神也只有融入民间才可能在现代社会中产生出真正的力量。我现在还不敢说上海现代人剧社在这两方面有多大程度的收获，但它的成立和工作，标志了一种让艺术在民间的生存搏斗中完善自我、发展自我的努力，这是值得我们重视的。

用这个标准来看它上演的两个戏，自然可以读解出许多新的信息。尽管它们在艺术处理上仍然存在着不少缺点，演员对角色的性格意义还缺乏深刻的理解（比如《上海往事——红玫瑰》中的男主角，表演、声音都非常好，但对于佟振保作为市民社会中坚的内在悲剧缺乏应有的体会，从而就减弱了原作品所包含的现代批判精神），但从民间剧社的自由创意性上说，它们的粗糙里也同样洋溢着蓬勃的生命力，它们把艺术语言的某种处理手法能够搬上舞台的事实，已经证明了民间剧社在当前的有利地位。当然，在融入民间和媚俗取宠之间，在人文精神和艺术家的孤芳自赏之间，都有着许多值得探讨的问题，需要在实践中逐步解决，但从艺术家们迈出了脱离国家计划体制的模式、坚持以艺术的爱美精神来影响观众、获求生存这一步而言，我觉得就应该给以支持。上海曾经是话剧艺术的辉煌舞台，像田汉、夏衍、洪深等最优秀的现代艺家都是在自由组建的艺术团体中实践了自己的才华,终于成为大家;在今天现代人剧社的艺术实践活动中,我仿佛看到了这种艺术空间的重新浮现。

1994 年 7 月 17 日
(初刊《文汇报》1994 年 7 月 24 日)

天道与人道

——《商鞅》带给我们的启示

看了大型历史剧《商鞅》，我首先是觉得过瘾，且不说那舞台场景设计、那戏剧冲突构思、那大幕拉开时撕人心肺的音乐都新意迭出，更兴奋的是看到那许多著名演员的精湛表演。上海话剧舞台上已经好久没有这样辉煌的：张名煜、娄际成、杜冶秋、张先衡、朱艺……可以说是群星璀璨，大放异彩；更有青年演员尹铸胜等恰如新月凌空，他们以艺术群体的力量显示了上海话剧的实力，这是足以让我这样的话剧迷感到骄傲的。

当然这与剧本构思的高度创意是分不开的。这个戏写的是战国时代秦国发生的一场政治变法运动，它以变法成功而变法者失败的奇特悲剧铭刻史册。剧中的商鞅，既是胜利者又是失败者。来自变法的内在矛盾构成了舞台冲突的张力，使作品非但没有落入"改革—保守"公式的二元对立窠臼，更使人感到震撼的是，戏剧围绕商鞅变法的冲突把主体引向了另一个更为深刻的层面的斗争：天道与人道的冲突。

商鞅这一舞台艺术形象向观众展示了相当复杂的内涵：他出身寒微，怀着巨大的政治才能和野心进入秦国的最高决策集团，他利用秦孝公急于扩展疆土、称霸中原的心理，在一批有政治远见的大臣支持下开始了所谓的变法。剧作没有着重表现商鞅变法最重要的内容，如开阡陌封疆等重农政策，而是突出了他作为一个古代政治家和军事家的权谋手腕，如他为了树立变法的威信不惜砸断太傅公子虔的一条腿，为了维护政治地位忍痛牺牲儿女私情，甚至为了实行变法不惜成批地屠杀生灵……所有这一切文韬武略在舞台上被表现得有声有色。从道义上说，商鞅是个残酷无情、不仁不义、疯狂谋求功名的人，但这一切放在推动历史进步的理论框架里就变得合情合理，充分展示了这位古代政治改革家的光彩和魅力。

塑造人物手法的独特性表现了作者理解历史的独创性。由于商鞅是在秦孝公支持下实行变法的，保守的政治势力虽然不甘心失败，但已经失去了抗拒历史进步的能量。然而商鞅却面临着另一个层面——而且更为深刻的层面上的挑战。我们从剧情中可以看到，商鞅死而变法存，正说明了历史没有因为商鞅的惨死而倒退，那么，商鞅的敌人是谁呢？恰恰是最初支持他的公子虔和赵良。公子虔强调国家利益至上，支持商鞅变法，可是他不能原谅商鞅借太子之过砸断他的腿，所以谆谆教导太子要"变法必行，商鞅必死"，商鞅也确死于他的这一主张。赵良是个老练的官僚，他不动声色地支持商鞅变法，但随着商鞅的滥杀和阴谋，他毅然决然地与商鞅分道扬镳。最后一幕商鞅与赵良的正面交锋，我认为是全剧最精彩的一场戏，这场辩论其实是权力与良知、天道与人道之间的斗争，商鞅变法无疑是符合历史进步潮流的，对秦国的强大，以至后来统一六国带来了根本性的影响。但问题是，这种所谓的历史进步是否值得付出如此残酷的代价：成千上万的人命因此而牺牲？更不能让赵良容忍的是，伴随着这种牺牲的是人性的沉沦：为了骗取敌军的信任，商鞅用苦肉计牺牲了最得力的助手孟兰皋，而且这一切都是在所谓"国家利益"的幌子下完成的，所以赵良披麻戴孝来庆祝商鞅的军事胜利和个人荣升。我觉得这一场鞅、赵之间的交锋，完全超越了政治层面上对变法功过的评价，进入了人性的深处，从人道的意义上来反思天道的合理性，应该说，这也是人对于历史的最根本的反思。

由于剧中主要人物在人性与历史的冲突中充分展示了性格上的复杂性和丰富性，为演员们的艺术再创造提供了良好基础，这才有了演员们在舞台上的用武之地。所以，虽然这个戏在一些细节的描写方面仍有许多值得进一步推敲之处，但要说它在创作与表演两个方面互为因果而相得益彰，进而达到"双美"的境界，也并非完全是过誉之辞。

（初刊《文汇报》1996 年 9 月 25 日）

观剧短语

《背叛》

在上海话剧舞台上悄悄地上演了一个剧目《背叛》，是根据英国著名的荒诞派戏剧家哈罗德·品特的剧本排演，与时下正在刺激着都市中年男女的浪漫梦寻的《廊桥遗梦》相反，这个戏无情地嘲弄了都市中年男女的爱情游戏。舞台上两个男人和一个女人，每个人都扮演了"背叛"的角色：夫妻的背叛、朋友的背叛、情人的背叛，三种"背叛"搅和在一起，构成了舞台上的一个奇特的三角关系。

戏是从现在时间开始的。妻子发现丈夫有了外遇，便提出与丈夫分手。这对丈夫来说正中下怀，他早就知道妻子的不忠，并想抛弃她；而她的情人则非常害怕奸情被揭露，因为多年来的偷情已经成为他的一个沉重负担，他一直想摆脱她。整个戏都是在表演这三个感情早已枯竭的中年男女之间心怀鬼胎的纠缠，戏演得有些沉闷，随着故事一点点往前倒叙，似乎是在刺激观众的好奇心：事情为什么会变得这么糟？戏的最后一幕正是故事的起点：那个扮演情人角色的男人正在朋友的婚礼上向新娘求爱。现代都市人的浪漫和卑琐，全在这一份答卷上。

这样的戏自然不会像《廊桥遗梦》那样让中年人做一个自我感觉良好的梦，相反它让人看清了有些梦的真相。在上海，现在正扮演着

"社会中坚"角色的中年一代市民,都属于"文革"时期的知青,他们把青年时代的浪漫过早地遗留给苦涩的农村,现在上海的现代化经济形态似乎给了他们一种补偿浪漫的可能,当然补偿浪漫不会像重温浪漫那样原汁原味,多少挟着苦涩的无奈,清醒时还会自己问自己:事情怎么会变得这样糟?上海的话剧舞台一向以社会问题吸引观众,像《背叛》这样晦涩地探讨人性弱点的戏肯定不会叫座,看完这个戏的中年人会默默地走出剧院,仿佛是一个刚刚做起的浪漫梦被打搅了。

但据说这个戏上演后观众仍然不少,每天临上演前都能卖掉几十张票。

(初刊台湾《中时晚报》1995 年 8 月 2 日)

《美国来的妻子》

现代人剧社九五演出季的第一幕已经拉开:恢复上演小剧场话剧《美国来的妻子》,而且新换了全部演员,据说这次重新上演更加体现出原剧作者的创作意图。

这是讲一个在美国经过奋斗获得了成功的女人,她希望丈夫孩子一起去美国生活,丈夫不愿意去,于是她悄悄回到上海,住在宾馆里准备与丈夫离婚,戏剧冲突就从这里展开。去年上演时,担任男主角的是著名话剧演员焦晃,在北京参加全国汇演时曾赢得好评。焦晃是一位有个性的艺术家,他在舞台上充满激情,擅长表演理想型的角色,当他对剧中男主角性格塑造掺入了主观激情的再创作时,丈夫拒绝出国这一行为变得有些慷慨悲壮,这可能使年轻一代的艺术家们感到难以接受;这次再度上演是由现代人剧社设立的导演工作室(WORKSHOP 制)排演的,原小说作者、编剧、制作人等都参加了导演的工作,这也许更接近原作者对剧本的理解。这回男主角换了电视节目主持人林栋甫来扮演,除去了一些慷慨激昂的英雄气,使原来的悲剧角色演出了喜剧的味道。我不知道一个剧本经过导演和表演艺术家的再创造以后出现在舞台上,是否可能完全再现原剧作者的意图，但这个戏由于有两个舞台文本，为我们研究它的剧本内涵提供了不同的参照依据。

编剧为这个男主角取了一个奇怪的名字：元明清，是个学历史出身的知识分子，家里有一份遗产，可以供他过着闲散的生活。这个人物站在今天的舞台上充满了象征的意义：在当今举世滔滔的拜金风气中自有愤世嫉俗、清流高雅的文化魅力，但这种魅力的本质却又是腐朽的，承担不起现实生活中的任何责任。应该说这是一个很难把握的角色。从艺术效果看，焦晃炉火纯青的表演依然令人难忘。记得他一出场的时候，一面把手插在裤腰里抓痒，一面犹疑地寻找着妻子住的房间号牌，一副落拓的样子立刻让人想起俄罗斯文学作品中的多余人形象。元明清的魅力是文化传统残存在他身上的借尸还魂，是一种在功利社会里的"无用之用"，这种魅力是通过历史积累的文化素质形成的，不是表面的富裕和优雅所能获得。这就使他与剧中另一个完全肉欲化的知识分子陈军形成鲜明的对照，才使沉浸在肉欲欢乐中的晓玉从姐夫身上发现了一种新鲜的素质，可惜这是一个假象，这种文化传统在现代社会转型浪潮冲击下已经被淘空了，它不仅不堪一击，而且没有勇气面对现实，作为一种文化的精神内核已经死亡。这在元明清与两个女人之间的悲剧性关系终结中反复渲染出来。表面上看，元明清身上含有强烈的喜剧因素，但骨子里却是深刻的悲观。焦晃的表演元气沛然，无意中将人物内在的悲剧性夸张到表层上来，骨子里的沉痛感不够；而林栋甫在表演上更加世俗化一些，在夫妻第一场冲突时表演得很自然，但接连下去的戏剧冲突中人物性格始终不能提升，在追求表层的喜剧效应时，无意间磨平了人物本该有的深度。如果元明清只是玩世不恭，就无法与陈军的角色拉开距离，与晓玉的一场恋爱也变得莫名其妙。我不知道这是否故意要破坏舞台的内在完整性，来反衬生活的无章可循和无可理喻？

也许，今天我们的现实就是那样一场悲喜剧，充满了无奈和尴尬。

（初刊台湾《中时晚报》1995年9月8日）

《鼠疫》

大约在一百五十年以前，波兰爱国诗人密茨凯维奇写出了著名的《先人祭》第三部，诗剧在一个密封的剧场里上演，观众仿佛置身在一个黑幽幽的监狱里，周围巡回着沙皇的宪兵和警犬……1970年代末我第一次读《先人祭》和关于它的介绍时，对这种不仅意会而且身临其境的戏剧艺术充满了向往。想不到，在前几天观看现代人剧社上演的法国现代剧《鼠疫》时，竟意外地邂逅了这种强烈的艺术感受。

我不知道于斯特的原剧本是否有这样的导演要求，从赵屹鸥自导自演的艺术构思来看，与剧本所含有的严肃主题达成了浑然一体的境界：观众进入黑色城堡似的剧场，坐在一个平躺的大十字架的四周，演员时而在十字架上朗诵，时而在四角的场景中穿插小品，观众不知不觉地身在舞台，充当了这座危城的居民。虽然只有一个演员用声音同时扮演了十来个角色，但默默静听的观众角色却扩大了舞台表演艺术的"场"；虽然剧本的翻译语言过于欧化以致剧情不能通俗地传达，却又因此产生了舞台的"间离效应"：人们在洋里洋气的表演中时刻意识到这是一个关于1940年代北非奥兰城闹"鼠疫"的故事，它只是一个"外国寓言"。至于"鼠疫"象征了什么：法西斯？艾滋病？还是其他人类存在的敌人？完全由观众自己去自由联想。

应该说，在加缪的原小说中，"鼠疫"无疑象征了吞噬千百万人生命的法西斯细菌，但在我们今天所看到的剧本里，"鼠疫"的象征意义更加广泛了。正如剧中帕纳卢神甫所断言的：鼠疫来自上帝，它不知从何而来，突然一下子把人类推到了绝望的境地。但更重要的是，剧中以里厄大夫为代表的奥兰市民，并没有消极地放弃生存的希望，更没有利用灾难来趁火打劫，相反，他们在与灾难的抗争中充分显示了良知的力量和高贵的品质。剧中的叙事者最后说得对，这个故事也是为了道出人们从灾祸中得到的教益：在人的身上，值得赞美的东西，总是多于应该鄙视的东西……

　　《鼠疫》并不是一个通俗的戏剧，能出现在今天的上海舞台上也算是一个奇迹。它既没有插科打诨的痞子流风，又没有装腔作态的都市情调，甚至没有一个女人登场，可是满场观众居然安安静静地静听着一个演员长达一百分钟的独白和表演，感受和参与似乎成了演员和观众的双向交流：它对演员是一个考验，对观众也是一个考验。人们常常抱怨高雅艺术得不到知音，也常常抱怨演员素质低俗，但在这个戏面前，双方都得到了救赎。上海人的文化素质在这里也得到了一个证明。

（初刊《文汇报》1996年6月19日）

老戏重看意味浓

——观话剧《大马戏团》

《大马戏团》这个戏是师陀在 1940 年代根据俄国作家安德列夫的《吃耳光的人》改写的,在文学史上一向不受重视,通常是说到沦陷时期戏剧时一笔带过。师陀又是一位出色的小说家,在小说上的名声盖过了戏剧。这次上海现代人剧社重新排演这个戏,真是给上海的话剧舞台送来了意外的惊喜。我看了这个戏才明白它的魅力所在,也明白了为什么我父亲一辈人会对它念念不忘。

在三四十年代,改编外国戏剧上演是中国话剧的一大特色,但《大马戏团》的特色是除了"马戏团"的背景有些陌生外,从故事情节到人物语言都已经"土著化"了。整个戏的结构有点像《雷雨》,慕容天锡也就是扩大了鲁贵的故事。一个没落的旧世家子弟,靠吹牛、拍马、耍小手段来骗钱混日子。他一会儿把女儿翠宝送到马戏团去卖艺换钱,一会儿又不惜拆了翠宝与骑马手小铳的爱情,把她卖给阔人做小老婆,全是为了维持自己那种"死要脸"又"死不要脸"的生活方式。但戏演到他说服女儿做小的一场,也让他流出了几滴真诚的眼泪。这个人物角色具有丰富的性格内涵,我们今天从演员何雁的精彩表演中,还能想象出当年"话剧皇帝"石挥的风采。驯虎女郎盖三省也是个性格丰富的人物,她的人见人怕的凶悍脾性是与她受辱的生活遭遇及对小铳烈火一样的爱结合在一起的。她比起《雷雨》里的繁漪更显得下流但有生气,如果再能加强驯虎的音响效果,这个角色能给人一种惊心动魄的震撼。

　　这个戏的原来构思是绝望的骑手与情人同归于尽，盖三省发疯跳火而死；这次导演改变了这个令人压抑的结局，只让小铳一人死去，舞台上同时出现翠宝出嫁和小铳出丧的交叠场景，悲剧意味更加深长。只是这样一改，盖三省的悲剧性格出不来，否则，她的悲剧性格与慕容的喜剧性格会产生强烈的对比效果。

（初刊《新民晚报》1998年1月4日）

新版沪剧《家》观后①

看了新版沪剧《家》，总的感觉蛮好。和传统沪剧相比，这一版的创新力度还是蛮大的。这可从以下几个方面来看：

第一、它使沪剧摆脱了"土气"。以前的沪剧比较"土气"，而这次沪剧《家》要在上海大剧院这样的豪华剧院演出，必须进行改革，才能适应。如果还要靠二胡伴奏，效果就出不来，现在改用交响乐伴奏，不仅音乐效果不错，也提升了沪剧的规格，显得气势雄壮，而不是悲悲切切的小家子气。但问题也有，由于这次演出时交响乐队伴奏的声音过大，把演员的演唱压住了。

第二、最后一幕具有了浪漫主义色彩。过去沪剧很少有真正浪漫主义的表现方式，但这一版不同了。例如现在从场景到灯光等方面都做得很美、很精致，有一种朦胧美的氛围。不足的是，浪漫得似乎还不够彻底。如最后一幕瑞珏临终前让觉新搀扶着走到舞台中间，病病歪歪地嘱咐一番，唱得没完没了，比较拖沓，空显悲切。而在巴金原著中，瑞珏还没等觉新到来就断了气。所以，我以为现在既然采用浪漫主义手法表现，干脆就浪漫到底，如可让瑞珏此时"灵魂出窍"，与觉新进行灵魂交流，最后让他们相互搀扶着消失在舞台深处，以此衬托出在封建压迫下两颗孤独的心从不理解到相融合的完整过程，而不是像现在这样还要在舞台中间写实地表现瑞珏断气的情景，显得很不协调。

---

① 本文系根据《上海戏剧》记者的电话采访整理而成。

第三、几个明星运用传统唱腔唱得都很好，赢得观众不少掌声。像扮演梅的演员学的是杨派唱腔，适合梅的身份，唱得很好；孙徐春唱的是王（盘声）调，一亮嗓也赢得满堂喝彩，但我认为这次编导对汪华忠扮演的高老大爷的唱法的具体处理，似不大好，缺乏味道。汪演唱所用解（洪元）调，本是很有韵味，很有影响的，理应借此设计出好的唱段，但这次编导对此没有运用好。在情节上，我觉得编导不应该把高老太爷的晕倒原因归于觉民的离家出走。因为在巴金原著中，是高老太爷宠爱的五少爷克定等后辈的堕落，才给了他沉重的打击。在巴金看来，高家是个书香之家，高老太爷本身的观念也不保守，因此他会送儿子留学日本，让孙子上洋学堂，所以在逻辑上他不会因为觉民离家而昏死，他只是对觉新、觉慧们的行为走向缺乏了解，有些害怕。而现在将其昏死原因归咎于觉民出走，这是对高老太爷的误解，也偏离了巴金原著的主题。从原著及高家的发展脉络应该展示出来的，是高老太爷辛苦培养子孙，经营一个大家庭，及至四世同堂，却没想到其儿辈中出了十足的败家子，把他的荣誉和希望粉碎了，这才是对高老太爷的最大打击，导致了他的精神崩溃。如能这样处理，并在他昏倒和临死前再配以一些合适的唱腔、唱段，相信此剧对人物心理的展现会更加合理、更有深度。

如上所述，新版沪剧《家》在有所创新的同时，也有一些瑕疵。在这方面，除上述以外，似还体现在它的立意和故事结构方面。例如觉新与瑞珏两人起初并不相爱，最后却同心与共，这使此剧不再拥有（至少是削弱了）原著所强调的反封建的主题。当然，当初编导要是干脆好好表现觉新与瑞珏这条爱情线索，也未尝不可，也可以有所出新，展示出不同以往的主题，并丰富巴金原著所没有的内容。在对人物的心理展示上，此剧也做得不够。例如第一场戏开始时，表现觉新与瑞珏两人的婚姻是封建制度下不自然的结合；第二场表现他们在洞房里的各怀心思，特别是觉新的心里有鬼（尽管他是个好人，很善良），接下来又表现他的妥协等等，本来都有不少"心理戏"可做。但现在这个版本对他们二人的心理层面展示得不够。像洞房一节，显得过于简单，保留了太多老沪剧的东西，如能将第一场改成要结婚时找不到觉新，表现他对梅表妹的一番深情，那些戏的情感表现就会有新的深度。再如，难以赢得觉新真心相爱的瑞珏在戏的后面对梅表妹说，"有了孩子就不寂寞了"，这是很能展示瑞珏内心痛苦的，也使她与梅的交流有了基础。如能充分深入觉新、瑞珏和梅三人的精神世界，把这些层面、细节都表现出来，把觉新与瑞珏从两心相异到心心相印的细腻过程都深刻地表现出来，就能使此戏显示出新意和深度。可惜现在没有达到这样的境界。

（初刊《上海戏剧》2003 年第 9 期）

《贞观盛事》的魅力

京剧《贞观盛事》的演出过程唤起了我心底里久违了的期待——我指的是舞台上下由演员与观众共同构筑起来的热烈的剧场效应,一种似在舞台又非舞台,似在讲史又非讲史的艺术联想功能。

李世民和魏征的故事已经不止一次地被搬上戏剧舞台,但在不同的时代氛围和写作环境下,"明君贤臣"这一知识分子传统理想模式能阐释出不同的文本意义。以往,人们在阐释历史名臣魏征时,总是寄托了知识分子忠于自己的道德使命、通过明君皇权来实现自己抱负的期望,在李世民身上又总是寄托了统治者能够兼听则明、善于纳谏、以保江山社稷的理想。因此,"居安思危""载舟覆舟"的意义往往被夸张在君臣之间的紧张关系中。我注意到,《贞观盛事》并没有出现这样的传统关键词。开幕第一场是气势恢宏的马球场击鞠比赛,立刻把观众带进了君臣同乐、八方来朝的盛世气象。但在大喜大庆中人们忽略了一个小小的细节,即国舅爷从西域采来的一个美女作为赌注输给了皇上。这难道有什么不妥吗?在封建盛世中,采民女入宫是天经地义的事情,国舅爷即使比赛赢了,他照样会把这个"活物"送给皇上。这似乎也不会引起任何异议。但是,当舞台上演出了一场美女为赌注的游戏以后,接着,西域美女又带出了白头宫女苌娥的故事,一支旷夫怨女的山歌在宫墙内外响起……

第一场的情节相当饱满,与以前经典性的阐释历史不同,一个新的意义空间被打开了:在统治者的盛世中普通老百姓是不是也应该有作为

"人"的尊严？于是，魏征的谏言有了新的主题，他断言"国舅爷用人做赌注，势必将陛下推入不仁不义之地"。尽管魏征的理论武器依然是"君轻民重"的儒家格言，但剧情发展到此，争论的主题已经从抽象的"重民"转到了具体的"人该不该作为赌注"的关注。这样的话题是否可能存在于史实并不重要，新编历史剧的意义就在于通过对历史的美学阐释来表达当代人的思想激情。当尚长荣饰魏征站立在舞台中央，一字一句，念着"一日纵欲，数世之患，更不可以人为赌注，贻笑后人"时，真似金石掷地，铿锵有声。此时舞台上有一个短暂的静场，整个戏的精神——一种强调"人"不同于"活物"的、捍卫人的尊严与价值的精神，冲破了代代相传的君臣社稷的主题。

苌娥与卖炭哥的故事当然出于艺术虚构，但是将这一对普通人的爱情故事置于魏征直谏李世民遣散三千宫女的中心，则改变了后宫改革措施的原来意义。它超越了所谓"怨之所积，乱之本也"的统治术，形成了对普通人过正常生活的愿望的直接肯定。早已失去了青春幸福的前朝宫女回归人间社会，并不是救民于水火的大业，也不是什么维护穷人利益的义举，它只是肯定了任何微不足道的人都有权利过正常人的生活，表达正常人对幸福的向往。然而，这正是从"民本"向"人本"转化的思想出发点。

从"人"该不该作赌注，到苌娥与卖炭哥能不能团圆，在一系列剧情发展中，魏征的人本思想逐渐体现出来。与这一主要剧情相对应的是，剧中还贯穿了另外一个隐性结构，那就是名马"疯露紫"的象征意义。这个故事很有趣，但编导者似乎没有有意识地去利用它和渲染它，所以只是一个潜性的文本。第一场李世民将"六骏"（追随李世民征战的六匹心爱战马，已死五匹，只剩疯露紫）的形象制成唐三彩，分赐西域各国使臣，其意不言自明，将君王战马远达各国疆土，无疑是炫耀赫赫武功的威慑力，但令人费解的是李世民将最后一匹"疯露紫"的唐三彩送给魏征，显然非一般的君臣感情可以解释。第四场李世民有一段话："想我大唐，有今日之盛世，前者，靠的是长孙爱卿房爱卿竭力辅佐，如今，则得益于魏爱卿忠言诤谏。"剧作者将李世民的大唐事业分作两个阶段，前者是乱世英雄，马上得天下；后者是盛世治国，开万世基业，所以，战将长孙无忌的舞台自然要过渡到贤臣魏征的舞台。在这一结构中，"疯露紫"的意象起到了承前启后的作用。战马的分赠意味着李世民建立大唐后还念念不忘马上天子的辉煌历史，赐魏征"疯露紫"也就含有将战争中形成的那套经验模式继承光大的期望。但是，魏征断然拒绝了这份遗产——剧情在这里急转直下：疯露紫猝死，李世民震怒欲斩御马监，魏征终于喊出了根本性的一句话："万不可重马轻人！"又一次回应了"重视人"的主题。"重马轻人"在"一将功成万骨枯"的战争环境里是极为正常的，但对盛世治国却成为一种思维障碍，李世民可以为民女婚姻做主，可以默认"人作赌注"的不妥，甚至也可以答应好生照应前朝宫女，但是在"不可重马轻人"的呼声下，他自己头脑里的战争思维模式受到了直接的挑战，终于，"疯露紫"唐三彩轰然粉碎。

　　剧中魏征有一段令人深思的话："这君臣社稷浑然一体，倘若君王不立，社稷不保，做臣子的纵被后人奉为神明，又有何用？"我没有查核新旧唐书，不知这句话是否魏征原话，但我宁愿把它看作是剧本所透露出的一种知识分子强调事功的理想，虽然它也仅仅是一种理想而已。

（初刊《中国艺术报》2000年10月20日）

要有一颗敢于抗衡的心

——与唐明生谈入世后中国电影的发展①

唐明生：说了多少年的入世，今天我们终于已经站在 WTO 的大门内了。入世之初就碰到美国动用贸易 201 条款，限制钢铁进口。于是，包括中国在内的许多国家根据世贸的相关条例，纷纷与美国交涉。由此看来，作为 WTO 的成员国，互相间的限制与反限制、权利与义务，是平等的，用不着谁怕谁。在文艺领域，对入世后的莫名恐慌，是从电影开始的。自 1980 年代后期起，一方面是国产电影票房每况愈下，另一方面是十部进口大片的"片片风光"，由此"狼来了"的呼声四起，尤其是一谈到美国影片的"入侵"，许多人都觉得无法抵御，所以，加入 WTO 后的中国电影，自然也就溃不成军了。然而，随着时间的推移，真实的情况并不是那么可怕。比如引进的十部海外大片，其"风光"已不再如前。再比如一些入世后国家的民族电影，并未彻底垮掉，有的还有所起色。这一现象很值得重视。站在"世贸"组织内，究竟怎样看待美国电影，看来必须要有一个正确的态度，俗话说，知彼知己，方能百战不殆嘛。

陈思和：我个人看电影的机会不是太多，每年除了参加电影资料馆组织的中外电影观摩研讨，集中看一批片子外，平时很少上电影院。有

---

① 唐明生，《电影·电视·文学》杂志主编

些国内特别好的片子，经人推荐，我才会买票去看。每次集中观摩外国影片，我都会受到一点冲击，有一点感受。不用怀疑，美国电影确实走在我们的前面。新颖的形式，通俗的故事，使美国影片很能吸引观众。许多好莱坞影片，通俗可以通俗到极致，悲哀可以悲哀到极致，甚至连发疯也可以发疯到极致，最终在人性的边缘上迸发出人性的火花。比如《末路狂花》，拍得真是好，两位年轻妇女游离了生活轨道，慢慢地发展着，最后发疯了，直至跳崖自杀。从一个正常人一步步被逼到走上绝路，其人性的变化堕落和象征着压杀人性的权力的社会、法律、警察等国家机器的迫害，始终紧紧纠缠在一起，抓住了观众的感情，你不能不受其感染。再有一部美国影片《玫瑰战争》，故事好像是讲夫妻间的打架。这样的故事，要是由一些中国导演来拍，会拍得非常庸俗可笑，市侩气十足，但在那部美国影片里，夫妻俩打到后来，上天入地，像大闹天宫，把人性深处的尖锐性以及女性无意识深处的仇恨和反叛都淋漓尽致地揭示了出来，很让人震撼。

唐明生：您每年都参加电影资料馆组织的中外电影观摩研讨，看到的影片已经不少了，观摩中所放的美国影片，许多都是不公开放映的。因为看得多，所以您对美国电影的感觉与把握比较准确。您刚才说美国电影的通俗化和善于把人性推向极致，我很赞同。

陈思和：美国电影实际上是通俗电影，或者说，绝大部分是通俗电影，它夸张人性，很会煽情。煽情并不都是虚伪的，关键是看你在什么样的层面上煽情。比如一部悲剧，弄得观众哭不出笑不出，那是失败的煽情；如果煽得观众哭得死去活来，那就是好的。《卖花姑娘》是一部政治意识形态很浓厚的电影，为什么"文革"的时候会产生那么大的影响？不就是一种煽情的力量吗？我认为，煽情与人性的极致化，实质上是一回事。艺术这东西，很难用整齐划一的标准来规范，特别是电影，本质上是大众化与市场化的艺术，更要讲究它的通俗性。我不赞成把电影变成一种技术的显示与炫耀。如何通过一个故事，把人性的展示和大众喜闻乐见的形式结合起来，对今天的国产电影来说，仍然是一个没有完成的课题。1930年代的中国电影，没有一部不是通俗的，像

《万家灯火》《一江春水向东流》等，直至今天都还称得上是经典影片，然而它们的技巧，它们的人性力量，并没有离开当时的现实，相反是还原到大众的日常生活，再把千百万观众对人性力量的向往和同情煽动起来。所以，我对电影是看重它的世俗性的。而一些所谓的"精英电影"，脱离了大众生活，脱离了人文精神，或者把故事编得十分抽象，或者是故弄玄虚与玩弄技巧，其结果必然不受观众欢迎。

唐明生：在今年的中外电影观摩研讨会上，您对美国电影所持的一些看法，引起了窃窃私语。那天我也在场。您说，看了不少美国影片，觉得美国电影并不那么可怕，好莱坞电影已经走到了它的尽头，中国电影是很有希望的。那前半句话，许多人表示不敢苟同，认为您太小瞧了好莱坞电影。我当时的感觉，反觉得您的看法很有新意，也很乐观。一个时期来，对国产电影前景持悲观态度，是电影圈内外不少人的共同心态。直到现在，我还是这么看，一味的妄自菲薄，对中国电影发展并无好处。

陈思和：今年的中外电影观摩研讨，在观片后的讨论会发言时，我确实说过美国好莱坞电影已经走到尽头了，那主要是从技术发展方面说的，也是针对国内一批电影工作者盲目恐美崇美心理说的。我这样说，并不意味着好莱坞影片不会发展了，而是说它在技术上、在高科技手段的运用上，在达到相当高的水平的同时，缺点也开始暴露出来。过于夸张高科技手段对电影的作用，反而压抑了人性，影响对人文精神的张扬。电影说到底是给人看的，是为了唤起人对自身的一种认识，唤起人对人性的一种感受，如果一味地强调高科技对电影的作用，一味追求人对感官的刺激，就是电影走向堕落的预兆。我有次听王安忆说过她对美国电影的看法，她说，自从斯皮尔伯格以后美国电影就不好看了。她的话也不全对，斯皮尔伯格有些电影拍得真是不错，像《辛德勒的名单》，但在《侏罗纪公园》以后确实人文的因素被声光电化所取代，真是无足观的。本来，高科技高技术的采用是为了使人性的东西能通过画面更加逼真地表现出来。比如要描绘一个人的心理，或者一个人的痛苦，用文字写，啰里啰唆，有时还不一定能准确地表达出来，而电影只要用一个画面，甚至是一个动作与细节就能形象地加以展示。现在的问题是，过分依赖高科技高技术的手段反使人性的展示被异化了。说得形象一点，它如同插在观众与影片中的一堵墙，使人性的交流被粗暴地阻断了。

  关于这一点，我们只要简单回顾一下近二十年来奥斯卡得奖电影的演变，就可以看得非常清楚。1980年代初、中期，奥斯卡得奖影片是以张扬人性占主要地位的，像《金色池塘》《克莱默夫妇》等，人性的力量都非常强。到了1990年代，单纯表现人的伦理道德被看成不够刺激，科学技术的进步使电影原有的格局似乎显得太小，需要慢慢向外拓展，直至导致用高科技手段拍出很刺激的画面来展示人性，像《沉默的羔羊》就是如此。和《金色池塘》相比，《沉默的羔羊》是用强烈的"死亡"来揭示人性的被压抑。影片中的那个吃人犯与破案并没有什么关系，但编导的用意恰恰是想通过"吃人"来刺激人对这个世界的关注，否则就不足以表现人性被这个社会所压抑的极致。此外，那些很刺激的画面，常常是通过血淋淋的镜头来表现的。到了1990年代中期，奥斯卡得奖影片越来越技术化，如斯皮尔伯格的《侏罗纪公园》就完全成为技术的堆积。该影片的宣传，强调的是投资多少，即所谓的大制作，影片本身的人性力量却被世界以外的怪物所替代和侵犯，被严重异化了。与《侏罗纪公园》前后，好莱坞还拍摄了一大批科幻片，都是所谓高科技的。最后是前两年，影片《泰坦尼克号》又回到了通俗言情片的路子上来。这部影片强调的不再是故事本身，而是大肆宣扬巨额投资，成为一部用金钱堆起来的垃圾。仔细分析一下，《泰坦尼克号》的高投资无非用在两个方面，一是请偶像派明星，二是电脑制作。一些高科技、大制作的电影，其技术往往是与金钱同步的，即没有高投入，也就不会有高科技。

  唐明生：您刚才所说的，实际上是指高科技手段的采用，使不少影片丧失了它应有的人文精神，一变而成为纯技术的炫耀，因而离电影本体越来越远。您所指的几部影片我也看过，颇有同感。那么，在今年的中外电影观摩中，哪些影片有这方面的倾向？因为您的这一看法是在今年观片中产生的。

陈思和：比较典型的是《指环王》。这部影片获得了今年奥斯卡十三个奖项的提名，其中很多是技术性的，如最佳摄影、最佳音乐等，这是当之无愧、无可非议的。（最终《指环王》获得了最佳摄影等四个奖项——整理者。）而这部影片的整个情节和人物都是模糊不清的，人文的东西被压缩到极小的位置。影片的故事原本是一个英国人写的长篇神话故事，有点像中国的《西游记》，也是几个人到一个地方去，把一个戒指还给魔鬼的世界，一路上碰到许多妖魔鬼怪，一次次经受考验……但你看完影片，你会觉得这部影片除了宣扬恐怖、暴力和令人恶心的画面外，看不出人物之间的斗争，看不出人与恐惧的斗争，也看不出人和自身自私怯懦的斗争，一切全都被消解了，人与人的冲突，也全都被消解了。作为一部高科技拍摄的电影，《指环王》无疑会有一些吸引力，但由于影片故事内容的无休止重复造成了人文精神的缺失与贫乏，看完后会使观众不知编导要说的究竟是些什么，也感受不到人的勇敢。原小说里的精华全被庸俗化和模糊化了。我认为，《指环王》和《泰坦尼克号》的失败原因是一样的，都是人文精神这一层次被高科技手段异化了。这部电影在手法上吸取了电脑游戏的特点，但还不如游戏，因为玩游戏有游戏者的主观智力投入，仍然会有人文的思考，而电影是被动的，我身陷电影院里的感觉与小时候在老城隍庙的地府游历看十八层地狱的恐怖景象也差不多，高科技走向畸形有时与宣扬封建迷信只是一步之遥。在今年所观摩的美国影片中，还有其他一些影片也暴露出这样的问题。但应该承认，高科技本身是好的，关键是怎样去采用它。对中国电影来说，只要有钱，学点高科技手法并不难，没有必要顶礼膜拜。像《西游记》，只要有人肯投资，用电脑制作，也会设计出各种各样逼真的妖魔鬼怪来。然而，我们绝对不能一味模仿美国电影采用高科技的拍法，以为这就是电影的出路，不要说经济上不允许，即便今后经济上有条件了，也绝不能丧失影片的人文内涵，否则是十分可悲的。好莱坞电影如果照现在这样把高科技玩到极致，必然会离电影的本体越来越远。

唐明生：许多人都说过，好莱坞电影不是每一部都是好的，这也包括您刚才说的,不少好莱坞影片是靠玩弄技巧与炫耀技术在吸引观众。既然如此,我们应该怎样解释如下一种现象:很长一个时期以来,美国电影风靡了世界,被视为"洪水猛兽",直到今天我们仍然看不出它有走下坡路的趋势。当然,我们也可以"豪迈"地说:美国电影不会永远称霸世界,各国民族电影终将会再次崛起。但在可以预期的时间内,一时还很难成为现实。

陈思和:你所说的现象是存在的。美国电影在全世界范围内都是风靡市场的,我去年年底在巴黎一家很大的专卖影像器物的超市里,转了半天都看不到欧洲电影的碟片,而好莱坞电影充斥货架。像法国那样一个对民族电影采取保护政策的国家尚且如此,就很难想象一般的第三世界国家了。当然我所说的高科技手段的大量运用,使美国电影出现了单纯展示技术的倾向,并不意味着美国电影已开始衰败。毋庸讳言,美国电影在全世界还是很受欢迎的。之所以受到欢迎,我觉得原因主要有两点:一是美国的文化是多元的,美国的电影风格也是多元的;二是美国文化与美国电影已经培养了一批口味粗鄙的观众。先说第一点。美国的历史很短,没有什么文化根基。美国的人文力量来自欧洲,因为它有钱,可以将欧洲最优秀的人才吸引到美国去,在美国的讲台上传播他们的思想。慢慢地,美国的文化就形成了一个多元的体系。美国的电影自然也不例外。随着科学技术的发展,近二十年来,美国主流电影虽然纷纷采用高科技,造成人文力量渐渐淡出,纯技术的东西不断加强;但与此同时,还有不少电影依然有很强的人文精神。这次观摩中,有一部《人魔》,是《沉默的羔羊》的续篇,就是一部很不错的张扬人性的影片,我觉得比《沉默的羔羊》更好。《人魔》也写了"吃人"的"魔鬼",那个莱克特博士其实是用吃人的野蛮方式来对"文明世界"进行报复,他吃的是真正的魔鬼,因而代表的是一种正义的力量,甚至是代表上帝在惩罚人性中的"恶"。影片写了三个真正的"魔鬼":帕齐探长很贪婪,克伦德勒很嫉妒,再一个梅森伯爵则代表了邪恶,贪婪、嫉妒与邪恶都是人性中邪恶的东西,都应该受到惩罚。这三个人最终都被那个代表正义的莱克特博士"吃"掉了。影片为什么要采用这样极端的表现方法？因为这些坏蛋象征了国家权力和国家机器（财富、司法和刑警），并集合在一起。作为一个正义的人，在无法用社会合法的形式、用人类文明的力量来战胜邪恶的时候，就只能用更加"邪恶"的办法来解决问题了。其实世界上的恐怖主义也是反映了这样的人魔大战。《人魔》的核心，反映的是人性与兽性的较量。我要特别强调的一点是，美国电影的多元化，原因在于它有经济实力，能吸引全世界优秀的制片、导演与演员到美国去拍电影，各种文化也就多元地体现出来了。这样，来自世界多元文化的人文力量就会冲击美国的主流电影，因此美国好莱坞不完全代表美国。

唐明生：美国电影的多样性，使不同欣赏口味的观众都能找到自己爱看的影片，因而使美国电影有着比较广阔的市场前景。那么，关于观众口味粗鄙化的问题，是怎样一回事？

陈思和：一个不容忽视的事实是，在比较长的一段时间里，不少国家的观众都是从小看美国影片长大的，并且一开始看的不是多样化的电影，而是单一的。北美原来也是西方殖民地，在西方国家的殖民者、流放者、探险者、冒险家以及宗教迫害大迁徙等基础上形成的，再加上绝灭种族地屠杀迫害当地土著民族，所以它的历史充满了血腥与野蛮的遗传基因。这个国家虽然富裕，却像一头年轻的野兽一样充满强悍与嗜血的力量，与这种特征相应的就是文化的强势与粗鄙。但当它因为财富的力量，把粗鄙也当作现代先进文化强迫别的国家来接受，就很危险了。时间一长，粗鄙化的欣赏口味一旦形成，再要向精致转变就很困难了。前面已经讲到的那些炫耀高科技手段、注重奢侈形式、缺乏人文力量的电影看多了，人的正常审美能力就会走样或者丧失。打个比方，吃鱼要吐刺，很麻烦；吃蟹要吐壳，也很麻烦，吃麦当劳就方便多了，一块面包，一点火腿，外加一点鸡肉，而且都是鸡腿，几口一咬就吃掉了。孩子麦当劳吃多了，总觉得麦当劳好吃，再让他吃鱼吃蟹，他反而不高兴。一旦粗鄙简单的东西占据了主要地位，就会形成审美期待，你再让他欣赏更复杂与更精致的东西会比较困难。我们常说，先有一批高雅的观众，才会有一批高雅的艺术，再进一步，高雅的观众会用挑剔的眼光审视高雅的艺术，使高雅艺术走向更加精致。相反，如有一批粗鄙的观众，那与之相适应的艺术必然是次等的，同样是再进一步，次等的艺术会继续败坏观众的口味。几十年来，美国电影在世界许多国家都培养了一批忠实的观众，这其中有高雅的，也有粗鄙的，还有其他各种各样的，但是以粗鄙为主流，边是迎合边是培养了低层次的观众需要。这即是美国电影之所以长期风靡世界的重要原因之一，也是值得我们注意的倾向。

唐明生：在中国似乎也有这样一批观众，尤其是在年轻的一代观众中，不少人是唯美国电影不看，而一说到国产电影就极力排斥，态度十分坚决。除了您上面所讲的原因外，还有另外一些复杂的因素。比如甘拜下风，无论什么东西，凡国产的总比舶来品差；比如随风倒，人云亦云，既然国产片看的人少，那我也不看；再比如一味地对国产电影横加指责，把国产电影搞得灰头土脸，以致明明有些国产电影很不错，结果也被一片指责之声淹没了。您前面曾经谈到，中国电影有很好的传统。这一传统具体表现在哪些方面，希望您能谈得详细一点。

陈思和：每个国家都有自己的文化传统。一个民族发展几十年、几百年，甚至几千年，没有特有的文化传统维系着是很难想象的。中国电影与世界电影基本上是同步的，中国电影早在1920年代末就已经初具规模了。到了三四十年代的现实主义电影，发展更加成熟，不少影片在今天看来仍然属于经典之作。至于1950年代的革命题材电影，同样涌现出不少优秀的作品。这一健康的发展过程，形成了中国电影自身所特有的好传统——始终有着人文的东西在支撑着，使你看了以后，总觉得有一种人性的力量深深打动你，令你回味无穷，也令你深思。因此，在加入WTO以后，面对海外电影，主要是美国电影大举"入侵"的压力，中国电影的好传统千万不能丢掉！

唐明生：今天我们已经是"世贸"组织的一个成员了，说了多少年的"危机"终于变成了现实。根据入关时的协议，今年海外进口的大片由十部增加到二十部，比往年翻了一番，这自然对国产电影的压力也就增加了一倍。今后这方面的压力还会逐年加大。面对这种状况，消极、悲观、退让,根本无济于事。要紧的是要有积极的对策。在3月份召开的政协会议上,文艺组的一些委员就发表了很好的见解。如长春电影制片厂著名导演李前宽说,加入"世贸",意味着双向交流,你赢我也要赢。我们拿什么赢?我们的电影比不过他们的高投入和高科技,但我们有丰富的人文历史,有很好的电影资源,有取之不尽的景地,有一支有才能的电影大军和偌大的电影市场,必须要有把中国电影纳入"走出去"的战略。这样的见解,比之前几年种种消极的论调可谓大大向前跨进了一步,反映了中国的电影人在压力日益逼近之际,思想认识逐步成熟。作为电影圈外人,又是很关注中国电影发展的一个学者,从已经站在"世贸"组织内的立场出发,您认为中国电影首先应该在哪儿开始行动?

陈思和:作为一个中国的电影工作者,虽然不必把海外大片作为自己的假想敌人,但首先应该有一颗敢于抗衡的心。关键是要根据自己的立场和传统,要在世界电影领域敢于与别人平等地对话。电影是世界性的艺术,中国电影在世界中应该是平等的。我们不否认,在当代电影制作的科学技术上,中国电影是有差距的,但这除了经济上的原因外,并无其他什么太复杂的问题。一旦经济问题解决了,要赶上去并不是件太难的事。然而,可怕的是一些中国电影人的心态,他们觉得中国电影处处不如人,高科技我们没有,现代电影语言也跟不上,结论就是没办法和人家抗衡。要是细说起来,理由更是充足:美国一部电影动不动一投资就是几千万甚至是一个亿,而且是美元;我们呢?好一点的是几百万,少的只有一百万,而且是人民币。投资比不过,艺术上也就没法说了,于是胸无大志就成了顺理成章的事,脑子里想的是拍点粗俗的东西,收回投资,赚点钱就算了。这样的精神状态,怎么能和美国电影抗衡?

唐明生:树立一颗敢于抗衡的心,固然重要,但我觉得怎样去抗衡,也值得慎重考虑。比如您说中国电影有很好的传统,那么这传统在今天应该怎样继承和发展,就很值得研究。再比如我们到底该怎样去挖掘这些资源,以使用自己的优势去克服劣势,同样值得研究。在这方面，您有些什么看法？

陈思和：像李前宽所说的中国电影要"走出去"恐怕也没有那么简单，因为中国与美国在文化交流上的条件不可能是对等的，我们不能作过于理想化的遐想。中国电影的主要对象在中国，中国那么大，观众那么多，如果能够拍出真正反映了中国人自己的生活，牵动了千家万户心灵的好影片，我想观众是会有的。问题是现在许多国产电影都拍得不像在中国发生的事情，虚假得很。而真正反映现实的作品，对生活有独立思考和人文批判精神的作品，现在几乎都广陵散绝。我最担心的是把立足点放在意识形态上。隐隐约约总有着这么一种看法，美国电影的内容乱七八糟，要抗衡就要有我们自己的东西。所谓要有"我们自己的东西"，我听下来的意思就是要宣传我们的思想、道德等意识形态方面的内容。这几年，我们也有上千万甚至几千万元的大投资的影片，并且都是"宏大叙事"的，但拍出来的效果并不理想，不少人不愿意看，投资也收不回来。这是什么原因？你当然不能说电影不能有宣传，你也不能说电影不能涉及意识形态，但它们都必须体现在电影的艺术当中，或者说是"艺术性"地加以表现。美国的许多电影都宣传美国精神，比如《巴顿将军》就是典型的一例，那是艺术化地宣传，很吸引人，大家愿意看。同样，我们也可以拍我们的"刘伯承将军"或其他什么将军，宣传中国精神，为什么至今我们还没有拍出这方面特别好的影片来？原因不是能力不行，而是我们的艺术观太陈旧，电影管理制度审查制度都是陈腐的，拍出来的东西总逃不了"主动宣传"的框架，人物没有艺术的感染力。加入了"世贸"，就意味着我们的文化要在世界性的逻辑上进一步发展，就是说与时俱进，说到底只能是调动知识分子的传统力量，弘扬知识分子人文关怀的精神。1980年代中国电影还是有许多具有人文精神的好作品，这是有历史记载的，谁也抹杀不了。1990年代普遍的艺术平庸化以后，这种知识分子的传统萎缩了。你只要看第五代导演的作品，《黄土地》《红高粱》《霸王别姬》《秋菊打官司》《二嫫》都是多么好的电影。到后来他们能在国内放映的是什么电影？如果我们先把自己的好传统阉割了，那在西方强势文化面前还拿什么去抗争？就像明代末年，皇帝先杀东林党，后杀袁崇焕，把健康力量都消灭了，拿什么去跟清兵抗衡？结果崇祯只好在煤山上吊。前面说到过，各个民族都有自己的文化。当今以美国为代表，西方的文化霸权非常强。美国的历史很短，没有包袱，所以他对别的民族的历史与文化很不尊重。我说过，在强势文化与弱势文化撞击中，强势文化首先要摧残的是弱势文化中的精英部分，而不是弱势文化的糟粕。如果我们自己也跟着不尊重自己的传统，那就等于帮了强势文化的忙。今后我们的文化既要在世界性的逻辑中发展，又要继承与发扬原有的传统，两者如何协调好是一篇大文章。

唐明生：我记得，在今年中外影片观摩结束后的讨论会上，您最后说到，您对中国电影的前景是抱乐观态度的。在这篇对话即将结束时，我希望您就此能具体地说一说。

陈思和：从电影来说，我们千万不能丢掉从 1930 年代就已经形成的由人文支撑的好传统，非但不能丢掉，而且还一定要有所发展，向世界拿出我们自己的好影片来。在这方面我还是有点信心。为什么？因为电影是超越语言的，不像文学创作，小说诗歌都需要翻译成另外一种语言才能够获得外国观众，但一经翻译，文学作品严格地说已经不再是原汁原味的了。而电影不一样，它是唯一可以让西方人不通过语言来接受的文学样式，中国许多电影（以第五代导演为代表）是够得上国际水平的，这只要从中国在世界上获得的奖项就能看到。还有香港的、台湾的以及海外华人制作的电影，都应该进入我们的整体性视野。王家卫的《花样年华》、李安的《卧虎藏龙》都是很值得研究的。我们不要一看到获得国际奖的作品，就本能地挑别人的毛病，而是应该先问一下，为什么我自己就拍不出来？问题在哪里？《卧虎藏龙》是很有意思的电影，我看了这部影片后写过一些文字①，但没有发表。一部影片好不好，不是看它表面是否花花绿绿，而是要看它深层的东西。《卧虎藏

---

① 可参阅《武侠、情色与剑——〈卧虎藏龙〉的艺术创造》，收文集第 3 卷第 4 辑。

龙》的故事很通俗，但在故事背后有许多值得回味的东西。只要我们不死抱着一些陈旧的狭隘的电影观念不放，打破清规戒律，真正解放思想和观念创新，把知识分子对时代对生活的严肃思考和表现生活的积极性完全表达出来，我想肯定能够把中国电影从困境中救出来，走进一个真正健康的新时代。如果能这样做的话，那么，加入 WTO 倒是一个很好的机会，机不可失啊。

（初刊《电视·电影·文学》2002 年第 3 期）

附录：杂忆《逼近世纪末小说选》
——陈思和老师的几封信，我还记得的一点事
张新颖

1994年夏日的某天，晚饭后，我从外滩往九龙路走。那时候我在《文汇报》上班，办公楼就矗立在外滩边上。我对那幢大厦怀有感情，因为我在那里待了四年。我离开那里不久，报社就搬迁了，但那座大厦还在，每次经过，还是会特意仰头望望。不知道是哪一天，坐车过高架桥，习惯性去看那座楼，却没有看到——没了。后来我才知道，被拆毁了。我真是震惊，那还是一座没有多少年的大楼。我想象着拆毁后的废墟，但没有去看。

好像一开篇就走了题。世事沧桑，回忆起来不免感慨。我要说的正题，也是旧事了。趁记忆还没有完全变成废墟，赶紧记下一鳞半爪。

二十分钟后，我到了九龙路陈思和老师家里。通常是在客厅或小书房里聊天，但那天天气热，陈老师让我坐到了阳台上。高层公寓的阳台，轻微的夜风吹过，还是凉快的。那天也不是随意聊天，是商量编选《逼近世纪末小说选》的事。之前也谈过多次，编个年度小说选，这一次算是正式定下来了。名字是陈老师起的，他很喜欢"逼近"这两个字，有一种在进程中的紧张感。后来他在第一本的序言中说：

> 它用倒计时的方法，描绘一种向世纪末的精神极限不断逼近的文学现象，这项工作从现在起大约需要六年的时间，以《逼近世纪末》为总题，一年编一本，直到2000年编成。这是

一个在临界面上挖掘生命意义的工作，看看我们这个时代的知识分子是怎样迈过这一道世纪之门的。

陈老师确定了编选小组，加上李振声老师和郜元宝，一共也就四个人。在此之前，四个人在将近一年的时间里，讨论1990年代重要的作家作品，以系列对话的形式，发表在《作家》杂志1994年第四、六、八、十期和1995年第一期上，1996年由人民文学出版社出了一个小册子，叫《理解九十年代》。这个讨论应该算作编选工作的准备吧，虽然开始讨论的时候并没有编小说选的意识。

1995年，上海文艺出版社同时出版了第一、二本，第一本的范围是1990—1993年的小说，第二本是1994年的。此后每年出一本，直到1998年出第五本。

编选过程中的事，确实，我已经记不得了。我只记得有一年我去广州参加书市，在哪家书店的角落里看到一本华夏出版社印制得不怎么讲究的小说选，《革命时期的爱情》，作者王小波。我们就从书里选了同名的这篇作品。那时候哪里会想到，后来，王小波这个名字——我一时找不到合适的词，没关系，反正后来，谁人不知王小波呢。

有幸的是，今天能找到一些文字。我指的是陈老师给我的几封信。本来，在同一个城市，不会通信；但其间陈老师到早稻田大学待了半年，要商量事情就得写信了。

第一封信是1995年11月写的："去日有半月余，不知你考研之事结果如何，甚念。希望能顺利过关。"那时候我正准备回复旦读博士。

我在这里，生活、工作都很好，只是早稻田图书馆除《上海文学》《收获》《十月》外，几乎没有今年的文学杂志，所以你们选出小说后，复印一份，交郏宗培，要出版社寄我（最好特快专递）。同时，如可能，望你写一份入选作品的说明，谈谈你们的想法，以便我作序参考。

1996年1月27日信,完全是谈小说选,批评了初选里面的几个作品,其中说道:

×× 的那篇毫无意思,虽然最后结尾略有机智,但在总体上说平庸之极。

毫不含糊,见出陈老师尖锐的一面。陈老师又提出一个想法:

今年因长篇见好,能否入选一个李锐的《无风之树》,这个长篇不太长,不过十几万字……这虽属破格,也表示我们的眼识。请你与魏心宏、郏宗培商量一下,这本集子的字数不能低于二十五万到三十万之间,因前二本虽略厚,但若相差太多,也不好看。这类书只要坚持下去,宣传得当,有了一定声誉,会销得好。不要做得缩头缩脑,反而顾此失彼(郜元宝写过《无风之树》的评论,可以选用)。请速与心宏等联系为盼(《无风之树》下一轮应该获奖,可以带起其他作品)。

我这里还保留了陈老师写给魏心宏信的复印件,是1996年3月6日写的,照抄如下:

心宏兄:

你好。来信收到。知兄等已对《小说选》作了十分精心的安排,甚为欣慰。这次因我不在上海,许多工作让朋友们多费了不少心,心中很是感激。李锐《无风之树》,至今我认为是九五年最有风骨的作品,是值得破格推荐的。其他几种作品的增删,我都没有意见,只是韩东的《障碍》删去有些可惜,我原计划在序中要推荐它的,后来才知被删去,但序已写了一半,再删觉可惜,只好保留着。好在这种情况在第二篇序里也有过,所以就不改动了。原来计划序写两个部分,一是碎片的世界，谈新生代小说，以张新颖的一段话为引子；二是谈长篇的成就，以郜元宝的一段话为引子。结果写下来，第一部分已达万字，再写下去，起码是两万字，作为一篇序言，觉得太长一些；其次一个原因是，年初日本大学图书馆都装订旧杂志，所以1995年杂志借阅不到。我好不容易从各个大学朋友自己手中凑了一些刊物，若要看完后再写评论，非到三月底不可，这又是你们出版时间不允许，所以想下来，还是着重写了第一部分交账。须兰新换的那篇我没有看过，所以无须介绍，以后再看机会弥补。这篇序我没有留底，请兄代我复印一份交张新颖，请他在文字上、内容上再帮我把一下关，是否有不妥的地方（他对新生代作家作品把握得较好一些）。另外，这篇序若能在《小说界》发，最好，如不能发，就请新颖对它作些删节，将关于长篇的结尾部分删去，然后寄《花城》（可寄花城出版社刘钦伟先生转《花城》编辑部），一来是他们约过这方面的稿，可以寄去还债，另一方面让这本书在南方做点宣传，扩大影响。

　　我大约4月25日回上海，那时这本书可能已出版，若需要我做什么宣传，我可以配合。

这封信可能是魏心宏复印给我的；没过几天，我又收到陈老师来信：

　　《小说选》的事，你费了不少心，我很感激。魏心宏来信，也对你的认真态度赞扬有加。序已写好寄魏，我让他复印一份给你看看，有没有需要修改的，因为这次主要是你在操作，有些意见更重要。

但这篇序言紧接着又写了下去，原来计划谈长篇的部分在3月下旬写好，所以陈老师又给我一信：

《关于长篇小说的历史意识》一文请再复印两份,一份可以寄给林建法,在《当代作家评论》上发一下,另一份可给魏心宏,问他一下,能否将这篇与上次寄去的《逼近世纪末》序合在一起,即从原序的"构筑起一个无名时代的世纪之门"处接下去。放在《小说选》里的序不要标题,就用"序",然后在引你的那封信前空一行,引郜元宝信前再空一行就行,两个小标题都不用。如魏心宏说已经来不及插入,也就算了。

后来还是加上了。这一时期陈老师还在编他的一本集子《写在子夜》,这篇长序就分成了两篇文章,一篇题为《碎片中的世界》,一篇题为《碎片中的历史》编入。

这个系列出到第五本,即1997年那一卷,就没有再出下去。其实1998年那一卷基本编好了,现在能够找出陈老师的两封信与此有关,应该是1998年年底或者是1999年年初写的吧,那个时候他在韩国,已经用电子邮件了。这两个邮件能保存下来,因为是由孙晶转的,孙晶打印下来给我的。一个邮件说:

我读完了《逼近世纪末小说选》的作品。刘志荣寄来的《人寰》也收到。两部长篇都选得很好。中短篇里,莫言的两篇最好,舍不得放弃其中任何一篇,但从叙事特色入手,就选《三十年前的一次长跑比赛》吧。……白桦、卫慧、迟子建、杨向荣、佚名、西飏的都可以。但××和××的作品不好,希望不选……能否选一下方方的《过程》,王安忆的作品本来不想选了,但看目前的情况,选一篇还是当之无愧的。你决定后就安排人写简评,并把目录送出版社。序等我改完文学史再写。争取回来之前完成吧。目录最后定下来可告我。

第二个邮件是关于网上作品,严锋推荐了一篇《林斗在1978》,陈老师看后的意见是：

> 所涉及少年的心理，以前都是陈丹燕们为孩子写的，这篇却是写了给成人看的，很有趣，似乎开凿了一个新的窗户。只是太粗糙一些，缺乏剪裁。你看怎样？听你的意见。

要是没有这些信件，上面的这些细节也就无从回忆了。不知从什么时候起，我变成了一个记忆力很差的人。

但我想起了一件事，前些日子在酒桌上讲了。

还是陈老师在日本的时候，有天晚上我打电话给他，商量选目等等。我是在国年路拐角的一家小店打的。那时候，一些小杂货店常常会在柜台上放一部电话机，旁边挂个牌子，写着"国内国际长途"一类的字样。谈到具体的作家作品，谈到这个选本的追求，谈到处理这个过程中出现的问题，陈老师说了很多，很多。放下电话一结账，差不多两百块。我知道国际长途很贵，但不知道这么贵。我还是做出很从容的样子，连问都不问一声就付了钱。那时候我已经离开《文汇报》重回复旦读书了，每月有三百块钱生活费。

听我讲了这件事后，陈老师问："你以前怎么没说起过？"

是啊，我以前怎么就没有讲过呢？怎么现在就讲了呢？

现在讲讲，也算赶上了时代。你知道，现在这个时代，不论我们开始谈论的话题是什么，到最后，总是会谈到钱上——或者是钱的变形物，譬如房子。

那么就从俗，继续谈谈钱。编选费大概是千字十块到二十块之间，具体我记不清了，也许是十五块；每篇作品要写一个简评，每篇简评五十块。记得有一次我专门去给周毅送过五十块钱简评稿酬。这样算下来，每本书编选者大概可以分个千八百的。

2010 年 5 月 15 日

学人文库

策　划：肖风华　　主　编：向继东

《葛剑雄文集》
(七卷本已出版)

《陈思和文集》(七卷)

❶《陈思和文集　告别橙色梦》
❷《陈思和文集　营造精神之塔》
❸《陈思和文集　在场笔记》
❹《陈思和文集　名著新解》
❺《陈思和文集　巴金的魅力》
❻《陈思和文集　新文学整体观》
❼《陈思和文集　星空遥远》